译文经典

辛德勒名单
Schindler's List

Thomas Keneally

〔澳大利亚〕托马斯·基尼利 著

冯 涛 译

上海译文出版社

作者前言

一九八〇年，我在加利福尼亚比佛利山庄的一家箱包店，问起几种公文包的价格。这家店归利奥波德·普费弗伯格所有，他是位"辛德勒幸存者"。正是在普费弗伯格箱包店意大利进口皮革制品的货架下，我才第一次听说奥斯卡·辛德勒，这位锦衣玉食的德国人，这位投机商，这个魅力四射的男人，这个矛盾的化身，听说他如何在那个如今通称为大屠杀的年代里，拯救一个被诅咒种族的男男女女的故事。

我们这份对奥斯卡惊人历史的记述首先基于对五十位"辛德勒幸存者"的采访，他们散居在七个国家：澳大利亚、以色列、西德、奥地利、美国、阿根廷和巴西。利奥波德·普费弗伯格又陪我实地探访了本书最重要的几个地方：克拉科夫，奥斯卡发家的城市，他的第二故乡；普拉绍夫，阿蒙·格特那个可憎的劳役营；扎布洛西的利波瓦大街上仍矗立着的奥斯卡的工厂；还有奥斯卡从中抢救出他的女囚犯的奥斯威辛-比克瑙集中营。本书的讲述还仰仗尚能联系到的少数几位奥斯卡的战时共事者，以及他战后的大量朋友提供的文件和其他信息。由辛德勒犹太人提供、存放于大屠杀纪念馆这个烈士与英雄的权威纪念组织中有关奥斯卡的大量证词，还有通过私人渠道获得的书面证词以及由大屠杀纪念馆和奥斯卡的朋友提供的辛德勒的文件和信件，这些都进一步丰富了我们的记录。

用小说的结构和手法来讲述一个真实的故事，在现代作品中屡见不鲜。这正是我采用的方法——既是因为我唯一能仰仗的就是我身为小说家的技巧，也因为在我看来，小说手法也正适合表现奥斯卡这样一位如此含混复杂又如此崇高伟大的人物。不过，我一直力避一切向壁虚构，因为任何虚构都会贬损我的记录。像奥斯卡这样的伟大人物，身上自然会笼罩着无数神话和传说，我则一直力图将事实与神话区分开来。有时有必要在奥斯卡和其他当事人只留下最简略记录的基础上合理地虚构少许的对话内容。不过大部分的对话内容，所有的事实，均建基于由辛德勒犹太人、辛德勒本人以及其他亲眼见证奥斯卡那非凡拯救行动的人士提供的详尽回忆之上。

我首先要感谢三位辛德勒幸存者——利奥波德·普费弗伯格，以色列最高法院的摩西·贝斯基法官，还有米奇斯瓦夫·彭佩尔——他们不但跟作者悉数分享他们自己对奥斯卡的回忆，提供各种文件使我的叙述精确无误，而且还通读了本书的草稿并提出修正意见。还有很多人，不管是辛德勒幸存者还是奥斯卡战后的共事者，都诚恳地接受采访并慨然通过信件和文件贡献了很多有用信息。这其中包括埃米莉·辛德勒夫人，柳德米拉·普费弗伯格太太，索菲娅·斯特恩博士，海伦·霍洛维茨太太，约纳斯·德雷斯纳博士，亨利和玛利亚娜·勒斯纳先生和太太，利奥波德·勒斯纳，亚历克斯·勒斯纳博士，伊代克·申德尔医生，达努塔·申德尔博士，雷吉娜·霍洛维茨太太，布罗尼斯拉娃·卡拉库尔斯卡太太，理查德·霍洛维茨先生，什穆埃尔·斯普林曼先生，已故的雅各布·斯特恩贝格先生，耶日·斯特恩贝格先生，刘易斯·费根先生和太太，亨利·金斯特林格先生，丽贝卡·鲍太太，爱德华·霍伊贝格尔先生，M·希施费尔德先生和太太，欧文·格洛温先生和太太，还有很多人，恕不一一列举。在我居住的城市，E·科恩先生和太太不但跟我分享他们对奥斯卡的回忆，还持续不断地为我鼓劲加油。在以色列大屠杀纪念馆，约瑟夫·克米兹博士，什穆埃尔·克拉科夫斯基博士，薇拉·普劳斯内茨，查纳·阿贝尔斯以及哈达沙·莫德林格慷慨地让我接触到辛德勒幸存者的证词以及相关录像和图片资料。

最后，我想对已故马丁·戈施先生为了使奥斯卡·辛德勒的名字为世人所知所付出的心血表示敬意，并向其遗孀露西尔·盖尼斯致谢，感谢她对这一工程的支持协作。

唯有通过所有这些人士的鼎力相助，奥斯卡·辛德勒那传奇般的历史才终于首度以详尽的形式为世人所知。

汤姆·基尼利

序　幕
一九四三年秋

　　暮秋时节的波兰，克拉科夫旧市中心边缘斯特拉斯泽维斯克果大街一幢时髦的公寓楼中，走出一位身着昂贵大衣的高个儿青年，大衣下面是双排扣无尾礼服，礼服翻领上别着一枚巨大的装饰用黑珐琅底金质纳粹徽章。司机侍立在一辆庞大的阿德勒豪华轿车前，已经把车门打开，呼吸间都是呵出来的热气，这辆车即便在这个黑暗笼罩的世界中仍耀目生辉。

　　"注意脚下的人行道，辛德勒先生，"司机说。"它可跟寡妇的心肠一样裹了一层冰呢。"

　　从旁观察这幅冬日小景的我们，倒是脚踏坚实的大地，平安无虞。这位高个儿青年自始至终都会身着双排扣西装，有几分像个工程师的他一直都会有亮闪闪的巨大汽车随时伺候，还有，虽说他是个德国人，而且在当时的历史时期还是个相当有影响力的德国人，波兰司机却一直都可以热络地跟他开开蹩脚的玩笑，不会有什么顾虑。

　　可是，虽有这样轻松的开场，我们却不可能以同样轻松的眼光看待我们这整个故事。因为这是个关于"善"如何战胜"恶"的真实故事，一次绝对可以精确测量、统计，毫不含糊的胜利。当你从另外的一极，从兽性的角度考虑问题时——当你一一历数"恶"通常会取得的那些可以预计和测量的胜利——自然容易做到明智、冷嘲、目光如炬，避免滥情的俗套，自然容易彰显"恶"的不可避免，而正是这方面构成了这个故事中可以称为不动产的大部分，可是"善"终究还是能归结为"尊严"和"自知"这样少数几种无法估量的德行。人类致命的怨毒正是小说家的主题，原罪也永远是历史家的母乳。可是要想描写美德却实在是桩冒险的买卖。

"美德"这个词儿用起来实在危险，我们须得赶紧解释一下：奥斯卡·辛德勒先生，这位在克拉科夫古老优雅的旧城区，将雪亮的皮鞋冒险踩上结冰路面的青年，可决非一个世俗意义上的正人君子。在这个城市，他跟他的德国情妇住在一起，还跟他的波兰秘书长期有染。他妻子埃米莉自愿大部分时间待在摩拉维亚的家里，只是偶尔来波兰小住。不过倒要帮他说句话：对他所有的女人，他都是位彬彬有礼、慷慨大方的情人。当然，就"美德"的世俗含义而言，这也算不得理由。

而且，他还是个酒徒。有时他喝酒纯是为了陶然一醉，此外，他跟同事，跟官僚，跟党卫军喝酒可就是醉翁之意不在酒了。他这样的酒徒也有，不过应该说极为少见：他在喝酒时仍能保持清醒的头脑，保持谨慎和精明。这一条又是个忌讳，因为就狭义的"美德"而言，无论如何都不该纵酒狂欢。而且，辛德勒先生的功绩虽说已彪炳史册，却实在有些含混可疑之处，因为他是在一个堕落、野蛮的体系之中，或者说至少顺应了这样一个体系以成就他的功绩；而正是这个体系使欧洲遍布了各式各样残忍暴虐的集中营，使一个被抹去名字的民族统统成为囚犯，遭受灭顶之灾。因此，要讨论辛德勒先生不同寻常的美德，我们最好从一个试探性的实例入手，看看为了践行他这种美德他都去了些什么地方，接触了些什么样的人。

车开过斯特拉斯泽维斯克果大街后，就在瓦维尔城堡黑色的阴影下行驶，国社党宠爱的律师汉斯·弗兰克就是从这里统治着波兰政府。跟任何一个邪恶大人物的宫殿一样，城堡中没有一丝光亮透出。车子转向东南朝维斯瓦河开去时，辛德勒先生和司机都没有抬头扫一眼城堡的城墙。波德戈尔兹桥上的卫兵被派驻在冰冻的维斯瓦河之上，是为了截断游击队和其他违反宵禁的人员在波德戈尔兹和克拉科夫之间往返，他们对这辆豪华轿车，对辛德勒先生的相貌，对司机递上来的通行证已经非常熟悉了。辛德勒先生经常经过这个检查站，要么是从工厂（他厂里也有一套公寓）来市里忙公务，要么就是从他斯特拉斯泽维斯克果大街的寓所到他扎布洛西郊外的工厂。夜幕降临后他们也经常能见到他，正式或者半正式装扮，到这里或是那里出席一次晚宴，参加一个派对或进入某个卧室；或许像今天晚上这样，到离城十公里的普拉绍夫强制劳役营，跟党卫军上尉阿蒙·格特这个身居高位的享乐主义者共进晚餐。辛德勒先生素有在圣诞节的酒水礼物上慷慨大度的声誉，所以他的轿车没有多少耽搁就获准经过，进入波德戈尔兹郊区。

可以肯定的是，到了他人生经历的这个阶段，尽管他喜欢美食佳酿，辛德勒先生在前往格特司令官的晚宴途中，所怀有的嫌恶还是远远大于期待之情的。事实上，每次跟阿蒙一道坐下来小酌，都让他非常反感。不过辛德勒先生感受到的厌恶又不乏刺激，是古代的那种欢腾的憎恶感——就像中世纪绘画中法官对该死的犯人表现出来的憎恶。即一种刺激奥斯卡而非使他懦弱的情感。

阿德勒轿车沿不久前还穿越犹太人聚居区的电车轨道疾驶，昂贵黑皮装饰的车内，辛德勒先生照惯例一根接一根地抽着烟。不过抽得异常镇静。他手上没有一丝紧张；他可真是个时髦人物。他的举止仪态表明，他很清楚下一根香烟、下一瓶科涅克白兰地在哪儿伺候着。只有他才能告诉我们，当他经过寂静、黑暗的普罗克西姆车站时是否从酒瓶上暂时分了神，因为他看到一长串运畜车皮正朝利沃夫开去，运送的也许是步兵也许是囚犯，甚至也许真是家畜，尽管这种可能性微乎其微。

在离城约十公里的乡间，阿德勒轿车右转驶上耶路撒冷大街——这名字可真是个讽刺。在明亮的寒霜映衬下，首先映入辛德勒先生眼帘的是一座毁弃的犹太教会堂，然后就是那座不久前还叫“小耶路撒冷”的城镇光秃秃的外观，而如今这里是普拉绍夫强制劳役营，关押着两万名忧心如焚的犹太人。门前站岗的乌克兰卫兵和武装党卫军谦恭有礼地欢迎辛德勒先生，他在这里至少跟在波德戈尔兹桥上一样知名。

阿德勒轿车开到行政大楼前，然后开上一条用犹太人的墓石铺就的监狱小道。营地两年前还是一个犹太人墓园。格特司令官自称是位诗人，手边有什么隐喻、象征，都用来造他的集中营。这种破碎墓石的隐喻贯穿整个集中营，将其一分为二，不过并未朝东延伸至格特司令官居住的别墅。

营房过后的右手边，有一幢原来是犹太人殡仪馆的建筑。它像是在宣称这里所有的死亡都是自然死亡，皆属自然减员，所有的死者也都正准备装殓。事实上这个地方如今用作了司令官的马房。辛德勒先生虽说对这些景物已经习以为常，不过再见之下他可能还会嘲讽地轻嗽几声。诚然，如果你对新欧洲出现的每一桩小小的具有讽刺意味的事实都有感于心，它就会成为你背上包袱的一部分，越来越重。不过辛德勒先生能力超凡，扛得起这样的包袱。

一个名叫波尔代克·普费弗伯格的囚犯，当天晚上也正往司令官的别墅里赶。司令官十九岁的勤务兵里谢克到普费弗伯格的营房，给了他几张由一位党卫军军士签署的通行证。让这个男孩子头疼的是，司令官的浴缸里有一圈顽固的污迹，里谢克怕格特司令官洗完晨浴后会揍他一顿。普费弗伯格曾是波德戈尔兹高中的教师，里谢克就是他的学生，如今在集中营汽车修理部干活，能弄到去除污迹的溶剂。于是里谢克跟他一起去了趟汽修部，拿了根小拖把和一罐去污液。走进司令官的别墅总让人提心吊胆，不过也就有了机会，可以得到海伦·希尔施塞过来的食物，海伦是格特备受虐待的犹太女仆，心地仁厚，也曾是普费弗伯格的学生。

辛德勒先生的阿德勒轿车距别墅还有一百米的时候，已经引起群犬狂吠——大丹犬、猎狼犬，以及阿蒙养在屋外狗窝里各式各样的恶狗。别墅是幢方形建筑，带个阁楼。上层的窗户开向一个阳台。外墙环绕着整整一圈装了栏杆的露台。阿蒙·格特喜欢夏天在户外闲坐。自从他来到普拉绍夫，已经挂了不少膘。到来年夏天，他就会成为一个热爱太阳浴的大胖子。不过在这个特殊版本的耶路撒冷里，可没有人敢嘲笑他。

一位戴着白手套的党卫军中士早就在门前侍立。他敬礼后，将辛德勒先生引进房内。门厅里的乌克兰勤务兵伊万接过辛德勒先生的大衣和洪堡礼帽。辛德勒拍了拍西装的胸袋，确认一下他给主人带的礼物：一个镀金烟盒，黑市货。阿蒙在这方面已经是行家里手，尤其是对于被罚没的珠宝；要送他礼物，起码得是镀金的，否则对他不啻是种冒犯。

通向餐厅的双开门边，勒斯纳兄弟正在奏乐，亨利拉小提琴，莱奥拉手风琴。奉格特之命，兄弟俩已经把白天在集中营油漆店干活穿的破衣烂衫脱掉，换上他们保存在营房专为这种场合穿的礼服。奥斯卡·辛德勒知道，虽说司令官喜欢他们的音乐，勒斯纳兄弟在别墅演奏时却一直都胆战心惊。他们太了解阿蒙这个人了。他们知道他喜怒无常，他们随时都可能被拉出去枪毙。他们俩勤恳谨慎地演奏着，希望他们的音乐千万别突然间毫无来由地冒犯了司令官。

参加格特晚宴的有七位男客。除了辛德勒本人和主人，男客包括克拉科夫地区党卫军头目朱利安·舍纳，已故海德里希的安全机构 SD^① 克拉科夫分部负责人罗尔夫·楚尔达。舍纳的党卫军军衔是 Oberführer，介于上校和准将之间，陆军编制中没有对应的军衔；楚尔达的军衔相当于陆军中校。格特本人的军衔是上尉。舍纳和楚尔达是真正的贵宾，因为这个集中营就是归他们管的。他们俩都比格特司令官年长几岁，党卫军的警察头子舍纳因为秃顶、戴眼镜而且略显臃肿，看起来绝对是个中年人了。虽说如此，由于他的被保护人放荡的生活习惯，他跟阿蒙之间的年龄差距看来并不太明显。

最年长的男客是弗朗茨·博施先生，一战老兵，普拉绍夫数家工场的经理，合法非法的都有。他还是舍纳的"经济顾问"，在克拉科夫城内也有商业利益。

奥斯卡很是鄙视博施和舍纳、楚尔达这两个警察头子。可是，跟他们合作却是保住他自己扎布洛西工厂的关键，所以他经常给他们送礼。男客里奥斯卡觉得有点痛痒相关的只有尤利乌斯·马德里瑞施，普拉绍夫集中营内马德里瑞施制服厂的老

---

① SD 是 Sicherbeitsdienst（党卫军安全处）的缩写，为二战期间纳粹德国的两个情报机构之一。

板，还有就是马德里瑞施的经理雷蒙德·蒂奇。马德里瑞施比奥斯卡和司令官格特先生年轻一岁左右。他有魄力有胆略，又有仁爱之心，若要给他集中营里靠囚犯发财的工厂辩护的话，我们只需提出一点：他工厂里雇用了近四千名囚犯，也就等于保住了这四千人的性命。雷蒙德·蒂奇四十岁出头，瘦弱、孤僻，不喜交际，在这种场合能溜就溜，他是马德里瑞施的经理，成卡车地为他的囚犯偷运食品（光这一条就够他在蒙特卢皮赫监狱、党卫军监狱或是奥斯威辛蹲一辈子了），对马德里瑞施言听计从。

　　四位女客都比任何一位男客都年轻，精心梳理的头发，身上都穿着昂贵的晚装。她们都是克拉科夫城内的高等妓女，德国人波兰人都有。有的是这里晚宴的常客。之所以有四个，是便于两位校级军官从容挑拣。格特的德国情妇玛约拉在他举行这类欢宴时通常都待在城内的公寓里。她将格特的晚宴视作男人的场合，因此对她敏感的神经而言是种冒犯。

　　毫无疑问，两个警察头子和司令官都以他们的方式很喜欢奥斯卡。不过他身上还是有种怪怪的东西。他们宁肯将这种怪异归结为他的家族起源一笔勾销。他是苏台德①德国人——就他们而言就像阿肯色之于曼哈顿，利物浦之于剑桥。有迹象显示他不能算是思想纯正，不过他出手阔绰，从他那里可以源源不断得到各种稀有日用品，他还能手持酒杯，表现出松弛有时甚至是粗豪的幽默感。他是你会隔着整个房间朝他微笑、点头的那类人，可要是你马上跳起来对他过分殷勤就没有必要，甚至有欠明智了。

---

　　① 苏台德地区位于捷克、波兰和德国交界处。

那两位党卫军军官注意到奥斯卡·辛德勒的入场，很可能是因为他在四位姑娘中间激起的战栗。在那个年代认识奥斯卡的人，都会说起他那种从容的磁性般的魅力，女人对此尤其招架不住，凭借这种魅力他简直无往而不胜。那两个警察头子楚尔达和舍纳这时注意辛德勒，可能是为了赢得女客的注意。格特也趋前一步跟他握手。司令官跟辛德勒个头相仿，三十出头就这么肥胖本来就显得不正常，现在又加上他的个头，那感觉就更加突兀了，仿佛一个高大的运动员身上硬贴了厚厚一层肥膘。他那张脸看似完美无缺，只是眼睛里闪着酗酒贪杯的亮光。司令官开怀痛饮的本地白兰地，数量着实惊人。

不过，跟普拉绍夫和党卫军的经济天才博施先生相比，他还是小巫见大巫。博施先生顶着个紫红的酒糟鼻；本当属于他脸上血管里的氧气，多年来似乎都跑去滋养酒精里的亮蓝色火焰了。辛德勒朝他点头致意，心里明白博施今晚上又要照旧诈他一笔了。

"欢迎我们的工业家，"格特低沉的声音隆隆作响，然后他正式向在座的几位姑娘做了介绍。勒斯纳兄弟俩这时候正在演奏施特劳斯，亨利的目光只在他的琴弦和最空旷的屋角间徘徊，莱奥则低头冲着手风琴键盘微笑。

辛德勒先生正被一一介绍给女客。辛德勒先生一边吻着姑娘们抬起来的手背，一边忍不住可怜起克拉科夫的这些个打工女郎，因为知道待会儿——等打打闹闹嬉笑调情开始之后——打闹也许会留下鞭痕，调情也可能打穿她们的肉体。不过，一喝醉就会成为虐待狂的阿蒙·格特上尉，起码现在还是个模范的维也纳绅士。

饭前的闲谈还是老一套。肯定会谈到战争，一边是SD头子楚尔达向一位高个儿德国姑娘保证，克里米亚半岛已经安全拿下，一边是党卫军头子舍纳跟另一位姑娘说起他在洪堡认识的一个男孩子，一个很体面的小伙子，党卫军中的高级军官，在游击队轰炸琴斯托霍瓦的一家旅馆时被炸断了双腿。辛德勒则跟马德里瑞施和他的经理蒂奇聊着工厂的业务。这三位企业家之间存在真正的友谊。辛德勒先生知道小蒂奇为马德里瑞施制服厂的囚犯非法购买黑市面包，而且大部分资金是马德里瑞施自掏腰包。这是最起码的人性，因为照辛德勒先生的观点，他们在波兰的利润实在惊人，哪怕最根深蒂固的资本家都能心满意足，拿出点钱多买些非法的面包是理所应当的。就辛德勒而言，跟军备物资监管局——负责为德军所需的一切日用品进行招标、签订合同的机构——的合同已经使他成为巨富，早就超越了他的远大抱负：成为他父亲眼里的成功者。可不幸的是，据他所知肯经常花钱买黑市面包的就只有马德里瑞施、蒂奇和他，奥斯卡·辛德勒。

在格特即将招呼大家到餐桌前就座的时候，博施先生走到辛德勒跟前，不出所料地拉住他的胳膊肘，将他引至两位音乐家正在演奏的门口，仿佛希望勒斯纳兄弟俩无可挑剔的旋律能遮没他们的谈话。

"生意不错吧，我看，"博施说。

辛德勒朝这人微微一笑。"您不是看到了吗，博施先生？"

"的确如此，"博施道。博施当然已经看过"重要军备物资委员会"的正式公报，宣布合同签给了辛德勒工厂。

"我是在想，"博施把脑袋凑过来说，"照您目前的兴旺发达，这毕竟是建立在我们前线一系列普遍的胜利之上……我是在想，您是否愿意做出一点姿态。没什么大不了。只不过做个姿态。"

"当然，当然，"辛德勒道。他觉得一阵作呕，又要被人利用了，不过同时还有一种迹近快乐的感觉。警察头子舍纳的办公室已经利用其影响两次使奥斯卡·辛德勒免受囹圄之苦。他的全体职员很乐意继续增加砝码，确保下一次仍能化险为夷。

"我不来梅的姑母家被炸得一干二净，可怜的老家伙，"博施道。"一干二净！他们的婚床。餐具柜——她全套的迈森瓷器和陶器。我在想您能否匀一点厨房用具接济接济她。是不是能给个锅或是两个——你们 DEF 生产的那种大个儿炖锅。"

辛德勒先生兴旺发达的企业大名叫 Deutsche Emailwaren Fabrik（德国搪瓷厂）。德国人简称其为 DEF，不过波兰人和犹太人管它叫埃玛丽娅（Emalia）。

辛德勒先生说，"我觉得这应该没问题。您是希望直接把货托运给令姑母呢，还是由您来转交？"

博施连笑纹都不见一丝。"我来转交，奥斯卡。我想附上张小卡片。"

"那是自然。"

"那我们就一言为定喽。每样用具都来个半罗①好了——汤碗，盘子，咖啡杯。那种炖锅就来个半打。"

辛德勒先生仰头说哈哈大笑，虽说透着厌烦。不过他开口说话的时候听起来仍殷勤有礼。仿佛发自内心。他在礼物上大手大脚惯了。博施的亲戚显然经常饱受轰炸之苦。

---

① 罗（gross），计数单位，12 打或 144 个。

奥斯卡又喃喃道："令姑母是经营一家孤儿院？"

博施再次盯住他的眼睛，对自己的一番醉醺醺的昏话理直气壮得很。"她是个没有生活来源的老太婆。她用不到的可以拿去换别的东西。"

"我会交代秘书处理这件事。"

"那个波兰姑娘？"博施说。"那个小美女？"

"是个小美女，"辛德勒同意道。

博施本想吹个口哨，不过因为喝了太多白兰地，嘴唇没能撮到位，口哨变成了低低的咂舌声。"尊夫人，"他妄充知己地说，"真是个圣人。"

"确实如此，"辛德勒敷衍道。白让博施赚一票厨房用具倒没什么，辛德勒可不想跟他议论自己的妻子。

"跟我说说，"博施仍不放手。"你是怎么让她少管闲事的？她肯定知道……可看来你有本事拿得住她。"

辛德勒顿时沉下脸来。谁都能看出他脸上明显的不悦。他的声音几乎变成低吼，不过仍维持着惯常优雅的语调。

"我从不跟人谈论私事，"他说。

博施匆忙道歉。"原谅我。我不知道……"他继续语无伦次地请求原谅。辛德勒先生本来就不喜欢博施先生，懒得向他解释，在他人生中这个暗沉的黑夜，他和妻子之间根本就不是什么谁拿得住谁的问题了，辛德勒夫妻关系的灾难在于，正是埃米莉·辛德勒夫人生就的禁欲脾性和奥斯卡·辛德勒先生的享乐天性，不顾所谓的良言相劝自愿将他们俩绑在了一起。不过奥斯卡对博施的恼火，原因可能比他肯于承认的还要复杂些。埃米莉很像奥斯卡已故的母亲路易莎·辛德勒夫人。而他父亲老辛德勒先生在一九三五年就离开了路易莎。所以奥斯卡有种本能的感觉：博施对埃米莉和奥斯卡婚姻的轻视，也就等于贬损了老辛德勒的婚姻。

博施还在不断地道歉。这个在克拉科夫无孔不入，手能伸到所有钱柜里的家伙，如今竟然因为怕失去六打成套的厨房用具，慌得汗流浃背。

客人被召唤到桌前用餐。女仆先上了一份洋葱汤，伺候客人喝汤。客人边吃边聊，勒斯纳兄弟一边继续演奏，一边靠近了些用餐的客人，又不至于太近，以免妨碍了女仆和格特的两个乌克兰勤务兵伊万、彼得的活动。辛德勒先生坐在已经被舍纳窃据的高个儿姑娘和一位长相甜美、骨架纤小讲德语的波兰姑娘之间，注意到两位姑娘都盯着那个女仆看个不停。女仆穿着传统的室内制服，黑裙子、白围裙。她胳膊上没有戴犹太星章，背上也没有一道黄漆。不过她一看就是个犹太人。引起其他女性注意的是她脸上的伤痕。整个下巴一片青肿，你会觉得格特把处在这种情况下的女仆展现在克拉科夫的贵客面前，实在有失体面。两个姑娘和辛德勒先生都能看到，除了脸上的淤伤以外，她制服领子底下还隐约显出一片更让人心惊的青紫，就在她细瘦的脖子和肩膀的交会处。

阿蒙·格特非但不想不做解释地就让那个姑娘隐没在背景中，他还特意把椅子转向她，抬手给她打着手势，展示给一众宾客观瞧。辛德勒先生已经有六个星期没到这儿来了，不过他安插的耳目已经跟他讲过，格特跟这个姑娘之间的关系是够扭曲变态的。宴请朋友时，格特拿她当谈资。只有在克拉科夫地区以外的高级军官造访时他才会把她给藏起来。

"女士们先生们，"他叫道，模仿夜总会老板假作醉态主持歌舞节目的调调，"请允许我介绍列娜。经过我五个月的调教，如今她不论是烹饪还是举止都已经相当不错了。"

"我从她脸上看得出来，"高个儿姑娘道，"她肯定是撞上了厨房的家具。"

"这婊子本来还得撞一下的，"格特亲切地咯咯一笑。"没错。再撞一下。是不是，列娜？"

"他对女人真够凶的，"党卫军头子夸口道，冲他高个儿女伴挤挤眼睛。舍纳本来应该并无恶意，因为他说的是全体女人，并没有专指犹太女人。格特一旦想起列娜的犹太人身份，她就得额外多遭些罪，要么大庭广众下当着晚宴客人的面，要么就迟些等司令官的朋友离开之后。舍纳作为格特的上司，本来可以命令他不要再打这个姑娘。可这么一来面子上可就难看了，阿蒙别墅里的友好派对也就泡了汤。舍纳不是以上司的身份来的，他现在的身份是朋友、同事，来寻欢作乐，来享受女色的。阿蒙这家伙是有点怪，可谁都搞不出他这样的派对来。

汤之后是鲱鱼加调味汁，然后是猪手，都由列娜精心烹制调配。配肉食饮用的是一种烈性匈牙利红酒，勒斯纳兄弟开始演奏热烈的恰尔达什舞曲，餐厅里的气氛也热烈起来，军官们都脱掉了制服外套。对战争合同有了更多闲话可谈。制服制造商马德里瑞施被问起他塔尔努夫工厂的情况。是不是也像普拉绍夫集中营里的厂子一样属于军备物资监管局的合同工厂？马德里瑞施把这些问题都交给他那位苦行僧一样的瘦小经理蒂奇来回答。格特却突然间走了神，像是晚宴吃到一半突然想起当天下午还有亟待处理的公务忘了在脑后，必须返回黑漆漆的办公室去处理。

克拉科夫来的几位姑娘觉得无聊了，那位骨架娇小的波兰姑娘，嘴唇油光光的，至多二十，也许才十八岁，她把手压在辛德勒先生的右手袖子上。"您不是军人？"她低声道。"您要是穿上军装肯定帅极了。"所有人都笑了起来——连马德里瑞施也不例外。他一九四〇年曾穿过一段时间军装，之所以又能脱下军装是因为他的经营天才对战争更加有利。不过辛德勒先生本来就权势赫赫，从没有被迫加入国防军的危险。马德里瑞施心照不宣地呵呵一笑。

"诸位听见了？"舍纳长官问在座的各位。"这位小女士把我们的工业家当作了军人。辛德勒列兵，呃？肩膀上披块毯子从他自己厂里产的野战炊具里捞东西吃。没准还是在哈尔科夫。"

鉴于眼前辛德勒先生的楚楚衣冠、翩翩风度，这种描述确是怪异得很，连辛德勒本人都不禁笑了起来。

"那个谁……"博施说，想捻个响指；"那个谁……华沙的那家伙叫什么来着？他就没能幸免。"

"托本斯，"格特道，像是突然又回过神来了。"托本斯就没能幸免。险些。"

SD头子楚尔达说，"哦，是呀。托本斯险些没能幸免。"托本斯是一位华沙工业家。产业比辛德勒和马德里瑞施都大。够成功的了。"希尼，"楚尔达说（希尼就是海因里希·希姆莱[1]），"跑到华沙跟军备物资监管局的人说，把托本斯工厂里该死的犹太人都赶出去，让托本斯参军，而且……而且要把他送上前线。听清楚，是前线！然后希尼又吩咐我在那里的同僚，他说，用显微镜好好查查他的账簿！"

托本斯可是军备物资监管局的宠儿，军管局给他有利可图

---

[1] 希姆莱（Heinrich Himmler, 1900—1945），纳粹德国第二号人物。

的战争合同，他则以不断地送礼作为回馈。军管局最终设法救了托本斯，舍纳一本正经地告诉大家，然后朝盘子俯下身来，露骨地冲辛德勒眨眨眼睛，"这种事决不会发生在克拉科夫，奥斯卡。我们都太爱你了。"

或许是为了显示在场所有人对工业家辛德勒先生的热情，格特突然费力地站起身来，和着勒斯纳兄弟正在演奏的《蝴蝶夫人》主题音乐哼唱起来，身在危机四伏的犹太聚居区内这种危机四伏的工厂当中，衣冠楚楚的勒斯纳兄弟丝毫都不敢懈怠，恐怕任何一个同等处境的犹太手艺人莫不如此。

此时，普费弗伯格和勤务兵里谢克正在楼上格特的浴室里，洗刷浴缸里的一圈顽垢。他们能听到勒斯纳兄弟的音乐和阵阵欢声笑语。楼下到了饭后的咖啡时间，受尽折磨的列娜为客人上好咖啡后，安然无恙地退回了厨房。

马德里瑞施和蒂奇很快把咖啡喝完就告退了。辛德勒也想照此办理。那个娇小的波兰姑娘似乎对他恋恋不舍，可这个地方他实在待不下去了。在格特家里你尽可恣意妄为，不过，党卫军在波兰的无恶不作，却使你在这里说的每个字、喝的每杯酒都打上令人反感的反光，更别提什么性交易了。就算你把一位姑娘带上楼，你仍然忘不了博施、舍纳和格特也在跟你一道寻欢作乐呢，也在干着同样的勾当——不管是在楼梯上，在浴室还是卧室里。辛德勒先生决非六根清净的和尚，可他宁肯做个和尚，也不愿在格特家春风一度。

他特意撇下那个姑娘跟舍纳聊天，谈谈战况、波兰匪帮、即将到来的苦寒冬天。让那个姑娘明白，他跟舍纳情同手足，他决不会跟兄弟争抢女人。不过他还是跟她道别，吻了吻她的手。行吻手礼时，他透过自己衬衫的袖口看见格特正走出餐厅的大门，朝楼梯井走去，一个刚才坐他身边的姑娘从旁搀扶。奥斯卡道别后几步赶上了司令官。他伸手拍了拍格特的肩膀。格特转过来，视线已经涣散的眼珠子竭力想聚上光。"哦，"他嘟囔道。"走了，辛德勒？"

"必须得回家了，"奥斯卡说。等在家里的是他的德国情妇英格丽德。

"你他妈可真是匹种马，"格特说。

"还是比不上你老兄啊，"辛德勒道。

"对，你说得没错。我是个要命的奥林匹斯山神仙呢。我们要去……我们要去哪儿？"他把头转向那个姑娘，不过自己回答了。"我们要去厨房监督那个列娜清理餐具。"

"不，"那个姑娘大笑着道。"我们去那儿干吗？"她拖着格特上楼。难得她出于姐妹情谊，挺身而出保护了厨房里那个遍体鳞伤的瘦弱姑娘。

辛德勒看着他们——笨重的军官和搀扶他的纤弱姑娘——跌跌撞撞地朝楼上走去。格特看似一个会一觉睡到日上三竿的主儿，可奥斯卡知道司令官惊人的体魄和生物钟。凌晨三点，格特兴许就会决定爬起来，给他身在维也纳的父亲写封信。再睡上一个小时的回笼觉，最多七点他就会出现在阳台上，手持来复枪，随时准备将拖拖拉拉的囚犯就地正法。

等那个姑娘和格特爬到了第一个楼梯平台，辛德勒悄悄沿走廊朝后房走去。

普费弗伯格和里谢克没料到司令官这么早就上了楼。听到他进了卧室，开始低声跟那个姑娘嘟囔，他们俩悄没声地收拾起清洁工具，蹑手蹑脚地走进卧室，想从一道便门溜出去。格特还没醉得不省人事，看到了他们逃窜的身影，尤其是他们手里的刷子，不禁吓了一跳，还当他们是刺客。等里谢克走上前来，哆哆嗦嗦地汇报时，司令官这才弄清楚他们不过是两个囚犯。

"司令官先生，"里谢克确实有理由吓得上气不接下气。"我希望向您汇报，您的浴缸里有一圈污渍……"

"喔，"阿蒙道。"所以你叫了位专家来。"他招手让那个男孩靠前。"过来，亲爱的。"

里谢克战战兢兢地挪过去，当即重重地挨了一下，一下子就趴在了床脚下。阿蒙再次招手要他靠前，仿佛觉得那姑娘看着他对囚犯温言软语会觉得开心似的。小里谢克站起身踉踉跄跄朝司令官走去，再原样挨一轮打。当那男孩第二次挣扎着从地上爬起来时，普费弗伯格照他长久以来的坐牢经验，已经做了最坏的打算——他们会被拉到底下的花园里由伊万当场处决。好在司令官只不过怒吼着叫他们滚蛋，他们乐得立即照办。

几天后，普费弗伯格听说里谢克死了，是被阿蒙给毙的，他以为是因为浴室的那件事。事实上根本不是这么回事——是因为里谢克事先没有请得司令官的允许，就擅自为博施先生套了辆马车。

别墅的厨房里，真名叫海伦·希尔施（她总是解释说，格特纯粹是因为懒才叫他列娜的）的女仆一抬头，发现门口站着一位宴会的贵宾。她放下手里端的盛碎肉的盘子，猛地跳起来立正站好。"您……"她望着他的礼服努力为他找个敬称。"主管先生，我是想把骨头拣出来喂司令官先生的狗。"

"请便，请便，"辛德勒先生说。"你没必要跟我汇报，希尔施小姐。"

　　他绕着桌子走了几步。他不想让她觉得他是针对她来的，可她仍对他的意图充满恐惧。虽说阿蒙以痛打她为乐，她的犹太人身份却总能救她免受公然的性侵犯。不过也有些德国人在种族问题上不像阿蒙这么挑剔。然而，这个人讲话的口气她却实在太不习惯了，就连那些跑到厨房来跟她抱怨阿蒙的党卫军军官和军士也不是这样讲话的。

　　"你不认识我吗？"他问，就像个名人——足球明星或是小提琴家——因为一个陌生人竟然没认出他来而略感受伤一样。"我是辛德勒。"

　　他伸出手臂抱住她。当他的嘴唇触到她的面颊时，他真切地感受到她身体的紧张。

　　他喃喃道，"这不是那种吻。如果你一定要知道，我吻你是出于怜悯。"

　　她忍不住泪流满面。辛德勒主管先生正热烈地吻着她前额的正中，那是波兰人在火车站告别时的亲吻方式，是热情的东欧民族嘴唇吧嗒作响的重吻。她看到他也已经泪流满面。"这个吻我是为了那个……"他挥了挥手，她知道他指的是那个正处在深重黑暗中的诚实部族，只能睡在狭窄的床板上或是躲藏的密林中，对于这个备受格特上尉惩罚虐待的民族，她实际上在中间充当了缓冲物的作用。

　　辛德勒先生放开她，从侧袋里掏出一大条巧克力。这看起来也像是只有战前才有的奢侈品。

　　"把它藏起来，"他建议她。

　　"这里倒是不缺吃的，"她告诉他，仿佛他没觉得她濒临饿死，倒是有伤自尊的。事实上，她最不担心的就是吃的。她知道她肯定会死在阿蒙的别墅里，不过肯定不是因为缺少食物。

"你要是不想吃，就卖了它，"辛德勒先生告诉她。"干吗不增强一下自己的体力呢？"他退后一步，上下打量着她。"伊扎克·斯特恩跟我说起过你。"

"辛德勒先生，"姑娘喃喃低语。她埋下头去痛哭失声，不过只敢哭了几秒钟。"辛德勒先生，他喜欢当着那些女人的面打我。我来这里的第一天，他打我是因为我把吃剩下的骨头给扔了。他半夜三更跑到地下室问我把骨头给扔哪儿了。他要喂他的狗，这可以理解。那是我第一次挨打。我当时问他……我不知道为什么会那么问；放到现在我才不会这么问呢……我问他，你为什么打我？他说，我之所以打你就因为你问我为什么打你。"

她摇摇头，耸了耸肩，仿佛是自责话说得太多了。她一句话都不想多说了；她受到的责打实在是一言难尽，日复一日挨不尽的拳头。

辛德勒先生关心地朝她俯下头。"你的处境实在太可怕了，海伦，"他对她说。

"没关系，"她说。"我已经接受下来了。"

"接受什么？"

"哪天他高兴就会一枪崩了我。"

辛德勒摇了摇头，而她却觉得这种鼓励她敢于去希望的做法太虚情假意了。突然间，她被辛德勒先生精美的服饰、保养得极好的身体激怒了。"看在上帝分上，主管先生，我又不是没长眼睛。星期一的时候我们在房顶上铲冰，小里谢克和我。我们看到司令官先生从前门走出来，走到露台的楼梯上，就在我们正下方。然后，他就站在楼梯上，举起手枪，毙了一个正好路过的女人。一个扛着个包袱的女人。一枪打穿了咽喉。不过是个正好路过的女人。你知道。她看着并不比别人更胖，更瘦，走得也不比别人更快或是更慢。我实在猜不出她做错了什么。你越是了解司令官先生的做派，你就越发清楚：根本就没有什么你可以遵循的标准。你根本没法对自己说，只要我遵循这样那样的标准，我就能保安全……"

辛德勒握住她的手，为了表示强调握得很紧。"听我说，我亲爱的海伦·希尔施，不管怎么说，这儿还是比马伊达内克①或是奥斯威辛强。如果你能保持健康的身体……"

她说，"我原以为在司令官的厨房里不难做到。我从营里的厨房调到这儿的时候，别的姑娘还都很嫉妒我呢。"

她唇上泛起一抹让人心痛的微笑。

辛德勒抬高了嗓音。他就像是在阐述一项物理公式。"他不会杀你，因为他就指着你取乐呢，我亲爱的海伦。他一心指着你取乐，连犹太星章都不让你戴。因为他不想让任何人知道给他取乐的竟然是个犹太人。他在楼梯上一枪崩了那个女人，是因为她对他没有任何意义，她就是个囚犯而已，既不会冒犯他也不会取悦他。你该理解这一点。不过你……这当然没什么光彩的，海伦。不过人生就是这样。"

有人也这么跟她讲过。是司令官的副官莱奥·约翰。约翰是党卫军少尉。"他不会杀你，"约翰曾对她说，"一直到底，列娜，因为你太能给他提神取乐了。"这话由约翰说来意义并

---

① 马伊达内克 (Majdanek)，德国纳粹集中营和灭绝营，位于波兰卢布林东南郊。估计死于该营的总人数达 20—150 万。

不一样。辛德勒先生等于是一锤定音：她虽活得痛苦不堪，却能够活下去。

他看来很理解她现在心头的震惊。他喃喃地继续说些鼓励的话语。他会再来看她。他会设法把她弄出去。弄出去？她问。弄出这个别墅，他解释；到我的厂子里去，他说。你肯定听说过我的厂子。我有一家搪瓷厂。

"哦，当然，"就像一个贫民窟的孩子说起度假胜地里维埃拉。"'辛德勒的埃玛丽娅'。我当然听说过。"

"一定要保持健康的身体，"他再次强调。说这番话的时候他似乎已经知道这就是问题的关键。他似乎已经洞悉了希姆莱、弗兰克等纳粹头子将来的险恶意图。

"好吧，"她被说服了。

她转过身去，走到一个碗橱前，把它从墙上拉了出来，这么卑微的姑娘竟然有这么大力气，辛德勒先生着实吃了一惊。她从碗橱背后的墙上挪开一块砖头，掏出一沓钞票——纳粹占领波兰后的兹罗提①。

"我有个妹妹在劳役营的厨房工作，"她说。"万一她被送上运畜车的话，我想请您用这笔钱把她赎出来。我相信这种事您肯定见得多了。"

"我会把这当作自己的事来做，"辛德勒告诉她，不过语气轻描淡写，不像是个庄重的承诺。"这有多少？"

"四千兹罗提。"

他大大咧咧地接过钞票，往侧袋里一塞。钱放在他这儿总比藏在阿蒙·格特家的碗橱后面安全得多。

---

① 波兰货币单位。

奥斯卡·辛德勒的故事就这样险象环生地拉开了序幕，其间有野蛮的纳粹做派，有党卫军的纵酒狂欢，一个饱受凌辱的瘦弱姑娘，还有辛德勒这个善良的德国人，就像只能存在于人们想象中的古道热肠的妓女形象一样广为流传。

一方面，奥斯卡一直努力去认识纳粹这个体系的全副面孔，那隐藏在官样文章背后疯狗一样的真面孔。他早在大多数人想都不敢去想之前，就已经窥破了 Sonderbehandlung 到底是什么意思；说的虽是"特殊疗法"，真正的含义却是贝乌热茨、索比堡、特雷布林卡以及克拉科夫以西那个集中营里堆积如山的青紫尸体，波兰人称克拉科夫以西的那个地方为 Osiecim-Brzezinka，不过后来广为西方世界所知的还是它的德国名字：奥斯威辛-比克瑙（Auschwitz-Birkenau）。

另一方面，他又是个商人，一个天生的商人，他决不会公然唾弃纳粹的体制。他已经竭尽所能使那堆积如山的尸体降低了一些，而且，虽说他当时还不知道，就在未来两年间，犹太人的尸山就会堆得高过马特洪恩峰①，可是他已经预感到这一天就要到来了。虽说他不能预测纳粹的官僚体制中会有哪些具体的改变，可他坚信不论政策如何改变，总会需要犹太劳工的效力。因此，他才会在看望海伦·希尔施时，反复叮嘱她要"保持健康的身体"。他确信，就在窗外那黑暗的普拉绍夫劳役营中，无法入眠的犹太人也在不断为自己打气，因为历史的潮流已经证明，没有一个政权不需要大量的自由劳动力。只有那些身体垮掉、大口吐血、感染痢疾的犹太人才会被送往奥斯威辛。在普拉绍夫劳役营的囚犯一大早被叫到阅兵场点名时，

---

① 马特洪恩峰位于意大利与瑞士交界处的奔宁-阿尔卑斯山脉，海拔4,481.1米。

辛德勒先生就亲耳听到有些人的喃喃自语，"至少我身体还算健康，"那种口气是以往的太平岁月里上了年纪的老人才会有的。

所以，这个冬夜对于辛德勒先生的拯救行动而言，既是开始，又是结束。他已经深陷其中；他已经无数次违反纳粹德国的法令，罪名足够判处他绞刑、砍头，被送往奥斯威辛或是格罗斯-罗森集中营，住在四面透风的营房里。不过他当时还不知道自己真正会付出多大的代价。虽说他已经拿出了相当一笔财富，可他不知道将来还需要付出多少。

此是后话，暂且不表，我们的故事还是从日常的小小善行开始吧——一个吻，一句软语温存，一块巧克力糖果。海伦·希尔施以后再也不会见到她那四千兹罗提了——那笔钱再也不会以能拿在手里、数得清的形式出现了。不过这一天有件事还是给她留下了深刻的印象，那就是奥斯卡对金钱的数目竟然如此漫不经心。

第一章

西格蒙德·李斯特将军的装甲师从苏台德区挥师北上，于一九三九年九月六日从两翼包抄，拿下了克拉科夫这颗南部波兰的璀璨宝石。奥斯卡·辛德勒尾随其后，来到了这块在未来五年间就将使他飞黄腾达的宝地。虽说不出一个月，他就会对国家社会主义心生不满，他仍然看得很清楚，克拉科夫这个铁路枢纽的工业虽尚欠发达，可在新政权统治下必将迅速崛起。他可不想再做什么推销员了。从今以后他将成为一个商业巨头。

回顾奥斯卡的家族史，从中倒是并不容易找到他那股强烈的拯救本能的根源。他生于一九〇八年四月二十八日，生在弗朗茨·约瑟夫①治下的奥地利帝国，那个古老的奥匈帝国版图内山峦起伏的摩拉维亚省。他的故乡是工业城市兹维陶，十六世纪初，这里的商业机会将辛德勒的先祖从维也纳吸引至此。

奥斯卡的父亲汉斯·辛德勒先生非常赞同帝国的统治，自认是个文化上的奥地利人，不论是用餐、打电话、谈生意，还是甜言蜜语，都使用德语。可是在一九一八年，辛德勒先生和他的家庭成员却发现他们成了马萨里克和贝奈斯②治下的捷克斯洛伐克共和国公民，不过这也并未给做父亲的带来什么根本性的困扰，年仅十岁的儿子就更不用说了。据成年后的希特勒讲，童年时的希特勒就因为奥地利与德国虽在很多方面血脉相连，在政治上却毫不相干而痛苦万分。奥斯卡·辛德勒的童年却丝毫未曾受到这种神经分分的所谓归属断层的困扰。捷克斯洛伐克共和国是个林木丛生的蕞尔小国，当时还没有成为他人刀俎下的鱼肉，即便在大萧条时期，在后来政府的某些蠢行使民族关系日益紧张的情况下，讲德语的市民仍颇有尊严地安于他们的少数民族地位。

奥斯卡的故乡兹维陶，是耶塞尼克山脉南麓一个煤灰遍布的工业小城。它周遭的小山半被工业破坏，半被落叶松、云杉和冷杉的森林覆盖。由于苏台德德国人社区的需要，兹维陶保留了一所德语文法学校，奥斯卡上的就是这所学校。他读的是"实科中学"课程，是专为当地的工业所需培养矿业、机械与民政工程师的。辛德勒先生拥有一家农业机械厂，奥斯卡受的教育就是预备将来好继承家族企业。

辛德勒家是天主教徒。阿蒙·格特家也是一样，这时年轻的格特也在完成他的理科中学课程，正在维也纳准备高中毕业会考。

奥斯卡的母亲路易莎信教非常虔诚，她每个礼拜天都沉浸在香烟缭绕的圣莫里斯教堂里望大弥撒，衣服上都浸满了香烟味道。汉斯·辛德勒正是那种逼得妻子只能在宗教中寻得安慰的丈夫。他喜欢科涅克白兰地；喜欢泡咖啡馆。这位君主主义

---

① 弗朗茨·约瑟夫（Francis［或 Franz］Joseph, 1830—1916），奥地利皇帝和匈牙利国王，他将帝国分为二元君主国，其中奥地利和匈牙利作为平等的伙伴共存。
② 马萨里克（T. G. Masaryk, 1850—1937）和贝奈斯（E. Beneš, 1884—1948）分别为捷克斯洛伐克共和国第一和第二任总统。

者汉斯·辛德勒先生，身上总是散发出上等白兰地、优质烟草和世俗享乐的味道。

辛德勒家住着一套现代化的别墅，远离城市的工业区，四周园林环抱。家里有两个孩子：奥斯卡和他妹妹埃尔弗丽德。不过除了最粗略的概念之外，我们对这个家庭的详情缺乏了解。比如，我们只知道，辛德勒夫人对于自己的儿子跟他父亲一样对宗教漠不关心深感忧虑。

不过，这个家不可能非常压抑。奥斯卡偶尔提到童年的只言片语中丝毫没有什么阴影存在。阳光在花园中的冷杉间闪烁。初夏的园角李树上挂满熟透的李子。即便奥斯卡在某几个六月的清晨去望弥撒，他回到别墅后也不会带回多少原罪感来。他把父亲的汽车开到车库前的阳光下，然后就开始乱弄车内的马达系统。要么他就坐在别墅边门的台阶上，一心摆弄他正在组装的摩托车的化油器。

奥斯卡有几个中产阶级的犹太朋友，他们的父母也把他们送到那所德语文法学校就读。这些孩子的父母都不是那些讲意第绪语、信正教的乖僻的德系犹太乡民，都是能讲多种语言、不太讲究犹太正统的商人。在汉斯·辛德勒出生在兹维陶一个纯种德国人家族前不久，西格蒙德·弗洛伊德就出生在哈纳平原对面贝斯基迪丘陵地带的这样一户犹太人家。

奥斯卡后来的作为不禁使人们对他的童年也产生了些许期盼。小奥斯卡应该在从学校回家的路上保护过几个受欺负的犹太男孩吧。其实发生这等事的可能性极小，我们并不知情也只有更好，因为这种场景未免太做作了些。此外，拯救一个犹太孩子的鼻子免于流血并不能证明任何东西。希姆莱本人就在一次训话中对他手下的别动队抱怨过，每个德国人都有一个犹太朋友。"'犹太人都该被消灭,'每个党员这么说。'当然,这是我们的计划:消灭犹太人,彻底灭绝——我们坚决执行。'可是执行起来却并不坚决,八千万可敬的德国人,每个人都有一位正派的犹太人朋友。当然,别的犹太人都是猪,可这一位却是个独一无二的犹太人。"

如果受希姆莱的启发,还想为奥斯卡成年后的拯救热情寻到点早年的蛛丝马迹,我们可以拿辛德勒家的隔壁邻居来顶缸:持自由主义思想的拉比①费利克斯·坎托尔博士。坎托尔拉比是德国犹太教自由主义思想家亚伯拉罕·盖格尔的信徒,盖格尔宣称,做一个德国人并没什么罪过,事实上,跟做一个犹太人一样值得称道。坎托尔拉比可不是个犟头犟脑的乡村冬烘。他穿着时尚,在家讲德语。他把他的礼拜地称为"教堂" (temple),而不用那个更古老的名字"犹太会堂" (synagogue)。来他的教堂礼拜的有兹维陶地区的犹太医生、工程师和纺织厂的老板。如果他们外出旅行,他们会向别的商人炫耀,"我们的拉比是坎托尔博士——他不仅给布拉格和布尔诺的犹太杂志写文章,还给各家日报撰稿呢。"

坎托尔拉比的两个儿子跟他的德国邻居辛德勒家的儿子上的是同一所学校。这两位公子都天资聪颖,也许终能成为布拉格的德国大学杰出的犹太教授。这两个剃着平头、讲着德语的神童,穿着及膝短裤在夏日的庭院里撒欢儿奔跑。跟辛德勒家的两个孩子不是你追我就是我追你。望着他们在紫杉树篱间奔进奔出尽情嬉戏的坎托尔博士,应该会欣慰地想,盖格尔、格

---

① 拉比 (rabbi) 是对犹太教负责执行教规、律法并主持宗教仪式的人员或犹太教会众领袖的称呼。

雷茨、拉撒路，还有十九世纪所有那些德系犹太自由主义思想家的预言不是已经成真了吗？我们过的是开明的生活，我们受到德国邻居的尊敬——辛德勒先生甚至在我们听力所及的范围内讥笑那些捷克政客。我们既是《塔木德经》细致贴心的阐释者，又是通晓俗世学问的学者。我们既属于二十世纪又属于那个古老的部落种族。我们既无意侵害他人，也不会遭到他人的迫害。

然而，到了一九三〇年代中期，这位拉比就将不得不改变他这一乐观的判断了，他最终会明白，他的两个儿子单靠一个德国语言的博士学位是没办法买通国家社会主义者的——事实上，无论二十世纪的技术还是任何一种世俗的学识，都无法为一个犹太人提供遮风挡雨的避难所了，更遑论那些犹太拉比了，在新一代德国立法者眼中，他们是最不能容忍的。坎托尔全家于一九三六年移居比利时。辛德勒一家从此再未得到他们的任何音信。

处在青春期的奥斯卡才不会去理会什么种族、血统和领土云云。他是个摩托少年，对他来说，摩托车才是整个宇宙最让他欲罢不能的偶像。他父亲又是个天生的机械工，似乎也一直在鼓励这个男孩对最新型机械的狂热。在高中的最后一年间，奥斯卡成天骑着辆火红的500CC加洛尼摩托在兹维陶乱转。他的同学埃尔温·特拉加希就常常怀着无法形容的渴慕，望着那辆火红的加洛尼在大街上绝尘而去，吸引着在广场上散步的市民的目光。这辆摩托车也跟坎托尔家的两个神童一样，是当地的一绝——它不仅是兹维陶独一无二的一辆加洛尼，不仅是摩拉维亚绝无仅有的一辆500CC的意大利加洛尼，而且整个捷克斯洛伐克恐怕都找不出第二辆来了。

一九二八年春既是奥斯卡青春期的尾声，也是他跨入成人的序幕，因为当年夏天他就会坠入爱河并决定结婚。正在这个时候，他跨着一辆250CC的摩托-古兹出现在城市广场上，除了原产国意大利之外，整个欧洲大陆另外就只有四辆这种型号的摩托，而且全部归国际级的赛车手所有——吉斯勒，汉斯·温克勒，匈牙利的约和波兰的科瓦奇科夫斯基。兹维陶城里肯定有人大摇其头，感叹说辛德勒先生实在是把这个男孩给宠坏了。

不过这将是奥斯卡一生中最甜美最单纯的一个夏天了。这个对政治漠不关心的男孩，头戴皮制头盔，猛踩摩托-古兹的油门，跟当地工厂里的车手在摩拉维亚的群山间风驰电掣。说起来他们全家都对政治无甚用心，最积极的政治姿态不过是为弗朗茨·约瑟夫皇帝点一根香烛。小奥斯卡还不知道，就在铺了层松木的弯道前方，等待他的将是一场暧昧的婚姻，一次经济衰退，以及长达十七年的政治灾难。不过此刻，这位追风少年的脸上还是单纯一片，只有因高速行驶被风吹成的一脸怪相。正因为他是个新手，并非职业选手，因为他所有的纪录还有待他去一项项创立，他才比那些必须跟时光对抗的老手，那些职业选手更有可以任他挥霍的本钱。

他在五月参加了他第一场比赛，布尔诺至索伯斯拉夫的山地摩托车赛。这是场高等级的竞赛，所以富足的汉斯·辛德勒先生给他儿子购买的昂贵玩具至少不至于在车库里生锈了。他驾驶红色摩托-古兹得了第三，仅落后于两辆改装了英国布兰克伯恩引擎的特罗特摩托。

他第二次挑战，离开家乡去了阿尔特维特赛场，位于萨克森边界的群山间。参赛的有德国 250CC 的冠军瓦尔弗里德·温克勒，有他的老对手库尔特·汉克尔曼，座驾水冷式 DKW。萨克森的所有高手——霍洛维茨、科赫尔和克利沃尔——悉数到场；上次已经领教过的布兰克伯恩引擎改装的特罗特摩托再次现身，还有几辆考文垂老鹰机车。参赛的有三辆摩托-古兹，包括奥斯卡·辛德勒的那辆，还有 350CC 级的重型机车和一辆 BMW500CC 机车。

那几乎称得上奥斯卡最辉煌又最遗憾的一天。头几圈他紧跟着第一梯队，留心看下面的阵势。一小时后，温克勒、汉克尔曼和奥斯卡已经将萨克森的好手都甩在了后面，另外两辆摩托-古兹也因为机械故障出了局。当奥斯卡在他认为已经是倒数第二圈时，他超过了温克勒，他想必已经感觉到职业赛车手的生涯已经像赛道上的柏油和影影绰绰的松树一般触手可及了，他将来的日子就是四处旅行参赛了。

在他以为是最后一圈时他又超过了汉克尔曼和两辆DKW，他撞线后放慢了速度。肯定是有些裁判做了些可疑的信号，因为就连观众都以为是比赛结束了。等奥斯卡知道还没结束时——认识到自己犯了业余选手的错误——瓦尔弗里德·温克勒和米塔·韦裴迪尔已经超过了他，就连已经筋疲力尽的汉克尔曼都赶了上来，把他挤出了三甲之列。

他在家乡受到英雄般的欢迎。他不过犯了个技术性的错误，事实上他已经击败了欧洲最好的选手。

特拉加希推测奥斯卡的职业赛车手生涯就此止步是出于经济原因。这是个合理的猜测。因为就在那年夏天，短短六周的求婚期之后，他就跟一位农家少女闪电成婚，这一举动使他失宠于父亲，而他父亲碰巧还是他老板。

他娶的那个姑娘是兹维陶以西哈纳平原一个村子里的。她曾在修道院接受教育，略带些矜持保守，而这正是他母亲身上让他倾慕的方面。她父亲并非一个土包子农民，而是一位绅士化的农场主。三十年战争①期间，她的奥地利先祖以顽强的生命力，熬过了数度横扫这片沃土的拉锯战和饥荒。三个世纪后，在一个危机重重的新时代，他们的女儿又跟一个懵懵懂懂的少年步入了一场草率婚姻。她父亲跟奥斯卡的父亲同样坚决地反对这门婚事。

汉斯不喜欢，是因为他看出奥斯卡的婚姻几乎跟他汉斯本人的不和谐婚姻如出一辙。一个耽于享乐的丈夫，一个狂放不羁的男孩，想在一个涉世未深的修女般高雅的姑娘身上寻得某种安宁，可是时候未免也太早了些。

奥斯卡是在兹维陶的一次舞会上认识埃米莉的。她当时是从她的阿特-莫尔斯坦村来看几位朋友。奥斯卡知道那个村子，他当然知道：他一直都在这个地区卖拖拉机。

当结婚公告在兹维陶的几个教区教堂公布后，某些人觉得这对小夫妻实在太不般配，于是开始寻摸起爱情之外的其他动机。辛德勒的农业机械厂有可能在那年夏天已经陷入困境，因为他们制造的蒸汽驱动的拖拉机对于农民来说已经过时了。奥斯卡一直都从薪水里拿出很大一部分返还给工厂，而现在，埃米莉一下子就能带来五十万德国马克的陪嫁，不论怎么说，这都是一笔扎扎实实的救急资本哪。其实这种谣言和猜疑完全是空穴来风，因为那个夏天奥斯卡是当真被爱情冲昏了头脑。而

---

① 三十年战争（1618—1648），欧洲为保持均势以德意志为主要战场的国际性战争。

且，因为埃米莉的父亲怎么都不会相信这个浮躁少年有朝一日能踏实下来，成为一个好丈夫，所以他实际上只给了那五十万马克的一小部分。

埃米莉能嫁这么个英俊潇洒的丈夫，而且就此逃离愚蠢闭塞的阿特-莫尔斯坦村，自然非常高兴。她父亲的密友一直都是那个乏味的本堂神父，埃米莉从小到大，一直都负责给这两个男人沏茶倒水，听着他们对政治和神学的幼稚观点。如果我们仍执意想给辛德勒和犹太人之间找些意味深长的关系，倒是能在埃米莉的少女时代中寻到些蛛丝马迹——给她祖母看病的医生，还有杂货店老板瑞弗的孙女丽塔。本堂神父有一次拜访埃米莉的父亲时，曾正告过他，原则上一个天主教的孩子是不该跟一个犹太人有特殊的友谊的。不过埃米莉天性倔强，根本就没把神父的禁令放在心上。她跟丽塔·瑞弗一直交好，直到一九四二年当地的纳粹军官在杂货店前将丽塔枪毙。

婚后，奥斯卡和埃米莉在兹维陶的一个公寓安下家来。在辛德勒看来，三十年代一定只是他一九二八年夏天阿尔特维特赛场的辉煌失误的尾声。他在捷克斯洛伐克陆军服兵役，虽说这使他有机会开上了卡车，他却发现自己恨透了军队生活——并非因为他是个和平主义者，而是部队的生活太艰苦。退役后他回到兹维陶，晚上却把埃米莉撇在家里，自己像个单身汉一样在咖啡馆鬼混到深夜，跟既不像修女也一点都不优雅的姑娘们调情。他们的家族产业于一九三五年彻底破产，同年，他父亲离开了他母亲路易莎，自己住在一套公寓里。奥斯卡因为父亲的离弃行为对他心怀怨恨，跑去跟他的姨妈们喝茶，借机大骂父亲，就算泡在咖啡馆里，他也不忘公开指责他父亲对一位善良女性的背信弃义。他似乎完全没有看到，他自己那摇摇欲坠的婚姻跟他父母那已经破碎的婚姻何其相似乃尔。

由于他良好的生意关系，他乐天快活的性情，他天生的推销才华，还有他千杯不醉的海量，就算在大萧条的谷底时期，他仍然谋得了摩拉维亚电气公司的销售经理一职。公司总部设在布尔诺这个让人厌弃的外省首府，于是奥斯卡就开始奔波于布尔诺和兹维陶两地。他喜欢这种居无定所的旅行生活。这正是当初他在阿尔特维特赛场超过温克勒时，为自己选定的命数的一部分。

闻得母亲的死讯后，他即刻赶回兹维陶奔丧。葬礼上，他跟他的几位姨妈、他妹妹埃尔弗丽德和他妻子埃米莉一起站在坟墓的一边，他那背信弃义的父亲汉斯只能孤零零——当然，还有本堂神父陪伴——站在棺头的位置。路易莎的死使父子两人的敌意益发板上钉钉了。奥斯卡当然视而不见，可在场的女眷都看得真真的：奥斯卡和汉斯虽确是父子，两人却孪生兄弟般相像。

参加葬礼的时候，奥斯卡戴了个卐字章，那是康拉德·亨莱恩①的苏台德德国党的徽章。埃米莉和几位姨妈对他这种做法都不以为然，不过也没怎么放在心上——当时的年轻捷克德国人都时兴这个。只有社会民主党人和共产党才会坚决排斥这种标志，反对亨莱恩的政党；而上帝知道，奥斯卡可既非共产党也非社会民主党。奥斯卡是个生意人。世事公道，如果你戴

---

① 亨莱恩（Konrad Henlein, 1898—1945），苏台德-德国意志政客，鼓吹德国吞并捷克斯洛伐克苏台德地区。1933 年成为苏台德-德国意志人祖国阵线领袖，该党 1935 年成为捷克议会的第二大党。

着这么个徽章去见一位德国公司的经理，你就能拿到订单。

不过，哪怕奥斯卡的订单源源不绝，他忙得团团转，在一九三八年德国的装甲师还没开进苏台德之前，他就已经感到一股巨大的历史洪流正滚滚而来，他渴望参与进来，发挥他的一己之力。

不论他当初追随亨莱恩的动机为何，看来，德国的装甲师一进入摩拉维亚，他对国家社会主义的幻想就迅速而且彻底地破灭了，正如他对婚姻幻想的破灭一样。他似乎原本期望入侵的德国政权会允许成立一个兄弟盟邦苏台德共和国。后来他曾表示，新政权对捷克人民的欺凌，对捷克财富的掠夺令他震怒不已。在世界冲突初露端倪时，他有据可查的最初反叛行为已经付诸实施，而当希特勒于一九三九年在赫拉德斯钦城堡发表波希米亚和摩拉维亚保护国文告时，他无疑会因其中提早透露出来的专制暴政无比震惊。

除此之外，有两个人的意见他最倚重，一个是他妻子埃米莉，一个是他形同陌路的父亲，而这两位并没有被这个显赫的条顿时代所蒙蔽，都宣称希特勒决没有好果子吃。他们的意见当然算不上深思熟虑，而奥斯卡的想法又何尝不是如此。埃米莉的理由很简单，这个家伙竟然自视为上帝，所以注定要受到惩罚。老辛德勒先生的观点是由一位姨妈转述给奥斯卡的，老先生退守到基本的历史法则：布尔诺城外就是拿破仑曾赢得奥斯特里茨战役的那条河的支流，而这位战功赫赫的大皇帝又落得怎样的下场呢？他还不是成了个无名小卒，在大西洋中央的小岛上种土豆。这个家伙也会有同样的下场。老辛德勒先生说，命数可不是根没头没尾的麻绳，它是根橡皮带，你向前扯得越远，也就会越发迅猛地被弹回起点。这就是生活：婚姻失败、经济崩溃教给汉斯·辛德勒的真理。

不过，他儿子奥斯卡或许还算不得新秩序彻底的敌人。那年秋天的一个晚上，小辛德勒先生到俄斯特拉发城外位于山间的一个疗养院参加聚会，那里地处波兰边境附近。女主人就是疗养院的经理，奥斯卡在旅途中结识的一位客户兼朋友。她把他介绍给一位风度翩翩的德国人，名叫埃伯哈特·格鲍尔。他们闲谈些生意以及法国、英国和俄罗斯可能采取什么样的行动。然后他们俩带着瓶酒离席去了另一个单独的房间，照格鲍尔的说法，可以更加开诚布公地谈谈。格鲍尔自曝身份，说他是海军上将卡纳里斯①领导的反间谍情报局的军官，他问辛德勒是否有兴趣为反间谍机关的外事部工作。奥斯卡有多次往返波兰边境的记录，足迹遍及加利西亚和上西里西亚。他愿意为反间谍机关提供那些地区的军事情报吗？格鲍尔说，他从他那位老板娘朋友那儿了解到，奥斯卡既无比聪明又交游甚广。有了这样的天分，他不但可以依自己的观察摸清当地的工业和军事布局，而且还可以通过在宾馆、酒吧或是商业活动中碰到的德国裔波兰人获取情报。

一心为辛德勒辩护的人士又会说了，年轻的奥斯卡之所以同意为卡纳里斯工作，充当反间谍机构的特工，是因为借此可以免服兵役。这确实是这一工作很大程度的吸引力之所在，不过，除此之外，他想必也一直相信德国进入波兰是应该的。就像跟他一道坐在床上共饮的那位身材修长的军官一样，他想必对德国大政方针仍是赞同的，虽说不喜欢具体的实施手段。格

---

① 卡纳里斯（W. Canaris, 1887—1945），德国海军上将，纳粹政权时代德国军事情报局局长。

鲍尔本人对奥斯卡或许也拥有一种道德上的吸引力，因为他和他情报局的同事都自恃正派的基督教精英。虽说这并不妨碍他们计划军事入侵波兰，却使他们自视比只知道高压的希姆莱和党卫军之流高明得多，他们一心想掌控的是德国的灵魂。

后来，一个大为不同的情报机关将发现，奥斯卡提供的情报内容丰富，值得赞许。他为情报局效力的数次波兰之行，显示出他具有从人们身上诱出各种消息的出色天赋。尤其是在社交场合——宴饮聚餐，几杯鸡尾酒下肚之后。我们对他为格鲍尔和卡纳里斯收集的情报具体是什么性质，重要到什么程度不得而知，不过他倒确实是越来越喜欢克拉科夫这个城市了，他发现，它虽算不得什么了不起的工业大都会，却是个精美的中世纪城市，而且周边环绕着不少钢铁、纺织和化学企业。

波兰军队距机动化程度还远得很，它的所谓军事秘密恐怕也都太过明显了。

第二章

一九三九年十月下旬，有两个年轻的德国军士来到 J·
C·布赫海斯特公司的产品陈列室，这个陈列室位于克拉科夫
的斯特拉多姆街上。两人坚持要买几匹昂贵的布料往家里送。
柜台后面的犹太店员胸口上缝着个黄色星章，向他们解释说布
赫海斯特公司的产品不直接零售，只向制衣厂和零售商供货。
可是那两个德国军士不听劝阻执意要买。付账的时候，他们丢
下的货币却着实怪异，一张一八五八年发行的巴伐利亚钞票外
加一张一九一四年的德军占领区临时代币。"绝对可以流通的
现钞，"其中一位告诉那位犹太店员。他们整个春夏都被频繁
地调来调去，初秋又轻而易举地赢得一场大胜，再就是待在一
个可爱的城市里享受征服者的乐趣了。店员没敢再有什么异
议，赶紧把他们请出商店，并没有把那两张钞票放入收银机。

当天晚些时候，一位年轻的德国人账目经理来到了样品陈
列室，他是由一个叫作东方信托代理的机构（一个讨巧的名
字）派来接管、运营犹太人生意的，是派到布赫海斯特的两位
德国官员之一。头儿叫泽普·奥厄，人到中年，与世无争，而
这位年轻人则一心向上，积极进取。年轻人核查了账簿和现金
收入。他拣出那两张一钱不值的废钞。这是怎么个意思？喜歌
剧里的假钱？

犹太店员把前后经过讲了一遍；这位账目经理还是指控他

拿古董钞票替换了硬通货兹罗提。再晚些时候，这位积极进取的年轻人又跑到布赫海斯特的仓库楼上，向泽普·奥厄做了汇报，并建议该向保安警察报案。

奥厄先生和这位年轻的会计都知道，这么一来，那个店员势必要给关进蒙特卢皮赫街的党卫军监狱。会计师认为这将给布赫海斯特剩余的犹太职员做个榜样，杀鸡骇猴。可这个主意却让奥厄很不安，他有自己的小九九，他祖母就是个犹太人，虽说还没人发现这个小秘密。

奥厄派了个信差给公司原来的会计送了张条子，此人是个波兰犹太人，名叫伊扎克·斯特恩，当时正患流感在家休息。奥厄是个政府官员，没多少会计经验。他希望斯特恩能赶过来解决几匹亚麻布造成的这个小僵局。他才把信差打发去波德戈尔兹街找斯特恩，秘书就进来说有一位奥斯卡·辛德勒候见，号称有约在先。奥厄来到外面的房间，看到一位高大的青年，像条大狗一样怡然自得地抽着烟。两人在昨晚的一个派对上有过一面之缘。奥斯卡带了个叫英格丽德的苏台德德国姑娘，是某个犹太五金器材公司的受托人，或者叫主管，正如他奥厄是布赫海斯特的受托人一样。奥斯卡和英格丽德真是宴会上的金童玉女，一见就知道是热恋中的一对儿，既漂亮又时髦，在情报局里还有很多朋友。

辛德勒先生正想在克拉科夫寻找发展的机会。纺织业如何？这是奥厄的建议。"可不只是军服生意。波兰本土的市场需求，再加上通胀就尽够我们赚得盆满钵满了。欢迎到我们的布赫海斯特来参观指导，"他竭力鼓动奥斯卡，谁料想第二天下午两点他就会为酒后的称兄道弟后悔不迭了。

辛德勒看得出奥厄可能对他昨晚发出的邀请有些后悔了。

如果现在不方便，主管先生，辛德勒道……

奥厄先生则说没什么不方便，于是带辛德勒经过仓库又穿过一个院子，来到纺纱车间，大捆大捆金光闪闪的布料正在下线。辛德勒问这位主管，波兰人好不好相处。泽普回说，他们很好合作。如果说有什么的话，就是有点吓傻了。毕竟，这还不是一家真正的军需品工厂。

辛德勒身上"上可通天"的架势未免太足了些，奥厄实在忍不住要刺探一下真假的诱惑。总军备委员会里有奥斯卡认识的人吗？例如那位朱利乌斯·辛德勒将军。也许辛德勒将军正是他亲戚呢。

这也没什么不同，辛德勒先生轻松的语气是在告诉听者：但放宽心。（事实上辛德勒将军跟他八竿子都打不着。）将军还算不上太糟，如果跟某些人比起来，奥斯卡道。

奥厄表示同意。不过他本人可决没有机会跟辛德勒将军同餐共饮；这就是不同之所在。

他们回到办公室，正碰上伊扎克·斯特恩，布赫海斯特的犹太会计，他等在奥厄的秘书给他端来的椅子上，一边擤鼻涕一边拼命咳嗽。他赶紧站起身来，双手抱拳放在胸口，瞪大眼睛望着那两位征服者走上前来，经过他身边，进入办公室。奥厄给辛德勒倒了杯酒，请他在壁炉边休息，道了声失陪，出去接见斯特恩。

斯特恩实在太瘦了，而且身上有种学究式的干巴。他举手投足像个塔木德学者，又带有欧洲的知识分子气。奥厄跟他讲了犹太店员和德国军士的事件经过，还有那位年轻的德国会计的推测。他从保险箱里取出两张钞票：一八五八年的巴伐利亚纸币和一九一四年占领区代用币。"我想你应该有一套会计制度来对付这种情况，"奥厄说。"这种事现如今在克拉科夫城里肯定比比皆是。"

伊扎克接过钞票研究了一会儿。他确实已建立起一套办法，他告诉主管先生。他既没微笑一下，也没眨巴眼睛，径直走到房间尽头壁炉的明火处，把两张钞票都扔了进去。

"我把此类事务记入收支账中的'折损'项下，算作'免费样品'，"他说。自九月以来，这种免费样品已经有很多了。

奥厄喜欢斯特恩处理物证的这种干脆、实际的做法。他呵呵笑了起来，在这位会计瘦弱的身上看出了克拉科夫本身的复杂性，一个小城市里培养出来的格局狭小的谨慎精明。只有道地的本地人才通晓的诀窍。坐在里间办公室的辛德勒先生需要的正是这种本地的诀窍。

奥厄将斯特恩带进办公室去见辛德勒先生，辛德勒正站在炉边盯着火焰出神，一只手握着个去了盖子的便携式小酒瓶。伊扎克的第一个闪念就是，这可不是个好对付的德国人。奥厄的纳粹徽章是个超小的卐字章，佩戴的方式很是马虎，就像你平时戴个自行车俱乐部的徽章。可大个儿辛德勒的徽章足有硬币大小，黑色珐琅的质地映着火光闪闪发亮。这个徽章，再加上这个富足的年青人，就更加成为斯特恩这个正患感冒的波兰犹太人整个一秋碰到的伤心事的缩影。

奥厄给双方做了介绍。斯特恩遵照弗兰克执政官颁布的法令，老老实实地率先声明："我得告诉您，先生，我是个犹太人。"

"噢，"辛德勒先生粗声大气地冲他道。"我是个德国人。你看，就这么回事！"

好极了，斯特恩几乎偷偷地在他黏糊糊的手绢后面吟诵道。既如此，干脆撤销那条法令算了。

因为，伊扎克·斯特恩虽说迄今为止才在波兰的"新秩序"下生活了七周，限制他的法令已经非止一条，简直就是动辄受限。波兰的总执政官汉斯·弗兰克已经制定并颁布了六条限制性法令，把其余的法令留给他的地区执行官、党卫军少将奥托·韦希特尔博士去贯彻执行。斯特恩除了须自供出身血统之外，还得随身携带一张特别的登记卡，卡上有道黄色条纹。枢密令还禁止储备犹太教认为洁净的肉食，而且所有犹太人必须强制劳动，斯特恩当着辛德勒的面咳嗽的当下，这条命令颁布才只三个礼拜。而且斯特恩作为下等人的食物配给只比非犹太波兰人的一半略多一点点，而就连这些非犹太波兰人也都已经被打上下等人的印记了。

最近的法令颁布于十一月八日，要求所有克拉科夫的犹太人全部登记造册，规定于二十四号前完成。

斯特恩考虑问题向来沉着冷静，不限于一时一事，他很清楚无数的法令还会接踵而至，他的生活和一举一动都将进一步受到限制。克拉科夫的大部分犹太人也都有此预见。他们的生活将分崩离析——原本住在犹太人村落的被拉到城里来铲煤，犹太知识分子则被送到乡下去锄甜菜头。短时期内还会有零星的屠杀，图尔斯克就是个例子，那里的党卫军炮兵部队赶着大家一整天都在桥上干活，然后在傍晚把他们赶进那个村的犹太会堂，统统枪毙。这样的例子时不时总会冒出几个。不过形势总会稳定下来；这个种族终将通过求恳，通过买通当权者幸存下来——这是老法子了，从古罗马帝国以来一直有效，这次肯定还能奏效。归根结底民政当局还是需要犹太人，特别是在这个十一个人里就有一个犹太人的国家。

不过，斯特恩却没这么乐观。他并不认为新的立法过程很快就能创造出一个相对稳定的状态，犹太人只需付出点代价就成。因为他们已经处在最艰难的时世。所以，他虽然尚不知道那正要来临的烈火，不论是在实质还是程度上都将是史无前例的，可他对未来已经充满怨愤，忍不住想，辛德勒先生，您慷慨地做出这么点平等的架势来可真够意思啊。

奥厄在介绍伊扎克·斯特恩时说，这个人可是布赫海斯特公司的得力干将。他在克拉科夫的商界可是能呼风唤雨的。

斯特恩知道可轮不到他提什么异议。即便如此，他还是怀疑主管先生是不是在对尊贵的客人夸大其词。

奥厄再次告退。

只剩两人独处时，辛德勒含混地低声说，如果斯特恩能就其所知告诉他一些当地商界的内情，他将感激不尽。为了试一试奥斯卡，斯特恩建议辛德勒先生或许可以咨询一下信托代理公司的官员。

“他们都是些蠹贼，”辛德勒先生亲切地道。“而且还都是些官僚。我喜欢相对宽松的环境。”他耸耸肩。“我天生是个资本家，不喜欢被人管头管脚。”

于是斯特恩就跟这位自称的资本家交谈起来。而斯特恩几乎是无所不知；克拉科夫的每个工厂里似乎都有他的朋友或亲戚——不论是纺织厂、制衣厂、甜食店、家具厂，还是金属制品厂。辛德勒先生如获至宝，他从西装胸袋里取出一个信封。“你知道一个叫里考德的公司吗？”

伊扎克·斯特恩很清楚。这公司破产了，他说。它原是生产搪瓷制品的。就因为破了产，厂里有些金属冲压机就给充了公，如今它基本上成了个空壳——由原老板的某个亲戚经营——生产能力跟原来相比只是零敲碎打。他的亲兄弟,斯特恩道,是一个瑞士公司的代表,这个瑞士公司就是里考德的主要债权人之一。斯特恩知道允许他显露出一点兄弟间的自傲,然后再予以轻视。"那地方的经营糟糕透顶,"斯特恩道。

辛德勒把那个信封往斯特恩的膝头一放。"这是他们的资产负债表。跟我说说你是怎么想的。"

伊扎克说,辛德勒先生自然还是该去请教别人或是自己的好。这是自然,奥斯卡道。不过我很珍视你的意见。

斯特恩迅速浏览着那份负债表;然后,在他研究了有三分钟后,他突然感觉到办公室里奇怪的静默,于是抬头看了看,发现奥斯卡·辛德勒先生正目不转睛地注视着他。

像斯特恩这样的犹太人,身上自然有种祖传的本能,能一下子就嗅出某个正直可靠的非犹太人的气味,这个人可以用作对付众人的残暴行径的缓冲或部分避难所。这是一种感知哪所房子是安全的,哪个地带可以遮风挡雨的本能。从这时开始,辛德勒先生或许可以成为他的避难所,这种可能性将浸染他们此后所有的交谈。这就像是宴会上,半个缥缈的眼风,一丝无可名状的性爱相许就能使一对男女间的交谈大异其趣。对这种蛛丝马迹的感知,斯特恩比辛德勒更加敏感,不过他自然不会点破,唯恐破坏了两人间这种细若游丝的相知。

"这桩生意太上算了,"斯特恩道。"你可以跟我兄弟谈谈。而且,当然,现如今还有争取到军方合同的可能⋯⋯"

"一点没错,"辛德勒先生喃喃道。

几乎在攻陷克拉科夫的同时,甚至在华沙的围攻结束前,波兰的总执政府就已经建立了一个军备物资监管局,其职责就是跟适合的制造商签订合同保障军队装备的供给。而里考德这样的企业就能生产野战餐具和炊具。斯特恩知道，军备物资监管局就是由国防军的一位朱利乌斯·辛德勒少将领导的。这位将军难道就是辛德勒先生的亲戚？斯特恩问。不，恐怕不是，辛德勒道，不过听口气像是希望斯特恩不要外传。

退一万步讲，斯特恩说，即便里考德的残部一年也有五十多万兹罗提的毛利，新的金属冲压设备和熔炉相对来说也很容易置办。就看辛德勒先生能否拿到贷款。

辛德勒说，搪瓷制品比纺织品更对他的路。他的背景是农业机械，他懂蒸汽压力这类的问题。

斯特恩已经不再想问一句：一位优雅的德国企业家干吗想向他讨教该选哪样生意来经营了。在他本民族内部，类似的会晤一直屡见不鲜，而且非止于一般性的交流生意经。他相当详尽地继续深谈下去，解释商业法庭将如何为租借破产的不动产确立租金。租借并保有优先购买权——要比担任受托人划算。受托人不过是上面委派的主管，完全受制于经济部。

斯特恩压低声音冒险进言："您在雇工方面会受到严格限制，只能雇用允许您雇用的人。"

辛德勒很高兴。"这些你是怎么知道的？关于这些终极意图？"

"我在一份《柏林日报》上看到的。一个犹太人仍被允许阅读德国报纸。"

辛德勒继续呵呵笑着，伸出一只手，放到斯特恩肩上。"是吗？"他问。

事实上，斯特恩了解得这么清楚是因为奥厄收到过经济部国务秘书埃伯哈德·冯·雅格维茨的指示，略述了在商业领域进行雅利安化将采取的种种政策。奥厄将之交给斯特恩是让他整理一份摘要性的备忘。冯·雅格维茨更多地出于难过而非愤怒指示道，他们将承受来自帝国政府和党内各方的压力，如海德里希的 RHSA，即帝国安全部，要雅利安化的非但是各公司的老板，管理层和劳动力也得跟着雅利安化。受托人越早地将犹太技术雇员清理掉就越好——当然了，与此同时还得注意将产量维持在一个可接受的水平。

最后，辛德勒先生将里考德的账目塞回胸袋，站起身，引伊扎克·斯特恩来到外面的大办公室。他们俩又耽搁了一会儿，在一大帮打字员和职员中间谈起了哲学话题，奥斯卡爱谈这个。奥斯卡就是在这里提出了基督教是以犹太教为基础的话题，出于某种原因，甚至也许就是他童年在兹维陶跟坎托尔兄弟的友谊，他一直对这个话题感兴趣。斯特恩话语轻柔，讲得详尽而又博学。他在杂志上曾发表过数篇比较宗教学的文章。一贯把自己想象为哲学家的奥斯卡这次可真碰上了一个行家。而被有些人目为老学究的斯特恩则发现奥斯卡对问题的理解相当浅陋，发现他天性亲切随和，但对概念的把握尚欠圆熟。斯特恩当然不会在意这一点。他们俩之间已经建立起一种貌似很不般配实则相当牢固的友谊。于是，斯特恩发现自己由过往历代帝国的历史中得出了跟奥斯卡的父亲相似的结论，即阿道夫·希特勒决不会以及为什么不会成功。

这个观点，斯特恩还没来得及谨慎三思就从嘴里溜了出来。办公室里其他的犹太人都把头深深地弓下去，死盯着自己的报表。辛德勒则并未显出丝毫的不安。

交谈临近末了的时候，奥斯卡真正说出了几句具有新意的话。他说，在这样的时候，教堂里想必很难再像以往那样，告诉大家他们在天上的父就连一只小麻雀的死都深深关切了。辛德勒先生继续道，在这样的时代，他才不会想去当什么神父，因为一条人命的价值还抵不上一包香烟。斯特恩表示赞同，不过出于学术探讨的精神指出，辛德勒先生引用的《圣经》观点可以《塔木德》的经文如此概括：救人一命，如普度众生。

"当然，当然，"奥斯卡·辛德勒连连赞同。

不论是否确实，伊扎克一直认为正是在那一刻，他将饱满的种子播进了适合的沃土。

第三章

那年秋天，克拉科夫还有一位犹太青年跟辛德勒碰了面——而且差点杀了他。这人名叫利奥波德（波尔代克）·普费弗伯格，在最近那场悲惨的战役中是波兰军中的连长。在桑河战役中腿部负伤后，他就一直在普热梅希尔的波兰医院里，一瘸一拐地全院溜达，帮着照顾别的伤员。他虽不是医生，原来却是一所中学的体育老师，毕业于克拉科夫的贾吉洛尼亚大学，所以懂点解剖学。他性格开朗，充满自信；当时二十七岁，身体壮得铁打一般。

普费弗伯格跟其他几百个被俘的波兰军官一起，要从普热梅希尔被押送德国。途中，火车进入他的故乡克拉科夫，所有战犯都给赶到头等车候车室，等待新的交通工具。火车站距普费弗伯格的家只有十个街区远。他这么一个务实的青年，却不能走到外面的帕维亚街，乘上一路电车回家，真真是可忍孰不可忍。门口那个一副乡巴佬德性的国防军卫兵看着实在让人冒火。

普费弗伯格胸袋里揣着一份由普热梅希尔的德国医院当局签署的文件，指示他可以跟救护队一道在市里自由行动，帮忙照顾双方部队的伤员。这份文件非常正式，公章签名一应俱全。眼下他就把它拿出来，走到卫兵跟前，往他眼前一塞。

"看得懂德文吗？"普费弗伯格大模大样地问。

自然，行事的策略须得分毫不差。你非得非常年轻，非得巧舌如簧，非得在遭到断然失败后仍丝毫不减波兰民族特有的坚定自信——这种自信得益于这个民族数量庞大的贵族阶层，是他们的遗风，熏染了波兰军官，甚至包括其中少有的犹太成员。

　　那个卫兵给惊呆了。"我当然懂德文，"他说。可他把那份文件接过去之后，拿文件的方式却像个文盲——就像拿着块面包片。普费弗伯格用德语跟他解释，文件上说他有权外出照顾伤员。那卫兵眼睛里面一圈圈全是那个官印。这份文件可真够劲儿。他头一歪，指向大门的方向。

　　普费弗伯格是那天清晨一路电车上唯一的乘客。那时还不到六点钟。售票员接过他的车费时眼睛也没眨，城里面仍有很多未被国防军收编的波兰士兵。军官们则只需去登个记就成。

　　电车摇摇晃晃地绕过巴尔巴坎宫，穿过老城墙的城门，沿弗罗里安斯卡大街行至圣母马利亚教堂，穿过中央广场，不出五分钟就能进入格罗兹卡大街。临近四十八号他父母的公寓时，他像个小男孩般还没待车门完全开启就从车上蹦了下来，借着这一蹦的冲力，外加电车的惯性，他这一下就直接轻轻撞在了公寓的门框上。

　　成功逃脱后，他的逃亡生活倒也并不难过，在朋友的公寓里轮流住住，再时不时去一下格罗兹卡大街四十八号。犹太人的学校还短暂开了一段时间——六个星期后就会再次关闭了——他甚至重新回去当了段时间的老师。他拿稳了盖世太保还要花一段时间才会回来抓他，所以他还申请了配给簿。他干起了倒卖珠宝的行当，既做代理也亲自上阵，黑市地点就是克拉科夫中央广场，在"布料大厅"的拱廊里，还有就是圣母马利亚教堂那两个不对称的尖顶下。黑市生意热火朝天，在波兰人间是如此，对于波兰犹太人就更是如此了，因为他们的配给簿上预先就盖销的配给票实在太多了，供给他们的肉食只有雅利安市民的三分之二，而黄油只有一半，可可粉和大米的供应则全部取消。这么一来，这种在几个世纪的被占领期间和数十年的自治期间一直生生不息的黑市，就成了正派体面的中产阶级市民食品和收入的来源，成为维持生活和体面最便捷的方式，对于像利奥波德·普费弗伯格这种不乏街头智慧、生存能力的人来说就更是如此了。

他觉得自己过不了多久就可以沿塔特拉山间扎科帕内的滑雪道，越过斯洛伐克的狭长地带进入匈牙利或罗马尼亚。他具有进行此次艰苦旅行的能力：他原是波兰国家滑雪队的队员。他在母亲的公寓瓷炉里面的上层格栅里藏了把精致小巧的点22手枪——不但是为计划中的逃亡做准备，也是防备万一在公寓里遭到盖世太保搜捕围攻。

就是用这个珍珠镶柄的小玩意儿，普费弗伯格差点儿把奥斯卡·辛德勒给杀了。那是十一月一个寒冷的白天，辛德勒穿着双排扣西装，翻领上别着纳粹党徽，决定去拜访波尔代克的母亲米娜·普费弗伯格太太，想给她笔生意做。帝国房屋管制部门已经给了他一套精美的现代化公寓，位于斯特拉斯泽维斯克果大街。这原是一户姓努斯鲍姆的犹太人家的财产。这种分配如今完全是强制执行，原来的房主连一点补偿金都甭想拿到。就在奥斯卡前来拜访的那一天，米娜·普费弗伯格太太还在担心她这套格罗兹卡街上的公寓会遭遇同样的不测呢。

辛德勒有几位朋友后来说——虽然已经无法证实——奥斯卡曾去过努斯鲍姆家在波德戈尔兹街上的新宿处，给了他们近五万兹罗提的补偿金。据说，努斯鲍姆一家就是用这笔钱成功逃到了南斯拉夫。这五万兹罗提肯定会引发各种争议；可是，就在圣诞节前，奥斯卡还将进行数次类似会引起异议的补偿行动。他的有些朋友事实上还会说，这种慷慨大度是奥斯卡的一种毛病，一种疯狂之举，是他的一种毫无理智可言的盲目热情。他会给出租车司机两倍于车资的小费。不过还有一点必须说明，那就是他认为帝国房屋管制部门的做法很不公道，并明白无误地向斯特恩说过这样的话，而且说这番话的时候并不是帝国陷入困境之时，而恰恰就是在帝国那个最蒸蒸日上的甜蜜秋天。

　　不管怎么说，对于这个衣冠楚楚的高大德国人跑到她家里来意欲何为，普费弗伯格太太心里可是一点谱儿都没有。他很有可能就是冲着她的宝贝儿子来的，他当时碰巧就在厨房里待着。他有可能是霸占她的公寓，她的装修生意，她的古董，还有她的法国挂毯来的。

　　事实上，到十二月的光明节①期间，德国警察就会奉房管部门之命来对付普费弗伯格家了，敲开门后就命令他们一家下楼到格罗兹卡大街的人行道上站着，在冷风中抖作一团。就连普费弗伯格太太请求上去拿件大衣都不许；而当普费弗伯格先生匆匆走向一个五斗橱，想取一块祖传的金表时，等着他的是下巴上狠狠挨的一拳。"我可是目睹了不少可怕的事儿，"赫尔曼·戈林曾如是说；"那些小司机和地方长官可是在这类征

---

① 或译献殿节，犹太人的重大节日之一，时间为每年的十二月左右，为期八天，为纪念公元前 165 年犹太人战胜叙利亚人后在耶路撒冷大庙的重新奉献。

用中捞足了油水，他们现在都该有五十万的身家了。"将普费弗伯格先生的金表顺手牵羊，这类轻而易举的强取豪夺可是让戈林先生的道德神经颇为苦恼呢。不过那年秋天的波兰，对征用住宅的财务丝毫不负有任何责任正是盖世太保的行事作风。

不过，在辛德勒第一次来到普费弗伯格家那套二楼公寓时，这房子还算是这家人家的财产。辛德勒先生敲门时，普费弗伯格太太正跟她儿子在各种建材样品和一卷卷墙纸间谈话。利奥波德并不担心。他们家有两个出口——客户走的门和从厨房进出的门，两道门隔着一块平台遥遥相对。利奥波德退到厨房里，透过门缝观察访客的动静。他看到了此人吓人的块头，也看到了他剪裁时髦的西装式样。他又回到了起居室，对他母亲说，他有种感觉，来的这个人是个盖世太保。你把他从客户走的大门放进来时，我总能从厨房的门溜掉。

米娜·普费弗伯格太太却忍不住地哆嗦。她把客户走的大门打开。她当然留心着走廊那头的动静。普费弗伯格事实上已经拿起手枪，把它插进腰带里，打算趁开门放辛德勒先生进来的声音遮掩从厨房的后门溜掉。不过，还没弄清楚这个德国军官意欲何为就开溜还是显得有点蠢。这个人自然有必须被干掉的可能性，如果不得不出此下策，他们全家就得商量如何一道逃往罗马尼亚了。

如果情势所迫，普费弗伯格必须拔枪开火，那随之而来的死亡、逃逸和报复行动在那个月的历史中真是比比皆是，丝毫不会显得有什么特别。辛德勒先生也就只得到短暂的哀悼，然后大而化之地采取点行动为他复仇。这么一来，奥斯卡的所有尚待发挥的潜能自然也就戛然而止了。他身在兹维陶的乡亲也不过会念叨一句，"他不就是那谁谁的老公吗？"

是来访者的声音让普费弗伯格吃惊非小。那声音镇定、安闲，完全是一副做生意、甚至是请求帮忙的口吻，在过去的几周时间里，他们已然习惯了敕令和断然的征用口气。这个人说起话来却像是你的兄弟。这也许更糟。可你又怎能抵挡这样的诱惑？

普费弗伯格已经从厨房溜了出来，藏身于餐厅的双扇门后头。他能看到那个德国人的一抹亮色。您就是普费弗伯格太太吧？那德国人问。是努斯鲍姆先生推荐我来找您的。我刚在斯特拉斯泽维斯克果街上接收了一套公寓，我想把它给重新装修一下。

米娜·普费弗伯格把那人堵在门口。她简直是前言不搭后语，她儿子不禁对她同情不已，干脆走了出来，他来到门口，夹克扣起来遮住了那支枪。他请访客进屋，同时用波兰语悄声要他妈妈安心，不会出什么事的。

奥斯卡·辛德勒自报家门。辛德勒做了些调整，因为他看得出来，普费弗伯格的出现就是为了保护他母亲。他就把儿子当翻译一样对他讲话，以此表现对他的尊重。

"我妻子就要从捷克斯洛伐克过来了，"他道，"我想把室内照她的风格重装一下。"他说，其实那套公寓努斯鲍姆家一直保养得非常好，不过他们喜欢的是笨重的家具和灰暗的颜色。辛德勒太太的趣味更轻快些——有点法国化，又有点瑞典风。

普费弗伯格太太的情绪已基本上稳定下来，于是开始找托词：她不知道能不能帮上忙——快圣诞节了嘛，这时候最忙。利奥波德看得出来，他母亲本能地不愿发展一个德国客户；可现如今可能只有德国人才有这份闲心和闲钱找人给他们搞室内设计了。而且普费弗伯格太太正急需一大单生意——她丈夫已经失去了工作，如今为本教区房管机关的犹太人福利局打工，薪水少得可怜。

不出两分钟，辛德勒和普费弗伯格已经像朋友一般闲谈起来。普费弗伯格腰间的手枪只能留待将来的紧急之用了。毫无疑问，普费弗伯格太太肯定会接手辛德勒公寓的装修，而且不会漫天要价。生意谈成之后，辛德勒又提出，不知利奥波德是否愿意赏光来他的公寓，商量点别的事宜。"也许您能就如何买到本地的商品为我指点一二，"辛德勒先生道。"比如，您这件非常雅致的蓝色衬衣……我不知道该去哪里，才能找到这类东西。"他的坦率只是种策略，不过普费弗伯格欣赏这种策略。"您也知道，商店都空空如也，"奥斯卡喃喃道，似乎在暗示什么。

利奥波德·普费弗伯格正是那种靠投机冒险得以幸存的年青人。"辛德勒先生，这种衬衣贵得要命，希望您能理解。每件要二十五兹罗提。"

他把价格乘以五了。辛德勒先生突然有一种让他觉得好玩的心照不宣——还不至于毁了他们之间脆弱的友谊，或是让普费弗伯格重新意识到他腰间还别着把枪。

"我也许能为您搞到几件，"普费弗伯格道，"把您需要的尺寸告诉我。不过恐怕我的渠道需要预先付款。"

辛德勒先生拿出钱包，眼睛里还闪烁着那种心照不宣，交给普费弗伯格两百德国马克。这个数目可实在是太夸张了，就算以普费弗伯格要的高价计算，这笔钱也够给一打大亨配备衬衣了。不过普费弗伯格明白游戏规则，眼睛眨都没眨。"您得给我您需要的尺寸，"他说。

一周后，普费弗伯格带着一打丝绸衬衣来到斯特拉斯泽维斯克果街辛德勒的公寓。公寓里有位很漂亮的德国女人，给普费弗伯格的介绍是，她是克拉科夫一家五金器材厂的受托人。后来，普费弗伯格有天晚上又看到奥斯卡身边陪着位金发的大眼睛波兰美女。即便真有这么位辛德勒夫人，她也一直没有出现，即便在普费弗伯格太太把公寓重新装修完毕之后。普费弗伯格本人则成了辛德勒购买奢侈品——丝绸、家具、珠宝——最经常的渠道之一，这种奢侈品的黑市在克拉科夫旧城正得以蓬勃发展。

第四章

　　伊扎克·斯特恩再次见到奥斯卡·辛德勒是在十二月初的一个早晨。辛德勒向克拉科夫的波兰商业法庭提交的申请已被归档，不过奥斯卡竟然还有余暇拜访布赫海斯特公司的办公室，而且在跟奥厄商量之后，还特意站在外面的大办公室距斯特恩的桌子很近的位置，拍着手，用已经微醺的嗓音宣布道，"明天，就要开始了。约瑟法和伊扎卡街到时候就会全部领教了！"

　　卡兹米尔兹确实有条约瑟法街和伊扎卡街。每个犹太聚居区几乎都有，而卡兹米尔兹是克拉科夫最古老的犹太区所在地，一度曾是由卡兹米尔兹大帝割让给犹太族群的一个岛屿，如今则是位于维斯瓦河一处弯道中的近郊区。

　　辛德勒先生朝斯特恩俯下身去，斯特恩能闻到他呼吸中暖暖的白兰地酒气，他在考虑的问题是：这表示辛德勒先生知道约瑟法和伊扎卡街会遭遇不测呢，还是他不过在炫耀他知道这些个名字？无论如何，斯特恩都得承受一种恶心的失落感。辛德勒先生是在召唤一场大迫害，是在极不恰当地自吹自擂，仿佛把斯特恩摆在了他本人的位置上。

　　那天是十二月三号。斯特恩认为奥斯卡所说的"明天"，并非指十二月四号，而是像醉鬼或是先知通常的用法那样，指的是某事很快就将或者就该发生了。只有少数听到或听说了辛德勒先生这醉醺醺预警的人将其完全照字面意思接受了。有些人打了个外出一夜需用的包裹，携家带口越过维斯瓦河躲到了波德戈尔兹。

对奥斯卡而言，他自觉已经冒着一定风险将重要信息传递出去了。这消息至少有两个来源，都是他的新朋友。一位是党卫军警察局长的手下赫尔曼·特费尔警官。另一位则隶属SD头子楚尔达，叫迪特尔·雷德尔。这两个关系都是奥斯卡一直在设法寻觅的那些富有同情心的军官典型。

可他从来都解释不清楚那年十二月他向斯特恩传递消息的确切动机。后来，在德军侵占波希米亚和摩拉维亚期间，他会说他看够了没收犹太人和捷克人的财产，以及从被认为属于德国的苏台德地区强制驱逐犹太人和捷克人的行径，他对所谓的新秩序已经不抱有任何热情了。他把消息透露给斯特恩这一行为本身，比那个未经证实的补偿努斯鲍姆家的传闻更能证明他的行事风格。

他想必也跟克拉科夫的犹太人一样，曾经希望新政权在经过最初的狂怒之后，能够放松下来，给老百姓喘息的空间。如果党卫军在接下来的几个月里发动的搜捕和劫掠能够因事先透露消息得以缓解，也许到了开春，理性也就能得以恢复了。毕竟，奥斯卡和犹太人都告诉自己，德国人是个文明化的民族。

然而，党卫军对卡兹米尔兹的劫掠却使奥斯卡产生了根本性的憎恶之情——并非因为这直接影响到他赚钱、享受女性或跟朋友宴饮，而是因为他越来越看清了新政权的真实意图，而这种意图将同时引导他、迷惑他、危害他而又提升他。这次军事行动的部分目的就是为了抢劫珠宝和皮草。比较富庶的克拉科夫和卡兹米尔兹交界区的有些住户将被驱逐出户。不过，除了这些现实的考虑，首次出击还将有意给古老犹太社区里那些惊慌失措的居民一点精神上的震慑。雷德尔告诉辛德勒，为了达到这一目的，别动队的一个小特别分队也将特意从斯特拉多姆赶来，跟本地党卫军和野战警察同乘几辆卡车一起行动。

六支别动队（Einsatzgruppen）已经跟入侵的军队一道进入波兰。他们的名号含义微妙，大体的意思是"特别行动部队"，不过"Einsatz"这个词儿也自有其微妙之处，可解作挑战、考验、行侠仗义。这些队伍是从海德里希的 Sicherheitsdienst（党卫军安全处，SD）中征募的。他们很清楚自己的使命非常宽泛。他们的最高领袖六星期前告诉威廉·凯特尔将军，说"在波兰总执政府中，必定会有为争取民族自存的艰苦斗争，为此它将抗拒任何法令的限制"。别动队的战士们很清楚他们领袖这番花言巧语的真意，为民族自存的斗争意味着种族战争，正如别动队自身就意味着滚烫的枪管。

参加那晚行动的别动队员可都是精英人物。那些挨家挨户搜寻钻戒和镶毛大衣的龌龊工作都交给克拉科夫的党卫军，他们则负责更加具有根本性和象征性的活动：对付犹太文化的具体象征——克拉科夫古老的犹太会堂。

为了参加此次行动，别动队已经花了几个星期的时间进行训练，同样被指派参加这首次克拉科夫行动的当地党卫军特遣队和 SD 头子楚尔达手下的安全警察亦复如此。军方早先跟海德里希以及高层警察头目协调过，要求他们暂缓行动，等波兰由军管过渡到民管后再出马。如今权力交接已然完成，波兰全境范围内，别动队的骑士们和党卫军特遣队于是放开手脚，凭借其恰当的种族历史观和专业的超然态度大肆挺进各古老的犹太社区。

在奥斯卡的公寓所在的那条街道尽头，耸立着警备森严的石砌瓦维尔城堡，汉斯·弗兰克的政府就设在堡内。如果想理解奥斯卡在波兰的前景，需要看清弗兰克跟党卫军和SD那些年轻特工，还有弗兰克跟克拉科夫犹太人之间的相互关系。

首先，对于这些蜂拥而入卡兹米尔兹地区的特别部队，汉斯·弗兰克并无直接的领导权。海因里希·希姆莱麾下的警察部队不论在哪里行动，从来都我行我素，谁的招呼都不听。弗兰克除了对他们独来独往的权力心生不满外，对他们的实际行事风格也不认同。他跟所有纳粹党员一样，将憎恶犹太人视作品味优雅的明证，因此他觉得甜美可人的克拉科夫就因为充斥着各种各样的犹太人而变得俗不可耐。过去的几个星期里，当局试图将总执政府当成一个垃圾堆，倾倒从瓦尔特兰，从洛兹和波兹南各城市运来的犹太人，克拉科夫因为其铁路枢纽的地位又受害尤烈，弗兰克已经忿忿不平了。不过，他并不相信别动队也好，特遣队也罢，采用现在的这些办法真能帮他解决问题。弗兰克认为——在某些方面他倒是跟希姆莱（希尼）一样地异想天开——应该专为犹太人建一个单独的庞大的集中营，不过至少应该建在卢布林以及周边的乡村地带，如果能全部弄到马达加斯加，那就更加理想了。

波兰人自己也一直对马达加斯加情有独钟。一九三七年，波兰政府还特意派调查团赴这个远离敏感的欧洲海岸的高地岛屿实地考察。马达加斯加属法国殖民地，其主管部门法国殖民部也乐意跟波兰政府做成这个交易，因为经过如此这番重新殖民后，挤满欧洲犹太人的马达加斯加岛势必成为一个巨大的输出市场。南非国防部长奥斯瓦尔德·皮罗还一度在这一岛屿问题上充当希特勒和法国之间的协调人。因此，马达加斯加作为一种解决方案倒是颇有光荣的缘起。汉斯·弗兰克把宝押在这个岛上，而非别动队身上。因为他们零星的劫掠和屠杀对于东欧的低等人种而言根本无济于事。在华沙外围战役期间，别动队已经在西里西亚将犹太人吊死在犹太会堂里，用水刑折磨他们，在安息日的夜晚或斋日劫掠犹太人的家，剪断他们的祈祷发式，烧掉他们的祈祷披巾，让他们立壁角。这类事件数不胜数。不过弗兰克却提出，根据历史的经验，受到威胁的种族却总是斩不尽杀不绝的，你杀的速度总赶不上他们生殖的速度。

可不论是争执不下的党员，是卡车车篷里受过精良培训的别动队员，是另一辆卡车里那些没这么精良的党卫军，是正在犹太会堂里进行晚祷的犹太人，还是正回公寓里打扮齐整去赴宴的辛德勒先生，都还一无所知，就连纳粹头目都未敢寄予希望的解决办法马上就会找到了，不过是种简单的技术手段：一种叫作齐克隆 B 的消毒用化学制剂，即将取代马达加斯加，成为解决犹太人问题的制胜法宝。

这其间还有一个插曲值得一提，涉及希特勒宠爱的女演员兼导演莱尼·里芬斯塔尔。她在罗兹城陷后不久，就带了她的流动摄制组开了过来，亲眼目睹了一排犹太人——活生生的犹太人，还在喃喃念诵祈祷文的各色人等——被自动武器扫射处死。她直接去找当时正待在南部陆军指挥部的元首，还大闹了一场。就这么回事——这就是后勤学，就是数目字的压力，就是公共关系的考量；就是这些使一味蛮干的别动队员们显得傻呵呵的。不过，一旦找到了行之有效的办法，可以在固定的几个地点配备上足敷使用的清理装置，用以切实有效地清除东欧的这些劣等民族，而且还不会被时髦的电影界人士发现，如此一来，所谓的马达加斯加方案岂非成了多此一举的蠢行。

奥斯卡在布赫海斯特公司的大办公室对斯特恩的预警丝毫没有落空，党卫军在雅科巴、伊扎卡和约瑟法三地逐门逐户地打起了经济战。他们闯进各家公寓，把橱柜里的东西翻个底朝天，把书桌、梳妆台上的锁砸个粉碎。他们直接从人家的手指上、脖颈上、表链上抢夺财物。一位不肯脱下毛皮大衣的姑娘被扭断了胳膊；切姆纳街上一个想留下冰鞋的男孩被一枪击毙。

有些财物被抢的犹太人还没意识到党卫军这是在合法地奉命行事，第二天还跑到警察局去申诉。据史料记载，某处还真有这么一位良知尚存的高级警官为党卫军的暴行感到羞愧，甚至惩处了几个暴徒。这也势必要针对切姆纳街上的那个被击毙的男孩和一位鼻子被警棍打断了的妻子展开些调查。

党卫军在对付公寓住宅的时候，别动队的哥们儿则对那座十四世纪的犹太会堂老博兹尼卡下了手。不出他们所料，会堂里聚集了一群传统的犹太会众，都留着大胡子和颊须，披着祈祷披巾。他们还从附近的住户中找了些不这么正统的犹太人，也把他们赶到会堂里，像是想看看这两队人马相互间会有什么样的反应。

被赶到老博兹尼卡会堂的人群中就有那个叫马克斯·雷德里希特的著名匪徒，要不然他是决不肯也没人会请他进入一座古老的神庙的。他们在约柜①前面站好，这两群犹太人虽系属同宗，可分属两极，平常的日子里是不通往来的。一个别动队的军士打开约柜，将《摩西五经》的羊皮纸卷轴取了出来。会

---

① 犹太教堂内藏《摩西五经》经卷的壁龛。

堂里站着的这两组截然不同的会众被强令列队经过经卷，朝经卷吐唾沫。而且决不容做做样子——手抄的经卷上要见到每个人的唾沫。

对于这一事件，那些正统犹太人的反应比那些持不可知论的自由主义犹太人，那些自封的欧洲人来得理性、克制。别动队员们眼看着那些现代犹太人在经卷面前止步不前，甚至想引起他们的注意，仿佛想说，得了，我们又不是小孩子，何苦来这套胡闹的把戏。党卫军在接受培训时曾被明确告知，那些自由主义犹太人的所谓欧洲特征不过是层薄薄的假面，老博兹尼卡会堂内那些剪了短发、穿着当代服装的犹太人面对圣物的旧态复萌，对亵渎圣物表现出来的不情愿，倒恰恰印证了这一点。

最终，除了马克斯·雷德里希特外，所有的人都吐了唾沫。别动队员们应该觉得这种测试还是值得花时间去做一下的——为的就是找出一个拒绝唾弃犹太圣物的主儿，虽说他理智上觉得所谓经卷无非是老掉牙的宗族谬传，可他周身流淌的血液却告诉他这个卷轴仍是神圣不可侵犯的。一个犹太人会听从他那荒谬血统的劝说重拾他的犹太身份吗？他会像康德一样想得清楚明白吗？测的就是这个。

雷德里希特不肯亵渎经卷。他简短地表明了自己的态度："我是做过不少错事。可决不会这么做。"别动队先把他处决，然后把剩余的所有犹太人统统枪毙，最后还放了一把火，波兰境内这所历史最为悠久的会堂烧得只剩了一个骨架。

第五章

维多利亚·克罗诺斯卡是奥斯卡办公室里的美人，他的波兰籍秘书，而且他立马就跟她开始了长期的恋情关系。奥斯卡的德国情妇英格丽德肯定知道有她这么个人儿，就像是埃米莉·辛德勒肯定知道英格丽德。因为奥斯卡从来就不是个偷偷摸摸的情人。他在性事上就跟个孩子一样毫不欺瞒。他这并不是存心炫耀，而是因为他从来没觉得有欺瞒的必要，没觉得有从后门楼梯溜进旅馆，有在下半夜去偷敲人家姑娘家大门的必要。既然奥斯卡都从不费心跟他的女人打马虎眼，她们也就装不起唯我独尊的架子；惯常情人间的争执也就难得挑起了。

维多利亚·克罗诺斯卡一张妆容鲜明的俏丽小狐狸脸，金黄的头发高高地在头上盘起，看起来像是个没心没肺的乐天姑娘，在她们看来，历史的麻烦对于人生的真意而言，也不过是暂时的侵扰。这年秋天，身着简单的夹克、镶边宽松衬衫和紧身裙子的克罗诺斯卡显得像个轻佻的小姑娘，可事实上她冷静、干练而且非常机敏。她还是个民族主义者，而且以坚定热烈的波兰方式贯彻执行。最后，她将为了将她的苏台德情人从党卫军机构中释放出来而跟德军的权贵虚与委蛇。不过，眼下奥斯卡交办给她的工作可就轻省多了。

他表示想在克拉科夫找个上好的酒吧或是夜总会，好结交几个朋友。不是扩展人脉，不是交好军备物资监管局的高官。

是真正的朋友。找个中年军官不会出现的快活所在。

克罗诺斯卡知道这么个地方吗？

她在市集广场，也就是城里的中心广场以北的窄街小巷间发现了一个绝妙的爵士酒窖夜总会。这地方一直以来就在大学生和年轻的老师职员间大受欢迎，不过维多利亚本人此前倒是从没去过。和平时期追求她的那些中年男人才不会想去这种低级夜总会跟一帮学生瞎掺和。假如你愿意，也可以包一个帘幕隔开的小单间儿，在乐队浓浓的爵士节奏掩映下开你的私人派对。因为维多利亚找到了这家可意的音乐酒吧，奥斯卡给她起了"哥伦布"的雅号。纳粹党跟爵士乐划清界限不单因为其在艺术上是颓废派，同时还因为它表达的是一种非洲式节奏，一种低于高贵人类的动物性。维也纳华尔兹的"嘣-恰-恰"才是党卫军和纳粹党军官的最爱，他们对爵士乐酒吧避之唯恐不及。

一九三九年圣诞节前后，奥斯卡在这家俱乐部为几个朋友搞了个派对。他天生长袖善舞，即便是跟他不喜欢的人也能一醉方休。而那天的客人又都是他喜欢的朋友。除此之外，他们当然还都是有用之人，虽职位不高，在占领军当局的各部门都有不小的影响力；而且或多或少，他们都算是双重的流亡者——不但远离了家园，而且不论是在故土还是异乡，他们在当局的治下都不同程度地很不自在。

比如，有个在内政部供职的年轻德国测量员，他已经划好了奥斯卡在扎布洛西的搪瓷厂的边界。奥斯卡的德国搪瓷厂后面有块空地，跟一家纸箱厂和一家散热器厂毗邻。辛德勒已经很高兴地发现，据这位测量员的界划，那块荒地大部分属于他的德国搪瓷厂。大规模商业扩张的前景不断在他脑海中舞动。

这位测量员之所以能受邀参加他的聚会，当然是因为他是个很上品的家伙，因为你跟他聊得起来，还因为你可以就近请教他将来的建筑规划。

身为警察的赫尔曼·特费尔也在场，还有 SD 的特工雷德尔，以及在军备物资监管局供职的军官——同时也是位测量员的施泰因豪泽。奥斯卡是在寻求为了开厂必需的各种许可的过程中认识并喜欢上这些人的。他已经开始享受跟他们共饮之乐了。他一直认为，解开官僚制度死结的最佳途径，除了行贿，就是宴饮。

客人中压轴的还有两位反间谍局的人物。首先是埃伯哈特·格鲍尔，就是一年前将奥斯卡招募进反间谍局的那位中尉。第二位是在卡纳里斯的布雷斯劳总部供职的马丁·普拉特中尉。正是通过他的朋友格鲍尔的招募，奥斯卡·辛德勒先生才初次发现克拉科夫真是个遍地是机会的宝地。

格鲍尔和普拉特的到场还有个副产品。奥斯卡仍旧是反间谍局名册上的特工，他居留克拉科夫期间提供的有关其党卫军对手的情报，一直让卡纳里斯的布雷斯劳总部甚为满意。格鲍尔和普拉特会认为，奥斯卡之所以将特费尔这种多少对当局抱有不满的宪兵，以及 SD 的特工雷德尔这样的人带来参加聚会，也是出于收集情报的考虑，实属美酒良伴以外的额外收获。

虽说我们无法确知那晚的聚会上大家都说了些什么，不过，通过事后奥斯卡对他们每个人的说法中还是能猜出个大概的。

致祝酒词的自然是格鲍尔，他说，他带给他们的不是政府、军队或是君王；他带给他们的是他们的好朋友奥斯卡·辛德勒的搪瓷厂。之所以如此，是因为搪瓷厂若能繁荣昌盛，就会有更多的派对，辛德勒风格的派对，你能想像到的最棒的派对。

祝酒饮过之后，谈话自然也就转向了那个使各内政部门都感到困惑不已或者说念念不忘的话题：犹太人。

特费尔和雷德尔那一整天都待在莫吉尔斯卡火车站，负责监督将波兰人和犹太人从东向列车上卸下来。这些人是从"合并领土"，即过去曾属德国的新占领的地区来的。特费尔并未就乘坐东向运畜车厢的乘客的舒适程度多置一词，不过也承认天气是够冷的。不过用运送家畜的车厢来运人对每个人来说都还是新鲜事儿，而且当时的车厢里还没挤得沙丁鱼罐头般毫无人性。让特费尔不解的是为什么要这么做，出于什么样的政策考虑。

特费尔道，不断有传闻说我们已经开战了。身陷这种情况中，各个合并领土都太他妈假正经了，决不肯容忍他们境内的几个波兰人和五十万犹太人。"整个东向铁路系统，"特费尔道，"整个成了把他们运给我们的运输专线了。"

反间谍局的人就那么听着，脸上带着一丝微笑。对党卫军来说，他们的心腹之患也许是犹太人，可是对卡纳里斯而言，他的心腹之患就是党卫军。

特费尔又说，自十一月十五日起，党卫军就接管了整个铁路系统。他说，他波摩尔斯卡办公室的桌子上已经堆满了党卫军发给军方的愤怒的公文，指责军方背信弃义，已经逾期两周了还在使用东向铁路。看在基督的分上，特费尔忿忿地质问，难道军方不该优先使用铁路系统，而且爱用多久就用多久吗？否则他们如何部署东西兵力？特费尔质问道，激动地灌下一口酒。难道依靠自行车不成？

奥斯卡颇有兴致地看到那两位反间谍局的人对此未置一词。他们是怀疑，特费尔可能并非喝高了，而是故意安插的奸细。

测量员和军备处的人问了特费尔几个问题，都是问到达莫吉尔斯卡车站的那些不同寻常的车厢到底是怎么回事。要不了多久，这种运输方式都根本不值一提了：如此这般地运送人口将成为重新安置政策下司空见惯的方式。不过在奥斯卡圣诞派对的那天晚上，这还是新鲜事一桩。

"他们把这个叫集中管理，"特费尔道，"他们在文件里就是这么叫的。集中管理。我看不如管它叫该死的痴心妄想。"

爵士乐酒吧的老板端上了鲱鱼加调味汁。鱼肉和烈酒配得恰到好处，大家狼吞虎咽之际，格鲍尔提起了犹太委员会的话题，照弗兰克执政官的命令，每个犹太社区都要建立一个犹太委员会。在华沙和克拉科夫这样的大城市，犹太委员会由二十四位经选举产生的委员组成，负责贯彻执行本地区的政令。克拉科夫的犹太委员会设立还不足一个月；受人尊敬的民法权威马雷克·比贝尔施坦因被任命为委员会的主席。不过，格鲍尔又特意道，他听说委员会正在跟瓦维尔堡一道拟订一个犹太劳工名单的计划。犹太委员会将负责提供挖沟、清理厕所和扫雪的具体劳工。大家不觉得犹太委员会有点合作得过了头吗？

非也，非也，军备物资监管局的工程师施泰因豪泽道。他们的想法是，如果他们负责提供劳工队，也就不会再有那种随意强拉壮丁的事儿发生了。犹太人在被强拉壮丁时经常遭到殴打，有时脑袋上还会吃枪子。

马丁·普拉特也同意这种说法。他们这么合作无非两害相权取其轻的无奈之举，他说。这是他们的生存策略——大家必须理解这一点。他们一直以来都是通过合作来疏通市政当局，然后才有空间再讨价还价。

格鲍尔想继续推进这一论点，以诱导特费尔和雷德尔，所以就犹太人问题故意进行了一番热心的分析。"我告诉诸位我是怎么看合作问题的，"他说道。"弗兰克通过了一项法令，要求在总执政府工作的每个犹太人都要佩戴星徽。这个法令才不过执行了几个星期。这种星徽是委托华沙的一个犹太制造商用耐洗的塑料生产的，每个卖三兹罗提。他们好像对这条法令意欲何为毫无概念。似乎这玩意儿不过是某自行车俱乐部的徽章。"

大家于是建议，既然辛德勒干的就是搪瓷业，他的工厂没准儿可以压制一种豪华型搪瓷徽章，然后再由他女朋友英格丽德监管的五金商店负责零售。有人还提出观点，说这种星徽原是他们犹太民族的标志，是被罗马人摧毁的一个犹太国家的标志，如今只存在于那些犹太复国主义者的脑袋里。所以他们兴许还以佩戴星徽为荣呢。

"问题是，"格鲍尔道，"他们没有任何可以自救的组织。不错，他们是有似乎可以经风挡雨的组织，但这次可不比寻常了。这次的暴风雨是由党卫军操控的。"格鲍尔的语气听起来仍像是并未过于强调这一点，仿佛他完全认同党卫军在这方面的专业素质。

"算了吧，"普拉特道；"他们最坏的可能性也不过被遣送到马达加斯加，那里的天气可比克拉科夫强多了。"

"我认为他们这辈子也甭想见到马达加斯加了。"格鲍尔说。

奥斯卡这时要求换个话题。这不是他的聚会吗？

事实上，在克拉科维亚酒店的酒吧里，奥斯卡曾亲见格鲍尔将逃往匈牙利所需的伪造证件交给一个犹太生意人。格鲍尔也许是在做交易，虽说他似乎具有很强的道德感，不会干出这种拿证件和公章换钱的勾当。不过可以肯定的是，他丝毫不仇恨犹太人，他在特费尔面前的言行不过是做戏。其实这帮人里面没有一个人真正仇恨犹太人。一九三九年的圣诞，奥斯卡只把他们当作喧嚣的公务之余的放松，后来他们才会派上更大的用场。

第六章

十二月四号夜里的劫掠使斯特恩认定了奥斯卡·辛德勒就是那位珍稀的贵人，正直的异教徒。《塔木德经》里有个关于各民族大义人的传说，据说不论处在何种历史时期，这些大义人统共只有三十六位。斯特恩倒是并没有把这个神秘的数字当了真，不过他在心里是相信这个传说的真确性的，他也相信，把辛德勒认作一个活生生的避难所是个正派而又明智的策略。

德国人需要资金——里考德厂的部分设备已经被没收，只剩少量的金属锻压机、搪瓷储藏箱、车床和熔炉。如果说斯特恩是奥斯卡坚实的精神支持，那么在现实层面上帮他直接获利的就是亚伯拉罕·班吉尔，此人是里考德的业务经理，已经被奥斯卡争取过来。

他们俩——耽于酒色的高大的奥斯卡与古灵精怪的矮胖的班吉尔——一同前去拜访那些可能的投资人。据十一月二十三号的法令，所有犹太人的银行及贵重物品保管库均由德方行政部门以固定投资信托的形式接管，不允许犹太所有者享有任何动用和收益权。那些有点历史经验的富有的犹太商人则秘密地储藏硬通货。他们看得很清楚，在汉斯·弗兰克的治下，要不了几年时间货币就会有贬值的风险；那些易于携带的财富——钻石、黄金、可以买卖的货物——就会变得炙手可热。

仅克拉科夫周边，班吉尔就颇认识几个人，愿意提供投资资金，用以换得有品质保障的产品。具体的交易条件比如：投资五万兹罗提，换得每月数千个锅碗瓢盆，自一九四〇年七月开始交货，一直持续一年时间。在一个克拉科夫的犹太人看来，只要汉斯·弗兰克还在瓦维尔堡，实实在在的厨具就比兹罗提更加安全、活泛。

对于这些约定的各方——奥斯卡，投资者，作为中间人的班吉尔——只不过有个君子协定，连份交易备忘录都没有。即便是正式完备的书面合同也是废纸一张，根本不可能照章执行。什么都没法照章执行。所有的一切全押在班吉尔对这位苏台德搪瓷制造商的精确判断上。

这些会面就安排在投资者位于克拉科夫中心古老的内城区的公寓里。投资者的夫人喜欢的波兰风景画家的画作，他几位聪明又娇弱的女儿欣赏的法国小说，会在讨价还价的余光中闪烁着光芒。除非那位投资者已经被赶出了老宅，住到了波德戈尔兹相对贫穷的街区。那他就是个已经心有余悸的人了——他的公寓凭空被剥夺，他本人如今成了他自己生意的雇员——而且所有这一切不过是几个月的事儿，这一年还没到头呢。

乍一看，这简直像是些虚构的情节，用以衬托奥斯卡的伟大：他如何从未被人指责对这些非正式的合同背信弃义。事实上，转过年头，他就会跟一个犹太零售商就这个人有权从德国搪瓷厂在利波瓦大街上的货运码头上拿走多少产品争执不休了。而这位仁兄会因为这件事对奥斯卡不满一辈子。不过说到奥斯卡不履行君子协定——这话还当真从来没听说过。

因为奥斯卡天性就是个爱花钱、肯担当的主儿，在别人眼里，他像是有无限的资源，能产生无穷的回报。总之，奥斯卡，还有其他德国的机会主义者在接下来的四年间真可谓赚得钵满盆满，想来只有那种真正利欲熏心之辈，才会把奥斯卡的父亲所谓的"道义上的债务"赖掉不还。

　　新年来到，埃米莉·辛德勒首次来到克拉科夫看望她夫君。她觉得这个城市是她待过的最令人愉快的地方，比那个总罩着一层工业烟尘的布尔诺优雅多了，也舒适多了。

　　她对丈夫的新居印象深刻。几个前窗俯瞰着普朗地：一圈优雅的公共绿地，沿久已拆除的古代城墙的路径将整个旧城环绕于其间。宏伟的瓦维尔堡就在大街的尽头高高耸立。而奥斯卡现代化的公寓就被所有这些古迹环抱在当中。她四处查看由普费弗伯格太太布置的织物和壁毯。他新近的发迹在这些室内装饰上触手可及。

　　"你在波兰干得真是不错啊，"她说。

　　奥斯卡知道她真正的所指是她的嫁妆问题。就是十二年前，当去过兹维陶的人冲进阿特-莫尔斯坦村，竞相向岳父报告说他的女婿还像个单身汉一样自由散漫、四处留情时，他岳父拒付的那笔嫁妆。他女儿的婚姻完完全全应验了他的担心，他要是给了嫁妆那才是该死呢。

　　虽说这终成泡影的四十万德国马克确实略微影响了奥斯卡的前途，这位阿特-莫尔斯坦村的乡绅却不知道这笔该出而未出的嫁妆把自己的女儿伤得有多痛，使她变得加倍地疑神疑鬼，他也不知道十二年都过去了，当这件事在奥斯卡眼里已经不值一提时，它却仍然时时困扰着埃米莉的思绪。

　　"亲爱的，"奥斯卡总是忿忿地嘟囔说，"我从来都不需要那笔该死的钱。"

　　埃米莉与奥斯卡之间时断时续的夫妻关系也似乎正是她处

境与心理的反映：她明知自己的丈夫不忠，也不可能忠实，不过对于已经杵到她鼻子底下的婚外情证据，她仍然宁肯视而不见。她在克拉科夫的行动一定非常小心在意，特别是去参加那些派对的时候，派对上奥斯卡的朋友们想必谁都知道事情真相，知道另外那些女人的名字，而她并不真想知道她们姓甚名谁。

一天，一个年轻的波兰人肩膀上扛着一卷地毯找上门来。此人就是波尔代克·普费弗伯格，曾差点毙了她丈夫，不过她不可能知道这些内情。那卷地毯是黑市货，经匈牙利由伊斯坦布尔运来。原是英格丽德吩咐普费弗伯格去找的，而这位夫人为了回避埃米莉的到来已经搬出去了。

"辛德勒太太在吗？"普费弗伯格问。他一直都把英格丽德称作辛德勒太太，因为他觉得这样称呼少些冒犯的意味。

"我就是辛德勒太太，"埃米莉道，明知他这问题的真意。

普费弗伯格也真够机灵的。他掩饰说，他实际上不需要见辛德勒太太，虽说老听辛德勒先生提起。他因为一些业务方面的事情需要见辛德勒先生。

辛德勒先生现在不在，埃米莉说。她想给普费弗伯格倒杯酒喝，可他慌忙谢绝了。埃米莉也明白他这么做的缘由。那是因为这个年青人被奥斯卡的个人生活惊了一小下，自觉跟她这个牺牲者坐下来喝一杯实在有点不甚妥当。

奥斯卡租下的工厂在河对岸扎布洛西的第四利波瓦大街上。面朝大街的办公室在设计上很现代，奥斯卡觉得出于方便的考虑，自己将来有可能搬到这儿来住，于是就在三楼布置了套公寓，虽说周围的环境太过工业化，远没有斯特拉斯泽维斯克果大街那么令人愉快。

奥斯卡接管里考德，改名为德国搪瓷厂的当口，厂里只有四十五个雇员，维持着适量的厨具产量。刚转过年头，他就接到了第一批军方合同。这当然属于意料之中。辛德勒将军的军备物资监管局"主要军备委员会"中各位有影响力的国防军工程师，一直都是他着力交好的对象。他跟他们参加同样的派对，请他们在克拉科维亚酒店大开宴席。有照片为证：奥斯卡跟他们一起坐在昂贵的餐桌旁，每个人都冲着镜头彬彬有礼地微笑，每个人都有美食佳酿伺候，几个军官都优雅地军装笔挺。他们其中有的负责在他的投标书上加盖大印，有的负责给辛德勒将军写至关重要的推荐信，完全出于友谊，还因为他们相信奥斯卡有他自己的企业，能够按时按量地交货。另外的一批人则出于礼物的驱动，那种奥斯卡专用来孝敬军官们的礼物——科涅克白兰地和地毯，珠宝和家具以及大量的奢华食品。也正为此，大家竟然纷纷传言，辛德勒将军跟他这位生产搪瓷的同姓企业家很熟，而且很喜欢他。

如今，有了这批有利可图的军备监管局合同撑腰，奥斯卡就能顺理成章地扩展他的企业了。而且有的是空间。德国搪瓷厂的门脸和办公室上头还有两个巨大的工业用楼层。你如果从门脸进入工厂内部，会发现左边的楼面堆放着些当下的产品。另一幢则完全空在那里。

他购入新机器，有些购自本地，有些购自祖国。他的产品除了供应军方的需求，还有那个永不餍足的黑市托底。奥斯卡眼看着自己就要成个工业巨头了。到一九四〇年仲夏，他就需要雇用两百五十个波兰人，而且还得开始安排夜班了。老汉斯·辛德勒先生在兹维陶的农机厂，最辉煌的时期不过有五十个雇员。将至今不肯宽恕的老爹远远甩在后头，这感觉妙极了。

这一年，伊扎克·斯特恩请求辛德勒安排雇用某个年轻的犹太人——作为特案；罗兹区的某个孤儿；犹太委员会某个部门文书的女儿。不出几个月，奥斯卡统共已经雇用了一百五十个犹太工人，他的工厂也就有了避难所的小名声。

这一年，犹太人纷纷想挤进某个跟战争利益息息相关的企业，其实一直到战争结束都是如此。四月，弗兰克总执政颁布了驱逐令，要把犹太人从他的首都克拉科夫赶出去。这个决定颇为怪异，因为帝国当局还仍然以每天一万人的速度往他这儿送呢。可是弗兰克告诉他的内阁，克拉科夫的状况是可耻的。他知道有些师长级的指挥官住的公寓楼里都还有犹太房客。更高级别的军官有的也得忍受这种同样可耻的有伤尊严之事。他许诺，在六个月内将克拉科夫的犹太人全部清理掉。只允许保留五千至六千犹太技术工人。其余的犹太人全部迁往总执政府所辖的其他城市，比如华沙或是拉多姆，卢布林或琴斯托霍瓦。在八月十五日前，犹太人可以自愿选择移居的城市。之后仍留在克拉科夫的，就只能携带少量行李，用卡车运往随便哪个适合安置的地方。汉斯·弗兰克说，从十一月一日起，克拉科夫的德国人就可能呼吸到"清新的德国空气"，步出户外再也不会看到满大街小巷都"爬满犹太人"了。

弗兰克那年并未能将犹太人的人口降至这么低的水平；不过，在他的计划初次公布时，克拉科夫的犹太人，特别是年轻人都四处奔走，想获得一份技术资格认证。像伊扎克·斯特恩这样的人，还有犹太委员会中正式和非正式的官员，已经开列了一份"同情者"名录，列出他们可以求助的德国人名单。辛德勒就在名录里；同在名录的还有尤利乌斯·马德里瑞施，他是个最近设法从国防军成功脱身的维也纳人，已经接任一家制服企业的受托人。马德里瑞施眼见军备物资监管局的合同利润丰厚，正打算在波德戈尔兹郊外开一家自己的制服厂。到最后，他的财富会比辛德勒还要庞大，不过在一九四〇年这个奇迹迭出的年份，他还是个领薪水过活的主管，以心地慈悲著称——仅此而已。

到十一月一号，弗兰克已经将两万三千名自愿转移的犹太人迁出克拉科夫。其中有些去了华沙和罗兹的新建犹太聚居区。他们在餐桌旁无言以对，在火车站的悲伤离别可想而知，不过大家还是温顺地接受下来，想着，我们能挺过去，他们的要求也不过如此。这些情况奥斯卡都知道，不过，他也像他们犹太人一样，希望这种暴行只是暂时的。

这可能是奥斯卡一生中最勤勉的一年——他在一年之内将一个破产的企业重塑为一个受到政府部门重视的公司。在第一场雪降下之后，辛德勒注意到他的犹太雇员中每天都会有六十多人缺勤，不禁大为震怒。他们是在上班的路上被党卫军强拉去清雪了。辛德勒于是跑到波摩尔斯卡大街党卫军的总部，找他的朋友特费尔兴师问罪。他告诉特费尔，有一天他竟然有一百二十五个员工缺勤。

特费尔跟他交了个底。"你得明白，这儿的有些家伙才他妈不管什么产量呢。在他们看来，犹太人天生就该被弄了去铲雪的。我实在不大懂这个逻辑——对他们来说，犹太人去铲雪简直具有仪式般的重要意义。而且不光是你，每个雇主都碰到了同样的问题。"

　　奥斯卡就问，那别的雇主是不是也都来申诉了。是的，特费尔说。不过，他说，党卫军预算与建设办公室的一位要人曾来波摩尔斯卡街的总部吃午饭，他说，认为帝国经济中也该有犹太技工一席之地的说法无异于叛国。"我想，后面还有的是铲雪这类的事件你得容忍呢，奥斯卡。"

　　此时的奥斯卡不禁摆出备受压迫的爱国者姿态，或者也许是怒火中烧的投机商本色。"他们要想赢得战争，"奥斯卡说，"他们就必须除掉这样的党卫军败类。"

　　"除掉他们？"特费尔问。"看在基督的分上，骑在我们头上就是这批混蛋呢。"

　　这次谈话之后，奥斯卡开始大力提倡一种原则：一个工厂的雇主应该跟他自己的工人关系密切，工人也该跟工厂密切合作，他们决不该在上下班的途中遭到扣押和虐待。在奥斯卡眼中，这既是个工业生产的公理，也是个道德上的公理。最后，他会在他的德国搪瓷厂将这条公理坚决贯彻到底。

第七章

大城市里的有些犹太人——来自华沙和罗兹的犹太人聚居区以及弗兰克承诺要肃清犹太人的克拉科夫——避居到乡间，在农民中间隐姓埋名地生活下去。日后将跟奥斯卡熟识的克拉科夫音乐家勒斯纳兄弟，就在泰尼克这个古老的乡村中安顿下来。泰尼克村位于维斯瓦河一个美丽的转弯处，俯瞰村子的石灰岩峭壁上耸立着一座历史悠久的本笃会修道院。在勒斯纳兄弟眼中，这里够隐蔽的了。当地有几个杂货商，几个正统的工匠，这两位夜总会音乐家跟他们实在没有什么共同话题。不过，农忙时节正缺乏娱乐的当地农民却很高兴有音乐家来到他们中间，勒斯纳兄弟的期望也不过如此。

他们不是从克拉科夫来到泰尼克的，并非来自莫吉尔斯卡大街植物园外面那个庞大的集合点，年轻的党卫军就是在这里将犹太人塞进一辆辆卡车，无动于衷地大呼小叫，还哄骗他们说所有标识清楚的行李随后都会给他们送到。他们事实上是从华沙来到此地的，之前他们受雇于"蛇怪"酒吧。他们是在德国人封闭华沙犹太人区的前一天离开的——亨利和利奥波德，亨利的妻子曼茜和他五岁的儿子奥莱克。

勒斯纳兄弟对泰尼克这样的南部波兰村庄挺满意的，离他们的家乡克拉科夫又不远，一旦情况有了好转，他们乘上辆公共汽车就能重返克拉科夫去找工作。奥地利姑娘曼茜·勒斯纳还带上她的缝纫机，于是勒斯纳兄弟就在泰尼克开了一桩小小的服装生意。晚上他们就在酒馆里演奏，成了当地轰动一时的大事。这些乡村是欢迎和支持偶然发生的奇观的，哪怕是犹太人创造的。而且小提琴又是所有乐器中在波兰最受追捧的。

有天晚上，一位从波兹南来的讲德语的波兰游客听到了勒斯纳兄弟在酒馆外头的演奏。这位讲德语的波兰人是克拉科夫的一个市政官员，希特勒最先就是以他们这些波兰德国人的名义拿下这个国家的。这位讲德语的波兰人跟亨利说，克拉科夫的市长帕弗卢中校和他的副手，著名滑雪运动员泽普·洛尔将在收获季节来乡间视察，他很想安排一下，让他们也听到勒斯纳兄弟这样娴熟的音乐家的演奏。

一个宁静的午后，当一捆捆稻谷在宛如礼拜天一样无人看管的田间打瞌睡时，一列前呼后拥的豪华轿车蜿蜒驶过泰尼克村，开到山上一处波兰贵族的别墅，别墅的主人此时并不在这里居住。穿戴齐整的勒斯纳兄弟早就候在别墅的露台上，等绅士淑女们在原本可能用作舞厅的大房间就座后，他们俩获邀开始演奏。帕弗卢中校的宴会来宾竟然特为听他们的演奏而正襟危坐，亨利和利奥波德哥俩既兴奋又觉得惴惴不安。女宾身着白色晚装，戴着雪白的手套，军官们全副盛装，贵族们则露出一色儿燕子领衬衫的翻领。听众越是不嫌麻烦地特意去看一场演出，就越发容易失望。而身为犹太人，哪怕是在文化意义上不能让新政权满意，也是严重的罪行。

不过听众非常热爱他们的演出。有一种典型的亲切友好型观众：热爱施特劳斯，喜欢奥芬巴赫和莱哈尔、安德列·梅萨热和莱奥·福尔轻快甜腻的轻歌剧。在自由点曲时段，他们就更加感情泛滥到幼稚可笑的地步。

亨利和利奥波德演奏的时候，绅士淑女们手持高脚玻璃杯，喝着冰镇的香槟。

正式音乐会结束后，兄弟俩被带到山下，那里聚着一群农民和警卫。若是真有什么残酷的种族歧视的话，最容易表现出来的就该是这里了。不过，兄弟俩一登上大车，一看到大家的目光，亨利就知道他们的安全决不成问题了。农民特有的骄傲，部分是种民族情感——当晚，勒斯纳兄弟所代表的就是波兰文化——都在护卫着他们。这简直就像是回到了旧日的好时光，亨利发现自己竟然冲着大车下面的奥莱克和曼茜微笑，在对着自己的亲人演奏，其余的一切都浑然不觉了。在这一刻，音乐仿佛真的使这个世界重获和平了。

演奏结束后，他们站在大车旁接受大家的道贺时，一个中年党卫军军士——也许是个低级军官，亨利当时还不像后来对他们的军阶那么熟悉——走到他们跟前，对他们微笑着点头致意。"希望你们过个开心的收获假期，"他说，说罢鞠了一躬，转身离去。

兄弟俩面面相觑。一待那个党卫军听不到他们说话了，他们马上开始咂摸他的真实用意。利奥波德确信："他是在威胁我们。"这正表现出他们骨子里深深的恐惧，那个讲德语的波兰官员开口跟他们讲话时就已经成型的恐惧——在当时，一个犹太人应该避免抛头露面、引人注目。

这就是一九四〇年的乡村生活。事业的无成，乡间的枯燥，他们这一行当的凋敝，时不时袭上心头的恐惧，还有克拉科夫那个光明核心的吸引。勒斯纳兄弟深知，终有一天，他们将重返那个城市。

埃米莉在当年秋天返回家乡，斯特恩下一次去辛德勒的公寓时，招待他喝咖啡的就是英格丽德了。奥斯卡对自己这方面的弱点从不加掩饰，看来也从没觉得有必要为英格丽德的在场做什么辩护。喝完咖啡后，奥斯卡又同样自然而然地走到酒柜前，拿了瓶刚开瓶的白兰地，放在他跟斯特恩座位之间的桌子上，就像斯特恩真打算跟他共饮似的。

斯特恩那天晚上过来是告诉奥斯卡，有个我们姑且称作 C[①] 的家庭正在散布他的谣言，父亲大卫和儿子莱昂甚至在卡兹米尔兹的大街上公开宣称奥斯卡是个德国流氓，一个强盗，就更别提私下里的腔调了。斯特恩在转述这些指控时所用的词汇自然没这么生动鲜辣。

奥斯卡也知道斯特恩不是想看他对此做何反应，只是在传递消息。不过他也当然觉得必须有所回应。

"我也可以散布他们的谣言，"奥斯卡说。"他们一直在抢我的钱哪。不信你可以问英格丽德。"

英格丽德是 C 家的监管人。她是个善良温厚的受托人，而且不过二十出头，毫无商业经验。谣传英格丽德的职位就是辛德勒安插的，为的是自己的厨具销售万无一失。C 家族对自己的公司差不多仍然可以为所欲为。如果说他们深恐公司会被占领国夺去托管，自然也是天经地义的。

斯特恩对奥斯卡的建议一笑置之。他有什么资格盘问英格丽德？再说，就算找这个姑娘来印证，也没什么用。

---

① 此处之所以不用个虚构姓氏，是因为克拉科夫所有波兰犹太人的姓氏均有据可查，如果弃这种缩写形式而随便取个姓氏，则对某些已经灭绝的家族或是奥斯卡仍然在世的朋友可能造成冒犯。——原注

"他们对付起英格丽德来绰绰有余，"奥斯卡说。他们跑到利波瓦街去提货，当场就敢篡改发票，拿的货比付的钱要多出好多，还告诉辛德勒手下的伙计，说，"她说的，没问题，"还说，"这都是他跟英格丽德安排好了的。"

事实上，C家的儿子莱昂一直满大街跟人家说辛德勒唆使党卫军把他痛打了一顿。不过他的说法也时时在变——说，这次痛打发生在辛德勒的厂里，是在一个库房里打的，莱昂被揍得鼻青脸肿，牙齿也断了几颗。又说是在利马诺斯基果街挨的打，还有很多目击证人。还有个叫F的，是奥斯卡的雇员、C的朋友，据他说他亲耳听到奥斯卡在利波瓦街的办公室里跳脚大骂，威胁说要杀了老大卫·C。然后还有个说法，说奥斯卡驾车特意来到斯特拉多姆街，把C家商铺的收银机洗劫一空，钞票把衣服口袋都塞得鼓鼓囊囊，还告诉他们这就是欧洲的新秩序，然后在老大卫的办公室把他揍了个臭死。

奥斯卡有可能对老大卫·C饱以老拳，让他遍体瘀伤几天爬不起来床吗？他会叫上警察局的朋友把莱昂臭揍一顿吗？从某个角度来说，奥斯卡和C家都称得上是流氓，半斤八两，非法贩卖了不知多少厨具了，压根儿不把销售记录送交货币兑换处，也不使用叫作配给证的指定购物券。黑市上的交易可没那么文明，话语粗俗脾气暴躁是题中应有之义。奥斯卡承认，他确曾怒冲冲地闯进C家商号的产品陈列室，骂他们父子是强盗，然后自己打开钱柜的抽屉拿些钱抵充他们父子俩擅自多拿的货品。奥斯卡还承认确实打了C家儿子莱昂一拳，不过除此以外的其他指控就纯属空穴来风了。

而说到C家，斯特恩是自小就认识他们的——他们可是素有难缠的名声。虽算不上罪大恶极的罪犯，可是出了名的烈货，都知道他们是贼喊捉贼的刺儿头。

斯特恩也知道莱昂·C身上确实有些瘀伤。莱昂就挂着这些彩头满大街乱串，巴不得人家看到。那也确实是党卫军给揍的，至于他为什么挨揍，那可就难说了。斯特恩非但不相信奥斯卡会央托党卫军帮他这种忙，而且就算果有其事，也没什么大不了，不会影响他对奥斯卡的信任。只有在辛德勒先生当真变成了暴徒的情况下，他才会觉得奥斯卡岂有此理。在斯特恩看来，偶尔的过错根本做不得数。如果奥斯卡是个完美的圣人，那他的公寓也就不会是现在这番豪华景象，卧室里也就不会等着个英格丽德了。

在此，还有件事实不得不提：日后，C先生和C太太、莱昂·C、H先生、M小姐，还有老C的秘书，都是蒙奥斯卡的搭救才保住性命的。他们自然也承认辛德勒的救命之恩，不过仍然一直坚称曾惨遭奥斯卡的痛打。

那天晚上，伊扎克·斯特恩还带来马雷克·比贝尔施坦因被捕入狱的新闻。他要在蒙特卢皮赫街的监狱里坐上两年，这位马雷克·比贝尔施坦因就是犹太委员会的主席，或者说被捕前是主席。其他城市的犹太委员会早就被犹太老百姓骂死了，因为它的主要功能已经变成为德方拟定名单，建议哪些犹太人可以做强制劳工、哪些该转移到集中营了。德国统治者一直把犹太委员会当作执行其意愿的机器，唯有在克拉科夫，马雷克·比贝尔施坦因和他的班子仍努力充当克拉科夫军政当局——先是施密德，后是帕弗卢市长——和普通犹太市民之间的调停者。一九四〇年三月十三日克拉科夫的一份德语报纸上，一位署名迪特里希·雷德克博士的撰稿人称，他往访犹太委员会办公室的时候，深为房间里的地毯、豪华座椅与卡兹米尔兹犹太人区的贫穷脏乱之间强烈的反差感到震惊。不过，犹太幸存者们却并不记得克拉科夫的第一届犹太委员会做过什么自绝于人民的恶行。不过，出于对大笔收益的贪欲，他们也犯下了罗兹和华沙的犹太委员会已经犯的错：允许犹太富人花钱以免受强制劳役，穷人为了换得糊口的面包则被强制劳动。不过即便是后来，到一九四一年，比贝尔施坦因和他的委员会仍受到克拉科夫犹太人的尊敬。

克拉科夫第一届犹太委员会由二十四人组成，大部分是知识分子。奥斯卡在每天前往扎布洛西的途中，都会经过他们位于波德戈尔兹街角的办公室。办公室里挤满若干秘书处。照内阁的操作方式，委员会的每个成员负责政府工作的某个方面。申克尔先生负责税务，斯特恩贝格负责建筑事务——在这个大批居民不断迁出搬入的多事之秋，这项工作可说是重中之重，这个礼拜想跑到哪个小乡村隐避起来，下礼拜又因为受够了农民的狭隘重新回到城市。本职是药剂师的莱昂·萨尔彼得负责一个社会福利部门。此外还有负责食品、公墓、健康、旅行文件、经济事务、后勤服务、文化，甚至——在关闭犹太学校的情况下——负责教育的秘书处。

比贝尔施坦因和他的委员会相信，犹太人若是被逐出克拉科夫，去的地方肯定更糟，所以他们决定退而求助于一种古老的策略：行贿。本来就手头拮据的犹太委员会财政部门为此目的特地拨出二十万兹罗提。比贝尔施坦因和住宅管理秘书哈伊姆·戈尔德弗勒斯已经找到了一位中间人，这次是个叫赖歇特的波兰德国人，跟党卫军和市政府都有良好的关系。赖歇特负责把钱塞进一系列官员的腰包，而起点就是党卫军中尉塞伯特，此人正是犹太委员会和市政府之间的联络官。作为收受贿赂的回报，这些官员将无视弗兰克的命令，允许另外一万名克拉科夫的犹太人留在城里。要么是赖歇特太贪心，私留的份额太大，给出的贿金太低，触怒了那些官员；要么就是这些绅士们觉得执政官弗兰克清除犹太人政策的太过执著，怕在这个敏感问题上收受贿赂过于冒险，从庭审过程中无法确知真正的原因。不过结果是比贝尔施坦因得在蒙特卢皮赫蹲两年牢，而戈尔德弗勒斯则在奥斯威辛服刑八个月。赖歇特本人则获刑八年。不过谁都明白他的日子肯定比两个犹太人好过得多。

辛德勒听说为了这么个渺茫的希望竟然投入二十万兹罗提，不禁摇头叹息。"赖歇特是个骗子，"他喃喃道。不过十分钟前，他们还在讨论他和C家的人是不是骗子，也没讨论出个结果。不过赖歇特毫无疑问是个大骗子。"我早该告诉他们赖歇特是个骗子，"他不断叹息道。

斯特恩评论道——站在哲学的高度上讲——不幸的是，你有时候只能跟骗子打交道，因为剩下来的就只有骗子了。

这说法使辛德勒哈哈大笑——笑得嘴巴大开，牙齿尽露，甚至有些粗鲁。"真的非常感谢，我的朋友，"他对斯特恩道。

第八章

　　那年的圣诞节还不算糟。不过人们心头总悬着一缕愁思和想望，辛德勒公寓对面公共绿地上的积雪就像个巨大的问号，像是一种姿态，在街口瓦维尔堡的屋檐上，在卡诺尼兹卡大街古老的拱顶下清晰可见、坚持不懈。再也没人相信很快就会有个最终的结果——不论是占领军，是波兰人，还是维斯瓦河两岸的犹太人。

　　那年圣诞，辛德勒为他的波兰秘书克罗诺斯卡买了条贵宾犬，一种滑稽可笑的巴黎时髦，又是普费弗伯格给弄到的。他给英格丽德的礼物是珠宝，还不忘给远在兹维陶乡下温顺的埃米莉也送了些。据利奥波德·普费弗伯格说，贵宾犬可难寻摸了。而现如今珠宝却是手到擒来。时世维艰，珠宝首饰正在频繁易手。

　　奥斯卡看来不但同时跟三个女人维持关系，还有闲暇跟别的女人发展各式各样的露水情缘，而且丝毫不用承担情场浪子通常需要付出的代价。出入于他公寓的客人从来不记得曾发现英格丽德有什么怨妇的表现。她像个宽宏柔顺的姑娘。更有资格怨恨的埃米莉则因为自尊心太强，不屑于降低身份跟奥斯卡吵闹，这倒是他活该承受的。即便克罗诺斯卡有些怨恨，看来却也丝毫未曾影响她在德国搪瓷厂决策团队中的工作态度和她对主管先生的忠诚。人们或许会以为，以奥斯卡这样的生活方式，在公开场合跟愤怒的女人狭路相逢应该是家常便饭的事儿。可奥斯卡的朋友和员工中间却没有一个人记得出现过这种尴尬场面，虽说他们根本不想掩饰，有些人甚至还取笑过他犯下的肉欲罪行。而远比他收敛的情场浪子却经常当众出丑。

有人或许会说这是因为这些女人只要拥有奥斯卡的一部分也就满足了，这种说法实际上是对她们的贬低。也许，问题在于，如果你想跟奥斯卡谈谈忠实的重要性，他眼光中就会闪现孩子般贵真贵实的困惑，仿佛你跟他谈的是相对论这样复杂的概念，想要搞清楚非得集中精力一动不动地坐着听上个五小时才行。奥斯卡从来没有五小时的闲暇，他也永远理解不了。

除非是对他母亲。那年圣诞节一早，为了纪念故世的母亲，奥斯卡特特地前往圣母马利亚教堂去望弥撒。高高的圣坛上空空如也，这里正是法伊特·施托斯①的木制彩绘祭坛几个礼拜前所在的位置，以其超凡入圣引来八方敬拜。眼下徒留安放祭坛的苍白石龛，使辛德勒先生心烦意乱。是有人偷走了祭坛。如今已经被运往纽伦堡。这成了个什么样的世界！

那年冬天生意仍一如既往地兴旺发达。转过年头，他几位军备物资监管局的朋友开始跟奥斯卡讨论开一家军工厂生产反坦克炮弹的可能性。奥斯卡对炮弹的兴趣可不比锅碗瓢盆。锅碗瓢盆制造起来非常简单。你只需切割压制金属，放到桶里浸一下，以适当的温度烧制即可。没必要精校细调；可要是生产武器，那精度要求可就不知要高多少倍了。还有，炮弹壳可是

---

① 施托斯（Veit Stoss，波兰语作 Wit Stowosz，1438/1447—1533），十六世纪德国最伟大的雕塑家及木刻家之一。波兰克拉科夫圣母马利亚教堂内以椴木制成并彩绘的高大祭坛（1477—1489）即其最著名的作品之一。

没办法黑市交易的，而奥斯卡喜欢这种私相授受的黑市交易——喜欢这其中的刺激好玩，这其中的声名狼藉，喜欢这种快速的赢利，根本无须什么合同报表之类的繁琐。

不过出于政治策略，他还是开设了个军火分部，安装了几台体积巨大的冲压机，为的是在他的第二车间的一部分压制、成型弹壳之用。到目前为止，军工部分还有待进一步发展；在真正的炮弹下线之前还要花数月的时间进行规划、测量和测试。不过，这几台巨大的冲压机却使辛德勒企业受益匪浅，成为抵挡未来不测的屏障，因为至少在表面上他的工厂已经成为必不可少的军工企业。

冲压机还没校准，奥斯卡就开始从波摩尔斯卡大街党卫军总部里得到些传闻，说要为犹太人设一个聚居区。他把这事儿跟斯特恩提了，并没想造成恐慌。哦，没错，是有这话儿。有人甚至还挺期待的呢。我们搬进去，敌人待在外头。我们自己管自己的事儿，井水不犯河水。也就没人嫉恨我们，大街上也没人朝我们扔石头了。将整个聚居区圈起来的围墙就快造好了。那四面墙将成为犹太民族大劫难最终成型的象征。

三月三号正式发布的法令"Gen. Gub. 44/91"在克拉科夫的各家报纸上刊登出来，卡兹米尔兹区还开进去很多装大喇叭的卡车，把法令的内容喊得震天响。奥斯卡经过他的军工分部时，听到他的一位德国技工就这条新闻的评论。"他们到那儿去不是更好吗？"那位技工说。"波兰人恨他们，你知道。"

法令使用的也是同样的借口。为了减少总执政府治下的种族冲突，政府将设立一个封闭的犹太社区。所有犹太人必须在这个封闭的聚居区内生活，不过那些持有正当劳工卡的可以离开聚居区去工作，但晚间必须返回。犹太聚居区将设在维斯瓦河对岸的波德戈尔兹郊外。迁入聚居区的最后期限是三月二十日。迁入后，由犹太委员会负责安排住房，原居住于聚居区选址之内的波兰人必须迁出，由他们自己的住宅管理办公室为其在本城其他地区另觅居处。

法令还另附一张新犹太聚居区的地图。聚居区以北以维斯瓦河为界，以东以通往利沃夫的铁路为界，南靠雷卡瓦卡以外的山丘，西邻波德戈尔兹广场。这四界之内即将挤满犹太人。

不过犹太人仍怀抱希望：希望长久以来对他们的压迫如今终将以明确的形式确定下来，那么他们至少知道该在什么样的底线上规划他们备受限制的未来。比如，在斯特拉多姆街做纺织品批发的朱达·德雷斯纳，过去一年半的时间对他而言就是一连串判决、搜捕和充公的灭顶之灾。他失去了他的生意——由信托机构代管，失去了他的汽车，他的住房。他银行的账户被冻结。他孩子就读的学校被关闭，要么就被逐出校门。家族的珠宝首饰被没收，还有他们的收音机。他和他的家人被禁止进入克拉科夫市中心，不论去哪儿都不许乘火车。他们只能乘坐实行种族隔离措施的有轨电车。他妻子、女儿和几个儿子经常被拉去铲雪或是干别的强制性劳动。当你被强迫钻进卡车车篷的时候，你根本就不知道这次离家是长还是短，不知道你参加的强制性劳动的头目是不是个喜怒无常的暴君。生活在这样的统治之下，你会觉得人生连个立足点都没有，感觉你正滑向一个无底的深渊。不过也许聚居区就是那个底了，就是那个聊以立足的地面，你可以喘口气，让生活继续下去。

除此之外，克拉科夫的犹太人早已习惯于聚居区这样的概念了，也许最好描述为这是他们天生的本能。而如今，这种安排已经是板上钉钉，聚居区这个词儿听起来倒让人宽心了，像是重温了祖传的某种习俗。他们的祖辈就一直被禁锢在卡兹米尔兹的聚居区，直到一八六七年，弗朗茨·约瑟夫皇帝才签署法令，允许他们在这个城市自由选择居处。愤世嫉俗的人说，之所以如此，是因为奥地利人需要利用卡兹米尔兹，这地方窝在维斯瓦河转弯的河湾处，离克拉科夫这么近，开放后那些波兰劳工就能找到距离工作地点比较近的居住地了。即便如此，卡兹米尔兹的老一辈犹太人仍对约瑟夫皇帝感恩戴德，跟奥斯卡·辛德勒童年时期的犹太邻居如出一辙。

虽说他们的自由来得这么晚，克拉科夫的老一辈犹太人对于卡兹米尔兹的老聚居区却仍有些怀念。聚居区意味着脏乱，意味着拥挤的居住空间、几户共用一间浴室、连晾衣服的空间都要争抢，不过它同时也使犹太人意识到他们的独特性，让他们共享传统的犹太文化、歌曲和犹太复国主义思想，摩肩接踵的咖啡馆里，虽没有足够的奶油，却有丰富的思想。罗兹和华沙的犹太聚居区里已经传出恐怖的传言，不过波德戈尔兹聚居区在规划上有更宽松的空间，如果你将聚居区的地图跟市中心地图比照一下的话，你会发现聚居区的面积几乎占了旧城区的一半——自然还是不够住，不过也不至于喘不过气来。

成立犹太聚居区的法令还附了条安抚性条款，许诺保护犹太人免受他们的波兰同胞侵害。从一九三〇年代初期开始，一种蓄意挑起的种族竞争已经在波兰甚嚣尘上。当大萧条降临，农产品价格大幅下滑之后，波兰政府已经公然认可了反犹主义的政治派别，这些政治派别认为犹太人就是波兰所有经济危机的罪魁祸首。毕苏斯基元帅①的"道德净化党"在老头子逝世之后，跟右翼反犹集团"国家统一阵营"结成联盟党。而斯特兰德克瓦斯基首相就站在华沙的国会地板上宣称，"对犹太人发动经济战争？就该这么办！"联盟党并未针对农民进行土地改革，而是鼓励他们在赶集的日子里去看看犹太人的摊位，将之视作波兰农村贫困的象征和所有的原因。自一九三五年的格罗多诺镇开始，有一系列村镇都展开了针对犹太人的集体屠杀和迫害。波兰的立法机关也参加进来，导致犹太人的工业在有关银行信托的新法律之下几乎无法生存。手工业同业协会不再吸收犹太工匠，而各大学也引入限额制，或者按他们古典语文的说法，叫 numerus clausus aut nullus（不再招收或数额为零），将犹太学生拒之门外。学校的老师也屈从于"国统"的强硬主张，在学院方庭中，犹太学生只能坐在指定的凳子上，在讲堂里他们则只能坐在左侧。那些城市犹太人漂亮聪颖的女儿一走出讲堂，脸上就被"国统阵营"瘦弱严肃的年轻信徒用锋利的剃刀划破了相的惨剧，在当时波兰的大学里实在已经算是家常便饭了。

德军刚占领波兰的时候，这些征服者曾惊诧于波兰人何以如此热心地给他们指点哪家哪户是犹太人，在德国人拿着剪刀给正统犹太教徒剪短胡须，或是用步兵刺刀将犹太人的脸刮得红肿不堪的时候，波兰人又何以自愿将那个喃喃祈祷的犹太人扶直站稳，好让德国人容易下手。这也就难怪，在一九四一年

---

① 毕苏斯基（Józef Piłsudski, 1867—1935），波兰共和国元首（1918—1921）、总理（1926—1928, 1930），第一次世界大战时统率"波兰军团"对俄国作战，发动军事政变（1926），建立独裁统治。

三月，保护犹太聚居区的居民免受波兰民族主义暴行侵害的许诺，在犹太人听来还是有相当可信度的。

克拉科夫的犹太人在打点行装迁往波德戈尔兹时，虽不能说有多么欣喜若狂，却确有种奇怪的返乡情愫掺杂其间，还有一种已到达最糟界限的解脱感，他们觉得过了这一点，不管怎么说也就不会再被欺压凌辱赶尽杀绝了。就凭这点渺茫的希望，甚至有些居住在克拉科夫周边村落的农民，都纷纷从维里克兹卡，从尼博罗米斯，从里普尼卡、穆罗瓦纳和塔尼克匆匆赶到城里，唯恐错过了三月二十号的期限，被锁在聚居区门外，结果发现自己来到了一片绝无舒适可言的土地上。因为所谓犹太聚居区，天经地义，或者照其设立的定义而言，就是个可以活下去的地方，哪怕还会不时遭到些攻击。犹太聚居区代表的是安定，而非流离失所。

犹太聚居区的设立将给奥斯卡·辛德勒的生活带来一点小麻烦。他通常的行程是离开斯特拉斯泽维斯克果大街上的豪华公寓后，经过犹如瓶塞般横亘于城市出口的瓦维尔石灰石城堡，穿过卡兹米尔兹区，过克兹库兹克桥，再前往他位于扎布洛西的工厂。如今路上却竖起了聚居区的高墙。问题不大，却使他在利波瓦大街的办公楼顶上再布置一套公寓的打算更合理了。那地方也不差，以沃尔特·格罗皮厄①的风格筑就。大量利用玻璃，光线通透，入口饰以时髦的立体方砖。

三月二十号的最后迁居期限到来之前，奥斯卡每次往返于城里和扎布洛西之间，都会看到卡兹米尔兹的犹太人忙着打点

---

① 格罗皮厄（Walter Gropius, 1883—1969），德国出生的美籍建筑师、教育家，首创金属构架玻璃悬墙建筑，曾任哈佛大学建筑系主任。

行装，经过斯特拉多姆街上一户户挈妇将雏朝聚居区赶路的犹太人家，大家都推着高高堆满椅子、床垫和座钟的手推车，而此时距最后期限还远得很。这些家族自打卡兹米尔兹还是个小岛，跟市中心隔了条叫作维斯瓦的溪流时就住在这里了。事实上，可以一直追溯到卡兹米尔大帝邀请他们来到克拉科夫，当时犹太人被归咎为黑死病的病根，在别的任何地方都休想安身。奥斯卡猜想，五百多年前，他们的祖先可能就是用手推车推着被褥来到克拉科夫的。而如今他们又要离去，看来跟当初一样，一辆手推车就装下了所有的家用。卡兹米尔兹的慷慨已然不再了。

早上几次上班途中穿过市区后，奥斯卡注意到市政规划是让市区的有轨电车沿利沃夫大街，横穿犹太聚居区的中心。波兰工人正在沿电车线路垒起两道高墙，而且原来的开阔空地也都用水泥墙圈了起来。电车一进入犹太聚居区就会车门紧闭，而且直到重返真实世界，也就是雅利安世界，到了利沃夫与斯瓦·金吉街的街口才会再度停车。奥斯卡也知道，不管怎么说，终归还是有人能攀上电车。就算车门紧闭，决不停车，墙上还架着机关枪——也都没用。靠这种办法是改变不了人的天性的。还是有人会想办法下车，比如某个犹太家庭忠心耿耿的波兰女仆，带着包香肠来看望主人。也还是会有人想办法攀上电车，比如利奥波德·普费弗伯格这种行动敏捷、具有运动员体魄的年青人，揣着一口袋钻石或占领区兹罗提，再或者一份游击队密件。只要有一线机会，不管这机会何其渺不可及，都会有人铤而走险，就算它车门紧锁，就算它在两道缄默的高墙间开得飞快。

自三月二十日起，奥斯卡的犹太员工就不会领到分文工钱，只能完全靠他们的定量配给过活了。而雇主则必须向克拉科夫的党卫军总部付一笔费用。奥斯卡和马德里瑞施对此都颇感踌躇不安，因为他们都知道这场战争终有结束的一天，而到时候，就像美国的情形一样，奴隶主终会自取其辱，而且被剥得赤裸裸一文不剩。他应该付给警察局长们的费用标准是由党卫军管理和经济办公室制定的——技术工人每天七点五德国马克，非技术工人和女工是五马克。按照盈利来计算，这个标准可比自由劳动市场的标准低多了。不过不论是对奥斯卡还是尤利乌斯来说，由此带来的道德上的不适都远过于经济上的暴利。那一年，奥斯卡需要付出的工资总额成了最微不足道的小事一桩。而且，他从来就不是个理想的资本家。在青年时期他父亲就经常责怪他大手大脚，只知道花钱。他还只是个销售经理时，就已经养了两辆汽车，巴不得他父亲老汉斯听说后吓一大跳。现如今，他在克拉科夫都能养一个车队了——一辆比利时的密涅瓦，一辆迈巴赫，一辆阿德勒敞篷车，还有一辆宝马。

　　挥金如土的同时还能比你勤俭持家的父亲更加富有——这绝对是辛德勒最渴望的人生成就之一。在他事业蒸蒸日上之时，员工的费用根本就不在话下。

　　马德里瑞施的情形也正相仿佛。尤利乌斯·马德里瑞施的制服厂位于犹太聚居区的西边，距奥斯卡的搪瓷厂约一英里之遥。他真是赚得盆满钵满，所以正商议着想在塔尔努夫再开一家类似的工厂。他也是军备物资监察局眼里的红人，而且他的信誉绝佳，已经从货币发行银行拿到了一百万兹罗提的贷款。

　　不管他们良心上有多么过不去，不论是奥斯卡还是尤利乌斯，身为企业家的他们却似乎都没因此就觉得不该再雇用更多的犹太员工了。不再雇用犹太人不过是种姿态，而既然他们俩都是实用主义者，抽象的姿态就不是他们的处世风格。不管怎么说，伊扎克·斯特恩，还有罗曼·金特尔——既是商人又是犹太委员会救济办公室的代表——还专门拜访了奥斯卡和尤利乌斯，请求他们雇用更多的犹太人，能雇多少就雇多少。这样做的目的是想使犹太聚居区具有永久的经济价值。在当前的情况下，斯特恩和金特尔认为这简直是不证自明的：在这个紧缺技术工人的早熟帝国中，一个具有经济价值的犹太人当然可以免遭不测。奥斯卡和马德里瑞施也深以为然。

于是在两周之内，全卡兹米尔兹的犹太人陆续推着手推车，穿过大桥进入波德戈尔兹。中产阶级的犹太家庭则有他们的波兰仆人帮忙。手推车底下，在床垫和锅碗瓢盆下面藏着劫余的胸针和皮草。斯特拉多姆和斯塔罗维斯纳大街上挤满了波兰人，对他们冷嘲热讽，朝他们乱扔泥巴。"犹太人要走，犹太人要走了。再见了，犹太佬。"

桥后面搭了座新奇的木头大门，欢迎犹太聚居区的新居民。白色的油漆还有扇形的胸墙使它带上了些许阿拉伯的风味，门上隆起两个宽宽的拱顶，便于电车出入于克拉科夫，门旁有个白色的岗亭。拱顶上面是特意用希伯来文写就的几个大字：**犹太城**。聚居区的前面已经树起一圈带刺的铁丝网，正对着河面，几块空地则用九英尺高的圆顶水泥板封闭起来，就像一排为无名死者树立的墓碑。

在聚居区大门口，有个犹太委员会住房办公室的代表负责迎候大车小车、拖儿带女到来的犹太人。有妻子儿女一大家子的应该可以分到两居室和一个厨房。即便如此，在习惯了二三十年代的优裕生活后，又要跟不同宗派习俗，跟有体臭和不同生活习惯的家庭共同分享私生活，也实在是桩痛苦的事情。做母亲的大哭小叫，做父亲的则喃着缺了牙齿的牙床，摇着头嘟囔着情况可能更加不堪呢。跟自由派挤在一个房间里的正统犹太人觉得对方简直无法容忍。

到三月二十号，迁居行动宣告结束。聚居区外的每个犹太人都将被没收财产，随时可能被捕。聚居区里面暂时还有生存的空间。

二十三岁的伊迪丝·利伯古尔德和她母亲、她的婴儿分到一间一楼的住房。十八个月前，克拉科夫的陷落使她丈夫几近绝望的边缘。他就这么离家出走，仿佛是想找个出路。他觉得森林里某块安全的空地或许可以为他提供庇护。就这样再也没有回来。

透过房间尽头的窗户，伊迪丝·利伯古尔德可以望见带刺铁丝网隔开的维斯瓦河，可如果她要到聚居区的其他部分，特别是去维杰尔斯卡街上的医院，她就得穿过聚居区内唯一的广场：和平广场。就在她搬入高墙的第二天，她差一点就在广场上被勒令爬上党卫军的卡车给带到城里去铲煤或是铲雪了，前后也就差个二十秒钟。她担心的不但是经常会有这种抓差的活儿出现，更甚的是大家风传，拉出去的人在返回聚居区后经常会少上那么一两个。除了这些可能性之外，伊迪丝还生怕她在去潘杰维茨药房的途中，在本以为二十分钟后就能回去给孩子喂奶的时候突然被卡车给带走。所以她就跟几个朋友一起去了犹太人招工办公室。如果她能找到份倒班的工作，她母亲可以在晚间替她照顾孩子。

在刚开始的这些天里，招工办公室真是人满为患。现在犹太委员会也有了自己的警察机关，叫作 Ordnungsdienst（或简称 OD），分布在区内维持治安，一个戴着帽子和袖章的男孩在维持办公室前长队的秩序。

伊迪丝·利伯古尔德那几个人刚刚排到门里面，正唧唧呱呱打发时间的当口，一个穿了身棕色西装、打了条领带的矮个儿中年男人走到她跟前。她们觉得正是她们那唧唧呱呱的热闹劲头把他吸引过来的。起先她们还以为他要把伊迪丝给抓起来呢。

"听我说，"他说，"干吗在这儿死等……扎布洛西那儿有家搪瓷厂。"

这个地址自有它的吸引力。扎布洛西可是在聚居区外头呢，他告诉她们。你们可以跟在那儿做工的波兰人搞些实物交换什么的。他需要十个健康的夜班女工。

几个姑娘挤眉弄眼了一番，仿佛还得她们对工作挑挑拣拣，甚至可能回绝他似的。活儿不重，他向她们保证。他们会教你们怎么做活。他告诉她们他叫亚伯拉罕·班吉尔，是厂里的经理。当然老板是德国人。什么样的德国人？她们问他。班吉尔咧嘴一笑，像是突然间想满足她们所有的希望。决不是坏人，他告诉她们。

当晚，伊迪丝跟搪瓷厂别的夜班工人会合后，由一位犹太警察的卫兵监督，穿过聚居区到扎布洛西去上工。一路上她向队里其他人打听了不少这个德国搪瓷厂的底细。大家告诉她厂里提供很浓的汤给工人喝。会挨打吗？她问。搪瓷厂可不是那种地方，大家都说。不像贝克曼的剃刀厂；更像马德里瑞施的厂子。马德里瑞施人不错，辛德勒也不错。

在工厂门口，班吉尔把新来的夜班工人叫出队伍，领她们上楼，经过几张空办公桌，来到一扇标着**总管先生**的门前。伊迪丝·利伯古尔德听见一个低沉的声音告诉他们都进去。她们发现总管先生坐在办公桌角，正在抽烟。他的头发的有些地方介于金黄和亮棕之间，看起来刚刚梳得油光水滑；他穿了套双排扣西装，系条丝质领带。他看起来就像要去参加一个晚宴，不过却特意等着有几句话跟她们说。他非常迷人，还挺年轻。在希特勒的噩梦里待了这么久，伊迪丝原本以为会听到一番有关战时经济和加速生产的训话。

"我是想对你们表示欢迎，"他用波兰语告诉她们。"你们是这个厂扩招的一部分职工。"他的目光游离开来；甚至有可能正在琢磨，别跟她们说这些了吧——她们在这儿可没有任何股份。

然后，他眼睛都没再眨一下，没有任何预兆，肩膀也没有抬一下，突然对她们说，"你们在这儿工作可以保障安全。如果你们在这儿工作，你们就可以活过这场战争。"然后他就跟她们道了晚安，跟她们一起离开了办公室。班吉尔领着她们先在楼梯口后部站住，让主管先生先下楼，坐进汽车的后座。

这个承诺把大家伙都惊呆了。这话简直就像是出自上帝之口。一个凡人怎么可能许下这样的诺言？可是伊迪丝·利伯古尔德发现自己马上就对这个诺言深信不疑了。而且并不完全因为她希望能信以为真；并非因为这是个安慰，一种轻率的鼓励。是因为辛德勒先生在说出这个承诺的那一刻，你除了相信之外别无选择。

德国搪瓷厂的这帮新女工在一种喜悦的恍惚状态中接受工作指示。这就像是一个疯疯癫癫的吉卜赛老女人不要报酬地告诉她们将来会嫁个伯爵。这个诺言已然完全改变了伊迪丝·利伯古尔德对生活的期望。就算是党卫军果真要枪毙她，她也会站出来抗议，"可主管先生说过不会发生这种事的。"

这工作不用大脑。伊迪丝只要把一个个挂在钩子上浸过釉的锅送到炉子里去烤就行了。她一直都在细心琢磨辛德勒先生的许诺。只有疯子才会许下这么斩钉截铁的诺言。眼都不眨一下。可他一点都不疯。因为他是个正要去赴宴的富商。所以，他肯定知道内情。可他怎么能未卜先知呢，难道他跟上帝或是魔鬼有什么交易？可又不像，他的外表，他戴着图章金戒指的手可不是那种通神者的手。那是只惯于去拿酒杯的手，是一只你不知何故会觉得能得到爱抚的手。然后，她又开始怀疑他是不是疯了，是不是喝醉了，是不是能通神，琢磨这位主管先生到底是靠什么使她对他的诺言这么深信不疑的。

凡是得到奥斯卡·辛德勒这个大胆承诺的工人，这一年还有接下来的数年间，都会对这个诺言车轱辘似的琢磨个没完。有些人会得出一个不言自明的推论：如果这个人错了，如果他只不过是在蛊惑人心，那么也就不会有上帝，不会有人性，不会有面包，不会有济危扶弱的义士了。自然，这只是个赌注，而且这个赌注赢的概率不大。

第九章

　　那年开春，辛德勒离开他克拉科夫的工厂，驾着宝马朝西越过边境，穿过正在苏醒的春日森林回到故乡兹维陶。他要看望一下埃米莉，他的几位姨母和他妹妹。她们一直以来都是他抗击父亲的同盟；都是他母亲那圣洁的牺牲之火的守护者。至于他妻子遭的罪是否跟他已故的母亲异曲同工，奥斯卡·辛德勒却根本就视而不见。他只管穿着他的毛皮翻领大衣，戴着羔皮手套的手驾驶着特别定制的方向盘，沿着耶塞尼克正在解冻的笔直公路向前飞驰，随时都可以伸手另取一根土耳其香烟。作为孩子没义务去操这个心，而他父亲则是个神灵，理应遵守更为严苛的律法。

　　他喜欢去看他几位姨母——喜欢她们把手掌向上举起，赞叹他衣服的精妙剪裁。他妹妹已经嫁了个铁路官员，住在铁路局分配的一套舒适的公寓里。她丈夫在兹维陶算个大人物，因为兹维陶镇是个铁路交会点，镇上有几处大型货运栈。奥斯卡跟他妹妹妹夫一起喝了次茶，然后还喝了点烈酒。他们的聚会隐然有种共同庆贺的意味：辛德勒家的孩子都挺有出息的。

　　母亲最后的缠绵病榻自然是妹妹从旁服侍的，如今，偷偷摸摸去看望他们父亲的自然也是她。她没敢明说，只想暗示一下希望父子俩和解的意思。茶会完了后她这么做了，可只换来辛德勒的粗声大气。

再后来，奥斯卡就回家跟埃米莉共进晚餐。埃米莉自是巴不得丈夫回来度假。这样他们就能像旧式的夫妻一样一块儿庆祝复活节了。复活节的庆祝没什么问题，他们可以整晚一起隆重地跳舞，在餐桌上像两个礼貌周全的陌生人一样相互照应。而在内心深处，两个人都为这种形同陌路的婚姻关系吃惊非小——奥斯卡觉得他为陌生人，为他工厂里的工人付出的都比为埃米莉付出的要多。

他们俩之间有个难题，那就是埃米莉是否该搬到克拉科夫跟他同住。如果她放弃兹维陶的公寓，把它租出去，那她除了克拉科夫就再没有个地方可以栖身了。她相信自己有义务跟奥斯卡在一起；如果照天主教道德神学的说法，他不跟她住在一起会"极易犯罪"。然而，只有在他对她体贴爱护，对她的情感波动感同身受的情况下，她才能忍受跟他在一个外国城市的寄居生活。可奥斯卡的问题是，你非但不能指望他从一而终，就连要求他犯了错后守口如瓶都做不到。他漫不经心，半醉不醉，似笑非笑，有时候似乎认为，如果他当真喜欢上了某个姑娘，你也非得喜欢她不可。

她是否该去克拉科夫成了夫妻俩之间无法解决的问题，这个问题压得两个人都有些喘不过气来。所以饭一吃完，他就忙不迭道个歉，跑到市政广场上的咖啡馆里去了。咖啡馆的常客是矿业工程师和小商人，偶尔出现的推销员已经换成了军官。他很高兴地在那儿见到了几个当初一起玩赛车的伙伴，他们大部分都穿着国防军的军装。他坐下来跟他们喝起了科涅克白兰地。有几位还表示惊讶，像奥斯卡这样高大结实的家伙竟然没穿军装。

"工业是基础，"他粗声大气地说。"工业是基础嘛。"

他们回忆起当初赛车的青葱岁月。又开始取笑他上高中时自己用零部件组装的那辆摩托车。它那种爆发力。他那辆500CC加洛尼摩托的爆发力。咖啡馆里的喧闹又上了个台阶；又叫了更多的科涅克白兰地。这时，几个高中时代的朋友又从咖啡馆的用餐区走了出来，他们脸上的表情就像是又记起了一个久已忘却的笑话，事实上也没错。

然后，其中有一位沉下脸来。"奥斯卡，听我说。你父亲正在里面吃饭呢，就他孤零零一个人。"奥斯卡·辛德勒一言不发地凝视着手中的白兰地。他的脸涨得通红，可他却耸了耸肩。

"你应该跟他说说话，"有人劝他。"他真是个孤魂野鬼了，那个老混蛋。"

奥斯卡回说他最好还是回家吧。他想站起来，可大家都把手按在他肩膀上，强迫他坐回去。"他知道你在这儿，"他们告诉他。有两位已经去到用餐区，正在劝老汉斯·辛德勒赶紧把饭吃完。奥斯卡惊慌之下已经站起来，在兜里找他的存物牌，这时汉斯·辛德勒先生从用餐区出现了，他表情痛苦，被两个年青人轻轻架了出来。奥斯卡因这一幕呆住了。尽管他一直生他父亲的气，可在想像中他总是觉得，如果他跟父亲终有一天能捐弃前嫌的话，也应该是他跨出这第一步。老头子太骄傲了。可眼下他竟然任由自己让人架出来面对自己的儿子。

当父子俩被拉到一起的时候，老人做出的第一个表情是抱歉性质的一丝苦笑，还有眉毛的微微一挑。这种表情是如此熟悉，一下子攫住了奥斯卡的心。我实在没有办法，老汉斯是在说。我的婚姻和所有这一切，你母亲和我，它们就这么发生了，我挡都挡不住啊。这表情后面的含义或许没什么特别，可那天晚上奥斯卡已经在某个人的脸上见识过同样的表情了——那就是他自己的表情，当他面对埃米莉公寓走廊上的镜子，冲着自己耸耸肩的时候。我的婚姻和所有这一切，它们就这么发生着，我挡都挡不住啊。他曾经只能跟自己分享这一神情，而眼下——三瓶科涅克之后——他父亲来跟他一道分享了。

"你过得怎么样啊，奥斯卡？"汉斯·辛德勒问。说话间气喘得厉害。他父亲的身体可比他记忆当中的差多了。

于是奥斯卡终于裁定，即便汉斯·辛德勒也是人而非神——这个命题他在跟妹妹一起喝茶时还接受不了；他拥抱了老人，在他面颊上连亲了三次，感觉到父亲脸上硬硬的胡子楂儿，不禁流下泪来，而周遭这帮工程师、士兵和过去的赛车手则为父子终于相认开心地欢呼鼓掌。

第十章

　　阿图尔·罗森茨韦格领导下的犹太委员会的委员们，仍自视为被拘禁在聚居区内的犹太人生存、健康和面包配给的卫护者，也着力使犹太聚居区内的警察认识到他们也是为民服务的公仆。犹太警察倾向于招收具有同情心又受过些教育的年轻子弟。虽然党卫军总部不过将 OD 视作又一种辅助性的警察力量，只能像其他任何一种警察力量一样对他们唯命是从，可至少截止到一九四一年夏，犹太警察自己并不是这样自我定位的。

　　但不可否认的是，随着犹太聚居区建立的时间日久，犹太警察的形象也随之越来越可疑了，在人们眼中逐渐成为德国统治者的帮凶。确实有些犹太警察为地下抵抗组织提供情报，向现存的体制挑战，但或许其中的大多数会认识到：他们以及他们家人的生存越来越依赖于他们跟党卫军的合作。对诚实的人来说，OD 会成为一个腐蚀他们的大染缸。而对于宵小之辈而言，它则成为不容错过的良机。

　　不过在他们成立的最初几个月里，他们在克拉科夫的形象仍是一支良性的队伍。利奥波德·普费弗伯格可以被视作其成员在身份上暧昧莫测的一个典型。在面向犹太人的所有教育机构，就连犹太委员会主办的学校也在一九四○年被迫关闭后，波尔代克得到了一个工作机会：为犹太委员会的住房办公室维持排队的秩序并安排约见时间。这只是份兼差，不过却使他得了个掩护，可以以一定的自由度在克拉科夫城里四处转悠。一九四一年三月 OD 成立时，是以护卫犹太人从克拉科夫城的其他部分安全进入波德戈里兹为其宗旨的。波尔代克接受了邀请，戴上了犹太警察的帽子。他自认真正理解其宗旨——犹太警察不但要确保聚居区高墙内的秩序，还要使犹太民族无奈的服从达到一个合适的程度，因为总结以往欧洲犹太人的历史经验，只有服从才能确保压迫者更快地走开，才能使当权者忘了他们的存在，而在他们遗忘造成的空隙中，生活也许能重新成为可能。

普费弗伯格一边戴着他的犹太警官帽，一边忙着在犹太聚居区和克拉科夫市区之间进行非法的货物买卖——皮件、珠宝、皮草、现金。他认识负责看守大门的警卫队长奥斯瓦尔德·伯斯科，这位队长对现今的政权反感到极点，所以任由原材料进入聚居区被制成商品——衣服、酒、五金器具——然后又任由这些商品再度卖回到克拉科夫，甚至连贿金都不要。

离开聚居区，摆脱了门口的警官和那些四处游荡的告密者后，普费弗伯格就会拣一条僻静的小巷把犹太人的臂章脱下来，然后再到卡兹米尔兹或是老城区去做生意。

在电车上，越过其他乘客的头顶，他一一浏览城里墙上贴的海报：剃须刀广告，针对窝藏波兰匪帮瓦维尔堡最新颁布的法令，**"犹太人——虱子——斑疹伤寒"** 的标语，广告牌上画着一个纯洁的波兰少女将食物递给一个鹰钩鼻子的犹太人，那犹太人身后却拖着魔鬼的影子。**"帮助犹太人就等于帮助魔鬼撒旦。"** 杂货店外头挂着各种招贴画：犹太人用碎老鼠肉做饼馅，给牛奶兑水，把虱子倒进糕饼里，用脏脚揉面团。克拉科夫街头的招贴画已经充分证明了设立犹太聚居区的合理合法，而这都是宣传部广告文案撰写人的杰作。外表看来跟雅利安人一般无二的普费弗伯格就这么波澜不惊地从这些招贴底下经过，拎着个装满衣服或珠宝或是现金的手提箱。

去年是普费弗伯格生意的井喷期，弗兰克总执政废止了一百和五百面值兹罗提纸币的流通，要求将现存这两种面值的纸币存入德国信托基金。因为一个犹太人只能兑换两千兹罗提，这就意味着他们私藏的货币——超过两千的部分以及一百和五百面值的——就无异于一堆废纸了。除非你能找到个长得像雅利安人而且不戴犹太臂章的人，愿意代表你跟波兰人一起在德国信托银行前排长队，帮你兑换合法的货币。普费弗伯格和他的朋友——一个年轻的犹太复国主义者从聚居区的居民手里收集了几十万一百和五百面值的兹罗提，用手提箱装得满满地带出聚居区，再装回合法的占领区新钞，中间损失的不过是必须付给波兰蓝衣警察的贿金。

普费弗伯格就是这样的警察。以阿图尔·罗森茨韦格主席的标准衡量是个杰出警察；以波摩尔斯卡党卫军总部的标准衡量则糟糕透顶。

奥斯卡四月份进了一趟聚居区——既是好奇，也是跟他定制了两枚戒指的珠宝匠说句话。他发现这里面比他想像的还要拥挤——两户人家挤一间屋，除非你运气，认识犹太委员会的人。那种气味就像是堵塞了的下水道，可犹太女人们为了杜绝斑疹伤寒还是在勤勉地打扫，在院子里用沸水煮衣服。"情况不同啦，"珠宝匠人跟奥斯卡倾诉道。"犹太警察已经开始佩带警棍了。"克拉科夫聚居区的管理权跟波兰所有的犹太聚居区一样，已经由弗兰克总执政手里交给了盖世太保 4B 分部，如今克拉科夫所有犹太人的事务由党卫军要员朱利安·舍纳一个人说了算。此人年岁在四十五到五十岁之间，很壮实，穿着平民衣服、戴着厚厚的眼镜，再加上秃头，看着像个没什么特点的官僚。奥斯卡在德国人举办的鸡尾酒会上碰到过他几次。舍纳很是健谈——不谈战事，而是大谈商业和投资。他是党卫军中级军官中很常见的那类官员，热爱运动，喜欢醇酒、妇人和没收的财物。因为竟然一下子得到了意想不到的大权，忍不住自鸣得意地傻笑，就像个小孩子嘴角挂了点没舔干净的果酱。他一方面兴兴头头，一方面又全无心肝。奥斯卡看得出来，相对于屠杀犹太人，舍纳更乐意压榨他们，他会为了利益弃规则于不顾，可是对党卫军的政策要旨则全盘执行，虽说这政策不断在变。

奥斯卡记得去年圣诞的时候曾送给这位警察要员半打科涅特白兰地。现如今这家伙的权限大了，今年的胃口也会见长。

正是因为这种权力的转移——党卫军不但只是政策的执行者，而且成为政策的制定者——于是六月大太阳底下的犹太警察也就跟着变了味儿。奥斯卡只不过驾车进出了一次聚居区，就注意到一个叫赛姆切·斯佩拉的新人物，原来是个给人装玻璃的工人，如今成了犹太警察中的新势力。斯佩拉出身犹太正统人家，出于个人的经历同时也是禀性难移，非常仇视如今在犹太委员会里还有一席之地的欧洲化了的犹太自由主义者。他并不听阿图尔·罗森茨韦格的指挥，而是直接听命于河对岸的勃兰特少尉和党卫军总部。从勃兰特那里几次领命之后，他回到聚居区后就越来越精明，也越来越权倾一时了。勃兰特要求他新成立并领导一个犹太警察的政治分部，于是他就把他的各色狐朋狗党都拉拢进来。他们的制服也不再是警帽和袖章,而变成灰色衬衣、骑兵马裤、武装皮带和锃亮的党卫军皮靴。

斯佩拉的政治部,其所作所为远远超过了"无奈的合作"的要求,必将充斥贪赃枉法之徒,而且这些人大都具有某种病态心理,他们因在早年的岁月中曾受到体面的中产阶级犹太人在社会和知识层面的双重轻视,所以对他们怀抱着根深蒂固的忌恨。除了斯佩拉之外,这些人还包括希蒙·施皮茨和马塞尔·策林格,伊格纳齐·戴蒙德、推销员大卫·冈特、福斯特、格吕纳和兰道。他们开始专事敲诈勒索,为党卫军提供聚居区内所谓心怀不满或意图煽动反德情绪的居民的名单。

波尔代克·普费弗伯格如今一心想脱离这个警察部队。风传盖世太保将强使所有犹太警察都向元首宣誓效忠,果真如此的话,他们将再也没有不服从的立足之地了。波尔代克可不想跟"灰衫"斯佩拉或是出卖同胞的施皮茨和策林格之辈同流合污。于是他跑到维杰尔斯卡街拐角的医院,找那位和善的外科医生商量对策,这位医生名叫亚历山大·比贝尔施坦因,是犹太委员会的指定官方医生。医生的兄长马雷克·比贝尔施坦因正是犹太委员会第一任主席,眼下正因扰乱货币和意图贿赂官员的罪名在阴暗的蒙特卢皮赫监狱服刑。

普费弗伯格请比贝尔施坦因给他开张医疗证明,他可因健康问题离开犹太警察部队。这可难了,比贝尔施坦因说。普费弗伯格连一丝病容都没有。他不可能假装高血压。比贝尔施坦因医生于是教导他如果脊椎受伤,该有哪些症状。普费弗伯格于是养成习惯,上工执勤的时候弯腰驼背,而且挂上了拐杖。

斯佩拉大为震怒。普费弗伯格第一次请求他批准自己退役时，这位警察长官宣称——活像是位御林军司令——退役的唯一途径是因公殉职。在聚居区内，斯佩拉和他那帮幼稚的朋友正在玩精英部队的游戏。他们是外籍军团；他们是近卫军。"我们会送你去见盖世太保的医生，"斯佩拉大叫。

比贝尔施坦因医生了解年轻的普费弗伯格身为犹太警察的耻辱感，对他细心调教。波尔代克侥幸逃过盖世太保医生的检查，以健康不佳恐无法称职地继续执行公务为由退出了犹太警察部队。斯佩拉在向普费弗伯格警官道别时，难掩鄙夷的仇视。

第二天，德国入侵苏联。奥斯卡非法收听了BBC的这条新闻后，知道所谓的马达加斯加计划已经彻底玩儿完了。数年内已经没有可能提供足够的船舰以完成此等计划了。奥斯卡意识到，这一事件已经改变了党卫军政策的本质，因为现如今，不但需要动员所有经济学家、工程师，所有大规模人民行动的规划者，所有类别的警察人员，做好适应长期作战的精神准备，而且还要准备好迎接一个更加系统化地推进人种净化的帝国的到来。

第十一章

　　距利波瓦街不远的一条巷子里有一家德国纸箱厂，厂屁股正对着辛德勒的搪瓷厂。喜爱交际、一刻都闲不住的奥斯卡·辛德勒时不时踱到那里串门儿，跟纸箱厂的受托人恩斯特·库恩帕斯特，或者原来的老板、如今的"义务"经理希蒙·耶雷特聊聊天。耶雷特的纸箱厂在两年前照常规变成了德国纸箱厂——他没得到一分钱，也没签过任何让渡文件。

　　这方面的不公已经不再让耶雷特别揪心了。他大部分的相识跟他的遭遇都一样。他最揪心的还是他如今栖身的犹太聚居区。厨房里的争夺，那里毫无人情味儿的公社化生活，人身上的恶臭，你在楼梯上跟一个人擦肩而过，虱子就能从他油腻的夹克跳到你的西装上。他告诉奥斯卡，耶雷特太太如今极度抑郁。她过惯了衣食无忧的好日子；本来就是克拉科夫以北克莱帕兹一个好人家的小姐。而且尤其在你想到，他告诉奥斯卡，只需要用那些松木板我就能在那儿给我自己搭一个像样的地方住的情况下。他指着厂子后头的那块荒地。工人在那儿踢足球，地方宽绰得很，需要大量跑动的体育项目都玩得起来。事实上这块荒地的大部分属辛德勒的工厂所有，其余的归一对姓别尔斯基的波兰夫妇所有。不过奥斯卡没对可怜的耶雷特挑破这一层，也没提他自己也一直在打这块荒地的主意。奥斯卡对他话里暗示的木材供应更感兴趣。你能"转移"这么多的松木板？耶雷特说，你知道，不过办些文件手续罢了。

他们俩一起站在耶雷特办公室的窗前，琢磨着那块荒地。车间里传来叮当的锤击和刺耳的电锯声。我实在是放不下这块地方啊，耶雷特告诉奥斯卡。我最受不了的就是消失在某个莫名其妙的劳役营里，只能远远地瞎琢磨那些该死的笨蛋到底在这里鼓捣些什么。你肯定能理解这种心情吧，辛德勒先生？

像耶雷特这样的犹太人根本不指望还有被解救的那一天。德军看来在苏联战场上势如破竹，就连 BBC 也不敢相信他们很快就能被苏军解决掉了。军备物资监管局订购野战炊具的订单不断出现在奥斯卡的办公桌上，附信的末了有尤利乌斯·辛德勒将军潦草写上的几句褒扬，杂七杂八的低级军官则是打电话过来表示良好的祝愿。奥斯卡对这些订单和祝贺照单全收，同时又从父亲写来祝贺他们重归于好的轻率的信里得到相反的乐趣。老辛德勒断言，德国人的好日子长不了。那个人（指希特勒）注定成不了气候。最终美国人会来教训他的。那么俄国人呢？老天爷，难道就没有一个人肯行个好告诉这位独裁者，那里遍布了多少不信神的野蛮人吗？奥斯卡面带微笑看这些信的时候，并行不悖地享受着这两种原本针锋相对的乐趣——军备物资监管局的合同带来的商业利益固然开心，他老爹这些大逆不道的颠覆性信件带来的快乐则更加贴心。奥斯卡每月送给老汉斯一千德国马克的汇票，为了尽孝，更是为了他老爹这些煽动性的言论，尤其是为了享受慷慨解囊的快乐。

这一年过得飞快，而且还几乎没发生什么让人痛苦的暴行。辛德勒的工作时间从来没这么长过，还有克拉科维亚酒店的宴会，爵士乐酒吧里的畅饮，以及跟迷人的克罗诺斯卡的春宵几度。树叶开始掉落时，他还纳闷这一年怎么就这么完了。

时光飞逝的感觉先是因夏末，然后又由于早于往年的秋雨越发得到了强化。这种反常的季节对苏联有利，也连带着会影响所有欧洲人的生活。可是对利波瓦大街的奥斯卡·辛德勒而言，气候也仅只是气候而已。

然后，在一九四一年岁杪，奥斯卡发现自己竟然身陷囹圄。有人——也许是个波兰运务员，也许是他工厂里军工部的某个德国技工，确切情况不得而知——指控了他，跑到波摩尔斯卡街的党卫军总部去告他的状。一天早上，两名盖世太保便衣来到利波瓦大街，用他们的梅赛德斯把大门堵上，像是打算把搪瓷厂的生意给他一锅端了。来到楼上，他们向奥斯卡出示了搜查证，表示他们有权将他所有的商业记录统统带走。不过他们似乎并未受过任何商务方面的训练。"你们到底想要什么账簿？"辛德勒问他们。

"现金账，"一个说。

"要你的总账，"另一个说。

这次逮捕行动比较松懈；他们跟克罗诺斯卡聊着天，让奥斯卡自己去拿他的现金账和总账本。奥斯卡还有时间在一本便签上匆匆写下了几个人名，装作是已经约好跟他会面如今不得不取消的几个人。克罗诺斯卡自然心中有数，这是些可以去求助把他从牢里面保出来的人。

名单上的第一个是朱利安·舍纳长官；第二位是布雷斯劳反间谍局的马丁·普拉特。那就得打长途电话了。第三位是奥斯特法瑟公司的顾问，成天醉醺醺的一战老兵弗朗茨·博施，辛德勒送过他很多非法的厨具。靠在克罗诺斯卡的肩头，从她盘起来的亚麻色头发上，他特别强调了一遍博施的名字。此人极有影响，认识所有在克拉科夫参与黑市买卖的高官，而且是他们的顾问。而奥斯卡明白，这次逮捕肯定跟黑市交易有关，干这行买卖的危险在于：你总能买通管事儿的官员，却无法提防某个眼红的员工出头把你告发。

名单上的第四位是索斯诺维茨的费拉姆公司的德国主席，辛德勒先生就是从这家公司买入钢铁的。当他坐在盖世太保的梅赛德斯车里，朝老城中心以西不过一公里之遥的波摩尔斯卡街驶去时，这些名字就是他唯一的安慰了。他们能确保他不至于无声无臭地消失在体制的血盆大口中。因此，他并不像赛姆切·斯佩拉告发的那一千名聚居区的犹太居民那样孤立无援，在基督降临节那天的寒星底下被押上普罗克西姆火车站的运畜货车。奥斯卡可是认识不少重头人物的。

党卫军的克拉科夫总部是幢庞大的现代建筑，一本正经地板着面孔，不过跟蒙特卢皮赫监狱比起来还不算瘆人。可即便你不信跟这个地方联系在一起的那些酷刑的传闻，那些被捕的一踏进这幢建筑也立马就晕头转向，它的规模，它那些卡夫卡式的走廊，那漆在一扇扇门上各部门的名称透出来的无言的威胁。在这里面，你能找到党卫军总部，包括刑事警察科、重案组警察、治安警察和盖世太保在内的所有党卫军下属的各警察总部，党卫军经济和管理部，人事部，犹太事务部，种族与重新安置部，党卫军法庭，作战部，党卫军服务部，致力于巩固德意志帝国的帝国专署，以及为纯种德国人服务的福利办公室。

在这个巨型蜂房的某个所在，一个中年的盖世太保开始审问辛德勒，对于会计学，他看起来比逮捕他的那两个家伙有更确切的了解。这人抱着一种半心半意的好玩心态，就仿佛一个海关官员发现某个被怀疑走私货币的乘客，实际上是给他姑妈走私盆栽。他跟辛德勒说，所有跟战备物资有关的企业都要接受详细审查。奥斯卡才不相信呢，不过他没说什么。辛德勒先生应该能够理解，那个盖世太保跟他说，生产、供应军备物资的企业和商业，应该有一种道德义务，保证将其所有的产品完全奉献给这一伟大的事业——完全杜绝以不正当的交易破坏总执政府经济秩序的行为。

奥斯卡低声打断了这场既有威胁又兼示好意味的高谈阔论。"您是在暗示，警卫队长先生，有人报告我的工厂没有完成军备物资的定额吗？"

"您的生活非常优裕，"那人道，不过脸上挂着一丝宽容的微笑，就像是说这也没什么，他这样的大企业家生活优裕点是可以接受的。可是对于每个生活优裕的人，他指出……怎么说呢，我们必须确认他的生活标准完全是靠合法经营赚得的。

奥斯卡对这个盖世太保微微一笑。"不管是谁在打我的小报告，"他说，"必定是个蠢货，而且是在浪费你们的时间。"

"德国搪瓷厂的经理是谁？"这个盖世太保问，没理他这茬儿。

"亚伯拉罕·班吉尔。"

"犹太人？"

"当然。这个厂原是他亲戚的产业。"

现有的财务记录应该已经足够了，盖世太保说。不过如果他们需要更多的资料，他想这位班吉尔先生应该能够满足他们的要求。

"你是说要拘留我？"奥斯卡问。他哈哈大笑。"我现在就告诉你，"他说，"将来，舍纳长官跟我一起喝酒，拿这整个一套当笑话说时，我会告诉他您对我的态度始终彬彬有礼。"

两个逮捕他的家伙把他带到二楼，搜身后允许他保留香烟和一百兹罗提，可以买点小奢侈品。然后他就被锁在一间卧室里——应该是最好的房间了，奥斯卡推测，房间里装有盥洗台和马桶，加了铁条的窗户上挂着灰尘密布的厚窗帘——这是关押接受审问的高官显贵的房间。如果无罪释放，就算他不可能喜欢这里，也不会抱怨这样的房间太过寒酸。而假如这位高官被证实犯了叛国、煽动叛乱或是经济罪行，那么这个房间的地板就俨然成了道活板门，他会发现自己在地下室里接受审问，遍体鳞伤地坐在一个他们称为"缆车索道"的小隔间里，就等着进蒙特卢皮赫了，那里的囚犯直接就给吊死在牢房里。奥斯卡打量着那扇门。谁要是敢动我一根寒毛，他暗自发誓，我就送他上苏联前线。

他从来不惯于等待。一小时后他从里面敲了敲门，给了应门的武装党卫军五十兹罗提，要他买瓶伏特加来。当然，这笔钱够买三瓶的了，不过这正是奥斯卡的策略。晚些时候，在克罗诺斯卡和英格丽德的共同安排下，他收到一个装着盥洗用品、书和睡衣的包裹。又给他送了顿完美无缺的晚餐，外带半瓶匈牙利红酒，而且没人跑来打搅他或是问他什么问题。他猜想那位查账的正在辛苦地翻阅搪瓷厂的账簿呢。这时候他本来可以打开收音机，收听BBC对苏联、远东和最近参战的美国的报道，他觉得如果他向关押者开口的话，他们没准真能给他部收音机呢。他希望盖世太保还没闯进他斯特拉斯泽维克果街上的公寓，给他的家居和英格丽德的珠宝估价。到他睡着的时候，他已经做好心理准备，盼着赶快给带去接受盘问了。

第二天一早，又给送来了丰盛的早餐——鲱鱼、奶酪、鸡蛋、面包卷、咖啡——而且依然没有人来打搅他。然后，那位中年党卫军审计员拿着辛德勒的现金账和总账来看他了。

这位审计员向他道了早安。希望他昨晚睡了个好觉。他对辛德勒先生的账本只是大略翻检了一下，不过他们已经认定，对于辛德勒先生这样一位获得军界这么多大人物高度评价的绅士，眼下实在不必详细审查。这位党卫军说，我们已经接到了些电话……辛德勒在道谢的时候明白对他的无罪宣判只是暂时的。他接过账本，收发处也全额退还了搜去的现金。

在楼下等他的是容光焕发的克罗诺斯卡。全靠她的联络工作才使他无罪释放，辛德勒身着他的双排扣西装毫发无伤地从这幢死亡之屋里全身而退。她领他走向阿德勒轿车，他们让她停在了大门里面。她那条匪夷所思的贵宾犬就坐在后座上。

第十二章

　　小姑娘是傍晚时分来到聚居区东沿的德雷斯纳家的。一对在乡下照看她的波兰夫妇带她返回的克拉科夫。他们跟聚居区大门口的波兰蓝衣警察说他们是到里面做生意的，小姑娘假装是他们的亲生女儿。

　　这对夫妻是正派人，因为把孩子从乡下带到克拉科夫的犹太聚居区觉得挺脸红的。这孩子是个很宝贝的小姑娘；很受夫妻俩疼爱。可现如今，你再也不能在乡下收养个犹太孩子了。举报一个犹太人，市政当局——更别提党卫军了——就肯出五百兹罗提以上的赏金。举报你的就是你的邻居。再也不能信任邻居了。万一事发，倒霉的不光是孩子，大家都得搭上。我的上帝啊，有些地方的农民已经开始提着镰刀四处去逮犹太人了。

　　尽管聚居区里满目疮痍，这孩子却似乎并没怎么被吓到。她坐在一排排湿衣服中间的小桌子上，斯斯文文地吃着德雷斯纳太太给她的一块面包头。正在共用厨房里忙活的女人们抽空亲昵地爱抚她一下，她都相当领情。德雷斯纳太太注意到她回答所有人的问话里都有种出奇的戒备。不过她也有她的小虚荣，喜欢大多数三岁小姑娘最偏爱的颜色：红色。她头戴红帽，穿着红外套，脚蹬一双小红靴安静地坐着。那对农民夫妇对她的小小热情真是够纵容的。

德雷斯纳太太没话找话，就谈起这孩子的亲生父母。他们如今也住在——事实上是藏在——乡下。不过，他们不久就要回来跟大家一道住在克拉科夫了，德雷斯纳太太说。小姑娘点了点头，不过她一声不吭似乎并不是因为害羞。

一月份的时候，她父母双双上了斯佩拉提供给党卫军的黑名单，被押往普罗克西姆火车站的途中，遇到一群幸灾乐祸地高呼"再见啦，犹太人"的波兰人。他们俩就借机溜出队伍，装成两个横过马路看清楚这群社会公敌如何远去的正派波兰市民，然后就混入人群，自己也假装喊了两句，随即潜入乡下，在克拉科夫远郊一带四处躲藏。

如今他们也发现城外的生活并不比城里安全，遂打算在夏天再偷偷溜回克拉科夫。德雷斯纳家的几个男孩子从城里下班回家后，立刻给这小姑娘起了个绰号叫"小红帽"。"小红帽"的母亲是德雷斯纳太太的堂妹。

不久，德雷斯纳家的女儿小丹卡也下班回家了，她在纳粹空军基地当清洁工。丹卡马上就满十四了，个头蹿得老高，所以也弄到了张劳工卡，可以到区外工作。她对这个一声不吭的小姑娘非常热情。"珍尼娅，我认识你母亲埃娃。以前她经常带我去逛街买衣服，她总在布拉卡街的法式面包店里给我买蛋糕吃。"

小姑娘端坐在座位上，小脸上一丝笑容都没有，直视着前方。"夫人，您搞错了。我母亲不叫埃娃，她叫雅莎。"她仍然咬定那几个波兰假名，那是她父母和那对农村夫妇为了防备蓝衣警察或者党卫军的盘问编造出来，反复教给她的。德雷斯纳一家不禁皱着眉头面面相觑，惊讶于这个小孩子竟能做到如此狡猾，他们觉得这样做很丢人，可又不想深究，因为这也许就是这几天来这孩子最重要的生存手段。

到吃晚饭的时候，孩子的舅舅伊代克·申德尔回来了。他是维杰尔斯卡街聚居区医院的年轻医生。他正是小孩子需要的那种古灵精怪、连哄带骗、疯疯癫癫的舅舅。一见到他，珍尼娅终于变成了个孩子，从椅子上跳下来朝他奔去。如果有他在场，而且管这家的孩子叫外甥外甥女，那他们就真是她的亲戚没错了。你现在终于可以承认你母亲叫埃娃，你爷爷奶奶的真名并不是路德维克和索菲亚了。

最后到家的是朱达·德雷斯纳先生，博施厂里的采购员，这一大家子才终得团圆。

四月二十八日是辛德勒的生日，而在一九四二年，他以一个春天的孩子的方式大肆挥霍、大张旗鼓地欢庆他的生日。这可是德国搪瓷厂的大日子。主管先生不计工本地弄来了稀罕的白面包，配上正午的浓汤供大伙儿享用。欢庆的气氛蔓延至外面的大办公室，又一直传到后面的车间。大工业家奥斯卡·辛德勒正在欢庆他的鼎盛华年。

他三十四岁的生日一大早就在埃玛丽娅开始庆祝。辛德勒胳膊底下夹着三瓶科涅克白兰地拉开了生日庆典的序幕，他走遍了外面的大办公室，跟厂里的工程师、会计和绘图员分享着美酒。成把的香烟撒给会计部和人事部的办公人员，不到上午十点，生日礼物就已经派送到了车间的工人手里。在法式面包房定制的生日蛋糕也到了，奥斯卡就在克罗诺斯卡的办公桌上把蛋糕切开。犹太和波兰工人的代表陆续走进办公室向他道贺，他热忱地亲吻了一个叫库查尔斯卡的姑娘，她父亲曾是战前波兰国会的风云人物。然后犹太姑娘们也走上前来，男人之间握手道贺，连斯特恩也从他供职的市场规划工作中抽出身来，赶来道贺，已经照正式礼节握住了奥斯卡的手，谁承想被奥斯卡一把紧紧抱住，几乎喘不过气来。

当天下午，有人，也许跟上次是同一个人，因心怀不满又跑到波摩尔斯卡去指控辛德勒，这次的罪名是种族间行为失当。他的账目或许经得住审查，可没人能否认他是个"亲吻犹太人的罪人"。

这次的逮捕行动显得比上次更加专业些。二十九日早上，又一辆梅赛德斯堵在了工厂大门口，两个盖世太保在工厂的大院里拦住了他，态度也显得更加坚决。他们告诉他，他被指控违背了种族与再安置法案的规定。他们希望他跟他们走一趟。不，他没必要再回办公室一趟了。

"你们有逮捕证吗？"他问他们。

"我们不需要逮捕证，"他们告诉他。

他冲他们微微一笑。这两位绅士应该明白，如果他们连张逮捕证都没有就把他带走，他们肯定会悔不当初的。

他只这么轻描淡写地一说，不过从他们的举止当中可以看出，自从去年那次半开玩笑式的拘留以来，这些家伙的威胁程度可是严重多了。上次他们在波摩尔斯卡谈的是经济问题以及是否违反了经济原则。而这次你触犯的却是匪夷所思的法律，是下水而非头脑的法律，是源自大脑黑暗面的法令。这次可不好对付。

"看来我们必须得冒这个险了，"其中一位道。

他仔细掂量了一下他们这种自负的态度，他们对他这位刚满三十四岁的大企业家不祥的冷漠神气。"春天的早上，"他说，"花几个小时兜兜风也不错。"

他安慰自己，这次不过又要被关到波摩尔斯卡那种高级囚室里待几天罢了。可是当他们朝右转向科尔乔瓦街，他明白这次要去的可是蒙特卢皮赫监狱了。

"我想跟一位律师谈谈，"他告诉他们。

"再说吧，"司机道。

奥斯卡曾听他的一位酒友提到，雅盖隆解剖学院专从蒙特卢皮赫接收尸体，他觉得这话很可信。

监狱的高墙占了整条长长的街道，坐在盖世太保梅赛德斯车子的后座上，就能看到三四层楼面上那些一式一样预示不祥的窗格。进入大门穿过拱道，他们来到一间办公室，里面几个党卫军的办事员都压低了声音讲话，仿佛一提高声音就能在狭长的走廊里形成震耳欲聋的回声似的。他们没收了他的现金，不过告诉他在关押期间，他每天有五十兹罗提的定额。不行，两个逮捕他的警官告诉他，他还不能找律师。

然后他们就走了，被人押着走在走廊里的奥斯卡，在修道院般的阒寂中听着也许是从两边墙壁上的窥视孔中传来的尖叫声。他被领着走下一段楼梯，进入一条会引发你幽闭恐惧症的地道，经过一串牢门紧锁的牢房。有一间牢房的铁格子窗开着，有大约六个犯人只穿着衬衫坐在里面，每人有个隔开的铺位，都面朝墙壁坐着，所以看不见脸。奥斯卡注意到一个被撕裂的耳朵。有个人正在抽抽搭搭地哭，可是知道不该去擦鼻子。克罗诺斯卡，克罗诺斯卡，你在为我打求助电话吗，我的爱？

他们打开了一间牢门，他走了进去。他原略微担心里面会很挤。不过牢房里另外只有一个囚犯，是个军人，把厚重的长大衣一直拉到耳朵边取暖，里面有两张铺草垫子的低矮的木床，那个当兵的坐在其中一张上。当然没有什么盥洗台了。只有一个水桶和一个垃圾筒。细看之下，那军人竟挂着武装党卫军的上校军衔，微微有点胡子楂，大衣里面只穿一件已经变味儿了的衬衣，扣子都敞着，脚下是双满是泥泞的靴子。

"欢迎光临，先生，"军官笑得嘴角扭曲，向奥斯卡抬起一只手。这人相貌英俊，比奥斯卡年长几岁。他有可能是个暗探。可他们为什么又让他穿着军装，而且证明他有这么高的军衔呢。奥斯卡看了看手表，坐下，又站起来，抬头望着高高的窗户。从操场的院子里透进一丝微弱的光线，这窗子你可不能指望凭窗远眺，逃避两个紧挨在一起的铺位造成的不便：两个人一坐下得手放在膝盖上面面相觑。

最后他们还是攀谈了起来。奥斯卡一直很警觉，上尉却口没遮拦。他尊姓大名？他叫菲利普。他认为绅士不该在监狱里互通姓氏。而且，也该是大家开始认真考虑考虑这姓氏的问题了。如果我们早点这么做的话，我们眼下就会是个更加幸福的种族了。

奥斯卡断定，如果这人不是奸细的话，他就是有点精神崩溃了，也许就是什么炮弹休克症之类的。他一直在苏联南部作战，他指挥的一个营整个冬天都参加了围攻诺夫哥罗德的战役。然后他请假来克拉科夫看望他的一个波兰女友，用他的话说就是"迷失在彼此之中"，假期超期三天后，他在女友的公寓里被捕。

"我觉得我是故意不去计算具体的日期的，"菲利普道，"在我看到那些混蛋，"——他朝天花板挥着一只手，指的是他周遭的这些社会建构：党卫军的规划大员，这些会计，这些官僚——"在我看到他们是怎么活的之后。我也不是下定决心要不告而别，就此跑掉。我只是觉得他们欠我的，我该当有点他妈的行动自由。"

奥斯卡问他是否更愿意被抓到波摩尔斯卡街。才不呢，菲利普说，我宁肯待在这儿。波摩尔斯卡看起来更像个旅馆。不过那些混蛋在那儿搞了个死囚牢呢，里面都是亮闪闪的镀铬铁条。不过还是先别提这些废话了，他奥斯卡先生又是犯了什么罪呢？

"我吻了个犹太姑娘，"奥斯卡说。"是我的一个工人。就这么回事。"

菲利普一阵怪叫。"哦，哦！你就不能管管你的小鸡鸡？"

整个下午，菲利普上尉都在继续痛骂党卫军。一群小偷和荒淫之徒，他说。他简直没法相信。有些混蛋竟能弄到这么多钱。同时还装得那么清廉。一个倒霉的波兰人走私一公斤熏肉就被处死，他们自己却过跟他妈的汉萨同盟①的贵族一样。

奥斯卡装得就跟头一次听到似的，仿佛帝国领袖们的贪污腐化对于他这个苏台德边区德国人的纯洁心灵是种痛苦的打击，而他之所以暂时忘情、爱抚了一位犹太姑娘也正是他的淳朴单纯所致。最后，菲利普被自己的义愤填膺累坏了，就小睡了一会儿。

奥斯卡想喝口酒。几杯酒下肚，时光就能好挨一些，如果这位上尉不是奸细，两人相处能更融洽些，如果他真是奸细，也更容易露出马脚。奥斯卡拿出张十兹罗提的钞票，在上面写下一串人名和电话号码；比上次写得还多：整一打。他又拿出

_____
① 中世纪北欧城市结成的商业同盟，以德意志诸城市为主。

另外四张钞票，攥在手里走到门前敲了敲窥视窗。一个党卫军军士出现了——一个面容严肃的中年人注视着他。看起来他可不像是把波兰人折磨致死或是用靴子把犯人的肾脏给踢爆了的主儿，不过他当然正是这么个家伙：你真想不到，长得跟你乡下大叔一样慈厚的人会干出这等事来。

能不能买五瓶伏特加？奥斯卡问。要五瓶吗，先生？这位军士说。他也许是在劝告一个搞不清自己需要多少分量的菜鸟酒鬼。然而，他还显得忧心忡忡的，像是在考虑是否向上级告发奥斯卡。奥斯卡说，将军和我每人一瓶助助谈兴也就够了。另外三瓶不成敬意请你跟同事们笑纳。同时我还想，奥斯卡继续道，阁下这样的身份应该有权力替某个囚犯打个普通的电话。电话号码就写在这儿……没错，就在钞票上。你不必给每人都打一通电话。不过请你把这个名单告诉我秘书，行吗？没错，名单上第一个就是她。

这可都是些呼风唤雨的大人物啊，那党卫军军士喃喃道。

你他妈真是个笨蛋，菲利普对奥斯卡说。他们会因为你企图贿赂警卫把你给毙了的。

奥斯卡一屁股坐下，显然是长出了一口气。

这就跟亲吻一个犹太娘们一样蠢，菲利普说。

咱们等着瞧，奥斯卡说。不过也吓得够呛。

那个军士终于回来了，拿了两瓶酒之外还带回一个包裹，里面有干净衬衣和内衣、几本书，还有一瓶葡萄酒，是英格丽德在斯特拉泽维斯克果公寓里打好包送到蒙特卢皮赫大门口的。菲利普和奥斯卡共度了个相当愉快的夜晚，虽说其间有个卫兵砸了砸铁门命令他们停止歌唱。酒精的力量似乎使牢房也变宽了些，上尉的胡言乱语如今听来也格外中肯，辛德勒还隐约听到楼上传来的尖叫，还有隔壁囚室里某个绝望的囚徒用钮扣敲出来的莫尔斯电码。只有一次，这个地方的真实本质削弱了伏特加造成的假象。菲利普在他小床旁边发现了一段红色铅笔写的短短的陈述，半被草垫子遮住了。他白费了不少工夫想把它破译出来——可是有些困难，他的波兰语可比奥斯卡差多了。

"'我的上帝，'"他翻译道，"'他们把我打得多惨！'喂喂，这可真是个奇妙的世界，对吧，奥斯卡，我的朋友？"

第二天早上，辛德勒醒来时自觉神清气爽。他从没受过宿醉的折磨，他还纳闷，别人对宿醉为什么会这么小题大做。菲利普可是脸色煞白，情绪沮丧。早上他被带走，然后又回来收拾自己的东西。当天下午他要接受军事法庭的审判，不过已经得到一份去往斯塔特霍夫一个培训学校的最新任命，估计他们不会因为他开小差枪毙他了。他从床上捡起长大衣，向法庭去解释他在波兰的这几天风流日子去了。独坐无聊的奥斯卡，当天就靠阅读英格丽德送来的一本卡尔·梅①的作品消磨时光，下午跟他的律师谈了话，这人也是个苏台德德国人，两年前在克拉科夫开了家处理民法案件的事务所。奥斯卡跟律师谈过后就放下心来。他被捕的原因再清楚不过了；可是等他们调查清楚了他的私生活之后，就再也不能以他这次跨越种族的亲吻作为继续拘禁他的理由了。"不过可能会闹上党卫军的法庭，他们会问你为什么没有参军。"

"原因显而易见，"奥斯卡说。"我是军用基本物资的生

---

① 梅 (Karl May, 1842—1912)，德国以写青少年喜读的旅行和探险小说著称的作家，主要题材是阿拉伯人或是"狂野西部"的美国印第安人。

产商。你可以请辛德勒将军亲自作证。"

奥斯卡读书速度很慢，于是就慢慢细品起卡尔·梅的这部作品——写的是美国蛮荒西部的猎人故事和印第安传奇——很欣赏其间那种正大光明的人际关系。再说了，他也没必要加快速度。他一星期后才上法庭。律师预测，到时候庭长会发表一通演说，说明哪些行为是德意志民族的一员不该出现的，然后再付一大笔罚金也就完事了。离开法庭之后吸取教训，然后谨言慎行些也就是了。

第五天早上，他已经灌下半升作为早点的代用黑咖啡了，一个军士和两个卫兵进来带他出去。穿过一道道沉默的门扇后，他被带到楼上一间决策官员的办公室。他发现办公室里的那个人他认识，他们在很多次鸡尾酒会上都碰到过：克拉科夫党卫军安全处的头目罗尔夫·楚尔达中校。身着高级西装的楚尔达看起来活像个富商。

"奥斯卡，奥斯卡，"楚尔达像个老朋友一样埋怨他。"我们给你的这些犹太姑娘每天你只要付五马克。你应该亲吻的是我们，而不是她们。"

奥斯卡解释说那天是他生日。他是一时冲动。他喝醉了。

楚尔达摇着头。"我真不知道你竟然这么有来头，"他说。"连布雷斯劳都打来好几个电话，我们在反间谍局的朋友都在给你说情。当然，就因为你对某个犹太娘们动手动脚就不准你继续工作，也实在是荒唐之极。"

"您真是通情达理，中校先生，"奥斯卡道，感觉到楚尔达正准备向他要点酬劳。"如果有机会能报答您的宽宏大量于万一……"

"事实上有点小事要你帮忙，"楚尔达道，"我有个老姑母的住处最近被炸了个稀巴烂。"

是另一位老姑母。辛德勒深表同情地舌尖轻弹一下，说随时欢迎楚尔达主任的代表到利波瓦街，从所有的产品中挑一套厨具。不过，他不想让楚尔达认为释放他是一种莫大的恩惠——或者白送的厨具只不过是这个有幸获释的囚犯最起码的感谢之举。当楚尔达说他可以走了时，奥斯卡却拒绝了。

"我还不能马上把我的车叫来，中校先生，毕竟，我的燃料供给是受到限制的。"

楚尔达于是问辛德勒先生，是否想要安全处送他回家呢。

奥斯卡耸了耸肩。他的住处确实距这里很远，他说。步行回去有些不现实。

楚尔达哈哈大笑。"奥斯卡，我这就叫我自己的司机把你送回家。"

楚尔达的大轿车已经在门口准备停当，引擎已经发动起来，此时的辛德勒又扫了一眼楼上那些茫然的窗口，他想寻到一个来自另一国度的信号，那个酷刑的世界，那个无条件监禁的世界——那个铁窗后面的地狱，里面的囚犯没有成套的厨具用来做交易——罗尔夫·楚尔达却一把拉住了他的胳膊肘。

"笑话归笑话，奥斯卡，我亲爱的老伙计。如果你当真对某个犹太小姑娘有意思的话，你就是个天大的傻瓜。犹太人没有未来了，奥斯卡。这可不光是仇视犹太人的那套老生常谈，我向你保证。这是我们的政策。"

第十三章

即便是那年夏天，高墙之内的犹太人仍然相信这个聚居区是个虽然狭小却可以永存的保留地。这个想法在一九四一年也确实很容易得到印证。区里面有了个邮局；甚至有了聚居区的专用邮票。区里有了份报纸，虽说差不多只用来刊登瓦维尔堡和波摩尔斯卡街的各种法令。利沃夫街上还获准开了家饭馆：弗尔斯特饭店，勒斯纳兄弟就在饭店里演奏小提琴和手风琴，兄弟俩因为乡下危机四伏，农民对音乐的热情又很靠不住，已经回到城里。一度，大家都相信孩子们将在正规的教室里复学，管弦乐团将得到重组并能经常演出，相信犹太人的生活将会像个良性有机体般在大街小巷间交流、传布开来，工匠们相互切磋，学者们相互讨论。这时人们的美梦还没被波摩尔斯卡街的党卫军官僚们彻底击碎，在他们眼里，犹太人关于聚居区的美好愿望不但只是异想天开，而且是对历史理性进程的极大侮辱。

所以勃兰特少尉就把犹太委员会主席阿图尔·罗森茨韦格给弄到波摩尔斯卡，用骑马短鞭狠狠抽了他一顿，目的就是为了纠正此人的痴心妄想：竟然将聚居区视作一片可以永久居住的特区。聚居区只不过是个库房，是条支线，一个用高墙围起来的公共汽车站。任何与此相悖的想法和做法，至多到一九四二年，都必须统统废止。

所以，如今的聚居区跟老一辈甚至有些眷恋的那些聚居区完全不同。在这里面音乐可不是门职业。事实上，根本没有任何职业存在。亨利·勒斯纳只能去空军基地为纳粹空军的伙食部打工。他在那里认识了一个年轻的德国厨师兼伙食部经理理夏德，虽烹饪美食与经营餐馆样样精通，可内心还是个爱笑爱闹的小男孩，这在二十世纪的餐饮业中倒也不算少见。理夏德跟亨利·勒斯纳甚是投缘，他甚至会派这位小提琴家穿过整个城市去收纳粹空军伙食班的工资——你没办法信赖一个德国人，理夏德说；上次负责拿钱的那家伙卷着全部工资跑到了匈牙利。

理夏德是个称职的酒保，所以听到不少小道消息，军官们也都很喜欢他。六月一号那天，他跟女朋友一起来到了聚居区，他女朋友是个德侨女孩，那天穿了件巨大巨长的斗篷——不过既然今年六月多雨，这么穿也不觉得扎眼。理夏德通过自己的职业，颇认识几个警察，警卫队长奥斯瓦尔德·伯斯科也在其列，所以进聚居区的时候没碰到什么麻烦，虽说照规定他是不得入内的。进了大门，理夏德就径直穿过和平广场，找到了亨利·勒斯纳家的住址。亨利见到他们二位惊讶不已。几个钟头前在伙食部时他俩还在一块儿，而眼下他就和女友双双现身，而且两人穿得都像是进行一次正式拜访。这更让亨利觉得这段时间实在反常。在过去的两天里，聚居区的居民一直在约瑟芬大街波兰储备银行的老楼前排起长队，等着领取新的身份证。犹太人的身份证原本是黄底带深褐色护照照片，还有一个巨大的蓝色字母 J[①]，现在如果你走运的话，德国职员会在上

---

① "Jew"（犹太人）的首字母。

面再加一个蓝色标签。从银行出来的人挥舞着加有蓝色标签的身份证，仿佛这玩意儿就证明他们又有了喘气儿的权利，他们就有了永久的合法性。纳粹空军的伙食部、国防军车库、马德里瑞施企业的员工、辛德勒埃玛丽娅的员工、"进步"刀具厂的员工都能轻易获得这个蓝卡。可那些领不到蓝卡的人却会觉得，即便是在聚居区里，他们的市民权都岌岌可危了。

理夏德说，亨利的小儿子奥莱克应该跟他们走，住到他女朋友的公寓里。亨利知道他肯定是在伙食部听到了什么。可他不能就这么从聚居区里溜达出去啊，亨利说。这事儿已经跟伯斯科搞定了，理夏德说。

亨利和曼茜还在犹豫，还在商量，穿宽大斗篷的好心姑娘在一边安慰奥莱克，保证用巧克力迅速把他给喂胖。有行动？亨利·勒斯纳压低声音问。他们是不是就要采取什么行动了？

理夏德以问代答。你拿到你的蓝卡了？他问。当然拿到了，亨利说。曼茜呢？也拿到了。可是奥莱克没拿到。于是，在细雨蒙蒙的黄昏，刚满六岁的奥莱克·勒斯纳藏在理夏德大厨女朋友的斗篷底下，溜出了犹太聚居区。要是有个多事的警察把斗篷一掀，理夏德和他的女朋友就都得因为他们仁慈的偷渡行动双双被枪毙。奥莱克也难逃一劫。而在只剩下夫妻两人的家里，勒斯纳夫妇缩在角落里默默祈祷，但愿他们的决定是明智的。

一直给奥斯卡·辛德勒跑腿的波尔代克·普费弗伯格，在年初的时候就奉命担任了犹太警察头目、发迹的前玻璃匠赛姆切·斯佩拉两个孩子的家庭教师。

这个差使带了点侮蔑，斯佩拉等于是在说，"没错，我们知道你不适合为成人工作，不过你至少能让我的孩子分享点你受教育的成果吧。"

普费弗伯格给辛德勒讲了不少他在赛姆切府上做家教的趣事，权当给他逗乐儿。这位警察头子独享整整一层楼的住房，这在犹太人中算得是凤毛麟角了。房间里悬挂着两幅十九世纪的拉比的平面画像，赛姆切就在画像间踱着方步，一边细听普费弗伯格的讲解，那样子就仿佛眼看着知识像牵牛花一样从他两个孩子的耳朵眼里冒出芽儿来。他一派天命所归的神气，一只手煞有介事地斜插进夹克里，他觉得但凡有影响的大人物都会摆出这副拿破仑的架势。

赛姆切的妻子是个影子一样可有可无的女人，从没想到丈夫能拥有这么大权力，因此有点迷迷瞪瞪的。或许也因此遭到原来朋友们的孤立。他们有两个孩子，男孩十二岁左右，女孩十四，都挺听话，不过也说不上有多大的天资。

不管怎么说吧，普费弗伯格跑到波兰储备银行的时候本以为自己轻易就能拿到蓝卡。他觉得他既然在给斯佩拉的孩子做家教，这肯定也算是份必不可少的工作。他的黄卡上注明他是位**高中教师**，在一个哪怕是部分有些颠倒的理性世界里，这都算得上一个让人尊敬的标志。

可人家拒绝给他贴上蓝色标签。他跟他们评理，琢磨着是不是该去求助奥斯卡或者塞佩西先生，就是位于这条街上的德国劳工办公室负责人，一个奥地利人。奥斯卡一年来一直请他到埃玛丽娅工作，可普费弗伯格总是觉得如果有了份全职工作，他再去经营他的那些非法交易就会束手束脚了。

他从银行里出来，但见德国安全警察、波兰蓝衣警察和犹太警察的政治部警员正在两边的人行道上执勤，检查每个人的身份证，发现没有蓝色标签的统统逮捕。约瑟芬街中央已经站了一排领取蓝卡遭拒的犹太人，卑躬屈膝地候着。普费弗伯格摆出波兰军人的架势跟他们解释，他经营好几项买卖呢。可那个保安警察摇了摇头说，"别跟我废话；没有蓝卡就给我排到那个队伍里。懂吗，犹太佬？"

普费弗伯格无奈只得加入了那个队伍。他十八个月前娶的小娇妻弥拉是马德里瑞施厂里的女工，所以已经拿到了蓝卡。事实就是如此。

队伍超过了一百人后，就被押着转过街角，经过医院，来到原奥普提玛糖果厂的院子。院子里已经有几百人在候着了。先到的占据了原本是马厩的阴凉地界，原来奥普提玛养的马匹就在这里套上挽具，把一辆辆装满奶油和酒心巧克力的板车拉出去。院子里沸反盈天，各色人等俱全。也有各行各业的专业人员，像霍尔策兄弟这样的银行家，还有药剂师和牙医等等，他们则聚成一堆，小声交谈着。年轻的药剂师巴赫纳正跟沃尔老夫妇俩说话。还有很多老人，靠犹太委员会救济过活的穷人和老人。今年夏天，担当着食品和生存空间的分配者的犹太委员会已经不像去年那么公正无欺了。

聚居区医院的护士提着水桶在这帮遭到拘禁的犹太人中间穿梭，据说喝点水有助于缓解压力和迷茫。除了从黑市上弄到的一点氰化物以外，这事实上就是聚居区医院能够提供的唯一的药物了。老人和犹太村镇来的穷人在烦躁不安的沉默中接过水碗。

整整一天，不断有分属三种不同警力系统的某个警察拿着名单走进院子，把一队队人员集合起来带到门口，由党卫军的人员核查之后带往普罗克西姆火车站。有些人因为生怕轮到自已被揪出去，远远缩到院子的角落里。不过普费弗伯格的行事风格则是在院门口晃荡，看能不能碰到个可以帮忙的警官。斯佩拉也许会来这儿，打扮得跟个电影明星似的，肯开恩把他给放了——当然捎带点居高临下的嘲讽。事实上，此时站在门卫小棚子旁边是个面容惨淡的男孩，戴着顶犹太警察帽子，正在细看一份名单，纤细的手指捏着名单的边角。普费弗伯格不但跟他在犹太警察里短期共过事，而且他第一年在波德戈尔兹的克兹库兹克高中执教时还曾经教过他妹妹。

这孩子抬起头来。普费弗伯格老师，他以尊敬的口吻喃喃叫道，这种口吻只有在那些已经消逝的往昔岁月中才能听到。那口气就像是这院子里全都是些惯犯，他奇怪普费弗伯格老师到这种地方干吗来了。

真是胡闹，普费弗伯格说，可我没能拿到蓝卡。

男孩摇了摇头。跟我来，他说。他领普费弗伯格来到门口一个身穿制服的高级保安警察跟前，敬了个礼。头戴那顶滑稽的犹太警察帽子，露着皮包骨头的细弱脖颈，他看起来没有丝毫的英雄气概。后来，普费弗伯格猜想他这副模样更容易让人相信他。

"这位是犹太委员会的普费弗伯格先生，"他的谎言中机敏地糅合了尊敬和权威。"他是来看望几个亲戚的。"这个保安警察显然早就厌烦了院子里这套繁杂的警务差使，他漫不经心地朝普费弗伯格挥了挥手让他出去。普费弗伯格都没来得及向那个男孩道一声谢，也没时间细想一个脖颈细弱的孩子为什么为了你甘愿冒死撒谎，就因为你曾教过他妹妹怎么使用"罗马圆环"。

普费弗伯格径自冲到劳工办公室，一直闯到等待的队伍前头。接待桌后面坐的是什科达和克诺撒拉小姐，两个热心肠的苏台德德国姑娘。"小宝贝，小宝贝，"他跟什科达说，"他们想把我给弄走，就因为我没有那个蓝色标签。看看我，我请求你看看我。"（他壮得像头公牛，曾代表他的祖国打过冰球赛，属波兰国家滑雪队。）"我难道不正是你们喜欢留下的那种帅哥吗？"

尽管拥挤的人群已经让什科达忙活了一整天了，她还是抬了抬眉毛，强压下嘴角的笑意。她接过他的身份证。"我爱莫能助，普费弗伯格先生，"她告诉他。"他们没给你蓝卡，所以我也不能给你。很遗憾……"

"可你能给我，小宝贝，"他锲而不舍，以一种充满诱惑力的肥皂剧男主角的腔调大声坚持道。"我有好几门生意，小宝贝，我有好几门生意呢。"

什科达说，只有塞佩西先生能帮他，可现在不可能让普费弗伯格去见塞佩西。最快也要几天之后了。"可你会让我进去的，小宝贝，"普费弗伯格继续坚持不懈。而她竟然真让他进去了。所以她才素有热心助人的声誉，因为她能从那股巨大的政策大潮中抽离出来，甚至在工作如此繁重的一天中还能热心回应某个人的特殊需求。当然，换了个满脸疙瘩的老头儿可能对她就没这么大吸引力了。

塞佩西先生虽然为这个凶残的机器服务，也素有仁慈的声誉，他飞快地扫了一眼普费弗伯格的身份证，喃喃道，"可我们不需要体育老师呀。"

普费弗伯格一直都没接受辛德勒的好意去他的工厂做工，因为他自认是个操盘手，是个个人主义者。他可不想在沉闷的扎布洛西为了那么点报酬干那么冗长乏味的工作。可眼下他终于明白，那个美好的个人主义的时代已经一去不返了。一个人为了生存需要一门手艺。"我是个金属抛光工，"他跟塞佩西说。他曾短时间在他一个波德戈尔兹叔叔开设在里考卡的小金属厂里做过工。

塞佩西先生透过镜片打量了一下普费弗伯格。"现如今，"他说，"这是门职业。"他拿起支钢笔，把高中教师一笔勾销，把他深以为傲的贾吉洛尼亚大学学历划掉，在上面的空白处写上**金属抛光工**几个字。他拿过一个橡皮图章和一罐浆糊，又从桌子上拿了个蓝色标签。"现在，"他说，把证件递还普费弗伯格——"现在如果你碰到一位保安警察，你就能理直气壮地告诉他你是这个社会的有用之人了。"

可是，就在这一年的晚些时候，可怜的塞佩西就因为太好说话被送进了奥斯威辛。

第十四章

奥斯卡·辛德勒从不同的渠道，从特费尔警官，还有党卫军纺织管理部的酒鬼博施那里都听到些传闻，说"犹太聚居区的进程"（且不论这到底什么意思）正日渐白热化。党卫军正从卢布林调入克拉科夫几支野蛮的特遣队，他们在卢布林已经完成了种族净化工作。特费尔已经暗示奥斯卡，除非他愿意工厂停工，否则，在过完六月份的第一个安息日前，他应该给他的夜班工人准备些行军床，就让他们睡在工厂里。

于是奥斯卡就在各办公室和军工部的楼上设立了宿舍。有些夜班工人很乐意躺下就睡。可有些人的妻儿老小还在聚居区里等着他们下班回家。而且，他们不是还有护身符吗？就是身份证上那条神圣的蓝色标签。

六月三号，奥斯卡的业务经理班吉尔没到利波瓦大街的工厂上班。辛德勒接到一位秘书打来的电话时，还在斯特拉斯泽维斯克果大街上的家里喝咖啡。那个秘书说她亲眼看到班吉尔被押出聚居区，这次都没在奥普提玛糖果厂里停留，径直就给押往了普罗克西姆火车站。队伍里还有不少埃玛丽娅的工人，有赖希，有莱泽……不下十几个呢。

奥斯卡吩咐司机马上把车从车库里开出来。他驾车驶过维斯瓦河，沿利沃夫大街朝普罗克西姆开去。他对车站大门的警卫出示了通行证。车站的车场里停满了一列列运畜列车，车站里挤满了排成严整队形的犹太人，那些聚居区里被认为可有可无的市民，仍然相信一味服从才是生存之道——也许他们是对的。奥斯卡这是第一次亲眼看到运畜车和人类混杂在一起，亲眼所见之下的震惊要比仅仅听说强烈得多；他一时竟呆立在站台边，动弹不得。这时他看到一个他认识的珠宝匠。看到班吉尔了吗？他问。"他已经上了车了，辛德勒先生，"珠宝匠说。"他们要把你们带到哪里？"奥斯卡又问。"我们要去一个劳役营，他们说。卢布林附近。也许不比这儿差吧……"他朝远处的克拉科夫挥了挥手。

辛德勒从口袋里取出一包烟，又摸出几张十兹罗提的钞票，把烟和钱都给了那个珠宝匠，那人千恩万谢地收下。这次他们什么都没让他们拿就离开了家，据说他们的行李随后就送到。

去年下半年的时候，辛德勒曾在党卫军的《预算和建设公报》上看到过在卢布林东南的一个劳役营建设焚化炉的工程招标。那地方叫贝乌热茨。辛德勒不禁琢磨着这个珠宝匠的命运。六十三四岁了。又矮又瘦；去年冬天可能得过肺炎。穿着细条纹西装，这种天气未免太热了些。清澈精明的眼睛里的神情似乎还能忍受些苦难。即便在一九四二年的夏天，人们仍然不可能猜出，在这样的一个犹太人和那些体积巨大的焚化炉之间会有什么样的关联。他们已经打算开始在囚犯中间传播传染病了吗？那就是他们进行种族净化的方式吗？

辛德勒从火车头开始，一路沿着二十几节运畜车厢走下去，冲着那些凑在车厢板条上头透过格栅朝下看的面孔呼喊着班吉尔的名字。奥斯卡并没有反躬自问，为什么只呼喊班吉尔的名字，他没顾得上思考一下，货车上其他的犹太人事实上跟班吉尔具有同等的价值，这对班吉尔来说当然是幸运的。存在主义者或许无法面对普罗克西姆的滚滚人流，会因所有名姓和声音发出的同等吁请而无以自处。可辛德勒从来没关心过从哲学观念上应该怎么看。他只知道他要救他认识的人。他只知道班吉尔的名字。"班吉尔！班吉尔！"他继续大喊。

一个年轻的党卫军军官拦住了他，这人是从卢布林来的铁路运送专家。他要求辛德勒出示通行证。奥斯卡看到此人左手握着一份厚厚的名单——每一页都是密密麻麻的人名。

我找我的工人，辛德勒道。基本工业的工人。我的业务经理。真是白痴行径。我有军备物资监管局的合同，而现在你们却要把完成合同必需的工人给带走。

你要不回去了，那年轻人道。他们都上了名单……这位党卫军军士凭经验知道，凡上了名单的人就只有一个归宿了。

奥斯卡压低声音，但气势依旧，摆明了是个通情达理又上可通天的人物，还不打算把所有的王牌都亮出来呢。军官先生知道要培训能取代名单上这些人的专业工人需要多长时间吗？在我的德国搪瓷厂里，我有个专门的军工部，由跟我同姓的辛德勒将军特别保护。一旦工厂停工，非但军官先生在苏联前线的同志们要受到影响，军备物资监察局也是要追查起因的。

年轻人摇了摇头——他不过是个负责运输的军官，已经烦不胜烦。"这种故事我已经听得多了，先生，"他说。不过他还是挺担心的。这一点奥斯卡看得出来，于是继续俯身下来，以近乎的威胁的语气柔声道，"这不是跟你争论名单是否恰当的时候，"奥斯卡说，"你的上司在哪儿？"

年轻人朝一位党卫军军官努了努嘴，那人看来三十多岁，眼镜上头的眉头紧锁。"能告诉我您尊姓大名吗，少尉先生？"奥斯卡问他，已经从口袋里掏出了本记事簿。

那位军官同样就名单的不可侵犯性做了番申明。对他来说，这是驱赶犹太人和调动列车这所有行动的安全、理性以及唯一的基础。不过辛德勒眼下更直截了当了。他不想多费口舌，这个名单他已经有所耳闻，他说。他只想问问少尉先生尊姓大名。他打算直接去找舍纳先生和军备物资监察局的辛德勒将军。

"辛德勒？"这位军官问道。他这才仔细打量了一下奥斯卡。这个穿得像个大亨，徽章鲜明，家族里出了好几个将军的奥斯卡。"我想我可以向你保证，少尉先生，"辛德勒温文尔雅地威胁道，"不出一个礼拜就把你送上苏联南部前线。"

那个党卫军军士头前带路，辛德勒先生和那位军官肩并肩在一队队囚犯和装满了人的运畜车厢之间一路找去。火车头已经开始冒出蒸汽，火车司机从车头里探出头来，朝下看着火车的长度，等着出发的信号。那位军官叫住他们在月台上碰到的管东向铁路的官员，请他们暂停片刻。最后他们终于在后面的一节车厢里找到了班吉尔。跟班吉尔一起的还有十二个工人；他们全体挤在一起，仿佛就等着一起得救。门还没关，他们都跳下车来——有管理层的班吉尔和弗兰克尔；还有车间里的赖希、莱泽和别的几个工人。他们都强忍着，不想让任何人看出他们获救的狂喜。车厢里剩下的人则开心地窃窃私语，仿佛一下子空出这么大的空间来也是种运气。那位军官夸张地用笔一个个把埃玛丽娅工人的名字从名单上勾掉，要求奥斯卡在名单上签名。

奥斯卡谢了他一声，转身正要跟他的工人一起离开，那人抓住了他外套的肘部。"先生，"他说，"你也知道，这对我们来说没什么差别。我们才不关心抓的是这十二个还是另外十二个呢，只要是犹太人就行。"

这位一开始眉头紧锁的军官现在看来却像是安下心来，仿佛已经参透了现状背后的定理。你觉得你这十三个小铁匠很重要不是吗？我们再抓十三个小铁匠来顶替就是了，你们这种大惊小怪的滥情什么用都不顶。"只不过要在名单上动动手脚，就这点麻烦罢了，"那军官解释道。

矮胖的班吉尔承认他们几个太过大意，没到老波兰储备银行去领那蓝色标签。辛德勒突然间火冒三丈，叫他们马上就去领证。可真正让他恼火的其实是他深深的绝望，对于这些拥挤在普罗克西姆车站的人群的绝望，他们为了领到一个蓝色标签就得苦苦地排队等待，这玩意儿就成了关乎他们生存的新标志，还有对这些运畜货车感到的绝望，沉重的火车头转眼间就把他们拖离了视线。如今，这些车厢告诉他们，我们都不过是群畜生而已。

第十五章

从他自己的工人的脸上，奥斯卡就能看出他们在犹太聚居区忍受的折磨。一个人在那里没有喘息的时间，没有立锥之地，没有可以维护自己的生活习惯或是建立起家庭秩序的空间。许多人于是开始猜疑所有人——不论是跟他们同处一室的室友还是街上的犹太警察，以这种方式寻得逃避和某种安慰。长此以往，就连心智最为健全的人也不能肯定究竟能信赖谁了。"每个房客，"一个叫约瑟夫·鲍的年轻画家如此描述一幢聚居区的房子，"都有他自己的秘密世界和神秘之处。"楼梯间里突然再也听不见孩子们唧唧喳喳的交谈。大人们从流离失所的噩梦中睁开眼睛，却发现他们果真是在波德戈尔兹拥挤的房间里流离失所——他们梦中的遭遇，梦中恐惧的况味真真切切地在白天的恐惧中继续下去。无论是在拥挤的室内，在大街上，还是在厂房里，恐怖的谣言无时无刻不在困扰着他们。据说斯佩拉已经拟定了又一份告密的名单，被揭发的人数比上一次还要多出两到三倍。据说所有的孩子都要被弄到塔尔努夫枪毙，弄到斯塔特霍夫淹死，或是弄到布雷斯劳被改造，被洗脑，根除犹太传统。你有上了年纪的父母吗？他们会将五十岁以上的犹太人统统送到维利奇卡盐矿。去干活？不。是把他们活埋在废弃的矿坑里。

所有这些传闻，大多数都传到了奥斯卡耳朵里，它们其实都源自一种人类的本能：将邪恶大声讲出来似乎就能阻止邪恶真正发生——向迫害者显示你跟他们有同样的想象力似乎就能阻挡悲惨命运的到来。可是到了六月，所有最恐怖的噩梦与窃窃私语都清晰地成了型，那些最令人难以置信的谣言都变成了现实。

聚居区以南，里考卡街过去一点，耸立着一个小山包，属于公共绿地。从上头就可以透过聚居区的南墙看到区内的情形，就像是中世纪那种描绘围城的图画一样，有种窥探隐私的意味。如果沿山脊纵马驰骋，聚居区就会像地图般在你面前铺展开来，你在行进的过程中就能清楚地看到底下街道上的大事小情。

春天辛德勒跟英格丽德一块儿来这里骑马的时候就注意到了这个优势。眼下，他因为在普罗克西姆火车站看到的情景，大为震惊之下就决定再到这里骑一次马。救出班吉尔的第二天一早，他就从班德纳斯基果公园租了两匹马。他跟英格丽德装束整齐，身着长长的骑马夹克，换上马裤，脚蹬亮闪闪的马靴，两个金发碧眼的苏台德妙人就高踞于聚居区那个纷扰的蚁丘之上了。

他们骑马穿过树林，在开阔的草地上放马疾驰了一小段。坐在马鞍上，他们就能看到维杰尔斯卡街，医院的一角挤满了人，更近些后，能看到一队党卫军正牵着狗在"公干"，闯进一户户人家，一户户犹太人就拥到街上，大热天却都披着外套，是为长期的离家做准备呢。英格丽德和奥斯卡在树荫下勒住缰绳，细看眼前的情景，开始注意到其中的微妙之处。那是提着警棍的犹太警察和党卫军在一起行动。有些犹太警察看来还热情高涨，短短几分钟内，奥斯卡从山上就看到有三个行动不太情愿的妇女肩上遭到痛打。奥斯卡一见之下，不禁心头火起。党卫军在利用犹太人鞭打犹太人。他后来才知道，有些犹太警察之所以鞭打自己的同胞，是为了使他们免受更残酷的迫害。而且犹太警察如今也有了新规矩：你要是没能把一户犹太人家赶到大街上，你自己的家庭就得遭殃。

辛德勒还注意到，维杰尔斯卡街上有两个正在成形的队伍。一个队伍原地不动，另一个队伍则在不断增长，而且不断有一部分被押走，拐过街角转到约瑟芬街，就此逸出视线范围。不难猜到这些队伍和调遣所为何来，因为高踞于聚居区之上，歇马于松林边的辛德勒和英格丽德跟此次行动的现场之间只有短短两三个街区的距离。

一户户人家被驱赶到街上之后，就被强制排进两个队伍，根本不管是否把一家骨肉生生拆散。十几岁的小姑娘，只要有合法身份证的，就排进原地不动的那个队伍，大声呼喊另一个队伍里的中年母亲。一个夜班工人因为被强制叫醒还睡眼惺忪的，被指派加入一个队伍，他的妻儿却得加入另一个队伍。这个年轻人站在街中央跟一个犹太警察理论。他说，操他娘的蓝卡！我想跟埃娃和孩子在一起。

一个全副武装的党卫军过来干涉了。在周围那些无以名状的聚居区居民的对照下，这个身穿熨烫鲜明的夏日制服的家伙看起来格外营养良好、健康红润。从山上就能看到他手里自动手枪上的油光。那个党卫军冲着犹太人的耳朵就是一拳，然后声色俱厉地对他讲起话来。辛德勒虽听不到他说些什么，却可以肯定又是他已经在普罗克西姆车站领教过的那老一套。对我来说根本没什么差别。你要是想跟那个该死的犹太婊子一起开路，那就去吧！那个人就从一个队伍被引到了另一个队伍中。

辛德勒看着他沿着队伍一点点地挪到他妻子身边，两人拥抱在一起。趁着这对忠实夫妻重新团聚吸引了大家的注意，一个女人偷偷溜进了室内，没有被党卫军特遣队发现。

奥斯卡和英格丽德掉转马头，横穿一条荒废的林荫道，经过几台米表，来到一处直接面朝克拉库萨街的石灰石平台。现在的距离比刚才更近了，这条街道并不像维杰尔斯卡街那么混乱。一个妇女和孩子组成的队伍，并不太长，正被带领着朝皮沃纳街的方向前进。一个卫兵头前带路，另一个卫兵在后面压阵。队伍的组成在量上很不平衡：孩子的数量远远超过那几个妇女，显见得很多孩子的母亲并不在队伍里。队伍的最后是个刚会蹒跚走路的孩子，看不出是男孩还是女孩，穿了件鲜红的外套，戴了顶鲜红的帽子。这孩子之所以引起辛德勒的注意，是因为这一抹鲜红似乎代表了一种宣言，就像刚才维杰尔斯卡街上那个抗争的夜班工人一样引人注目。这个宣言理所应当由对红色的热爱来表达。

辛德勒咨询了一下英格丽德的看法。那肯定是个小姑娘，英格丽德道。只有小姑娘才这么痴迷某种颜色，尤其是这样的鲜红。

他们仔细观察的当口，注意到队伍最后压阵的那个武装党卫军时不时都要伸出手来稳住那个小红点的重心。他的动作并不粗暴——他本该是她的大哥哥的。就算是他的上司要求他执行任务时尽量安抚围观百姓的情绪，他也不可能做得比现在更好了。于是，身在班德纳斯基果公园的这两位骑手的道德焦虑，确实超乎情理地得到了片刻的安抚。可惜为时实在太短。就在这个妇女儿童组成的队伍身后——那个蹒跚学步的小红点就是队伍尾端的标志——一队队党卫军就牵着恶狗一路朝北挨家挨户地搜捕过去。

他们横冲直撞，在散发着臭气的公寓里恣意妄为；仿佛是作为他们暴行的象征，一个手提箱从二楼的一扇窗户里直飞出来，在人行道上跌得四分五裂。而且，在第一波搜捕中藏在阁楼、壁橱或是拉掉抽屉的五斗橱里侥幸逃过一劫的男女老小，这次都在恶狗的追逐下纷纷逃出公寓，哆哆嗦嗦地来到人行道上，被凶猛的杜宾犬吓得不断尖叫和喘息。所有的一切似乎都加快了速度，山上的两个旁观者眼睛都跟不上了。人行道上只要有人出现，立刻就地被射杀，尸体在子弹的冲力作用下扑到路旁的阴沟上，鲜血流得满沟都是。一对母子躲到了克拉库萨街西边的一处窗台下，小男孩看起来八岁左右，也许十岁了，只是骨瘦如柴，像是只有八岁。辛德勒为母子俩感到一种无法忍受的恐惧，这恐惧直渗入他自己的血液，他觉得两条腿在马鞍上都挂不住了，险些就要从马上摔下来。他瞥了一眼英格丽德，看到她两手痉挛地紧握住缰绳。他似乎能听到她在他身边发出的呼喊和乞求。

他的目光转回克拉库萨，追寻那个一身猩红的孩子。他们就在距离她不过半个街区的地方做出如此之暴行；他们都等不及让她的队伍转到约瑟芬街后再下手。辛德勒一时间也无法解释为何他因此就觉得人行道上的杀戮格外惨绝人寰。然而不管怎么说，这一切都以一种谁都无法视而不见的方式证明了他们坚决干下去的决心。当那个一身猩红的孩子在队伍里停下脚步，扭身观看时，党卫军一枪打中了那位母亲的脖颈，另一个走到呜咽着跌倒在墙根的男孩跟前，抬脚用靴子紧紧踩住孩子的脑袋，似乎是要它保持静止不动，然后用枪管抵住孩子的后脖颈——正是党卫军推荐的标准方式——开枪射击。

奥斯卡又回去看那个红衣小姑娘。她已经停下脚步，转过身来，眼看着那只靴子踩了下去。她跟队伍里倒数第二个人之间的距离已经不小了。那个党卫军卫兵再次友爱地把她扶稳，把她轻轻推回队伍里。辛德勒先生不明白他为什么没有用枪托揍她，既然在克拉库萨街的另一端，慈悲已经完全泯灭。

辛德勒终于还是从马背上出溜下来，跌倒在地，然后发现自己双膝跪地，紧紧抱住了一棵松树干。他觉得自己已经强压下了要把精致的早餐吐个精光的冲动，他怀疑自己狡黠的躯体之所以要这么做，就是为了腾出空间，消化克拉库萨街头的恐怖。

一个十月怀胎生出来的血肉之躯，一个身为别人的兄弟子侄必须写家信报平安的人（他们会在家信里写些什么？），却连丝毫的羞恶之心都没有，这还不是他亲眼目睹的暴行中最邪恶的那一面。他明知道他们早就没有了羞恶之心，因为就连那个压队的卫兵都没觉得有必要阻止那个红衣小姑娘看到这些暴行。最邪恶的一面在于，如果大家都丧失了羞恶之心，那就意味着这是官方纵容甚至是鼓励的结果。既如此，那么谁都休想再在德国文化的观念中寻得任何庇护了，就算是领袖们发话，不要你踏出自家的园地一步，或是从办公室窗户里往外看人行道上的真相，也都是白搭。奥斯卡已经从克拉库萨街头的暴行中看出了政府既定政策的狰狞真相，即这种暴行绝非一时的行为失常所致。奥斯卡相信，这些党卫军正是在执行他们领袖的命令，否则他们那位人性未泯的同事就不会让一个小姑娘亲眼见证这种暴行了。

当天的晚些时候，奥斯卡已经喝了每天定量的白兰地之后，终于看清了这其中的所有关节所在。他们毫不在乎他们的暴行是否有目击证人，像红衣小姑娘这样的目击证人，是因为他们相信所有这些目击证人也都只有死路一条。

　　和平广场的一角有一家药房，由塔德斯·潘杰维茨经营。这是家旧式风格的药房。一个个双耳瓶上贴着古老药物的拉丁学名，还有几百个漆饰精美的精致抽屉，藏着无数种由波德戈尔兹市民提供的各色药物。潘杰维茨先生经聚居区内各诊所医生的一致请求，由市政当局特许就住在店面的楼上。他是经特许唯一留在聚居区高墙之内的波兰人。他平时寡言少语，四十出头，酷爱求知。波兰印象派画家亚伯拉罕·诺伊曼、作曲家莫德切·格伯提格、哲学家莱昂·斯坦伯格以及科学家兼哲学家拉帕波特都是潘杰维茨的座上常客。他的家还是个联络点，是犹太战斗组织（ZOB）和波兰人民军的游击队员之间交换情报和信息的秘密联络处。克拉科夫犹太战斗组织的几位发起人，年轻的多莱克·里贝斯金德、施蒙和古斯塔·德朗格有时也会造访这里，不过都非常小心谨慎。他们要注意不能向塔德斯·潘杰维茨泄露他们的行动计划，因为他们可不同于采取合作政策的犹太委员会，他们的纲领就是进行狂暴和毫不含糊的抵抗运动。

　　六月开初这几天里，潘杰维茨药店面对的这个和平广场简直变成了个阅兵场。"真会耗尽人类的信仰，"这之后，潘杰维茨总会这么说起和平广场。广场中间的公共绿地上，大家依序排好，并要求把行李扔在一边——不，不用拿行李，过后会给你送过去！稍有抵拒或是口袋里被搜出私藏雅利安证件的，马上被拖到广场西边空墙根底下就地正法，对聚在中间的人连句解释或借口都懒得编。震耳欲聋的枪声粉碎了所有人的希望，再也没有人互相交谈。然而，尽管那些受害者的亲眷还在尖叫和号啕，有些人——要么是吓呆了，要么绝望地只关心自己的性命——却几乎对堆积如山的尸体置若罔闻。一俟大卡车开进来，犹太警察把尸首装进车斗，那些留在广场上有幸还喘气儿的人立马又开始讨论起他们的未来了。潘杰维茨一整天不断听到那些党卫军军士说，"我向你保证，夫人，你们犹太人就要有工作干了。你认为我们会白白把你们浪费掉吗，我们承受得起这样的损失吗？"这些女人巴不得相信这些鬼话呢。刚在墙根底下执行完死刑的党卫军士兵，马上溜达到人群当中，教大家怎么在行李上贴上标签。

奥斯卡·辛德勒从班德纳斯基果公园可看不见和平广场。可身在广场的潘杰维茨就跟山上的辛德勒一样，从未亲眼见识过这么冷漠的恐怖。他也正像奥斯卡一样，五脏六腑翻江倒海地难过，耳朵里充满了似真似幻的刮擦声，仿佛脑袋上挨了重重的一击。他被周遭的喧嚣和暴行搅得头晕目眩，脑子都糊涂了，他不知道广场上的死人堆里就有他的朋友作曲家格伯提格，那首著名歌曲《燃烧吧城市，燃烧吧》的作者，还有他的画家朋友，那温文尔雅的诺伊曼。医生们跄跄踉跄地冲进药房，他们是从两个街区以外的医院奔来的，跑得上气不接下气。他们需要绷带——他们把街上的两个伤员拖了进来。一个医生进来要催吐剂。因为人群里足有十二个因为吞了氰化物口吐白沫甚或已经昏迷。潘杰维茨认识的一位工程师趁他妻子不注意的时候把毒药塞进了嘴里。

年轻的伊代克·申德尔医生正在维杰尔斯卡街角的医院上班，一个歇斯底里的女人突然冲进去说他们正在把孩子们带走。她亲眼看见孩子们在克拉库萨街排成了一排，珍尼娅也在其中。当天早上申德尔把珍尼娅留给邻居们代为照看——他是珍尼娅在聚居区里的监护人；她父母还躲在乡下，打算瞅个机会溜回聚居区，至少今天以前区里还比乡下安全些。可珍尼娅这孩子主见一直就大得很，早上就从照看她的邻居阿姨身边跑了出来，一个人回了跟舅舅一起居住的家里。她就是在家里被抓的。也正是为此，奥斯卡·辛德勒才在公园里被克拉库萨街的队伍里这个无依无靠的小姑娘吸引住了目光。

申德尔医生脱下身上的白大褂，一路冲到和平广场，几乎马上就看到她坐在草坪上，假作镇定地被卫兵围在当中。申德尔医生明白她这都是装出来的，因为他每每都要在夜里爬起来，安慰这个被噩梦惊醒的孩子。

他绕着广场外围溜达，吸引小姑娘的注意，她看到了他。别喊，他想对她说，我会救你出来。他不想弄得大惊小怪，这对他们俩都没好处。事实上他根本不必担这个心，小姑娘已经故意装出漠不关心的眼神。他停下脚步，一时为她这种既让人钦佩又令人怜惜不已的狡黠惊呆了。她三岁的时候就知道不该图一时之快喊她的叔叔或是舅舅。她知道得很清楚，要是让党卫军注意到了伊代克舅舅，他们俩就都没救了。

他在心里打着腹稿，琢磨着该怎么向站在行刑墙边的那个大块头军官开口。跟官方打交道的时候最好不要太过谦卑，也尽量不要通过低阶官员提出求恳。他再次回头看了一眼小姑娘，但见她眼睛里掠过一抹心绪不宁的疑虑神色，然后，她就以一种让人眼花缭乱的投机分子的冷静态度，大模大样地从距她最近的两个警卫之间溜出了警戒线。她把步伐故意放得极慢，慢得让人心痛，这步伐让她舅舅终生难忘，此后，哪怕闭上眼睛，他都会经常看到她在闪闪发亮的党卫军长筒皮靴的森林中踽踽独行的身影。整个和平广场上竟然没有一个人注意到她。她就这么一直保持着跌跌撞撞同时又如仪式般虚张声势的步伐，一路走到潘杰维茨药房所在的一角，转过药房，继续沿街道视线受到遮挡的一侧朝前走去。申德尔医生简直忍不住要为她鼓掌喝彩。虽说小姑娘精彩的表演值得观众赞赏，可只要有一个人注意到她，她的一切努力就将满盘皆输。

他觉得如果径直跟上她，反而会坏了她的事。于是他强压下本能的冲动，他相信她的直觉既然能让她安然无恙地虎口脱险，也必能使她寻得个安全的藏身之处。于是他绕道回了医院，给她留出充分的时间自寻出路。

珍尼娅又回到了克拉库萨街的家里，她跟舅舅一起住在临街的卧室里。整条街道已经空无一人，就算有几个人靠小聪明或是夹壁墙躲过了一劫，他们也仍然藏得严严实实。她进屋后藏在了床底下。同样正往家里赶的伊代克躲在街角看到党卫军又最后扫荡了一遍，挨家挨户地敲门。不过珍尼娅是不会去开门的。就算是他本人回来她也不会去开门。他知道到哪儿去找她，透过窗帘与窗扇间的缝隙，他看到床罩的下摆底下，她红色的小鞋在灰暗的房内闪耀着亮光。

这时候，辛德勒自然早已把马送回了马厩。他没能在山头上目睹红衣珍尼娅重返她最初被抓获的家里，见证这微小却意义重大的胜利。他已经回到了德国搪瓷厂的办公室，把门关起来一个人待着。当天目睹耳闻的惨剧使他根本无暇去处理日常事务了。许久之后，这位快活的辛德勒先生，克拉科夫最受欢迎的派对嘉宾，扎布洛西挥金如土的浪荡子，一反常态，化身为一位花花公子的假面下隐藏的严厉判官，这一天将成为奥斯卡一生中的重要时刻。"经过这一天之后,"他后来说,"任何一个头脑清醒的人都清楚地看到了将来的情势所趋。就在这一刻,我下定决心,我将竭尽所能,不遗余力,跟这个邪恶的体制战斗到底,并战而胜之。"

第十六章

　　党卫军在聚居区内的搜捕清洗，一直持续到星期六傍晚。以奥斯卡亲眼目睹他们执行克拉库萨街任务时的效率行事。他们的搜捕行动迅雷不及掩耳，侥幸逃脱了周五行动的周六又被抓住。所幸珍尼娅虽一身红衣却逃过此劫，靠的就是她不声不响和神出鬼没的早熟天赋。

　　可身在扎布洛西的辛德勒却不敢相信这个红衣女孩竟能在这次行动中幸存下来。他通过特费尔和其他波摩尔斯卡警察总部的相识得知，他们在聚居区内清除了七千犹太人。犹太事务办公室的一位盖世太保军官面带喜色地证实了这个数字属实。波摩尔斯卡街总部的书吏则将此次六月行动公推为一次大捷。

　　奥斯卡如今对此类消息的了解也远较之前精确得多了。比如，他知道，此次行动的总体计划是由一个叫威廉·孔德的人制订的，而具体的领导人则是党卫军中尉奥托·冯·马洛特克。奥斯卡并没有进行任何材料的记录汇编，不过他准备等待时机把所有这一切汇报给卡纳里斯或是整个世界。这个时候比他的预期来得还要早。此时他不厌其烦地追查那些他过去认为是暂时性精神错乱的事件的真相。他不但从警察部门的熟人那里获得重要消息，像斯特恩这样头脑清晰的犹太人也给了他不少帮助。波兰境内其他地方的情报也渐渐传入克拉科夫聚居区，部分通过潘杰维茨的药房，是由人民军的游击队带来的。"阿吉巴俱乐部"抵抗组织的领导人多莱克·里贝斯金德也带来了其他犹太聚居区的消息，这是他跟犹太公众自助会一道进行公务旅行的成果。此自助会是得到德国人认可存在的一个组织，他们对待这个组织就像对红十字会一样睁一眼闭一眼。

这些消息就算说给犹太委员会也没用。委员会认为把集中营的情况告诉聚居区的居民并不可取，反而会引发混乱。大家只会惊恐不安；街头的秩序会一片混乱，而且平白招致额外的惩戒。还不如听凭大家去传播疯狂的传闻，过后他们自己也会觉得这都是夸大其词，然后自我安慰地重新燃起希望。哪怕在正派的阿图尔·罗森茨韦格领导下，大部分犹太委员会的委员也都持这种粉饰太平的态度，何况罗森茨韦格已经不在了。推销员大卫·冈特靠着他德国式姓氏的帮助，马上就要接任委员会主席了。于是食物配给如今非但被相关的党卫军军官侵吞，就连冈特和新任委员会委员们也跟他们沆瀣一气，通同贪污，委员会的街头代理人就是那位趾高气扬、马靴锃亮的赛姆切·斯佩拉。于是，委员会再也没兴趣知会聚居区居民他们未来可能的走向了，因为他们自信他们自己是不会被送进集中营的。

自打年轻的药剂师巴赫纳被押往普罗克西姆火车站八天后又重返聚居区，聚居区里的居民才开始对真相有所了解，奥斯卡的情报也得到了确认。没人知道他是怎么回到聚居区的，更不明白他为什么还要回来，因为党卫军随时都可能再次把他给抓走。不过可想而知，巴赫纳之所以不惜冒险回来，是因为他看到的真相不容他隐瞒下去，他一定要让他的同胞们知道真相。

他沿着利沃夫大街，又跑到和平广场背后的大街小巷，到处讲述他的可怕经历。他亲眼看到了犹太人最终的恐怖归宿，他说。他眼睛里闪着疯狂的亮光，短短几天不见他的头发已经镀上了一层银霜。他说，六月初被聚拢起来的所有克拉科夫犹太人都被运到了邻近苏联的贝乌热茨集中营。火车抵达车站后，迎接他们的是提着棍棒的乌克兰士兵。当地弥漫着一股可怕的恶臭，可一位党卫军却和蔼地告诉大家那是消毒水的气味。他们让大家在两个巨大的库房前面排成两队，一个上面写着"**小件行李寄存处**"，另一个写的是"**贵重物品保管处**"。新来的都被命令脱光衣服，一个犹太小男孩在人群里发放绳子，要大家把鞋子系在一起。眼镜和戒指都得摘下来。就这样，囚犯们赤身裸体地在理发室被剃光头发，一个党卫军军士告诉他们，需要他们的头发为德国潜艇官兵制作某种特殊用品。头发总归还会再长出来嘛，他说，还在继续维持犹太人还有用处的神话。最后，这些受害者被赶上一条两边围着带刺铁丝网的通道，进入几个屋顶上装饰有铜制的大卫之星①的地堡，上面写着"**盥洗与吸入治疗室**"。党卫军一路上不断安抚他们，告诉他们进去以后要深呼吸，这是消毒的绝佳办法。巴赫纳看到一个小女孩的手镯掉在了地上，一个三岁男孩捡了起来，一路玩耍着进入了地堡。

巴赫纳说，这些人在地堡里全都被毒气毒死了。完事之后，专门有人员负责清理堆积如山的尸体，把它们运走埋掉。他说，只花了两天时间，他们就全部都被处死了，只剩了他一个。他是在围场里等待轮到他的时候设法溜进了一个公厕，为

---

① 或称"大卫之盾"，犹太人的标记，是由两个等边三角形反向叠成的六角星。

了保命藏身在粪坑里。他在里面整整待了三天，人的粪便一直埋到他脖子底下。他说，他的一张脸简直就成了个苍蝇窝。他睡觉的时候都站着，特意卡在粪坑口，生恐溺死在粪坑里。最后他趁夜黑爬了出来。

不管怎么说，他终于走出了贝乌热茨，顺着铁路往前走。大家都明白，他之所以能虎口逃生纯粹是个偶然，简直匪夷所思。同样匪夷所思的是他竟然碰上了好心人——也许是个农妇——给他洗刷干净，而且给了他一套干净衣服，他才能最终回到原点。

事已至此，克拉科夫竟然还有人把巴赫纳讲述的亲身经历当作是危言耸惑。关到奥斯威辛集中营的亲戚不是寄了明信片来了吗？所以就算贝乌热茨的情况果如巴赫纳所言，那奥斯威辛也肯定不是这么回事。他的话可信吗？在精神食粮极度匮乏的聚居区里，也难怪大家要紧紧抱住哪怕最渺茫的一线希望不放了，只有这样他们才能活下去。

辛德勒从他的资料来源发现，贝乌热茨的毒气室是当年三月完工的，负责施工监管的是一家汉堡的工程公司和从奥拉宁堡调来的几位工程师。从巴赫纳的证词来看，一天杀害三千人完全在它们的设计能力之内。焚化炉也正在建造当中，以免落伍的尸体处理方式对新式的杀戮手段造成阻碍。承建贝乌热茨工程的同一家公司先前已经在索比堡完成了同样的设施建设，两地都属于卢布林地区。华沙附近的特雷布林卡也已完成招标，也在建造类似的设施，工程进展非常令人满意。奥斯威辛的主集中营和几公里之外、位于比克瑙的巨大的奥斯威辛集中营 II 区内，毒气室和焚化炉已经双双投入实际运转。抵抗组织声称，奥斯威辛集中营 II 区能够在一天之内消灭一万犹太人。

还有，罗兹地区的海乌姆诺也已设立了集中营，那里也要装配这种新型技术设备。

时过境迁之后的今天，我们写下这些事实，似乎只不过在重复历史上的老生常谈。可是在一九四二年，当真相在六月的晴空下赫然出现在你眼前时，你真的会有一种恍若天翻地覆般的震骇，你的头脑中关于人类以及人类可能性的坚定信念会被连根拔起。在那年夏天，整个欧洲有数以百万计的人民，包括奥斯卡在内，还有克拉科夫犹太聚居区的居民，得经过如何痛苦复杂的灵魂结构的大调整，才能接受贝乌热茨或是波兰森林中类似围场的这种事实！

也同样是在那年夏天，辛德勒正式成为破产的里考德产业的主人，他是根据波兰商业法庭的规定，通过一次形式上的财产拍卖取得所有权的。虽然在苏联战场上德军已跨过顿河，正在向高加索油田进军，但辛德勒基于他在克拉库萨街上亲眼目睹的证据确信，胜利最终是不会属于他们的。也正因此，他才应该把利波瓦街工厂的所有权彻底合法化。他还抱着一种几乎是孩子气的愿望，希望就算是这个邪恶之王最后垮台了，这种合法性也仍然有效——就算是新时代到来了，他仍然还是兹维陶的汉斯·辛德勒卓有成就的儿子。可历史显然不会成全他的这一奢望。

纸箱厂的耶雷特继续游说他在那片荒地上建个棚屋——也可以说是避难所。奥斯卡从官方得到了必要的许可。他的说法是要为夜班工人建个休息区。需用的木材也趁手——就是耶雷特捐赠的。

棚屋在秋天落成，不过看起来既不牢固又不舒适。所用的板材看起来还泛着青，看着像是等青色转深后还会缩水似的，果真如此的话，等下起雪来，斜飞的雪花难免会钻进来。可就是这么个简陋的棚屋，却在十月的一次搜捕行动中，成为耶雷特夫妇、纸箱厂和散热器厂的工人以及奥斯卡自己的夜班工人的避难天堂。

如今的奥斯卡·辛德勒会在德国人的行动中一大早冒着严寒从办公室下来，主动去跟党卫军、跟乌克兰后备军、跟波兰蓝衣警察以及犹太警察交涉，看他们是否愿意从波德戈尔兹赶过来护送他的夜班工人回家；如今的奥斯卡·辛德勒会一边喝着咖啡一边给聚居区附近的警卫队长伯斯科打电话，编造些理由说明他的夜班工人当天早上为什么必须得待在利波瓦街的工厂里。如此行事的奥斯卡·辛德勒早已越过了小心谨慎的商业操作规范，已经将自己置于险地。就算他每年都不忘慷慨地送上生日礼物，那些曾两度救他免于牢狱之灾的重要人物也没办法再救他第三次了。那年，很多重要人物自己就被关进了奥斯威辛。如果他们死在了里面，他们的遗孀就会收到司令官发来的一封简单直白的电报："您的丈夫已死于奥斯威辛集中营"，没有一丝一毫的惋惜之情。

伯斯科身材瘦长，没奥斯卡块头大。他嗓音嘶哑，跟奥斯卡一样是个德裔捷克人。他的家庭也跟奥斯卡家相似，政治态度保守，看重旧式的日耳曼价值观。他一度对希特勒的发迹怀有一种泛日耳曼的热望，就像当年贝多芬对拿破仑感到一种大欧洲的热情一样。他在维也纳攻读神学期间加入了党卫军，部分原因是借此可以避免被召入国防军，部分是由于昙花一现的政治热情。现在他对当年幼稚的热情真是悔恨交加，于是就一心一意地进行补偿，他的诚心连奥斯卡都始料不及。当时奥斯卡对他的了解是，这位警卫队长竟然总是乐于破坏任何一次行动。他的职责是聚居区周边的警戒，他从高墙外面的办公室里朝里看着行动的进行，心里感到的是锥心的恐惧，因为他跟奥斯卡一样，将自己当作了潜在的目击证人。

辛德勒不知道，在十月行动中，伯斯科偷偷将几十个孩子装在纸板箱里救出了聚居区。奥斯卡不知道，这位警卫队长一次就向地下抵抗组织提供十张总通行证。犹太战斗组织（ZOB）在克拉科夫力量强大，主要由青年俱乐部的会员组成，特别是"阿吉巴"的成员——这个俱乐部的名字源于密西拿学者、具有传奇色彩的拉比阿吉巴·本·约瑟[①]。犹太战斗组织由一对夫妇施蒙和古斯塔·德朗格和多莱克·里贝斯金德领导，古斯塔的日记日后将成为抵抗组织的经典著作。为了招募新成员，为了运送现金、传递伪造证件和地下抵抗组织的报纸，他们需要能自由地进出聚居区。他们跟左翼的波兰人民军也有联系，人民军以克拉科夫周边的森林为基地，他们也需要伯斯科提供的证件。就凭伯斯科跟犹太战斗组织和波兰人民军的联系就够判他绞刑的了；他犹嫌不足，仍暗自嘲笑自己、鄙视自己，一直瞧不起自己这种半瓶子醋的营救工作。因为伯斯科想拯救每个人，而且不久就会当真这样去做，也正因此而舍身成仁。

红衣珍尼娅的表姐丹卡·德雷斯纳十四岁了，已经没有她小表妹那种小孩子特有的敏锐直觉了，小珍尼娅就是凭着这种

[①] 阿吉巴（Akiba ben Joseph, 40? —135?），犹太哲人，犹太教律法家，所收集和编纂的哈拉卡（即犹太教口传法规）成为《圣经》之后第一部密西拿（即口传律法）集。

直觉从和平广场脱险的。丹卡虽说在纳粹空军基地当清洁工，可事实上，到那年秋天的时候，任何十五岁以下四十岁以上的女性都得送到集中营里去。

因此，有天早上，一个党卫军特遣队员和几队安全警察拥入利沃夫街的时候，德雷斯纳太太立刻带上丹卡跑到达布洛夫斯基街的一位邻居家，她家里有夹壁墙。这位邻居太太不到四十岁，在瓦维尔堡附近的盖世太保食堂里当用人，所以她应该比较保险。可她年老的父母却非常危险。所以她请人用砖头砌了一道夹壁墙，与真墙之间有六十厘米宽的空间，让她父母藏身。这个工程可是所费不赀，因为砖头必须得藏在合法的物品——破衣烂衫、劈柴和消毒剂之类的东西底下，用手推车偷运进来。没人知道她这个砖砌的小密室花了她多少钱——也许五千兹罗提，没准儿有上万。

她跟德雷斯纳太太提了好几回了。万一有什么搜捕行动，德雷斯纳太太可以带丹卡还有她自己过来暂避一时。所以，一大早丹卡和德雷斯纳太太一听见达布洛夫斯基街角那边传来让她们心惊胆战的喧闹声，听到斑点狗和杜宾犬的狂吠，还有党卫军透过扩音器的咆哮，母女俩就匆忙跑到了朋友家。

母女俩爬上楼梯来到朋友家里后，两人都看得出来街上的吵嚷已经对她们的朋友造成了很大的影响。"听起来太吓人了，"那位太太说。"我已经把父母藏起来了。我可以把这个女孩塞进去。可是你不成。"

丹卡着了魔一般盯着那道墙根，盯着墙上污迹斑斑的墙纸。用砖头垒起来的那个夹层里面就藏着这个女人的父母，成群的耗子也许正在撕咬两个人的脚，这些耗子常年生活在黑暗里，感觉一定灵敏得很。

德雷斯纳太太看得出来，这个女人已经丧失理智了。这女孩可以，可你不成，她反复说个不停。似乎她觉得就算是党卫军发现了夹壁墙，也可以因为丹卡分量不重更容易原谅她似的。德雷斯纳太太解释说她也不算胖，这次行动看来就集中在利沃夫街的这一面，她实在是无处可逃了。她肯定能挤进夹壁墙。丹卡是个懂事的孩子，德雷斯纳太太继续说，不过要是跟妈妈在一起她肯定觉得更为安心。目测一下你就能看得出来，夹壁墙里的空间肯定能容下四个人并排躲在里面。可是从两个街区以外传来的枪声彻底粉碎这个女人最后的一丝理性。"我可以把小姑娘塞进去！"她歇斯底里地尖叫道。"我要你马上离开！"

德雷斯纳太太转身跟丹卡说，要她乖乖地进入夹壁墙。事后丹卡也不知道她当时怎么就这么听话，一声没吭就躲了进去。那个女人领她上了阁楼，把地上的一块地毯挪开，掀起了一块地板。丹卡就这么进入了夹壁墙。里面并不暗，老夫妻点了根蜡烛头。丹卡发现自己紧紧靠在老太太身边——虽然是别人的母亲，除了有一股子长时间没洗澡的体味，可是同样能感受到温暖的，似乎能保护她不受侵害的母性气息。老太太冲她微微一笑。老先生则站在远远的一角，闭目养神，对外面的一切动静都置若罔闻。

过了一会儿，朋友的母亲跟她说，她要是站累了就可以坐下来休息。丹卡就斜靠着蜷缩起来，在地板上找到了舒服的姿势。这里没有耗子。她什么声音也听不见——听不到墙外她妈妈和那位朋友的只言片语。超脱了一切纷扰之后，她竟感到意想不到地安全。有了安全感之后她又开始自责，不该就这么木呆呆地听她妈妈的话一个人进来，然后就开始为母亲担惊受怕了，如今母亲可正暴露在外头那个大搜捕的世界里呢。

德雷斯纳太太并没有马上离开。党卫军眼下正在这里的达布洛夫斯基街头呢。她觉得她还是继续赖一阵子再说。就算她在这里被抓，对她的朋友也不会有什么损失。事实上可能还有帮助。如果他们已经在这个房间里抓了个女人，他们也许就比较满意了，不会再特别留心是否有夹壁墙了。

可是那个女人认定了，只要德雷斯纳太太还待在她家，那就谁都逃不过这次搜捕；德雷斯纳太太看得也很清楚，如果这个女人还是这么歇斯底里，那就真的谁都没救了。所以，她站起身来，平静地放弃了所有希望，离开了朋友家。他们可能在楼梯上或是大楼的门厅里抓她。就算在大街上又有何不可呢？她禁不住这么想。一直都有这么个不成文的规矩，即聚居区的居民必须心惊胆战地窝在家里等着被抓，要是谁这时候还胆敢跑到外头，可就是对现存制度的大不敬了。

一个戴警帽的人影挡住了她的去路。他出现在台阶上，眯缝着眼睛从黑暗的走廊一路打量到院子外头冷冷的蓝色亮光。他盯着她看了一会儿，认出了她，她也认出了他。这人是她大儿子的一个朋友；可不能指望这真能有什么帮助；你不知道他们如今给这些犹太警察施加了多大的压力。他走进门厅来到她身边。"德雷斯纳太太，"他叫了一声，然后指着楼梯井的位置。"他们十分钟之内就到了。您藏到楼梯底下去。快呀。到楼梯底下去藏好。"

就像她女儿曾麻木地服从她的吩咐，眼下她也默默地服从了这个年轻犹太警察的指示。她在楼梯底下蜷缩下来，可明知这根本不顶用。院子里透进来的秋光就照在她身上。他们要是想看一眼院子，或者检查一下门厅过道后面的单元，她就暴露无遗了。既然站着也是死蹲着也是亡，那还不如干脆挺直腰板。可是站在大门口的那个孩子恳求她在楼梯底下藏好。然后他就走了。她听到喊叫声、命令声和哀恳声，清楚得就像是在隔壁。

终于，他跟那些人一起回来了。她听见大门口咚咚的皮靴声。她听见那个孩子用德语说他已经搜查了一楼，没人在家。不过楼上还有些人家。他跟党卫军的对话听来如此平淡无奇，而谁又曾料到这孩子为此担了多大的风险。他是拿自己的生命来做赌注，赌这些家伙一路从利沃夫搜到达布洛夫斯基，或许累了，或许不乐意再亲自搜一遍一楼了，这样藏在楼梯底下的德雷斯纳太太的命也就保住了。而这个他拼了一死来保全的女人不过是他一个朋友的母亲，也就认识而已。

他们终于信了这个孩子的话。她听到他们上了楼，在二楼乒乒乓乓地开门关门声，听到他们的皮靴咚咚地踩着有夹壁墙的那个房间的地板。她听到她那位朋友尖锐刺耳、泼妇一样的声音……我当然有工作许可证，我在盖世太保的食堂干活呢，我认识所有那些大人先生。她听到他们从二楼带了什么人下来；还不是一个；是一对夫妻，一个家庭。是我的替代品啊，事后她不断地这么想。像是患了支气管炎的一个中年男声说，"可是先生们，我起码能带几件衣服吧。"党卫军回答的语气就像站台上被问及时刻表的搬运工一样冷漠，他用波兰语告诉他，"根本不需要。在你去的地方什么都给你准备好了。"

声音渐渐远去了。德雷斯纳太太仍耐心等着。那天没进行二次搜捕。等明天或后天再说吧。如今他们是一遍又一遍地在聚居区过筛子。六月里还被视为惨绝人寰的暴行，到了十月已然成为家常便饭。她固然对那个年轻的犹太警察感激涕零，可她上楼去接丹卡的时候也看得清清楚楚：当杀戮在克拉科夫变成一种计划、习惯和产业时，你又怎么能指望这种偶发的英雄主义能改变这个制度那压倒一切的力量呢。现如今聚居区里越来越多的正统犹太人开始打出一个口号——"多活一个钟头也是活着。"而这个警察孩子已经给了她这么一个钟头了。她知道，谁也不可能给她更多了。

上楼后，那个女人也有点羞愧之色。"小姑娘愿意什么时候来都欢迎，"她说。言下之意是，我把你撵出去可不是因为怯懦，这是我的既定方针。既定而且继续有效。我不能收留你，不过可以收留小姑娘。

德雷斯纳太太没有还嘴——她觉得这女人的态度也是在楼下救了她一命的那种因素的一部分。她向她道了谢。丹卡日后也许还得指望她的帮忙呢。

从这时起，德雷斯纳太太下定了决心：既然她看着比她四十二岁的实际年龄要年轻，而且身体也还不错，她将努力尝试通过体现自己的经济价值幸存下去——如果她能为军备物资监管局或是其他军备企业效力，她就有可能活下去。可她仍然不能放心。这些日子以来，任何一个面对现实的犹太人都认识到，党卫军认为清除这些不容于社会的犹太人的价值远远胜过他们作为劳力的经济价值。问题是，在这样一个时代，当党卫军终于决定宁肯忽视犹太人的经济价值后，又有谁能拯救采购经理朱达·德雷斯纳？能拯救国防军车库的汽车修理工雅奈克·德雷斯纳？又有谁能拯救纳粹空军的清洁女工丹卡·德雷斯纳呢？

当那个犹太小警察在达布洛夫斯基街的公寓楼门厅里救下

德雷斯纳太太的时候，青年拓荒者和犹太战斗组织的年轻犹太复国者则正准备发动新一轮更明显的反抗行动。他们想办法弄到了几身武装党卫军制服，乔装后就可以混进专为党卫军服务的齐加尼瑞亚饭店，这饭店位于萨杜沙广场，与广场对面的斯罗瓦基剧院遥遥相对。犹太复国者在齐加尼瑞亚饭店里装了颗炸弹，引爆之后把桌子轰出了屋顶，七个党卫军被炸得粉身碎骨，伤了有四十多人。

奥斯卡听到这个消息后不禁有些后怕，他知道他当时也极有可能在场，忙着巴结某个党卫军要人呢。

这是施蒙和古斯塔·德朗格夫妇以及他们的同志们深思熟虑的计划，即打破犹太聚居区自古以来的和平主义原则，转而奉行全面抵抗的政策。他们炸了卡尔米里卡大街上党卫军专用的巴嘎泰拉电影院。黑暗中，莱尼·里芬斯塔尔正通过银幕上温柔妩媚的德国女性形象劳军呢，慰劳那些在野蛮人的犹太聚居区或是危险性日益增加的克拉科夫街头刚执行完国家任务、身心疲惫的德国士兵，突然一道巨大的黄色光焰冲天而起，紧接着，所有的一切就都随之灰飞烟灭了。

犹太战斗组织在接下来的几个月内接连出手，弄沉了维斯瓦河上的巡逻艇，用燃烧弹袭击了全市范围内各种规格的军用车库，为无权持有通行证的犹太人送上证件，把大批护照照片偷带出聚居区，送往各个造假中心用于伪造各种雅利安证件，使往来于克拉科夫和博赫尼亚之间军方专用的高级火车频频出轨，而且将他们的地下报纸四处散发。他们还设下一计，使犹太警察头子斯佩拉的两个中尉、编制告密名单致几千人身陷图圄的施皮茨和福斯特中了盖世太保的埋伏。这个计策不过是老掉牙的大学生常用的恶作剧的翻版。由一位地下工作者假扮成告密分子，跟这两个警察败类约好在克拉科夫附近的一个村子碰头。与此同时，由另一个假冒告密分子跟盖世太保通风报信，说犹太游击队的两个首领有可能在某个特别地点会面。施皮茨和福斯特在试图逃跑时双双被盖世太保当场击毙。

不过，犹太聚居区的居民仍以阿图尔·罗森茨韦格的方式进行抵抗，六月份，当这位犹太委员会主席被要求提供一份数千人的放逐名单时，他大义凛然地将他自己、他妻子和女儿的名字列在了前三位。

而在扎布洛西，耶雷特先生和奥斯卡·辛德勒也正在埃玛丽娅的后院里以他们自己的方式进行着抵抗：计划建造第二批临时宿舍。

第十七章

一位名叫塞德拉塞克的奥地利牙医眼下来到了克拉科夫，正四处打探辛德勒的情况。他从布达佩斯乘火车来到这里，带了份在克拉科夫可能用得上的联系人名单，而且在手提箱的夹层里偷带了不少占领区货币兹罗提，因为总执政弗兰克将军已经废止了大额波兰货币的流通，这些钱占的空间实在是不小。

虽装作是业务所需才来到这里，事实上他是布达佩斯一个犹太复国主义者营救组织的情报员。

一直到一九四二年秋，巴勒斯坦的犹太复国主义者除了听到些谣言之外，对欧洲犹太人的真实处境其实一无所知，更别说散居在全世界其他地区的人员。他们为了搜集可信的资料，已经在伊斯坦布尔专门设立了一个办公署。三位特工从伊斯坦布尔的贝伊奥卢的一个公寓里，向德占欧洲区域内每一个犹太复国主义组织都发去了明信片。明信片上写道："请告知情况如何。Eretz 想念你们。"Eretz 的意思是"祖国"，以色列的每一位复国主义者都很清楚。每张明信片都由三个特工之一的萨卡·曼德尔布拉特负责签名，这个姑娘是土耳其公民，行事比较方便。

这些明信片却石沉大海。没有任何回音。这意味着收信人要么已经入狱，要么躲入了森林，要么在某个集中营做苦工，要么迁入了犹太聚居区，要么干脆已经死了。伊斯坦布尔的犹太复国主义者所能得到的只是不祥的沉默，这只可能是凶险的负面消息。

到一九四二年晚秋，他们终于收到了一个回音，是一张印有布达佩斯贝尔瓦洛斯风景的明信片。上面写着："您对我的关切令我大受鼓舞。亟须 Rahamim maher（紧急援助）。请保持联络。"

这张明信片是布达佩斯一个叫萨姆·斯普林曼的珠宝商寄来的，他先是收到了萨卡·曼德尔布拉特的明信片，然后花了很长时间仔细琢磨信上的含义。萨姆身材瘦小，体型像个赛马骑师[①]，正当三十多岁的壮年。尽管他天性耿直，他还是自打十三岁就开始向官员们献媚，为各外交团体跑腿儿，贿赂辣手的匈牙利秘密警察。现在，伊斯坦布尔的人员让他了解到，他们想通过他将拯救犹太同胞的金钱输送到德意志帝国境内，再通过他们将确切的情报传递给全世界，让大家都清楚欧洲犹太人的处境究竟如何。

由于霍尔蒂将军治下的匈牙利是纳粹德国的盟国，萨姆·斯普林曼和他的犹太复国主义同事们其实跟伊斯坦布尔的人员一样，与波兰境内的真实情况是完全隔绝的。不过他立刻开始招募情报员，招募那些要么为了分得钱财要么出于信念愿意深入德国境内的人员。其中一位情报员是个叫埃里希·波佩斯库的钻石商，同时又是匈牙利秘密警察的特工。另有一位是个地毯走私贩，叫班迪·格罗兹，也一直在为秘密警察效力，不过他决定为斯普林曼工作则是为了补偿他给自己已故的母亲带来

---

① 职业赛马骑师不但需个头尽量小，还要体重尽量轻，都是为了赛马跑得尽量快。

的所有痛苦。第三位奥地利人鲁迪·舒尔茨，是个专撬保险箱的大盗，同时也是斯图加特盖世太保管理局的特工。斯普林曼自有本事将波佩斯库、格罗兹和舒尔茨这样的双面间谍玩弄于股掌之上，供其所用，办法说来也简单，就是点中他们情感、贪欲，以及做人原则的死穴——如果他们还有原则可言的话。

斯普林曼的有些情报员是理想主义者，他们出于坚定的信仰竭尽其所能。一九四二年年关将近时在克拉科夫打听辛德勒先生的塞德拉塞克就是其中的一位。他四十五岁左右，在维也纳有一家生意兴隆的牙医诊所，实在不必拖着个带夹层的箱子跑到波兰来冒险。可是他大义凛然地只身奔赴险境，怀揣一份由伊斯坦布尔提供的名单，名单上的第二号人物就是辛德勒！

这就表示，已经有人——要么是伊扎克·斯特恩，要么是商人金特尔，再或者是亚历山大·比贝尔施坦因医生——已经将辛德勒的名字知会了巴勒斯坦的复国主义者。辛德勒先生在毫不知情的情况下，已经被列入救助犹太民族的大义人的光荣簿。

塞德拉塞克先生在克拉科夫的驻军中有位朋友，也是个维也纳人，是他治疗过的一位牙病患者。此人就是国防军少校弗朗茨·冯·克拉布。塞德拉塞克抵达克拉科夫的头一晚，就约冯·克拉布少校到克拉科维亚酒店叙旧小酌。塞德拉塞克这一天过得相当悲惨；他去了趟维斯瓦河，站在岸边眺望对岸的波德戈尔兹，望见的只是带刺铁丝网和高耸的墓石墙，共同构成冷冰冰的屏障，将聚居区围成一个与世隔绝的堡垒。时令才刚晚秋，可聚居区顶上却笼罩着隆冬的阴云，就连落在那里的雨都仿佛更加猛烈刺骨，就连那个纯粹是摆设的东大门门口的警察看起来都格外面目可憎。到了该动身去跟冯·克拉布会面的时候，他简直有一种欣然的解脱感了。

在维也纳四郊，一直有闲言碎语，说冯·克拉布的祖母是个犹太人。来牙医诊所看牙的患者会在闲聊时拾起这个话头——在德意志帝国，家族谱系可是跟天气冷暖一样普遍的闲话话题。酒酣耳热之际，酒友们会一起认真地咂摸赖因哈特·海德里希[①]的外祖母是否嫁了个叫祖斯的犹太人。一次，冯·克拉布向塞德拉塞克坦白承认他祖母确实是个犹太人，这么做可是极不谨慎的，完全出于朋友间的信任，简直是以性命相托了。所以，此次塞德拉塞克也就不怕向他道出实情，他就向少校打听伊斯坦布尔名单上的相关人士。听到辛德勒的名字，冯·克拉布不禁纵声大笑。他认识这位辛德勒先生，曾跟他一起吃过饭。这位辛德勒先生可是风度翩翩哪，少校道，而且钱是赚得盆满钵满。他只是装傻，实际上聪明得很。我现在就可以给他挂个电话约个时间见面，冯·克拉布说。

第二天上午十点钟，两人走进了埃玛丽娅的办公室。辛德勒对塞德拉塞克的接待彬彬有礼，不过却一直留意观察着克拉布，揣测他对这位牙医的信任程度。过了一会儿，辛德勒就对塞德拉塞克真正热络起来，而少校也适时地起身告辞，谢绝了一起喝杯咖啡的邀请。"很好，"塞德拉塞克等冯·克拉布离开后说，"我这就跟你实话实说，我到底是从哪儿来的。"

他没提他带来的钱，也没提犹太联合配给委员会将来可能

---

① 海德里希 (Reinhard Heydrich, 1904—1942)，纳粹高官。曾任柏林党卫军头子，希姆莱的副手，因手段毒辣，于 1941 年被提拔为驻波希米亚和摩拉维亚的帝国摄政，后又被派往挪威、荷兰、法国的德军占领区，镇压日益高涨的抵抗运动。终被两位捷克爱国志士炸死。

会给波兰境内的可靠人士每人一小笔资金。在丝毫不提钱的情况下，他单刀直入地问辛德勒先生，他对于波兰境内针对犹太人的战争都知道些什么，是怎么想的。

塞德拉塞克这个问题一出口，辛德勒不禁犹豫了一下。那一瞬间塞德拉塞克以为辛德勒会拒绝回答。辛德勒的生意越做越大，现在以党卫军规定的低廉工资一共雇了五百五十名犹太工人。军备物资监察局对辛德勒这类他们宠爱的工业家会毫不吝惜地继续提供利润丰厚的订货合同；党卫军又能保证他以每天不多于七点五德国马克的薪金，继续享用奴隶般低廉的劳动力。就算他往厚厚的皮椅上一靠，宣称自己一无所知，无可奉告，塞德拉塞克也丝毫不会感到意外。

"有个问题，塞德拉塞克先生。"他忿忿地低声道。"就是，他们在这个国家对付这些人的手段正常人根本难以置信。"

"您是说，"塞德拉塞克道，"您担心我的当事人不会相信您的话？"

辛德勒说，"因为连我自己都很难相信这是真的。"他起身，走到酒柜前，倒了两杯科涅克白兰地，递给塞德拉塞克医生一杯。回到办公桌他自己的那一边，喝了口白兰地，紧锁眉头盯着一张发票，然后把发票拿起来，快步走到门前，像是要抓住某个贴在门上偷听的奸细，猛地把门打开。可有那么一会儿却像镶在门框里一样站着没动。然后塞德拉塞克听到他冷静地吩咐他的波兰秘书如何处理那张发票。几分钟后，他把门关上，回到塞德拉塞克身旁，转到办公桌后面坐下，又喝了一大口白兰地，这才开了口。

就算在塞德拉塞克自己的小支部里，他的维也纳反纳粹俱乐部，他们也绝对想象不到，对犹太人的赶尽杀绝竟然已经发展到如此系统化的程度。辛德勒讲述的事实不但在道德层面上使他大为震惊：这让你不得不相信，在一场拼死战斗的白热化阶段，这些国家社会主义者竟然还会投入成千上万的人力，投入宝贵的铁路资源，匀出不可胜数的货舱空间，投入费用浩繁的工程技术、极大比例的研发科学家、庞大的官僚机构、一整套的自动武器供应以及弹药储备，所有这一切竟然毫无军事抑或经济意义，只为了实现一个仅仅具有偏执狂心理意义的灭绝政策。而塞德拉塞克医生原本只以为会听到一些恐怖的具体事实——饥馑、经济限制、发生在这个或那个城市的集体屠杀以及强占私人财产等等——都不过是犹太人受迫害历史上已屡见不鲜的陈迹的重演，他绝没有料到竟会是这样的结果。

奥斯卡对波兰迫害事件的概述之所以能马上深入塞德拉塞克的内心，恰恰是因为奥斯卡本人表现出来的个性特征。他在德国占领区内的事业可以说飞黄腾达；他眼下就坐在他本人那繁忙的小王国的中心，手握一杯白兰地。他之所以能感人至深，既在于他外表的平静又源自他内心蕴藏的强烈义愤。他就像个不愿相信却又不得不相信最坏的情况已经发生的人。他对自己陈述的事实丝毫无意进行任何渲染夸张。

如果我能帮你办好签证，塞德拉塞克说，你愿意来布达佩斯将你刚刚告诉我的事实，再向我的当事人和别的同志当面陈述一遍吗？

辛德勒似乎愣了一下。你写份报告就行了呀，他说。而且你肯定早就从其他渠道听说这些事了。可塞德拉塞克告诉他不是这么回事；他之前只听到些个人的遭遇，这一事件或那一事件的细节而已。根本没有一种全局的把握。来布达佩斯吧，塞德拉塞克说。不过要提醒一句，路上可能比较艰苦。

你是说，辛德勒问道，我得徒步穿越边境？

还没那么糟，塞德拉塞克道。你可以搭乘货运火车。

我一定来，奥斯卡·辛德勒说。

塞德拉塞克又问起伊斯坦布尔名单上其他的人士。比如，名单上开列的第一个名字就是克拉科夫的一位牙医。既然世界上每个人都至少有一颗货真价实的蛀牙，塞德拉塞克说，去见一位牙医总归是很容易安排的。不，辛德勒先生忙说。别去见这个人。他已经被党卫军收买了。

塞德拉塞克离开克拉科夫返回布达佩斯向斯普林曼先生交差之前，又想办法跟辛德勒见了一面。在奥斯卡德国搪瓷厂的办公室，他把斯普林曼交给他带到波兰来的几乎所有现金都托付给了辛德勒。虽然亲眼目睹了辛德勒这种享乐主义的趣味他终归有些不太放心，谁知道他会不会拿这笔钱去买了黑市的珠宝？可无论是斯普林曼还是伊斯坦布尔那边都没有要求他做出任何保证。他们都从未希望充当查账员的角色。

必须说明的是，辛德勒的作为完美无瑕，他把这笔钱给了他在犹太社区的朋友，要他们相机行事，把钱花在该花的地方。

莫迪凯·维尔坎是个珠宝匠，他和德雷斯纳太太一样，不久也会跟辛德勒先生结下不解之缘。而眼下，时值一九四二年岁尾，斯佩拉手下的一个犹太政治警察不请自到，到他家里来找他。这位犹太警察首先声明不是来找他麻烦的，先让他安心。当然他们手里也是握着维尔坎的案底的。一年前，他因为在黑市倒卖现金被犹太警察抓到过。后来又因为拒绝为货币监控局充当密探被党卫军毒打了一顿，维尔坎太太无奈，只得跑到聚居区警察局去拜见贝克警卫队长，交了笔贿金，维尔坎才获释。

今年六月他再次被抓，准备送到贝乌热茨集中营，幸好一位他认识的犹太警察及时赶到，把他直接领出了奥普提玛的后院。因为犹太警察里也有复国主义者，不过他们此生亲眼见到耶路撒冷圣城的可能性恐怕是微乎其微了。

这次登门造访的警察可不是什么复国主义者。他告诉维尔坎，党卫军急需找到四个珠宝匠。他们给了赛姆切·斯佩拉三个小时的限期把要的人凑齐。就这么着，赫尔措格、弗里德纳、格吕纳还有维尔坎就被带到犹太警察局集合，然后又被带出聚居区，来到从前的技术专科学院，现如今是党卫军经济与管理总部的一个库房。

维尔坎一走进学院，一眼就看出这里肯定在搞什么重大的机密玩意儿。每道门前都站了个警卫。一进门的大厅里，一个党卫军军官就提醒这四个珠宝匠，如果胆敢把他们在这儿的工作向别人泄露一个字，就等着进劳役营吧。还吩咐他们每天过来，都要随身携带他们成套的钻石分等的工具，他们估定黄金成色的设备。

他们被领到地下室。靠墙的架子上堆满了手提箱和一层层的公文包，每个箱包上都有从前的物主以印刷体细心而又徒劳地写上去的签名。高高的窗户底下排了一溜儿木头板条箱。四个珠宝匠在地板中央蹲下来，两个党卫军把一个手提箱取下来，费力地抬过地窖，把里面的东西统统倒在赫尔措格面前。他们返回架子前再取另一个箱子，倒在格吕纳面前。然后又先后倒给弗里德纳和维尔坎无数黄金制品。都是些上了点年岁的黄金器具——戒指、胸针、手镯、金表、长柄观剧眼镜、烟盒。他们的任务是给这些金制品估定成色，将纯金器具和镀金器具区分开来。钻石和珍珠则需估算价值。他们要按照价值和克重将所有物品分门别类,堆成几堆。

　　起先,四位珠宝匠分拣这些个人用品时还有些犹豫不决,不过,他们根深蒂固的职业习惯马上就故态复萌,他们的工作速度也就大为加快了。等不同规格的黄金和珠宝分别码成堆后,党卫军就把它们放入不同的板条箱。每个板条箱装满后,就贴上一条黑色油漆的封条,上书——**帝国党卫军领袖,柏林**。帝国党卫军领袖正是希姆莱本人,这些罚没的欧洲珠宝就以他的名义存入帝国银行。金制品里竟然还有大量小孩子的戒指,你真得有冷静自持的理智,才能强忍住不去琢磨这些东西的来源。只有一次,这四个珠宝匠真正畏缩了:党卫军打开了一个箱子,倒出来的是一堆还沾着血的金牙。维尔坎膝边这堆金牙代表的是一千张死人的嘴,每一张嘴都在号召他加入他们的行列,勇敢地站起来,把手里的试金石扔到党卫军头上,大声地宣布所有这些贵重物品的丑恶来源。呆立片刻后,赫尔措格和格吕纳,维尔坎和弗里德纳重新开始鉴定工作,可是已经禁不住为自己嘴巴里的金牙担心了,唯恐党卫军也会把它们给硬生生撬下来。

　　这四个珠宝匠花了六个星期的时间才把技术专科学院的这批珠宝清理完毕。这边的工作完成后,他们又给带到一个废弃的车库继续工作,这儿已经变成了个银器仓库。润滑坑里堆的银器都满出来了——戒指、吊坠、逾越节专用的大盘子、指读棒①、胸兜②、冠冕、枝形大烛台,应有尽有。他们负责把纯银和镀

---

① 指读棒(yad pointer)为犹太人读经时用来指点经文的专用器具,一般是银制。因为经文神圣,不容用手指直接接触。
② 古代犹太高级教士戴的彩色胸饰,上镶十二颗宝石,代表以色列十二个种族。

银器具分开；然后一一称其重量。管事的党卫军军官抱怨有些器物形状太怪异，不容易堆放，莫迪凯就建议说不如熔掉，做成银块存放。维尔坎虽算不上虔诚的教徒，他也觉得这些原属犹太教的法器归德意志帝国继承后，还不如毁去了原来的形状更容易让人接受些，也算是个小小的胜利。可不知什么缘故，那位党卫军军官竟然拒绝了。也许是打算在帝国境内建个什么具有教育意义的博物馆，把这些器物当作展品吧。或者就是因为这个军官喜欢这些银制犹太法器的艺术价值。

这项鉴别工作完成后，维尔坎也就再度失业。他必须得经常离开聚居区，给他的家人找到足够的食物，尤其是他还有个患支气管炎的女儿，更需要补充营养。他曾在卡兹米尔兹的一家金属加工厂干过一段，在那儿结识了一个性情温和的党卫军军士，叫戈拉。戈拉就给他在距离瓦维尔堡不远的纳粹冲锋队营地找了份维修工的活计。维尔坎拿着扳手走进食堂的时候，看到食堂的大门顶上印着一行大字：**FÜR JUDEN UND HUNDE EINTRITT VERBOTEN** —— **犹太人与狗不得入内**。这行大字，再加上他在技术专科学院鉴别的那成千上万颗金牙使他认识到，要想获得拯救，仅仅依靠好性儿的戈拉长官偶然发作的一点善心是绝对不成的。戈拉就在那儿喝酒，根本没注意到门上的标识；假如哪天他们全家被抓到了贝乌热茨或是其他同样功效的集中营，这位好性儿的戈拉同样会视而不见的。所以，维尔坎就像德雷斯纳太太和大约一万五千名聚居区居民一样深深了解到，他们要想得到拯救，除非奇迹发生。可当时他们并不相信奇迹真的能发生。

第十八章

塞德拉塞克警告过辛德勒，去往布达佩斯的旅程舒服不了，实际情况也的确如此。奥斯卡穿了件品质上佳的大衣，又带了个行李箱和背包，塞满了旅途结束后他须臾不能或缺的各种舒适的奢侈品。虽说他有完备的旅行证件，万不得已他可不想轻易就出示。他过境时能不出示证件就顺利通过最好。这样他就能理直气壮地否认曾在当年十二月去过匈牙利了。

他乘坐的是一节满载一捆捆纳粹党报《民族观察员》的货运车厢，报纸是要运到匈牙利出售的。他就这么闻着德国官方报纸的油墨臭，抬头低头都躲不过粗黑的哥特印刷体，一路摇摇晃晃向南驶去，翻过寒风刺骨的斯洛伐克山脉，越过匈牙利边境，然后下坡抵达了多瑙河河谷。

犹太复国组织已经在布达佩斯大学附近的潘诺尼亚旅馆为他订好了房间，他抵达的当天下午，瘦小的萨姆·斯普林曼就跟他的同志雷兹索·卡斯特纳医生一道前来拜会。他们俩也曾从一些难民口中听说了不少零碎的说辞，不过难民提供的消息只能算是些线索：他们已经脱险的事实就证明他们对新近的概况，对纳粹组织秘密的运作方式以及对当下已经发展到什么程度几乎一无所知。卡斯特纳和斯普林曼对这次会见充满期待，如果塞德拉塞克所言非虚，那么他们正搭乘电梯要去拜会的这位苏台德德国人，将会向他们展示波兰境内真实情况的全貌，将向他们提供波兰犹太人遭受的这场浩劫的完整报告。

相见之下的介绍和寒暄非常简短，因为斯普林曼和卡斯特纳急于了解真实情况，而且他们也看得出来，辛德勒也是如鲠在喉，不吐不快。在这个以痴迷咖啡著称的城市，宾主甚至都顾不上叫一下客房服务，送点咖啡和蛋糕上来助助谈兴。卡斯特纳和斯普林曼跟这位魁伟的德国人握过手都坐了下来，可辛德勒却在房间里不停地踱步。看来，在远离了克拉科夫与聚居区，以及搜捕行动的现实后，他对这场浩劫的认识反而加倍令他坐立难安，远甚于当初对塞德拉塞克做简要介绍的时候。他发狠地践踏着地毯，楼下的房客肯定能听到他沉重的脚步声——他模仿克拉库萨街上党卫军行刑队的暴虐行径，那个当着掉队的红衣小女孩的面用靴子踩住牺牲者头颅的恶人的行径时，连楼下房间的枝形吊灯肯定都会摇晃个不止。

他从自己在克拉科夫几个残忍教区的目见耳闻说起，一一历数他在大街上的亲眼所见，他从聚居区内外，从犹太人和党卫军两个渠道亲耳听到的事实。通过这种渠道，他说，他带来了几封聚居区居民的信件，写信的有内科医生哈伊姆·希尔夫斯坦因，有莱昂·萨尔彼得医生，有伊扎克·斯特恩。辛德勒说，希尔夫斯坦因医生的信就是一份描述饥饿的报道。"饥饿一旦拖垮了人的肉体，"奥斯卡道，"就会开始啮食人的头脑。"

各犹太人聚居区正在大面积缩水，奥斯卡告诉他们。不论是华沙、罗兹还是克拉科夫，概莫能外。华沙聚居区的人数缩水了五分之四，罗兹少了三分之二，克拉科夫则是一半。那些被弄走的人到底去了哪里？有些进了劳役营；可是今天下午坐在这里的绅士们不得不接受的事实是：他们中至少有五分之三已经在采用全新科学方法的集中营里消失于无形了。这类集中营可绝非特例，它们有个正式的党卫军名字，叫 Vernichtungslager——灭绝营。

在过去的仅仅几周内，奥斯卡道，就有大约两千名克拉科夫聚居区居民被集中起来，这次却并非送进贝乌热茨的毒气室，而是进了城市近郊的劳役营。其中之一位于维利奇卡，另一个在普罗克西姆，两地都是通往苏联前线的东向线路的火车站。每天，维利奇卡和普罗克西姆的囚犯都被押送到普拉绍夫村，在那里建造一个巨大的劳役营。劳役营里的生活可没有假期可言——维利奇卡和普罗克西姆营地归一个叫霍斯特·皮拉兹克的党卫军军士指挥，此人在去年六月份的大清洗中声名赫赫，一次性"清理"了约七千名犹太人，唯有一人，是个药剂师，侥幸逃脱。计划中的普拉绍夫劳役营将来肯定也得由同样铁腕的刽子手掌管。劳役营唯一的好处就是里面没有设置进行系统屠杀的技术装备，这也是出于不同的考虑：他们的存在还具有经济价值——维利奇卡和普罗克西姆的囚犯每天都被押送出去建设不同的工程，就像聚居区的居民外出做工一样。维利奇卡、普罗克西姆和建设中的普拉绍夫集中营的主管都是克拉科夫的两个警察头子：朱利安·舍纳和罗尔夫·楚尔达，而灭绝营则是由位于柏林附近奥拉宁堡的党卫军管理与经济总部集中管理。劳役营在短期内也会将犹太人当劳工驱使，不过它们作为产业的终极一环就是死亡以及死亡带来的副产品——衣物的循环利用，掠夺死人的珠宝、眼镜、玩具，连他们的皮肤和头发都不放过。

辛德勒在解释灭绝营跟强制劳役营的差别时，突然箭步奔到门前，猛地把门打开，上下打量着空荡荡的走廊。"我听说这个城市可是以窃听著称的，"他解释道。瘦小的斯普林曼博士起身来到他跟前。"潘诺尼亚还好，"他低声对奥斯卡道。"维多利亚旅馆才是盖世太保的温床。"

辛德勒再次打量了一番走廊，关上门，回到房间。他站在窗前继续他严酷的报告。强制劳役营将由那些在清洗聚居区过程中以严厉和高效著称的党卫军管理。时不时的谋杀和毒打应该是家常便饭，而且在食物供应方面的贪腐也势所难免，所以囚犯的配给肯定会被克扣。不过再怎么说也比灭绝营里的必死无疑强些。身在劳役营也有可能得到意外的帮助，有些走运的也可能被搭救出来，偷渡到匈牙利。

这么说来，这些党卫军也跟别的警察一样可以收买了？布达佩斯援救委员会的这位君子问奥斯卡。"以我的亲身经验，"奥斯卡以低沉的喉音道，"还没见过一个手脚干净的。"

奥斯卡说完之后，是可想而知的沉默。卡斯特纳和斯普林曼倒未见得怎样地震惊。他们这辈子一直都生活在秘密警察的威胁之下。他们眼下的活动非但遭到匈牙利警方隐约的怀疑——只因斯普林曼的长袖善舞和多行贿赂才得以自保——而且还受到那些有身份的犹太人的鄙弃。比如，犹太议会主席兼匈牙利参议员的撒缪尔·斯特恩，就会将今天下午辛德勒的报告斥之为恶毒的捏造，是对日耳曼文化的侮蔑，对匈牙利政府高尚意图的恶意攻击。卡斯特纳和斯普林曼这两位早已是听惯了种种最坏消息的了。

所以，听到辛德勒的证词后，斯普林曼和卡斯特纳的沉默与其说是因为气馁，不如说他们忍不住为未来忧心忡忡。如今看来，他们的对手已经并非只是他们心中有数的非利士巨人①，而是凶猛的比希莫特巨兽②了，而跟这样的对手比起来，他们手里掌握的资源是何其有限。或许他们已经意识到，除了已经采取的个别交易外——为某个集中营提供些额外的食物，营救某位知识分子，贿赂某个党卫军以缓解其职业热情——他们必须得规划一种更大型更系统的营救计划了，而投入的资金数额必将令人咋舌。

辛德勒跌坐在一把椅子上。萨姆·斯普林曼注视着这位精疲力竭的工业家。他的报告给他们留下了极深刻的印象，斯普林曼道。他们当然会向伊斯坦布尔提交一份报告，全面汇报奥斯卡告诉他们的一切信息。这将促使巴勒斯坦复国组织和联合配给委员会采取更为有效的行动。他们同时还将会把真实情况转达丘吉尔和罗斯福政府。斯普林曼又说，他认为奥斯卡的担忧不无道理，尽管这些情况都是他的目睹耳闻，大家仍不免难以置信。"所以，"萨姆·斯普林曼道，"我想敦请您亲自前往伊斯坦布尔，向他们现身说法。"

奥斯卡略作踌躇，他的搪瓷厂离不了他，而且穿越这么多国境也着实危险不小，不过他还是毅然接受下来。大约定在年底之前吧，斯普林曼道。"在此期间，您会经常在克拉科夫见到塞德拉塞克医生。"

说完后两人站起身来，奥斯卡看得出来，他们已经像是换

---

① 非利士是《圣经》中—巴勒斯坦南岸古国名，非利士人后喻指庸人和粗俗之辈。
② 比希莫特（Behemoth）为《圣经》中提到的巨兽，其"肢体像铁棍"（《约伯记》40：18）。或云义人将在末世目睹比希莫特与利维坦鏖战，然后以此两兽的肉为筵席。

了个人了。两人谢过他，就此告辞，下楼的时候忧心忡忡的样子，看起来就像是两个听说分号经营不善的布达佩斯专业人士了。

当天夜里，塞德拉塞克医生又到宾馆拜会，带他来到布达佩斯热闹的大街上，前往格勒特酒店用餐。坐在餐桌旁就能望见多瑙河的夜景，河上灯火辉煌的游船往来不息，生机勃勃的市区在对岸铺展开去。这景象真像是在战前，辛德勒也开始觉得像个观光客了。一下午滴酒未沾的他终于敞开心怀，开始从容不迫地畅饮被称作"公牛之血"的醇厚匈牙利红酒，他们桌子上的空酒瓶摆了足足有一排。

饭吃到一半的时候，一位奥地利记者，施密特博士，带着情妇，一位气质脱俗的金发匈牙利姑娘姗姗来迟。辛德勒很欣赏姑娘戴的珠宝，告诉她自己也是个珠宝首饰的鉴赏家。可是几杯杏子白兰地下肚之后，他却又生出了些许敌意。他眉头微蹙，听着施密特口若悬河地说着房地产价格、汽车买卖和赛马赌注。那位姑娘倒是听得全神贯注，这也正常，因为她脖子上挂的手腕上戴的可都是他投机获利的成果。可奥斯卡竟然这么不以为然，而且脸上明白地挂出不悦之色。塞德拉塞克医生不觉暗暗好笑：奥斯卡也许在这个讨厌的家伙身上看到了自己发财致富的影子，他自己做的可不就是黑市投机的买卖嘛。

酒足饭饱后，施密特带着自己的姑娘告辞去了某个夜总会，塞德拉塞克向辛德勒保证，带他去另一家，决不会再撞到这个讨厌鬼。两人一边继续毫无节制地大灌巴拉克美酒①，一

---

① "巴拉克"（barack）为匈牙利特有的著名杏子酒，就是上文说的杏子白兰地的大名。

边欣赏夜总会的表演。

"这个施密特，"辛德勒还是提了出来，他想干脆把这个问题解决，好安心享受午夜的这几小时时光。"也是你们的线人？"

"没错。"

"我觉得你们不该用他这样的人，"奥斯卡道。"他可是个贼啊。"

塞德拉塞克赶紧把脸一转，不让奥斯卡看到他脸上的笑意。

"你们怎么能确定他不会侵吞托他转递出去的资金呢？"奥斯卡追问下去。

"我们让他抽头，"塞德拉塞克医生道。

辛德勒整整琢磨了有半分钟时间。然后他喃喃道，"我可不想从救命钱里抽什么头，这要遭报应的。我才不要你们的佣金呢。"

"很好，"塞德拉塞克道。

"我们还是专心看姑娘们的表演吧，"奥斯卡道。

第十九章

　　曾在布达佩斯预言聚居区不久就会关闭的奥斯卡，再次登上货运列车返回克拉科夫，此时，一位叫阿蒙·格特的党卫军少尉也正从卢布林出发，到克拉科夫继续他的清剿行动，并担任作为清剿结果的普拉绍夫强制劳役营的司令官。格特比辛德勒小八个月，而且两人的相似之处还并不只是同龄。他和辛德勒一样，也出身天主教家庭，而且一直到一九三八年他第一次婚姻结束后才不再去教堂望弥撒。他也跟辛德勒一样毕业于实科中学——学习工程、物理和数学。因此他是个讲求实际的人，绝非什么思想家，不过他却自认是个哲学家。

　　身为维也纳人，他早在一九三〇年就加入了国社党，可谓得风气之先了。一九三三年，神经紧张的奥地利共和政府把国社党给禁了，这时的他已经是国社党的警察部队——党卫军的一分子了。被迫转到地下，一直到一九三八年合并①后，他才又穿着党卫军未授衔的军官制服，耀武扬威地出现在维也纳的大街上。一九四〇年升格为党卫军军士，一九四一年终于成为授衔的军官，算是升得挺快了，因为党卫军的晋升相比国防军而言要难得多。经过一番步兵战术培训后，他被委任为一个特遣队的头目，负责在卢布林人口稠密的犹太聚居区搞搜捕行动，清剿犹太人有功，遂又赢得清算克拉科夫的特权。

　　这位乘坐卢布林和克拉科夫城际国防军专列正朝目的地疾

驶，前去接管久经考验的特遣队的阿蒙·格特少尉，不但跟奥斯卡同龄，具有同样的宗教背景，同样热爱杯中物，而且体格也跟奥斯卡一样，是个大块头。格特的脸相开朗快活，比辛德勒的脸长出不少。他的一双手虽说很大很健壮，手指头却很长。他对自己的几个孩子充满柔情，他第二次婚姻生的孩子。因为一直在国外当差，三年以来跟他们聚少离多，出于心理补偿，他有时对军官兄弟们的孩子也很是关切。他原本也能成为一个充满柔情的情人的，不过他虽然性饥渴的程度不下于奥斯卡，他的性口味倒是颇有些与众不同，有时甚至会指向他的军官兄弟们，更经常的则表现为鞭打女人。他的两位前妻都可以证明，一旦他最初的痴迷过去之后，他就会变成个不折不扣的虐待狂。他自认敏感多情，而且认为他的家族企业可以证实这一点。他父亲和祖父是军事和经济史类书籍的印刷和装订商，他还喜欢在官方证件上自称是个 Literat：文学家。而且，虽说眼下他会告诉你他很期望指挥接下来的清算行动——这在他的职业生涯中可是个上好的机会，可以保他步步高升——不过，他同时认为这些费心劳力的特殊行动也对他敏感的神经系统造成了很大伤害。两年来他一直为失眠所苦，要是照他的习惯，他要一直熬到凌晨三四点钟，然后睡到日上三竿才起。他已经变成了个毫无节制的酒鬼，还自认这不过是发掘出了他青年时代未曾察觉到的雅量。他倒是从来不为宿醉所苦，这又是一个他跟奥斯卡的共同点。他将之归功于自己功能强大的肾脏。

授权他灭绝聚居区、掌管普拉绍夫集中营的命令于一九四

---

① Anschluss，德语，本意是政治上的结合、合并，特指 1938 年纳粹德国吞并奥地利。

三年二月十二日签发。他希望，在跟他的几位高级军士、跟聚居区党卫军卫兵头目威廉·孔德以及舍纳的副官维利·哈泽商量过之后，能在他的委任状签发后的一个月内开始清洗聚居区。

格特司令官抵达克拉科夫中央火车站时，孔德带着一个高个儿党卫军霍斯特·皮拉兹克亲自前往迎接，皮拉兹克临时负责普罗克西姆和维利奇卡劳役营的管理。他们仨一起挤进一辆梅赛德斯，前往视察犹太聚居区和新劳役营的选址。当天天气恶劣，他们驶过维斯瓦河后就下起了雪。格特少尉高兴地接过皮拉兹克随身携带的扁酒壶，喝了一大口烈性白干。他们进入伪东方情调的大门，沿利沃夫街上的电车轨道一路开下去。利沃夫大街将犹太聚居区一分为二。短小精悍的孔德在战前是个报关代理人，很知道该如何向上司汇报情况。他们左手边是 B 区，孔德道。大约有两千居民，都是先前的数次行动的漏网之鱼或原来的工厂雇员。不过新的身份证已经核发完毕，身份证上都有新的缩写字母——W 表示是军队的雇员，Z 表示市政机关的雇员，R 代表基本工业的工人。B 区的居民都没有这类身份证，将来准备运出聚居区进行特殊处理。清洗聚居区时，可以先考虑从这一区域着手，当然最终的决策完全由司令官先生定夺。

右手边的区域占地更广，迄今还有一万左右的人口。他们当然会成为普拉绍夫集中营的主要劳力。预期将来集中营建成后，德国几位重要的企业家和工厂主管——博施、马德里瑞施、贝克曼和苏台德的奥斯卡·辛德勒——会乐于把他们企业的全部或部分厂区迁进营地。还有一家电缆厂，距未来的集中营只半英里之遥，劳工可以每天步行往返于营地和工厂之间。

孔德问道，司令官先生是否愿意再往前开个几公里，去看看营址的具体环境？

哦，当然，阿蒙道。这建议不错。

他们在电缆厂厂房的位置转了个弯，雪花落在巨大的电缆卷线上，标示出耶路撒冷街的起点。阿蒙·格特瞥见有几队围着围巾、弯腰曲背的妇女拖着搭建棚屋的建材——一块墙板，半爿屋檐——从克拉科夫-普拉绍夫火车站的方向过来，穿过公路朝耶路撒冷街而去。她们是从普罗克西姆集中营过来的女工，皮拉兹克解释道。等普拉绍夫准备好之后，普罗克西姆集中营自然也就没必要存在了，这些女工都将归司令官先生管辖。

格特目测了一下这些女工搬运建材需要步行的距离，大约有四分之三公里。"都是上坡，"孔德道，先把脑袋往一侧的肩膀上一靠，然后又靠到另一侧，仿佛是说，劳动纪律确实严明，不过却大大延缓了施工的进度。

劳役营需要修条铁路支线，格特少尉道。他会向东向铁路机关提个申请。

他们经过了右手边的一个犹太教堂和附属的殡仪馆，透过一道半已坍塌的墙垣，墙后的墓碑就像参差的犬牙，露在严冬森寒的大嘴中间。这部分的营址一个月前还是犹太人的墓地。"墓地大得很，"威廉·孔德道。司令官先生冒出一句俏皮话，这话在他当政普拉绍夫期间经常挂在他嘴皮子上。"他们用不着走这么远去埋葬了。"

右首有幢宅子，可以临时充作司令官的官邸，还有一座新盖的大楼用作集中营的管理中心。犹太教堂附设的殡仪馆部分已被炸毁，将改为集中营的马厩。孔德指着从车里就能看到的两个石灰石的采石场，就在营址之内。其一位于那个小谷地的底部，另一个就在犹太教堂后面的小山上。司令官先生可以注意看一下，有条正在修造中的轨道，将来用来运输石材。天气一放晴，轨道的建设马上就可以接上了。

他们驱车来到计划中营地的东南端，有条小路，在积雪中刚刚能够通行，正与地平线平行。这条小路的尽头原是奥地利军队修建的一处工事，一圈环形的土丘环绕着一处又深又宽的大坑。打起仗来，这会是个很重要的防御工事，可以把迫击炮支在里面纵向轰击从苏联过来的军队。对于格特少尉来说，这将是个施行惩戒性体罚的好地方。

站在这里，整个营址尽收眼底。这是一块夹在两座小山之间的狭长乡野地带，犹太人的墓园为乡村野景平添了一抹人工的优雅。站在防御工事的山顶之上，隆冬的苍穹下铺开的全景活像是斜地里打开的两面空白的巨幅书页。谷地的入口横亘着几间灰暗的石头乡宅，从乡宅望过去，远处的坡地上，几处已经完工的营房中间，蠕动着几群女工，黑黑的活像一串串音符，辉映在雪色黄昏那怪异的朦胧天色中。在乌克兰卫兵的驱策下，她们从耶路撒冷冷街以远的几条冰封雪盖的小巷子里现出身形，在白色的山坡上艰难地跋涉，最后在头戴洪堡毡帽、身穿便衣的党卫军工程师的指挥下，把沉重的建材放在选定的地点。

这种工作速度可真是太有限了，格特少尉评论道。聚居区的居民当然得在营房、瞭望塔和围墙都建好之后才能搬进来。不过，他对远处小山上那些囚犯的工作进度并无任何不满，他用充满信任的口气道。事实上，他对于在这种恶劣天气下，一直到这么晚还在远处的山坡上坚守岗位的党卫军和乌克兰卫兵心怀感佩，他们竟然能抵制晚饭和温暖营房的诱惑，丝毫没有延误工程进度。

霍斯特·皮拉兹克向司令官保证，这里虽看起来还处在草创阶段，事实上整个工程已经接近完工了：土地都经过了平整，尽管天寒地冻，建筑的地基也都挖好了，大量预制建材也已经从火车站搬运过来。少尉先生明天就可以跟几位企业家谈谈合作事宜——会见时间定在上午十点。只要天气允许，现代化的技术再加上充沛的劳动力，整个集中营几乎一夜之间就能建成。

皮拉兹克看来是怕格特意气消沉，在给他鼓劲打气了。可事实上阿蒙情绪高涨得很。从眼前的所见，他就能窥见集中营完工后的全貌。他也丝毫不为围墙什么的操心。集中营的围墙对于里面的囚犯来说与其说是基本的防卫，倒不如说是种精神的安慰。因为，在把党卫军已经经过检验行之有效的肃清政策应用到波德戈尔兹聚居区后，那些犹太人如果不对普拉绍夫的营房感恩戴德才是奇了怪了呢。就连那些持有雅利安证件的犹太人都会巴不得四肢并用地往这儿爬呢，在高高的小山上那挂满霜雪的绿色屋檐下觅得个隐蔽的藏身处。对他们大部分人来说，铁丝网不过是种道具，帮助他们说服自己他们是被迫待在这里面当囚徒的。

第二天一早，就在克拉科夫市中心朱利安·舍纳的办公室搞了个跟当地工厂老板和受托人的见面会。阿蒙·格特进来时满面春风，穿着刚为他的巨人身板量身定做的武装党卫军制服，像是一下子就成了整个会议室的主宰。他对自己信心满满，觉得凭自己的三寸不烂之舌，肯定能诱使博施、马德里瑞施和辛德勒这几位无党派企业家把他们的犹太劳工迁到劳役营里。此外，他还对犹太聚居区的居民成分进行了番调查，发现有大量专业技工可资利用，普拉绍夫肯定能成就番大买卖。那些珠宝匠、家具商和裁缝都可以在司令官设立的专门企业里效力，可以完成党卫军、国防军和有钱的德国官场的订单。他的劳役营前景未可限量：会有马德里瑞施的服装厂，辛德勒的搪瓷厂，一个计划中的金属加工厂，一个刷子厂，一个衣物回收仓库——负责处理苏联前线运回来的破、旧和污损的国防军军装，还要建一个专门处理从聚居区收来的犹太人衣物的仓库，把它们运回国内卖给那些房屋被炸毁的家庭。他曾在卢布林的党卫军珠宝和皮草仓库干过一段，亲眼目睹他的那些上司如何从中抽头获利，如今他手下有了这么多监狱企业，大部分买卖他都能期望抽取他的红利。他的事业已经到了一个幸福的制高点，忠诚尽责和经济实惠竟可以兼得了。那位喜欢声色犬马的党卫军警察头子朱利安·舍纳，昨晚在跟阿蒙共进晚餐时已经向他谈起了普拉绍夫能为一位青年军官——事实上是他们俩，提供多么好的机会。

这次跟企业家的见面会由舍纳致开场白。他严肃地谈起"集中劳动力"，把它说得就像党卫军官僚体系最新出炉的一个了不起的经济原则。你们就要有就地取材、用之不尽的劳动力了，舍纳说。所有维持工厂运转的费用将会全部豁免，你根本就不必负担任何人工的租金了。诚邀在场的所有绅士下午亲临现场，考察就位于普拉绍夫内部的工厂选址。

然后引见新任司令官。格特表示非常高兴能认识在座的诸位商业精英，他们对战时经济的卓越贡献早已是有目共睹的了。

阿蒙摊开一张营址地图，详细指点区内预定的工厂选址。选址紧挨着男工的营房；至于女工，他面带一抹轻松而且相当迷人的微笑说，女工们就得多走几步路了，走上个一两百米的下坡路就到。他向诸位绅士保证，他的主要任务就是监督营务的顺畅运转，绝对无意干涉他们的厂务或是改变他们在克拉科夫享受到的自主经营权。他的委任书中以大量篇幅明令禁止他进行此等越界干预，这一点舍纳长官可以证明。而且舍纳长官刚才的一番话正中肯綮，将工业制造迁入营区是一项互利互惠、一举两得的美事：厂方再也不必负担工厂运营必需的成本，而他，集中营的司令官，也免了必须派出警卫护送囚犯进出城区的苦差。诸位应该可以理解这漫长的上下班路途，还有途中波兰老百姓对犹太人表现出来的敌意，本身就会损耗不少的劳动力价值。

　　格特司令官侃侃而谈的同时，一直在拿眼睛暗自端详马德里瑞施和辛德勒，这两个人他特别希望能争取过来。他知道他已经离不开博施了，他得仰赖此人对当地事务的熟稔，指望他提供明智的建议。不过辛德勒也有他的特殊价值，比如说他有一个军工部门，虽说规模很小，而且很不成熟，不过，如能成功劝他将此军工部门迁至区内，则整个普拉绍夫在军备物资监管局眼中的身价都会得到大幅提升。

　　马德里瑞施先生听讲时一直皱着眉头，若有所思，而辛德勒则始终似笑非笑，不置可否。格特司令官还没等讲完，就凭直觉认定，通情达理的肯定是马德里瑞施，他会把工厂迁入营区，而辛德勒则会拒绝。但从二位不同的决定也很难判断谁对犹太人的福祉更加关切——是愿意跟他们一起迁入普拉绍夫的马德里瑞施呢，还是宁肯把他们留在埃玛丽娅的辛德勒。

奥斯卡跟着大家一起去视察营址，还是一副好好先生的宽宏神情。普拉绍夫如今已然规模初显——天气转好后营房已经装配起来；地面解冻，公厕和安装旗杆的地洞也可以开挖了。一个波兰建筑公司已经树起了长达数英里的围墙。沿着通往克拉科夫的地平线，在远远的营地尽头通维利奇卡街的谷口，还有这帮视察大员们站立的东山之上（旁边就是奥地利人筑造的山地工事），到处是支脚粗壮、高高耸立的瞭望塔，俯视着这一日新月异的全新建筑工地。在远远的右手边，奥斯卡注意到，一群群女工正抬着沉重的营房建材，从火车站方向被驱赶着沿泥泞的小路趔趄前行。山下，从山谷的最低处开始，然后依山势逐级铺展至远端的山腰处，是一层层初具规模的营房，男囚们正在进一步组装，又抬又钻又敲又打，从远处看去，他们干劲十足，仿佛并非是在被迫劳动，而完全是出于自觉自愿。

　　这帮视察大员们脚下，有一块精挑细选、最为平整的空地，搭了几座长条形木质建筑，那就是为他们准备的工业用地。如果需要安装庞大的机械设备，马上就可以浇筑出水泥地面。机械设备的搬运工作全部由党卫军承担。诚然，眼下这一地区的交通设施并不比乡村小路强多少，不过克鲁格工程公司已经着手为营区铺设一条中央大街，东向铁路公司也已承诺铺设一条铁路支线，直达集中营大门口，一直通到右首下面的采石场。采石场出产的石灰石，还有犹太人墓地里一些据格特所言"被波兰人损坏"的墓碑，粉碎后可以用于铺设营内其他的道路，因为他已经决定要成立一支强大的永久性采石和建筑工程队伍。

　　专为运石车而建的一条小铁路也已铺设完成。它以山上的采石场为起点，途经管理大楼和正在为党卫军和乌克兰驻军而建的巨大的石砌营房。矿车每辆重达六吨，由一队队女工用人力拖行，三十五或四十人一队，拽着矿车两侧安装的缆绳，克服轨道的高低不平，使矿车平稳地运行。失足绊倒或是累趴下的女工就被践踏在脚下，要么就被踢到路边，因为一队队人马综合到一起，已经像是形成了一个有机体，具有了自身的动能，身处其中你只能跟着它的节奏运转。看着这种阴险的、简直像古埃及奴隶一样的劳动方式，奥斯卡禁不住又想呕吐，体内的血一阵阵翻涌，就跟当初在克拉库萨街山丘上的感受一模一样。格特想当然地认为这些生意人肯定是些可靠的观众，在思想上跟他完全一致。他丝毫不为脚底下残忍的奴隶般驱使人力的方式感到不安。就跟克拉库萨街当初的暴行一样，最大的问题就在于：到底什么才能让这些党卫军感到不安？什么才能让阿蒙感到不安？

那些营房的建设者表现出来的劲头，就连见多识广的奥斯卡看来，都觉得简直像是当家的男人在为妻小拼力营造避难所。奥斯卡是不知道，这都是当天一早阿蒙当着大家伙的面表演的一次就地处决起的震慑作用，让他们明白自己到底值几斤几两。事情是这样的：阿蒙一早跟工程师们碰过头之后，就沿着耶路撒冷街一路溜达下去，来到正在建造中的党卫军营房工地，负责监管的是个出色的军士，不久就会晋升正式军官的阿尔贝特·胡亚尔。胡亚尔快步向前向他汇报情况。营房的部分地基出现塌方，胡亚尔说，脸涨得通红。与此同时，阿蒙注意到有个姑娘正绕着半已建成的营房走动，跟大家说着话，指指点点。那是什么人？他问胡亚尔。她是个囚犯，叫狄安娜·赖特尔，胡亚尔说，是个建筑工程师，分派到这儿来负责营房建造。她说营房的地基挖的方法不对，她想把所有的石块和水泥全部挖出来，完全从头来过。

格特从胡亚尔的脸色就看得出他肯定是跟那个女人大吵了一架。事实上胡亚尔已经沦落到大喊大叫的程度，"你是在造营房，不是他妈的欧罗巴大饭店！"

阿蒙对胡亚尔似有若无地一笑。我们可不跟这些人争吵，他说，语气就像个誓言。把那姑娘带过来。

阿蒙从她的步态就看得出，她那中产阶级的父母是以何等装腔作势的优雅作风来培养她的，她身上已经浸染了多少欧洲的礼仪和做派，就算诚实的波兰人不让她上他们的大学，她父母也会把她送到维也纳或是米兰接受专业教育，让她染上这种居高临下、不受侵犯的举止态度。她走过来的架势，仿佛已经认定他因为职衔高贵，肯定会跟她联合起来，共同对付这些白痴军士以及挖掘地基的低劣技术，管它是哪个党卫军工程师的主意呢。她不知道，他最恨的就是她这种犹太人——以为就算在他的党卫军制服和这些拔地而起的集中营建筑面前，他们的犹太身份仍然可以隐藏下去。

"你刚才跟胡亚尔军士有过争执，"格特以陈述事实的口吻对她说。她坚决地点了点头。意思是虽说那个白痴胡亚尔不明就里，司令官先生却应该明白事理。那头的整个地基必须重挖，她劲头十足地告诉他。阿蒙当然知道，"他们"就这个德性，他们巴不得拖延工期，这样他们就能苟延残喘了。要是不全部重挖，她告诉他，至少营房的南端会下陷。结果将导致塌方。

她继续陈述她的理由，阿蒙却点了点头，认定她是在撒谎。首要原则就是决不能听信什么犹太专家。犹太专家都是跟马克思或是弗洛伊德一个模子扣出来的,马克思的理论是为了颠覆政府,而弗洛伊德已经大大扰乱了雅利安精神的完整。阿蒙觉得,这个姑娘的论调威胁的是他个体人格的完整。

他叫了声胡亚尔。这位党卫军军士很不自在地回来了。他以为司令官会吩咐他照那个姑娘的话做。那姑娘也这么想。毙了她,阿蒙吩咐胡亚尔。胡亚尔一时都没明白是怎么回事。毙了她,阿蒙重复道。

胡亚尔抓住姑娘的胳膊肘,想把她拉到某个私下行刑的地方去执行。

就地处决!阿蒙道。就在这儿把她给毙了!这是我的命令,阿蒙道。

胡亚尔明白是怎么回事了。他抓住姑娘的胳膊肘,把她略微朝前推开,从枪套里拔出毛瑟枪,冲着姑娘的后脖颈就是一枪。

枪声把在场的所有工人都惊呆了,例外的似乎只有那两个刽子手和垂死的狄安娜·赖特尔小姐本人。她跪倒在地,抬头看了一眼。血债终须血来偿,她说。她目光中的了然吓坏了阿蒙,同时也开释了他、振奋了他。他根本不会想到,也不会相信他的这些反应都具有临床的病理意义。他相信的是他因追随一种政治的、种族的和道德的正义行动,而终获必然的回报,这又怎不令他满怀振奋?即便如此,他也得为此付出代价,因为他眼下虽志得意满,可不用等到晚上,他又会深感空虚。为了避免自己像个谷子壳一样被风卷走,他就得需要通过暴饮暴食,通过追逐女色来填补空白,以日渐脑满肠肥来说服自己永远会屹立不倒。

这些精神上的思考暂且不论,这种就地枪毙狄安娜·赖特尔，这种压根无视她的西欧专业背景的做法是具有其实际意义的：普拉绍夫之内，不管你是铺路的还是盖房的，谁的命都不值一钱——就连狄安娜·赖特尔小姐都甭想靠她的专业技能活命，那么其余的人要想活命，就只剩下乖乖地拼命干活这一条道儿了。所以，不论是从克拉科夫-普拉绍夫火车站往山上拖建材的女工，是采石的石匠，还是盖房子的建筑工，都牢记赖特尔小姐被杀的教训，干起活来丝毫不敢懈怠。

而胡亚尔和他的同事们也从中知道了，从此以后，在普拉绍夫集中营他们尽可以毫无忌惮地将犯人就地正法。

第二十章

工厂的头头们参观完普拉绍夫两天后，辛德勒带了瓶白兰地前往格特在市内的临时办公室，拜会司令官先生。狄安娜·赖特尔被杀的消息已经传到埃玛丽娅决策层的耳朵里，也正因此，奥斯卡更加坚定了拒不迁往普拉绍夫的决心。

两个大块头男人面对面坐下来，两人间除了外表的相似之外，也有一种共同的了然于心，就像阿蒙和临死前的赖特尔小姐那短暂的相互了然一样。他们都知道两人跑到克拉科夫都是冲着赚大钱来的；所以奥斯卡是不惜重金上下打点的。在这个层面上，奥斯卡和司令官可说是知己知彼。奥斯卡有种推销员特有的本事，那就是哪怕对自己恨之入骨的恶人他也能表现得跟志同道合的兄弟一样，在这一点上司令官先生可是被他完全蒙在鼓里了，阿蒙始终相信奥斯卡是自己的朋友。

不过从斯特恩和其他人士提供的证据来看，奥斯卡显然从一开始就对格特憎恶至极，原因就是格特杀起人来就像一个职员每天去上班一样冷静。奥斯卡可以跟那个以主管和投机商身份出现的阿蒙谈笑自若，可他同时清醒地知道，在司令官这个具有正常人类行为规范的面具后面，那十分之九的格特到底是个什么样的恶魔。奥斯卡和阿蒙在生意和社交关系上相处得极为融洽，竟然导致有些人怀疑奥斯卡是对格特的邪恶入了迷。事实上，当时以及以后认识奥斯卡的人，谁都未曾看到过丝毫这类所谓入迷的征状。奥斯卡是以最简单、最真切的方式厌恶格特的。他对格特恨之入骨，恨不得食其肉而寝其皮，他日后的事业将以最极端的方式显示出这一点。不过尽管如此，你仍不免会将阿蒙视作奥斯卡的黑暗兄弟，如果奥斯卡的性情不幸颠倒一下的话，他也极有可能成为格特这样的暴君和狂热的刽子手。

一边分享白兰地，奥斯卡一边向阿蒙解释他的工厂为什么不可能迁至普拉绍夫。他厂里的设备太笨重了，实在动不得。他相信他的朋友马德里瑞施肯定乐于把他的犹太工人迁进去，不过马德里瑞施的机器设备相对容易搬迁——基本上就是些缝纫机嘛。可要想搬动笨重的金属冲压机问题就大了，复杂精密的机器用久了之后，每台冲压机都还发展出些特别的怪癖。他的技术工人对这些怪癖已经了然于心。可一旦挪到一个全新的厂房，这些机器又会表现出一套全新的怪毛病。这就很耽误事儿；他的适应期比起他可敬的朋友尤利乌斯·马德里瑞施来就会长出许多。少尉想必能理解德国搪瓷厂因为有很多重要的军需品合同要完成，实在耽误不起这个时间。贝克曼先生跟他有同样的麻烦，正在解雇科罗纳工厂的所有犹太工人。他是嫌这些犹太人早上要从普拉绍夫被押到工厂晚上再押回去实在太麻烦。可不幸的是，他，辛德勒厂里的犹太技术工人的数量要比贝克曼的多好几百。要是把他们都赶走，就得培训波兰人来代替他们的位置，同样还是耽误不起时间，而且这时间耽误起来可能比接受格特兄提供的诱人机会搬进普拉绍夫还要严重。

阿蒙私下里揣测，奥斯卡可能是担心搬进普拉绍夫之后会妨碍他那些在克拉科夫玩得如鱼得水的小交易。司令官于是急忙再次向辛德勒先生保证，对于搪瓷厂的经营管理，集中营当局决不会有丝毫的干涉。

"我担心的纯粹是生产问题，"辛德勒诚心诚意地道。他决不希望给司令官带来任何不便，不过，如果司令官能慨允德国搪瓷厂继续待在原地不动，他将非常感激，而且他肯定军备物资监管局也会非常感激司令的美意。

在格特和辛德勒这一流人物中间，"感激"这个词可不是空口说说而已的。感激就意味着真金白银。感激就是醇酒钻石。对阁下的困难，我很能理解，辛德勒先生，阿蒙道。一俟聚居区的肃清工作完毕，我将很乐于派个护卫队护送你的工人往返于普拉绍夫和扎布洛西之间。

有天下午，伊扎克·斯特恩因为"进步"刀具厂的业务来到扎布洛西，发现奥斯卡情绪极端沮丧，而且觉得他正沉浸在一种无能为力的危险情感中。克罗诺斯卡送上咖啡，主管先生总是习惯再配上杯科涅克白兰地一起饮用，奥斯卡这才告诉斯特恩他又去了趟普拉绍夫：表面上是去看看集中营的设施，实际上是从中估测一下具体什么时候会对聚居区的居民下手。

"我算过了，"奥斯卡说。他测算了一下远处山丘上的几层营房，如果阿蒙打算每个营房塞进两百个女人，这是通常的做法，那么山丘上的营房统共可以容纳六千人。山下的男囚区，完工的营房还没这么多，不过照目前普拉绍夫的工程进度，不出几天也就完工了。

厂里所有的工人都知道接下来会发生什么事，奥斯卡道。厂区内再保留夜班制也没什么用了，因为这次行动之后，他们再也没有聚居区可以回了。又灌了杯白兰地后，奥斯卡说，我能告诉他们的只是，除非能找到绝对安全的藏身处，否则躲藏也毫无意义。他听说既定的策略是，将聚居区肃清之后还要把整个地区再抖搂个底儿朝天。夹壁墙要一一探明，阁楼上的地毯都要一一掀起来看个究竟，每个夹缝都要探一遍，每个地窖都要搜到。我所能告诉他们的，奥斯卡道，就是决不要反抗。

下面的情形也真够奇的了，身为即将来临的肃清行动的目标之一，斯特恩却反过来安慰只不过是个旁观者的辛德勒主管先生。奥斯卡已经不限于只关心他的犹太劳工了，推而广之，最使他揪心的已经是整个聚居区的厄运，是更为重大的人类悲剧了。普拉绍夫是个劳工机构，斯特恩说，但凡还需要劳动力，大家总还有机会熬下去。它还不是贝乌热茨这样的灭绝营，这样的地方才是杀人不眨眼的地狱，他们就像是亨利·福特造小汽车那样地杀人。当然，要大家排起队来乖乖等着进普拉绍夫实在是莫大的羞辱，可总还有一线生机。斯特恩的劝慰话说完后，奥斯卡把两个大拇指都插到斜板的桌面底下，一度像是要把它给掰下来。你不是不知道，斯特恩，这他妈的也只能算是聊胜于无吧！

是呀，斯特恩道。可这也是没办法的办法。于是又继续安慰下去，旁征博引、条分缕析，说着说着连自己都吓得不轻。因为奥斯卡看来真是绝了望了。假若奥斯卡彻底绝了望，斯特恩知道，那埃玛丽娅的所有犹太员工就都得被解雇，因为奥斯卡会希望跟整个儿这套肮脏的交易彻底划清界限。

从长计议吧，我们会等到机会采取更为积极的行动的，斯特恩道。不过现在还不是时候。

奥斯卡放弃了要把桌板硬掰下来的企图，往椅背上一靠，重新沉入沮丧之中。"你知道那个阿蒙·格特的，"他说。"他确实有他的魅力。他随时都可能出现在这里，用他的魅力来迷惑你。可他实际上是个彻头彻尾的疯子。"

　　这是犹太聚居区的最后一个早晨，碰巧还是个犹太教的安息日，三月十三号。在正式破晓前的一个钟头，阿蒙·格特来到了和平广场。云层压得很低，模糊了昼与夜的明显分野。他看到特遣队已经抵达，正站在广场当中那片小公园冰冻的土地上，抽着烟，小声谈笑。潘杰维茨先生的药房以外的聚居区居民对他们的到来还一无所知。他们即将踏破的聚居区街道现在看来清爽干净，仿佛置身一个模范的小镇。剩余的积雪堆成雪堆，脏兮兮地垛在沟渠、靠在墙角。多愁善感的格特留神关注整饬的街景，注意到广场中央的年轻人在行动前表现出来的同志情谊时，肯定会涌起一阵父亲般的慈爱之情。

　　阿蒙在等待中年的维利·哈泽少校的到来，又喝了一大口科涅克白兰地，少校负责今天行动的战略指挥，不过具体的清剿战术则要听他阿蒙·格特的。今天将肃清聚居区的主要部分——和平广场以西的A区。这里居住的是所有那些还有工作（亦即身体健康、充满希望，还抱着迷梦不肯撒手）的犹太人。B区只占了犹太区东端的几个街区，面积小得多，住户也都是些年老体衰和没有工作的漏网之鱼。等晚上或是明天再把他们连根铲除。这些人是为鲁道夫·赫斯司令官掌管的奥斯威辛灭绝营准备的，这个营地的规模已经大大扩展了。B区的清除手到擒来，A区才是个挑战，需要认真对付。

　　每个人都希望在今天亲临现场，因为今天将创造历史。克拉科夫七个多世纪以来一直是个犹太人的克拉科夫，而到今晚——或最多到明天——这七个世纪的历史就将变成一个传说了，克拉科夫将不再有犹太人存在。每个微不足道的党卫军军官都希望能宣称他们亲眼见证了这一重大历史事件的发生。就连只具有预备役党卫军职衔的翁克尔巴赫，"进步"刀具厂的受托人，今天也穿上他的军士制服，加入一支特遣队来到了聚居区。更不用说著名的维利·哈泽了，既具有陆军军衔又直接参与了拟定行动计划的他，又怎能错失亲自参与行动的良机呢。

此时的阿蒙又犯了困扰他多年的轻微头痛，而且因为太过亢奋，昨晚他再度失眠，午夜之后就再没合眼，体力略感透支。不过，置身现场的他仍感到阵阵职业性的狂喜。这可真是国社党赐给党卫军的一份大礼，他们可以尽兴地投入战斗，又无任何伤亡之虞，他们可以成就巨大的荣誉，又丝毫不必担心自己会挨枪子。精神上的无懈可击殊难成就，比肉体的强健要难得得多。每个党卫军军官都有几个自杀的同僚朋友。党卫军的训练教材强烈谴责这种没出息的伤亡方式，明确指出，就因为犹太人手里没有握有有形的武器，便相信他们也丧失了社会、经济或政治上的武器，实在是最愚不可及的头脑简单。犹太人事实上已经武装到了牙齿。一定要将自己锻炼得如钢铁般坚强，党卫军的教科书如此教导他们，因为犹太小孩就是文化意义上的定时炸弹，犹太妇女就是叛国通敌的播种机，而犹太男人就是最危险的敌人，其危险性尤甚于苏联人希望达到的程度。

阿蒙·格特已经修炼得如钢铁般坚强了。他胜券在握，知道谁都甭想触动他的神经，这种感觉本身就使他心旷神怡又精神振奋，就像一个长跑选手参加一次胜券在握的重要比赛之前的感受。阿蒙以一种带点亲切的方式瞧不起那些把行动全部交由手下和军士们去执行的官员。他觉得这种行事方式在某种程度上比事必躬亲更要危险。他会给部下做出个榜样，就像他下令把狄安娜·赖特尔就地枪决。他知道今天定会使他欣喜若狂，他知道到中午时分，随着行动的节奏渐入佳境，他在倍感欢畅的同时也会酒瘾大发。虽说今天黑云压顶，他很清楚这将是他一生中最妙不可言的一天，等他老了，等这个种族被灭绝了，年青人将满怀好奇地向他打听类似重大历史时刻的详情。

不足一公里的距离之外，聚居区康复医院的 H 医生正在黑暗中跟他的病人坐在一起，暗自庆幸他们能这样不受干扰地独自待在医院的顶层，高高地远离街道，跟他们的病痛和高烧相伴到黎明。

因为在底层，所有的人都听说了和平广场附近传染病医院里发生的惨剧。阿尔贝特·胡亚尔率领的一个党卫军小分队闯进医院，要把医院关闭，结果碰上了正在猩红热和肺结核病房的罗萨莉娅·布劳医生。布劳医生告诉他，这些病人不能出院。她早就把患百日咳的孩子们给送回家了。可是这些猩红热患者要转移的话实在太危险，不论对他们自己还是大家都不好，而那些肺结核患者实在太虚弱了，自己连路都走不了。

猩红热由于是种青春期特有的疾病，布劳医生的很多患者都是十二到十六岁的少女。面对阿尔贝特·胡亚尔，布劳医生指着那些眼睛大睁、烧得面红耳赤的少女，以证明她作为医生所言不虚。

胡亚尔按照他一星期前从阿蒙·格特那儿得到的训令，抬手对准布劳医生的脑袋就是一枪。病房里所有的传染病人，有的挣扎着想从床上爬起来，有的沉迷在谵妄状态中，统统倒在一阵疯狂的自动机枪扫射之中。胡亚尔的分队把人杀完后，又派了一小队聚居区的居民去处理死尸，把血淋淋的床单卷走，将墙壁洗刷干净。

康复医院就设在战前的波兰警察局内。自打聚居区设立以来，医院的三层楼面始终都挤满了病人。院长是位备受尊重的外科医生，我们暂且称他为 B 医生。在三月十三号这个阴冷的早晨之前，B 和 H 医生已经将住院病人缩减到只有四位了，这四个人都是已丧失行动能力的重病患者。一个是患了急性肺病的年轻工人；第二位是个肾炎已到晚期的天才音乐家。H 医生觉得自己有义务使他们俩免受乱枪射杀的痛苦。剩下的两位就更不用说了：一位是个遭受中风折磨的盲人，另一位是已接受过肠道肿瘤手术的老绅士，手术后一直非常虚弱，而且必须通过切开的结肠口排便。

医院的医疗人员，包括 H 医生在内，都堪称医学界的翘楚。整个波兰首批关于魏尔氏核红血球病、骨髓病和沃尔弗-帕金森-怀特氏综合征的医学报告，全部出自这个设备极端简陋的聚居区医院。不过，这天早上，H 医生关心的却是氰化物。

为了在危机时刻自行了断，H 为自己保留了一瓶氰酸溶剂。他知道其他的医生也有相同的准备。过去的一年中，聚居区最大的传染病就是极端的意气消沉。H 医生也不能幸免。他很年轻；他身体绝对健康。可是历史本身却似乎已经身染沉疴。在最艰难的日子里，手边还有点氰化物，知道自己还可以掌控自己的生死，对 H 医生来说也成了一种安慰。时至今日，聚居区的历史正走向最后阶段的时刻，这也成了他跟其他医生唯一能利用的药物了。磺胺类药剂一直缺货。催吐剂、乙醚，甚至阿司匹林都用光了。如今，氰化物是仅剩的精良药品了。

当天一早，还不到五点，H 医生就被聚居区高墙外卡车停车的噪声给吵醒了。他的住处在维特·斯特沃兹街上，透过窗户朝下一望，他看到的是正在河边集结的特遣队。他明白这次来者不善，肯定是要对聚居区采取决定性行动了。他冲到医院，发现 B 医生和护士们已经出于同样的考虑开始工作了，他们将所有还能移动的病人全带到楼下，请病人的家属或是朋友把他们带回家。只剩下那四个病人后，B 医生吩咐护士们也全部离开，除了一位高级护士外大家都走了。现在，她和 B 医生、H 医生一道，陪同最后那四个病人，坚守在几乎已经废弃的医院里。

　　B 医生和 H 医生在等待的过程中并没有多话。他们俩都备好了氰化物，不久，H 就意识到 B 医生也在痛苦地琢磨着这档子事儿。这当然是自杀，是死亡。不过至少是安乐死。这个念头把 H 吓了一跳。他面相敏感多情，两只眼睛更是引人注目地优雅善感。他的职业道德感已经像自身的四肢百骸一样跟他密不可分，他因此更加倍受煎熬、左右为难。他知道，任何一个只剩下常识和注射器可以仰仗的医生，掂量一下这两种做法的优劣程度都易如反掌——是注射氰化物，还是把病人留给特遣队。可 H 更知道，这种事儿从来都不像一加一等于二这么直截了当，伦理、道德，可远比数学要高妙复杂得多。

　　有时，B 医生会走到窗前，看看街上的行动是否已经开始，然后转身回到 H 身边，目光中仍是一派职业性的处乱不惊。H 看得出来，B 医生也在反复掂量着这个两难抉择，就像洗牌一样来回倒腾着问题的各个层面，接着再次推倒重来。自杀。安乐死。氰酸。一种抉择是像罗萨莉娅·布劳一样守候着病人，静待最后的命运，其中不乏诱人之处。另一种抉择：给自己和病人注射氰酸溶剂。似乎更有吸引力，不像第一种那么消极待命。除此之外，接连三个极度抑郁的不眠之夜后，他觉得对于能致人速死的毒药，竟然生出了一种类似肉体渴望般的向往，仿佛这不过是能缓解临终痛苦的麻醉药剂。

可是，H 医生是个严肃认真的君子，这种诱惑恰恰成为他坚持不向诱惑低头，拒绝服毒的原因。在他勤勉好学的童年时代，他心底里就已确立了宁死不屈的榜样，这个榜样出自父亲为他高声朗读的约瑟夫斯①的史书，书中记载了死海的犹太义士誓死不向罗马军队投降，最终集体自杀的壮举。原则就是：不能为求安逸而赴死，只能在宁死也不投降的明确前提下方可自杀。当然，原则归原则，灰色黎明中极度的恐慌就另当别论了。不过，H 历来是个恪守原则的人。

他还有个妻子。而且他和妻子已经打探到另一条逃生之路。他们可以钻进皮沃纳和克拉库萨街角附近的下水道。经过几段下水道和一段不无风险的路途后，他们就能躲进奥伊考森林。氰化物一吞就一了百了了，相比而言他更担心这个。不过，就算波兰蓝衣警甚或德国人把他拦下，扒下他的裤子来检查，托拉赫斯医生的福，他也能蒙混过去了②。拉赫斯医生是位著名的整形外科医生，他教几个克拉科夫的犹太年青人如何

---

① 约瑟夫斯 (Flavius Josephus, 37/38—100?)，犹太史学家，耶路撒冷反罗马人起义的军事指挥官，后投降变节，著有《犹太战争史》、《上古犹太史》等。这一段记述与史实略有出入，事实上当时（67 年春）罗马军队攻陷加利利城后，约瑟夫斯与四十名战士到附近山洞中躲藏，战士们虽身陷重围，但誓死不向罗马人投降。约瑟夫斯惊恐万状，诡称自杀不符合犹太教教义，因此每个战士要依次杀死身边的人。大家抽签决定顺序，约瑟夫斯设计将自己排在最后。当仅剩两人时，他杀死另一人，然后向罗马人投降。

② 据犹太教教义规定，男孩出生后第八天须行割礼——亦即包皮环切术，同时举行相应的祝祷并命名。因此，是否割过包皮就成为判别是否犹太人的直观依据。

不须手术就能延长包皮的法子：睡觉时包皮上坠一重物，最方便的就是个瓶子，瓶子里的水逐日增多。拉赫斯医生说这是个老法子了，早在罗马迫害犹太人期间就曾用过，党卫军日渐残暴频繁的搜捕行动迫使拉赫斯在过去十八个月里重拾这一古老的求生之策。拉赫斯曾将这一秘方传授给他年轻的同事 H 医生，效果果然不错，H 也就更没道理自杀了。

留下来的护士四十来岁，沉着冷静，她拂晓时分来向 H 医生做早汇报。那个青年工人睡得很好，中风的盲人一直口齿不清地嚷嚷，情绪非常焦躁。音乐家和患肠瘘的老人整夜都痛苦不堪。不过，眼下整个康复医院都非常安静；几个病人要么在最后的睡梦中呓语，要么在痛苦地哼哼；H 医生于是走到寒冷的阳台上抽了根烟，再次掂量了一遍那个两难的难题。

去年，H 医生在里考卡街的老传染病院工作，不过后来党卫军决定关闭聚居区的那一部分，将医院迁走。他们命令医院的所有人员靠墙排成一溜儿，把病人拖下楼去。H 亲眼看到上了年纪的赖斯曼太太的腿卡在了栏杆中间，可是拖着她另一条腿的党卫军并没有停下来把卡住的腿拉出来，反而继续拼命硬拽，直到听见一声脆响，老太太的腿竟然硬生生给扯断了。这就是他们在聚居区里转移病人的方式。不过去年还没人想过出于行善而杀人，没有想过安乐死。就算到了那种田地，每个人还都在痴心妄想着情况或许能改善呢。

现在，就算他和 B 医生已经下定决心，他也不知道自己是否能硬下心肠把氰化物喂给病人，甚或在看着别人这么做时保持冷静的专业态度。这太荒谬了，就像你青春年少时怎么也下不了决心去追求你心仪的女孩。就算你下定了决心，还是等于零。你真正须面对的是实际行动起来。

在户外的阳台上，他听到了第一阵喧嚣。声音从聚居区的东端传来，这么早就开始了。出来，滚出来！高音喇叭开始叫唤，还在重复那行李放下稍后送去的谎言，有些人还是宁肯信以为真。在荒芜的街道上，在没有人敢走动的陋室中，你都能听到远远地从和平广场的鹅卵石地面以及沿河的纳德维斯兰斯卡街传来的令人毛骨悚然的模糊声响，H医生本人也不寒而栗起来。

然后他听到了第一阵密集的枪声，响得足以吵醒迷迷糊糊的病人。枪声过后突然来了阵刺耳的尖叫声，一个高音喇叭的粗壮声音在厉声斥骂一个凄切的女声；然后，哀号之声又被另一阵开火骤然打断，再继以另一阵哀号，死者的亲属被党卫军的高音喇叭、被焦躁的犹太警察、被邻居裹挟着匆匆朝聚居区的另一头而去，那头有个大门，尖利得刺耳的哀痛之声也渐渐朝那个方向淡去。他知道，就连因为肾衰竭处于半昏迷状态的音乐家也肯定听到了这一切。

他返回病房后，发现他们都在看着他——甚至包括了那位音乐家。与其说看到还不如说他清楚地感觉到他们的身躯是如何僵在了病床上，那位挂着个人造结肠器的老人拼尽了全力在大喊。"医生，医生！"有人叫道。"拜托！"H医生答应着，他这话的意思是，我在这儿呢，他们还远着呢。他看了看B医生，B在听到三个街区以外的地方再次传来驱赶的喧嚣时禁不住眯起眼睛。B医生朝他点了点头，走向病房尽头那个上锁的小药箱，把那瓶氰酸拿了过来。沉吟片刻后，H也站到了他同事的身旁。他本来可以袖手旁观，让B医生全权负责。他猜B医生有足够的意志力，单独一人承担下来，甚至无须征得同事的认可。可H觉得，如果他不投出自己的一票，不去分担一部分责任，将是种耻辱。H医生虽说比B医生年轻，可一直跟贾吉洛尼亚大学合作，是个真正的医学专家，一个思想家。他想尽可能给予B医生应得的支持。

"好吧，"B医生说，把药瓶给H看了看。他的话几乎淹没在从约瑟芬街尽头传来的一个女人的尖叫和党卫军咆哮的命令声中。B医生喊来了护士。"给每位病人的饮水中滴入四十滴。""四十滴，"她重复了一遍。她知道这是什么药。"没错，"B医生道。H医生也在看着她。没错，他想说。我已经坚强了起来；我可以亲自把药给他们。可如果由我来做，他们会起疑的。病人都知道分配药品是护士的事儿。

护士准备药水的时候，H走到病房深处，把手按在那个老人的手上。"我还能帮你点忙呢，罗曼，"他告诉老人。H医生惊奇地感觉到，老人一生的历史正通过他们两手的接触传递给他。一瞬间，恍若火光稍纵即逝，年轻的罗曼站在他面前，他成长于弗朗茨·约瑟夫皇帝治下的加利西亚，在克拉科夫这颗维斯瓦河上的珍珠，这个有小维也纳之称、以牛轧糖著称的甜美小城中，他曾是个风流倜傥的万人迷。他曾身着弗朗茨·约瑟夫军队里的军装爬上高山去执行春季换防。虽穿着军装却不想上战场，在这个蕾丝和法式糕点的小城里的市集广场，整日跟卡兹米尔兹的姑娘们厮混。爬上克兹库兹克土丘，在灌木丛中偷一个少女的香吻。这个世界在一个人短短的一生中怎竟会变得面目全非？隐身在老罗曼体内的那个年青人问道。怎么弗朗茨·约瑟夫摇身一变，竟然成了那个下令将罗萨莉娅·布劳和患猩红热的姑娘们处死的党卫军？

"拜托了，罗曼，"医生道，意思是请老人把紧张僵直的身体放松。他相信特遣队一个小时内就会到来。H医生感到一阵想把实情告诉老人的诱惑，可他还是强忍下来。B 医生给的剂量非常充分，可保万无一失。就几秒钟的窒息，只略微会有点吃惊，对老罗曼而言应该都不在话下。

护士把四杯药水端上来的时候，四个病人连这是什么药都没问。他们当中是否有人明白其中的真意，H 医生永远都不得而知了。他转过身去看着自己的手表。他担心他们喝下药水后，会发出些声响，比日常医院里的喘息和作呕声更加严重。他听到护士轻声说，"这是你的药。"他听到一声抽气声，不知道出自病人还是护士。这个女人是这个过程中的英雄，他想。

他再次回头时，护士正在叫醒那位肾病患者——睡眼惺忪的音乐家，把药水递给他。在病房远远的尽头，一身干净的白大褂的 B 医生在旁观。H 医生走到老罗曼跟前，试了试他的脉搏。已经没有脉搏了。在病房另一端的病床上，音乐家把那杯带有杏子味道的药水强灌了下去。

一切正像 H 希望的那样和缓。他看着他们，他们嘴巴大张，却并不让人反感，他们的眼睛像是蒙上了一层薄翳，不再有任何反应，他们的头朝后仰去，下巴指向了天花板。H 医生竟然感到一丝艳羡，因为他们已经逃脱，而他仍身陷聚居区内，吉凶未卜。

第二十一章

　　波尔代克·普费弗伯格在约瑟芬街尽头一幢十九世纪的住宅二楼占了一个房间。从房间的窗户，可以看到聚居区围墙外面的维斯瓦河。波兰人的驳船在河上往来穿梭，根本不知道聚居区的末日即将来到；而党卫军的巡逻艇则像是游乐般在河上闲荡。普费弗伯格就在房间里跟他妻子弥拉一道等待特遣队的到来，等着被勒令从房间里出去。弥拉二十二岁，是个神经质的小个儿姑娘，本是来自罗兹的难民，在聚居区刚成立的时候跟波尔代克结的婚。她出身于一个医生世家，父亲是个外科医生，一九三七年就英年早逝，母亲是位皮肤科医生，去年在塔尔努夫聚居区的一次搜捕行动中，就像传染病院的罗萨莉娅·布劳一样，屹立于她的病人中间被乱枪打死。

　　弥拉虽说在仇视犹太人的罗兹长大，却有过一个甜蜜的童年，大战爆发前一年在维也纳开始学医。她在一九三九年，罗兹的犹太人被顺流运到克拉科夫的时候认识的波尔代克。弥拉发现自己跟富有活力的波尔代克·普费弗伯格分配在同一个公寓居住。

　　他跟弥拉一样，如今也成了家里唯一的幸存者了。曾为辛德勒重新装修过公寓的他的母亲，已经跟他父亲被一船运到了塔尔努夫犹太人聚居区。后来才知道，他们又从那儿被押往贝乌热茨，最终遇害。他妹妹和妹夫虽然有雅利安人的证件，还是在华沙的帕乌雅克监狱里不知所终。他跟弥拉彼此只剩下了对方，真正是相依为命了。不过两人的性情却相去甚远：波尔代克是个邻家男孩，一个领导者，一个组织者；是那种在当局出面询问到底出了什么鬼问题时，会大胆跳出来说个清楚的主儿。弥拉则性情娴静，家庭的横遭不幸更使她噤若寒蝉。若是放在和平时期，两个人个性的互补正是求之不得呢。她不只是有点小聪明，而是有大智慧；她是个安静的中心。不仅如此，她还有反讽的天分，波尔代克·普费弗伯格经常需要她的反讽来抑制一下他的夸夸其谈。可是今天，正好在这个生死关头的节骨眼上，两人却起了冲突。

虽说如果有机会的话，弥拉愿意离开聚居区，她甚至很享受她跟波尔代克在森林里当游击队员的未来图景，可是她却很怕进入下水道。波尔代克曾不止一次通过下水道离开过聚居区，即便他有时会被在出口守株待兔的警察堵个正着。他的朋友和曾经的讲师H医生近来也特意提到，可以把下水道当作逃生之路，因为特遣队开进来的当天应该不会有人把守。问题是必须等到天色将黑才行。医生家的大门距最近的下水道入口只几米之遥。下去之后，只要沿左手的隧道一直往前走，就能走出聚居区的范围，来到波德戈尔兹地区的地下，最终导向扎托尔斯卡街运河附近、维斯瓦河堤上一个出口。昨天，H医生已经告诉了他确切的计划。医生夫妇会尝试通过下水道逃出聚居区，也欢迎普费弗伯格夫妇一起行动。波尔代克当时却不能一口答应下来。因为弥拉害怕党卫军会往下水道里施放毒气，或者还没等他们开始行动就已经赶到了他们家，她的担心也不是没有道理。

阁楼上的这一天是何其紧张而又漫长，唯有等待，等着看到底该怎么办。邻居们想必也一样在等待。或许有些人因为不堪忍受悬而未决的痛苦，已经带着现实的包裹以及希望的行装，顺着街道往前进发了，因为，当时那种混合的声响从某方面说来竟然自有一种诱惑力，引诱你走下楼梯——几个街区外只能模糊听到的施暴的喧嚣，还有当下的寂静，寂静中你仿佛都能听到老宅里那古旧的木头躯干在漠不关心地照常运转，送走你在里面停留的这最后几个最悲惨的钟点。昏黄的中午来到了，波尔代克和弥拉嚼着粗硬的黑面包，难以下咽，他们每人都备下了三百克的存货。肃清行动的喧嚣再次响起，一直蔓延至维杰尔斯卡街的转角，距他们还有一个很长的街区，可是后来，到午后三四点的光景，却再次退去。之后差不多就寂然无声了。一楼传来某人徒劳地拉动抽水马桶的声音。这时，人们禁不住又在幻想他们这个角落或许已经被党卫军给遗漏了。

尽管天色已经黑将下来，他们在约瑟芬街二号最后这个纠结的下午却拒绝就此结束。波尔代克觉得事实上天光已经够暗的了，他们可以尝试在日暮之前提早进入下水道。现在又没什么动静，他就想跑去跟 H 医生商量商量。

求你别去，弥拉说。可他千方百计地安慰她。他会避开街道，只走住宅之间凿通的秘密孔道。他不厌其烦地向她保证。这个方向的街道像是没有巡逻队出没。十字路口就算有几个犹太警察或是党卫军在晃荡，他也能轻易避开，他保证五分钟内就能回来。亲爱的，亲爱的，他告诉她，我必须得跟 H 医生确认一下行程安排。

他从后楼梯下去，通过马厩墙上的墙洞进入院子，继续穿房过院，一直到劳工办公室。然后，波尔代克冒险穿过一条宽阔的马路，进入路对面拥挤的三角形住宅区，一路在厨房、棚屋、院子和走廊上碰到几群茫无头绪的居民在撒播小道消息、讨论对策。穿过这片三角区，来到克拉库萨街，对面就是医生住的地方了。穿过马路的时候又巧妙地躲过了一支巡逻队，这支队伍负责巡视聚居区接近南端的区域，距离辛德勒第一次目睹帝国种族灭绝政策暴行的区域仅三个街区之遥。

H医生住的那个公寓却已人去楼空，波尔代克还是在院子里碰到了一个茫然失措的中年人，此人告诉他特遣队已经来过了，医生夫妇先是躲了起来，然后就进了下水道。也许是该这么做，那人说。他们还会回来，那些党卫军。波尔代克点了点头；躲过了这么多次搜捕后，他对党卫军的行动策略已经相当熟悉了。

他马上原路返回，再次安全穿越马路。可回来后他却发现约瑟芬街二号也已经人去楼空，弥拉和他们的行李都不见了，所有的门都大开着，所有的房间都空无一人。他琢磨着他们是不是都躲到医院里去了——H医生夫妇，还有弥拉。或许H夫妇出于关心她的焦虑心情，顾念她医师世家的渊源，叫上她一起走了。

波尔代克再次钻过马厩的墙洞跑了出来，不过取了不同的通道来到了医院的院子里。但见楼上的阳台上挂满了血迹斑斑的床单被褥，像是被漠然置之的降旗。遇害者的尸体在鹅卵石地面堆成了一个尸堆。有些仰面朝天，头颅洞开，四肢扭曲。他们当然不是B和H医生那些安乐死的病人。他们显然是白天被拘押到这里然后就地处决的。有些想必是被关押在楼上，被枪杀，尸体跌落到院子里的。

波尔代克当时虽根本没有时间清点那个杂乱的尸堆，不过后来人们问起聚居区医院院子里的尸体时，他总说应该有六十到七十人。克拉科夫不过是个外省小城,波尔代克又从小就是个喜欢扎堆的机灵孩子,先是生活在波德戈尔兹,后又迁居老城厢,跟着她妈妈几乎走遍了城里富人名人的家庭。虽一晃而过,他马上就在那个尸堆里认出了几张熟悉的面孔:都是他母亲的几个老客户;他们曾问起他克兹库兹克高中的学业,他的回答那么早熟,他们多么喜欢他的出众相貌和迷人魅力,主动招待他蛋糕和糖果。而如今,他们就这么毫无体面可言地曝尸在被鲜血染红的庭院中。

普费弗伯格却完全没想到在尸堆里寻找他妻子和 H 夫妇的尸体。他感到他来到这里看到这些,冥冥中自有天定。他坚信美好的日子、公正的审判必将到来。就像当初辛德勒在俯瞰里考卡街的山丘上的感受一样,他觉得他这是在充当目击证人。

庭院外面维杰尔斯卡街上的人群打断了他的思绪。他们正朝里考卡门走去,面容呆滞、没精打采,却并无绝望的神情,就像星期一早上不得不去上工的一群工人,甚至像是自己支持的足球队输了球的一群球迷。他在人流中注意到几个约瑟芬街的邻居。他走出院子,像是扛着武器般将他对这里一切的记忆全部带走。弥拉到底怎么啦?有没有谁知道?她已经走了,他们说。特遣队来过了。她已经出了大门,在去那个地方的路上了。去普拉绍夫。

他和弥拉此前当然也曾为出现类似的绝境商量过应急的方案。要是他们中有一人去了普拉绍夫,另外一人还是设法待在外面为好。他知道弥拉有不显山露水的天分,这对犯人而言可是个绝佳的天分;不过她也可能遭受极度饥饿的折磨。那留在营外的他就可以给她弄到吃的。这类事务他还是有把握做到的。这个决定对夫妻俩来说都不容易接受，不过这些呆磕磕的人群，在几乎不需要党卫军驱赶的情况下都朝着南面的大门走去，大部分人都把普拉绍夫劳役营里带刺铁丝网围起来的工厂，当作了可以确保长期安全的标志，这或许当真不无道理吧。

时间已经不早了，可天光仍然很亮，就像要下雪了。波尔代克只要愿意，随时都可以穿过马路，走进路边空荡荡的公寓。他不禁怀疑，这些房子里是当真空了呢，还是藏满了出于老谋深算或是天真无知留下来的聚居区居民——他们坚信不论党卫军要把你带到哪里，最终都是要把你送进毒气室。

波尔代克想找个绝佳的藏身处。他通过旁门左道来到了约瑟芬街上的贮木场。木材可是种稀罕的日用品了，贮木场里根本没有可以藏身的大型木材堆。这地方看起来最好的藏身处就是贮木场入口的那两扇大铁门背后了。入夜后，这么大的铁门，而且漆成了黑色，应该可以藏身的。事后，连他自己都不敢相信，他怎么就一头热地选了这么个地方藏身。

他缩在一扇大门后头，这扇门被推开了，靠在一个废弃的办公室的墙上。透过门扇与门轴间的缝隙，他可以看到约瑟芬街他刚刚过来的那个方向。藏在这块冰冷的铁片后面，他望着这一角阴冷的冬日黄昏，这片发出微光的晦暗天色，忍不住把外套拉拉紧，裹住前胸。一个男人和他妻子匆匆过去，冲向聚居区大门，一路躲闪着丢弃在街上的包裹和以无用的大字标出主人姓名的手提箱。**克林菲尔德**，粗大的字体在向晚的天光下宣告着主人的姓名。**莱雷尔，鲍姆，魏因贝格，斯莫拉，斯特鲁斯，罗森塔尔，比尔曼，蔡特林。**而这些名字的主人永远也收不到他们的行李了。"满载着记忆的堆堆物品，"年轻的艺术家约瑟夫·鲍曾如此描述这样的场景。"我的珍宝在哪里？"

这时，从丢弃了无数行李的战场外面传来了猛犬的狂吠声。随后就已经进入了约瑟芬街，但见从远处的人行道上大踏步走来了三个党卫军，其中一位被一小股猛犬的旋风拽着向前冲来，仔细一看原来是两条巨大的警犬。那两条狗拽着牵狗的人进了约瑟芬街的四十一号，另外两个党卫军则守在人行道上。普费弗伯格把大部分注意力都集中在那两条狗上。它们看来像是斑点狗和德国牧羊犬的杂交犬。普费弗伯格仍然先入为主地认为克拉科夫是个亲切友好的城市，这样凶悍的狗看起来很像是舶来品，仿佛是从别的某个更为粗蛮的聚居区带过来的。即便在这最后一个小时，在遍地丢弃的行李当中，在冰冷的铁门后面，他仍然对这个城市充满感激，想当然地认为那些最极端的暴行只能是在别的、没这么优雅的地方上演的。他这点最后的想当然，在接下来的半分钟内就被血淋淋的现实给击得粉碎：最野蛮的暴行就发生在他的克拉科夫。透过铁门的缝隙，他看得一清二楚：如果说真有一个邪恶的极点的话，那么它并非如你所想的那样，位于塔尔努夫、琴斯托霍瓦、利沃夫或是华沙，它就在一百二十步开外的约瑟夫街北端。一个惊声尖叫的女人拉着个孩子从四十一号跑了出来。一条狗咬住她裙子的布料，撕扯着她臀部的血肉。那个伺候警犬的党卫军一把提起孩子，狠狠摔到墙上。那声音使普费弗伯格紧紧地闭上了眼睛，然后他听到一声枪响，女人的哀号戛然而止。

普费弗伯格坚信医院院子里的尸骨堆中有六十到七十个死人，他也会一口咬定，那个被活活摔死的孩子只有两三岁。

也许还没等那个女人被枪毙，肯定是在他本人有所意识之前，他已经采取了行动，仿佛行动的决定来自他前额后面某个勇敢的腺体，普费弗伯格已经放弃了那个冰冷的铁门，因为它无法保护他免受恶犬的袭击，他发现自己已经站在空旷的院子里了。他立马摆出在波兰军队里学到的军人风范。他装出一副正在执行重要任务的神情走出了贮木场大门，弯下腰来开始把一堆堆的行李搬离路面，沿贮木场的院墙整齐地垛好。他能听到那三个党卫军的脚步声越来越近；两条恶犬吠叫的气息几乎触手可及，整个黄昏仿佛被无限拉长，就像要被牵狗的皮带上的拉力一下子挣断。一直等他确信两条恶犬距离他只十步之遥了，他才站直身体，带着一种具有欧洲背景的犹太人的恭顺神情，装作刚刚注意到他们的到来。他看到他们的靴子和马裤上溅满鲜血，可他们显见着并不惮于以此等面貌示人。站在中间的那个军官身材最为高大。他看起来并不像个凶手；大脸盘子上带着种敏感的神情，嘴角还有一道优雅多情的线条。

衣衫寒酸的普费弗伯格依照波兰军队的风格，把两个硬纸板做的鞋后跟猛地一靠，朝中间的大高个儿行了个军礼。他对党卫军的军衔一无所知，也不知道该如何称呼这个人。"先生，"他说。"司令官先生！"

这个头衔是他的大脑在死亡的威胁之下灵光乍现，硬迸出来的。结果这个头衔再确切不过了，因为这个大高个儿正是阿蒙·格特本人，他这个下午真是意气风发，当天的清洗过程让他欢欣鼓舞，所以此刻本能地表现出一种威仪，就像普费弗伯格情急之下本能地找到脱身之计一样。

"司令官先生，容我恭敬地向您禀报：我接到命令，要我把街道上的行李都清理到路边，以保持道路畅通无阻。"

两条恶犬伸长脖子，直想挣脱颈圈朝他扑上去。照它们接受的恶毒训练和今天肃清行动的快速节奏，它们估摸着应该被放松皮带朝普费弗伯格的手腕和裆部飞扑过去了。它们的咆哮不单是源自野性未驯，而是对扑咬的结果充满可怕的信心，问题只在于站在司令官先生左侧的那个党卫军是不是有力气拽得住它们了。普费弗伯格并没敢抱多大期望。就算被那两条狗压在底下，然后再由一发子弹把他从它们的蹂躏中解脱出来，他也丝毫不会吃惊。如果连那个女人都不能以其身为母亲的求恳逃得一命，他所谓的清理行李，要为压根就不再有行人的道路清理路障，其可信性就更是微乎其微了。

不过司令官先生却被普费弗伯格给逗乐了，这可比那个哀号的母亲好玩多了。竟然有个聚居区的犹太人，敢在三个党卫军军官面前扮军人，还像模像样地汇报情况，若是果如他所言，这可真是个好奴才，就算他是撒谎，也挺讨人喜欢。最重要的是，他的做派对于牺牲者来说真称得上是独此一份。就他今天所见，所有该死的犹太人还没有第二个敢跟他来这么个嘎嘣脆的敬礼呢。司令官先生于是也就可以像个宽大为怀的帝王般，来点兴之所至、神龙见首不见尾的龙颜大悦了。他仰面朝天，长长的上嘴唇一缩，纵声大笑。他那几个同事也不禁露出了微笑，对司令官的豪兴大发轻轻摇头。

格特少尉以他浑厚的男中音说，"这里的一切都归我们照管。最后一拨人也快离开聚居区了。Verschwinde（滚吧）！"意思是，还不快滚，嘎嘣脆的波兰小兵！

普费弗伯格撒腿就跑，头也不回，就算他被一枪撂倒也算不得什么意外。跑啊跑，终于到了维杰尔斯卡街的拐角，他转过街角，一直跑过几小时前他亲眼见证过屠杀暴行的医院院子。他跑近大门时天已经黑透了，聚居区内最后几条熟悉的小巷也已淡去。最后一批过了明路的囚犯正聚集在波德戈尔兹广场，只有几个党卫军和乌克兰卫兵漫不经心地守着。

"我肯定是最后一个活着出来的，"他跟大家说。

如果不是他，那就是珠宝匠维尔坎和他的妻儿。维尔坎这几个月一直在"进步"刀具厂打工，知道下面会有什么事发生，于是将他在外套衬里中藏了足有两年的一块大钻石取出来，进献给了翁克尔巴赫主管。"翁克尔巴赫先生，"他向老板求恳，"该把我往哪儿送我都没意见，可我老婆可受不了那些吵闹和凶暴。"于是双方谈妥：肃清行动那天，维尔坎和他老婆孩子就等在犹太警察局里，由一个他们认识的犹太警察保护，也许白天的某个时候，翁克尔巴赫先生会过来，将他们安全地带往普拉绍夫。

一大早，他们就坐在警察局的一个宿舍单间里候着，可在警察局里等跟待在他们自家厨房里等是一样地提心吊胆，小男孩一会儿吓得半死一会儿又无聊得要命，他老婆则埋怨个没完。他在哪儿呢？他到底还来不来？这些人，这些人哪！一到下午，翁克尔巴赫还真就来了，不过他到犹太警局里来不过是用一下厕所，喝杯咖啡。维尔坎迫不及待地跑出去，结果见到的这个翁克尔巴赫主管他可压根儿都不敢认了：穿着党卫军军士的制服，一边吞云吐雾一边跟另一个党卫军谈得眉飞色舞；一只手端着杯子猛往嘴里灌咖啡，截断了一口口烟雾，狼吞虎咽地嚼着黑面包，左手还紧握着一把手枪，看起来活像一头靠在警察局台面上休息的野兽，制服的前胸上溅满黑黑的血点子。他转过头来盯着维尔坎，可眼睛里根本没有这个珠宝匠。维尔坎马上明白他们之间的交易算是泡了汤了，不是因为他变了卦，而是压根儿就记不得了。这个人已然酩酊大醉，而且不是因为喝多了酒。维尔坎要是在这个时候喊他，他肯定只会兴奋若狂地盯着他，根本认不出他是谁来。完了之后的举动极有可能更加不可收拾。

维尔坎放弃希望，又回到他妻子身边。她还在不断地嘟囔，"你干吗不跟他说话？他要是还在我跟他说去。"然后她就看到了维尔坎眼睛里面的绝望，于是溜到门边偷偷朝外张望。翁克尔巴赫正准备离开。她看到了那套陌生的制服，还有溅满了前襟的无数小商人和他们妻子的血点。她一声呜咽，乖乖又溜回了座位。

现在，她跟她丈夫一样，算是彻底死了心，这反倒使他们干等着的时间不再那么难熬了。他们认识的那位犹太警察又重新燃起他们希望和焦虑的火花。他告诉他们，全体犹太警察，除了斯佩拉的亲信以外，都得在下午六点前离开聚居区，沿维利奇卡路往普拉绍夫进发。他会留意一下，看能不能把维尔坎一家塞到某辆运输车里去。

普费弗伯格跑过维杰尔斯卡街后，夜幕也随之降临，此时聚居区最后一批过了明路的囚犯已经在波德戈尔兹广场整装待发，而H医生夫妇正混在一帮吵吵嚷嚷的波兰醉鬼中间朝东进发，一队队特遣队员则在发起最后一轮搜捕前抽根烟，稍事休整，此时有两辆马拉大车来到了警察局门前。犹太警察把维尔坎一家藏在了一箱箱文件和一捆捆布料底下。赛姆切·斯佩拉和他的亲信们不见了影踪，应该正在街上执行任务，跟党卫军一起喝喝咖啡，庆祝他们的体制长命万岁呢。

然而，马车还没等转出聚居区大门，差不多被压扁了的维尔坎一家就听到车后的街道上又响起一阵阵来复枪和轻型武器的枪声，几乎都没有间断。这意味着阿蒙·格特和维利·哈泽、阿尔贝特·胡亚尔、霍斯特·皮拉兹克和几百名党卫军，正最后一次冲进阁楼的壁柜、屋顶夹层、地窖的箱笼，将一整天都闷不作声藏在里面、寄希望于侥幸逃过此劫的犹太人统统抓了出来。

　　一夜间，共有四千多名躲藏的犹太人被抓，并在街上就地处决。在接下来的两天内，他们的尸体用敞篷卡车运至普拉绍夫，埋在新劳役营外面森林中的两个群葬坑里。

第二十二章

奥斯卡·辛德勒究竟是以什么样的心情度过三月十三号——犹太人聚居区这最后也是最悲惨的一天的，我们不得而知。不过，等他的犹太工人在押解下从普拉绍夫回到他身边的时候，他已经收拾起心情，开始收集事实资料，准备等塞德拉塞克医生再度来访时全部交代给他。他通过囚犯得知，普拉绍夫 Zwangsarbeitslager（强制劳役营）——这是党卫军的官僚用语——可绝非什么理性王国。格特竟然对工程师们都大发淫威，命令警卫将齐格蒙特·格林贝格打成昏迷，又没有及时送到女囚营房附近的诊所救治，结果竟然致死。中午在德国搪瓷厂里享用营养丰富的浓汤的囚犯还告诉他，普拉绍夫可不单用作劳役营，它还是个任意处决犯人的地狱。虽说整个营地都能听到处决的枪声，有些犯人还亲眼目睹了行刑的过程，他们却压根儿都不当回事，公然进行他们的屠戮。

一个叫 M① 的囚犯就曾亲眼见证过集体屠杀的惨剧。战前他在克拉科夫经营装修生意，普拉绍夫刚刚开营的时候，他被派去装修党卫军的住宅，不多的几幢位于营北窄巷两边的乡间小别墅。他是有特殊价值的手艺人，他们这类人相对来说行动自由要大一些。那年春天有天下午，他从莱奥·约翰少尉的别墅出来，缘路朝那座叫楚焦瓦·戈尔卡的小山上爬，就是顶上有个废弃的奥地利军用工事的那座山丘。正准备翻过山顶朝山下的厂区大院走时，一辆军用卡车费力地从他身边经过，朝山上爬去，他赶快闪到一边让道。M注意到车篷底下是一群女人，由全身穿白的乌克兰卫兵押解。M此时已经躲到几堆木材中间，大约摸地看到那些女人被押下车，进了那个军用工事，他看到她们拒绝脱掉衣服。发号施令的是党卫军爱德蒙·斯德洛捷夫斯基。那些乌克兰军士则在人群中巡视，用皮鞭的手柄殴打那些女人。M猜想她们应该是冒用雅利安人证件被抓的犹太女人，从蒙特卢皮赫监狱转到这里来的。有些被打得高声哭喊，大部分都忍着痛一声不吭，仿佛故意不让那些乌克兰卫兵太得了意。有个女人开始吟诵起犹太经文，大家随之加入进来。山顶上响起激昂振奋的诵经之声，仿佛这些昨天还在假扮正宗雅利安人的姑娘们突然意识到，所有的压力和束缚全都烟消云散，她们无比地自由，就当着斯德洛捷夫斯基和乌克兰卫兵的面举行她们与众不同的民族宗教庆典。然后，这群因为羞怯和料峭的春寒而瑟缩的犹太女人被集体射杀。到了晚上，乌克兰卫兵就用平板车把尸体运走，埋在楚焦瓦·戈尔卡远坡的森林间。

山下的劳役营里也听到山上这第一次行刑枪声的囚犯们，如今给这座山取了个很不恭的绰号，叫"鸡巴山"。有些人自说自话，认为山上处决的是游击队员，都是些宁死不屈的马克思主义者或是狂热的民族主义者。山上是另一个世界。只要你乖乖地待在铁丝网里规行矩步，你就永远不需要见识那个世界。不过辛德勒那些更有头脑的工人，因为每天要沿维利奇卡街经过电缆厂到扎布洛西的德国搪瓷厂上班，他们知道那批从

---

① 此人现居维也纳，不愿透露其真实姓名。——原注

蒙特卢皮赫监狱转过来的囚犯为什么在奥地利人的山上工事里就被处决了，知道党卫军为什么好像根本就不怕整个普拉绍夫都看到那些人抵达、听到那些人被处决。原因很简单，就是党卫军根本不认为这些囚犯有朝一日能成为揭发他们罪行的目击证人。如果他们想到日后还会受到审判，营地里的这些囚犯都将成为人证的话，他们就不敢这么明目张胆了，起码会把那些女人带到密林深处再处决。因此，奥斯卡的结论是，楚焦瓦·戈尔卡并非什么普拉绍夫之外的另一国度，事实上，不论是用卡车运到山地工事里的犹太女人，还是山下铁丝网围住的囚犯，他们统统都被判了极刑，在党卫军眼里，他们全都必死无疑。

当格特司令官在早晨走出他别墅的大门，不问青红皂白第一次把一个犯人残忍杀害的时候，大家还都认为这就像党卫军第一次在楚焦瓦·戈尔卡山上的屠杀一样，只是个偶然事件，不会成为集中营里的生活常态。当然，事与愿违，山上的杀戮很快就成了家常便饭，阿蒙早上的随意杀人也成了他的日常积习。

早上，他上身通常只穿一件衬衫，底下是马裤和勤务兵擦得光可鉴人的皮靴，出现在他临时别墅的台阶上。（在集中营的另一头，正在给他修缮一个更好的住处。）天气越来越热以后，他就连衬衫都不穿，赤膊公开露面了，因为他热爱阳光。不过眼下，他还穿着吃早点时穿的衬衫，一手拿个双筒望远镜，另一只手握着把狙击手来复枪。他会视察一遍整个营区：采石场的工作情况，还有在轨道上推、拉采矿车路过他门前的囚犯。胆敢抬头瞥他一眼的囚犯，会看到他嘴角叼着的香烟冒出来的烟雾，他那架势活像是忙于手上的活计无暇用手拿烟的大忙人。集中营开营还没几天，他就这么副德性从大门出来，抬手一枪，毙了个看起来推一辆满载石灰石的大车不太尽力的犯人。没人知道阿蒙到底为什么把那人给毙了——阿蒙当然根本就无须说明自己的动机。就这么一声枪响，那人就在忙着推呀拉呀的苦力当中倒了下来，滚到了路边。其他所有的苦力当然都停下了脚步，浑身的肌肉都僵了，还以为又要来一次大屠杀。阿蒙却朝他们挥挥手，眉头一皱，仿佛是说他此刻对他们的工作效率还很满意，继续干吧。

除了对犯人的恣意妄为以外，阿蒙还违背了他当初对企业家们许下的承诺。奥斯卡接到马德里瑞施的一个电话——马德里瑞施希望奥斯卡跟他联名提出抗议。阿蒙明明说过他不会干涉各个工厂的经营管理的。当然，他至少没有从内部横插一杠子。可他动不动就把犯人们传唤到阅兵场，一连几小时地一一点名，搞得他们总是不能按时上班。马德里瑞施举了个例子：有一天在犯人的营房里发现了个土豆，那一片营区的所有犯人就都当着其他所有犯人的面，被当众鞭笞。好家伙，要让好几百号人都把裤子和内裤褪下来，把衬衣或是裙子撩上去，每人再抽个二十五鞭子，这可不是说话间就能完成的小事。格特还规定，负责鞭笞的乌克兰勤务兵每抽一鞭，受鞭笞的犯人还得大声报数。要是漏报了鞭数，就得从头来过。格特司令官在阅兵场上搞的点名活动中，就充斥着此类浪费时间的鬼花样。

所以，马德里瑞施的服装厂虽然就在普拉绍夫营内，他的倒班工人也要迟到个几小时，奥斯卡在利波瓦街的厂子就更不用说了，还要再晚出个一小时来。工人们就算是到了，也是惊魂未定，没办法集中精力干活，不断嘀咕着当天早上阿蒙、约翰、沙伊特或是别的什么军官又有了什么创举。奥斯卡向他认识的一位军备物资监管局的工程师抱怨此事。跟那几个警察头子投诉也没用，工程师说，我们是在打仗，他们才不愿掺和进来呢。奥斯卡说，那我就该把我的工人留在厂里。我自己建个集中营好了。

这个主意把工程师给逗乐了。你打算在哪儿建呢，老兄？他问。你哪来的这么大的地方。

要是我弄到地方，奥斯卡说，你能写封信表示支持吗？

工程师同意帮忙后，奥斯卡马上给住斯特拉多姆街一对叫别尔斯基的老夫妇打了个电话。问他们是否有意出让跟他的工厂毗邻的那片土地。然后他又亲自驱车过河，登门拜访。老夫妇很欣赏他的为人。他因为历来厌烦讨价还价的俗套，一开始就出了个相当于经济繁荣时期的高价。他们给他上茶，做梦都想不到天上会掉下这么大个馅饼，当着奥斯卡的面立马就打电话给他们的律师，让他起草合同文件。奥斯卡离开老夫妇的公寓后，出于礼貌，马上就告诉了阿蒙他打算在自己的工厂内部建一个普拉绍夫的附属集中营。阿蒙挺赞成这个主意。"只要党卫军的将军们同意，"他说，"我肯定乐于合作。只要你别打我的音乐家或是女仆的主意就成。"

第二天就在波摩尔斯卡街的总部，跟舍纳将军安排了一次正式会面。其实不论是阿蒙还是舍纳将军，都知道可以让奥斯卡承担建设新集中营的全部开销。他们都看得出，奥斯卡表面上是出于业务考虑——"我把工人留在厂内，就能更充分地利用他们的劳动力。"——同时也是出于一种秘密的狂热驱动，而为此他是不惜任何代价的。他们把他当作一个相当不错的家伙，可是不幸染上了一种热爱犹太人的病毒。党卫军的理论认为犹太人当中确实有些天才人物，而且这些家伙无孔不入，是有可能成就这种蛊惑人心的神奇魔法的，所以，这位辛德勒先生该当像是变成了青蛙的王子一样令人同情的。可谁让他患上了这种病呢，有病就得付出代价。

波兰总执政府的警察总长，也即舍纳和楚尔达的顶头上司弗里德里希-威廉·克吕格尔中将对于集中营的建设有若干明确要求，这些要求又是在集中营管理部制定的规章基础上提出的，此管理局是奥斯瓦尔德·波尔将军领导的党卫军经济管理总局的下属部门。普拉绍夫集中营虽自外于波尔将军的总局相对独立运营，不过大体的规章总归还是要遵守的。要想建个党卫军强制附属劳役营须满足以下基本条件：须建造九英尺高的围墙，须按照营地的规模以合适的间距建造瞭望塔，须建造公厕、营房，须有一个全科诊所、一个牙科诊所、一个公共浴室和专门的灭虱设备，还要有一家理发店、一家食品店、一个洗衣房、一个管理营房的办公室，一片比劳役营房结实的警卫营区，以及一切必需的附属设施。阿蒙、舍纳和楚尔达的共同认识就是，不论奥斯卡是当真出于经济利益的考虑，还是由于深藏不露的对犹太密宗的信仰，他都是可能愿意独立承担这一切开销的不二人选。

他们虽然一心想让奥斯卡出血，其实奥斯卡的这个建议对他们来说只有好处。四十五英里以东的塔尔努夫还有一个犹太聚居区，肃清之后里面的人口也得由普拉绍夫来消化。眼下还有几千名犹太人正从波兰南部的犹太村镇里往普拉绍夫迁移。在利波瓦街建个附属集中营正可以缓解普拉绍夫的压力。

阿蒙还有自己的小算盘，这个当然不会跟那两个警察头子明说了，那就是他也不必严格按照波尔将军的指示中设定的最低食品限额为利波瓦街的集中营提供食物。阿蒙觉得，既然他在大门口任意枪杀犯人都没引起任何争议，那么从普拉绍夫搜刮点油水就更是理所应当了。他已经开始动起了手脚，通过一个叫维莱克·希洛维茨的犹太人给他做代理，将囚犯的一部分配给拿到克拉科夫的自由市场上出售去了。希洛维茨跟克拉科夫各工厂的管理层、商人，甚至餐馆都有业务往来的渠道。

亚历山大·比贝尔施坦因医生如今本身就是普拉绍夫的阶下囚，他发现每天的食品供给在七百到一千一百卡路里之间摆动。早餐时，每个犯人有半升代用黑咖啡，尝起来有一股子橡子味道，再有就是一块一百七十五克的黑麦面包，大约是负责营房伙食的勤务兵每天早上从面包房收的那种圆形面包的八分之一。饥饿可真是一种破坏性的力量，每个伙食勤务兵在切面包时都得背朝大家，然后再叫，"谁要这块？谁要这个？"中午的食物是一份汤——胡萝卜、甜菜头和代用西米粉搅和到一起。这汤还有时候稠有时候稀。傍晚，外出工作的犯人回来的时候会夹带点好吃的。在外套底下藏只小鸡，裤筒里塞个法式小面包什么的。可阿蒙还明令禁止这种夹带，黄昏时分就在行政大楼前给犯人搜身，然后才放他们回营房。一是他不想干扰自然淘汰的规律，再者也怕从希洛维茨那里走漏他私卖食物配给的风声。所以，他才不会把他的犯人给惯坏了呢，他觉得，如果奥斯卡乐意分担一千个犹太人，他尽可以花自己的钱去惯他们，他才不管呢，只要不会危及普拉绍夫储藏室里的面包和甜菜头就成。

那年春天，奥斯卡要打通的关节还不只是克拉科夫地区的几个警察头子。他还得亲自出马，说服埃玛丽娅周遭的几个工厂主。他经过用耶雷特提供的松木板搭建的两个简陋棚户，进入库特·霍德曼的散热器厂。这个厂雇了帮波兰人和大约一百名普拉绍夫的犯人。另一面的邻居就是耶雷特的纸箱厂，由德国工程师库恩帕斯特监管。由于普拉绍夫的犯人只占他们员工的很少一部分，所以他们对奥斯卡的提议没多大热情，不过也不至于反对。因为，这等于奥斯卡主动为他们的犹太员工提供住处，而这么一来，他们上班的距离就只有五十米而不是原来的五公里了。

搞定了两个邻厂后，奥斯卡又来到几个街区之外的国防军驻地办公室，去跟施米勒夫斯基工程师谈。因为他也雇了一批普拉绍夫的囚犯。施米勒夫斯基也没什么反对意见。于是辛德勒递给波摩尔斯卡街党卫军总部的申请书上又增添了施米勒夫斯基、库恩帕斯特和霍德曼的名字。

党卫军派了几个测量员去埃玛丽娅实地考察，又跟施泰因豪泽测量员商量，他可是奥斯卡在军备物资监管局里的老朋友了。他们站在当地，摆出测量员的经典架势眉头紧皱地打量着这块区域，然后问了几个排水方面的问题。奥斯卡把他们全体请到楼上的办公室，招待他们喝一早的咖啡和科涅克白兰地，最后走的时候每个人都眉开眼笑的。不出几日，奥斯卡希望在工厂后院建个附属强制劳役营的申请就被批准了。

德国搪瓷厂那年的利润高达一千五百八十万德国马克。奥斯卡为了筹建埃玛丽娅集中营，光建筑材料就花了三十万马克，金额可以说不小，不过还能承受。可事实上这才只是个开始，大笔的开销还在后头呢。

奥斯卡向普拉绍夫的建设办公室提了个申请，想请一位名叫亚当·加尔德的年轻工程师帮他的忙。加尔德还在负责阿蒙的集中营的营房建设，他得先交代给营房的建筑工该如何工作，然后在一个私人卫兵的护送下从普拉绍夫到利波瓦街，督造奥斯卡的附属集中营。加尔德第一次来到扎布洛西的时候，发现那里已经有了两幢临时搭建的粗陋营房，住了有将近四百个犯人了。外面也有一圈围栅，由一队党卫军往来巡逻，不过里面的犯人告诉加尔德，辛德勒不让这些党卫军进入营地或是厂区，当然了，除非是碰到党卫军的高级检察员前来视察的时候。他们说，对埃玛丽娅的这一小队驻军，奥斯卡一直好酒不断地招待，他们都庆幸这次的差事是走了个好运呢。加尔德看得出来，埃玛丽娅的这些犯人自己也都对这里的生活非常满意，虽说只能挤在男女两幢破木板搭建的摇摇欲坠的临时营房里。他们已经管自己叫作辛德勒犹太人，用这个称呼时带着一种小心的暗自庆幸的心情，就像是个患了心脏病却又侥幸复原了的人自称为幸运的乞丐。

他们已经挖了几个简陋的公厕，那气味加尔德工程师一到工厂的大门口就闻得到，那就跟他们工作的干劲一样让人印象深刻。他们就在搪瓷厂院子里的抽水机边上擦洗。

奥斯卡请他到楼上的办公室去看设计图纸。计划为一千两百人建六所营房。营区的大厨房在这头，而党卫军的营房——奥斯卡暂时将党卫军安排在工厂内——则在铁丝网外面远远的另一头。我想建个第一流的淋浴区和洗衣房，奥斯卡告诉他。我请了几个焊接工，希望在你的指导下能把这两者建在一起。斑疹伤寒，他粗声嘟囔道，似笑非笑地看着加尔德。我们都不想跟斑疹伤寒打上交道。普拉绍夫已经到处是虱子了。我需要个能把衣服煮沸的地方。

亚当·加尔德很高兴每天都能去一趟利波瓦街。普拉绍夫已经有两位工程师因为坚持自己的职业道德受到了惩罚，不过在德国搪瓷厂，专家仍旧被当作专家来尊重。有天早上，他的卫兵正押着他沿维利奇卡街朝扎布洛西走去，一辆黑色豪华轿车突然在他们跟前来了个紧急刹车。车里走出来的竟是格特少尉。他用那种惊疑不定的目光打量着他。

一个囚犯，一个卫兵，他喃喃道。这是什么意思？乌克兰卫兵战战兢兢地赶忙向司令官先生汇报说，他奉命每天早上护送这个囚犯到奥斯卡·辛德勒先生的埃玛丽娅去工作。他们俩，加尔德和乌克兰卫兵，都希望提到辛德勒的名字能使他们免受处罚。一个囚犯，一个卫兵？司令官再度问道，不过他终究还是缓和下来，重新回到车里，没有采取任何极端的方式解决这个问题。当天晚些时候，他去找维莱克·希洛维茨，此人除了是他的生意代理人之外，同时还是犹太集中营警察——俗称"消防队"——的头子。赛姆切·斯佩拉最近成了犹太聚居区的拿破仑，现在还住在聚居区内，每天都在督管着搜寻、深挖犹太居民埋藏和未曾登记造册的钻石、黄金和现款，这些财物的主人如今已经是埋藏在贝乌热茨松针底下的骨灰了。可是到了普拉绍夫，斯佩拉却只是小卒子一个，监狱的权力中心就是希洛维茨。谁也不知道希洛维茨的权威是哪儿来的。也许是威廉·孔德曾向阿蒙提过他的名字；也许是阿蒙自己发现的他，喜欢他的行事风格。总之突然之间，他摇身一变就成了普拉绍夫"消防队"的头儿，在那个下贱堕落的王国里成了分发代表权力的警帽和臂章的负责人，而且他还跟斯佩拉一个德性，鼠目寸光地自以为权势熏天，全当自己是沙皇陛下了。

格特去找希洛维茨，跟他说他最好全天候把亚当·加尔德送交辛德勒，把这事儿给了了。我们可不缺工程师，格特嫌恶地说。他的意思是，犹太人只有在被波兰各大学的医科拒收后，不得已才会去读工程。不过，阿蒙又说，把他送给埃玛丽娅前，他必须先得把我温室的活儿干完才行。

这个消息传到了亚当·加尔德的耳朵里，当时他正在二十一号营房四排铺位中他自己的铺位上。经过一番磨难后他就会被送到扎布洛西了。他得先把格特的后院里的活儿干完，死去的赖特尔和格林贝格都会提醒他，在司令官的鼻子底下干活实在是吉凶难料。

给司令官干的活儿已经过半，阿蒙温室的梁架上就要安装一根巨大的房梁。亚当·加尔德干活的时候，可以听到司令官养的两条狗的吠叫，这两条狗分别叫罗尔夫和拉尔夫，取自报纸上连载的两个漫画形象，够可爱的。可一个女囚就因为被怀疑偷了会儿懒，阿蒙就纵容它们生生撕掉了她的乳房。阿蒙因为受过点半吊子的工程技术教育，还屡屡跑到施工现场来指手画脚，摆出一副专业的架势，看着房梁由一个滑轮装置给吊到房顶。眼下正是中央的主梁在安装就位，他又跑过来装模作样地询问了。主梁是根极长极重的松木，格特就在松木对面大声问了个问题。亚当·加尔德没听清楚，就抬起手来放在耳朵一侧。格特又问了一遍，这次比没听清楚更糟，加尔德不明白他什么意思。"我听不懂您的问题，司令官先生，"他只好坦白承认。阿蒙伸出手指细长的双手，抓住正在往上升的松木，把它的一端往后一拉，随即朝工程师荡过去。加尔德眼看着那根巨大的松木晃荡着朝他的脑袋直砸过来，知道这要是砸上，可就凶多吉少了。他于是抬起右手挡了一下，松木正砸中他的右手，把指关节和掌骨给砸得粉碎，而且顺势把他从房顶扫到了地下。等加尔德在剧痛和晕眩中缓醒过来后，阿蒙已经转身离开了。也许他明天还会再来问个清楚……

　　加尔德工程师生怕自己被视作无法劳动的残废劳工，在去诊疗所的路上都不敢显出手已经受伤的样子。他咬牙装出正常的模样，可那只手在一侧像是有千斤重量，直往下坠，痛不可抑。他接受了希尔夫斯坦因医生的劝告，给伤手打了石膏绷带。他就这样继续指导温室的建设，每天还去埃玛丽娅工作，希望他外套的长袖口能遮住绷带。当他自觉无法遮掩时，他干脆把绷带给剪掉了，就让手这么弯着慢慢复原。他希望确保以一种健康的形象转到辛德勒的附属集中营。

　　不出一个星期，他就把一件衬衣和几本书打了个包，在卫兵的押送下一劳永逸地去了利波瓦大街。

第二十三章

那些消息灵通的囚犯已经开始暗自较劲儿，都想有幸能进入埃玛丽娅。囚犯多莱克·霍洛维茨是普拉绍夫劳役营里的采购官，他知道自己不可能获准进入辛德勒的工厂。不过他还有妻子和两个孩子。

理查德是霍洛维茨的小儿子，在早春的早晨，当大地散发出最后一丝冬季情调的晨雾时，就从他母亲在女囚营房的铺位上下来，奔下山坡来到男囚营房，一门心思都集中在早晨粗劣的面包上。他得跟他父亲一道参加阅兵场上的早点名。他从山上下来，一路要经过希洛维茨的犹太警察岗亭，就算在雾蒙蒙的早上，也暴露在至少两个瞭望塔的视线范围内。不过他其实很安全，因为大家都知道他是谁。他是霍洛维茨家的孩子。他父亲在博施先生眼里是个无价宝，而这位博施先生又是司令官的铁杆酒友。理查德这种自己都没意识到的行动自由其实是托了他父亲一技之长的福；他就从瞭望塔里卫兵的眼皮子底下安全通过，似有魔法护身，然后找到他父亲住的营房，爬上他的床铺，用各种问题把父亲唤醒。为什么一早有雾，下午就没有？会不会来卡车？今天阅兵场的点名时间会不会很长？还会不会挨鞭子？

听着孩子一大早这些一知半解的提问，多莱克·霍洛维茨深切地认识到，就算对于一个享有特权的孩子，普拉绍夫也绝非合适的成长之所。也许他能请辛德勒先生帮帮忙——辛德勒时不时会来普拉绍夫，在行政大楼和车间里转转，打着公干的幌子，给几个像斯特恩、罗曼·金特尔和波尔代克·普费弗伯格这样的老朋友塞点小礼物，交换些消息。可不久多莱克就发现，通过这种途径很难跟辛德勒搭上话。他又想到，也许他可以通过博施接触到辛德勒。多莱克相信他们肯定经常能见面。两人在这里的见面机会虽然不多，不过在城里的办公室或是各种宴会上应该经常能碰到。你看得出来两人算不上是朋友，不过各种商务交往和共同的利益却将他们绑在了一起。

其实，多莱克并非只想着把理查德送进辛德勒的集中营，不如说他考虑的主要还不是理查德。小男孩还可以用连珠炮的问题排解自己的恐惧，他担心的主要是他十岁大的女儿纽西娅，她已经不再开口询问任何问题了；她已经过了天真烂漫的年龄，成了个典型的瘦弱孩子；她在制刷车间要把猪鬃缝在木刷背上，透过车间的窗户她可以看到每天都有好几卡车的人被送到奥地利人的山地工事中去，她的恐惧也就有增无减，已经不堪忍受，而且她得像个成年人一样强忍下去，不能像她弟弟那样爬上父母的膝头来缓解心头的恐惧。为了平复在普拉绍夫难耐的饥火，纽西娅已经沉溺于大抽特抽用报纸卷的洋葱叶烟。据可靠的传闻，在埃玛丽娅可用不着为了充饥使出这种早熟的方法。

所以多莱克就瞅准一次去服装仓库的机会向博施求救。博施先生一直待他不薄，他说，所以他斗胆恳求他跟辛德勒先生谈谈。他反复哀恳，反复提到孩子的名字，他知道博施成天沉溺于烈酒，脑子迷迷糊糊的，但求这样他能记住孩子的名字。辛德勒先生可能算是我最好的朋友了，博施向他打包票。他为了我什么都肯干。

多莱克其实没敢对这次哀恳抱多大希望。他妻子雷吉娜根本没有任何制造炮弹或是搪瓷的经验。博施本人事后也再未提过这件事。然而，一星期还没到，他的妻子孩子就出现在下一批埃玛丽娅的名单上，格特司令官开恩放行，得到一小袋珠宝的谢仪。在埃玛丽娅的女工营房里，纽西娅看起来就像个瘦弱、矜持的成年人，而理查德则继续像他在普拉绍夫那样自由穿梭，军工部门和搪瓷车间的每个工人都认识他，他跟卫兵们都混得很熟。雷吉娜一直准备着哪天奥斯卡会在搪瓷厂里走到她跟前，对她说，"这么说来，你就是多莱克·霍洛维茨的妻子了？"唯一的问题是她该怎么向辛德勒表达她的感激之情。可他从来都没给她这个道谢的机会。她高兴地发现，她在利波瓦街并不怎么显眼，她女儿也是。母女俩都明白，奥斯卡其实很清楚她们是谁，因为他经常叫着理查德的名字跟他闲聊。她们也深深地了解，辛德勒给她们全家的恩惠有多大，小男孩喋喋不休的问题已经全然改换了性质。

埃玛丽娅劳役营中并没有横行霸道的常驻司令官，也没有长久不变的警卫。驻军两日一换，两卡车党卫军和乌克兰卫兵从普拉绍夫来扎布洛西接管附属营的安保工作。普拉绍夫的这些当兵的很喜欢他们在埃玛丽娅的临时工作。因为主管先生的厨房虽说比普拉绍夫的还要简陋，做出来的饭菜却好得多。自从上次主管先生大发雷霆，给舍纳将军打了好几次电话以后，任何卫兵就再不敢擅自跨入营地一步了，只限于在围墙外面巡视一下。

除了逢到上级党卫军军官来视察，在德国搪瓷厂工作的这些囚犯很少能近距离看到他们的卫兵。营内居民沿一条带刺铁丝网围起来的通道去搪瓷车间上班；另一条则通向军工车间。而在纸箱厂和散热器厂工作的埃玛丽娅犹太人，则由乌克兰卫兵押解着上下班——每两天就更换一批卫兵，这样一来，就没有哪个卫兵有时间对某个囚犯生出特殊敌意来了。

因此，虽然给埃玛丽娅的犹太人设定生活界限的是党卫军，可定调子的却是奥斯卡。而且这调子虽看似脆弱，却坚韧持久。营里没有警犬，没有鞭打。吃的汤和面包比普拉绍夫的质高量足——每天大约能有两千卡路里热量，这是在埃玛丽娅工作的一位医生的估计。个人的工作时间很长，经常能达到十二个小时，奥斯卡毕竟还是个商人，要完成战争订单，还有强烈的趋利之心。不过，必须要说的是，这里的工作都不算繁重，而且当时他的很多囚犯都相信，他们付出的劳力越多，就越能保证他们能生存下去。根据战后奥斯卡提供给联合配给委员会的账簿记载，埃玛丽娅劳役营的伙食费用共计一百八十万兹罗提（合三十六万美元）。这个数字跟法本与克卢普公司账上装装门面的支出记载差不多，可是以这部分支出所占利润的比率而言，任何一家工厂都没有奥斯卡的高。事实是，在埃玛丽娅，没有一个工人因过量劳动、因遭受鞭打或因饥饿而病倒或死亡。而仅以 I·G·法本的布纳橡胶厂为例，共三万五千的劳动力，在工作中死了有两万五。

直至多年以后，埃玛丽娅的犹太人仍然将辛德勒的集中营称作天堂。此时的这些犹太人早已散居世界各地，所以，这个称谓不可能是他们事后的共同追认，肯定是当时他们在埃玛丽娅时就流行起来的说法。自然，这个天堂只是相对意义上的，是跟普拉绍夫相比，宛若天堂。这些人感受到的简直是一种超越了现实的获救感，在当时的严酷情势之下实在有些不可思议，他们都不敢深究，唯恐它会像个幻梦般烟消云散。德国搪瓷厂的新员工对辛德勒的认识只不过道听途说，他们并不想亲眼见到这位主管先生，或是冒跟他交谈的险。他们需要时间平复心灵的创伤，渐渐适应辛德勒这种"异端"的监狱体系。

譬如，有个叫作露西娅的姑娘，她丈夫刚刚在普拉绍夫的阅兵场上从众囚犯中被揪了出来，跟其他被淘汰的囚犯一起被送到了毛特豪森灭绝营。她知道丈夫此去只有死路一条，新寡的伤痛让她不能自已。在这种情况下，她被押送到了埃玛丽娅。她的工作是将上过釉的搪瓷器皿送入炉中烧制。工人可以在机器暖烘烘的表面上烧水，连地面都很暖和。对她来说，热水就是埃玛丽娅赐予她的头一样恩惠。

最初的日子里，辛德勒在她看来只是个巨大的影子，在金属冲压机之间的过道或是营区的小道间走来走去。不过这影子并不给她以威胁感。她隐隐觉得，若是她引起别人的注意，这个地方的本质——没有鞭打，充足的食物，营区内也没有卫兵——可能转眼就会完全改变，露出狰狞的面目。她但求安安生生地干完自己的活儿，平安地沿带刺铁丝网围起来的小道回自己的营房睡觉。

可不久之后，她发现自己非但在奥斯卡向她颔首问好时能点头向他致意，甚至还会开口跟他说，很好，谢谢您，主管先生，她很好。有一次他给了她几支香烟，这可是比金子还贵重的好东西，她不但能拿来消愁祛闷，还能拿它跟波兰工人换点生活必需品。可是她知道朋友难保长久，所以她竟然怕他的友谊；她唯愿他继续像个幽灵般存在，像个具有神奇法力的父亲保护着他们。天堂若是由一个朋友来掌管，那就未免太脆弱了些。要想让天堂持久，你需要一个比朋友更加权威也更加神秘的人来经管。

许多埃玛丽娅的囚犯都有相同的感受。

奥斯卡的附属劳役营建成的时候，克拉科夫城里有个叫雷吉娜·珀尔曼的姑娘，持有伪造的南美公民证件。她黝黑的肤色跟她的证件正相吻合，不会让人起疑，于是她以雅利安人的身份在波德戈尔兹一家工厂的办公室工作。她如果远走华沙、罗兹或是格但斯克的话，会安全得多，不大会受到敲诈勒索的危险。可是她一双父母都关在普拉绍夫，她持伪造的证件也是为了他们着想，这样可以给他们搞到点食品、小奢侈品和药品。她还在犹太聚居区生活的时候，就听说过这样一句格言：辛德勒先生会尽心竭力帮助犹太人。这几乎成了克拉科夫犹太人信奉的一种神话了。她也同样从普拉绍夫，从采石场和司令官的仆从那里听说过格特的为人。她因此下定决心，一定要把她父母弄到辛德勒的后院集中营里去，为此哪怕冒险从暗处走到明地里也在所不惜。

她头一次去德国搪瓷厂找辛德勒先生的时候，穿了条退色的印花裙子，没穿袜子，实在是毫不显眼。波兰门房给楼上办公室的辛德勒先生打了个电话通报一声，透过玻璃窗，她看得出来，门房对她很是不以为然。无名小卒罢了——别的哪个工厂里的邋遢女工吧。她跟所有持伪造的雅利安人证件的犹太人一样，生怕某个怀有敌意的波兰人会窥破她的犹太人身份。这个门房看起来就颇有敌意。

门房摇着头回到她跟前时，她马上表示她也没什么大不了的事儿。她本想就这么把他打发掉算了，谁知这个波兰门房都懒得扯个谎敷衍她。"他不想见你，"他说。她可以瞥见一辆宝马的车头在工厂的院子里闪着幽光，那只能是辛德勒先生的座驾。他就在厂里，可是不肯见连丝袜都买不起的访客。她一路哆嗦着落荒而逃。这样也罢，也就免得她向辛德勒先生坦白即使在梦中都不敢向任何人说出口的秘密了。

她又等了一个星期，才从厂里争取到一段较长的轮休时间。她花了整整半天时间用于准备她的计划。她洗了个澡，从黑市买了双丝袜。跟一个朋友借了件短上衣——她没几个朋友，一个持假雅利安证件的姑娘哪里敢冒险结交什么朋友。她自己还保留了件上佳的短外套，又买了顶带面纱的清漆草帽。她细细地给自己的脸上妆，黝黑的肤色上完妆后光彩照人，完全成了个不知忧虑为何物的淑女。镜中的她活像又回到了战前的岁月，一个具有异国血统的优雅的克拉科夫淑女——父亲或许是个匈牙利商人，母亲则来自里约热内卢。

这一次，不出她所料，波兰门房根本就没认出她来。他马上放她进去，然后给主管先生的秘书克罗诺斯卡小姐打了个电话，在克罗诺斯卡的授意下直接向辛德勒本人汇报。主管先生，波兰门房道，有位女士有重要的事情要见您。辛德勒先生似乎想了解详情。是位衣饰高雅的年轻女士，波兰人道，拿着电话鞠躬如仪，是位非常漂亮的年轻女士，他又补充道。辛德勒亲自跑到楼梯口去接她，仿佛急于见到她，要么就是担心她是某个跟他有过瓜葛的姑娘，当着职员们的面会给他下不来台。发现跟她素昧平生后，他笑了。他很高兴认识她，这位弗洛琳·罗德里格兹小姐。她看得出来，他对漂亮女人有种本能的敬意，这种情感既天真无邪又老成世故。他故意摆出戏剧男主角式的浮夸手势，示意她跟他上楼详谈。她想跟他私下里谈谈？她当然该这么做。他领着她从克罗诺斯卡身边经过。克罗诺斯卡则处之泰然。这姑娘也许真是为公事而来——黑市交易或者货币买卖——也未可知。她甚至可能是个衣着时尚的游击队员。爱情的可能性或许该排在最后。不管怎么说，克罗诺斯卡这样世事洞明的姑娘从来就不想独占奥斯卡，也不想被他独占。

进入办公室后，辛德勒为她搬了把椅子，自己走到桌子后面在元首的肖像底下落座。她想抽根香烟吗？还是来杯佩诺茴香酒或是科涅克白兰地？都不需要，她说，可他，当然了，必须得先喝上一杯。他从鸡尾酒柜里给自己倒了一杯。她所谓的要事到底是什么呢？他愿闻其详，他的态度已经不复是楼梯上装模作样的优雅派头了。因为通外面大办公室的门一关，她的态度就变了。他看得出来，她此次前来当真是有要事相商。她俯身向前，有那么一瞬，她觉得自己简直荒谬绝伦，她父亲花了五万兹罗提给她买下雅利安证件，她竟然毫不迟疑地主动跟这个手持一杯白兰地的苏台德德国人和盘托出，此人的态度还半是忧虑半是讥讽。可不知怎么的，这又是她有生以来觉得最容易做的一件事。

我得向您坦白，辛德勒先生，我不是个波兰雅利安人。我真正的姓氏是珀尔曼。我父母如今双双在普拉绍夫。他们说，我也相信，若能有幸来到埃玛丽娅，就犹如获得了保命卡。可我身无分文，无以为报；为了能进入您的工厂，我这身衣裳都是借的。您愿意为了我收容我的父母吗？

辛德勒把酒杯放下，站起身来。你是想跟我来个秘密协定？我从不跟人搞什么秘密协定。弗洛琳，你的建议是非法的。我在扎布洛西这里有个工厂，我唯一关心的问题就是这个人是否有专业技能。如果你愿意，可以把你的雅利安姓名和地址留给我，待时机成熟，我也许会写信告诉你我需要两位尊亲的工作技能。可现在我什么都不能答应你，而且我只能出于专业技能的考虑，别的一概爱莫能助。

可他们不可能以技术工人的身份来这儿呀，弗洛琳·珀尔曼说。我父亲是个进口商，可不是什么金工锻工。

我们的办公室也需要人，辛德勒说。不过主要是车间里需要技术工人。

她无计可施了。她含着一包眼泪写下了她的假名和真地址——这么一来，他只要乐意就可以随意处置她。可是来到街上后她开始理解辛德勒的做法了，又重新燃起希望。辛德勒也许是提防她是个奸细，是来诱捕他的。可不管怎么说，他还是够冷酷的，毫不容情地把她轰了出来，丝毫不肯假以颜色。

不出一个月，珀尔曼老夫妇就从普拉绍夫来到了埃玛丽娅。雷吉娜原本以为，就算奥斯卡·辛德勒先生大发慈悲，也就止于把老夫妇俩弄到自己厂子里罢了，事实上，这次辛德勒一下子就把包括老夫妇在内的三十个工人一起接收下来。她抽空会溜达到利波瓦大街，买通守卫进入厂区去看望父母。她父亲忙着给搪瓷器上釉、往炉子里铲煤、清扫地板上的废料。"可他又开口讲话了，"珀尔曼太太跟她女儿说。而在普拉绍夫期间老先生一直缄口不语。

事实上，尽管埃玛丽娅的营房四面透风，卫生设施也极不到位，这里却弥漫着一种特别的气氛，一种脆弱的信心，相信这里的安全能永远得到保证，而这种信心是雷吉娜这种在阴沉的克拉科夫靠假证件生活的犹太人绝对无缘分享的，他们要一直等到这个疯狂的时代彻底结束，才能如此放心。

珀尔曼-罗德里格兹小姐不想扰乱辛德勒先生的生活，所以并没有冲进他的办公室或者再三写信表示千恩万谢。可她每次离开德国搪瓷厂的黄色大门时，对于有幸留在大门里面的同胞总有种难以言表的艳羡之情。

接下来又有一场战役要打：将梅纳什·勒瓦托夫拉比从普拉绍夫营救至埃玛丽娅。勒瓦托夫在普拉绍夫假扮成一名金工，实际上是位学识渊博的都市拉比，年纪轻轻，蓄着黑黑的胡须。他远比那些来自波兰犹太村镇的拉比们开明，那些死硬派坚信恪守安息日的礼仪比生命还要重要，于是在一九四二和一九四三的两年间，在波兰境内的强制劳役营中，每周五傍晚因拒绝工作被枪毙的拉比就有好几百位①。而勒瓦托夫哪怕在和平年代也会教导他的会众，光大上帝的荣名非但要靠坚定不移的虔诚，可能也需要灵活通达的明智。

斯特恩如今在阿蒙·格特的行政大楼里的建筑办公室工作，他对勒瓦托夫一直怀有深深的敬仰之情。在往昔的日子里，如果能偷得半日闲暇，斯特恩和勒瓦托夫就会泡上杯茶，一连好几个钟头地促膝谈心，讨论琐罗亚斯德②对犹太教的影响或是反之犹太教对他的影响，一直谈到道教关于道法自然的观念，直谈到茶都放凉了。谈到比较宗教学的时候，斯特恩跟勒瓦托夫的讨论真让他如饮甘泉，畅快淋漓，这可比跟虚张声

---

① 犹太教称星期六为安息日 (Shabbat 或 Sabbath，希伯来语作 Shabbat)，是圣日和休息日，其时间从星期五日落起，至星期六日落止。

② 琐罗亚斯德 (Zoroaster，前 628? —前 551?)，古代波斯琐罗亚斯德教 (又称祆教、拜火教或波斯教) 创始人，据说二十岁上弃家隐修，后对波斯的多神教进行改革，创立了琐罗亚斯德教。

势的奥斯卡·辛德勒谈同样的话题时开心多了，这也难怪，谈这样专业的话题，奥斯卡要不洋相百出才叫怪了呢。

斯特恩瞅准了一次奥斯卡去普拉绍夫的机会，告诉他一定得想办法把梅纳什·勒瓦托夫给弄到埃玛丽娅去，否则格特肯定会把他给杀了。因为勒瓦托夫不论到哪儿，总是能引人注目——这是他个人的外表举止使然，想藏都藏不住。这类仪表出众的人物对格特一直都很有吸引力；他们就像游手好闲之徒一样，最容易成为司令官的靶子。斯特恩详详细细跟奥斯卡讲了格特是如何一而再、再而三地想把勒瓦托夫置于死地的。

阿蒙·格特的集中营现如今住了有不下三万人。在阅兵场旁边，靠近已改作马厩的犹太殡仪馆边上，有幢波兰人的建筑，住了约莫一千两百名囚犯。克吕格尔中将视察这个发展迅速的全新集中营时甚是满意，高兴之下给司令官的党卫军军衔连升了两级，如今已经是格特上尉了。

除了挤了一大帮波兰人外，从东欧和捷克斯洛伐克来的犹太人也暂时寄居在普拉绍夫，等西边奥斯威辛-比克瑙和格罗斯-罗森集中营建成后再迁过去。这样一来，普拉绍夫营内的人口最高时就会超过三万五千人，一大早得列队到阅兵场接受点名。因此阿蒙经常得剔除一些早来的囚犯，给新来的腾地方。奥斯卡知道司令官采取的速战速决法就是出其不意地闯进营内的某个办公室或是车间，命令在场的所有人站成两行，然后视当时的心情挑选一行下令他们开步走。开步走的这一行要么就给带到奥地利人的山上工事中就地枪决，要么就给带到克拉科夫-普拉绍夫的火车站，再么，等一九四三年秋季铁路支线铺设之后，给弄到驻防的党卫军营区的火车站。

在某次进行这类剔除行动时，斯特恩告诉奥斯卡，阿蒙来到了厂区内的金工车间，那是几天前的事儿。几位监工像士兵一样立正站好，急吼吼地向司令官汇报，知道只要一个字说错就可能丢了性命。"我需要二十五个金工，"几位监工汇报完之后阿蒙指示道。"只要二十五个。把熟练工人给我挑出来。"

有一位监工挑了勒瓦托夫，拉比就站到了熟练工的队伍中去了，不过他看到监工选他的时候阿蒙特意留心了一下。当然，谁都不知道最后开步走的是哪个队伍，也不知道会被弄到哪里去，不过再怎么说，站在熟练工的队伍里胜算总归大一些。

挑选的工作继续下去。勒瓦托夫注意到，那天早上的几个金工车间里人少得出奇，在大门口工作或是临时补缺的工人有些眼睛尖鼻子灵的探知格特要来，早就脚底抹油溜到了马德里瑞施的制衣厂，躲到了一卷卷的亚麻布当中或是装着修理缝纫机去了。溜得慢或是粗心大意的还剩四十来位，这时都在车间的工作台和车床之间站成了两队。每个人都心惊胆战，不过排在比较短队伍里的就更惊恐不安了。

较短的队伍里有个年龄莫辨的男孩子，小则十六，最大也不超过十九岁，这时突然大叫起来，"可是司令官先生，我也是个金工专家呀。"

"是吗，小宝贝？"阿蒙喃喃道，拔出他的军用左轮手枪，跨到男孩面前，对准他的脑袋就是一枪。金工车间里一声巨响，冲击波将孩子的身体一下掼到了墙上。心惊胆寒的勒瓦托夫相信，这孩子还没等摔到地上就已经没气了。

如今更短的那支队伍被押往火车站，男孩的尸体用手推车推到了山上，地板冲洗了一下，车床重新开始运转。可是趴在工作台上慢吞吞地做门合叶的勒瓦托夫，却清楚地意识到阿蒙目光中那瞬间的一闪——那表示他认住了他，等于是说：就是这一个。在拉比看来，男孩的那声喊叫不过暂时转移了阿蒙对他的注意，阿蒙要的其实就是他。

几天后，斯特恩告诉辛德勒，阿蒙再度来到金工车间，发现里面挤得满满的，于是就四下转悠着自己挑出要送到山上或是运到火车站的人选。然后，他在勒瓦托夫的工作台边停下了脚步，勒瓦托夫就料到他会来这一手。勒瓦托夫都能闻到阿蒙脸上剃须后抹的润肤膏的味道。他能看到阿蒙浆得笔挺的衬衫袖口。阿蒙对衣饰非常讲究。

"你做的是什么东西？"司令官问道。

"司令官先生，"勒瓦托夫道，"我在做门合叶。"拉比指了指地上已经完工的一小堆合叶。

"现给我做一个，"阿蒙命令道。他从口袋里掏出一只怀表，开始计时。勒瓦托夫认真地切下一块合叶，手指推送着那块铁片，开动车床碾压着；推送中的手指沉着稳健，很高兴显示一下训练有素的技能。他脑子里一直暗暗计算着时间，一个门合叶完工的时候他相信花了有五十八秒钟，然后把它扔在脚边。

"再来一个，"阿蒙低声道。经过刚才的速度检验后，拉比这次更加成竹在胸了，制作的过程信心满满。过了大约一分钟左右，第二个完工的门合叶也溜到了脚边。

阿蒙掂量着那一小堆完工的门合叶。"你从今天早上六点钟就开始干活了，"阿蒙说，头都没抬。"而且你完全可以按照刚才在我面前展示的速度干活——可是，怎么总共就做了这么一小堆呢？"

勒瓦托夫这才明白，他刚才等于是在自掘坟墓。阿蒙押着他沿过道往外走，在场的谁都不愿也不敢抬头看他们一眼。又有什么好看的？死亡之旅罢了。死亡之旅在普拉绍夫可是家常便饭了。

来到屋外，在春日的中午，阿蒙命令梅纳什·勒瓦托夫靠车间的墙站好，还扳着他的肩膀调整了一下他的站姿，掏出了两天前残杀那个孩子的手枪。

勒瓦托夫眯起眼睛，望着匆匆而过的别的囚犯，看他们推着、拖着建设普拉绍夫集中营的原材料，急于躲开手枪的射程，其中那些克拉科夫犹太人不禁暗想，上帝啊，这次竟然轮到勒瓦托夫了。他偷偷地开始默念犹太经文，听到手枪的机械装置发出的运转声。可这个小机械的内部忙活了一阵后却并没有发出一声轰响，反而像是打火机打了一下却没打出火焰那样咔哒一声。阿蒙·格特就像个没点着烟的老烟枪，略微有点恼怒，于是把弹匣拔出来重装了一遍，再次瞄准目标，开枪射击。拉比的头下意识地一扭，一般人都会有此反应，仿佛能像躲开一拳一样化解子弹的威力，可格特的手枪却再次咔哒了一声。

格特破口大骂。"活见鬼了！真他妈该死！"勒瓦托夫觉得，阿蒙像是随时都会开始历数现代工艺的缺陷，仿佛他们俩不过是两个工匠，力图解决某个简单的技术问题——在管子上车上螺纹，在墙上打个洞。阿蒙把那把不听使唤的手枪放回黑色的枪套里，又从夹克口袋里掏出一把珍珠镶柄的左轮手枪，这种型号的手枪可是古董货了，勒瓦托夫拉比只在童年时代读过的西部牛仔小说里见识过。很明显，他想，技术故障终究难以救他一命。他决不会善罢甘休。我竟然会死在牛仔用的左轮枪下，哪怕所有枪支的撞针都被锉断，格特上尉仍会穷追不舍，哪怕倒回去使用更原始的武器他必欲置我于死地而后快。

斯特恩绘声绘色地给辛德勒描述当时的情形，当格特第三次瞄准、射击的时候，梅纳什·勒瓦托夫因为格特的现役手枪竟然两次无法开枪，已经开始四处寻摸着附近有没有合适的东西可以用作借口了。墙角倒是有一堆煤，可实在不太有说服力。"司令官先生，"勒瓦托夫开始说道，可也许太晚了，他都能听到枪肚子里那小小的杀戮机件：撞锤与发条相互作用的声音。竟然第三次出现打火机打不着火的咔哒一声。阿蒙简直气疯了，看起来恨不得把枪管生生给拧下来。

勒瓦托夫拉比于是抓住机会，摆出从金工车间的几个监工身上学来的恭敬姿态。"司令官先生，我斗胆向您禀报：我那堆门合叶的数量之所以不能让您满意，是因为今天早上车间的机器正在重新进行校准。所以我早上没能做成门合叶，而是被派去铲煤了。"

勒瓦托夫觉得是他破坏了他们一直在玩的这场游戏的规则，这场游戏本该以勒瓦托夫合情合理的死亡作为终结的，就像蛇爬梯子棋要以掷出六点结束一样地理所应当。这就仿佛拉比把骰子给藏了起来，结果也就不可能有什么结论了。阿蒙抬起空着的左手，照准他脸上来了个大嘴巴子，勒瓦托夫在嘴巴里尝到了血的腥味，舌头上的血就像个抵押品，可保他暂时的活命。

格特上尉扬长而去，就把勒瓦托夫晾在墙边上不管了。可是，不论是勒瓦托夫还是格特都明白，他们俩之间的这场竞赛不过是暂时搁置而已。

斯特恩在普拉绍夫的建筑办公室从头到尾把这个故事向辛

德勒讲了一遍。斯特恩弯腰曲背，眼睛瞪得溜圆，双手紧张地交握，连丝毫的细枝末节都不放过，讲了个不亦乐乎。"没问题，"奥斯卡低声道。他从不放过揶揄斯特恩的机会。"犯得着这么啰里八嗦吗？埃玛丽娅总有地方容纳一分钟之内就能做一个门合叶的熟练工的。"

勒瓦托夫和他妻子一九四三年秋天来到埃玛丽娅工厂的附属劳役营。一开始，他须得忍受辛德勒对他们的宗教开的小玩笑——至少他是这么认为的。勒瓦托夫在德国搪瓷厂的军工部门开车床，每到星期五下午辛德勒就会跟他说，"您不该待在这里，拉比。您应该去准备过安息日了才对。"一直到奥斯卡偷偷揣给他一瓶葡萄酒作圣礼之用，勒瓦托夫才明白过来主管先生并非在跟他开玩笑。自此，每到星期五下午，这位拉比在黄昏前就不必再干活了。他从工作台回到德国搪瓷厂后院里铁丝网围起来的营房，在一溜溜散发出酸臭味儿的湿衣服底下，他会端坐在几排高达天花板的铺位中间，对着一杯红葡萄酒吟诵安息日祷词。当然，党卫军的瞭望塔仍近在咫尺，如影随形。

第二十四章

这些日子里，骑着高头大马来上班的奥斯卡·辛德勒表面看来还是那个典型的商业大亨。他英俊潇洒、光彩照人，跟电影明星乔治·桑德斯和库特·于尔根属于一种类型的帅，大家也确实经常拿这两位大明星来比他。他的骑马短装和马裤都是精工裁制；他的马靴光可鉴人。看起来当真是春风得意马蹄疾的翩翩佳公子啊。

可是，他在享受了一番乡野驰骋的乐趣之后，上楼来到办公室要面对的账单却实属匪夷所思，哪怕是在历来都不按牌理出牌的德国搪瓷厂这样的企业，也是见所未见。

普拉绍夫的面包房照例每周两次给扎布洛西利波瓦街的埃玛丽娅附属营送面包，总共几百个长面包，有时再象征性地添上半卡车芜菁。这几卡车垛得挺高实际上没装多少东西的供给，在格特司令官的账簿上却毫无疑问地增加了好几倍体积和分量，实际运到利波瓦街的微薄供给与格特账簿上巨大的虚幻数字之间的差额，则由希洛维茨这样的亲信代表上尉先生卖到了黑市牟利。假如奥斯卡完全仰赖阿蒙提供给劳役营的食物供给，那他那九百个犯人每人平均每周只能分到一公斤面包，每三天才能匀到一碗汤。于是，奥斯卡只能通过自己和他的经理的门路，每月花五万兹罗提到黑市上买入食品以补营内的空缺。最多的时候每周他得想办法另外弄到三千多个圆面包。他亲自跑到城里去跟几个大面包房的主管套近乎，公文包里少不了揣满德国马克和两三瓶好酒。

奥斯卡看来还没意识到，到一九四三年秋，他已经成了非法为囚犯提供充足食物的斗士，而他只有屈指可数的几个同道中人。而此时，因党卫军的政策造成的饥饿，已经犹如恐怖的尸衣，笼罩着那些巨大的死亡工厂和铁丝网围起来的小型强制劳役贫民窟。利波瓦街成了个世外桃源，也正是这一点才使它岌岌可危。

那年夏天发生的一系列事件，使辛德勒的神话更加深入人心。众多普拉绍夫的囚犯和埃玛丽娅的所有员工对奥斯卡几乎怀有一种宗教般虔诚的信仰，将他当作了拯救苍生的救世主。

每个附属劳役营的建成之初，其监护营都要派几个高级官员前往视察，确保新营区以最彻底、最符合种族政策的方式榨取营内那些奴隶劳工的最大劳动力。我们尚无法确定到底是普拉绍夫的哪几位高官视察过埃玛丽娅，不过有些囚犯还有奥斯卡本人都说格特曾亲临指导。即便不是格特，也起码是莱奥·约翰或是施密特。再或者就是格特的亲信约瑟夫·诺斯舍尔。将他们中间任何一个人的名字跟"以最彻底、最符合种族政策的方式榨取最大劳动力"联系在一起，都是公正无欺的。不论具体是谁，他们每一个人都在普拉绍夫的历史上留下了千古骂名，都曾亲自参与、至少是默许了野蛮的暴行。眼下，他们在视察埃玛丽娅的时候，又在工厂的院子里抓到了一个叫拉穆斯的囚犯，罪名是车子推得太慢。据奥斯卡本人事后的说法是：那天格特看到拉穆斯推车不够快，就转身对身边的格林示意查办——格林是个年轻的党卫军军士，以前曾是个摔跤手，是格特的又一个亲信，并兼他的保镖。我们可以肯定的是，奉命处决拉穆斯的确实是格林。

于是格林就把拉穆斯给逮了起来，视察大员们则继续前往营区的其他部分视察。是金工车间的一个工人飞奔到楼上主管先生的办公室，向辛德勒报的警。奥斯卡一听之下，怒吼着冲下楼梯去救人，速度比雷吉娜·珀尔曼小姐来访的那天还快，跑到院子里的时候正赶上格林命令拉穆斯靠墙站好。

奥斯卡大吼，你不能在这里杀人。你要是在这里动起了手，我的人就出不了活了。我有重要性压倒一切的战争合同要完成，等等等等。这是标准的辛德勒式论调，而且明白地暗示他奥斯卡可是上可通天的人物，如果格林敢在埃玛丽娅的地面上撒野，他就等着瞧吧。

格林可不傻。他知道那些个视察大员早就到车间里面去了，里面锻压钢铁、开动机床的声音震耳欲聋，不管他开不开枪横竖他们都听不到。拉穆斯在格特和约翰这样的人眼里连个芥菜籽都不如，事后也绝对懒得调查过问。"那我有什么好处呢？"这位党卫军问奥斯卡。"伏特加成吗？"奥斯卡说。

对格林来说这可是意外之喜了。他在东欧执行每日例行的集体大屠杀时，端着机枪忙活一整天——枪杀好几百个犹太人——才得到半升伏特加的酬劳。就为这个，小伙子们还得上赶着往行刑队里钻，图的就是晚上吃饭的时候能有点酒喝。而现在他只要少执行一次行动，主管先生赏的好酒足足是他辛苦一天的三倍所得。何乐而不为？

"可我没看到有酒啊，"他说。辛德勒先生已经把拉穆斯从墙边推开了，正把他推出子弹的射程范围。"快滚！"格林冲着这个推车子的犯人大吼。"等视察完了以后，"奥斯卡说，"你到我办公室里自己拿去。"

奥斯卡还用类似的办法救了一家人的命。盖世太保有一次突袭了一个造假证的公寓，在一堆已经完成和将近完成的假证件当中，发现了为一户叫沃尔菲勒斯的人家伪造的一套雅利安证件——母亲、父亲，还有三个十几岁的孩子，都是辛德勒集中营的工人。两个盖世太保于是前往利波瓦街，把这一家人集中起来进行审问。他们的命运已经确定无疑：先是关进蒙特卢皮赫监狱，然后就得拉到楚焦瓦·戈尔卡山坡上处决。两个盖世太保在奥斯卡的办公室里足足待了有三个钟头，然后跟跟跄跄地下了楼，脸上竟然洋溢着善意的微笑，谁都看得出来，这正是科涅克白兰地和贿金带来的奇效。那套没收的假证件就留在了奥斯卡的办公桌上，他随手全都扔进了壁炉。

再就是丹齐格兄弟的历险记了。兄弟俩都是粗手笨脚的老实人，来自某个边远的犹太村镇，某个星期五的时候把操作的金属冲压机给弄坏了。兄弟俩给吓呆了，大眼瞪小眼地看着刚刚砰的一声巨响断裂开来的机器。当时主管先生外出谈生意去了，于是就有人——奥斯卡坚称是厂里的某个奸细——把丹齐格兄弟给告到了普拉绍夫的管理部门。兄弟俩马上从埃玛丽娅给带到了普拉绍夫，第二天早点名的时候就公布了对他们俩的绞刑令。今晚（命令宣称），普拉绍夫的居民将亲眼目睹对两个蓄意破坏者的严厉惩罚。其实，之所以判丹齐格兄弟绞刑，主要正是因为他们身上明显的正统犹太人的气味。

星期六下午三点，奥斯卡办完了公事从索斯诺维茨回来，一到办公室就见丹齐格兄弟绞刑宣判的照会在桌子上等着呢，此时距行刑时间只剩三小时了。他气都顾不上喘，立马揣上科涅克白兰地和一些上好的波兰熏香肠，驱车穿过郊区来到了普拉绍夫。他把车停在行政大楼前，在格特的办公室里找到了他。他很高兴自己不必惊扰了司令官午后甜蜜的小憩。没人知道那天下午两人在格特的办公室到底做了笔什么交易，在这个颇有托尔克马达①遗风的办公室里，格特在墙上装了好些个带环的螺栓，为了严明纪律或是杀鸡骇猴，他经常直接把人挂在螺栓上吊死。可是我们仍然很难相信，单单几瓶白兰地几根香肠就能收买了阿蒙。但不管怎么说，这次会见之后，他对帝国金属冲压机完整性的关切就已然得到了抚慰，六点的时候，也就是在预定的绞刑时间，丹齐格兄弟坐在奥斯卡豪华大轿车的后座上，返回了肮脏然而甜蜜的埃玛丽娅营房。

当然，所有这些胜利也都只是片面的、不完全的。奥斯卡知道，恺撒有个观点：宽赦要如他们判决一样地丧心病狂。埃米尔·克劳特沃特白天是埃玛丽娅营房后面散热器厂里的工程师，晚上则是奥斯卡的党卫军附属营的居民。他很年轻，三十年代末才拿到大学文凭。克劳特沃特就跟埃玛丽娅的其他劳工一样，亲切地把这个地方叫做辛德勒集中营，可是等克劳特沃特被带到普拉绍夫中当众绞死以儆效尤的时候，党卫军等于是在告诉大家这到底是谁的集中营，至少在某些方面它并非真正的世外桃源。

普拉绍夫的部分犹太人也有幸活到了和平年代，他们最常念叨的除了自身遭受的苦痛和屈辱之外，就是亲眼目睹的克劳特沃特工程师的绞刑。党卫军连立个绞架都很抠门儿，而普拉绍夫的绞架活像一组长长的低矮门柱，完全没有历史上那些著名时期的断头台所具有的庄严肃穆，如法国大革命时期的断头

---

① 托尔克马达（Tomás de Torquemada，1420—1498），西班牙多明我会修士，西班牙第一任宗教总裁判官，任职期间以火刑处死异端分子约两千人。

台、英国伊丽莎白时代的绞刑台、美国县治安官后院里附设的高大肃穆的绞刑架。在如今的和平时期去看普拉绍夫和奥斯威辛的绞架，让你感到不寒而栗的并非是它们的庄严肃穆，而恰恰是由于它们太平凡家常。可是普拉绍夫那些孩子的母亲们仍然发现，就算是用这么平凡简陋的设备，那些只有五岁大的孩子们仍然混迹于阅兵场上的众人间，亲眼目睹了太多残酷的行刑场面。要跟克劳特沃特一同受刑的，还有一个年仅十六岁的少年，叫豪本斯托克。克劳特沃特之受刑是因为他给克拉科夫城内的叛乱煽动分子写过几封信。而豪本斯托克只不过有人听到他哼唱《伏尔加，伏尔加》和《我的小杜松》[①]等被禁的俄罗斯歌曲，据他的死刑宣判说，他是借机蓄意煽动乌克兰卫兵改投布尔什维克主义。

普拉绍夫营内的绞刑是在一片沉寂中施行的。早先的绞刑都有兴高采烈的看客，气氛欢快，如同过节，可这里绞架上的下落板是在死寂中掉下来的。囚犯们列成方阵，由几个大权在握、志得意满的党卫军来回巡行，比如胡亚尔和约翰，施密特和格林等军官，或者兰兹多尔弗、阿姆瑟、格里姆、里兹切克和施赖伯等军士；如今营里又新派了些女性主管，负责巡查的两位女党卫军都配了警棍，芳名爱丽斯·奥尔沃夫斯基和露伊丝·丹茨。在这样的监管下，死刑犯的哀哀求恳在一片静默中听得清清楚楚。

克劳特沃特工程师起先吓呆了，一句话都说不出来，那个男孩却说个没完。他嗓音哆嗦着跟站在绞架旁的上尉理论。"我不是共产党，司令官先生。我痛恨共产主义。我唱的不过

---

① 均为著名的俄罗斯民歌。

是几首歌。很普通的歌。"负责行刑的绞吏原是克拉科夫城里的一个犹太屠户，以担当绞吏为条件得以豁免早先的罪行。他让豪本斯托克站到凳子上，把套索套到他脖子上。他明白阿蒙想先把这孩子解决掉，免得他再啰嗦个没完。屠户一脚把豪本斯托克垫脚的凳子踢掉，这孩子就给悬空吊了起来，可绞索竟然一下子断了，那孩子脖子上还套着绞索，脸涨得青紫，噎得气都上不来，手脚并用地爬到格特跟前，继续哀哀求恳，以头撞击司令官的脚踝，紧紧抱住他的小腿。这可是最彻底的卑顺了，再度令格特强烈地感到他在过去几个慷慨激昂的月份里确立起来的至高无上的地位。阅兵场上虽人山人海，却只闻低低的嘶声，如风吹沙丘的喃喃低语，阿蒙从枪套里拔出手枪，一脚把男孩踢开，一枪击穿了男孩的脑袋。

可怜的克劳特沃特工程师眼见处决男孩的恐怖景象，痛下决心，用藏在口袋里的刀片在两个手腕上深深地划了几刀。站在前面几排的因犯看得出来，克劳特沃特两腕的伤口已经足以致命，可格特却下令绞吏照常执行绞刑，两个乌克兰卫兵身上溅满了从克劳特沃特伤口上迸溅出来的血块，强行将他抬上了绞架。就这样，他两个手腕一边鲜血直迸，一边被活活绞死，成千上万的波兰南部犹太人亲眼目睹了这场惨剧。

每次面对这类野蛮的表演，人们总是一厢情愿地认为这是最后一次，虽说毫无根据却又是人之常情。人们宁肯相信哪怕是阿蒙，他的行事作风和基本态度也有转变的可能，如果他已经无可救药，人们就会转而寄希望于某些不知名的高官，他们待在法式落地窗和打蜡地板的高级办公室里，窗外有个广场，还有个老太太在卖花儿，这些个青天大老爷肯定能对普拉绍夫已经发生的暴行明察秋毫，赶来救苍生于水火。

塞德拉塞克医生第二次从布达佩斯来到克拉科夫的时候，奥斯卡跟他商定了一个计划，若是换了任何一个比辛德勒稍许含蓄点儿的人，肯定会认为这计划幼稚可笑。奥斯卡跟塞德拉塞克说起阿蒙·格特的为人，他觉得此人之所以行事如此野蛮乖张，原因之一也许就是喝的酒太次，阿蒙又是个滥饮之徒，本地这些所谓的科涅克白兰地使他本来就不怎么强的理性更其弱化，他也就完全不计后果地任性胡为了。塞德拉塞克医生刚为埃玛丽娅带了笔资金过来，交给了奥斯卡，而奥斯卡觉得应该拿出一部分来买一箱顶级科涅克白兰地——可不是斯大林格勒战役①之后在波兰那种到处都能买到的劣等便宜货。这箱好酒买来就是送给阿蒙的，然后借机劝说阿蒙认清形势，认识到不管怎么说战争终究会结束，战争结束后就会展开针对个人战时行为的调查。到时候哪怕是阿蒙的朋友，也可能会揭发他战时的过激行为的。

奥斯卡出于本性相信，连魔鬼你也能跟他一起喝酒，而且一杯科涅克下肚，就能劝他弃恶从善。他之所以这么想，并非怕采取更激烈的手段，而是因为他根本想不到。他本质上就是个生意人，惯于采取做生意的手段。

原本负责犹太聚居区防卫的奥斯瓦尔德·伯斯科警卫队长，则正好跟他相反，是个理想主义者。随着局势日渐恶化，他发现自己再也无法在党卫军的框架之下工作了，他只能在这

---

① 1942 年夏至 1943 年 2 月的斯大林格勒保卫战，苏联红军顶住纳粹德国的大举进攻，大获全胜。此次战役成为整个二战的转折点，纳粹德国由攻势转为守势。

里塞点贿金，往那里送个伪造证件，他动用职权救出十几个犹太孩子的时候却另有一百个孩子被押解出聚居区大门。所以他干脆挂冠而去，潜入涅波沃米采的森林中当起了游击队员。他加入人民军，竭尽全力为他一九三八年夏对纳粹主义的幼稚热情将功赎罪。他的穿着打扮已经全然像是个波兰农民，可最后还是不幸在克拉科夫以西的一个村子里被党卫军认出，以叛国罪处决。伯斯科也由此成为一位伟大的烈士。

伯斯科之所以潜入森林，纯粹是因为他别无选择。他没有辛德勒用以贿赂纳粹体制的经济来源。不过两人不同的选择归根结底也是源自两人不同的天性：一个发现自己除了自动丢弃的军衔和制服外其实一无所有，而另一位则确定握有现金和货物可供交换。如果有人说，就算奥斯卡真的牺牲了也是出于意外，是因为他交易没做好，反而害了自己，这也并非借机抬高伯斯科或者贬损辛德勒。因为，也正是由于奥斯卡如此行事，才有大量犹太人获救——比如我们提到的沃尔菲勒斯全家、丹齐格兄弟和拉穆斯。就因为奥斯卡如此行事，原本被认为天方夜谭的埃玛丽娅集中营才当真矗立在了利波瓦大街上，而就是这个附属营，在大部分时间内庇护了整整一千多人，将党卫军完全挡在铁丝网外头。这里面没有一个人挨打，在遍地饥馑的情况下这里面有浓汤可以活命。就算伯斯科和辛德勒这两位纳粹党员表面上的举动相差云泥：一个将党卫军制服留在波德戈尔兹的衣架上挂冠而去，真刀真枪地投入战斗；另一位则挂着巨大的纳粹徽章，开着豪华轿车去普拉绍夫给阿蒙·格特这个狂人送高档白兰地，这两位志士对纳粹体制的道德厌恶可以说是无分轩轾的，两人截然不同的行事选择全因两人的性格差异使然。

已经是向晚时分了，奥斯卡和格特还端坐在格特白色别墅的客厅里对饮。格特的女朋友玛约拉也正好前来探望，玛约拉是个骨架纤巧的女人，在城里瓦格纳的厂子里做秘书。她白天从不在普拉绍夫出现，因为受不了那些过分的行为。她天性敏感，而且她的敏感气质人尽皆知，甚至由此生传出个小道消息，说玛约拉威胁格特，如果他再这么滥杀无辜她就再也不跟他上床了。不过谁都不知道这消息到底是真有其事，还是绝望的囚犯们自欺欺人的强作解人，为的是抓住根稻草继续活下去。

玛约拉那天下午并没有跟阿蒙和辛德勒待很久。她看得出来，两个人的酒一时半会儿是喝不完了。海伦·希尔施，也就是阿蒙那个全身黑衣面色苍白的女仆，给他们端上几样必备的配餐：蛋糕、开胃薄饼和香肠。她累得几乎站都站不稳了，直打趔趄。昨晚阿蒙将她痛打了一顿，理由是未经他的允许就给玛约拉准备了吃的；今天早上又命令她在别墅三层楼面的楼梯上快跑五十趟，因为他在走廊的一幅油画上发现了一粒蝇屎。海伦对辛德勒先生早有耳闻，这才是头次亲见。可是整个下午她从这两个大块头男人身上没看出任何可以引为慰藉的迹象，两个人分坐在矮几两边，看着彼此亲密无间、甚是相得。这番景象她可丝毫不会关心，因为她自觉难逃一死。她只惦记着妹妹的安危，小姑娘如今在营内的大厨房做工。她藏了一笔钱，希望能有助她妹妹死里逃生。因为她深信不论有多少钱、不论做什么交易，都不可能改变自己的命运了。

两个人一直从薄暮喝到夜深。女囚营早已伴着女囚托西娅·利伯曼每夜必唱的勃拉姆斯的《摇篮曲》渐入梦乡，就连男囚营的梁间都有余音袅袅，而这两个大块头仍在对饮。他们那巨人般的肝脏通红火热得如同火炉一般。见时机已经成熟，奥斯卡朝阿蒙俯身过去，摆出一副亲密无间的友好态度——即使灌了这么多白兰地，这也只是一层一戳即破的假面……奥斯卡朝阿蒙俯身过去，狡猾得像个魔鬼一般，开始劝诱他该知道收敛收敛了。

阿蒙倒是欣然接受，从善如流。奥斯卡觉得他像是颇为赞赏"恕道"——其实权力熏天的帝王都自以为有这么点小嗜好。阿蒙于醺醺然间不禁任自己的想象驰骋：一个坐在矿车上的病弱奴隶，一个从电缆厂回营的囚犯，在监狱门口扛起一卷布匹或是一根木材，蹒跚向前——这种占便宜的做法他平常是绝难容忍的，可是这种臆想竟使阿蒙的小腹间油然生出一阵奇怪的暖意，他竟然能够宽恕那个拖拖拉拉、可怜兮兮的演员。就算是暴君卡利古拉[1]，也会一厢情愿地自认为大善人卡利古拉，也就难怪司令官的脑海中会一度呈现大善人阿蒙的形象了。其实他一直都有这种自认我本良善的小嗜好。尤其是今晚，金黄的酒液在他的血管中流淌，整个营地都在他脚下沉沉入睡，阿蒙的一念之仁与其说是怕遭报应，倒不如说真是出于怜悯，自己都被自己感动了。可第二天早上酒醒之后，他就会记起奥斯卡对他的警告，而且又会收到苏联军队进逼基辅前线的消息。斯大林格勒距普拉绍夫十万八千里，自不必庸人自扰，可基辅却并非远在天边，倒真是不可不防了。

奥斯卡和阿蒙对酌过去几天之后，有消息传到埃玛丽娅，据说奥斯卡对阿蒙的双倍诱惑对司令官已然奏效。塞德拉塞克

---

[1] 卡利古拉 (Caligula, 12—42)，罗马皇帝，专横残暴，处决将他扶上皇位的禁卫军长官，屠杀犹太人等，后被刺身亡。

医生回到布达佩斯后，将向萨姆·斯普林曼报告说，阿蒙至少暂时不会再滥杀无辜了。温和的萨姆要关心的头绪实在太多，从西边的达豪和德朗西一直到东面的索比堡和贝乌热茨，都要他操心，简直疲于应付，普拉绍夫的这个漏子哪怕是暂时堵上了，他也求之不得。

可这种慈悲的诱惑来得快也去得快。就算阿蒙短期内确曾有过一念之仁，那些侥幸存活下来的普拉绍夫囚犯，日后回顾过去、提供证词时也根本没有意识到这一点。对他们来说，格特的就地枪决从来就没有停止过。如果说今天或者明天早上阿蒙没有出现在阳台上，那也并不意味着后天他就不会出现了。格特的一念之仁为时实在太短，就算最容易受到蒙骗的囚犯也不敢寄期望于司令官的本性就此会有什么根本性的改变。总之，要不了多久，他就又会站在台阶上，头戴杀人时最乐意戴的奥地利式便帽，透过双筒望远镜四处寻找牺牲者了。

塞德拉塞克医生返回布达佩斯的时候，带回去的不但有格特从此改弦更张的虚幻期望，还有关于普拉绍夫劳役营的可靠资料。有天下午，一个来自埃玛丽娅的卫兵出现在普拉绍夫，传唤斯特恩去扎布洛西执行公务。斯特恩一到大门口，就被引到楼上奥斯卡的新公寓。奥斯卡向他引见了两位衣冠楚楚的客人。一位就是塞德拉塞克；另一位是个持瑞士护照的犹太人，自称叫巴巴尔。"我亲爱的朋友，"奥斯卡告诉斯特恩，"我想请你就普拉绍夫的情况写一份翔实的报告，今天下午就得完成。"斯特恩这是头一次见塞德拉塞克和巴巴尔，他觉得奥斯卡如此行事实在有些轻率。他双手紧握，鞠了一躬，喃喃地说在接受这样的任务之前，他想先跟主管先生私下里说句话。

奥斯卡常挪揄伊扎克·斯特恩有什么话或什么要求从不直说，总是先谈上一会儿巴比伦塔木德①和净化仪式，这才拐弯抹角地带到正题。不过这次他倒是开门见山了。"请告诉我，辛德勒先生，"他问。"您不认为这样做实在太冒险了些吗？"

奥斯卡炸了锅。在他重新控制住情绪前，隔壁那两个生人肯定能听到他的声音。"要是有危险的话，你认为我还会叫你来吗？"这时他已经平静下来，又说，"危险总归难免，这你比我更清楚。但这两个人我信得过，绝对安全。"

最后，斯特恩花了整个下午写他的报告。他是个学者，文笔历来精确无误。布达佩斯的营救组织和伊斯坦布尔的犹太复国主义者肯定能得到一份翔实可靠的报告。将斯特恩提供的概要推而及于波兰境内一千七百个大大小小的强制劳役营，外面的世界就能得到一幅足以震惊世界的全景图了！

除了斯特恩的报告之外，塞德拉塞克和奥斯卡还想获得更多的切实资料。阿蒙和奥斯卡纵酒作乐的第二天一早，奥斯卡就拽着他那个英勇无敌的肝脏返回了普拉绍夫，他到的时候办公时间还没到。昨晚，奥斯卡在谆谆劝说阿蒙要宽容克制之余，还讨到一张书面的许可证，准他带两位"兄弟企业家"参观这个模范工业区。奥斯卡一早就带着这两个人进入灰色的行政大楼，并要求囚犯伊扎克·斯特恩陪同参观整个营地。塞德拉塞克的朋友巴巴尔有一架小型照相机，他竟然就这么明目张胆地拿在手里。看起来，如果真有哪个党卫军敢质疑他手里的

---

① 巴比伦塔木德是犹太教义和注释的两种汇编之一。先经过许多世纪口传，然后由居留巴比伦的犹太学者编纂而成。

相机，他倒是会巴不得抓住这个机会，花上五分钟来吹嘘他最近去布鲁塞尔或是斯德哥尔摩出差时买的这个小玩意儿呢。

奥斯卡和来自布达佩斯的两位客人步出行政大楼的时候，奥斯卡抓住了一本正经的斯特恩的瘦削臂膀。他的两位朋友想看看车间和生活区，奥斯卡说。如果斯特恩想让他们特别注意些什么的话，他就弯下腰去假装系鞋带。

他们沿格特用粉碎的墓石铺就的大道，经过了党卫军的营房。一到这儿，囚犯斯特恩的鞋带几乎马上就需要系一下了。塞德拉塞克的同志忙着拍摄一队队犯人拖着成卡车的石头从采石场那边过来，而斯特恩则低声说，"非常抱歉，先生们。"他慢悠悠地系着鞋带，为的是让他们有时间低头看清楚墓石碎块上的文字。这是布卢玛·杰梅内罗娃（一八五一—一九二七）的墓碑；这是玛蒂尔德·里贝斯金德的墓碑，一九一二年以九秩高龄谢世；这是海伦娜·瓦克斯伯格，一九一一年死于难产；这是罗兹娅·格罗德尔，一九三一年年仅十三岁夭亡；这是索菲亚·勒斯纳和阿道夫·戈特利布，死在弗朗茨·约瑟夫皇帝治下。斯特恩想让他们亲眼看到，这些镌刻着可敬的死者令名的墓碑，已成为任人践踏的路石。

继续朝前走，他们先经过一家为党卫军和乌克兰卫兵服务的妓院，妓女都是波兰姑娘；然后到达采石场，也就是挖进石灰石崖壁的几个大坑。斯特恩的鞋带又得系一下了；他想让他们记录下这一幕。他们就在这个崖壁前杀人无数，又驱使他们用锤头和楔子辛苦地劳作采石。满面疤痕的囚犯分成好几个采石队，可没有一个人对今天早晨的访客流露出任何好奇。阿蒙·格特的乌克兰司机伊万正在这儿值班，而此处的总管是个脑袋溜圆的德国罪犯，叫埃里克。埃里克是个连人伦天良都不顾的嗜血狂徒，杀害了亲生父母和妹妹。要不是党卫军认识到犹太人的罪孽比弑父罪更罪不可赦，而埃里克正好可以用作鞭打他们的工具，他早就被绞死或至少给关到地牢里去了。斯特恩在他的报告里就曾提到一个例子，营地的诊所里原本一个叫爱德华·戈尔德布拉特的克拉科夫医生，被党卫军医生布兰克和他的犹太心腹莱昂·格罗斯医生给弄到这里来做苦工。埃里克最喜欢看到某个有文化和专业技能的"上等人"给贬到采石场，眼看着他们干不了这里的体力活而表现出来的窘态取乐。他于是就盯住戈尔德布拉特不放，一见他连锤子和钉子都不知该怎么使，马上就是一阵毒打。有那么一段时间，埃里克和杂七杂八的党卫军，还有乌克兰卫兵竟然招募了人来轮流毒打戈尔德布拉特。戈尔德布拉特医生在脸盘子肿得像个气球的情况下还被逼着继续干活，而如今他的脸瘦得已经只有正常大小的一半了，还有一只眼睛根本睁不开。谁也不知道戈尔德布拉特医生干活的时候到底犯了什么错，埃里克对他进行了最后一轮毒打。医生昏迷了许久之后，埃里克才允许把他抬到诊疗所里去，而莱昂·格罗斯医生竟然拒绝接收。被拒绝收治后，埃里克和一个党卫军就在医院的大门口继续踢踹已经奄奄一息的戈尔德布拉特医生。

斯特恩在采石场弯下腰去系鞋带，是因为他跟奥斯卡以及普拉绍夫机构中的其他一些人一样，坚信终究会有一场公平的审判，法官会问证人：简而言之，这一幕发生在什么地方？

奥斯卡为了让他的几个同伴对营区有个总体认识，带他们爬上楚焦瓦·戈尔卡山丘，来到奥地利人筑起的工事中，那些用来把尸体运往树林的沾满血迹的手推车就大模大样地放在堡垒的入口处。东边的松林里面和周边的群葬坑里，已经埋了有几千人。当苏联军队从东边打进来的时候，他们首先碰到的就是那片埋满了受害者尸体的树林，然后才是普拉绍夫营内还活着的以及已经半死不活的囚犯。

至于把普拉绍夫当作一个工业奇迹来吹嘘，那肯定会让任何一位认真严肃的观察者大失所望。阿蒙、博施、莱奥·约翰、约瑟夫·诺斯舍尔都将其视作一个模范城，因为他们自己都发了财。如果他们发现，他们能继续在普拉绍夫榨取这么多油水，正是军备物资监察局不可能对他们创造的所谓经济奇迹感到满意的原因之一，他们肯定会大吃一惊的。

事实上，普拉绍夫营内唯一的经济奇迹就是阿蒙和他的私党获得的个人财富。普拉绍夫营内的车间哪怕获得一份战争合同，任何一位冷静的局外人都会大感意外的，因为他们的设备实在太简陋太落伍了。普拉绍夫营内那些精明的犹太复国主义囚犯，会给奥斯卡和马德里瑞施这样有坚定信仰的局外人施加压力，他们又会给军备物资监察局施加压力。正因为相较于以灭绝为目的的奥斯威辛和贝乌热茨集中营，普拉绍夫的饥饿和偶尔的杀戮还算是好的，出于两害相权取其轻的考虑，所以奥斯卡才愿意坐下来，跟辛德勒将军的军备物资监察局内的采购官与工程师们商量。这些绅士们会做个鬼脸，说，"算了吧，奥斯卡！你不是在开玩笑吧？"不过最终他们还是会为阿蒙·格特的集中营弄到几份合同：用从奥斯卡利波瓦街工厂里弄到的废铜烂铁制作的铁锹；用波德戈尔兹一家果酱厂的废旧马口铁制作的烟囱。可到头来，普拉绍夫的车间里又极少能全额完成供给国防军用的铁锹和把手的订货额度。军备物资监管局里很多辛德勒的朋友都理解这种照顾背后的真正用意：尽量延长奴役劳动营的寿命，也就等于尽量延长了营内部分奴隶的生命。对这种做法有些人却觉得如鲠在喉，因为他们知道格特是个多么厚颜无耻的骗子，阿蒙在乡下过的穷奢极欲的生活对他们认真信奉的老式爱国主义是一种公然的侮辱。

普拉绍夫强制劳役营所具有的绝妙的讽刺性，可以在罗曼·金特尔的案例中看得清清楚楚——有些奴隶出于自己的考虑，通力维持阿蒙王国的运转。金特尔原是个成功的企业家，如今是勒瓦托夫拉比差点儿丧命于斯的金工车间的主管之一。有天早上，他被叫到格特的办公室，刚把门关上，迎头就吃了一拳。阿蒙一边痛打金特尔，一边语无伦次地咆哮。然后他又把他拽到屋外，拖下楼梯，来到前门旁的一道墙边。我能否请问这是为什么？金特尔靠着墙问，一边吐出两颗牙齿，吐得干脆利落，以防阿蒙把他当作装模作样的演员，当作过度自怜的软蛋。你个混蛋，格特咆哮道，你没把我预订的手铐送来！我桌上的日程表上有这么一项，你个该死的臭猪。可是司令官先生，金特尔说，请容我禀告，那批手铐的订单昨天就完成了。我请示诺斯舍尔军士先生该怎么办，他告诉我全都送到您的办公室，我已经照办了。

阿蒙拖着满脸是血的金特尔又回到办公室，并叫来了党卫军诺斯舍尔。什么？没错，是送来了。请打开左边第二个抽屉，司令官先生。格特拉开抽屉一看，手铐果然在里面放着呢。我差点儿就把他给宰了，他埋怨他那个脑子不怎么好使的年轻维也纳亲信。

就是这同一个恭顺地将断齿吐在阿蒙灰色管理大楼墙根下的罗曼·金特尔——这个阿蒙因为差点儿把他给误杀而责怪诺斯舍尔的普通犹太人——曾经手持特别通行证前往辛德勒先生的德国搪瓷厂，跟奥斯卡商量如何为普拉绍夫的车间提供原料：大量的废铁，要是没有了这些废铁，那整个金工部门的劳工就都得被火车运到奥斯威辛灭绝营。因此，尽管整天挥舞着手枪的阿蒙·格特得意洋洋地认为普拉绍夫的成功全靠他天赋异秉的管理天才，事实上，一半的功劳该归于这些满嘴鲜血的卑微囚犯。

第二十五章

在有些人眼里，奥斯卡如今花起钱来简直就像个鬼迷心窍的赌徒。他营里的囚犯虽说对他所知甚少，可也能感觉到：如果真的需要，为了他们，他是会不惜押上身家性命的。后来——还不是现在，因为现在他们接受他的恩惠的心情就如同一个孩子从父母手里接受圣诞礼物——他们会说，感谢上帝他对我们要比对他妻子更加忠实。除了他的囚犯，五花八门的官员也同样嗅出了奥斯卡拯救犹太人的激情。

索普医生就是其中的一位，此人是克拉科夫各党卫军监狱和波摩尔斯卡的党卫军法庭①的指定医师。他派一位波兰信差知会辛德勒先生，他乐意跟他做笔交易。蒙特卢皮赫监狱里关了一位叫海伦娜·辛德勒太太的女囚，索普医生也明白她并非奥斯卡的亲戚，可她丈夫曾在埃玛丽娅投过些钱。她持有的雅利安证件有问题。索普医生都不需要明说，这就意味着这位辛德勒太太将要运到楚焦瓦·戈尔卡山丘处决。不过如果奥斯卡肯破点钞，索普说，作为医生他愿意出具一份医疗证明，说鉴于辛德勒太太的身体状况，她应该获准前往波希米亚的马林巴德温泉市进行不限期的康复疗养。

奥斯卡来到了索普的办公室，到了之后才发现，这位医生为了这份医疗证明开价高达五万兹罗提。讨价还价根本没用。经过三年的摸爬滚打之后，像索普这样的人精是你给多少钱他帮你办多少事，他能精确到上下的误差不超过几个兹罗提。那个下午，奥斯卡想办法筹足了这笔钱。索普知道他办得到，知道奥斯卡私藏了不少黑市钱财，这些钱可都是查不到来源的。

付款之前，奥斯卡提了几个条件。他要和索普医生一道前往蒙特卢皮赫，把那个女囚带出牢房。然后由他本人将她送至城里他们共同的朋友家。索普都答应了。在冰冷刺骨的蒙特卢皮赫一个光秃秃的灯泡底下，辛德勒太太终于拿到了这份所费不赀的医疗证明。

换了个比奥斯卡更谨慎、更有金钱头脑的人，也许会拿塞德拉塞克从布达佩斯偷运进来的金钱补偿一下自己的损失，这也算理所应当吧。塞德拉塞克利用夹层手提箱或是缝在衣服衬里里面，前后总共将近十五万德国马克夹带进入克拉科夫，全都交给了奥斯卡，由他负责转交。而奥斯卡除了用来买了箱科涅克白兰地送给阿蒙之外，其余所有的钱财秋毫无犯，全部转交给了犹太联络人。他之所以能如此清廉，部分原因当然是他向来对金钱数目就没什么明确概念（不论是人家欠他的还是他欠人家的），再有就是他极强的荣誉感。

就算一心只想负责地将金钱转交出去，也并非总能如愿以偿。一九四三年夏，塞德拉塞克带到克拉科夫的五万德国马克，由奥斯卡负责转交给普拉绍夫营内的犹太复国运动者，可是他们担心这是个骗局，不敢接受。

奥斯卡先是找的亨利·曼德尔，他是普拉绍夫金工车间的焊接工，同时也是 Hitach Dut——一个犹太复国青年组织和劳工运动组织的成员。曼德尔却不想碰这笔钱。你瞧，辛德勒

---

① 党卫军拥有自己的司法部门。——原注

说，这笔钱还附了封希伯来文的书信，是从巴勒斯坦写来的。不过话说回来了，既然是个骗局，既然奥斯卡有可能跟德方妥协了、被利用了，从巴勒斯坦弄到封信也没什么稀奇的。而且，现在大家连饭都吃不饱，却一下子从天上掉下来五万德国马克，也就是十万兹罗提啊！而且这么一大笔钱还听凭你自由处置。这太让人不敢相信了。

当时那一大笔钱就在普拉绍夫营内，放在他轿车的行李厢里。辛德勒无奈，又想把钱转交给同一组织的另一位女性成员，叫阿尔塔·鲁布纳。她通过外出去电缆厂工作的囚犯以及波兰监狱里的某些波兰人，跟索斯诺维茨的地下抵抗组织有联系。她对曼德尔说，也许最好是让地下组织全权负责此事，由他们来决定奥斯卡·辛德勒先生提供的这笔款项的真实性。

奥斯卡还不死心，尽力想说服她，在马德里瑞施厂里喧嚣的缝纫机遮掩下提高嗓门对她说："我以我的人格担保这绝非什么骗局！"以我的人格担保，这岂不正是那些做内奸的最喜欢采用的陈词滥调嘛！

奥斯卡无奈离开后，曼德尔去找斯特恩商量，斯特恩证实了那封信确系真品无疑，他又跟鲁布纳协商后，决定接受这笔钱。可他们也明白，奥斯卡不会再带着那笔钱送上门来了。曼德尔于是去找行政办公室的马塞尔·戈尔德贝格想办法。戈尔德贝格原来也是他们组织的成员，不过当上负责编制名单——劳工和需要转运的囚犯名单，也就是决定生死的名单——的重要科员后，他也开始收受贿赂了。不过曼德尔还是能给他施加些压力的。戈尔德贝格负责编制的名单之一——至少有权进行些增删——就是去埃玛丽娅为普拉绍夫的车间搬运它们所需的废旧钢铁的人员。看在往日的情分上，曼德尔无须透露他想去埃玛丽娅的真实意图，戈尔德贝格就把他加进了这份名单里。

他到达扎布洛西以后，从搬运废旧钢铁的队伍里溜出来想面见辛德勒，可是被外面大办公室的经理班吉尔给挡了驾。辛德勒先生太忙，没办法接见他，班吉尔说。

一星期后，曼德尔再度来到埃玛丽娅。班吉尔再度挡驾。他第三次求见辛德勒的时候，班吉尔干脆把话挑明了。你想要那笔犹太复国主义者的钱？你原来干吗不要？现在又跑了来要了。既然如此，你就甭想拿到那笔钱了。人生就是这么回事，曼德尔先生！

曼德尔点点头，无奈离开了。他错误地怀疑班吉尔已经私吞了至少一部分资金。可事实上，班吉尔这么做不过是出于谨慎。这笔钱最终还是交到了普拉绍夫营内犹太复国主义者的手中，阿尔塔·鲁布纳的亲笔收据已经由塞德拉塞克转给了斯普林曼。看来，这笔钱中的一部分用在了从其他城市来的犹太囚犯身上，因为他们人地两生，不像克拉科夫的犹太人，还能仰仗些本地的援助。

对于交到他手上并由他转交出去的这些资金，奥斯卡从来不去调查其最终的用途，不管它们是大部分像斯特恩的建议那样用来购买食物了，还是花在了地下抵抗组织身上——用于购买通行证或武器。可以肯定的是，奥斯卡在把辛德勒太太从蒙特卢皮赫赎买出来或者拯救丹齐格兄弟等人的性命时，没有花其中的一分一厘，全都是他自掏腰包。一九四三年，为了防止党卫军的大小官员关闭埃玛丽娅集中营，他足足送出去三万公斤的产品用以贿赂，他也没有从这些基金里扣下一分一厘用作自己的补偿。

奥斯卡不得不在黑市上花一万六千兹罗提买的妇产科医疗

器械，也没有动用基金中的一分一厘。当时的情况是埃玛丽娅的一个姑娘怀了孕——而一旦怀孕，照规定马上就得送往奥斯威辛灭绝营。他不得不买下约翰中尉那辆破烂不堪的梅赛德斯时花的也全是自己的钱。当时是奥斯卡要求将三十个普拉绍夫的囚犯转往埃玛丽娅，而约翰立马提出愿意把自己的梅赛德斯卖给奥斯卡。奥斯卡头一天刚花了一万两千兹罗提把车买下，第二天，莱奥·约翰的朋友兼同僚沙伊特中尉就厚颜无耻地要求把车给他，用于营地外围野战工事的构筑工作。奥斯卡气得在晚饭桌上大骂：也许他们可以用行李厢运泥巴吧。不过后来在一份有关此事的非正式报告中，他表示很乐意能为这两位绅士效劳。

第二十六章

雷蒙德·蒂奇则是以另一种方式帮助犹太人的。蒂奇是个文静的奥地利人，天主教徒，看起来活像个神父，腿有点瘸，有人说是第一次世界大战受的伤，还有种说法说是童年时的一次事故造成的。他比阿蒙和奥斯卡年长十岁。在普拉绍夫营内，他负责管理尤利乌斯·马德里瑞施的制服厂，手下有三千名女织工和技工。

蒂奇帮助犹太人的一种方式是跟阿蒙·格特下棋。行政大楼跟马德里瑞施的厂子有电话相通，阿蒙经常会打电话把蒂奇叫到他的办公室杀一盘。雷蒙德第一次跟阿蒙下棋的时候，半个钟头就结束了战斗，格特上尉败北。蒂奇很克制地说了声"将军！"，并没有喜形于色，可阿蒙表现出来的恼怒让他大吃一惊，话还没完就咽了下去。司令官已经怒气冲冲地一把抓过外套和武装带，扣上扣子、束好腰带，恶狠狠地戴上了帽子。雷蒙德·蒂奇大为惊骇，生怕阿蒙跑到楼下的矿车轨道上抓住个囚犯撒气，以惩罚他——雷蒙德·蒂奇赢的这盘棋。自从他们第一次下棋的那天下午以后，蒂奇就学了个乖，改变了策略。他现在的做法是跟司令官一直下上三个钟头，最后再输给他。行政大楼里的工作人员每次看到蒂奇一瘸一拐地沿耶路撒冷路过来陪司令官下棋，他们就知道当天下午应该会风平浪静，司令官也会心平气和得多。一种适度的安全感会从行政大楼一直扩展至各个车间，连那些负责拖拉矿车的悲惨囚犯都能受惠不少。

而且雷蒙德·蒂奇的所作所为还不限于陪司令官下下这种防患于未然的棋局。奥斯卡曾把塞德拉塞克医生和他携带袖珍照相机的朋友带进普拉绍夫，而蒂奇其实早就开始大量拍摄工作了。有时他透过他办公室的窗户拍，有时则从各个车间的角落里拍，他拍下了矿车轨道上穿条纹制服的囚犯，拍下了分发面包和汤的场景，拍下了挖排水沟和地基的实况。有些照片拍的应该就是偷偷将面包往马德里瑞施工厂里运的非法行动。那些大个儿的圆形黑面包就是雷蒙德本人买进的，由尤利乌斯·马德里瑞施默许和出资，藏在一包包破衣烂衫和一卷卷布匹底下用卡车运进普拉绍夫。蒂奇躲在营区文具厂的厂房旁，避开瞭望塔和主要的进出路径，拍下了圆形的黑麦面包由一只手递到另一只手、匆忙藏入马德里瑞施工厂仓库的实况。

他拍了党卫军和乌克兰卫兵的行军、玩耍和工作。他拍了一组由卡尔普工程师指挥的一个工作组，没过多久，这位工程师就遭到嗜血成性的恶狗攻击，大腿被生生撕裂，生殖器被咬掉。在一张普拉绍夫的远景照片中，他再现了整个集中营的大小，它的孤凄。他甚至曾在阿蒙的阳台上拍摄了几张司令官躺在躺椅上休息的近景照片，沉重的阿蒙如今的体重已经将近一百二十公斤，连新来的党卫军医生布兰克都忍不住劝他，"够了，阿蒙；你必须得减掉点分量了。"蒂奇拍了司令官的两条狗罗尔夫和拉尔夫慢跑和晒太阳的照片，还有司令官的情妇玛约拉抓住其中一条狗的颈圈、装作很喜欢的照片。他还拍下了阿蒙全副武装、胯下白马的志得意满。

胶片拍完后，蒂奇并不冲洗。作为文档，胶卷的形式更安全也更便携。他把它们藏在他克拉科夫公寓的一个铁盒子里。除了胶卷，他还保存了马德里瑞施厂里犹太人的某些劫余的财物。普拉绍夫的几乎每个犹太人都为自己留了点最后的救命财；在最危急的节骨眼上送给照名单抓人或是负责开关运畜车厢车门的卫兵，用来买命的。蒂奇也明白，只有那些最没指望的囚犯才把最后这点财富存在他这儿。普拉绍夫里面少数囚犯还有不少戒指、手表和珠宝的存货，他们就直接藏在营里了，不需要存在他这儿。他们经常花钱买点好处和奢侈品。跟蒂奇的胶卷藏在一起的是十几个家庭仅存的那么点最后的财物——扬卡大婶的胸针，莫德西大叔的手表。

事实上，在普拉绍夫这个小政体成为过眼云烟，在舍纳和楚尔达踏上逃亡之路，在党卫军经济和管理总部的所有档案被全部打包，作为证据用卡车运走之后，蒂奇也就没必要再把胶片冲洗出来了，而现实的环境也不允许他这么做。战后，原党卫军的成员又组织了一个叫作 ODESSA[①] 的秘密组织，他们将蒂奇的名字列入了叛徒的名单。就因为蒂奇为马德里瑞施厂里的工人提供了三万条面包、很多只鸡和几公斤黄油，还有就是以色列政府因为他的人道主义义举给了他很大荣誉，报章杂志刊登了不少有关他的报道。他在维也纳街头走过的时候，有人

---

① 一些党卫军的军官在战争即将结束的时候逃亡到了阿根廷，并在布宜诺斯艾利斯建立一个纳粹逃亡组织，代号为 ODESSA（"前党卫军成员组织"［德文 Organisation Ehemaligen Der SS Angehörigen 的缩写，原意是"党卫军亲属会"］）。他们和德国、瑞士、意大利、梵蒂冈以及佛朗哥时期西班牙的一些宗教势力，甚至与罗马教廷都有联系。据说 ODESSA 曾经帮助阿道夫·艾希曼、约瑟夫·门格勒、埃里希·普里伯克等许多战犯在拉丁美洲找到了庇护所。但是一些史学家认为有关纳粹分子逃亡拉丁美洲的故事是被人为夸大了。

会威胁他、嘘他："亲犹太人的叛徒。"于是，这些拍摄普拉绍夫集中营的胶卷在维也纳郊区的一个小公园里一埋就是二十年，蒂奇亲手埋葬了这些证据，而且有可能永远不见天日了，那些记录了阿蒙的情妇玛约拉、他嗜血成性的恶狗和他那些无名的奴隶劳工的秘密影像，将会随着胶片上感光乳剂的干枯而渐渐消隐。一九六三年十一月，一个"辛德勒幸存者"（利奥波德·普费弗伯格）花五百美金秘密地从雷蒙德·蒂奇手里买下了这个铁盒子和里面的藏品，蒂奇当时已经患了晚期心脏病。这对曾关押在普拉绍夫集中营内的所有犹太人来说，都算得上是种胜利。即便到了这个时候，雷蒙德仍希望这些胶片在他死后再冲洗出来。ODESSA无以名状的阴影竟然比当初普拉绍夫岁月里阿蒙·格特、舍纳和奥斯威辛的名字更加令他胆寒。

蒂奇的葬礼之后，这些胶片终于被冲洗出来。几乎所有照片的都公开发表了。

有幸活着看到阿蒙和集中营完蛋的小部分普拉绍夫居民，说起雷蒙德·蒂奇来自然都不可能有任何微词。可他也绝非那种神话般的传奇人物。而奥斯卡就是这么个人物。自打一九四三年末开始，在普拉绍夫的幸存者中间就开始流传着一个有关辛德勒的传奇，他们讲起这个故事来简直就像是讲一个神话传说般眉飞色舞、兴奋不已。某个事迹如果已然成为神话，它也就无关乎真实与否，或者根本就不管它是否真实了，它已经比真实本身更为真实。听到这样的事迹以后，你也就看得出来，如果说蒂奇可以被视作善心的隐士，那么奥斯卡在人们心目中就已然成为一个济人于危难的小神了，他就像希腊神话中的那些小神一样具有两面性；他具有人类的所有缺点；他长袖善舞；他无所不能；他无偿而又万无一失地救民于水火。

　　有个故事发生在几个党卫军警察头目面临关闭普拉绍夫的压力之时，因为在军备物资监察局看来，普拉绍夫一直都算不得一个高效的工业基地。格特的女仆海伦·希尔施经常能碰到不少军官和格特的晚宴宾客，他们暂时逃开阿蒙一会儿，溜达到别墅的门厅或是厨房里大摇其头。一位名叫提布里希的军官就跑到厨房里，对海伦发起了牢骚，"难道他不知道有人正在奉献自己的生命吗？"他指的当然是在东部战线跟苏联作战的德军官兵，绝非外面黑暗中的普拉绍夫。那些日子过得不像阿蒙这么太上皇般舒服的军官，看到别墅里骄奢淫逸的景象不禁怒火中烧，有的人则是妒火中烧，这对于阿蒙来说可就越发不利了。

　　据已成为传奇的故事所述，尤利乌斯·辛德勒将军在一个星期天的夜晚亲自视察普拉绍夫，以决定其存在对于战时经济是否具有真正的价值。一位高官专挑了这么个时候视察一家工厂确实有点奇怪，不过也许是军备物资监管局因为有鉴于隆冬即将来临、东部战线吃紧，开始废寝忘食地加班加点的缘故。视察工作开始之前，视察小组先在埃玛丽娅参加了个晚宴，宴席上葡萄酒和白兰地流水般上个不停，因为奥斯卡活像是从狄俄尼索斯到巴克斯①嫡系单传的酒神后裔，最喜欢纵酒狂欢不过了。

　　酒足饭饱之后的视察组，乘上梅赛德斯朝普拉绍夫前进

---

① 狄俄尼索斯和巴克斯分别是希腊和罗马神话中之酒神，罗马神话几乎全盘继承了希腊神话的神谱，大多不过换个罗马名字而已。

时，已经无法保持专业性的客观公正了。在做出如上断言时，这个传奇故事一厢情愿地忽视了一个事实，即不论是辛德勒还是这些视察大员，可都是工业生产的专家和工程师，至少都有整整四年的专业经验了。不过奥斯卡才不会被这个事实吓倒呢。

视察从马德里瑞施的服装厂开始。这可是普拉绍夫的面子工程。一九四三年间，马德里瑞施服装厂月产两万余套国防军制服。不过问题在于，如果马德里瑞施先生完全撇开普拉绍夫，而将资金用于扩充他位于波德戈尔兹和塔尔努夫的几家更有效率、设备更为精良的波兰工厂，他可能比如今干得更好。普拉绍夫的基础设施一律东倒西歪，不但马德里瑞施，任何一位投资商都不会把高端企业需要的精良设备往这里安的。

视察大员们刚开始视察，所有车间里的所有照明突然间一下子都灭了，那是伊扎克·斯特恩在普拉绍夫发电棚工作的朋友把电源给切断了。军备物资监察局的诸位先生本来就有些迟钝了，因为肠胃正忙着消化奥斯卡无限量供应的醇酒美食，现在照明又出了问题。视察只能打着手电敷衍过去，车间里的机床根本就没法开动，正好免得败坏了诸位视察大员的职业情感。

辛德勒将军一边在手电筒的光亮中半眯着眼睛视察金工车间的冲压机和机床，另外一边则是普拉绍夫的三万囚犯在狭窄的铺位上提心吊胆、辗转无眠地等着他金口一开，决定他们的命运。他们知道，就算东向铁路系统已经严重超负荷运转，把他们统统运到西边技术先进的奥斯威辛也不过几个小时时间。他们明白，根本指望不上辛德勒将军会对他们大发善心。他的专业就是产量。对他而言，产量的价值高于一切。

根据这个神话的说法，普拉绍夫的人民就因为辛德勒丰盛的晚宴和电力故障最终获救。这个说法未免过于慷慨了些，因为最终活下来的普拉绍夫居民只有这其中的十分之一。不过，事后斯特恩和其他幸存者仍然大事颂扬这个故事，而且其中大部分的细节应该都是真的。因为奥斯卡在碰到不知该怎么招待军官们时，总是会求助于醇酒，而且以他的性格他肯定喜欢这个让视察大员们两眼一抹黑的花招。"你可别忘了，"奥斯卡后来拯救的一个男孩说，"奥斯卡一半是个德国人，一半还是个捷克人。他就是好兵帅克①。他最喜欢跟现行体制捣蛋了。"

　　对这个神话来说，如果想深究一下灯光熄灭的那一刻阿蒙·格特到底在干吗，会显得很不厚道。即便是就事论事，他也很有可能正酩酊大醉，或是在别的地方大吃大喝。问题在于，普拉绍夫之所以能幸存下来，到底是因为辛德勒将军当晚被昏暗的光线和醺醺然的醉眼所蒙蔽了呢，还是因为奥斯威辛-比克瑙的巨大杀人机器已经人满为患，暂且让这个绝佳的收容中心再运转几个星期？但不管真实情况如何，这个故事表现出来的更多的是大家对奥斯卡的期盼，而非普拉绍夫这个令人恐慌的集中营或是大部分囚犯都难以幸免的最终劫难。

　　正当党卫军和军备物资监管局考虑普拉绍夫的未来命运之时，约瑟夫·鲍——一个来自克拉科夫的年轻艺术家，奥斯卡

---

① 《好兵帅克》是捷克斯洛伐克作家哈谢克（Jaroslav Hašek, 1883—1923）的长篇讽刺小说，通过主人公"好兵帅克"在第一次世界大战期间的从军经历，揭露了奥匈帝国的黑暗统治，反映了普通人民对帝国主义战争的憎恨。

最后会非常熟悉的朋友——正惹人注目、不顾一切地爱上了一个叫丽贝卡·坦嫩鲍姆的姑娘。鲍在建筑办公室做制图员，是个严肃的男孩，具有艺术家特有的宿命感。他应该说是逃进普拉绍夫集中营的，因为他从来就没有过合法的犹太聚居区居民的证件。他没有可以进聚居区工厂的一技之长，所以一直藏在母亲和朋友掩护下度日。在一九四三年三月的肃清行动中，他逃出聚居区的围墙，混入一支前往普拉绍夫的劳工队伍的队尾。因为在普拉绍夫，有了一项聚居区从来不可能有的新行业：建筑工程。约瑟夫·鲍跟阿蒙在同一幢阴沉沉的办公楼里办公，负责绘制蓝图。行政大楼分成两翼，幸好他跟阿蒙的办公室不在同一翼。他是伊扎克·斯特恩的宠儿，斯特恩曾跟奥斯卡提起过他，把他称作娴熟的制图员，而且他还有伪造证件的天赋才能——起码有这种潜能。

很幸运，他没跟阿蒙有过太多接触，因为他浑身散发出一种真诚的敏感气质，这种气质是阿蒙一见之下就忍不住要毙之而后快的。鲍的办公室在远离阿蒙办公室的另一翼，有些犯人就没这么幸运，在靠近司令官办公室的一楼几个办公室里工作，比如几个负责采购的工作人员、几个书记员和速记员米戴克·彭佩尔。他们不但随时都有被拉出去枪毙的危险，而且每天都得忍受让他们义愤填膺的暴行。比如蒙代克·科恩，战前他曾是罗特希尔德家族产业连锁子公司的采购员，如今负责为监狱附设的工厂采购布匹、海草、木材和铁等工业原料，他不但得在行政大楼工作，而且他的办公室跟阿蒙的就在同一翼。有天早上，科恩从办公桌上一抬头，正好看到窗外耶路撒冷街对过党卫军营区旁边，一个二十岁左右的男孩在冲着一堆木材撒尿，那孩子是他克拉科夫的一个熟人。与此同时，他注意到办公楼这一翼尽头的厕所窗户里伸出两截穿白衬衣的胳膊和两个猪腿一样的拳头，右手握着一把左轮枪。接着就是连续两次射击，至少有一枪直接射入男孩的后脑勺，冲击力带着他一头扑倒在木材堆上。科恩再次朝厕所的窗户望去时，只见一截穿白衬衣的胳膊和一只空着的手正在把窗户关上。

科恩的办公桌上就放着一摞有阿蒙龙飞凤舞签名的申请表格，字体潦草却并不显得疯狂。他的视线不由得从阿蒙的签名转向倒在木材堆上的那具死尸。他不仅是怀疑他亲眼目睹的是事实还是幻象，而且他真切地感受到了阿蒙这种滥杀无辜的方式背后隐藏的蛊惑人心的观念——它引诱你认同这样的观念：如果说杀戮不过如上一趟厕所、签署个文件般平淡无奇，那么也许所有的死亡，不管何等绝望，都应该被当作例行公事般平静地接受了。

约瑟夫·鲍有幸不必直面这般严酷的现实，而且他还躲过了针对一楼右翼和中部工作人员的肃清行动。肃清行动的缘由是格特的心腹约瑟夫·诺斯舍尔向司令官打小报告，说办公室的一个姑娘竟然弄到了一块培根肉皮。阿蒙当即就暴跳如雷地从他的办公室冲了下来。"你们都吃得太胖了！"他大叫。他命令办公室的所有工作人员排成两行。在科恩看来，这简直就像是重新回到了波德戈尔兹高中的岁月：站在另一排的姑娘们他统统认得，都是他从小一起长大的波德戈尔兹家庭的女孩。这就像当初老师把他们分成两组，一组去参观克兹库兹克博物馆，另一组则去瓦维尔的博物馆。而事实上，另一排的姑娘们全被直接从办公室带到楚焦瓦·戈尔卡，由皮拉兹克的部下就地枪决，罪名是私吞了一小块培根肉皮。

约瑟夫·鲍虽没有卷入这样的办公室动乱，可也不能说他在普拉绍夫的生活就有了安全保障。可他挚爱的姑娘却比他的处境危险得多。丽贝卡·坦嫩鲍姆是个孤儿，不过在抱成一团的克拉科夫犹太人中间，也不缺少关爱她的善心叔叔阿姨。她年方十九，脸蛋儿甜美，身架儿齐整。她德语讲得很流利，跟人讲话时既讨喜又大方。近来她开始在行政大楼后面的斯特恩办公室工作，可以免遭司令官疯狂暴行的直接骚扰。不过她在斯特恩建筑办公室的工作只是她的一半工作。她还是位美甲师，每周都得为阿蒙修一次指甲；还得负责护理莱奥·约翰少尉以及布兰克医生和他那个野蛮情人爱丽斯·奥尔沃夫斯基的双手。在为阿蒙做护理时，她发现他的手很长，形状完美，手指指尖纤细——根本不是个死胖子的手；也肯定不是个蛮子的手。

当初第一次有个犯人找到她跟她说司令官先生要见她的时候，她的第一反应就是逃，在办公桌之间落荒而逃，一直跑下后楼梯。那个犯人一路跟着，在她背后吆喝，"看在上帝分上，你跑什么！我要是不把你带回去他就要罚我了。"

她于是就跟这个人去了格特的别墅。不过走进大客厅前，她先去了趟臭烘烘的地窖——这还是格特住临时别墅的时候，那地窖就直接挖进了一个古老的犹太人墓园。丽贝卡的朋友海伦·希尔施正在墓园的泥土中间调治她身上的瘀伤。你确实遇到麻烦了，海伦也承认。不过你只管做好自己的工作，其余的就静观其变吧。你也只能这么做了。对有些人，他喜欢他们的专业态度，对有些人则不然。你再来的时候我会给你准备些蛋糕和香肠。不过别只顾把吃的拿走，要先告诉我一声。有些人一声不吭就把吃的给拿走了，我都不知道该怎么给他们打马虎眼。

阿蒙确实接受了丽贝卡的专业态度，把手指伸给她，而且开始跟她用德语聊天。你甚至可以说又回到了克拉科维亚酒店，阿蒙就是个穿着新崭崭衬衣、有些超重的德国青年大亨，来克拉科夫是为了销售纺织品或钢铁或化学制品。不过，这类聚首之中却一直有两个方面破坏了这种超越时空的亲切氛围：其一是司令官一直把他的左轮枪放在右胳膊肘旁边，其二就是司令官豢养的两只猛犬中经常有一只在大客厅里打瞌睡。她见识过这两个畜生，在阅兵场亲眼目睹它们生生撕扯卡尔普工程师的血肉。不过有时候，当那两条狗在睡梦中呜呜地打鼾，她和阿蒙聊着战前去卡尔斯巴德温泉进行水疗的话题，于是每天点名时的恐惧似乎渐渐远去，简直令人难以置信了。终于有一天，她觉得有了足够的信心，就问他为什么总把左轮枪放在胳膊肘旁边。就在她俯下身来养护他的双手时，他的回答让她脊梁沟里都冒起了寒气。"这是以防你弄伤了我的手，"他告诉她。

　　如果说她还需要证据证明，闲聊温泉水疗本身就是阿蒙的一种疯狂的表现，那么她马上就得到了：有天她走进门厅的时候，正看到他扯着她朋友海伦·希尔施的头发把她从大客厅里拽出来——海伦挣扎着想保持平衡，她赤褐色的头发被连根拔起，而阿蒙一旦失去抓手，马上就会用他那双保养良好的大手另抓住一束头发。再有就是她亲身体验到的证据：有天傍晚她走进大客厅时，那两只恶犬——罗尔夫和拉尔夫——中有一只突然蹿出来朝她扑去，前爪搭住她的肩头，朝她的乳房张开血盆大口。她求助地寻找阿蒙，却见他懒洋洋地靠在沙发上，面带微笑。"别哆嗦了，傻丫头，"他说，"要不然我也救不了你了。"

就在她为司令官进行手部护理的这段时间内，他因为擦鞋的男童没能把鞋擦好一枪把他给毙了；他因为在他的一条狗身上找到了个虱子，就把他年仅十五岁的勤务兵波尔代克·德里希维茨叫到他办公室里，在墙上的带环螺栓上把他活活给吊死；他的仆人里谢克因为未经请示擅自借给博施一辆马车和马匹被他枪毙。然而，每周两次，这位美丽的孤女都得走进大客厅，泰然自若地握住这个野兽的手为他做护理。

她跟约瑟夫·鲍的相遇发生在一个灰暗的早晨，他正站在建筑办公室门外，朝秋日的低云举着蓝图的框子。他瘦弱的躯体似乎不堪承受这一重负。她于是问他要不要帮他一把。"不用，"他说，"我只是在等着阳光出现。""为什么？"她问。他解释说他如何为一幢新建筑画了张透明的草图，这张图如何衬着感光蓝图纸夹在蓝图框里。他说，只要阳光再强烈些，经过一种神秘的化学作用，他的图就能从透明转化为蓝图。然后他又说，"你干吗不当我的神奇阳光呢？"

一般来说，普拉绍夫的漂亮姑娘们可感受不到男孩子的体贴温存。耳边听到的尽是楚焦瓦·戈尔卡山丘上的矿车铿锵和阅兵场上的枪决声响，在如此严酷环境逼迫下的性，也就只能呈现为粗糙的样式。不妨想像一下，比如说，有一天在从维利奇卡的电缆厂下工返回营地的工人当中发现了一只鸡。鸡是在集中营大门口的抽检中在一个包里发现的，阿蒙于是就在阅兵场上咆哮个没完。这是谁的包？这是谁的鸡？因为阅兵场上谁都不会承认，阿蒙就从一个党卫军手里接过一挺来复枪，冲着排在最前面的囚犯脑袋就是一枪。子弹冲劲十足，打穿了第一个囚犯后把第二个也捎带上了。还是没有一个人出声。"你们还真是相互爱护得很哪！"阿蒙咆哮道，又准备继续射杀排在后面的人。这时，一个十四岁的男孩走出了行列。他浑身哆嗦，忍不住地抽噎。他跟司令官说，他知道是谁私带了这只鸡。"那告诉我到底是谁？"那男孩指着两具尸体中的一个。"就是他！"孩子尖叫道。阿蒙竟然相信了这孩子的话，这让整个阅兵场上的人都吃了一惊。阿蒙还仰头哈哈大笑，得意得活像个自视甚高、不会受学生蒙蔽的老师。这些家伙……他们还不明白他们为什么都得受罚吗？

度过这样一个傍晚后，也难怪在晚七点至九点的自由活动时间里，大多数囚犯都自觉没这个闲暇从容地求爱了。裤裆里和胳肢窝底下肆虐的虱子也使惯常的礼仪成了笑柄。年轻男性们等不及举行婚礼就爬到姑娘们身上去。女囚营里流行着劝人及时行乐的一首歌，这首歌质问那些处女为什么还不肯放开怀抱，她们又是在为谁守身如玉。

不过埃玛丽娅的气氛却远没有这般绝望。在搪瓷车间里，机器设备中间特地造了些小隔间，这样情人们单独相处的自由度就更大了些。狭窄的宿舍只在理论上有男女之别。在这里根本无须每天都提心吊胆，每天的面包配给也丰富得多，所以这里的疯狂气氛就和缓了不少。此外，奥斯卡仍然坚持他决不让党卫军守备部队未经他的允许踏入犯人的营区一步。

据一位囚犯的回忆，奥斯卡特意在自己的办公室装配了线路，以防有党卫军军官突然要求进入犯人营区。一旦党卫军走下楼梯，奥斯卡按一个按钮，营内的一个警铃就能震响。它首先提醒男女囚犯们把奥斯卡本人每日供应的非法香烟赶紧掐灭。（"到我的公寓，"他几乎每天都会叫上厂里的某个犯人，"把这个香烟盒子装满。"他还会意味深长地冲他眨眨眼。）这个警铃还提醒男女犯人们各自回到指定的铺位。

约瑟夫的态度对丽贝卡而言不啻是一声霹雳，让她依稀又回到了那已经消亡的文化当中。她竟然在普拉绍夫遇到了这样一个男孩，待她就像他们相遇在市集广场的法式蛋糕店。

又一天早上，她从斯特恩的办公室下楼来的时候，约瑟夫带她参观了他的办公桌。他正在为新的营房绘制蓝图。你的营房号是多少，你的舍长是谁？她以恰如其分的不情愿告诉了他。她亲眼看到海伦·希尔施被拽着头发拖到门厅，她如果不小心刺破了阿蒙大拇指的表皮就会马上被拖出去枪毙，然而这个男孩却重新唤起了她的羞涩和矜持，使她重新回到了少女时代。我会去找令堂，获得她的准许，他许诺。我没有妈妈，丽贝卡说。那我就去找你的舍长，跟她谈。

求爱本该是这样开始的——获得长辈的准许，前提是得有充足的空间和时间。由于约瑟夫是个充满幻想并严格拘礼的男孩，他们并未相互亲吻。事实上，他们这两个孩子正是在阿蒙的房顶下第一次正式拥抱的。当时丽贝卡已经给司令官修好了指甲，她从海伦那儿弄到了热水和肥皂，溜到顶楼去洗她的外套和换下来的内衣，顶楼当时正准备整修，所以空着。她的洗衣盆就是她的饭盆。明天就会用来盛粥。

她在那一小盆肥皂水里忙着洗衣服的时候，约瑟夫出现了。你怎么到这儿来了？她问他。我来为我的绘图测量尺寸，这里要重新改造，他告诉她。你又为什么跑到这儿来呢？这不是明摆着么，她说。还有，拜托讲话小声点儿。

他简直就是在满屋子来回地跳舞，显摆地挥舞着卷尺测量墙壁和装饰线脚的尺寸。你可要仔细着，她提醒他，她很为他焦心，因为她知道阿蒙对精确性的要求是何等吹毛求疵。

既然我已到了这儿，他跟她说，何不顺便也量一下你的尺寸？他拿卷尺量了她的臂长，然后量她的后背，从颈项一直量到她的尾椎。他还要量她的三围时，她任由他拇指的触摸。然后他们俩终于纵情地紧紧拥抱在一起，可才过了一小会儿，她就让他赶快走。这儿可不是情侣们消磨午后时光的场所。

其实，普拉绍夫并不乏这类绝望的罗曼司，连党卫军中都有，可终归都没有约瑟夫和美甲师之间这段发乎情止于礼的罗曼司来得光明正大。比如说阿尔贝特·胡亚尔军士，他曾在聚居区射杀罗萨莉娅·布劳医生，并在营房的地基坍塌后枪毙了工程师狄安娜·赖特尔，就是这样一个铁杆的纳粹党卫军，竟然爱上了一个犹太囚犯。而大工业家马德里瑞施千金的芳心则为一个来自塔尔努夫聚居区的犹太男孩所俘获，这男孩儿本来在马德里瑞施塔尔努夫的工厂做工，直到那年夏末塔尔努夫聚居区被肃清专家阿蒙关闭，跟他关闭克拉科夫聚居区一样操作。现如今这男孩儿在普拉绍夫营内的马德里瑞施制服厂做工；厂主的千金可以时不时地来看他。可又能有什么结果呢？囚犯们有自己的隐蔽处和小环境，情人和夫妻可以私下里幽会。可这里的一切——不论是帝国的法律还是囚犯们中间奇怪的秘密准则——都决不会容忍马德里瑞施小姐和这个犹太男孩之间的爱情。与此类似的还有：马德里瑞施诚实善良的经理雷蒙德·蒂奇，也爱上了他手下的一个机工。这也是一场温柔、隐秘、基本上毫无结果的爱。至于胡亚尔军士，阿蒙强令他快刀斩乱麻，不要再做傻瓜。于是阿尔贝特带着他的姑娘到树林里散步，满怀最温柔的悔恨，从背后打穿了姑娘的后颈。

事实上，党卫军的激情之上也总是笼罩着死亡的阴影。小提琴家亨利·勒斯纳和他的手风琴师兄弟利奥波德总是在格特的宴会上散布优美的维也纳旋律，兄弟俩就清楚地意识到这一点。有天晚上，有位高个、瘦削、面色灰暗的武装党卫军军官前来赴宴，席间他灌了很多酒，不断要求勒斯纳兄弟演奏那首著名的匈牙利歌曲《阴郁的星期天》。这首歌纯是情感的宣泄，描述的是个即将自杀的年青人的哀伤心绪。亨利早就注意到，这种过度泛滥的情感正中那些休假的党卫军下怀。事实上，这首歌在三十年代曾广为流传，同时也臭名昭著——匈牙利、波兰和捷克斯洛伐克政府都曾考虑要明令禁播此歌，因为它的流行曾引发大批恋爱受挫的男女纷纷自杀殉情。很多打算把自己脑袋轰掉的年轻人还在遗书上引用这首歌的歌词以明志。第三帝国的宣传部早就把这首歌给禁了。眼下这位优雅的高个儿来宾却不断走到勒斯纳兄弟跟前要求"演奏《阴郁的星期天》"，照他的年纪，他的孩子都该到了喜欢滥情的流行歌的青春期了。虽说戈培尔博士决不会允许，可是在波兰南部的原野中，又有谁会跟一位党卫军的野战军官较劲儿，不让他回味伤痛的爱情往事呢。

这位来宾在已经反复要求演奏这首歌四五次之后，亨利·勒斯纳突然被一种神秘的信念攫住了。犹太民族从其历史根源上讲，就一直认为音乐充满魔力。而且全欧洲再也没有人比亨利这样的克拉科夫犹太音乐家，更能感受到小提琴潜在的无穷力量了；因为他的家族是个认为音乐与其说是靠苦学得来毋宁是靠天赋遗传的音乐世家，就如同犹太教牧师一样代代相传。亨利此时的灵光一闪，用他事后的话说就是——"上帝啊，我要是有这种力量，就让这个狗娘养的把自己给毙了吧。"

《阴郁的星期天》这首禁歌经过反复演奏，已经在阿蒙的宴会厅里确立了合法地位，而如今，亨利就借这首歌之力发起了战斗。利奥波德为他伴奏，助他一臂之力，而且利奥波德注意到那位英俊的军官投向他们的几乎充满感激的忧郁眼神时，他的信心就更加坚定了。

亨利禁不住直冒汗，觉得他这么明显地想用小提琴把党卫军军官给拉死，阿蒙随时都可能注意到他的意图，上来把他拖出去到别墅后面就地枪决。而此时亨利的演奏也早已超越了好坏的层面，他的演奏已经如同着了魔。只有一个人，就是那位军官，注意到了这一点并感同身受，只有他越过博施和舍纳、楚尔达和阿蒙醉醺醺的喧闹，直直地盯住亨利的眼睛，仿佛随时都会跳起来说，"当然了，先生们。这位小提琴家绝对正确。人岂能忍受此等悲痛，独活于世上？"

勒斯纳兄弟继续重复演奏这首歌，要是放在平时，阿蒙早就跳起来大吼："够了！"终于，那位军官站起身，去了外面的阳台。亨利马上明白他能做的已经全都做到了。他和他兄弟于是马上过渡到冯·苏佩和莱哈尔的作品，用味道浓烈的轻歌剧选段来掩盖他们的踪迹。那位军官独自一人又在阳台上待了有半个钟头，然后对准自己的脑门开枪自杀，欢快的宴会也就此终结。

这就是普拉绍夫的性。铁丝网围起来的跳蚤、阴虱和朝不保夕的急色；潜伏在集中营四周的谋杀与疯狂。而就在这一切的当中，约瑟夫·鲍和丽贝卡·坦嫩鲍姆却在一板一眼地跳着他们示爱的舞蹈。

在那一年的大雪纷飞之中，普拉绍夫经历了一场身份的转变，铁丝网中所有情侣的情势也变得更加严峻了。一九四四年一月初，决定集中营归党卫军经济和管理总部直接管辖，总部位于柏林外围的奥拉宁堡，其领导人是奥斯瓦尔德·波尔将军。普拉绍夫的各附属集中营——比如奥斯卡·辛德勒的埃玛丽娅——现在也归奥拉宁堡管辖。舍纳和楚尔达这两个警察头目大权旁落。奥斯卡和马德里瑞施雇用所有囚犯需要支付的劳工薪金也不再由波摩尔斯卡收取，转而直接上交波尔属下 D 分部（集中营管理）的头儿理查德·格吕克斯的办公室。奥斯卡如果还想得到各种关照，他就不光要驱车前往普拉绍夫取悦阿蒙，不仅需要请朱利安·舍纳吃饭，还要想办法打通奥拉宁堡那个巨大的官僚网络中的某些环节了。

奥斯卡先下手为强，马上就亲自前往柏林会晤即将握有其生杀大权的官员。奥拉宁堡原本是个集中营，现如今已经成为一大片负有管理大权的营房。D 分部的几个办公室负责制定有关囚犯生死的一切规章。在跟波尔将军充分协商的前提下，分部的头儿理查德·格吕克斯还握有平衡劳工与该进毒气室的死囚之间比例的大权，在这个等式中 X 代表奴隶劳工的数量，而 Y 则表示该立即处死的囚犯。

格吕克斯已经为每一项事务制定了详细的规章，出诸他部门的备忘录中充斥着麻木冷漠的行话套语，都是这位计划制订者、文牍主义者以及不偏不倚的专家的杰作。

党卫军经济
与管理总部
D 分部（集中营）
主管
DI-AZ；I4fl-Ot-S-
GEH TGB NO453－44

致各集中营司令官

Da，Sah，Bu，Mau，Slo，Neu，Au I-III，

Gr-Ro，Natz，Stu，Rav，herz，A-L-Bels，

里加地区各营，克拉科夫地区各营（普拉绍夫）

　　因战争工业从业囚犯的蓄意破坏行为，各集中营司令官的鞭笞刑罚的申请亦呈上升趋势。

　　我要求未来所有的蓄意破坏案件一经证实（须附工厂管理层的证明报告），即应提出绞刑申请。绞刑应在涉案工厂的全体劳工面前执行，并应宣布处决之缘由，以儆效尤。

　　　　　　　　　　　　　　　　　　（签名）

　　　　　　　　　　　　　　　　　党卫军中尉

　　在这位诡异的大臣领导下，有些文件煞有介事地讨论囚犯的头发该留到多长，才能用于"帝国海军潜水艇官兵的发编袜子以及帝国铁路系统的发织鞋子"之生产，有些则在争论"死亡案例"的登记是需要八个部门进行归档呢，还是只需一封证明信即可交差，并在更新个人情况索引卡的时候在人事档案中附上证明信。克拉科夫的奥斯卡·辛德勒先生就是跑到这样一个地方来讨论他那个位于扎布洛西的小工厂的。他们派了个中层管理人员，一个挂校级军衔的人事官员来处理他的申请。

　　奥斯卡可没觉得气馁。比他雇用了更多犹太囚犯劳工的雇主有的是。有克卢普和 I·G·法本这样的巨头。有普拉绍夫的电缆厂。沃尔特·C·托本斯雇的犹太劳工也比他辛德勒先生多，就是那个希姆莱想强征他参加国防军的华沙工业家。比他强的还有斯塔洛瓦沃拉的钢铁厂，布德辛和扎克潘的飞机制造

厂，还有拉多姆的斯泰尔-戴姆勒-普奇企业。

人事官员的桌子上就放着埃玛丽娅的规划方案。我希望，他简短唐突地说，你最好不要寄希望于扩大你的营区面积。这么做势必会引发斑疹伤寒的流行。

奥斯卡摇摇头表示绝无此意。他关心的是能永久地维持他的劳动力资源，他说。他还告诉这位官员，他已经跟他的一位朋友埃里希·朗格上校谈过这个问题了。奥斯卡看得出来，他提的这个名字对这个党卫军还是有些影响的。奥斯卡拿出一封上校的手书，那位人事官员坐回椅子上认真捧读起来。办公室里一片寂静——能听到的声音唯有其他房间里钢笔书写的唰唰声、翻动纸张的窸窣声和轻声、庄严的交谈，仿佛没有人意识到他们所处的正是那个正激起无数痛苦嚎叫的权力网络的核心。

朗格上校是个颇有影响的人物，是位于柏林的陆军司令部下属军备物资监管局的参谋长。奥斯卡是在克拉科夫，在辛德勒将军的办公室举行的一次派对上认识他的。他们俩几乎是一见之下就相互有了好感。这在当时举办的派对上经常发生：两个人凭直觉就相互感觉到对方对现政权有抗拒心理，于是就心照不宣地退守一个角落，相互进行一番试探，也许友谊就藉此建立起来。埃里希·朗格对波兰很多工厂集中营的做法感到极大震惊：比如布纳地方 I·G·法本的工厂里，工头要引入党卫军的"工作节奏"，让囚犯们跑着卸水泥；那些因饥饿因虚弱倒毙的尸体就直接扔到为铺设电缆挖的沟渠中，然后盖上水泥跟电缆一起埋起来。"你们到这儿来不是活命而是为了灭亡在水泥里的，"一位工厂的经理就这么告诉那些新来的劳工，朗格亲耳听到过这段演说，感到厌恶至极。

在这封写给奥拉宁堡的推荐信到达之前，朗格上校还特意往这里打过几个电话，电话和书信都是同一个意思：军备物资监管局认为，辛德勒先生以及他的餐具和四十五毫米反坦克炮弹生产线，对于我们整个国家生死存亡的斗争都做出了巨大贡献。他已经建立起一整套由熟练的专业技工组成的工作团队，因此应竭尽全力杜绝任何有可能发生的干扰事件，严防侵害到由辛德勒主管先生领导的这一重要工作。

朗格上校的信给这位人事官员留下了深刻印象，他向辛德勒先生保证会对他开诚布公。总部并无意改变扎布洛西集中营的定位或是干涉其人员构成。不过，主管先生想必也能理解，犹太人的处境，即便是生产军备物资的专业工人，也总是如履薄冰。我们党卫军自己的企业都莫不如此。东方产业是一家党卫军公司，其位于卢布林的泥炭厂、制刷厂和铸铁厂，位于拉多姆的机车车辆厂和位于特拉夫尼克的皮草工厂，都雇有犹太囚犯。可是党卫军的其他分支却仍不断地枪杀这些劳动力，如今东方公司在所有实际生产方面均大大受创。同样，在各个杀戮中心，他们也从来不考虑为工厂的生产保留足够的囚犯份额。这个问题我们提了多次，可他们那些野战区的家伙丝毫不肯假以颜色。"当然了，"人事官员轻扣着上校的那封信，"你的事情我一定尽力而为。"

"这其中的问题我完全理解，"奥斯卡道，带着他那容光焕发的招牌笑容抬头望着那个党卫军。"如果有什么地方我能聊表感激之情……"

最后，奥斯卡离开奥拉宁堡的时候至少带回来好几重保证，担保克拉科夫他那个设在后院的集中营能安然无恙地延续下去。

普拉绍夫的新情势中侵害情人们最甚的，当数开始实行的将两性彻底隔离的法令——这是党卫军经济和管理总部的系列备忘录中规定的。分隔男女囚犯的铁丝网、整个营区外围的铁丝网，还有环绕工业区域的铁丝网都是带电的。电流的电压、电线的间距、带电的导线束和绝缘体的数目都是由总部严格规定的。阿蒙和他的幕僚很快就注意到可以藉此搞些惩戒犯人的新花样了。现在，你可以让一个人站在外围的电网与里面不带电的原有铁丝网中间，罚他站上个二十四小时。要是他们累得开始晃荡起来，他们可是明知背后几英寸之外就通着几百伏特电流的。比如，蒙代克·科恩有一次因为返回营地时他的工作团队里有一个人不见了，他就被罚在那个狭窄的夹缝里站了一天一夜。

不过，囚犯们最担心的还不是撞上电网的危险，而是从晚点名一直持续到第二天早点名之间的电流就像一道鸿沟，将恋人们完全阻隔在电网两边。恋人之间的接触如今已经被压缩到只限于阅兵场上点名前那稍纵即逝的一瞬间：要他们排成队列的命令喊出来前大家拥在一起的那个机会。每对夫妻或恋人都发明出一个调子，在人群中用口哨吹出这个调子，然后伸长了耳朵，在各种口哨声组成的森林中捕捉回应自己的那个音调。丽贝卡·坦嫩鲍姆也创立了自己的暗号曲调。波尔将军的党卫军总部的禁令，迫使普拉绍夫的囚犯只能采取鸟类的求偶方式。而丽贝卡和约瑟夫就是通过这些极端的方式来发展他们正规的罗曼司的。

后来，约瑟夫从旧衣仓库里弄到了一条裙子，裙子的主人已经去世。经常，他排在男囚队伍里点过名后就跑到厕所里，换上女人的裙子，脑袋上再加一顶正统犹太人戴的帽子。他的短发并不会引起党卫军卫兵的注意，大多数女囚因为防虱子，也都把头发剃短了。他就这样混在一万三千名女囚当中进入女囚营，在五十七号营房内跟丽贝卡相伴到黎明。

丽贝卡营房中几个年长的女人都很信任约瑟夫。因为约瑟夫要进行的是一种传统的求爱仪式，她们也自然就充当起传统的女性监护人角色。从这方面来说，约瑟夫对她们来说也成了个珍贵的礼物，她们藉此可以重返往昔的美好岁月，重新找到做人的尊严。就算她们暗地里都这么想：都什么时候了，何必再这么大惊小怪地拘礼了，就让这两个孩子在夜静更深的时候想干吗就干吗吧，可也从来没有人说出来。不过实际上，两个年长的女人会甘愿挤在一张狭窄的铺位上，空出一个铺位给约瑟夫歇息。营房中种种的不便，别人身上的体味，虱子在你和你朋友间来回迁移的危险——所有的一切在他们的自尊面前都已经不再重要，作为人的自尊要求他们一定要合乎礼仪、循规蹈矩地完成整个求爱的过程。

冬末时节，约瑟夫戴上建筑办公室的臂章，进入外层电网和内层铁丝网之间那个狭长的地段，里面的积雪出奇地洁白无瑕。他手拿着一把钢尺，在圆顶瞭望塔上卫兵的监视下假装出于某种建筑的原因丈量这块无人之地。

在散布着陶瓷绝缘体的水泥立柱的柱基底下，那年的第一批小花已经悄然绽放。他一面招摇地晃动他的钢尺，一面偷偷采下野花，迅速塞到夹克衫里面。他就怀揣着这些鲜花穿过营区，走在耶路撒冷街上。正当他鲜花满怀地经过阿蒙的别墅时，阿蒙本人竟然正好出现在大门口，气宇轩昂地踱下台阶。约瑟夫·鲍身不由己地停下了脚步。在阿蒙面前最忌讳突然停下来、做出能引起他注意的动作，这实在是最危险的举动。可是停下脚步之后，他就像是冻结在当地，想动都动不了了。唯恐他那颗唯愿以最热烈的爱和忠诚献给孤女丽贝卡的心，如今要成为阿蒙的另一个靶子了。

结果阿蒙走过他身边的时候竟然没有注意到他，没有对这个手里拎着把尺子傻站在当地的年轻人表现出任何不满，约瑟夫·鲍不禁将这次的幸运认定为某种冥冥中的保证。除了命中注定，谁都甭想逃脱阿蒙的魔爪。有一天，阿蒙全副武装地突然从后门进入营地，发现那个姓沃伦豪普特的女孩懒洋洋地躲在车库里的一辆豪华轿车里面，正在后视镜里穷盯着自己看个没完。派她到这里本来是要她擦洗车窗的，结果车窗上还是脏兮兮的。为此他当场就把女孩给毙了。还有一次，阿蒙透过厨房窗户发现有对母女削土豆皮的速度太慢，他就靠在窗沿上把母女俩都给枪杀了。这次，他眼前就是一幅他痛恨的景象：一个呆若木鸡的犹太情人和绘图员，手里还晃荡着一把钢尺，而阿蒙竟然就这么扬长而去。鲍不禁油然生出一种冲动：他要采取某种最引人注目的行动来确证他这一非凡的好运。而最引人注目的行动自然非结婚莫属了。

他返回行政大楼，上楼来到斯特恩的办公室，找到丽贝卡，正式向她求婚。丽贝卡喜出望外，不过也不免担心地注意到，他们之间的恋情已经是危机四伏了。

当天晚上，约瑟夫换上那个已经去世的女囚的裙子，再度拜访五十七号营房里他的母亲和那帮年长的女监护人，商量婚礼的事宜。如今他们就只差主持婚礼的拉比了。可要是真弄个拉比过来，他们距离被送往奥斯威辛的日子也就不远了——恐怕他们被送进焚化炉之前，都等不及要求拉比举行传统的祝祷和婚礼仪式，最后一次执行拉比的神职任务了。

二月份一个苦寒的星期天晚上，约瑟夫和丽贝卡正式结为秦晋之好。婚礼上没有拉比到场。由约瑟夫的母亲鲍太太代行其职。他们是改革派犹太人，所以没有用阿拉米语书写的婚书①也没问题。珠宝匠维尔坎的车间里，已经有人用鲍太太藏在椽子上的一把银汤匙为这对新人打造了一对婚戒。丽贝卡在女囚营的地板上绕约瑟夫走了七圈，约瑟夫则用脚后跟踩碎玻璃——用的是从建筑办公室拿来的一个坏了的电灯泡。

　　最上面的床铺让给了新婚夫妇。为了给他们留一点私密的空间，还在周遭用毯子围了个严实。约瑟夫和丽贝卡摸黑爬上床去，大家就开始大讲黄色笑话。按照波兰的习俗，婚礼上总有一段时间特意留给大家讲些黄段子，开开玩笑。要是婚礼的来宾不想亲自学舌，讲那些传统的双关笑话，他们还可以雇一个职业婚礼小丑来代办。要是放在战前的二三十年代，女客们可能还会对雇来的小丑讲的淫词秽语和那些捧腹大笑的男人蹙眉以对，可事到如今，在南部波兰的婚礼小丑死的死逃的逃的情况下，她们终于允许自己以成熟女人的心态，开怀享受逗笑取乐的权利了。

　　约瑟夫和丽贝卡在顶层床铺上一起待了还没超过十分钟，营房里的灯火就一下子亮得通明。透过毯子的缝隙，约瑟夫认出是施密特少尉在铺位间的狭长甬道上来回巡视。原本无比熟悉的那种恐怖的宿命感再度攫住了约瑟夫。他们已经发现他不在自己的营房中了，这是必然的，于是就派了所有军官中间最

_____

① ketubbah，特指犹太教的婚书，用阿拉米语书写，婚前订立，保证新娘一部分未来的权利。根据犹太教律法，男子随时可以任何理由休妻，因此自古以来就实行婚书制以维护妇女的权利而使休妻者付出昂贵代价。正统派和保守派犹太教规定教徒必须先订立婚书方可结婚。

凶悍的这个人到他母亲的营房里来找他。宿命之所以让阿蒙那天在别墅外面对他视而不见，就是为了在他的婚礼之夜派施密特这个臭名昭著的快枪手来当场把他毙掉！

他也明白，这么一来所有这些女人都得受到牵连——他母亲、他的新娘、这些婚礼的见证人、这些创造出如此精致又让人难堪的黄色笑话的女宾。他已经开始喃喃地道歉，以求得宽恕。丽贝卡让他别吱声。她把作为屏障的毯子统统放下来挡好。这深更半夜的，除非真有什么可疑之处，施密特不会爬到顶层床铺上来的，她跟他讲道理。下面几层的女人都把她们稻草填塞的小枕头传给她。约瑟夫确实完美地主导了整个求爱过程，不过现在他只不过是个需要藏起来的孩子。丽贝卡拼命把他往床铺的角落里推，尽量用枕头把他给遮起来。她眼看着施密特从她底下经过，由后门离开了营房。灯光再次熄灭。在最后几个隐晦的黄色笑话的陪伴下，新婚的小鲍夫妇重新得到了他们的两人世界。

可没过几分钟，警报声突然大作。所有的人都在黑暗中坐了起来。这声音对鲍来说就是：没错，他们是下定了决心要把这结婚典礼踩得粉碎。他们已经在男囚营区发现了他的空床，现在开始认真搜捕他了。

在黑暗的甬道中，女囚们拥挤成一团。她们也明白了。他在顶层床铺上能听到她们在嘟囔什么。他的老式爱情将把她们统统带累死。一旦灯光亮起，一旦他们发现他这个披着女人的破烂衣衫的新郎，她们的舍长，在他的整个求爱过程中表现得如此正派得体的舍长，将被第一个拉出去枪毙。

约瑟夫·鲍一把抓起他自己的衣服，马马虎虎地吻了一下他的新婚妻子，溜下床来，从营房跑了出去。在室外的黑暗中，警笛的尖叫声刺穿了他的身体。他在肮脏的积雪中狂奔，胳肢窝底下夹着他的夹克和那条旧裙子。灯光一旦亮起，瞭望塔马上就会看到他。可他发疯般地认为，他一定能在灯光亮起来之前跑到铁网跟前，甚至坚信他能在电流转换的间隙翻过电网。只要能回到男囚营，他就能编一个混得过去的借口，就说他拉肚子，他跑去上厕所，在地上摔倒了，晕过去了，直到警笛响起才又缓醒过来。

他一边跑一边下定决心，哪怕他被电死了也没什么，他也就连累不到那些好心的女囚了。他在朝致命的电线奔跑时没有想到的是，就算他被电死了，阅兵场上还得上演类似教师逼问学生的一场戏，丽贝卡总归会被逼无奈，站出来承担罪责。

普拉绍夫分隔男女营区的电网上安装了九组带电的导线束。约瑟夫·鲍跳得很高，这样他的脚就能在第三组导线束上找到个支点，他两手尽量伸直，或许可以够到从上面数第二组导线束。在他的想象中，他接下来马上就能像老鼠一样快捷地翻过导线束。谁知，结果他竟然陷在了电线窝里，就那么挂在了铁网上头。他以为他手里握的金属冰冷的触感就是电流通过的头一个信号。结果竟然没有电流。也没有亮灯。约瑟夫·鲍挂在铁丝网上的时候顾不上考虑为什么没有电流的原因。他爬到顶上，跳到男囚营的地界上。你已经结婚了，他暗暗告诉自己。他偷偷溜进洗衣房旁边的厕所。"严重腹泻，少尉先生。"他在恶臭当中上气不接下气。阿蒙在大白天对他怀揣的鲜花视而不见……在长久的耐心、无尽的等待，外加两次吓死人的打扰后终得圆满的成婚……施密特和警笛声大作……灯火和电线竟然一起出了问题——他前后摇晃，一阵阵作呕，他怀疑自己能不能承受得起他生命中的这些无常世事。他跟旁人一样，希望得到方式更为明确的拯救。

他脚步蹒跚地从厕所出来，最后一个加入在他的营房前排起来的队列。他浑身战栗，不过舍长肯定会替他遮掩。"是的，少尉先生，是我允许囚犯鲍去上厕所的。"

他们根本就不是在搜捕他。他们在搜捕三个犹太复国运动的年轻成员，他们应该是躲在装潢公司的一卡车货物中逃逸了，过去他们一直在这家工厂里用海草为国防军制作床垫。

第二十七章

一九四四年四月二十八号，奥斯卡的三十六岁生日。从镜子里的侧影中可以看出，他的腰围又粗了不少。不过至少他今天在拥抱犹太姑娘们时，已经没人再处心积虑想去告发他了。既然他有本事毫发无伤地从波摩尔斯卡和蒙特卢皮赫这两个号称固若金汤、丝毫不会受到外界影响的党卫军中心安全脱身，就算他的德国技工中间还藏着告密者，也早就泄了气了。

为了庆祝他的寿辰，埃米莉从捷克斯洛伐克送来了惯常的祝福，英格丽德和克罗诺斯卡也都各自奉上了生日礼物。他在克拉科夫度过的这四年半时间里，家庭内部的安排几乎没什么变化。英格丽德仍是他场面上的夫人，克罗诺斯卡是他的女友，而埃米莉则是知趣退隐的原配。三个女人就算都有过各自的委屈和尴尬，也全都无迹可寻。不过在他三十七岁的这一年，他跟英格丽德的关系已经明显转淡；克罗诺斯卡一直都是他忠实的朋友，仍旧对这种偶一为之的情人关系安之若素；而埃米莉也仍然认为他们的婚姻牢不可破。在他生日这一天，她们各送各的礼，也各怀心腹事。

旁人也来凑热闹。阿蒙特意允许亨利·勒斯纳晚上带着小提琴到利波瓦大街来为他演奏祝寿，而且亨利是由乌克兰驻军中最优秀的男中音押送过来的。阿蒙此时对他跟辛德勒之间的关系相当满意。阿蒙因为一直以来都很支持埃玛丽娅集中营，近来提出要使用奥斯卡的梅赛德斯，奥斯卡则干脆拱手奉送。这辆梅赛德斯可不是奥斯卡自认倒霉从约翰手里高价买进的那辆破烂货，而是埃玛丽娅的车库里最优雅气派的大轿车。

独奏会就在奥斯卡的办公室举行。听众则只有奥斯卡一个人。他像是厌倦了旁人的陪伴，想一个人享受点清音。那个乌克兰卫兵去卫生间的时候，奥斯卡向亨利吐露了他的郁闷心情。战争的近况让他非常不安。他的生日不过是一天苦中作乐的偷闲。苏联军队已经在白俄罗斯的普里佩特沼泽地后面停步不前，一直无法向利沃夫前线推进。亨利对奥斯卡的忧虑却百思不得其解。他想，难道他不明白，如果俄罗斯人不被阻断的话，他在这儿的产业不就完蛋了吗？

"我一直都请求阿蒙能让你永久地来我这里，"奥斯卡告诉勒斯纳。"你和你妻子，还有孩子。他就是不听。他太喜欢你了。不过终于……"

亨利对此感激不尽。不过他觉得他必须指出，他们一家就算待在普拉绍夫也一样安全无虞。眼前就有个例子，他的弟妹被格特抓到工作的时候抽烟，他已经下令把她处死了，不过一个军士提请司令官先生注意，告诉他这个女人是勒斯纳太太，是手风琴师勒斯纳的妻子。"噢，"阿蒙竟然原谅了她。"既然如此，你给我记清楚了，姑娘，我决不容忍在工作的时候抽烟。"

那天晚上，亨利告诉奥斯卡，正是阿蒙的这种态度——勒斯纳一家因为他们的音乐才能得到他另眼相待，不会有性命之虞——促使他和妻子曼茜决定把他们八岁大的儿子奥莱克弄到他们生活的劳役营里来。这孩子本来一直藏在克拉科夫的朋友中间，不过如今已经一天比一天更加危险了。一旦进入劳役营，奥莱克就能混迹于营里的那一小群孩子中间，他们很多在监狱档案中都没有正式的记录，普拉绍夫的囚犯们尽力掩护他们，监狱方面的不少下级军官对他们的存在也睁一眼闭一眼。倒是把奥莱克偷偷运进劳役营的过程中差点儿出事。波尔代克·普费弗伯格利用开车到城里往营内运工具箱的机会，偷偷把孩子捎带过来。可是在大门口，这孩子差一点被乌克兰卫兵给抓个正着。如果真被抓住的话后果不堪设想，因为这孩子不属营内住户，他在营外的存在又违反了帝国政府所有的种族法令。当时孩子已经蹬破了箱子，两只脚已经从特意放在普费弗伯格两腿中间的箱子里伸了出来。在乌克兰卫兵搜查卡车车厢的时候，波尔代克听到了孩子的叫声：“普费弗伯格先生，普费弗伯格先生，我的脚已经伸出去了。”

亨利如今可以取笑一下当时既滑稽又危机四伏的情景了，不过仍不免小心翼翼，因为还有不少沟坎得迈过去。可辛德勒的反应却很戏剧化，他突然暴怒，似乎是从生日之夜那挥之不去的微醺的忧郁中爆发出来。他抓住办公椅的后背，举到墙上挂的元首肖像面前，有一瞬间他像要直接砸向那个偶像。不过最终还是转过身来，慎重地将椅子慢慢放下，直到椅子的四只脚等距离地悬在地板上方，然后砰地把它蹾在地毯上，力道之大使墙壁都摇晃了一下。

然后他说，“他们正在营外焚烧尸体，对吧？”

亨利皱眉蹙额，像是房间里就有焚烧尸体的臭味。“已经开始了，”他说。

如今普拉绍夫——用冠冕堂皇的官话说——已经是个集中营了，营内的居民发现现在碰到阿蒙已经不像原来那么凶险了。奥拉宁堡的头头们已经不允许草率地将犯人就地处决。土豆皮削得慢了点就会被当场消灭的日子已经过去。现在要处决犯人，一定要按程序一步步地来。一定要先有一次预审，要有正式的报告，还要一式三份呈递奥拉宁堡。最后的判决令不但要由格吕克斯将军的办公室批准，还得到波尔将军的W部（经济企业部）的认可。因为，倘若某位司令官不经批准就随意处决了某些重要工人，W部就会收到要求赔偿的告状信。比如著名的阿拉赫·慕尼黑瓷器公司本来使用达豪劳役营的奴隶劳工，最近他们就递交了一份要求赔偿三万一千八百德国马克的申请。因为"一九四三年一月斑疹伤寒大流行，导致我们从一九四三年一月二十六日至一九四三年三月三日期间无法获得应有之监狱劳工。本公司认为，我们有权根据'商业赔偿清算基金'法案之第二款获得应有之赔偿……"

而如果由于党卫军军官图一时之快枪杀技术劳工导致劳动力损失，W部就更有责任进行赔偿。

所以，为了避免烦琐的文件往来和部门之间的节外生枝，阿蒙如今大部分时间都把手抄了起来。一九四四年春天和初夏这段时间出现在他手枪射程之内的囚犯，虽说对于W部以及波尔和格吕克斯将军一无所知，仍然真切地感觉到他们的处境较前已经安全得多了。不过对他们来说，阿蒙的宽赦就跟他的疯狂一样地神秘莫测。

不过，正如奥斯卡已经跟亨利·勒斯纳提过的，他们已经开始在普拉绍夫焚烧尸体了。随着苏联军队的节节进逼，党卫军正在废止他们在东线的各种机构。特雷布林卡、索比堡和贝乌热茨集中营早在去年秋天就已经撤离。负责管理这几个集中营的武装党卫军接到命令：炸毁所有毒气室和焚化炉，要求不留任何可以辨识的痕迹，完事之后已经被派到意大利对付游击队去了。奥斯威辛集中营因为地处安全的上西里西亚地区，其庞大无比的综合设备将继续负责完成东线的重大任务，一俟任务完成，所有的焚化炉也将全部掩埋到地下。因为，只要完全抹去焚化炉这一实物证据，死人是没办法作证的，他们早就化成了风中的一声叹息和白杨树叶上的一抹轻尘了。

普拉绍夫的情况就没这么简单了，因为营区外围到处都是乱扔的死尸。一九四三年春那一阵疯狂杀戮之后，尸体——尤其是在犹太聚居区最后两天的清洗活动中被屠杀的犹太人——就那么随意往森林里的乱葬坑里一扔了事。如今 D 部责成阿蒙将这些乱葬的尸体统统找出来，进行妥善处理。

对于这些尸体具体数目的估计相差悬殊。基于"纳粹在波兰罪行调查委员会"的工作成果，再辅之以其他资料来源，波兰的出版物称，当时普拉绍夫和其五个附属集中营前后共关押过十五万名囚犯，其中很多转送到了其他地方。波兰人认为，这其中总共大约有八万人死在这里，主要死因是在楚焦瓦·戈尔卡实施的集体屠杀和时疫流行。

这些数字令那些曾亲眼目睹焚尸惨状的普拉绍夫幸存者大惑不解。据他们说，他们挖掘出来的尸体数目大约在八千至一万——这个数字已经够吓人的了，他们绝对无意再去夸张。不过，如果我们想到一九四三年几乎全年，党卫军都在毫不间断地处决波兰人、吉卜赛人和犹太人，处决的地点既有楚焦瓦·戈尔卡，又包括了普拉绍夫周边的其他地方；还有，党卫军在奥地利山地工事里实施完集体屠杀后，自己马上就会将尸体焚化，考虑到这些因素后，两种估计的数字之间的差距也就没那么大了。除此之外，阿蒙也并未真正把森林埋的尸体全都挖了出来。战后进行的发掘工作又挖出了成千上万具尸体，直到今天，在克拉科夫郊区靠近普拉绍夫的地方挖掘建筑地基时，仍会发现很多无名尸骨。

奥斯卡就在他生日前刚去过一次普拉绍夫，亲眼看到工厂区车间顶上的山脊上排了一溜火葬堆。一周后他再次前往的时候，焚烧尸体的活动已经如火如荼。尸体挖掘的工作由男性囚犯负责，脸上戴着面罩，还是不断地作呕。尸体挖出来后，毯子裹好，用手推车和担架抬到焚尸点，再把尸体放在原木搭的框架上。火葬堆就这样建立起来，一层原木、一层尸体，直至堆到肩膀头那么高，然后就浇上燃料点火焚烧。大火一烧，那些死尸仿佛一下子又活了起来：尸体朝前坐了起来，把燃烧的原木抛掷出去，四肢拼命往前伸，嘴巴大张，发出最后的呼喊。普费弗伯格给吓得魂飞魄散。一个除虱站来的年轻党卫军在火葬堆中间往来奔突，挥舞着手枪，大呼小叫地发布疯狂的命令。

焚烧尸体产生的尸灰落在大家的发梢上，飘落在低级军官住的别墅后院里晾晒的衣服上。而全体人员对这些灰烟的态度简直让奥斯卡目瞪口呆，空气中的这些微粒在他们看来仿佛不过是工业生产的某种正当而且不可避免的副产品。格特和他的情妇玛约拉就在这尸灰弥漫的烟尘中间骑上马准备出去驰骋一番，两人对此都安之若素。莱奥·约翰带着他十二岁的儿子去森林中的沼泽地抓蝌蚪玩。熊熊的火焰和熏人的恶臭似乎完全没有干扰到他们的日常生活状态。

奥斯卡在他的宝马车里往驾驶座的椅背上一靠，车窗关得紧紧的，用块手帕把鼻子嘴巴捂了个严实，心下暗想，他们肯定把他们原来的忠实走狗斯佩拉一家的尸体混在一起一同烧化了。去年圣诞节的时候他们把所有犹太聚居区的警察和他们的家属统统枪毙，而当时赛姆切·斯佩拉才刚刚领导那帮犹太警察完成拆除聚居区的工作，这件事大大出乎了奥斯卡的意料。在一个阴沉的下午，他们把所有的犹太警察和他们的妻儿老小带到这里，在冰冷的日落时分将他们统统射杀。他们对最心怀不满的和最忠心耿耿的（斯佩拉和策林格）犹太警察一视同仁。斯佩拉、胆小羞怯的斯佩拉太太还有那两个曾受过普费弗伯格耐心教导的天资鲁钝的孩子——大家在一圈来复枪的包围下，全身赤裸、哆哆嗦嗦地挤作一堆，斯佩拉那身拿破仑派头的制服在奥地利军用工事的入口就给剥光了，如今不过是一堆等着再生利用的死囚衣物。而斯佩拉竟然还在向所有的人担保党卫军主子是决不会枪杀他们的。

这次集体处决让奥斯卡吃惊非小，因为这表示身为一个犹太人，不管你多么低头顺脑、巴结效忠，都无法担保能留下条性命。如今，他们又要像当初处决斯佩拉一家一样，丝毫不念旧情地将他们当作无名尸体烧掉了。

连最肝脑涂地的忠仆冈特一家都难逃一死！这事发生在一年前阿蒙举行的一次宴会之后。奥斯卡那天早回去了，后来听说了他离开后发生的事端。约翰和诺斯舍尔开始拿博施寻开心。他们认为他胆小如鼠。他总是吹嘘他是个久经沙场的一战老兵，可他们从没见他杀过任何人。两个人冷嘲热讽地取笑了好几个钟头——这成了当晚开玩笑的主题。最后博施终于受不了了，他下令把大卫·冈特父子从营房里叫起来，又把冈特太太和他女儿从女囚营里提了来。这又是个甘当忠仆的犹太人的惨剧。大卫·冈特曾担任过犹太委员会的最后一任主席，在所有事务上对党卫军主子都是言听计从——他从没有跑到波摩尔斯卡街的党卫军总部,对党卫军搜捕行动的范围或是送到贝乌热茨灭绝营的犹太人人数说三道四、据理力争。冈特在无论多么苛酷的文件上都老老实实地签字认可,对不论何等无理的要求都诚心诚意地认为理所应当。除此之外,博施还一直将冈特用作他在营内营外走私生意的代理人,派他将成卡车刚刚收没的家具或是成口袋的金银珠宝拿到克拉科夫的黑市上出售。冈特之所以这么忠心事主,当然因为他本来就是个流氓恶棍,不过最主要的原因恐怕还是他相信,靠他的巴结奉承,可以换得他妻子儿女的平安无事。

当时正是严寒的凌晨两点钟,那天夜里在女囚营门口执勤的是个叫曹德的犹太警察,听到了事情发展的始末:博施命令冈特一家走进女囚营附近的一个土坑,两个孩子不断地求恳,不过大卫和冈特太太却挺平静的,知道多说也无益,已经没有转圜的余地了。这个曹德是普费弗伯格和斯特恩的朋友,后来惨死在党卫军军官皮拉兹克发酒疯的枪口之下。如今,奥斯卡已经看得清清楚楚,所有的证据——冈特一家、斯佩拉一家、那些奋起反抗之士、那些教士、孩子,还有持伪造的雅利安证件被发现的漂亮姑娘们——所有这些证据全被重新拉到那个疯狂的小山头上,架起火堆烧成灰烬,以防苏联军队打到普拉绍夫后这些尸体会成为他们大肆利用的口实。

奥拉宁堡在写给阿蒙的一封信上提醒他,今后在处理所有的尸体时都务必小心谨慎,为此目的,他们已经派出某汉堡工程公司的一位代表前来审核建造焚化炉的合适地点。与此同时,那些尸体就暂时在那些有明确标识的墓坑里埋起来,等着有朝一日被挖出来"重获新生"。

奥斯卡二度来到正忙于焚化尸体的普拉绍夫时,眼看着楚焦瓦·戈尔卡山头上烟火弥漫，他的第一反应就是不要下车，待在这个还没有发疯的德国机械装置当中，掉头开回家。他当然终究没有这么做，他下车去探访了几个车间里的朋友，然后去了斯特恩的办公室。他原以为，在窗玻璃上都落满了尸灰的这种时候，普拉绍夫内的囚犯觉得生不如死，兴出自杀的念头来是很有可能的。可事实上，他倒成了唯一觉得生不如死的人。见到斯特恩后，他完全没有了往日的兴致，问他诸如此类的问题："好吧，斯特恩先生，如果上帝是照他自己的样子造的人，那哪一个种族又最像**他**呢？波兰人比捷克人更像**他**吗？"今天根本没有这类异想天开的兴致了。相反，他只低吼了一声，"大家是怎么想的？"斯特恩告诉他，囚犯不过就是囚犯而已，他们只是照吩咐干自己那份活，希望自己能活下去罢了。

"我要把你们救出去，"奥斯卡脱口而出。他砰地一拳打在桌子上。"我要把你们全都救出去。"

"全都救出去？"斯特恩忍不住怀疑道。这种如同《圣经》神迹般的大拯救，跟如今的时代太不协调了。

"至少把你救出去，"奥斯卡道。"你。"

第二十八章

行政大楼的格特办公室有两位打字员。其一是位年轻的德国女人，叫科赫曼小姐；另一位是个勤勉的年轻囚犯，叫米戴克·彭佩尔。彭佩尔日后会成为奥斯卡的秘书，不过一九四四年的夏天他还在阿蒙手下工作，他也跟担任过同样职位的其他囚犯一样，对自己的前途并不感到乐观。

他之成为阿蒙的手下，也和女仆海伦·希尔施一样事出偶然。他是在某人的荐举下被召到阿蒙的办公室的。这位年轻的囚犯是个学会计的学生，一个技巧熟练的打字员，能够以速记法直接将波兰语和德语的口授记录下来。他过目不忘的惊人记忆力已经传为美谈。一个具有他这样特殊技艺的囚犯，也难怪被阿蒙召到他的办公室为他服务，有时候他也到阿蒙的别墅记录他的指示。

具有讽刺意味的是，正是彭佩尔这照相机般的记忆，超越了其他任何囚犯的记忆，最终将阿蒙送上了克拉科夫的绞架。不过当时的彭佩尔可不敢相信这样的时代当真能够到来。在一九四四年，如果一定要他猜测一下谁最可能成为他这种近乎完美的记忆力的牺牲品，他肯定会说是他米戴克·彭佩尔本人。

彭佩尔是作为备用打字员进入阿蒙办公室的。打机密文件的时候，阿蒙就用科赫曼小姐，可她远没有米戴克的能力强，而且在记录口授内容的时候速度又慢。有时候阿蒙就打破成规，让年轻的彭佩尔负责内容机密的口授记录工作。当米戴克膝盖上放好速记本，在阿蒙的办公桌对面坐好准备记录的时候，心里仍不免有两种正好相反的怀疑在翻江倒海。一是，所有这些机密的内部报告和备忘，所有的细节他都能牢记不忘，在遥远的将来，当他和阿蒙站在同一个法庭上时会使他成为最重要的证人。另一个怀疑就是，还没等到最后的审判到来，阿蒙就已经像事后会抹掉一盘机密磁带的内容一样把他给干掉了。

不过，米戴克每天早上在为自己准备成套的打字纸、复写纸和文件副本的同时，还为那个德国姑娘备好大量用具。等那个姑娘完成她的打字工作后，彭佩尔会假装毁掉复写纸，事实上却保存下来，仔细阅读一遍。他并不保存手写的记录，他根本就不需要，自从学生时代起他就已经有过目不忘的盛名。他绝对有把握，如果最后审判的那一天当真能够到来，如果他和阿蒙一同坐在法庭上，他提供的证据肯定会以其日期的精确让这位司令官目瞪口呆。

彭佩尔见识过一些煞是惊人的机密文件。比如，他读到过一份有关鞭笞女囚政策的备忘录。奥拉宁堡提醒各集中营的司令官，应将此政策发挥至最大限度。不过如若由党卫军亲自动手，则无异于自贬身份，因此司令官可以要求女囚间自相鞭笞：由斯洛伐克女人鞭打捷克女人，捷克女人鞭打斯洛伐克女人；俄罗斯和波兰女人也同理相互鞭打。并鼓励各司令官发挥想象，充分利用其他民族与文化的差异以推行此鞭笞政策。

另有一份公告提醒各营司令官，他们并无权判处囚犯的死刑。各司令官可以通过电报或信件的形式请求帝国安全总部予以核准。阿蒙已经照此办理过一次了：当年春天有两个犹太人从设在维利奇卡的附属集中营潜逃，抓住后他就提出了处以绞刑的申请。柏林的总部以电报的形式予以批准，彭佩尔特别注意到，绞刑令是由帝国安全总部的头子恩斯特·卡尔滕布鲁纳博士签署的。

时值四月，彭佩尔读到了一份发自格哈德·毛雷尔的备忘录，此人是格吕克斯将军领导的 D 部的劳工分配主管。毛雷尔希望阿蒙能告诉他，普拉绍夫能临时接纳多少个匈牙利人。这些人最终是要安排到德国军工工厂的，这个工厂是克卢普公司下属专门生产炮弹导火索的子公司，计划设在奥斯威辛规模庞大的工厂区内。因为匈牙利最近才成为德国的保护国，这些匈牙利犹太人和持不同政见者的身体状况要明显优于那些已经历经多年聚居区和牢狱生涯的犹太人。因此他们对于奥斯威辛的那些工厂来说不啻是一笔意外横财。可不幸的是，德国军工工厂的宿舍尚未准备周全，所以如果普拉绍夫的司令官能在此期间暂时收容七千匈牙利人，D 部将万分感激他的慷慨相助。

格特的答复要么是被彭佩尔看到了，要么就是他亲自负责打字的，答复如下：普拉绍夫的容量已经饱和，在电网之内已经没有多余的居住空间。不过，如果能满足他的两个条件，他阿蒙愿意暂时收容一万名匈牙利人。其一，允许他清除营内那些已无法创造生产价值的人员；其二，他同时还得实施两人共用一个床铺的办法。毛雷尔的答复是，为防止斑疹伤寒的流行，不能允许在夏季两人共用一床的做法，而且按照规章，理想的状态是每人应拥有至少三立方米的空间。不过他愿意授权格特将他的第一项提议付诸实施。D 部会建议奥斯威辛-比克瑙——或至少是这一庞大企业的灭绝营分部——准备接收普拉绍夫的淘汰人员。与此同时，东向铁路系统还会专门为普拉绍夫安排运畜车皮，而且，当然会沿铁路支线一直开到普拉绍夫大门口。

阿蒙于是就得以在他的营内开展一场优胜劣汰的择选工程。

托了毛雷尔和 D 部的福，阿蒙在一天之内灭绝的性命就赶上了奥斯卡·辛德勒耗尽才智和财富在埃玛丽娅呵护的所有人数。阿蒙将他的择选工程美其名曰：健康行动。

他以一种操办乡村市集的方式来搞这项活动。当活动在五月七号那个星期天的早上正式开始时，阅兵场上过节般悬挂起了无数横幅标语："为每位囚犯寻找合适的工作！"高音喇叭里播放着民谣、斯特劳斯和情歌。底下放了张桌子，党卫军御用医师布兰克医生和他的心腹莱昂·格罗斯医生，还有几个职员端坐在桌子后面。布兰克医生的"健康"观念就跟党卫军中的任何一位医生一样丧心病狂。他在监狱的诊所里通过往患者血管里注射轻质汽油的方式，清除了不知多少慢性病病人。这种注射方式不论照哪一种标准都决不能称为安乐死。病人在经历一刻钟的抽搐后最终窒息而亡。曾担任过犹太委员会主席的马雷克·比贝尔施坦因在蒙特卢皮赫蹲了两年大狱后，现在是普拉绍夫的居民，因心力衰竭被送到了监狱的诊疗所。在布兰克给他注射轻质汽油前，伊代克·申德尔医生——就是两年前以其红色身影深深打动了辛德勒的那个叫珍尼娅的小姑娘的舅舅——跟他的几个同事一起赶到比贝尔施坦因的床前，为他注射了一剂氰化溶剂，这才是真正的安乐死。

今天，布兰克坐在装有全营所有囚犯材料的档案柜旁边，一次就要处理一个营房的囚犯，等他填完一组病例卡后，马上有人负责拿走，再送上新的一组。

囚犯们到达阅兵场后，得到命令要把衣服脱光。他们赤身裸体地排成队列，在几个医生面前来回奔跑。布兰克和他的心腹、犹太医生莱昂·格罗斯会在病历卡上做几个记号，指着这个、叫着那个让他们核实自己的姓名。囚犯们跑过来的时候，几个医生就注意寻找生病或是肌肉衰弱的表现。这个过程真是既怪异又屈辱。背部曾脱臼错位的男囚（比如普费弗伯格，他的后背就曾被胡亚尔用皮鞭的手柄打伤过），患慢性痢疾的女囚，都纷纷用红球甘蓝涂抹面颊，以显得面色健康红润——大家都在为了自己的性命奔跑，也都明白到底是怎么回事。年轻的金斯特林格太太早先曾代表波兰参加过柏林奥运会的短跑项目，她现在明白过去的那一套只不过是种游戏，这次才是真刀真枪的冲杀。你跑得胃部翻腾呼吸急促——在虚假的欢快音乐的伴奏下——你是在为你宝贵的生命冲刺。

完了之后就没有什么动静了，直到下星期天，在同样的横幅标语和乐队音乐的伴奏下，营内的全体囚犯再次在阅兵场集合。被健康行动淘汰的人员——被叫到名字，押到广场东头集合，四周一片愤怒和迷惑的叫喊。阿蒙早就料到会出现骚乱场面，事先寻求克拉科夫国防军驻军帮忙，如今他们就站在一旁候命，以防囚犯发生暴动。上个星期天的审查中发现了将近三百个孩子，现在都要拖走，这么一来孩子的父母不干了，抗议和哀号声震天。见势不妙，大部分国防军都上了阵，再加上从克拉科夫请来的秘密警察支队，都拥到警戒线上，组成人墙，将父母和孩童分隔开来。警察和父母间的对抗一直持续了几个小时，他们把发了狂的父母形成的巨浪强行逼退，对那些有亲戚遭到淘汰的囚犯继续他们惯常的谎言。其实什么也没宣布，不过谁都清楚那些靠边站的都没通过测试，只有死路一条了。

在高音喇叭播放的华尔兹舞曲和流行歌曲的嘈杂声中，留下来的人员和那组编入另册的人员之间相互呼喊着，让人心酸。亨利·勒斯纳本人也在忍受着煎熬，不过他儿子奥莱克现在正在营内的某个地方藏着。他碰上了个相当古怪的场面：他对面的一个年轻的党卫军满眼含着泪，公然指斥正在发生的一切，立誓要主动加入东部战线。不过军官们都在咋呼，要是大家还这么不守规矩的话，他们就要下令开枪了。也许阿蒙巴不得找到个开枪的借口呢，这样就能加速缓解他这里过于拥挤的现状了。

到了最后，共有一千四百个成人和两百六十八个孩子被持枪的卫兵圈在阅兵场的东头，准备即刻运往奥斯威辛。彭佩尔后来看到并牢牢记住了这两个数字，其实这个数目远远不能让阿蒙觉得满意。淘汰的人数虽说没有阿蒙期望得那么多，还是空出了不少地方，可以临时容纳不少匈牙利囚犯了。

在布兰克医生的病历卡编目体系中，普拉绍夫的儿童并没有像成人那样登记得非常详尽。很多孩子选择在这两个星期天找个地方藏起来，他们和他们的父母凭本能都意识到，因为他们年龄太小，再加上他们的姓名和其他信息在普拉绍夫的人事档案中完全缺失，他们显然会成为淘汰行动的目标。

奥莱克·勒斯纳在那第二个星期天一直躲在屋顶底下。另外还有两个小孩一整天都跟他一块儿藏在椽子上头，他们一整天都一声不吭，憋了一整天的尿，跟虱子、囚犯们私藏的小包财物以及屋顶上的老鼠待在一起。因为这些孩子就跟大人们一样知道得很清楚：那些乌克兰卫兵很怕接近屋顶那部分的空间。他们相信那里遍布着伤寒病菌，而且布兰克医生还郑重警告过他们，只要有一粒虱子屎接触到你皮肤上的小伤口，就能染上斑疹伤寒。男囚营附近有间临时营房，门上挂了个**谨防斑疹伤寒**的标识，普拉绍夫的一帮孩子在里面住了有好几个月。

这个星期天，阿蒙的健康行动对奥莱克·勒斯纳来说，可比携带伤寒病菌的虱子要危险得多了。别的孩子，包括那天隔离出来的两百六十八个孩子中的有一些，事实上在行动一开始就藏起来了。每个普拉绍夫的孩子，经过了现实的历练后都够坚强的，他们各自选择自己喜欢的藏身地。有些喜欢临时营房底下的坑洞，有些喜欢洗衣房，有些选择了车库后面的小棚屋。这些藏身之处有很多在这个或上个星期天被发现了，也就无法再为孩子们提供庇护了。

更多的一帮孩子是在毫无警觉的情况下被带到阅兵场上的。有些父母认识这个或那个党卫军军士。希姆莱就曾抱怨过，就连那些杀人不眨眼的党卫军军士也有他们喜欢的犹太人，把集中营当成了学校的操场。因此有些父母就想当然地认为，一旦孩子有可能出什么问题，你还可以去求助某个对你不错的党卫军。

上个星期天的时候，一个十三岁大的孤儿觉得自己应该是安全的，因为在上几次点名中他已经被当作一个年青人看待了。可是一脱了衣服，他就无法掩饰他尚未发育完全的身体了。现在，父母们在阅兵场的另一端疯狂地呼喊他们被圈起来的孩子，而高音喇叭里又驴叫一般正大音量地播放一首叫作"妈咪，给我买匹小马"的感伤歌曲，这孩子就趁乱从自己的队伍溜回到安全的人群中，凭借的只是他准确无误的直觉，也正是这种直觉曾在两年前引导着小红帽成功地从和平广场逃脱。如同小红帽那次一样，这次也同样没人注意到他。他冒充大人跟其他人站在一起，一边是可恶的音乐驴叫个没完，一边是他的心脏在胸腔里怦怦乱跳，就像要蹦出来一样。然后，他就假装腹部绞痛想要腹泻，请求一个卫兵允许他去上厕所。

男囚营外面是长长的一溜公厕，来到厕所后，这孩子马上探身跨入排泄坑里，两条胳膊各撑住粪坑的两边，把身子往下探，努力在粪坑两边的墙上寻找可以支撑膝盖和脚趾的凹凸。恶臭熏得他睁不开眼睛，苍蝇往他嘴巴、耳朵和鼻孔里乱钻。当他终于咬紧牙关进入更恶心的秽物，两脚接触到坑底的时候，他似乎听到在群蝇的嗡鸣声背后传来一声低语，一开始他还以为是自己的幻觉。他们是不是在追你？一个声音道。另一个又说，该死，这可是我们的地盘！

除了他之外，里面竟然已经藏了有十个孩子。

阿蒙的报告里用了个新颖的复合词 Sonderbehandlung——特殊疗法。在稍后的几年间，这个术语将广为流行，不过这还是彭佩尔第一次见到它。当然了，它带有一种镇定安神、甚至救死扶伤的调调，可事到如今，米戴克已经可以断定，这里面跟寻医问药绝对毫无干系。

那天早上，由阿蒙口授、要发到奥斯威辛的一封电报，为理解这个术语的含义提供了不少有用的线索。阿蒙详细地解释，为防止囚犯逃脱，他坚持这些遴选出来送去接受"特殊疗法"的囚犯必须在铁轨旁将他们所有残存的平民服装全部扒光、丢弃，原地换上带鲜明横条的囚服。又因为这种囚服实在供不应求，他要求，从普拉绍夫送往奥斯威辛接受"特殊疗法"的囚犯一旦到达目的地，他们身上穿的横条囚服就得立刻送还普拉绍夫集中营，以循环利用。

所有留在普拉绍夫的孩子——跟那个高个儿孤儿一同藏在

厕所里的占了大半——继续东躲西藏，要么就冒充大人。可是终究难逃这之后一遍遍的搜捕，被逮住以后同样送上东向铁路的运畜车皮，颠簸整整一天后才走完通往奥斯威辛的那六十公里。整个仲夏时节，运畜车皮就这样日复一日地重复着同样的路线，将队伍和给养东运至利沃夫附近几条陷入僵局的战线，回程时就把时间浪费在支线上，等着那几个党卫军医生检查完在他们面前裸体奔跑的、似乎没完没了的囚犯队伍。

第二十九章

奥斯卡坐在阿蒙的办公室里，从一开始就觉得这次会议是个骗局。办公室的窗户全部打开，开向让人喘不过气来的闷热夏日。或许马德里瑞施和博施也有同感，因为他们的视线不断地从阿蒙身上溜走，转向窗外的石灰石矿车，转向从窗边经过的任何一辆卡车或是马车。只有负责会议记录的莱奥·约翰少尉在椅子上坐得笔挺，风纪扣都扣得严严实实。

据阿蒙的说法，这是一次安全会议。他说，虽然现在前线的局势已经稳定下来，可是苏联军队集中兵力向华沙郊区进攻的局势却助长了游击队的气焰，他们现在在波兰全境不断滋事。听说这方面消息的犹太人也兴起了逃狱的企图。当然，他们根本不知道，阿蒙指出，他们待在铁丝网后头要比暴露给波兰游击队里那些犹太杀手安全得多。不管怎么说吧，大家都得未雨绸缪，防备着游击队从外面发动攻击的可能，尤其是游击队和犯人内外勾结的可能。

奥斯卡试着想象游击队攻入普拉绍夫的景象，将所有的波兰人和犹太人统统释放，马上把他们组成一支大军。这真是白日做梦，谁信哪？而眼前这位阿蒙竟然费尽口舌让大家相信他信。他这点小小的伎俩，一定别有所图。奥斯卡对此深信不疑。

博施说，"要是游击队真打到你家里去的话，阿蒙，我希望那天夜里你没请我来赴宴。"

"阿门，阿门，"辛德勒喃喃念道。

会开完了，管它到底什么意思呢，奥斯卡把阿蒙带到停在行政大楼外头的座驾旁。他打开后备厢。里面躺着一副精工细作的马鞍，设计取材的是克拉科夫南部山区扎科帕内地区的典型风格。就算现如今德国搪瓷厂使用奴隶劳工需要支付的薪金已经跟格特上尉毫无干系，而是要直接交到波尔将军领导的奥拉宁堡总部设在克拉科夫的代表处了，奥斯卡仍然觉得还是有必要不断送阿蒙些类似的礼物，跟他保持良好关系。

奥斯卡提议开车把阿蒙和他的新马鞍送到他的别墅。

在这么一个酷热难当的夏日，有些推着矿车的劳工显然没有表现出应有的工作热情。不过这个马鞍已经使阿蒙心情大好，而且不管怎么说，他也不能再像以前那样从车里跳出来，一枪把犯人撂倒在矿车轨道上了。他们的汽车驶过党卫军的营房，来到停了一组运畜车皮的铁道支线旁边。车皮上面笼着一层薄雾，跟从车顶上反弹回来的热气混合交织在一起，不断晃动，由这些迹象奥斯卡一望而知车皮里肯定塞满了人。即便有火车头的突突直响，你仍能听到车皮里面传来的痛苦的呻吟呼唤，他们是在恳求给他们点水。

奥斯卡停下车来仔细聆听。看在后备厢里那个漂亮昂贵的马鞍分上，他可以这么做。阿蒙宽容地微笑着，看着他这位情感过剩的朋友。他们有一部分是普拉绍夫的，阿蒙开口说，还有塞伯涅工作营的人。还有些蒙特卢皮赫监狱里的波兰人和犹太人。他们要去毛特豪森，阿蒙心血来潮地说。他们现在就开始抱怨了？他们还没见识过真正该抱怨的是什么呢……

那些车皮的顶儿都因为太热呈现出古铜色了。要是我把您的消防队叫来，奥斯卡道，您不会反对吧？

阿蒙发出一阵"我倒要看看你想玩什么花样"的笑。他暗示他不会允许别的任何人召集他的消防队，可他却能容忍奥斯卡任性胡为，因为奥斯卡可是个人物，而且这件事从头到尾都能成为晚宴上上好的谈资。

不过当奥斯卡派乌克兰卫兵敲响钟声召唤犹太消防员时，阿蒙倒真有点蒙了。他知道奥斯卡明白毛特豪森意味着什么。如果你为了这些人用消防软管给车皮浇水降温，你就等于是为他们许诺了一个未来。可是不管以谁的标准来衡量，这种空口的许诺难道不正是真正的残忍吗？所以，当消防软管一节节拖出来，几股水柱咝咝作响地浇在滚烫的车顶上时，阿蒙的态度是不以为然中又掺杂了宽容的好玩心态。车皮里的囚犯发出感激的呻吟和喊叫时，诺斯舍尔也从办公室跑了出来，一边摇头一边微笑。阿蒙的保镖格林本来站在一旁跟约翰少尉聊天，当水柱倾盆大雨般突然从天而降时，他也忍不住拍着自己的大腿尖声怪叫。不过，就算把软管拉到最长处，也只能浇到大约一半的车皮，还有一半仍在酷热中煎熬。于是奥斯卡又得寸进尺地请求阿蒙借他一辆卡车或小客车外加几个乌克兰卫兵，让他们开车到扎布洛西把他德国搪瓷厂的消防软管搬过来。他们有长达两百米的软管，奥斯卡说。阿蒙不知怎么回事，竟然觉得这事儿滑稽透顶。"我当然愿意给你安排辆卡车，"阿蒙说。为了能享受生活中的小喜剧，阿蒙什么都肯干。

奥斯卡写了张条，让乌克兰卫兵带给班吉尔和加尔德。他们去取软管的空当，阿蒙的兴致竟然越来越高，他允许把运畜车皮的车门打开，把一桶桶水送进去，还让人把那些面孔发红肿胀的尸体抬下车来。这条铁路支线周遭还站满了寻开心看热闹的党卫军军官和军士，他们不禁心下暗想，"他以为他真能救得了他们？"

等德国搪瓷厂的巨型软管运到，给所有车皮都洗了个凉水澡之后，这个玩笑可又有了新走向。奥斯卡在写给班吉尔的条子上指示这位经理再到奥斯卡自己家里走一趟，拿个篮子，装满好烟好酒、上好的奶酪和香肠带过来。奥斯卡现在就把这满满一篮子礼物递给了车皮后面负责押车的党卫军军士。这可是公开行贿啊，那人面对这么慷慨的礼物略显得有点窘，赶紧把篮子往后面的车厢内一塞，怕万一有哪个普拉绍夫的军官会举报他。不过奥斯卡看起来跟司令官的关系不是一般的好，那个军士也就老老实实地听他吩咐。"你们在各个车站附近停靠的时候，"奥斯卡说，"你能把车门打开给他们透透气吗？"

多年以后，那次死亡之旅的两位幸存者鲁宾施泰因和费尔德施泰因博士，会亲自告诉奥斯卡，那个军士倒真的很听话，在通往毛特豪森的沉闷旅途中经常下令把车门打开给他们透透气，还不断把水桶里的水添满。当然，对那次旅行中的大多数旅客而言，这不过是临死前享受到的一点小舒适而已。

当奥斯卡沿那溜车皮一路走过去，在党卫军的恣意嘲笑声中为那些死囚带上大部分不过是徒劳的同情时，你可以看得出来，他的态度已经不单是不计后果，而是真正着了魔。连阿蒙都能感觉得到，他的这位朋友已经又上了一个新台阶。他今天所有的癫狂举动，从一定要让消防软管冲洗到最后一节车厢，到当着全体党卫军官兵的面公然贿赂一个党卫军军士——施密特或约翰或胡亚尔的嘲笑，只要程度再升级那么一丁点，稍有不慎就立刻会转变为对奥斯卡的集体控告，而对此盖世太保是决不会掉以轻心的。这么一来，奥斯卡至少也要进蒙特卢皮赫，再加上此前就有的针对他的种族罪指控，没准儿就得往奥斯威辛送。想到这里，阿蒙都不禁对奥斯卡的举动感觉有点毛骨悚然，他对待那些死人的态度就仿佛他们都是他乘三等车旅行的穷亲戚，不过都还真有个目的地似的。

两点多的时候，火车头把这整个一串悲惨的运畜车皮拖着朝主干线逶迤而去，所有的消防软管也都可以卷起来收好了。辛德勒开车把阿蒙和他的马鞍送回他的别墅。阿蒙看得出来奥斯卡还在为那些死囚心神不宁，于是自他们认识以来，阿蒙第一次给了他这位朋友一点该怎么处世的忠告。你得放轻松点儿，阿蒙说。离开这个地方的火车多了去了，你不可能跟在每一辆后头不肯撒手。

亚当·加尔德，埃玛丽娅的工程师和囚犯，也看到了奥斯卡身上的这种转变。七月二十号夜里，一个党卫军来到加尔德的营房把他从床上叫醒。主管先生打电话给警卫室说有业务上的事，急需在办公室会见加尔德。

加尔德发现奥斯卡正在收听电台的广播，两颊绯红，面前的桌子上摆着一瓶酒和两个酒杯。这些天来，他办公桌后面的墙上新挂了幅欧洲地形图，在前几年德国大肆扩张的时候可没见他挂过，如今奥斯卡似乎对德国各条战线的节节败退充满了浓厚的兴趣。今晚他收听的是德国国家电台的广播，并非他通常收听的BBC。电台正在播放鼓舞斗志的音乐，这种音乐经常是发布重要通告的前奏。

奥斯卡似乎听得很热心。看到加尔德走进来，他站起身来，匆忙地把一张椅子塞给年轻的工程师。他倒了杯科涅克白兰地，忙不迭地把杯子推给他。"有人行刺希特勒，"奥斯卡说。是今天晚上早些时候宣布的，据官方的说法是希特勒没死。电台许诺他不久就会向德国人民发表讲话。可这个许诺没有兑现。已经过去好几个小时了，他们仍然没能让他讲话。于是他们就大量播放贝多芬，这跟斯大林格勒惨败后的做法如出一辙。

奥斯卡和加尔德一起坐了很几个钟头。这事就足够判他煽动罪了：一个德国人和一个犹太人坐在一块儿——如果有必要会坐一整夜——等着揭晓元首是不是死了。不用说，亚当·加尔德也被这种希望压得透不过气来了。他注意到奥斯卡四肢软绵绵的，动作手势都很无力，仿佛领袖可能死亡的状况放松了他全身肌肉的力量。他热切地喝着，也催促加尔德开怀痛饮。这事如果是真的，奥斯卡说，那么德国人，像他这样的普通德国人，就能开始清赎自己的罪过了。就因为某个有机会接近希特勒的人有这个胆识，把他从地球上抹了去。党卫军的末日到了，奥斯卡道。天一亮希姆莱就得锒铛入狱。

奥斯卡不断地吞云吐雾。哦，我的上帝，他说，看到这个万恶的体系彻底垮台，何其幸也！

晚十点的新闻还是重复原来的老调。有人行刺元首，不过彻底失败，元首几分钟后就会在广播里发表讲话。当这个小时悄然逝去，希特勒仍渺无音讯时，奥斯卡不免沉浸在战争临近结束时很多德国人都会有的奇思妙想当中。"我们终于苦尽甘来了，"他说。"这个世界重新恢复理性了。德国可以联合西方世界一起来对付苏联人了。"

加尔德的愿望可就谦卑得多了。实在不济，就算重建一个当年弗朗茨·约瑟夫老皇那种感觉的聚居区也成啊。

他们一边喝酒，音乐一边演奏着，看起来这事越来越像是真的了：欧洲将在这天夜里通过一个狂人的死亡重新走向理性。他们又是这个欧洲大陆的公民了；他们不再是囚犯和主管先生了。电台的广播又把元首即将发表讲话的许诺重复了若干次，每次，奥斯卡的笑声都越来越响亮。

午夜到来了，他们已经不再理会那些空洞的许诺。在这个后元首时代全新的克拉科夫，呼吸都似乎更加轻快了。他们猜想，天一亮人们就会在每个广场上快乐地起舞，再也不会为此而受罚。国防军将逮捕瓦维尔堡里的弗兰克，包围波摩尔斯卡街上的党卫军总部大楼。

将近凌晨一点的时候，广播里传来了希特勒在拉斯滕堡发表的讲话。奥斯卡本来已经非常确信，他再也不必听到那个声音了，所以有几秒钟时间他确实没有听出这是谁在讲话。虽说这声音听来耳熟，他也仅仅把它当作另一个拖延时间的纳粹党发言人。不过加尔德从讲话的第一个字就开始倾听，他知道那是谁的声音。

"我德国的同志们！"那声音开始说。"我之所以今天跟你们讲话，首先是为了让你们听到我的声音，知道我安然无恙，没有受伤，其次，就是因为你们应该知道这起德国史无前例的重大罪行。"

这次讲话在四分钟后，以对阴谋反叛者的宣判宣告结束。"这次，我们将一如既往地按照我们国社党的既定方式跟他们算账。"

奥斯卡虽整夜都沉浸在美妙的幻想中，亚当·加尔德其实并不怎么买这个幻想的账。因为希特勒可不只是一个人：他是一个有无数分支、盘根错节的一整套制度体系。就算他当真呜呼哀哉了，你也不能保证这个制度体系会因此而改变其固有的性质。此外，一个希特勒这样的人物竟然在一夜之间就从地球上消失，这也实在有点过于匪夷所思，有违现象背后的本质。

可奥斯卡在过去的好几个钟头里一直狂热地坚信这个独裁者已经完蛋了，当美好的愿望终成泡影，就轮到年轻的加尔德反过来安慰他了，奥斯卡讲起话来简直就像悲痛的歌剧男主角了。"所有我们对于拯救与正义的幻梦完全破灭了，"他说。他又为各自的酒杯里倒满科涅克白兰地，然后把酒瓶一把推到桌子对面，打开他的香烟盒。"把这瓶酒和这几支烟带上，回去睡一觉吧，"他说。"我们要想获得自由，还得再多等上几天哪。"

在本来应该是午夜梦回的时候，喝了这么多酒，听到这么重大的新闻，然后情势又来了个突然的逆转，加尔德也有点迷糊了，所以听到奥斯卡说什么"我们的自由"时也没太往心里去，他这种说法似乎表明他们俩有同样的需要，都是只能被动地等待别人来解放自己的囚犯。加尔德回到自己铺位上的时候才醒过味来，不禁暗自感叹主管先生竟然这样讲话，居然像个容易幻想又容易失意的诗人了。而他通常是个多么讲求实效的铁腕人物啊。

波摩尔斯卡街和克拉科夫周边的各集中营里飞短流长，据说那年夏末即将对囚犯们重新进行安置。这些流言让扎布洛西的奥斯卡大伤脑筋，坐镇普拉绍夫的阿蒙也听到些小道消息，说各集中营可能会被解散。

事实上，那次关于安全的会议跟保护普拉绍夫免受游击队袭击没什么关系，真正有关系的是为将来集中营被关闭的前景早做打算。他特特地把马德里瑞施、奥斯卡和博施从城里叫到普拉绍夫来开会，不过是为自己抹上一层变色龙的保护色。安全会议一开，他就似乎有了理由，可以开车进克拉科夫城去拜访波兰总执政府的新任党卫军警察头子威廉·科珀了。阿蒙坐在科珀的办公桌斜对面，假模假式地眉头紧锁，把指关节掰得噼啪直响，仿佛他的克拉科夫已经有被游击队包围的危险了。他把告诉奥斯卡等人的一套说辞原样搬来哄骗科珀，说什么普拉绍夫营内已经冒出来好些个游击队组织了，说铁网之内的那些犹太复国主义者跟波兰人民军和犹太战斗组织的激进分子一直有联系。中将阁下想必也能谅解，像这类的勾勾搭搭是防不胜防的——私带进来的一条面包里就可能藏着情报。不过，只要付诸运动的反叛一露出端倪，他，身为司令官的阿蒙·格特就需要马上采取有效的行动。他阿蒙想要请示的问题就是，如果他迫于情势先斩后奏，先把叛乱分子处决了再向奥拉宁堡汇报，高贵的科珀中将会站在他这边吗？

没问题，科珀道。他本人对这些官僚主义的繁文缛节也颇有微词。多年前，他担任沃瑟兰地方的警察局长时就曾下令将满载着劣等人种的一队卡车开到荒郊野外，然后让卡车引擎全速运转，将废气灌到密闭的车篷里把他们统统闷死。这也是一次兴之所至的即兴行动，没有经过那些繁琐的文书批准工作。当然了，你必须运用自己的判断力，他告诉阿蒙。要是你真这么干了，我会支持你。

奥斯卡在开会的时候就觉出阿蒙是醉翁之意不在酒了。要是他当时就知道普拉绍夫要被关闭的内情，他就能明白阿蒙做这番表演的深层用意了。事实上阿蒙真正担心的是维莱克·希洛维茨，他的劳役营犹太警察主管。阿蒙经常利用希洛维茨在黑市买卖中当他的代理人。希洛维茨对克拉科夫可说是了如指掌。他知道应该到哪里去出售司令官从劳役营的官方供给中克扣下来的面粉、大米和黄油。他知道哪些买家会对专做定制珠宝的店里流出来的、由维尔坎这样的行家制作的首饰特别感兴趣。阿蒙对希洛维茨的整个小集团都放心不下：玛丽西娅·希洛维茨太太，她享有第一夫人的特权；希洛维茨的合伙人米戴克·芬凯尔施泰因；希洛维茨的妹妹和妹夫费贝尔夫妇。如果说普拉绍夫营内也有贵族的话，那就是这个希洛维茨的小集团。他们具有超越于一般囚犯之上的特权，不过他们的熟知内情也是把双刃剑：他们对阿蒙就跟对马德里瑞施厂里的某些可怜的机工一样了如指掌。如果普拉绍夫当真被关闭，他们就会被送往别的集中营，阿蒙知道得很清楚，只要他们发现他们的处境堪忧，他们就会立马把阿蒙的这点老底全都抖搂出来，希望能借此捞到点机会。更有可能的是，他们一旦开始饿肚子，就会毫不犹豫地把他给卖了。

当然了，希洛维茨本人也放心不下，阿蒙感觉得到他在怀疑到时候他还能不能活着离开普拉绍夫。阿蒙决定利用希洛维茨的疑虑设计把他给除了。他把来自捷克斯洛伐克高塔拉斯山区的一个后备党卫军索温斯基叫到办公室，开了个小会。他让索温斯基去接近希洛维茨，假装可以跟他做个交易，助他逃脱。阿蒙肯定希洛维茨会乐于做这么个交易。

索温斯基依计行事，果然不负重托。他跟希洛维茨说他能把他们这个小集团统统偷运出营，至于途径，可以利用那种靠烧燃料驱动的大型卡车，如果这种卡车改用汽油驱动，那空出来的木头炉膛里就能轻松地塞进六个人去。

希洛维茨对这个办法大感兴趣。索温斯基当然需要先给外头的朋友捎个信儿，由他们负责安排随后的交通工具。索温斯基会用卡车将他们这一帮送到约定的地点。希洛维茨愿意以钻石支付酬劳。不过，希洛维茨说，为表示双方的诚意，索温斯基还得给他弄到件武器。

索温斯基随即向司令官报告了这场交易的详细内容，阿蒙就给了他一把点 38 口径的手枪，不过事先把撞针给锉掉了。这把枪交给希洛维茨后，他自然是既没有必要也没这个机会试一下枪的。不过这么一来，阿蒙就可以言之凿凿地跟科珀和奥拉宁堡汇报说他在这名囚犯身上搜出了武器。

逃跑的日子定在八月中旬的一个星期天。索温斯基跟希洛维茨一帮人在堆放建筑材料的仓库里碰头，然后把他们藏到卡车上。完了以后他开车沿耶路撒冷街来到大门口。在那里要办些例行的手续；然后卡车就能开到野外了。那五个逃亡者躲在空炉膛里，心都要提到嗓子眼了，既害怕又满怀希望，巴不得赶快脱离阿蒙的掌控。

可是守在大门口的竟然就是阿蒙、阿姆瑟和胡亚尔，还有乌克兰卫兵伊万·沙鲁捷夫。搜查就这么优哉游哉地进行开了。这帮家伙面带微笑，在卡车里前后走动的时候故意把步子踩得山响，而且故意最后才搜查木头炉膛。发现可怜的希洛维茨一帮人像沙丁鱼一样挤在木头炉膛里的时候，他们还拿腔作势地故作惊讶。刚把希洛维茨给拽出来，阿蒙就"发现"了塞在靴统里的非法枪支。希洛维茨的口袋里装满了钻石，都是他向营内那些绝望的囚犯敲诈而来的贿赂。

那些当天休息的囚犯听到了在大门口对希洛维茨的当场宣判。这个消息就像一年前的那个夜里赛姆切·斯佩拉和他的犹太警察被处决一样，引起他们同样的敬畏之情，一种很复杂的情感。也没有任何一个囚犯能破译得出来，这个事件对他们自己的生存机会到底有什么样的影响。

希洛维茨的小团伙被一一用手枪处决。此时的阿蒙因为肝病面色蜡黄，体重已经达到最高峰，他像个上了年纪的老叔父一样喘个不停，用枪口抵住希洛维茨的后颈。完事后，五具尸体摆放在阅兵场上示众，每个人胸口上还别着个布告牌，上书：**"作奸犯科者，下场形同此人。"**

这当然不是普拉绍夫的囚犯从中得到的真实教训。

阿蒙花了一下午的时间草拟两份详尽的报告，一份给科珀，一份上交格吕克斯将军的D部，解释他如何将普拉绍夫从一场叛乱的危险中解救出来，他如何在叛乱初起的第一阶段——一群叛乱的主谋想潜逃出营——就明察秋毫，当机立断地将阴谋的领导者就地正法。一直到夜里十一点，他才终于完成定稿。科赫曼小姐打字太慢，这么晚了肯定做不来了，于是司令官就派人把米戴克·彭佩尔从营房的床上叫起来，带到他的别墅里来。彭佩尔一进前客厅，阿蒙就不动声色地说，他相信彭佩尔也是希洛维茨逃亡阴谋的同党。彭佩尔一下子给吓懵了，一时不知道该如何回答。慌乱中四处乱看，想找到根救命稻草，他看到了自己裤子大腿部分的接缝都裂开了，也没再缝起来。我要是想潜逃的话，也不会穿得这么破衣烂衫了，到外面怎么见人？他反问。

他语气中真诚坦白的绝望使阿蒙很是满意。他让这个男孩坐下，然后指示他报告该怎么打，页码怎么分。阿蒙用他那状如刮刀的手指尖戳了戳他写的稿子。"我要你打出第一流的漂亮报告来。"彭佩尔心理犯开了嘀咕，我就是活该倒霉——眼下可以以逃亡罪把我拉出去枪毙，过段时间又会因为看到过阿蒙编造的这些内容被他灭口。

彭佩尔拿着草稿就要离开的时候，格特跟他一起走到外面的天井，又下了最后一道命令。"你打叛乱分子名单的时候，"阿蒙和蔼地吩咐道，"我要你在我的签名上面留一块白，我还要加一个名字进去。"

彭佩尔点了点头，表现得就像任何一位训练有素的秘书一样谨言慎行。他又站了有半秒钟，绞尽脑汁想马上想出个对答来，能改变阿蒙这个要他留白的命令。那是特为他的名字留的白。米戴克·彭佩尔。可是在那个暑热难耐的星期天的夜里，在耶路撒冷街上的万籁俱寂中，他的大脑一片空白。

"是，司令官先生，"彭佩尔道。

当彭佩尔蹒跚地走向行政大楼时，他想起了当年夏天前些时候阿蒙让他打的一封信。那是写给阿蒙的父亲，那个维也纳出版商的，信中充满了真诚的孝思，殷殷询问老人春天得的过敏症情况到底怎么样了。他希望老人已经痊愈了。彭佩尔之所以单单想起这封信，是因为就在他被叫到阿蒙的办公室打字的半个小时前，司令官刚刚把一个做归档员的女孩拖出去给毙了。那封信和那次处决就这么毫无过渡地衔接在一起，向彭佩尔证明了这样一点：对于阿蒙来说，谋杀和过敏症是具有同等重要性的事件。如果你吩咐一个温顺的速记员给他自己的名字留出空白，他当然该二话不说地照办。

彭佩尔在打字机前坐了一个多钟头，最后还是为自己的名字留下了空白。如果不这么做的话，他的末日只会来得更快。斯特恩的朋友中间一直有个传闻，说辛德勒已经在着手制定拯救囚犯的计划什么的，可今晚，这些传闻对他已经不再有任何意义了。米戴克在两份报告的相应位置都为自己的死亡预留了空间。他一直以来苦心经营、特意牢记不忘的司令官的桩桩罪行——所有这一切都因他留下的这个空白，终成泡影。

等他把两份打字稿全都一字不差地牢记在心之后，他带着稿件回到了阿蒙的别墅。阿蒙在客厅里阅读打字稿的时候，吩咐他在法式落地窗边候着。彭佩尔怀疑他被处决以后，自己的尸体上是不是也会挂个牌子，上书：**"所有犹太布尔什维克必遭此下场！"**

最后，阿蒙终于出现在窗边。"你可以回去睡觉了，"他说。

"司令官先生？"

"我说，你可以回去睡觉了。"

彭佩尔遵命离开。现在他的步子更加不稳了。他什么都看到了眼里，阿蒙更不会容他再活在世上了。不过也许司令官会觉得过一段时间再收拾他比较从容些？不管怎么说，活一天就赚一天。

那个空白事实上是给一个年老的囚犯预留的，这位老先生很不明智地想跟约翰和胡亚尔这等人做交易，让他们知道了他在营外的某个所在还密藏了一批钻石。当彭佩尔在暂缓的死刑压力下终于沉沉入睡时，阿蒙派人把那个老人叫到了他的别墅，提出用他的钻石换他自己一命，在老人带他看了确切的藏宝处之后，他当然还是把老人给杀了，然后把他的名字添到上呈科珀和奥拉宁堡的报告中——他谦恭地声称他已经成功地将叛乱扼杀在了摇篮里。

第三十章

一叠标有"陆军统帅部"抬头的命令已经放在奥斯卡的桌子上。鉴于战争的情势，军备物资监管局的主管告诉奥斯卡，他们决定关闭普拉绍夫集中营及埃玛丽娅附属集中营。埃玛丽娅的囚犯须送返普拉绍夫等待重新安置。奥斯卡本人则须尽快关闭他的企业，厂区只能留下拆除工厂设备所需的技术人员。如需进一步的指示，他可以跟柏林的陆军统帅部疏散委员会联系。

奥斯卡的最初反应是一种冰冷的愤怒。他痛恨这种腔调，某个离他十万八千里的官僚一声令下，他苦心经营的一切就得付诸东流的这种感觉。那个在柏林的家伙，压根想不到将奥斯卡和他的囚犯紧紧地联系在一起的黑市面包交易，理所当然地以为一个工厂的厂主就该乖乖地打开大门，让他们把工人全都带走。不过最傲慢的表现还在于这封信根本就没想到要界定一下"重新安置"到底怎么个安置法。相比而言弗兰克总执政就比他们诚实得多了，本年度不久前此君刚刚发表了一次臭名昭著的演讲："当我们最终赢得这场战争的时候，在我看来，波兰人、乌克兰人以及所有在这里游手好闲的这帮下三滥，统统都该剁成肉酱，或者做成随便什么玩意儿。"至少弗兰克有这个勇气，明确地说出他到底想怎么做。而在柏林，他们以为只要用个"重新安置"这样含混的字眼，就能洗脱所有的干系。

阿蒙知道所谓"重新安置"是怎么回事，奥斯卡下次去普拉绍夫的时候，他也就坦率地告诉了他。所有普拉绍夫的男囚送往格罗斯-罗森，女囚送往奥斯威辛。格罗斯-罗森是下西里西亚地区一个巨大的采石矿劳役营。德国土石公司是一家党卫军经营的大企业，分公司遍及波兰、德国本土和各占领国，这家公司将消化格罗斯-罗森的所有囚犯。奥斯威辛的处理方式当然就更直接、更加现代化了。

　　当埃玛丽娅行将关闭的消息传到厂区的时候，有不少辛德勒厂里的犹太人觉得他们的好日子就要到头了。珀尔曼老夫妻当初是因为持雅利安假证件的女儿恳求辛德勒，才得以进入埃玛丽娅的，如今他们平静地把毯子包扎好，达观地跟他们临铺的室友话别：埃玛丽娅已经给了我们整整一年的休息，一年的饱食，一年的理性生活。也许这就够了。从老夫妻的语气中已经明显地感觉到，他们已经做好了赴死的心理准备。

　　勒瓦托夫拉比也已经听天由命了。他随时准备重返普拉绍夫，跟阿蒙了结他们之间未完的恩怨。伊迪丝·利伯古尔德在犹太聚居区成立之初就被班吉尔招募来做夜班工人，她注意到奥斯卡跟他的几位犹太主管严肃地商讨了好几个钟头，可是并没有再向大家许诺什么光明灿烂的前景。也许他也跟大家一样，面对柏林的命令一筹莫展、丧失信心了。所以他也就不是三年前她初来埃玛丽娅的那天夜里看到的那个预言家了。

　　不过，当奥斯卡的囚犯在夏末时分打点行装，被押往普拉绍夫的时候，他们中间又有了个传言：据说奥斯卡曾说起过要花钱再把他们全买回来。他对加尔德这么说过；也对班吉尔这么说过。你几乎都能亲耳听到他这么说——带着惯有的胸有成竹的沉稳，带着父亲般低沉的喉音。可当你走在耶路撒冷街上，经过行政大楼，以新来乍到、不敢置信的目光盯着从采石场拖着沉重的矿车蹒跚走来的奴隶劳工时，对奥斯卡的乐观承诺的记忆也几乎成了另一种负担。

霍洛维茨一家也重返了普拉绍夫。做父亲的多莱克在去年千方百计才把他们弄到埃玛丽娅，眼下竟然又眼看着妻子儿女回到了这里。六岁的儿子理查德，妈妈雷吉娜，纽西娅已经十一岁了，再次干起了往木刷背上缝猪鬃的活儿，一边透过高处的窗户，看着卡车朝山上的奥地利工事开去，还有山顶上腾起的焚尸的黑烟。

不过她父亲相信奥斯卡会拟一份名单，把他们救出去。奥斯卡的名单，在有些人的心目中已经不仅仅是一个表格了。那是个名单。是辆可以轻微摇摆的甜蜜马车①。

奥斯卡是有天晚上在阿蒙的别墅里，突然萌生把犹太人带离克拉科夫的主意的。那是夏末一个宁静的夜晚。阿蒙看来很高兴他登门拜访。因为阿蒙的健康状况——布兰克和格罗斯医生都提醒他，他如果再不节制饮食、不控制饮酒，弄不好就会死在这上头——最近他已经没那么宾客盈门了。

两人坐在一起，按照阿蒙最新的节制方式喝着酒。奥斯卡突然向他提出了自己的想法。他说想把他的厂子搬到捷克斯洛伐克去。他想带着他的技术工人一起过去。他可能还需要从普拉绍夫的工人中间选些技术工。他会请求疏散委员会帮他找个合适的地点，就在摩拉维亚的某个地方吧，还要请东向铁路帮

---

① 典出美国废奴运动期间一首著名的黑人灵歌，歌中唱道："轻轻摇摆，甜蜜的马车，/来带我回家……"有人认为"马车"就喻指将黑人奴隶运往北方各自由州的地下铁路。

他把人员和物资从克拉科夫运过去。他让阿蒙知道，他会对他提供的任何支持表达他的不尽感激。一提到感激这个词儿，总会引起阿蒙的强烈兴趣。这没问题，他说，如果奥斯卡能搞定所有这些部门，能得到他们的合作，他阿蒙会允许他列个名单，从普拉绍夫挑选他感兴趣的工人。

事情就这么讲定了，阿蒙想玩一场牌戏。他喜欢玩"黑杰克"，也就是法国的"二十一点"的另一种版本。阿蒙手下的下级军官都怕玩这种牌戏，因为很难不露痕迹地故意输给司令官。玩这种牌戏可不太容易溜须拍马。所以这是种真正的竞赛，也正因此阿蒙才喜欢玩这个。同时，今晚上奥斯卡也没兴趣故意输牌，他知道为了他那份名单，他可是要付给阿蒙一大笔钱呢。

司令官一开始赌注下得很有节制，一次押一百兹罗提，仿佛医生也同时建议他押赌时也应该注意节制似的。可他不断"爆掉"，当起始赌注升到五百兹罗提时，奥斯卡摸到一个"二十一点"，一个爱司和一张杰克[①]，这表示阿蒙得付给他双倍的起始赌注。

阿蒙很丧气，不过还不至于怒形于色。他大声吩咐海伦·希尔施上咖啡。海伦走了进来，她简直就是个绅士女仆的滑稽模仿：制服穿得干净利落，可右眼肿得只剩下一条缝了。这姑娘身材非常矮小，阿蒙得弯下腰来才能揍她个正着。她如今已

---

① "二十一点"的玩法简单一点说就是双方比点数大小，如果一方正好是二十一点那当然就是天牌，就叫"黑杰克"或"二十一点"，稳赢；如果不到二十一点则谁的点数大谁胜；如果点数相加超过了二十一点则是必输，叫"爆掉"。十以上的牌都算十点，爱司既可以算作十一点，也可以算作一点，大小王则算零点。

经知道奥斯卡的为人了，不过并没有看他。他发誓要把她给救出来，也有将近一年的时间了。他每次到这里来，总会想办法溜到楼下的厨房，问问她现在情况怎么样。这确实让她感动，可并不能触及她生活的悲惨内核。就拿几个星期前的事说吧，她上的汤没达到他要求的温度——阿蒙对汤，对走廊上的污渍和狗身上的虱子格外挑剔——司令官就把勤务兵伊万和彼得叫来，吩咐两人把海伦带到花园里的白桦树下把她给毙了。彼得拿毛瑟枪押着海伦朝花园里走的时候，阿蒙就站在法式落地窗前看着，姑娘低声下气地恳求那个年轻的乌克兰卫兵："彼得，你要把谁给毙了？是海伦呀。是给你吃蛋糕的海伦呀。你怎么能枪毙海伦呢，对不对？"彼得也透过紧咬的牙关，同样低声细气地回答，"我知道，海伦。我也不想这么干。可要是我不这么干，他就会把我给毙了。"她低下头来，靠着斑驳的白桦树干。她曾不止一次问过阿蒙他为什么不杀了她，她想死得干脆利落，她想以她的坦然面对死亡、她的慷慨赴死去刺伤他，不让他好过。可她做不到。她的两条腿不断地哆嗦。随后她听到阿蒙从窗口叫道，"把那个婊子带回来吧。有的是时候收拾她。同时他还有可能让她学乖一点吧。"

在他兽性大发的间隙，阿蒙也会出现反常的短暂时期，他想扮演个温厚主人的角色。有天早上他曾对海伦说，"你可真是个训练有素的好用人。战后如果你需要找工作的话，我会很乐意给你写封推荐信。"她知道这不过是说说而已，是白日做梦。她转过已经聋了的那边耳朵，全当没听见，耳朵的耳鼓就是被阿蒙一拳给打穿的。她很清楚，她迟早会死于他已经习惯成自然的暴虐当中。

在她过的这种日子里，客人的一个微笑也就是她全部而又转瞬即逝的安慰了。今晚，她把巨大的银制咖啡壶放在司令官先生身边后——他仍旧成桶地灌下一杯杯加糖的咖啡——鞠了个躬，就告退了。

不到一小时，阿蒙就已经欠了奥斯卡三千七百兹罗提。他怨天尤人地抱怨自己运气太坏的当口，奥斯卡建议他们不妨换种赌法再玩。他说，等他搬到捷克斯洛伐克后，他在摩拉维亚的住处需要一个女仆。在那里你是找不到像海伦·希尔施这样聪明、这样训练有素的女仆的。都是些乡下丫头。因此，奥斯卡建议他们来一个一局定胜负，赌注加倍，要么赢双份，要么输光光。如果阿蒙赢，奥斯卡付他七千四百兹罗提，如果他能撞上"二十一点"，就是一万四千八百兹罗提。可如果赢的人是我，奥斯卡道，你就得把海伦·希尔施输给我，加到我的劳工名单里去。

阿蒙表示要考虑一下。算了吧，奥斯卡劝道，她反正是要去奥斯威辛的。可是这里面确实存在着一种依恋之情。阿蒙实在太习惯于海伦的伺候了，他真的不能就这么轻易拿她当赌注。每当他想到她的最后归宿时，总归是他会亲手把她给解决掉，怀着他个人的强烈激情。而如果他拿她做了打牌的赌注而且输了，他就会有种压力：身为维也纳的运动家而放弃亲手杀死她的乐趣。

老早以前，普拉绍夫成立还没多久的时候，辛德勒就请求过将海伦指派给埃玛丽娅。可是被阿蒙拒绝了。仅仅在一年前，普拉绍夫还像是要天长地久地存在下去似的，司令官和他的贴身女仆也像是能一起终老，除非海伦犯了什么大错，导致他们间的关系遽然终止。放在一年前，谁都不会料到他们的关系会因苏联军队兵临利沃夫城下而告结束。在奥斯卡这边，他这个建议却没什么压力。在这场赌局中，他并没有看到任何地方可以跟上帝和撒旦为人类的灵魂赌赛相提并论。他并没有自问，他有什么权利为那个姑娘出价，把她给买下。如果他输了，他再想别的办法把她给救出来的希望会非常渺茫。不过在那年，所有的机会都很渺茫。包括他自己的机会在内。

奥斯卡站起来在房间里匆匆转了一圈，想找张印着官方抬头的信纸。他写了张"借据"，要阿蒙签字，如果他输了就得照付："我授权将全名海伦·希尔施的囚犯加入任何需随奥斯卡·辛德勒先生的德国搪瓷厂之迁移重新进行安置的技术工人名单。"

阿蒙是庄家，他发给奥斯卡的牌是八和五。奥斯卡再次要牌，得到的牌是五和爱司。输赢就得靠它了。然后阿蒙自己也再次要牌。先是张四，然后是张王。我的上帝啊！阿蒙道。他骂起来还算绅士；他似乎因过分注意礼节而不愿骂出脏字。我出局了。他短促地笑了一声，不过并非真的开心。我的头两张牌是三和五。加个四也不会有危险。谁知后面竟是这张倒霉的王。

最后，他签了那张借据。奥斯卡收拾起那天晚上他从阿蒙手上赢得的所有欠款字据，全部还给了他。我们全部搬走之前，他说，替我好好照看这个姑娘。

此刻，待在厨房里的海伦·希尔施还不知道她已经因为玩牌而得救了。

或许是因为奥斯卡把这晚上打牌赢人的过程告诉了斯特恩，有关奥斯卡的计划的传言就传遍了整个行政大楼，甚至各个车间。确实有一份辛德勒的名单。为了能列入这个名单，付出什么代价都值。

第三十一章

　　不论是跟哪一位主管先生的朋友说起辛德勒来，谈到某种程度，他们无一例外都会眨眨眼睛、摇摇头，开始找寻他的行事动机，可几乎每次都半途而废。那些辛德勒犹太人最普遍的感觉仍旧是："我也不知道他为什么会这么做。"也许可以这么说，首先奥斯卡是个赌徒，是个性情中人，热爱单纯简单的多行善举；可以说奥斯卡天生是个无政府主义者，喜欢嘲弄现行的体制；还有，在他那纵情声色的享乐主义外表之下有一种情操，绝对无法容忍野蛮的行径，不顾一切地要奋起与暴行抗争而且誓死决不低头。可我们草草记下、逐条累计起来的这些理由，却没有一条可以解释一九四四年秋，他在为埃玛丽娅的毕业生准备最后的避难所时那种坚定到顽固程度的态度。

　　还不光是只为了他们。九月初他驱车前往波德戈尔兹专程拜会马德里瑞施。当时马德里瑞施的制服厂雇了有三千多个囚犯，他的厂也要被关闭了。马德里瑞施可以收回他的缝纫机器，他手下的工人可就化为乌有了。如果我们联手行动的话，奥斯卡说，我们就可以把四千多人给救出去。我的和你的人都会逃过这一劫。我们可以找个安全的地方重新安置他们，比如山高皇帝远的摩拉维亚。

　　幸存下来的马德里瑞施企业的囚犯们每次说起他来总是满怀崇敬，他也绝对无愧于这份崇敬。他自掏腰包、冒着莫大的风险从黑市上买来面包和鸡肉，偷运进他的工厂。跟奥斯卡相比，他一直被认为更加稳重自持，不那么耀人眼目，也不那么容易陷入某种激情无法自拔。他从没下过党卫军的大狱。可事实上他一直把人道和善行放在首位，其实早就不安全了，要不是靠他的机智和能力，他可能早就进了奥斯威辛的毒气室了。

现在，奥斯卡给他描绘了一幅堪称理想的图景：在耶塞尼克山区由马德里瑞施和辛德勒携手共建的营地；一个烟囱冒烟、人员安全、兴旺发达的工业小村落。

马德里瑞施对这幅图景相当动心，但他并不急于点头。他看得出来，虽说战争要败了，这个党卫军的体制反而变得更加难缠了。他相信普拉绍夫的囚犯在未来几个月里就得被送到西边的死亡集中营里受死，他的预见果然不幸成为事实。所以，如果说奥斯卡既顽固又疯狂，那么党卫军总部和他们一流的实际管理人员——各集中营的司令官们——也不遑多让。

不过他也没说不行。他需要时间好好想想。他虽然没对奥斯卡明言，他很可能不太愿意跟辛德勒先生这样一位轻率鲁莽的魔鬼般人物合作经营工厂。

奥斯卡没得到马德里瑞施的一句准话，又匆匆上了路。他去了柏林，请埃里希·朗格上校吃饭。我的工厂可以全面转产炮弹，奥斯卡跟朗格说。我可以把我的重型机械都搬过去。

朗格是关键中的关键。他可以保证你的官方合同；他可以给疏散委员会和摩拉维亚的德国官员写奥斯卡需要的诚挚热情的推荐信。

事后，奥斯卡仍念念不忘这位曾给予他不断帮助的影子般难以捉摸的参谋官。朗格就像那些在体制内工作却并不总是赞成这种体制的很多人那样，仍然处在一种极端的绝望和道德上的厌恶相混杂的状态中。这个我们可以办到，朗格道，不过需要花点钱打点。不是给我。给别的人。

通过朗格，奥斯卡跟本德勒街陆军最高指挥部疏散委员会的一位官员接上了头。那位官员说，原则上委员会应该会同意他的申请，不过有个重大的障碍。那位深居于利贝雷茨的古堡中进行统治的摩拉维亚总督兼省长，一直奉行在他的省内杜绝犹太劳役营的政策。不论是党卫军还是军备物资监察局迄今都未能劝说他改变态度。至于如何才能打破这一僵局，这位官员说，他可以为奥斯卡推荐一位合适人选，那就是在军备物资监察局特罗鲍办公室供职的一位中年国防军工程师，叫聚斯穆特。奥斯卡还可以跟这位聚斯穆特具体谈谈最好在摩拉维亚的具体什么地点重新安置他的工厂。同时，辛德勒先生可以指望得到疏散委员会的大力支持。"不过，想必你也能理解，基于他们面临的重大压力，以及战局对他们的个人舒适所造成的重大影响，如果你能以某种方式表现一下你对他们处境的体谅之情，他们也就更有可能马上就给你满意的答复。我们这些可怜的市民一直都短缺火腿、香烟、酒类、布料、咖啡……诸如此类的东西。"

这位官员想必是认为奥斯卡把波兰和平时期的一半物产都随身带来了。事实上，为了凑齐呈送给委员会绅士们的一个礼包，奥斯卡不得不按照柏林黑市的价格去现买那些奢侈品。阿德龙酒店服务部的一位老先生，可以以打折价每瓶八十德国马克的价格帮辛德勒先生买到上好的荷兰杜松子酒。而对于委员会的那些绅士们而言，至少有一打才能送得出手。可是咖啡已经像黄金一样宝贝，而哈瓦那雪茄价格更是高得离谱。奥斯卡还是各样买了不少，把礼物打成一个礼品篮。这些绅士们如果真要改变摩拉维亚总督心意的话，或许需要一个马力强劲的火车头。

就在奥斯卡纵横捭阖之际，阿蒙·格特被捕了。

肯定是有人告发了他。要么是某个眼红的下级军官，要么是某个有责任感的市民，到过阿蒙的别墅，为他的骄奢淫逸感到震惊。一位叫作埃克特的高级别党卫军调查员开始对阿蒙的经济问题展开了调查。不过阿蒙在他阳台上滥杀无辜的行径并不在埃克特的调查之列。他着重调查的是阿蒙的挪用公款、黑市交易以及因苛待下属导致的怨声载道。

党卫军逮捕阿蒙的时候，他正在维也纳休假，跟他的出版商父亲在一起。他们还搜查了格特上尉在城里保留的一套公寓，搜出一宗密藏的现金，有八万德国马克左右，对这笔金钱的来源阿蒙无法做出令人满意的解释。他们还在天花板上层发现了储藏的香烟，数量达百万根之巨。由此看来，阿蒙在维也纳的公寓与其说是个临时歇脚处，毋宁说是他的秘密仓库。

乍一看，人们也许会对党卫军——或者不如说是帝国安全总部Ⅴ局的官员——竟然下定决心逮捕格特上尉这个具有这么高利用价值的爪牙感到吃惊。事实上，Ⅴ局早就开始调查布痕瓦尔德集中营的不法行径，一心想治他们司令官科赫的罪了。他们甚至试图发现证据以逮捕著名的鲁道夫·赫斯，还为此而特意审讯了一个维也纳的犹太女人，他们怀疑这个女人怀的孩子就是这位集中营明星的种。所以阿蒙虽然在他们当众搜查他维也纳的寓所时气得跳脚，想让他们对他法外开恩，也真算得是痴心妄想了。

他们把他带到布雷斯劳，把他关在一家党卫军监狱里等候调查和审讯。不过他们显然对普拉绍夫的内情一无所知,竟然跑到阿蒙的别墅里讯问海伦·希尔施,因为他们怀疑她是阿蒙犯下的诈骗罪行的帮凶。在接下来的几个月里,她有两次被带到普拉绍夫党卫军营房下面的囚室里接受审问。他们连珠炮似的追问她阿蒙跟黑市到底有什么联系——他的代理人都有哪些,他如何经营普拉绍夫的珠宝店、高级定制裁缝店和室内装潢店。还好他们都没打她或是威胁她,可是他们认定了她是某个帮派的成员,她身上的伤就是这个帮派折磨她的明证。就算海伦确曾痴心妄想过什么决不可能的辉煌的拯救从天而降,她做梦也想不到阿蒙最后竟会被他自己的人给逮捕。不过,当他们在审讯室里竭力想把她跟阿蒙拴在一起治罪的时候,她感觉可真是越来越糊涂了。

希洛维茨也许能帮你们,她告诉他们。不过希洛维茨已经死了。

他们是职业警察,要不了多久他们也就看清了形势:除了格特别墅里的珍稀肴馔外,她实在提供不出什么他们需要的信息了。他们本来也可以问问她身上的伤疤是怎么回事,不过他们很清楚他们是没法以虐待狂的罪名治阿蒙的罪的。他们在萨克森豪森集中营调查虐待行为的时候被全副武装的警卫给赶出了营地。在布痕瓦尔德调查时他们已经找到了关键性的证人,一位军士,证实司令官犯有虐待罪,可是这个告密者紧接着就被发现死在了牢房里。在那位军士的胃里找到了毒药的样品,可是那个党卫军调查组的头儿却命令将这些样品给四个苏联战俘服下。他眼看着他们死去,指控司令官的证人固然已经不存在了,陪死的还有集中营的医生。虽说这位司令官最终因为谋杀和虐待行为受到起诉,这正义伸张得也够奇怪的了。最重要的是，这种调查会使整个集中营的所有人员都抱成一团一致对外，而且活着的证据也会立刻被清除掉。所以Ｖ局的人并不讯问海伦的伤是怎么来的。他们只揪住贪污公款不放，最后也就不再去麻烦她了。

他们也调查了米戴克·彭佩尔。他反应够机灵，没有过多地跟他们讲阿蒙的事，讲的当然也并非他犯下的反人类罪。他几乎一无所知，只听说过阿蒙进行欺诈的传言。他扮演的是立场中立、彬彬有礼、根本接触不到机密事务的打字员角色："司令官先生从来不跟我讨论这类事务。"他不断地这样为自己辩护。不过在他的表演之下，他肯定也像海伦·希尔施一样忍受了同样的怀疑之苦。如果说他尚有一线机会可能逃得一命，那正是阿蒙的下狱。因为他最确信无疑的事就是这一桩：当苏联军队抵达塔尔努夫的时候，阿蒙会口授几封最后的信件要他打字，然后就会亲手干掉他这个打字员。所以，米戴克最担心的莫过于他们会过早地把阿蒙给放出来。

不过他们关心的也不单单是阿蒙的投机行为。党卫军军官洛伦茨·兰茨多尔佛向负责审问彭佩尔的法官告发说，格特上尉曾让这位犹太速记员为集中营如果遭到游击队袭击，普拉绍夫驻军需遵循的指示和计划这样的机密文件打字。而且阿蒙为了让彭佩尔明白该以什么样的格式打字，还特意给他看了几份其他集中营指定的类似计划的副本。这位法官对如此不慎地将机密文件泄露给一个犹太囚犯大为警惕，于是下令将彭佩尔下狱。

彭佩尔在党卫军营房的地下牢房里关了两个星期，日子过得是生不如死。他没有受刑，不过不断地被Ｖ局的几个调查员和两个党卫军法官审来审去。他觉得他可以从这些人的眼睛里看出他们已经得出了结论：最安全的做法就是把他给毙了。有一天，他们又在讯问他有关普拉绍夫的应急方案问题，彭佩尔实在受不了了，就破釜沉舟地反问审讯者，"为什么要把我关在这里？何必在监狱里再弄出个监狱来？反正我已经是被判了无期徒刑的人了。"这话一说必定会有个结果，要么把他从地牢里放出来，要么他就得吃一颗子弹。这个提审结束后，彭佩尔在牢房里提心吊胆地等了好几个小时，最后牢门再次打开。他被押出地牢，回到了他在集中营里的营房。不过，这还不是他最后一次因格特司令官的问题接受审问。

阿蒙被捕之后，他的属下似乎并未急于出手相助。他们这回非常小心。他们宁肯多观望一段时间。那个喝了司令官无数美酒的醉鬼博施跟约翰少尉说，试图贿赂Ｖ局这些铁面无私的调查员不啻于自投罗网。至于阿蒙的几个老上司，舍纳已经走了，被派去围剿游击队，最后在涅波沃米采的森林里遭到伏击而毙命。阿蒙如今落到那些从没参加过格特府晚宴的奥拉宁堡官僚手心里了——不过这样也许还好些，要是他们当真见识过阿蒙的奢华气派，他们的反应如果不是大为震惊，也是忍不住要眼红的。

海伦·希尔施被党卫军调查团释放后，如今继续为新任司令官比舍尔上尉工作，她收到了阿蒙写给她的一张客客气气的字条，请她为他整理个包裹，包括几件衣服、几本言情和侦探小说，外带几瓶好酒，送到他的牢房里帮他消磨时光。她觉得这张字条简直就像是个亲戚写来的。开头是"你能否费心为我准备以下物品"，最后以"希望在不久的将来能再见"结束。

与此同时，奥斯卡已经前往商业城市特罗鲍去拜访聚斯穆特工程师。他特意带上了美酒和钻石做进见礼，不过这次倒是用不着这些东西了。聚斯穆特告诉奥斯卡，他已经建议要在摩拉维亚的几个边境小镇建几个小型犹太工作营，专为军备物资监管局生产对口产品。这些小型集中营当然应该由奥斯威辛或是格罗斯-罗森统一管理，因为这两大集中营的势力范围一直横越了波兰和捷克斯洛伐克边境地带。不过，在这些小型集中营内工作的囚犯显然要比待在巨型坟场般的奥斯威辛集中营里要安全得多。当然，到目前为止，聚斯穆特的计划还没有任何进展。利贝雷茨城堡一直阻挠其建议的实施。他一直都没有一根可以撬动这些障碍的杠杆。奥斯卡——再加上朗格上校和疏散委员会对他的鼎力支持——正好可以充当这根杠杆。

聚斯穆特已经列了个单子，详细列出适于重新安置由战区疏散过来的工厂的各个地点。离奥斯卡的家乡兹维陶不远，在一个叫布伦利茨的村庄边上，有一家大纺织厂，老板是来自维也纳的霍夫曼兄弟俩。他们本来在维也纳经营黄油和奶酪生意，后来跟在军队屁股后头来到了苏台德地区（就像奥斯卡来到克拉科夫的情况一样），摇身一变成了纺织业巨头。他们的厂有一幢完整的附属建筑闲置不用，仅用做堆放废弃纺纱机的仓库。这个地方的位置非常优越，正好可以利用兹维陶火车站的运输便利，而辛德勒的妹夫又是铁路货运调车场的主管。而且这地方的大门就紧挨着一条铁路环线。实在是再方便不过了。这兄弟俩可是对奸商，聚斯穆特微笑着说。他们有当地的政党撑腰——县议会和地区的首长都在他们口袋里揣着呢。不过你有朗格上校的支持。我马上就给柏林写信，聚斯穆特许诺道，推荐由你来使用霍夫曼企业的附属大楼。

奥斯卡小时候就知道有这么个德国味儿十足的布伦利茨

村。从它的名字上就能看出其鲜明的种族特色，因为捷克人都把这个村叫伯尔尼尼克，就像兹维陶在捷克语里就成了兹维陶瓦一样的道理。布伦利茨的市民肯定不高兴有一千多个犹太人突然冒出来做了他们的邻居。兹维陶人，霍夫曼厂里的工人很多就是兹维陶人，同样也不会乐意犹太人在战争已经打到这种程度的时候跑来污染他们这个乡村工业区的纯净。

不管怎么说，奥斯卡先驱车来到那个地方先睹为快。他并没有惊动霍夫曼兄弟，怕会打草惊蛇，弄不好会引起兄弟俩当中那个掌管公司业务、作风也更加强悍的霍夫曼的戒心。不过，他倒是未经任何阻拦就溜达进了那幢附属建筑物。那是一幢老式的二层工业用房，环绕一个院落建成。底层的天花板很高，堆满了旧机器和一箱箱羊毛。二楼的地板想必打算做办公室和安装轻型设备之用，地板无法承受大型冲压机的重量。奥斯卡心里盘算着，楼下可以用作德国搪瓷厂的车间、办公室，在一个角上还可以布置出一套主管先生的公寓。楼上可用做囚犯的宿舍。

他对这个地方很是满意。他驱车返回克拉科夫，迫不及待地就想着手准备搬迁了，该花的钱就花，再跟马德里施好好谈一次。因为聚斯穆特也能给马德里瑞施找到重新安置的地方——也许在布伦利茨就能给他找到厂房。

回来一看，却发现埃玛丽娅后院尽头上的两个营房，竟然被一架盟军的轰炸机给压成了废墟！这架轰炸机是被纳粹空军给击落的，焦黑的机身扭曲地架在已成平地的营房瓦砾上。营里原来只留了一小队囚犯负责厂里生产的收尾，维护厂里的设备，他们眼看着轰炸机燃烧着从天而降的"盛况"。飞机里还有两个人，尸体已经都烧得不成人样。前来处理善后的纳粹空军的人把尸体给抬走了，他们告诉亚当·加尔德这架轰炸机来自澳大利亚的斯特灵，飞行员也是澳大利亚人。其中一个手里还握着一本烧焦了的英文本《圣经》，飞机炸毁的当口他想必正在翻看。另有两个人跳了伞，落在了郊区位置。一个已经找到，因受伤过重已经死了，身上还缠着降落伞的皮带。另外那个想必被游击队抢先一步发现，给他们藏起来了。这几个澳大利亚人到这儿来的任务就是给克拉科夫东边原始森林里的游击队空投补给的。

如果说奥斯卡本来就想给他的迁移计划找个确凿的理由，那正好是得来全不费工夫。那几个人之所以从遥远的澳大利亚腹地某个不知名的小镇不远万里赶到这里，就是为给克拉科夫画上个句号。他马上给东向铁路局长格泰斯的办公室负责机车车辆调度的官员打了个电话，邀他共进晚餐，顺便商量一下德国搪瓷厂如果要搬迁的话大约需要多少节平台货车。

奥斯卡跟聚斯穆特会面后不过一个星期，柏林军备物资委员会的绅士们就指示摩拉维亚总督，将霍夫曼纺织厂位于布伦利茨的附属建筑分配给奥斯卡的军工厂。聚斯穆特在电话上告诉奥斯卡，总督大人的官僚机构除了在文书审批程序上拖拖后腿之外，已经是无计可施了。不过，霍夫曼和兹维陶地区的其他党内人士已经经过磋商，并通过了若干反对奥斯卡入侵摩拉维亚的具体决议。国社党在兹维陶的地区领导人给柏林写信诉苦，说从波兰迁来的犹太人将极大地损害摩拉维亚德国人的健康。随着这些下等人的拥入，极有可能在现代历史上首度引发斑疹热在这个地区的流行；而且奥斯卡这个小小的军工厂到底对战时经济有多大价值都很值得怀疑，却极有可能吸引盟军的轰炸机向这个地区投掷炸弹，反而会连累到至关重要的霍夫曼纺织厂。计划中的辛德勒集中营里犹太罪犯的人数都超过了布伦利茨当地可敬居民的总数，必将成为危害兹维陶淳朴民风的心腹大患。

这类抗议写了也是石沉大海，因为是直接递交柏林的埃里希·朗格办公室。寄到特罗鲍的请愿书又被至诚君子聚斯穆特扣押下来。不过，奥斯卡家乡的墙上确实贴出了很多海报："犹太罪犯禁止入内。"

而且奥斯卡也所费不赀。他打点克拉科夫的疏散委员会，请他们尽快批准转运工厂机器的申请。克拉科夫的经济部也需要得到适当的鼓励，才肯提供银行持股的清算结单。如今现金已经不受欢迎了，所以他支付的都是实物——几公斤的茶叶、几双皮鞋、地毯、咖啡和鱼罐头。他多少个下午都泡在克拉科夫市集广场旁边的陋街小巷里跟黑市商人讨价还价，那些官僚要什么他就得给他们买什么。因为他十分确定，如果不这么干的话，他们会让他等到他手下的最后一个犹太人也给送到奥斯威辛才算完。

聚斯穆特好意告诉奥斯卡，兹维陶有人写信给军备物资监管局，控告奥斯卡从事黑市买卖。如果他们要写信给我，聚斯穆特说，我敢打赌摩拉维亚的警察局长奥托·拉施中尉也会收到同样的揭发信。你应该去跟拉施亲近一下，让他知道你是个多么迷人的家伙。

拉施还是卡托维兹地方的党卫军警察局长的时候，奥斯卡就知道有他这么个人。碰巧的是，拉施正好是索斯诺维茨的费拉姆公司主席的朋友，这家公司是奥斯卡的老客户了，他一直从他们那里买进钢铁。可要想赶到布尔诺去拦截那些告密者，单靠都是某某人的朋友这点脆弱的关系是无论如何成不了事的。他于是随身带了颗切工无与伦比的钻石，想办法把话题扯到了钻石身上。当那颗钻石穿越桌面，呈到拉施面前时，奥斯卡在布尔诺的战役一战告捷。

奥斯卡事后匡算了一下，为了能顺利迁往布伦利茨，他花了有十万德国马克（近四万美元）进行打点。辛德勒的幸存者中只有极少数几个人觉得这个数字不太可信，还有不少人大摇其头，"哪里啊，**不止**！肯定多于这个数儿。"

奥斯卡已经草拟了一份他所谓的预备名单并交到了普拉绍夫的行政大楼。名单上有一千多个人名——包括埃玛丽娅后院集中营的全部犯人，还出现了些新名字。海伦·希尔施的名字赫然在列，反正阿蒙也没办法提出抗议了。

如果马德里瑞施同意跟奥斯卡一起迁往摩拉维亚的话，这个名单还是会大幅扩充的。所以辛德勒不断在蒂奇身上下功夫，让他这位盟友在马德里瑞施耳朵边上多吹吹风。马德里瑞施手下的犯人中跟蒂奇关系最近的一批人，也都知道了这个名单正在拟定中，知道他们也有可能跻身于其中。蒂奇毫不含糊地告诉他们：你们一定得想办法列进这个名单。在普拉绍夫堆积如山的公文当中，只有奥斯卡的这十几页纸才能真正为你们提供未来。

可是马德里瑞施仍旧对是否跟奥斯卡结成同盟，是否该把他手下的三千个犹太人列入辛德勒的名单委决不下。

辛德勒的这个名单到底是如何拟订的，再次笼罩在传奇般的迷雾当中。这个名单的存在是确凿无疑的，并无任何含混之处——今天你都可以在大屠杀纪念馆看到一份辛德勒名单的影印件。我们同样可以清楚地看到，在最后一刻奥斯卡和蒂奇凭借自己的记忆在正式文件末尾处添加的那些名字。名单上的名字是确凿无疑的。不过这个名单成型的过程却不由人不浮想联翩，引发种种的传奇附会。问题是，当事人对这份名单的感情实在太过强烈，迹近狂热的情感因素难免模糊了确切的记忆。这份名单就是绝对的善。这份名单就是生命。那几张薄薄的纸页内外就是生死之别。

有些名字出现在名单上的幸存者说，当时在格特的别墅里举行过一场派对，党卫军的头面人物和大企业家再度聚首，缅怀他们在此地共度的美好时光。有些人甚至相信连格特都出席了，不过既然党卫军根本就没有保释外出这么一说，这显然是决不可能的。另有些人声称这场派对是在奥斯卡的工厂上面他自己的公寓里举行的。两年多以来，奥斯卡曾在这里举办过无数一流的派对。有位埃玛丽娅的犯人记得一九四四年初的某个夜晚，正好轮到他值夜，凌晨一点钟的时候，奥斯卡从他喧闹声不断的公寓里走下来，特意拿了两块蛋糕、两百支香烟和一瓶好酒犒劳他这位守夜的朋友。

在普拉绍夫的这次毕业晚会上，且不管它到底是在哪里举行的，来宾中还包括了布兰克医生、弗朗茨·博施，据有些消息来源，还有朱利安·舍纳长官，他从追剿游击队的任上暂时回来休假。马德里瑞施也去了，还有蒂奇。蒂奇后来说，正是在这次晚宴上，马德里瑞施首次通告奥斯卡，他不会跟他一起前往摩拉维亚了。"对这些犹太人，我已经仁至义尽了。"马德里瑞施这么跟他说。这说法他当之无愧；虽说蒂奇这些日子以来一直在做他的工作，但他仍然没有被他说服。

马德里瑞施是位公正无私的好人。日后大家也会因此而对他铭记不忘。他只是不相信把厂子迁到摩拉维亚真有什么用。如果他认可这个计划的话，照他的为人，他是会勇敢地去做的。

此外，据我们所知，这次派对中还有一样天大的紧急事务需要解决，因为辛德勒的名单当晚就得交上去。所有的幸存者，他们的讲述虽各有出入，关于这一点却都异口同声。就算是有所发挥，这些幸存者的故事本源也只可能来自奥斯卡的亲口讲述，奥斯卡本人就喜欢对故事添油加醋。不过在一九六〇年代初期，蒂奇本人也证实了这个故事的真实性。或许是新任的临时司令官比舍尔上尉提醒过奥斯卡，"别再吊儿郎当了，奥斯卡！我们得尽快把名单定下来、交上去了。"也或许是因为东向铁路系统给他们规定了个最后期限，如果逾期就没办法把人都运出去了。

所以，在奥斯卡名单的末了与官方确认签名之间的空白处，蒂奇正忙着添补上马德里瑞施囚犯的名字。他们总共添加了差不多七十个名字，全靠蒂奇和奥斯卡的记忆。这其中就有费根鲍姆一家——正处在青春期却罹患致命骨癌的女儿；修缝纫机的技术完全靠不住的十几岁的儿子卢戴克，如今在蒂奇潦草的笔下，摇身一变都成了熟练的军火工人。宴会上歌声不断，欢声笑语不绝于耳，香烟的烟雾缭绕不散，可是奥斯卡和蒂奇却缩在一个角落里，相互启发着努力回想马德里瑞施囚犯的名字，绞尽脑汁拼对那些复杂的波兰姓氏。

最后，奥斯卡不得不伸手压住了蒂奇的手腕。我们已经超过限度了，他说。他们会刁难我们已有的人数的。可是蒂奇仍然绞尽脑汁地想尽可能多想起一个人名来，唯恐第二天一早又突然想起一个，但却因为为时已晚而悔恨不已。可眼下他脑汁已经绞尽，一个名字也想不起来了。想起一个名字来就等于是拯救了这个人的生命，这可真有点亵渎神明的味道。他可丝毫不享受这样做的过程。可这个世界就是这样——正是为此，辛德勒公寓里的空气才显得如此沉重，他简直无法呼吸。

名单是拟好了，可还得通过人事部职员马塞尔·戈尔德贝格这一关。新任司令官比舍尔来到这里的任务就是要把这个集中营给关掉，只要不超过人数限制，他本人才不关心谁上了这个名单。所以，戈尔德贝格就独揽了对名单进行增删的大权。囚犯们已经知道戈尔德贝格愿意接受贿赂。德雷斯纳一家知道这是个机会。朱达·德雷斯纳——红衣小姑娘珍妮娅的伯父，曾被邻居拒之于夹壁墙外的那位德雷斯纳太太的丈夫，雅奈克和小丹卡的父亲——朱达·德雷斯纳知道这一点。"他贿赂了戈尔德贝格，"日后德雷斯纳一家就是这么解释他们是怎么挤进辛德勒名单的。他们不知道朱达付给戈尔德贝格的到底是什么。想来珠宝匠维尔坎也是以同样的方式把自己和他的妻儿塞进了这个名单。

波尔代克·普费弗伯格是从一个叫汉斯·施赖伯的党卫军军士嘴里听说有这么个名单的。二十五六岁的施赖伯在普拉绍夫营内跟别的党卫军一样臭名昭彰，不过不知怎么的，普费弗伯格却成了他的宠儿，不过这在整个党卫军体制内，在个别的囚犯和个别的党卫军之间倒又是一种颇为常见的现象。两人可说是不打不相识：有一天普费弗伯格带领他营房的一队囚犯负责把窗户擦干净，施赖伯视察的时候在窗玻璃上发现了一处污迹，然后就开始声色俱厉地训斥波尔代克，而这种态度通常就是要把囚犯拉出去枪毙的前奏。普费弗伯格也火了，就干脆跟施赖伯挑明了说，其实他们俩都知道窗户已经擦得不能再干净了，要是他施赖伯故意找茬要毙了他，他干脆动手就是了，不必再多费无用的口舌。谁知他这冲天一怒倒把施赖伯给逗乐了，引起了他对普费弗伯格的莫大兴趣。这之后他就时不时地叫住普费弗伯格，问问他和他妻子现在怎么样了，有时候甚至还特意送个苹果，要他带给妻子弥拉吃。一九四四年夏，波尔代克绝望中求施赖伯帮忙，因为他妻子弥拉上了死亡名单，即将被送往波罗的海岸边的斯塔特霍夫灭绝营。在弥拉已经排队准备登上开往灭绝营的运畜车皮的危急时刻，施赖伯跑到现场，挥舞着一份文件大叫她的名字，把她从死亡线上硬拽了回来。另有一次，是个星期天，他醉醺醺地跑到普费弗伯格的营房，当着波尔代克和别的几个囚犯的面，哭哭啼啼地为他在普拉绍夫干下的"可怕的脏事儿"后悔不迭。他说，他打算到东部战线上去赎他的罪。最后倒是果然说到做到了。

现在，他告诉波尔代克，辛德勒拟了这么份名单，他波尔代克应该不惜一切代价挤进这份名单。波尔代克就跑到行政大楼去求戈尔德贝格，把他和弥拉的名字加进名单里去。在过去这一年半时间里，辛德勒经常跑到普拉绍夫的车库里来探望波尔代克，每次都口口声声要把他给救出来。可波尔代克已经成了个出色的焊接工，车库的几个工头为了保命，一定要保证交出高品质的活计，所以他们死活不放人。如今坐在对面的戈尔德贝格手就放在那份名单上——他已经把自己的名字也加了进去——而奥斯卡的这位老朋友，一度曾是他斯特拉斯泽维斯克果公寓常客的波尔代克，竟然指望单凭老交情就挤进这份名单。"你有钻石吗？"戈尔德贝格问普费弗伯格。

"你开玩笑呢？"波尔代克反问。

"要想进名单，"戈尔德贝格一副小人得志、不可一世的嘴脸，"就得出钻石。"

如今，酷爱维也纳音乐的格特上尉已经下了狱，他的宫廷御用音乐家勒斯纳兄弟也就得到了解放，可以想方设法挤进辛德勒名单了。早先曾百般设计将他妻子和一双儿女送进埃玛丽娅的多莱克·霍洛维茨，如今也来找戈尔德贝格活动，想把他自己、他妻子和他的一双儿女的名字加进辛德勒名单。霍洛维茨一直都在普拉绍夫的中央仓库工作，早就藏好了一部分珠宝以备不时之需，如今都给了马塞尔·戈尔德贝格。

列入名单的还有贝斯基兄弟，尤里和摩西，他们在名单上被称为机器安装工和绘图员。尤里对武器很内行，而摩西则擅长伪造文件。进入名单的客观形势实在是雾锁重楼，所以谁都不知道这兄弟俩能有幸进入名单靠的是否是上述这些天赋。

那位讲究礼仪的新郎约瑟夫·鲍日后也会被列入辛德勒名单，不过他本人毫不知情。戈尔德贝格巴不得这份名单谁都不知情才好。照约瑟夫的本性推测，除非他能让他母亲、他妻子和他本人一起列入名单，否则他决不会只求自保去向戈尔德贝格屈膝求情。当他发现只有他一个人被列入迁往布伦利茨村的名单时已是为时太晚，来不及再把妻子和老母也一起救出来了。

至于斯特恩，不用说，主管先生最先想到的就是他的名字。斯特恩是奥斯卡有生以来唯一的告解神父，斯特恩在奥斯卡面前可说是一言九鼎。自打十月一日以来，就严禁任何犹太囚犯踏出普拉绍夫半步，不论是去电缆厂还是出于其他目的，一概不许。与此同时，波兰监狱里那些"特权犯人"还开始在营房区域加派警卫，以防犹太犯人私底下买波兰人的面包。非法面包的价格于是飞涨，简直都没办法用兹罗提来计量了。过去你可以拿你多余的一件外套换一整条面包，或是用一件干净内衣换两百五十克面包。而现在——就像你要买通戈尔德贝格一样——得拿钻石来换了。

十月份的第一周，奥斯卡和班吉尔有事来到普拉绍夫，照惯例到建筑办公室探望斯特恩。斯特恩的办公室原本跟阿蒙的办公室在一条走廊上，阿蒙既然已经入狱，他们也就可以畅所欲言了。斯特恩把黑麦面包价格飞涨的事跟辛德勒说了。奥斯卡转身吩咐班吉尔："确保把五万兹罗提交到魏歇特手里。"

迈克尔·魏歇特博士是前犹太社区自助会的主席，现在这个组织已更名为犹太救济办公室。他和他的办公室之所以被容许继续存在下去主要是为了面子上好看，还因为魏歇特跟德国红十字协会颇有渊源。虽说集中营内的很多波兰犹太人对他持怀疑态度——这也很可以理解；虽说这种怀疑战后将使他面临审讯——最后真相大白，无罪开释——魏歇特仍旧是最佳人选：他能以最快的速度弄到价值五万兹罗提的面包并把面包运进营内。

斯特恩和奥斯卡还有很多话要说。这五万兹罗提的话不过是个小插曲，他们真正要谈的是这个动荡不安的时代，还有闲心想象一下阿蒙可能如何享受他在布雷斯劳的牢狱之灾。不出一个星期，从城里买到的黑市面包就藏在布匹、煤炭和铁片底下运进了普拉绍夫。不出一天，面包的价钱就回落至正常的水平。

这是个绝佳的实例，说明奥斯卡和斯特恩之间有何等的默契，两人之间的默契在将来还会创造更多的奇迹。

第三十二章

戈尔德贝格为了给别人——亲戚、犹太复国主义者、专业人才和恳求他的人——腾地方，从辛德勒名单中删除的人当中，至少有一位把这个账算到了奥斯卡头上，对他大事挞伐。

一九六三年，马丁·布贝尔①协会收到了一封令人同情的信，写信的是个纽约人，前埃玛丽娅囚犯。他说，当年在埃玛丽娅，奥斯卡曾信誓旦旦，保证拯救他们的性命。作为回报，大家都以自己勤奋的劳动为他赚得大笔财富。此人将他的名字在名单中被遗漏，视作奥斯卡对他个人的背叛，他带着满腔愤怒——因为别人的谎言自己却被迫涉过熊熊烈火而生的愤怒——控诉奥斯卡要为随后发生的一切负责：为格罗斯-罗森，为毛特豪森那恐怖的悬崖，囚犯们被生生抛入深谷，而且尤其要为战争即将结束时那死亡的行军负责。

其实，这封洋溢着正义怒火的信件正好从反面最清楚明了地证明了辛德勒名单的意义：上了名单就等于获得了生命的保障，而名单之外的囚犯则生死难料。可是将戈尔德贝格任意增删名单的行为怪罪到奥斯卡头上则有失公允。在普拉绍夫乱成一锅粥的最后日子里，只要戈尔德贝格交上来的名单人数跟允许奥斯卡带走的一千一百人差得不是太离谱，普拉绍夫当局都会闭着眼睛一签了事。奥斯卡本人也不可能整天监视戈尔德贝格。他白天忙于跟官僚机构没完没了地磋商，晚上则得运用各种手段打通关节。

比如说，他通过辛德勒将军办公室的老朋友获得了转运起重机和金属冲压机的许可，可是有些人却挑出了些文件授权方面的小问题，导致时间拖延，弄不好奥斯卡拯救他一千一百人的计划就得整个泡汤。

军备物资监管局的有位监管员提出了一个不合规矩的问题：奥斯卡现有的军工制造机械当初是由柏林监管局的调配部在执照部的同意下分配给埃玛丽娅的，明确规定只能在波兰境内使用。可是不论是调配部还是执照部对埃玛丽娅迁往摩拉维亚的计划都一无所知。一定得有这两个部门的许可才能放行。而要想得到他们的授权至少得打出一个月的时间来。奥斯卡哪有这一个月的时间？等到十月底普拉绍夫早就成了一座空城了；囚犯都得被遣送到格罗斯-罗森或是奥斯威辛。最后，这个问题还是靠惯常的送礼解决的。

除了这些操心事以外，奥斯卡还对那个逮捕阿蒙的党卫军调查团放心不下。他已经做好了心理准备，等着被捕或是严厉侦讯他跟前司令官到底是什么关系——这其实是一回事。他有如此之预见实在称得上是有先见之明，因为对于党卫军调查团搜出来的那八万德国马克的来源，阿蒙提供的解释之一就是："奥斯卡·辛德勒送给我，要我对犹太人宽待些。"因此，奥斯卡必须跟他在波摩尔斯卡街的朋友保持密切联系，希望他们能知会他 V 部对阿蒙的调查已经到了什么程度。

最后还有一桩操心事。既然他在布伦利茨的营地归格罗

---

① 布贝尔 (Martin Buber, 1878—1965)，德国犹太宗教哲学家、《圣经》翻译家和诠释家、德语散文大师。

斯-罗森集中营监管，他就得设法跟格罗斯-罗森的司令官哈斯布洛克少校搞好关系。在哈斯布洛克的管理下，有整整十万人丧生于格罗斯-罗森灭绝营。不过，在奥斯卡先是通过电话跟他协商，然后又驾车前往下西里西亚亲自拜会的过程中，他却异常和蔼可亲，显得奥斯卡的担心实属多虑。辛德勒也不是头一次碰到这类颇有个人魅力的刽子手了，不过此番他注意到，哈斯布洛克甚至表现出对他将格罗斯-罗森帝国的版图扩张至摩拉维亚心怀感激。哈斯布洛克倒确实是为他的整个帝国考虑的。他掌控着一百零三个附属集中营。（布伦利茨将是第一百零四个——一千多人的规模再加上高级精密的工业产出——这可是不小的收获。）哈斯布洛克手下有七十八个集中营在波兰，十六个在捷克斯洛伐克，十个在德意志帝国境内。这个大蛋糕岂是阿蒙的那一小块领地敢于望其项背的。

在普拉绍夫行将关闭的最后一个星期里，奥斯卡简直是焦头烂额，到处忙着打点、说好话和处理文件，就算他有这个权力，他也分身乏术，哪有时间监督戈尔德贝格？不管怎么说吧，据幸存囚犯的说法，普拉绍夫集中营最后的一天一夜简直乱成了一锅粥，而端坐在混乱的中心的"名单之主"戈尔德贝格仍然抓住最后的机会，在待价而沽。

比如说，伊代克·申德尔医生就曾请求戈尔德贝格把他和他的两个幼弟加进前往布伦利茨的名单。戈尔德贝格却不肯给他个明确答复，而申德尔一直到十月十五号男性囚犯被召集起来等着上运畜车时才发现，他跟他两个弟弟根本就没被列入辛德勒名单。不过他们还是想方设法挤进了辛德勒劳工的行列。当时的情形简直就像是一幅警世的世界末日大审判的版画般惊心动魄——没有善行标志的罪人想偷偷潜入那已经得到赦免的人群，却被一位复仇天使抓个正着。普拉绍夫的复仇天使就是穆勒军官，他提着鞭子来到医生面前，先是在他左右脸颊上各扇了一巴掌，又用皮鞭的手柄在左右脸颊上各抽了一下，一边还兴味十足地问他，"你干吗要挤进那个队伍？"

申德尔于是就给留下来，暂时跟一小队负责清理普拉绍夫的人员待在一起，然后安排他跟一车皮生病的女囚一起送往奥斯威辛。这些女囚会被扔进奥斯威辛-比克瑙某个角落里的一个营房里等死。结果却是不幸中的万幸，由于她们被营区的官员所忽视，灭绝营当局也没再为她们费心，大部分人反而活了下来。申德尔本人则被送往弗洛森比格集中营，然后跟他两个弟弟一起踏上了死亡大行军。他侥幸活了下来，被折磨得只剩了一层皮，可他最小的弟弟却在战争结束的倒数第二天，在死亡的大行军中被射杀。那份辛德勒的名单就是如此这般仍然逗弄着幸存者们的神经，而在当年那个绝望的十月里就更是让他们可望而不可即了，当然这绝非奥斯卡的本意，可戈尔德贝格却是有意而为之。

每个人都有跟辛德勒名单有关的自己的故事。亨利·勒斯纳本来已经跟辛德勒的劳工一起排好了队伍，可一个眼尖的党卫军军士却看到了他的小提琴，知道阿蒙要是从监狱里放出来的话肯定还要听音乐的，于是就把勒斯纳给遣送回营。勒斯纳于是把他的小提琴藏到外套里头，紧贴着侧腹，小提琴的柱头抵在腋窝底下，又偷偷溜回到辛德勒的劳工队伍里，这次顺利登上了运送辛德勒劳工的专用车皮。勒斯纳是奥斯卡曾郑重许诺要将他们拯救出来的囚犯之一，他的名字一直就列在名单上。耶雷特夫妇也是同样的情况：原纸箱厂的老板耶雷特先生和乔娅·耶雷特太太在名单上被含混地描述为 Metallarbeiterin——金工。珀尔曼老夫妇和勒瓦托夫拉比一家也同样作为埃玛丽娅的熟练工列入名单。事实上，尽管有戈尔德贝格不负责任的增删，奥斯卡想要拯救的大部分囚犯都留在了名单上，当然，在戈尔德贝格经手后，这里面必然会冒出几个出人意料的面孔。奥斯卡也是老江湖了，所以他看到他布伦利茨的居民当中赫然出现戈尔德贝格的面孔时也不会太过惊奇。

还有真正的惊喜呢，比如波尔代克·普费弗伯格。普费弗伯格发现自己的名字意外被奥斯卡遗漏，又因为没有钻石被戈尔德贝格拒绝，于是就放出话来，说他想买瓶伏特加——他愿意用衣服或面包来交换。等他弄到酒以后，他又得到许可，带着这瓶酒找到耶路撒冷街上的勤务兵营房，施赖伯就在这里上班。他把酒送给施赖伯，求他向戈尔德贝格施加压力，把弥拉和他自己的名字加到名单上去。"辛德勒要不是忘了的话，肯定会把我们给列进去的，"波尔代克说，他很清楚他这次交涉生死攸关。"这话不错，"施赖伯表示同意道。"一定得把你们俩列进名单里去。"这可真是个人性谜题：为什么像施赖伯这样的人在这样的时刻竟然不会扪心自问，既然这个人和他的妻子值得拯救，为什么别的人就得白白送死呢？

时候一到，普费弗伯格夫妇发现他们果然上了辛德勒名单。不过他们吃惊地发现，海伦·希尔施和她一心要救出火坑的小妹妹也出现在人群当中。

十月十五日是个星期天，列入辛德勒名单的男性囚犯就在这一天在普拉绍夫铁路支线登上了火车。剩下的女囚还要再等整整一个星期才能走。虽说这八百个囚犯是单独登车，而且上的也是特为辛德勒的员工准备的几节货运车厢，不过这几节专用车厢仍然是跟装满另外一千三百名囚犯的车厢挂在一起的，而这些人的目的地却是格罗斯-罗森灭绝营。有些人因此而觉得他们在前往辛德勒新营地的路上肯定得经过格罗斯-罗森；不过更多的人相信他们会直达布伦利茨。他们都做好了心理准备：前往摩拉维亚的旅程想必漫长无比——在铁路交会处和各支线铁路上肯定会有长时间的停车，闹不好一等就是几个钟头。他们也许得一直等上个半天，让具有优先行驶权的列车先开过去。上星期已经落了第一场雪，路上一定冷得很。每个囚犯分发的面包只有三百克，这点食物要一路吃到底，每节车厢里也只有一个水桶。是人就得吃喝拉撒，大小便时他们只能在车厢的一角解决，要是车厢里太挤的话，就得原地拉撒。但希望毕竟在前头，尽管有种种的困难，可目的地就是辛德勒为他们提供的家园。下一个星期天，剩余的三百名女囚在进入车厢的时候，也同样抱着乐观的期许。

别的囚犯注意到戈尔德贝格跟他们一样也是轻装简行。普拉绍夫营外肯定有人替他保存搜括到的钻石。有些人还想替自己的叔伯兄妹求他帮忙，于是给他留出一块空地让他可以舒舒服服地坐着。另外的人大都下巴搁在膝盖上蹲坐着。多莱克·霍洛维茨把六岁的儿子理查德抱在怀里。亨利·勒斯纳把衣服铺在车厢的地板上，让他九岁的儿子奥莱克可以坐得舒服些。

路上花了三天时间。有时停在支线铁路上的时候，他们的呼吸在车厢的壁板上都凝成了霜。车厢里一直缺乏新鲜空气，当你拼命吸满一口气的时候，却冰冷无比而且恶臭难当。列车终于在一个阴沉的秋日黄昏停了下来。车门打开，要求乘客们要像赶赴生意约会的商人一样快捷地跳下车厢。党卫军卫兵在他们中间跑来跑去，大声下达命令，骂他们气味难闻。"把衣服脱光！"党卫军军士们大吼。"统统拿去消毒！"他们把衣服摞成一堆，一丝不挂地被押着走进营区。傍晚六点时分，他们都这么一丝不挂地在阅兵场上排列整齐，三天的长途跋涉竟然就落得如此下场。周围的树上挂着积雪，阅兵场的地面上结了一层冰。这可不是辛德勒的营地。这是格罗斯-罗森灭绝营。曾向戈尔德贝格出过大价钱的人向他怒目而视，威胁要杀了他，穿着大衣的党卫军则在队伍间来回巡视，看到谁敢公然打哆嗦就拿鞭子抽他的屁股。

他们整夜把这些人晾在阅兵场上，因为没有多余的营房。一直得到第二天都快中午的时候，他们才有了遮蔽。说起那整整十七个钟头的赤身裸体，那无法言喻的寒冷对心脏的压迫，幸存者们都没提到任何意外死亡。也许党卫军的虐待，甚或在埃玛丽娅的生活，已经锻炼了他们的筋骨，使他们能熬过这样的夜晚。虽说跟这个星期前几天相比，这个夜晚已经不算是最冷的了，可也尽够活把人给冻死。当然，他们当中的有些人肯定是因为太执著于布伦利茨的光明未来而忘掉了身边的严寒。

日后，奥斯卡会碰上几个更长时间暴露在严寒和霜冻中却有幸活了下来的幸存者。亚当·加尔德的父亲老加尔德竟然也挺过了那个夜晚，同样幸运的还有小奥莱克·勒斯纳和小理查德·霍洛维茨。

第二天上午临近十一点的时候，他们被带去冲淋浴。挤在人群中的波尔代克·普费弗伯格满腹狐疑地打量着头顶上的喷头，不知道迎头浇下来的是清水还是毒气。谢天谢地，是水。不过在水出来之前，有几个乌克兰剃头师傅负责把他们的头发、阴毛和腋毛统统剃个干净。剃头师傅拿他那钝剃刀剃毛的时候，你得站得笔直，直视前方。"这剃刀也太钝了，"一个囚犯忍不住抱怨。"一点都不钝，"剃头师傅马上就在这人的大腿上拉出一道口子，表示他手里的剃刀还是有锋口的。

冲完淋浴后，他们换上发给他们的横条囚犯制服，挤进营房。党卫军命令他们就像苦役船上的划桨工一样紧挨着坐成一排排，大家都要叉开双腿，每个人都得一直靠坐到后面囚犯的双腿中间，同时为前面的人提供支撑。就用这种方法，三间营房里居然塞进了两千多人。几位德国牢头手持警棍，坐在靠墙的椅子上负责监督。大家挤得实在是太紧密无间了——地板上没有一寸空余的空间——要想脱离自己的队伍出去上厕所，就算牢头允许，也得跨过大家的脑袋和肩膀，招人大声痛骂。

其中一间营房的中间是个厨房，正在煮芜菁汤、烤面包。波尔代克·普费弗伯格上了一次厕所回来后，发现厨房的主管是他战争一开始就认识的一个波兰军队里的军士。这位军士尚念旧情，给了波尔代克些面包，许他睡在厨房的炉火边上。可是其他人就得"楔"在人链里熬过那个夜晚。

每天他们都得在阅兵场上立正站好，一站就是十个钟头。不过晚上给他们派发完寡淡的汤之后，允许他们在营房周边溜达几步，交谈几句。晚九点的一声尖利的哨音是个信号，他们就得回到营房重新"楔"成那种怪异的人链，再挨上一晚。

第二天，一个党卫军军官来到阅兵场，找那个起草辛德勒名单的职员。看来这份名单还没从普拉绍夫送过来。戈尔德贝格在那身粗劣的囚服底下哆嗦着，被领到一间办公室，吩咐他照自己的记忆把那份名单打出来。这一天都过去了，他还没完成工作，回到营房后立刻就被大家围了起来，都求他别忘了把自己写进去。此时此地，就算身处这个惨淡的黄昏，这份名单仍旧让人念兹在兹，把人折腾得七上八下，尽管上了名单迄今为止也只不过把他们带到这个吉凶未卜的格罗斯-罗森。彭佩尔伙同一群仗义执言的囚犯一道向戈尔德贝格施加压力，要他第二天早上一定得把亚历山大·比贝尔施坦因医生的名字添进名单。比贝尔施坦因是克拉科夫犹太委员会的首任主席、那位乐观的马雷克·比贝尔施坦因的弟弟。本周的前几天戈尔德贝格还糊弄比贝尔施坦因，说他的名字已经在名单上了。一直等到大家都登上货车车厢，比贝尔施坦因医生才发现他根本就不在名单上。就算在格罗斯-罗森灭绝营这样的地方，米戴克·彭佩尔还是对未来有充分的信心，他义正词严地警告戈尔德贝格，如果他不把比贝尔施坦因医生的名字加到名单里，就等着战后正义的报应吧。

于是，在第三天，经过修改的辛德勒名单上的八百个男囚被单独划分出来，又给带到除虱站冲洗一遍；允许他们坐了几个钟头，就像乡民在他们的茅屋前头随意沉思或是聊天，然后再次押解他们来到铁路支线旁边。他们每人带着很小的一份配给面包，再次爬进运畜车厢。负责押解他们上车的警卫一律声称对他们此番的目的地并不知情。他们再次以规定的姿势蹲坐在车厢地板上。他们不断在脑子里想象中欧的地图，不断根据太阳的方位进行判断，根据靠近车顶、罩着铁丝网的通风口一掠而过的光线来参酌方向。奥莱克·勒斯纳被大人举到通风口旁边，他说他能看到外面有森林和山脉。导航专家们断言他们基本上是在朝东南方行驶。一切迹象都说明他们的目的地肯定在捷克境内，可谁都不想挑明了说出来。

这段一百英里的路程花了将近两天才走完。当车门打开的时候，已是第二天凌晨时分。他们到了兹维陶车站。他们跳下车厢，被押着经过这个还在沉睡中的城镇——一个时光仿若冻结在三十年代末的小城。就连墙上的涂鸦——**"禁止犹太人进入布伦利茨"**——在他们看来都带有一种怪异的战前味道。他们一直生活在一个连他们呼吸的空气都不肯施与的世界，而这些兹维陶的市民只不过不肯施舍给他们一个居所，相比而言已经够可爱够天真的了。

他们沿一条铁路支线，往山区走了有三四英里，就来到了布伦利茨工业村，在朦胧的晨光中看到前面矗立着一幢巨大的建筑，原来的霍夫曼附属建筑已摇身一变成为布伦利茨劳役营。营区内有几处瞭望塔，四周围了圈铁丝网，铁丝网里有一处警卫营房，后面就是通往工厂和囚犯宿舍的大门。

当他们鱼贯进入外面的大门后，奥斯卡出现在工厂的庭院里，他戴着一顶蒂罗尔人的帽子前来迎接他的工人。

第三十三章

　　这个营地跟埃玛丽娅一样，完全是奥斯卡自掏腰包建起来的。根据纳粹官僚的理论，所有的工厂集中营都该由工厂主自掏腰包建设，因为任何一位企业家都会因廉价的监狱劳工获得丰厚的利润，破点小财买买必要的铁丝和木材还不是理所应当嘛。事实上，深得德国政府宠信的工业家，如克卢普和法本之流，他们的劳役营却是用党卫军企业捐赠的建材，而且是役使借给他们白用的劳工资源建成的。奥斯卡可不是他们的宠儿，也就什么都得不到。他设法从博施那儿榨出几卡车水泥，付的是博施所谓的黑市折扣价。通过同样的渠道，他还弄到两三吨汽油和燃油，以备生产和运输之用。他还从埃玛丽娅带过来一些铁丝网，直接装在新营址上。

　　可是在这片光秃秃的霍夫曼附属建筑和地基周围，照规定他得安装高压电网，得配备公共厕所、一处能容纳一百位党卫军官兵的警卫营房、一个医疗室外加几个厨房。除了这些费用外，哈斯布洛克少校已经特特地从格罗斯-罗森前来视察，走的时候带走了不少科涅克白兰地和瓷器，还有，据奥斯卡的描述："以公斤计的茶叶"。哈斯布洛克还拿走了视察费以及 D 部征收的强迫性冬令捐助金，而且连个收据都不给。"他的座驾容量实在惊人，这些东西居然统统装得下，"奥斯卡事后忍不住抱怨道。他能肯定，早在一九四四年十月，这位哈斯布洛克就已经开始假造布伦利茨的账目了。

直接由奥拉宁堡派来的视察团也一定得应付好。因为德国搪瓷厂的物资和设备大部分仍在运输中，奥斯卡须得弄到两百五十节货运车厢才能把他们全部运到。奥斯卡说，在这么个兵荒马乱的时候，只要鼓励得法，东向铁路系统的官员竟然能找到这么多节车皮，这也真够惊人的了。

而有关这一切以及奥斯卡本人最独一无二方面则是：当他扬扬自得地戴着登山帽出现在那个遍地寒霜的院子里时，他的心思跟克卢普和法本等拥有奴隶劳工的企业家完全不同，他根本就没有任何真正的商业意图。他根本就没有想到产量，他脑子里也没有任何销售图表。虽说四年前他到克拉科夫的确是为了发财致富的，可如今他昔日工业巨头的雄心已经一无所剩了。

布伦利茨眼下是个忙乱不堪的工业村。大部分金属冲压机、钻机和机床还没运到，用做车间的地面也必须新铺一层水泥才能承受机床的重量。大楼里仍旧塞满了霍夫曼公司的废旧机器。虽说还是百废待兴，奥斯卡仍然得为刚刚踏进工厂大门的这八百位名义上的军火工人支付高额的劳工租金，熟练工每人每天七点五德国马克，普通劳力六马克。单单男性劳工租金一项支出每星期就将近一万四千美金；等女劳工到了之后，账目会高达一万八。所以，从商业角度看，奥斯卡的做法简直是荒唐已极，可他竟然还特意戴了顶蒂罗尔人的帽子，为此而欢庆不已。

奥斯卡的一部分情感生活也发生了变化。埃米莉·辛德勒夫人已经从兹维陶搬来跟他同住在他楼下的公寓里。布伦利茨可不像克拉科夫，离家实在太近了，她也就找不到跟丈夫分居的借口了。对她这样的天主教徒而言，现在这种情况逼得她不得不做出抉择：要么正式确认夫妻关系破裂，要么就得跟丈夫同居。看来两人之间至少还相互宽容，完完全全地相敬如宾。乍一看，她像是婚姻关系中无足轻重的那一方，是个不知该如何脱身的受到虐待的妻子。好事者一开始不禁纷纷揣测，等她发现奥斯卡弄的到底是个什么样的工厂、什么样的集中营时，她会做何感想。他们不知道的是，埃米莉将为此做出属于她自己的贡献，而且出发点并非夫唱妇随，而是源自她个人的是非观念。

英格丽德随奥斯卡一道来到了布伦利茨，在新厂里工作，不过她住在劳役营外，只上班的时候过来。很明显，两人的关系已经转淡，她再也不会跟奥斯卡同居了。不过她也从来没有表现出什么针对奥斯卡的敌意，在接下来的几个月内，奥斯卡还将经常拜访她的公寓。活力十足的克罗诺斯卡，那位时髦漂亮的波兰爱国者则留在了克拉科夫，她同样也没有表现出任何怨妇的情绪。奥斯卡日后回克拉科夫公干的时候，总会跟她见个面，在党卫军找麻烦的时候她会慷慨地伸出援手。事实上，虽说奥斯卡跟英格丽德和克罗诺斯卡的关系已经以一种最为和平的方式慢慢终结，谁都不怨恨谁，可如果你就此认为他正在回归稳定的夫妻关系，那可就大错特错了。

在男性犯人抵达新营区的那天，奥斯卡告诉他们，那批女囚犯也指日可待了。他相信她们至多比他们这帮男人多耽搁几天即可平安到达。可事实上，那帮女人的旅途却截然不同。火车从普拉绍夫开出后不久，就掉转车头，另外还带着车上几百个不属于辛德勒名单的女囚，开进了奥斯威辛-比克瑙集中营的拱形门楼。车门打开后，她们发现自己置身于横贯整个营区的宽阔大道上，一群训练有素的男女党卫军马上语气平静地开始给他们分门别类。这种拣选过程带有一种骇人的超然气氛。一个女囚一旦走慢了一步，马上就会挨一记警棍，可这种敲打丝毫不带任何个人色彩，只不过是要保持队伍顺畅通过的客观方式。对这些整天在比克瑙铁路旁边值勤的党卫军小分队来说，这不过是恪尽职责的沉闷工作。他们什么样的恳求和故事没有听说过？他们熟知囚犯们可能要的任何花招诡计。

在探照灯的照射下，这帮女人茫然失措地相互询问这到底是怎么回事。不过就算是在这等神志昏沉的时刻，就算是她们的鞋子里已经塞满了比克瑙的污泥，她们仍能意识到那些女党卫军指着她们，告诉那些但凡表现出一点兴趣的制服笔挺的医生，"辛德勒的人！"听到这话，那些衣饰整洁的年轻医生就会转身离去，暂时不会再打扰她们。

她们脚上沾满了污泥，被押到除虱车间，一个满脸凶相、挥舞着警棍的女党卫军命令她们把衣服脱光。弥拉·普费弗伯格听到过一些如今已经传遍帝国监狱的传闻，说有些淋浴头喷出来的不是水，而是致命的毒气，她担心得很。结果她非常高兴地发现喷头里喷出来的是冰冷的自来水。

洗过以后，有些人就等着往她们的胳膊上刺数字。她们知道奥斯威辛时兴这一套。党卫军要是觉得你还有用，就会在你的胳膊上刺上个数字。要是他们想把你往杀人机器里一送了事，也就懒得费这个劲了。跟这群辛德勒女人同车而来的，还有两千名普通的女囚，她们就正在接受这种遴选。丽贝卡·鲍没有能上辛德勒名单，所幸通过了遴选，被刺了个数字，约瑟夫·鲍身体健朗的母亲也过了这一关，在比克瑙这种荒谬绝伦的抽彩中赢得了个号码。另有一个来自普拉绍夫的少女,才十五岁大,看着刺在胳膊上的数字非常开心,因为数字里面有两个五,一个三和两个七——这在犹太历法里可都是很吉利的。有了这个数字,你就能离开比克瑙,前往某个奥斯威辛的劳役营,这么一来至少还有一线希望。

可是却没人给这些辛德勒女人刺什么数字,只是命令她们穿上衣服,把她们带到了女囚营中一个没有窗子的营房。营房中央的地上装了个铁皮炉子,炉子外面砌了砖块。这是屋内唯一的舒适设备。根本没有床铺,这些辛德勒女人必须两三个挤一床薄薄的草垫子。屋里的泥地潮湿无比,水会像涨潮一样升起来,把草垫子和破破烂烂的毯子浸得透湿。这是比克瑙中心的一所死亡之屋。她们就躺在这里打个盹,在这片巨大的烂泥地上冻得要死,而且心神难安。

这跟她们的想象真是天渊之别,她们盼望的是个让人觉得很亲切的小地方,摩拉维亚的一个小村庄。等待她们的却是个巨大的城市,虽说只是暂时逗留。这个地方一天就能暂时收容二十五万波兰人、吉卜赛人和犹太人。在奥斯威辛 I 区,还有另外几千个囚犯,这是奥斯威辛的第一个集中营,不过相对而言规模较小,司令官鲁道夫·赫斯就住在这个区。在名为奥斯威辛 III 区的巨大工业区内,最多能有几万个工人一起开工。这些辛德勒女人也无从知道比克瑙或是奥斯威辛整个领地的确切统计数字,不过她们能亲眼看到,这个巨大营地西头的白桦树后面不断会冒出一股股浓烟,那是四座焚化炉和无数焚尸堆的副产品。她们觉得自己在随波逐流,而潮流正裹胁着她们朝那个方向而去。她们虽说在监狱生活中已经惯于传播或是相信各种传闻,可是她们无论如何也猜不到,如果这里的杀戮系统运转良好的话一天能毒杀多少人。据司令官赫斯的说法，这个数字是九千人。

这些女人都没意识到，她们来到奥斯威辛的当口，正碰上一个关键时刻：战局的走向以及希姆莱和瑞典伯爵福尔克·贝纳多特①之间的秘密协商正使奥斯威辛面临一个新的转向。灭绝营的秘密并没有守住，苏联军队已经在卢布林集中营进行了发掘，发现了满是人骨的焚化炉以及超过五百桶的齐克隆 B，这一消息已经传遍全球。希姆莱是一心想在战后以元首的接班人为世人接受的，他于是表示愿意向盟国保证，停止毒杀犹太人的行为。可是，他一直拖延到十月的某个时候——具体日期不详——才正式就此保证颁布命令。命令以书面形式送交奥拉宁堡的波尔将军，还有一份送交卡尔滕布鲁纳——帝国安全局的局长。但这两位对这个命令均置若罔闻，阿道夫·艾希曼同样假作不知。从普拉绍夫、特莱西恩施塔特和意大利送到这里的犹太人仍然继续被送进毒气室，并一直持续至十一月中旬。不过，最后一次遴选送往毒气室的老弱病残的活动，据信发生在十月三十日。

这批辛德勒女人待在奥斯威辛的前八天里，情势的确非常危险，随时都有被送进毒气室的可能。即便这段最危险的时刻已经过去，她们也不可能察觉到这个灭绝营的本质正在发生任

---

① 贝纳多特伯爵 (Folke Bernadotte, 1895—1948)，瑞典军人、人道主义者和外交家，在担任阿拉伯人和以色列人之间的联合国调停人时被杀。他是瑞典国王古斯塔夫五世的侄子，第二次世界大战期间任瑞典红十字协会会长，促成了很多战俘的交换。人们认为他从德国集中营中救出了大约两万人。

何改变。因为整个十一月，最后几批毒气室的牺牲者仍源源不绝地往比克瑙西头送去，焚化炉和火葬堆仍一如既往地在焚烧死尸。她们所有的焦虑和恐慌都绝非空穴来风的想象，因为在毒气室这整个体系关闭后，大部分的遗留人员也将统统被枪毙——所有负责焚化尸体的工人无一漏网——要么就是让那些已经病得不轻的慢慢等死。

不管怎么说吧，这些辛德勒女人还是有幸通过了十月和十一月间经常进行的大规模体检。她们当中有些人在最初的几天被拖出人群，送进了专为患上致命性疾病的囚犯等死准备的几间营房。奥斯威辛的几位医生——约瑟夫·门格勒、弗里茨·克莱因，还有柯尼希和蒂洛医生——真是尽职尽责，无孔不入：非但在比克瑙车站的月台上工作，而且经常在营区内溜达，不时出现在点名的阅兵场，不请自来地闯进浴室，面带微笑问人家，"您多大岁数啦，大妈？"克拉拉·斯特恩贝格就是这么着被扔到了专门收容老年妇女的营房里。罗拉·克鲁姆霍尔茨太太也被从辛德勒人的队伍里拖出来，关进了老年人营房，期待她们不用花费集中营当局的任何费用自己等死。霍洛维茨太太因为担心她那个羸弱的十一岁女儿纽西娅逃不过这样的"浴室体检"，灵机一动一把把她给推进一个空的蒸汽浴锅炉里躲了起来。被指定监管辛德勒女人的女党卫军里有位漂亮的金发美女，她看到了这一举动可是并没有告发。这位美女是个不折不扣的女打手，而且性情暴躁，事后她为此向霍洛维茨太太索要贿赂，雷吉娜只好把珍藏至今的一枚胸针给了她。雷吉娜给的时候态度挺达观的，因为女看守里还有一位胖一点、也更温和些的主儿，是个同性恋，要是换了她，索要的报酬就会更加私人化了。

有时在点名的时候，会突然冒出一个或是多个医生，跑到营房前面来检查。一看到这些从事医疗事务的绅士出现，女人们就会手忙脚乱地从地上抓起一把泥土来摩擦脸颊，为的是能擦出点假冒的健康肤色来。在一次这样的检查时，雷吉娜找到几块石头让她女儿纽西娅站在上头，显得高大一点。一头银色头发的青年医生门格勒走到她跟前，柔声细气地问她女儿到底多大了，然后一拳把雷吉娜打倒在地。在体检中被这么放倒的女人一般来说马上就会在半昏迷状态中被卫兵拖走，然后扔到女囚营边界安装的高压电网上活活给电死。他们把雷吉娜拖出一半距离的时候，她醒了过来，苦苦哀求之下方得免死。他们大发慈悲把她给放了，她偷偷溜回到队列里的时候，看到她那个弱不禁风的女儿还一言不发地站在石头堆上。

这类突袭性的体检防不胜防，随时都可能发生。有天夜里，这帮辛德勒女人被勒令站到外面的烂泥地上，搜查她们的营房。那个曾被一位已经毙命的犹太警察男孩救过一命的德雷斯纳太太，跟她那个头高挑的十多岁女儿丹卡一起来到户外。她们站在奥斯威辛这片古怪已极的烂泥地上——这地方简直就像传说中的弗兰德斯泥沼一样，当所有的一切，不论是道路，屋顶，还是行人全都上了冻以后，却仍然不会冻结。

丹卡和她母亲德雷斯纳太太离开普拉绍夫的时候都是一身夏装，这也就是她们唯一剩下来的行头了。丹卡穿了件罩衫、一件薄薄的夹克和一条栗色裙子。因为当天晚上的早些时候已经开始下雪，德雷斯纳太太就建议丹卡从毯子上撕下一块来垫到衬衣底下挡寒。可现在，党卫军在搜查营房的时候，发现了那条撕去一块的毯子。

站在这帮辛德勒女人前面耀武扬威的军官把营房的舍长给

叫了出来，她是个荷兰女人，在昨天以前还谁都不认识她。那位军官告诉她，等把那个衣服底下衬了毯子的犯人找出来以后，连她一起拉出去枪毙。

德雷斯纳太太见势不妙，低声吩咐丹卡，"把它脱下来，我想办法溜回房内放好。"这个主意还是行得通的。她们住的营房是平房，门前没有台阶。站在后排的话，还是可以神不知鬼不觉地溜进门去的。丹卡是个听话的孩子，当初在克拉科夫达布洛夫斯基街上的邻居家里时，她就听从了母亲，一个人躲进了夹壁墙。这次她也很听话，偷偷把衬在裙子底下的那块毯子拽了出来，全欧洲可能也找不出比这还要薄的毯子了。事实上，在德雷斯纳太太成功溜进房内后，那个党卫军军官就走到了她原来站着的位置，毫无由头地把一个年纪跟德雷斯纳太太相仿的女人拖了出来——可能是斯特恩贝格太太——命人把她关到营内更差的营房里去，某个再也无从幻想摩拉维亚的美好前景的地方。

队伍里的其他女人或许并不愿意去深究，这种挑肥拣瘦的简单行动到底意味着什么。这实际上就是个明白的宣言，告诉大家，你就算是顶着"工业犯人"的名头也无法保证你在奥斯威辛就能活命。就算是再有人大喊一声"辛德勒女人！"也无法长久保证她们不受伤害。奥斯威辛已经吞噬了不少成批的"工业犯人"。一年前，波尔将军领导的D部曾从柏林运来几车犹太技术工人。I·G·法本正好缺人，W部就跟他说可以在这批犯人里选择他需要的人。事实上，W部已经明确建议过赫斯司令官，这几班火车应该直接开到I·G·法本的工厂区，而非停在奥斯威辛-比克瑙的焚化炉边上。第一车拉来的一千五百个男性劳工中，有一千人马上就被送进了毒气室。后面四班车送到的四千人中，也有两千五百人直接送进了"浴室"。如果说，奥斯威辛的管理层根本不会看在Ⅰ·Ｇ·法本和Ｗ部的面子上手下留情的话，他们也就更不会因为某个默默无闻的德国造锅匠，就对这些女人网开一面了。

这帮辛德勒女人住的营房跟住在户外也没什么差别。窗户上没有玻璃，只不过等于给从俄罗斯吹来的阵阵寒风加了个边框。大部分姑娘都得了痢疾。一阵阵绞痛弄得她们都直不起腰来，她们得趿拉着木底鞋，一瘸一拐地挪到外头烂泥地上的铁制马桶上去方便。看守马桶的女人可以多得一碗汤。有天晚上，弥拉·普费弗伯格因为拉痢，趔趔趄趄地跑出来方便，可那个看守马桶的女人——也不是个坏人，而且还是弥拉从小就认识的——却坚持弥拉必须先得等下一个要用马桶的姑娘出来，两人先把马桶清理干净后，才准她使用。弥拉跟她讲道理，可那个女人根本不为所动。在饥饿之星的照耀下，这么个看管马桶的活儿都像是一个正经职业了，必须照规矩来。在那个女人看来，马桶只不过是个前奏，藉此她已经相信秩序、卫生以及健全的心智是可以建立起来的了。

下一个拉痢的姑娘来到了弥拉身旁，喘着气弯着腰，痛苦不堪。可是她年纪太小了，在洛兹度过的和平岁月里，她是把看守马桶的女人当作一个受人尊敬的已婚妇女来看待的。可又有什么办法？这两个姑娘只好乖乖从命，在烂泥地里一直把马桶拖出三百米以外。跟弥拉分担这项苦差的小姑娘问弥拉，"辛德勒现在在哪儿呢？"

并非所有的人都在问这个问题，或者即便是在问，也没采用这种极端、反讽的方式。有个叫露西娅的埃玛丽娅姑娘，一个二十二岁的年轻寡妇，她不断地说，"你们等着瞧吧，一切都会解决的，我们肯定能来到某个安全的地方，喝上辛德勒暖暖的浓汤。"她自己都不知道自己干吗要重复这句话。她在埃玛丽娅的时候可不是个喜欢妄下断语的姑娘。她老老实实地当她的班，喝她的汤，安安静静地睡她的觉。她从来都没有预言过什么宏伟的未来。只要明白自己能安全地活下去，这就够了。可如今她疾病缠身，也就更没理由去预言什么光明的未来了。寒冷和饥饿正在销蚀她的身体，极度的饥饿已经使她绝望了。可就是在这种极端恶劣的情况下，她却不由自主开始不断地重复奥斯卡的诺言，连她自己都感觉吃惊非小。

她们待在奥斯威辛的后半期内，搬到了一间靠焚化炉更近些的营房，仍然不知道她们下一次进的是真的浴室还是毒气室。露西娅仍坚持不懈地在传播她的快乐预言。即便如此，即便集中营的潮水已经将她们冲刷到这个地理上的尽头，这个极点，这个深渊，悲观绝望却并非这些辛德勒女人的风格。你仍然会发现她们三五成堆地一起讨论美食烹饪法，在梦想着战前的厨房。

男性囚犯们先期到达布伦利茨的时候，那里还只是个空壳。还没有床铺，楼上的宿舍里铺了层厚厚的稻草。不过好几个锅炉的蒸汽熏得里面暖烘烘的。刚到的头一天也还没有厨子，厨房里堆了一袋袋芜菁，大家把袋子打开来，狼吞虎咽地就给生吃了。事后，厨房就开始煮浓汤、烤面包，工程师芬德尔也开始分派工作了。可打从一开始，除非有党卫军在旁监视，大家工作效率都奇慢。全体犯人竟然都能感觉到他们的主管先生已经根本不在乎什么战时经济生产了，这也真够神的。布伦利茨的工作步调变得非常诡异。既然奥斯卡已经不再关心生产的问题，消极怠工也就自然成为犯人们的报复，成为他们的宣言。

在可以无限压榨你的劳工的情况下却故意让他们消极怠工，可真是够头脑发热的。在当时的整个欧洲，这些奴隶劳工依靠每天六百卡路里的热量拼死拼活地工作，为的是给工头留个好印象，好晚一点被送到灭绝营。可是布伦利茨却洋溢着一种醉人的自由气氛，半心半意地挥两下铁锹，照样可以没有半点性命之虞。

在最初一段日子里，这种无意识的工作政策还不十分明显。因为有太多的犯人为自己的女人担心不已。多莱克·霍洛维茨的妻子和女儿都还身陷奥斯威辛。勒斯纳兄弟的妻子也是一样。普费弗伯格完全想象得出像奥斯威辛这样庞大、骇人的杀人机构会对弥拉造成何等严重的震骇。雅各布·斯特恩贝格和他十多岁的儿子在惦念着克拉拉·斯特恩贝格太太。普费弗伯格记得当时一大群男人在车间里围住辛德勒，再次问他那些女人到底怎么样了。

"我会把她们都救出来，"辛德勒用低沉的嗓音保证。他并没有再多做解释。他并没有跟大家讨论，他觉得奥斯威辛的党卫军可能需要他去贿赂。他并没有说，他已经将女囚的名单寄给了埃里希·朗格上校，也没有说他和朗格正在设法将名单上所有的女囚都救到布伦利茨。他什么都没有。只是保证："我会把她们都救出来。"

派到布伦利茨的党卫军驻军在那些天里给了奥斯卡不小的希望。他们都是已经年届中年的后备军，新近招募了来是为了让年轻的党卫军可以上前线。这里不像是在普拉绍夫，有那么多虐待狂，奥斯卡总能利用他厨房里的特产——食物虽然普通却管够管饱——笼络得他们俯首帖耳。有一次他特意跑到他们的营房里，发表他冠冕堂皇的老生常谈，说他的犯人具有多么独一无二的技术，他的生产活动对帝国具有多么重要的意义。他说，反坦克炮弹，还有射弹的弹壳铸造仍然是项保密的技术。他要求党卫军驻军不要随意踏入工厂半步，以免影响了工人的工作。

从他们的眼神里他也看得出来，这里适合他们，这个安静的小镇。他们希望能在这里躲过滔天的洪水、人世的灾祸。他们并不想学格特或是胡亚尔的样，在车间里耀武扬威地无故找茬。他们并不希望引起主管先生对他们的不念。

不过他们的司令官还没走马上任。此人原是布兹津劳役营的头儿，在最近因苏军进逼而关闭前一直负责生产海因克尔轰炸机的零部件。奥斯卡知道，跟这些中年后备役军人相比，他更年轻，更严厉，也更有侵略性。他可能不会接受党卫军驻军不准进入营区的条件。

奥斯卡要给车间的地板重新铺设水泥，要把屋顶敞开把巨大的起重机运进来，要安抚、软化党卫军驻军，还要适应跟埃米莉破镜重圆的夫妻生活中的种种不适，就在他忙得焦头烂额的节骨眼上，他却第三次被捕了。

盖世太保是在午饭时间出现在工厂里的。奥斯卡当时不在他的办公室，他上午早些时候开车去布尔诺有公事要办。盖世太保出现之前，刚刚有一辆满载着主管先生"动产"的卡车开到，装的都是香烟、成箱的伏特加、科涅克白兰地和香槟等等紧俏货。事后有人会解释说，这都是格特的财产，奥斯卡同意将它们带到摩拉维亚暂存，是为了报答他对迁居布伦利茨计划的支持。既然格特已经身陷囹圄有一个月了，而且也没什么权力了，卡车上装的这些奢侈品也就可以认为归奥斯卡所有了。

卸货的工人也是这么想的，所以很忌惮刚刚在院子里冒出来的盖世太保。他们享有技工的特权，可以自由出入厂区，所以径直把卡车开到了山底下一处溪流边，然后把酒连着箱子一起扔到了水里。车上那两万支香烟藏在了发电站里那个巨大的变压器盖子底下，相对而言更容易找到。

车上竟然有这么多香烟和高档美酒，实在意味深长，这是个信号，表明一贯热中商业贸易的奥斯卡如今已经打算靠黑市买卖维持生计了。

几个技工把卡车开回车库的时候，午饭喝汤的铃声刚好拉响。在这些日子里，主管先生都跟犯人一起就餐，这几个技工希望今天他也能如时出现，他们就能跟他解释一下那车昂贵的货物是怎么临时处理的了。

不久后他确实从布尔诺回来了，不过在营区的内门处被一个盖世太保抬手给拦下了。此人命令他立刻从车上下来。

"这是我的厂子，"一个囚犯听奥斯卡粗声顶了回去。"你要是想跟我谈话，欢迎你上车。否则就跟我去我的办公室。"

他把车一直开进厂区的院子里，那两个盖世太保一边一个，气喘吁吁地跟在车后面跑。

在辛德勒的办公室，他们问起他跟格特之间的关系，跟格特赃物的关系。我这里确实有几个手提箱，他告诉他们。是格特的私人物品。他请我帮他暂时保存，等他出狱后还给他。

盖世太保要求查看一下，奥斯卡就把他们带到了他自己的公寓。他冷淡而又正式地相互介绍了一下辛德勒太太和那两个来自Ⅴ局的盖世太保。然后他把几只箱子拿出来，打开了箱盖。里面装满了格特平时穿的平民服装，还有阿蒙当初还是个苗条的党卫军军士时穿的旧军装。他们翻检了一番，一无所获以后，就逮捕了奥斯卡。

埃米莉不干了。他们没有权力就这么把她丈夫带走，她说，除非他们说清楚他们为什么逮捕他。柏林的朋友们不会坐视不管的，她威胁道。

奥斯卡劝她别说了。不过你得给我的朋友克罗诺斯卡打个电话了，他告诉她，就说取消我们之间的约会。

埃米莉明白他话里的用意。克罗诺斯卡将再次展开她的电话外交，打给布雷斯劳的马丁·普拉特、辛德勒将军的人以及所有这些大人物求救。盖世太保中有一位掏出一副手铐把奥斯卡给铐了。两人带他上了他们的车，开到兹维陶火车站，乘火车把他押回了克拉科夫。

看来，此次被捕比前两次更加令他心惊。这次不再有为情所困的党卫军上校跟他同一囚室，跟他大诉衷肠、痛饮伏特加了。不过奥斯卡事后也记下了此番磨难的些许详情。Ⅴ局的那两个盖世太保押着他穿过克拉科夫中央车站那新古典主义的宏伟凉廊时，一个叫胡特的人突然走到他们跟前。此人曾是普拉绍夫的一名工程师。对阿蒙他一直是极尽溜须逢迎之能事，不过他也有暗中多行善事的令名。这次碰面或许纯属意外，不过也有可能意味着胡特已经跟克罗诺斯卡结成了同盟。胡特坚持要拉住奥斯卡上了铐的手跟他握手致意。一个盖世太保表示反对。"你真这么想跟一个囚犯握手吗？"他问胡特。这位工程师立马发了一番宏论，对奥斯卡大事颂扬。这位是辛德勒主管先生，一位深受整个克拉科夫尊敬的义士，一位重要的工业家。"我永远都不会把他当成一个囚犯看待，"胡特道。

不管这次碰面有何深意，奥斯卡还是被塞进一辆汽车，驶过熟悉的城市，再次来到波摩尔斯卡的党卫军总部。他们把他关在一间跟他第一次被捕时一样的房间里，房间里有一床、一椅、一个洗脸盆，不过窗户上装了铁条。他虽说表面上装得跟大熊一样平静自持，心里却着实忐忑难安。一九四二年，他刚过完三十四岁生日第一次被抓到这里来的时候，听说波摩尔斯卡有特设的酷刑囚室，传说虽然非常恐怖，却只是传说而已。现在这已经不是传说了。他很清楚，如果 V 局一心想尽快给阿蒙定罪的话，他们是不惜对他施以酷刑拷打的。

当天晚上，胡特先生又特来探监，给他带了个晚餐托盘，还有一瓶红酒。胡特已经跟克罗诺斯卡商量过了。奥斯卡始终没有弄清楚车站的那场"偶遇"是否克罗诺斯卡事先安排好的。管它是不是呢，胡特告诉奥斯卡，克罗诺斯卡正在重新召集他的老朋友，求他们尽快把他给救出来。

第二天，总共有十二位党卫军调查员组成的陪审团对他展开了讯问，其中一位还是党卫军法庭的法官。奥斯卡否认了他曾向司令官提供金钱以让他——用阿蒙证词上的话说就是——"对犹太人宽待些"。我给他的一笔钱权当是一笔贷款吧，奥斯卡有所保留地承认道。你为什么要给他一笔贷款？他们想弄清楚。我经营着一家重要的战争企业，奥斯卡说，又开始老调重弹。我有一个技术劳工的团队。如果这个团队受到破坏，对我、对军备物资监管局，乃至整个战时经济都是种损失。要是我在普拉绍夫的囚犯中发现有个我正需要的专业金工，我当然会跟司令官讨这个人。我想尽快把他弄到手，我可不想去走那套繁文缛节的文书手续。我的兴趣在于生产，这对我和军备物资监管局来说就是最大的价值所在。考虑到司令官先生在这方面对我的帮助不小，所以我才会想到给他一笔贷款，以示谢意。

这番自我辩护对他的旧主阿蒙可说是有点不够忠诚。可奥斯卡才不去顾虑这些鸟事呢。他眼睛里闪烁着坦诚的光芒，他的嗓音冷静低沉，他的措辞朴素庄重，奥斯卡短短几句话，就让这些调查老爷们明白，这笔钱其实是笔勒索金。不过他们仍然没有改变态度，再次把他给押了起来。

接下来的三天里他又连续接受了三次讯问。没人对他动粗，不过他们却非常强硬。最后，他不得不咬定他跟阿蒙之间根本无任何友谊可言。这也没什么难做的：他本来就对这个暴徒恨之入骨。"我可不是什么小白脸，"他对Ｖ局的这些大人先生们抱怨道，然后又讲了些有关格特和他的几个年轻勤务兵之间的传闻。

阿蒙本人永远都不能理解奥斯卡为什么这么厌恶他，竟然愿意协助Ｖ局的人定他的罪。在事关友谊这个问题上阿蒙一贯容易意气用事。碰上他情感泛滥的时候，他都相信米戴克·彭佩尔和海伦·希尔施是他钟爱的忠仆。这帮调查员或许不会让他知道奥斯卡已经到了波摩尔斯卡街，对阿蒙一厢情愿的请求也置之不理，因为这位仁兄竟然一再建议他们："去找我的老朋友辛德勒。他会为我作证的。"

奥斯卡在面对这些调查员时，对他最有利的莫过于他是真的几乎跟这个人没有过什么实质性的生意关系。虽说他有时也给阿蒙提些建议，给他提供些关系，可他从来没有实质上参与任何交易，阿蒙拿监狱的配给到黑市上去卖，他没得到一分钱的好处，他也没从阿蒙的珠宝店里白拿一枚戒指，没要他高级定制裁缝店里的一件外衣，没贪他室内装潢部门的一件家具。这一响当当的事实使他哪怕在花言巧语时也能解除这些党卫军警察的武装，而在陈述事实时，他就更加魅力四射，势不可挡了。他总是一副信心满满的派头，从来不露怯，好像很感激人家能相信他的话似的。比如，当 V 局的老爷们看起来至少已经部分地接受那八万德国马克确实是笔"贷款"，是笔敲诈金时，奥斯卡竟然有胆问他们，这笔钱最后是不是能还给他，还给他这位完美无瑕的工业家辛德勒主管先生。

有利于奥斯卡的第三个因素是他那些广有影响的朋友的担保。埃里希·朗格上校在接到 V 局打来的电话时，特别强调了辛德勒对整个战局的重要性。特罗鲍的聚斯穆特在电话里说，奥斯卡的企业已经参与了"秘密武器"的制造。这话也不为不实。不过就这么理直气壮地明说出来，却具有相当的误导性，而且具有一种遭到歪曲的强大的力量。因为元首已经公开许诺要研制一种"秘密武器"。这个词儿本身就有一种超凡的魔力，如今成了奥斯卡最强大的保护网。面对"秘密武器"这样一个神秘莫测的措辞，兹维陶市民那些抗议的碎纸屑又算得了什么！

尽管如此，就连奥斯卡本人也并没觉得此次系狱有什么值得庆幸的。大约在第四天上，一个调查员特意跑到他的囚室里来——不是为了审他，而是为了啐他。吐出来的唾沫落在了西装的左翻领上。这位大人冲他咆哮不已，骂他热爱犹太人，喜欢干犹太女人。跟正式讯问中一直保持的那种怪异的照章行事的做派简直判若两人。不过奥斯卡怀疑这是否是事先安排好的，这是否代表了他牢狱之灾背后真正的原因。

一个星期后，奥斯卡通过胡特和克罗诺斯卡给舍纳主管捎了个信儿。信上表示Ｖ局的人给了他极大的压力，他怕再这样下去他也保护不了这位前警察头子了。舍纳立刻放下清剿游击队的工作（不久后他就会死在这上头），不出一天就出现在奥斯卡的囚室里。他们的所作所为简直丢人现眼，舍纳道。那阿蒙呢？奥斯卡问，原以为舍纳也会为他鸣不平。他是罪有应得，舍纳道。看来所有的人都把阿蒙给抛弃了。别担心，舍纳动身前安慰奥斯卡，我们会把你救出来的。

奥斯卡入狱的第八天早上，终于获释。奥斯卡一刻都没耽搁，也没像第一次获释时那样要求给他安排交通工具。能够再次站到寒冷的街口他已经够满足的了。他搭有轨电车穿过克拉科夫，步行走进扎布洛西的老厂区。厂区里还有几个波兰看守，他从楼上的办公室打电话给布伦利茨，告诉埃米莉他已经出狱。

布伦利茨的绘图员摩西·贝斯基清楚地记得当时奥斯卡被盖世太保带走后，那种人心惶惶的情形——谣言四起，大家都在琢磨奥斯卡的被捕会带来什么样的后果。不过斯特恩、莫里斯·芬德尔、亚当·加尔德和另外几个沉着冷静的犯人站稳了阵脚，跟埃米莉一起商量食物配给、工作安排和床位分配等重要事宜。他们这才发现，埃米莉可绝非只是个路人。她天性并不开朗，又加上奥斯卡刚被Ｖ局的人逮捕，就更加郁郁寡欢。她刚跟丈夫破镜重圆，好日子还没正式开始呢就被党卫军横插了一杠子，真是够残酷的。不过斯特恩和另外那几个人都看得很清楚，她可绝非一个只知道尽妻子本分，守着一楼那套小公寓的家庭主妇。她自有一种激情，你也可以称之为一种意识形态层面上的献身精神。她公寓的墙上挂了一幅宗教画：耶稣基督裸露出一颗血淋淋的心脏，被熊熊烈火所吞噬。斯特恩在很多波兰天主教徒的家里也见过同样的装饰。可奥斯卡在克拉科夫的两套公寓里都没有这种血淋淋的宗教画。你在波兰人家的厨房里看到这么一幅耶稣剖心图时，并不能使你得到任何安慰，可是在埃米莉的公寓里，它却像是个庄严的承诺公开挂在了墙上。这是出自个人的承诺，埃米莉的承诺。

十一月初，她丈夫搭火车回到了布伦利茨。他脸都没刮，因为监禁多日身上气味难闻。他非常意外地发现，他的那批女劳工竟然还在奥斯威辛-比克瑙关着。

在奥斯威辛这个特殊的星球上，那批辛德勒女人就像太空旅行者一般满怀恐惧，一举一动都谨小慎微。鲁道夫·赫斯是这个星球的创立者、建设者，他自视为指挥若定的天才，一切尽在他掌握之中。读过威廉·斯蒂伦的小说《索菲的抉择》的读者想必对他不会陌生，索菲的主人就是他——他做起主人来跟对待海伦·希尔施的阿蒙·格特大为不同，他的为人远比格特超然、有礼、明智，不过他仍旧是这个食人族国度里丝毫不肯放松的大祭司。他虽说在二十年代就谋杀了一个告发德国激进分子的鲁尔区的老师，并为此服过刑，可是他从未亲手杀死过奥斯威辛的一个犯人。他自命为技术家。他是齐克隆B的拥护者，齐克隆B是一种暴露于空气中就能气化为致命毒气的氰化氢颗粒，他曾跟他的对手刑侦主管克里斯蒂安·沃尔特进行过长期个人与科技双方面的竞争，沃尔特是贝乌热茨的主管，是一氧化碳派别的领袖。党卫军药剂官库特·格施泰因曾参加过一次贝乌热茨的可怕实验，采用沃尔特主管的一氧化碳毒杀法，一帮关在毒气室里的男性犹太囚犯经过整整三个钟头的折磨后才被毒杀。赫斯的科技手法显然更有效率，这也是奥斯威辛之所以能蒸蒸日上，而贝乌热茨则日渐没落的部分原因之所在。

到一九四三年鲁道夫·赫斯离开奥斯威辛前往奥拉宁堡做一任 D 部的副主管时，奥斯威辛已经不单单是个集中营了。它甚至已经不止是个组织管理上的奇迹。它已经成为一种现象。"道德宇宙"并没有过多地衰亡，但是已经被倒置了，就像是个黑洞，在人世间的一切恶意的压力下，人类的种族和历史统统被吸进去、化为无形，一种特殊语言从里面被抛掷出来。地下的毒气室被命名为"消毒地窖"，地上的毒气室被称作"浴室"，还有一位莫尔长官，专门负责下令往"地窖"的房顶和"浴室"的墙体里塞那种蓝色的齐克隆 B 的结晶体，还习惯性地跟他的几个助手大喊大叫，"很好，咱们这就给他们点东西嚼嚼看。"

赫斯于一九四四年五月重返奥斯威辛，全面掌管整个集中营。当时那批辛德勒女人正在比克瑙的一个营房里暂住，跟那位反复无常的莫尔长官只一箭之遥。按照辛德勒神话的说法，辛德勒就是直接跟这位赫斯司令官斗智斗勇，一心将他那三百个女囚解救出来的。奥斯卡肯定以电话，也以其他的方式跟赫斯交涉过此事。不过除此之外，他还得跟奥斯威辛 Ⅱ 区，也即奥斯威辛-比克瑙的司令官弗里茨·哈特延斯泰因少校，以及负责管理这个庞大城市中的女囚郊区的年轻少尉弗朗茨·霍斯勒打好交道。

可以肯定的一点是，奥斯卡派了个年轻女人带着个装满美酒、火腿和钻石的手提箱，前去跟这几位关键人物做交易。有人说，奥斯卡随后也跟在这位女郎后面亲自前往奥斯威辛，他还带了位同志一同前往，此人就是党卫军冲锋队中广有影响的军官佩尔兹上校，据后来奥斯卡跟朋友们的说法，他其实是英国的特工。另有些人则声称奥斯卡出于行事策略，特意避开跟奥斯威辛直接接触，而是去了奥拉宁堡和柏林的军备物资监管局活动，试图从这个方面给赫斯和他的同僚施加压力。

斯特恩多年后在特拉维夫发表的一次公开讲演中则是如下的说法。奥斯卡获释后，斯特恩"在某些同志的压力下"去见辛德勒，请求他采取决定性的行动拯救身陷奥斯威辛的那批女囚。他们正在商谈的时候，奥斯卡的一个秘书走进了办公室——斯特恩并未明言是哪位秘书。辛德勒考虑之下，向这位姑娘伸出一根手指，手指上戴了枚巨大的钻戒。他问这位姑娘，是否喜欢这颗相当笨重的宝石。照斯特恩的说法，这姑娘一听之下非常兴奋。斯特恩引述奥斯卡当时的话说，"带上这份女囚名单，到我的厨房里收拾一箱子最好的食物和美酒。然后到奥斯威辛去。你也知道那里的司令官嗜好漂亮女人。要是你能把事情办妥，这颗钻石就是你的了，而且还不止呢。"

这个场景，这番话语堪与《旧约》中记载的事迹比肩：为了部落的利益，将一个女人奉献给入侵者。这也是中欧常有的典型一幕，有着闪闪发光的粗俗的钻石以及为得到钻石需要付出的肉体交易。

据斯特恩的说法，这位秘书就这样去了。见她两天之内还没回来，辛德勒就亲自出马——在那位神秘的佩尔兹陪同下——解决问题去了。

而按照辛德勒神话的说法，奥斯卡确曾派他的一个女朋友去跟奥斯威辛的司令官——可能是赫斯、哈特延斯泰因，也可能是霍斯勒——春宵一度，并把钻石留在了枕头上。可有些人，比如斯特恩，却说是"他的一个秘书"，还有些人说是位女监工，一位漂亮的金发女党卫军，最后成了奥斯卡的女朋友和布伦利茨的驻军。可问题是，这位金发女郎当时应该还在奥斯威辛，正跟那帮辛德勒女人在一起呢。

照埃米莉·辛德勒本人的说法，这位特使是位芳龄二十二或二十三的姑娘。她是兹维陶当地人，她父亲还是辛德勒家族的旧交。她最近刚从苏联占领区回来，原是德国管理部门的秘书。她跟埃米莉是好朋友，自愿担当此项重任。可奥斯卡不太可能要求一位家族的好友牺牲自己的肉体。就算他在这类事务上一贯无所顾忌，这个故事的这个方面仍是个谜团。我们不清楚这位姑娘跟奥斯威辛几位长官的交易到底做到了什么程度。我们只知道她毅然深入虎穴，大无畏地跟魔鬼做起了交易。

奥斯卡后来说起他自己跟奥斯威辛的几位统治者打交道的情况，他们再次拿老一套说法来诱惑他。这批女人已经在这儿待了有好几个星期。她们作为劳动力的价值也所剩无几了。干吗不干脆把这三百个人给忘了？我们再另给你三百个人就是了，反正人有的是。早在一九四二年的时候，普罗克西姆车站上的一位党卫军军士就曾给奥斯卡出过同样的主意。干吗死守着这几个人不放呢，主管先生？

这次奥斯卡的应对方式就跟上次在普罗克西姆一样。他说，她们都是不可取代的熟练军工工人。我亲自花了好几年时间培训她们。我没办法短期内找到可以替代她们的技术的人。名单上的这些名字就是我需要的人。

等一下，诱惑者说。我看到这里还列了个九岁的小姑娘，是个叫菲拉·拉特的女人的女儿。我还看到有个十一岁的，是个叫雷吉娜·霍洛维茨的女儿。你是想跟我说，一个九岁一个十一岁的小姑娘就是你所谓的熟练军工工人吗?

她们负责打磨四十五毫米口径的弹壳,奥斯卡不慌不忙地道。选中她们就是因为她们的手指特别长,能伸到弹壳内部,而大部分成年人都没办法做到。

奥斯卡确实跟集中营的那几位统治者说过这样的话,要么是当面,要么就是通电话挑明的,当然也是为了支持先他两天前派来的那位姑娘——他们家族的世交所做的那番努力。奥斯卡会把他跟奥斯威辛交涉的最新结果告诉布伦利茨男囚的那个小核心层,然后再由他们将消息传遍整个厂区。奥斯卡所谓他需要孩子打磨反坦克炮弹内壳的说法纯属信口开河。可他已经使用过不止一次了。一九四三年的一天夜里,一个叫安妮塔·兰佩尔的孤女被叫到阅兵场上,发现奥斯卡正在跟一个中年女人理论,这个女人是女囚营房的舍长。这位舍长当时的话多多少少也是后来赫斯或是霍斯勒在奥斯威辛的说辞。"你不能跟我说你的埃玛丽娅需要一个十四岁大的女孩。你不能告诉我格特司令官已经允许你把一个十四岁大的女孩列到埃玛丽娅的花名册上。"(这位舍长自然是担心,如果埃玛丽娅的犯人名单给人篡改过,她可能会为此担责任。)一九四三年的那个夜里,安妮塔·兰佩尔目瞪口呆地听见奥斯卡这个从来就没见过她的手长什么样的男子汉,理直气壮地宣称他之所以选中这个小姑娘,是因为她的手指特别长,有特别的用处,而且司令官先生也已经恩准了他的请求。

安妮塔·兰佩尔本人当时也身陷奥斯威辛,不过她已经长成了个大姑娘,不再需要这个长指头的花招了。这种借口也就自然转移到霍洛维茨和拉特太太的女儿头上,该她们受益了。

跟奥斯卡交涉的那位官员的说法一点没错,这些女人确实已经丧失了几乎全部的劳动价值。在例行体检的时候，像弥拉·普费弗伯格、海伦·希尔施和她妹妹这批年轻女囚，已经再也无法掩饰痢疾的抽痛对她们造成的致命影响，一个个弯腰弓背，憔悴不堪。德雷斯纳太太已经丧失了所有的胃口，连代用的清汤都难以下咽了。丹卡都没办法硬逼着母亲喝下这菲薄的暖汤。这意味着她不久就会成为一个穆斯林了。这是集中营里流传的一个俚语，基于人们对新闻片里放的穆斯林国家大饥荒的记忆，用来称呼那些已然跨越了饥肠辘辘的生和一了百了的死之间的边线的垂死囚犯。

克拉拉·斯特恩贝格才四十出头，却被从辛德勒女人的大部队里剔除出来，扔到了一个可以称之为穆斯林的营房里等死。在这个营房里，这些垂死的女人每天早上都得在门前排好队，等着接受遴选。有时候门格勒医生亲自动手。克拉拉·斯特恩贝格新加入的这个团体中一共有五百个女人，一天内就可能被剔除一百个。第二天，再遴选出五十个。你被逼无奈，为了活命，只能用奥斯威辛的泥土把两颊擦红，你竭尽全力把腰板挺直。你屏住呼吸把一串串咳嗽强压下去。

有一天，又经过一次体检的折腾以后，克拉拉觉得自己再也无力坚持下去，再也不想忍受这种每天一次的煎熬了。她丈夫和一个十几岁大的儿子已经到了布伦利茨，可如今感觉起来，他们却比火星上的运河还要遥不可及。她根本无法想象布伦利茨的模样，无法想象他们父子俩在那里的情形。她跌跌撞撞地穿过女囚的营区，想找个电网自行了断。她刚到这里的时候，那些电网仿佛无处不在，如今需要它们了，却又遍寻不见。每次转向，都只能来到另一条泥泞不堪的街道，眼前还是同样悲惨的营房，让她觉得加倍绝望。这时她看到一个来自普拉绍夫的旧相识，跟她同样情形的一个克拉科夫女人，克拉拉挣扎上前，在那个女人面前站住。"那些高压电网都哪儿去了？"克拉拉问她。克拉拉心思极度烦乱之下，觉得这个问题挺自然的，而且毫不怀疑，她这位朋友如果还念及一点姐妹情分的话，会毫不犹豫地指给她走向电网的确切路径。朋友给她的回答也同样疯狂，不过却自有一种一以贯之的牢固立场，一种平衡，一种丧心病狂的清醒内核。

"千万别扑到电网上自杀，克拉拉，"那个女人力劝道。"你要是死了，就永远不会知道你以后的遭际了。"

对那些起意自杀的人来说，这总是最强有力的回答。你要是自行了断了，就再也不知道故事的结局了。克拉拉已经对故事的结局没什么兴趣了，可不知怎的，这个回答却说到了她的心坎上。她转头往回走去。等她回到自己的营房以后，她觉得比出发去找电网的时候还要烦乱。可是她那位克拉科夫的姐妹已经用一个简捷的回答，断绝了她自杀的念头。

布伦利茨也有惨祸发生。奥斯卡，这位不折不扣的摩拉维亚旅行家，此时正好不在。他四处买卖厨具和钻石，美酒和香烟，跑遍了整个摩拉维亚地区。有些还是至关紧要的生意。比贝尔施坦因医生曾跟他说起派送到布伦利茨诊疗所的药物和医疗器械，说没有一样是达标的。奥斯卡一定是跑到国防军的补给站，或者布尔诺的大医院买药去了。

不管他是出于什么原因离开的营区，反正在这个节骨眼上，一个由格罗斯-罗森派来的视察员刚好来到，在新任司令官约瑟夫·利奥波德少尉的陪同下走进厂区进行视察。这位新任司令官是不放过任何闯进厂区的机会的。视察大员此次前来，是奉奥拉宁堡之命，剔除格罗斯-罗森所有附属集中营里的孩童，把他们送到奥斯威辛用作约瑟夫·门格勒医生医学实验的活体标本。奥莱克·勒斯纳和他的小表弟理查德·霍洛维茨觉得布伦利茨是个很安全的地方，没必要再躲躲藏藏了，两个小孩当时正在附属大楼周围嬉戏打闹，在楼梯上相互追赶，在废弃的织机当中钻来钻去。莱昂·格罗斯医生的儿子也是一样。这位医生曾照料过刚患上糖尿病的阿蒙，曾是布兰克医生健康行动的帮凶，此外还犯下过不少需要他负责的罪行。视察员大人对利奥波德少尉表示，这些个小鬼显然不是什么必不可缺的军工工人。又黑又矮的利奥波德可不像阿蒙那么疯狂，他迄今还是位尽忠职守的党卫军军官，才不会费心为这几个乳臭未干的小鬼辩护呢。

在进一步视察的过程中，他们又发现了罗曼·金特尔九岁大的儿子。金特尔早在克拉科夫犹太聚居区建立之初就跟奥斯卡相熟了，曾负责为普拉绍夫集中营提供德国搪瓷厂的废铁片。可利奥波德少尉和这位视察员大人可不肯承认犯人有任何的特殊性。金特尔的儿子于是跟其他几个孩子被一起押到大门口。弗兰西丝·斯佩拉的儿子虽然也只有十岁半，却长得人高马大，而且在花名册上注明是十四岁，当时这孩子正站在一个长梯子上擦高处的窗户。他躲过了这场劫难。

上面的命令同时要求将孩子的父母也一道抓起来，或许是为了避免孩子们的父母激愤之下会在附属集中营里发动革命。因此，小提琴家勒斯纳、霍洛维茨和罗曼·金特尔也一道被捕。莱昂·格罗斯医生从诊所里飞奔下来跟党卫军理论。他满面通红，他想让这位来自格罗斯-罗森的视察大员知道他本人是个多么诚恳负责的犯人，知道他是现行体制的朋友。可这番努力也付诸东流。一位装备了自动武器的党卫军中士负责将他们押解到奥斯威辛。

这队父子组成的囚犯搭乘普通客车从兹维陶来到上西里西亚的卡托维兹。亨利·勒斯纳本以为别的乘客对他们会很敌视。谁知,有位女乘客特意带着挑衅的神情从过道走过来,塞给奥莱克和别的几个孩子一块面包头和一个苹果,与此同时还直视着那位中士的脸,看他有什么反应。可中士竟然对她彬彬有礼,很正式地向她点头致意。后来,在列车停靠乌斯蒂车站的时候,他把犯人交给助理看守,自己去了趟车站的自助餐厅,自掏腰包买了饼干和咖啡给他们吃。他也开始跟勒斯纳和霍洛维茨攀谈起来。谈得越多,他就越发不像是跟阿蒙、胡亚尔和约翰之流同属于一个警察部队了。"我要把你们带到奥斯威辛,"他说,"然后还得再集合起一帮女囚,把她们带回布伦利茨。"

多大的讽刺!最先知道他们的妻子女儿可能从奥斯威辛脱身的布伦利茨男人竟然就是勒斯纳和霍洛维茨,而他们本人又将进入那个人间地狱。

不管怎么说,勒斯纳和霍洛维茨仍旧欣喜若狂。他们马上告诉儿子:这位好心的绅士就要把你妈妈带回布伦利茨了。勒斯纳问中士,他能不能给曼茜写封信,霍洛维茨也请求中士允许他给雷吉娜写封信。两封信就写在中士给他们的纸片上,他给自己妻子写的信也是用的同样的纸片。在信上,勒斯纳跟曼茜约定,如果他们俩都能活下来,就在波德戈尔兹的某个地方重逢。

勒斯纳和霍洛维茨写好信后,这位党卫军中士郑重把两封信放在夹克口袋里。过去这些年来你都在哪里度过?勒斯纳忍不住暗自琢磨。你一开始也是个狂热分子吗？当讲坛上的那些神明在号叫："犹太人是我们的心腹大患"时，你也在欢呼喝彩吗？

在稍后的旅途中，奥莱克忍不住转过身，把头埋在亨利的臂弯里低声哭泣。一开始他不肯说他到底怎么了，最后他终于开口说话时，他说他很抱歉把亨利拖到了奥斯威辛。"是我把你给害死的，"他说。亨利本想拿些乐观的谎话来安抚儿子，可他知道这没什么用处。所有的孩子都知道毒气室。你想欺骗他们的时候只会惹恼了他们。

那位中卫俯下身来。他想必没有听到他们的话，可是他眼睛里却溢满泪花。奥莱克眼见之下大为惊讶——就像别的孩子看到马戏团里的动物会骑自行车一般惊讶。他盯着这个人不放。让人震惊的是，这泪花中洋溢着兄弟般的友爱，就像是狱友为你流的眼泪。"我知道将来会发生什么，"中士说。"我们已经打输了这场战争。你们的手臂上会刻上那串号码，你们肯定能活下来。"

亨利觉得，这个人名义上是在安慰孩子，实际上是在向他自己许下诺言，他需要用一个诺言来武装自己，或许在五年后，当他回想起这次火车旅程的时候，他可以用来抚慰自己。

在克拉拉·斯特恩贝格想找到电网自行了断的那天下午，她听到辛德勒女人住的营房那边传来呼喊名字和女人开怀大笑的声音。她手脚并用，从她自己潮湿的营房里爬出来，看到隔着一道女囚营区内部的铁丝网，那批辛德勒女人正在排成队形。有些人只穿了件罩衫和长内衣。这些形销骨立的女人，看起来已经没有丝毫生存的机会，可她们却像是小姑娘般唧唧喳喳个没完。就连那位美丽的金发女党卫军看起来都很开心，因为她们如果能从奥斯威辛脱身的话，她也就跟着解脱了。"辛德勒劳工们，"她叫道，"你们先去洗个桑拿，然后就上车走人啦。"她似乎也意识到了这是多么独一无二的一件事。

四周营房里那些在劫难逃的女囚们透过铁丝网，木然地看着这群欢庆不已的姑娘。她们吸引得你不由不看，这些名单上的女人，因为她们打破了整个营区的平衡，一下子凸显了出来。当然，对其他人而言这并没有任何实际意义。这只是一桩偏离了正轨的意外事件，对大部分人的命运没有任何影响，并不能逆转集中营的杀人进程，也不会净化乌烟瘴气的空气。

可是克拉拉·斯特恩贝格看在眼里，又怎能忍受得了。同样难以忍受的还有六十岁的克鲁姆霍尔茨太太，她也被扔到一个专门关老年女囚的营房里，也已经半死不活了。克鲁姆霍尔茨跟门口的那个荷兰女牢头理论。我要去加入她们的队伍，她说。荷兰牢头提出一堆理由想让她打消这个念头。最后，她说，你在这里比贸然往外跑要好。你要是跟她们一起走，肯定会死在运畜车里的。而且我还得找理由解释清楚你为什么不在这儿了。你可以告诉他们，克鲁姆霍尔茨太太道，那是因为我在辛德勒的名单上。都安排好了。花名册上的人数不会有任何问题。根本不会有任何问题。

两个女人争执了有五分钟时间，争的过程中说起了各自的家庭，发现了各自家族的出身，也许本来是想在争论的严格逻辑之外找个软性一些的话题。结果发现这个荷兰女人的姓氏竟然也是克鲁姆霍尔茨。两个女人于是开始讨论起各自家庭的下落。我想，我丈夫现在在萨克森豪森，那位荷兰的克鲁姆霍尔茨太太说。克拉科夫的克鲁姆霍尔茨太太说，我丈夫和已经成年的儿子不知道去了什么地方。我想大概是毛特豪森。我本来应该去摩拉维亚的辛德勒集中营的。铁丝网对面的那些女人就是要去那儿的。她们哪儿都去不了，荷兰的克鲁姆霍尔茨太太说。信我的话没错。这里面谁都跑不出去，除非是去那里。克拉科夫的克鲁姆霍尔茨太太说，她们认为她们出得去。求求你了！就算这帮辛德勒女人都受了骗，克拉科夫的克鲁姆霍尔茨太太也愿意跟她们一起受骗。荷兰牢头明白了这一点，最后把营房的门给她打开了，管它值不值呢，不试试怎么知道。

可是在克鲁姆霍尔茨太太、斯特恩贝格太太和另外的辛德勒女人中间还隔了一道铁丝网。这不是那种围绕营区一周的高压电网。不过再怎么说，按照 D 部的规定，这也是以至少十八股铁丝编成的铁丝网。靠近顶端的部分铁丝编得最紧密，再往下，基本上就是间隔六英寸左右的一股股平行的铁丝了。这些平行的铁丝又分成若干组，每组之间的间隔不到一英尺。那一天，按照目击者和这帮女人自己的说法，克鲁姆霍尔茨和斯特恩贝格太太拖着病弱之躯，竟然从铁丝网中间钻了过去，重新加入了辛德勒女人的队伍，尽情享受她们获得解救的白日梦——如今梦想已经成真。她们竟然就这样从那也许只有九英寸宽的铁丝缝里钻了过来，以血肉之躯硬生生撑开铁丝，不管衣衫整个被撕破、挂在铁丝网上，也不管铁丝的钩刺刺入血肉、刮得遍体鳞伤，总之她们又回到了辛德勒名单上。没人想到要阻止她们，因为没人认为她们竟能穿过铁丝网。对奥斯威辛别的女囚而言，这种行为也完全不值得效法。因为，就算你爬过了这道铁丝网，还有下一道、下下道铁丝网等着你，最外围还有那一圈高压电网呢。可是对斯特恩贝格和克鲁姆霍尔茨太太来说，这道铁丝网是唯一的障碍，过去就得救了。她们从聚居区带来、又在泥泞的普拉绍夫补了又补的破烂衣衫，如今全都挂在铁丝网上了。两位太太就这么赤身露体、遍体鳞伤地跑步加入辛德勒女人的行列。

四十四岁的拉凯拉·科恩被判关在一处充当医院的营房中，也被她女儿通过窗户把她硬拽了出来，眼下由女儿搀扶着加入了辛德勒的队伍。对她就跟对上述那两位太太一样，那天是她们的另一个生日。队伍里的每个人都像是在祝她们生日快乐。

在洗衣房里，这些辛德勒女人被剃去毛发。几个拉脱维亚姑娘把她们头上那个虱子窝整个剪除，再把腋毛和阴毛剃干净。冲过澡之后，她们赤身裸体地被带到军需品仓库，把死人留下来的衣服发给她们穿。她们看到自己剃得光光的脑门，现在又穿上奇形怪状的破烂衣裳，禁不住哈哈大笑——喧闹得就像一帮小姑娘。看到瘦得只剩下七十磅的小弥拉·普费弗伯格，把一件原来属于胖大女士的外衣披在身上的滑稽模样，把大家笑得都快站不住了。这群已经半死的女人，穿着有大字编号的破衣烂衫，欢腾跳跃、学着模特儿走猫步、指手画脚，唧唧咯咯笑得活像是女中学生。

"辛德勒要这帮老女人有什么用？"克拉拉听见一个党卫军女孩问她的同事。

"这不关咱们的事，"她的同事道。"只要他乐意，任凭他开一间养老院好了。"

不管你有什么样的预期，进入运畜车总归还是件挺吓人的。虽说天气很冷了，总还是有一种窒息的感觉，再加上里面黑咕隆咚的，这种感觉也就更加明显了。进了车厢后，孩子们总会本能地朝一线光亮奔去。那天早上，纽西娅·霍洛维茨就是这么干的，她把自己安置在尽里头的车厢板壁旁边，那里有一块板条松脱了。她从缝隙里望出去，可以看到铁路对面男囚营房外的铁丝网。她注意到铁丝网后面有几个脱了队的孩子在那儿盯着火车看，而且不断挥手。好像是特意向他们挥手的，一直坚持不懈。她觉得很奇怪，里面有个小男孩特别像她六岁大的弟弟，他本来不是应该安全地跟辛德勒在一起吗？而且在他身边的那个男孩又跟她表弟奥莱克·勒斯纳一模一样。然后，她终于明白了。那就是理查德。那就是奥莱克。

她转头找她母亲，扯着母亲的衣角把她拉过来。雷吉娜透过缝隙望去，经历了同样残酷的辨认过程，痛哭失声。此时车厢的大门已经关闭，她们都紧紧地挤在接近全黑的车厢里，每一个手势，每一丝希望或是恐慌的气氛大家都感同身受。大家也都开始哭泣。曼茜·勒斯纳一直站在她嫂子身旁，轻轻地引她嫂子离开那道裂缝，然后她向外张望，却看到了亲生儿子在挥手，也不禁痛哭失声。

这时车门又打开了，一个魁梧的党卫军军士问是谁在这儿大呼小叫。别的人都不再作声，曼茜和雷吉娜从人群里挤出来，来到那个人跟前。"是我的孩子，就在那边，"她们俩异口同声地道。"是我儿子，"曼茜说。"我想让他知道我还活着。"

军士命令她们俩下车，来到车站的广场上。她们在他面前站定下来，开始不安地揣测这人到底想干吗。"你的名字？"他问雷吉娜。

她报了自己的名字，看到他把手伸到背后，在皮带底下摸索什么。她以为他是在掏枪。可他递给她的却是她丈夫写给她的信。他还有一封亨利·勒斯纳写给曼茜的信。他简略说了下跟两人的丈夫从布伦利茨一路来到这里的经过。曼茜请他允许她们俩钻到车厢底下的轨道之间，假装是去解手。如果火车长时间在一个地方耽搁，有时是允许她们这么做的。军士同意了。

曼茜一来到车厢底下，就吹起当初她在普拉绍夫的阅兵场上吹惯了的口哨，那是约定好了用来召唤亨利和奥莱克的暗号。奥莱克听到后，又开始挥手。他按住理查德的头，要他注意看他们母亲所在的方向，两位母亲正通过车轮间的空隙望着他们。

拼命挥了一阵手之后，奥莱克高高举起手臂，把袖口撸下来，为的是给妈妈看他上臂位置宛如静脉曲张般刻下的数字。两位母亲也拼命挥手，频频点头，给孩子鼓掌。理查德也依样把胳膊上刺的数字露出来，要母亲也为他鼓掌。看呀，两个孩子撸起袖子来是要告诉母亲放心。我们会活下来。

可是车轮中间的两位母亲却抓了狂。"他们到底怎么了？"她们相互询问。"看在上帝分上，他们怎么会到了这里？"她们想到丈夫的信上应该有更全面的解释，急切地把信撕开，看信。然后又把信撇开，继续拼命地挥手。

奥莱克的下一个动作是张开手掌，给她们看几个小弹丸大小的土豆。"看这里，"他大喊，曼茜能清楚地听到儿子的声音。"别担心，我不会挨饿的。"

"你爸爸呢？"曼茜叫道。

"在干活儿，"奥莱克说。"他很快就下工了。我给他留了这些土豆。"

"哦，上帝啊，"曼茜喃喃地跟他嫂子说。他手里就这么点吃的东西。小理查德更加童言无忌。"妈咪，妈咪，妈咪，"

他喊个没够，"我好饿！"

可他也捧着几个土豆。他是给他爸多莱克留的。多莱克和小提琴家勒斯纳正在采石场干活。

亨利·勒斯纳先到的。他也站在铁丝网后面，他左胳膊光着，抬起来给他妻子看。"刻的数字，"他胜利地大叫。可是她看得出来他在哆嗦，一边流汗一边在害冷。他在普拉绍夫的日子过得虽说算不上舒服，可如果晚上他在司令官的别墅里演奏过莱哈尔以后，白天他可以在他干活的油漆店里补个觉。这里的乐队可不一样了，他们有时候还为列队奔赴"浴室"的囚犯提供伴奏，他们可不演奏勒斯纳的招牌音乐。

多莱克一出现，理查德就把他领到了铁丝网后面。他看得见从车厢底下往外看的那两个漂亮女人凹陷的脸。他和亨利最怕的是这两位母亲会自愿留下来不走。她们是没办法跟住在男囚营的儿子团聚的。她们的处境如今已经是奥斯威辛最有希望的了，她们头顶上的火车天黑前肯定会起程。家庭重新团圆的希望此时还显得很虚幻，比克瑙铁丝网后面的两位丈夫和父亲最怕的就是这两位妻子和母亲为了这个幻景宁愿死在这里也不肯走。因此多莱克和亨利打点起精神，故作轻松地跟妻子讲话——就像和平时期的父亲决定那个夏天带着男孩去波罗的海度假，以便于母亲可以带着女儿到卡罗维发利去散散心。"照看好纽西娅，"多莱克不断地喊着，提醒他妻子他们还有一个孩子需要照顾，这个孩子就在雷吉娜头顶上的车厢里。

最后，男囚营里终于响起了慈悲的警铃。父亲和儿子必须离开铁丝网回营了。曼茜和雷吉娜四肢像灌了铅一样爬上火车，车门锁上了。两个人动都不动。世上再也没有任何事能惊扰到她们了。

火车在下午驶出奥斯威辛。大家又开始对此行的目的地议论纷纷。弥拉·普费弗伯格相信，要是她们去的并非辛德勒的集中营，那眼下挤在这几节车厢里的女人半数都活不过一个礼拜。她觉得自己只有几天好活了。露西娅姑娘得了猩红热。德雷斯纳太太虽有丹卡在旁照应，可已经被痢疾拖垮了，看来也离死不远了。

不过在纽西娅·霍洛维茨的车厢里，大家能透过松脱的板壁看到沿途经过的群山和松林。她们中有些人在童年时就曾来过这里，即使从臭烘烘的车厢地板上望见这些别具特色的峰峦叠嶂，也让她们油然而生度假的感觉。她们摇晃着那些坐在秽物堆里呆望的女孩子。"就快到了，"她们保证道。可到底快到哪儿了？如果到的还不是辛德勒的营地，那她们大家就都只有死路一条了。

第二天寒冷的黎明时分，她们接到命令，全体下车。火车头还在迷雾中嘶嘶作响，已经隐没了身形。车厢底下悬挂着肮脏的冰凌，冷冽的空气砭人肌肤。不过已经不再是奥斯威辛浓重呛人的空气了。她们列队向前，脚趾头在木底鞋里已经冻木了，每个人都在咳嗽。不久她们就看到前面出现了一个很大的大门，门后耸立着一幢庞大的砖石建筑，屋顶上竖着几根大烟囱；看起来很像是她们已经撇在身后的奥斯威辛集中营里焚化炉的烟囱。一队党卫军在门口候着，在寒风中不断搓着手取暖。门口的军队、门后的大烟囱——这里的一切看起来都像是那个令人作呕的杀人机构的一个分支。弥拉·普费弗伯格旁边的一个女孩低声啜泣起来。"他们大老远把我们送到这里来，还不是要让我们爬烟囱。"

"不会，"弥拉说，"他们不会这么浪费时间的。他们要杀我们，早在奥斯威辛就可以动手了。"

就像那个露西娅姑娘一样，她也不知道她的乐观信念是从哪里来的。

走到离大门更近一些的时候，她们认出了辛德勒先生就站在那队党卫军中间。她们最先认出的是他的大高个和大块头。然后她们认出了蒂罗尔人的帽子底下奥斯卡的面容，这帽子是近来他为了自己重返故乡的山区戴了来庆贺的。一个又矮又黑的党卫军军官站在他身边。那就是布伦利茨的司令官利奥波德少尉。奥斯卡已经发现——这些女囚日后也会发现——这个利奥波德可不像他手下那些已经年届中年的驻军，他对所谓"最后解决方案"的主张仍然抱有信心。不过，他虽说是哈斯布洛克少校受人尊敬的代理，也应该是这个地方独一无二的权力化身，可在这帮女囚停下脚步时，第一个跨出来迎接她们的却是奥斯卡。她们不错眼地望着他。一个迷雾当中的奇迹。只有少数几个女囚露出了微笑。弥拉·普费弗伯格就像那天早晨队伍里的其他姑娘一样，记得那是瞬间奔涌而出的一种最根本、最虔敬的感激之情，可是又殊难表述。多年后，一个当年那个队伍里的女人在接受德国某电视台的采访时，试图描述那天早晨他们百感交集的心情。"他就是我们的父亲，他就是我们的母亲，他就是我们唯一的信仰。他从不曾让我们失望。"

然后辛德勒开口说话了。这又是一次非凡的演讲，充满了耀目生辉的诺言。"我们知道你们就要来了，"他说。"他们从兹维陶打电话告诉了我们。走进我们的工厂，你们会发现热汤和面包正等着你们。"然后，他轻松而又带着睥睨一切的肯定口吻又说："你们再也不必担惊受怕了。你们已经跟我在一起了。"

辛德勒的这番话根本就没把利奥波德少尉放在眼里。利奥波德虽然气得要命，奥斯卡却一点都不在乎。主管先生带领这帮女囚走进了工厂的庭院，利奥波德却只有干瞪眼的份儿。

男人们已经得到了消息。他们都站在宿舍的阳台上往下张望。斯特恩贝格和他儿子在找克拉拉·斯特恩贝格太太，老费根鲍姆和卢戴克·费根鲍姆在找诺查·费根鲍姆和她娇弱的女儿。朱达·德雷斯纳和他儿子雅奈克、老耶雷特先生、勒瓦托夫拉比、金特尔和加尔德，甚至马塞尔·戈尔德贝格都在焦急地寻找他们的女人。蒙代克·科恩不但要找他母亲和妹妹，还在找那个乐观的露西娅，他对这个姑娘已经情愫暗生。约瑟夫·鲍则深深陷入忧郁当中，其实他一直都难以完全摆脱这种情绪。他一开始就确切地知道他的母亲和妻子是不可能来到布伦利茨的。可珠宝匠维尔坎却有意外之喜，他看到他的乔娅·维尔坎竟赫然出现在楼下的庭院里，他这次满怀惊喜地知道，确实有贵人出手相助，把他的亲人救了出来。

普费弗伯格不断地朝弥拉挥舞着一个小包，那是他为了迎接她到来特意为她准备的——从霍夫曼公司留下的某个箱子里偷来的一卷毛线，还有他在焊接车间为她做的一根钢针。弗兰西丝·斯佩拉十岁大的儿子也忙不迭地扒在阳台上往下看。为了怕自己喊出声来，他把拳头塞进了嘴里，因为院子里还有很多党卫军。

女人们身穿她们在奥斯威辛的破衣烂衫，蹒跚地穿过院子里的卵石路。她们的头发被剪成了平头，有些人病得太厉害，瘦得脱了形，连至亲骨肉一眼都认不出她们来了。不过这仍然是一次惊世骇俗的亲人团聚。时过境迁之后，你会发现，在当时备受蹂躏的欧洲，再也没有第二个地方出现过这样的团聚场面。这也是奥斯威辛空前绝后的唯一一次拯救奇迹。

接着，这些女人被带到她们隔离开来的宿舍。地板上铺了厚厚的稻草——可是没有床铺。一个党卫军女孩负责从一个德国搪瓷厂生产的大汤盆里给每个人盛汤喝，就是奥斯卡在大门口提到的汤。汤很浓，里面还有很多小块的营养物。浓浓的香味正代表了奥斯卡那另外的许诺，成为其无法精确估量的价值的外在标志。"你们再也不必担惊受怕了。"

可是她们还不能跟自己的丈夫或儿子拥抱在一起。此时的女囚宿舍是暂时的检疫隔离区。在医疗人员的建议下，就连奥斯卡也担心她们会把奥斯威辛的传染病给带到这里来。

不过，大家很快就找到了三种突破隔离障碍的办法。年轻的摩西·贝斯基床铺上方有块松脱的砖块，男人们在夜里不睡觉，轮流跪在贝斯基的床垫上通过那个小窗口给自己的女人发送信息。此其一。其二，跟车间地板平齐的位置有扇很小的扇形窗，连通女厕所。普费弗伯格在这个角落摆起几个板条箱，围出一个隐秘的小空间，可容一个人坐在里面呼唤如厕的亲人。最后一个途径就是每天一早一晚，大家都会蜂拥在间隔男女宿舍的铁丝网两边。耶雷特老夫妇每次都在这里碰面：埃玛丽娅最初的一批营房就是靠耶雷特老先生慷慨捐助的木材搭建的，而耶雷特太太为了躲避聚居区的搜捕行动也曾前往埃玛丽娅避难。大家常拿耶雷特老夫妇间的对话穷开心。"今天你的大便情况如何呀，亲爱的？"耶雷特先生每次都愁容满面地问他妻子，因为耶雷特太太刚从比克瑙饱受痢疾折磨的女囚营房里被救出来。

原则上还是没有人愿意去诊疗所。在普拉绍夫的时候，诊疗所就是个最危险的地方，你要是去了那里十有八九得接受布兰克医生致命的轻质汽油注射疗法，一命归西。就算是在布伦利茨，也总有外头来人突击视察的危险，就像上次把几个孩子生生给弄到奥斯威辛那样的意外。照奥拉宁堡下发的备忘录规定，劳役营里之所以设立诊疗所，并非为了诊治患了重病的犯人，设立诊疗所的目的是为工业生产提供必要的伤病急救，而绝非救济院。可不管党卫军老爷们愿意与否，布伦利茨的诊疗所里还是挤满了患病的女囚。正值青春期的少女扬卡·费根鲍姆就被安置在诊疗所里。她得了癌症，就算在最好的环境里也难免一死。现在，她至少得到了对她而言最好的环境。德雷斯纳太太还有另外几十个女囚也被送进了诊疗所，因为她们要么吃不进东西，要么一吃进去马上就会拉出来。总是乐观向上的露西娅和另外两个姑娘还在经受猩红热的折磨，因为有传染的危险没法在诊疗所里救治。她仨就被安置在地窖里的床上，周围全是几个锅炉散发出来的暖气。即使发着寒热，露西娅也能感受到地窖里沁人心脾的暖意。

埃米莉就像个虔诚的修女，在诊疗所里默默地奉献着。布伦利茨身体健康的女囚，忙着拆除霍夫曼公司的旧机器、把它们运到路头仓库里的男囚几乎都注意不到她的存在。其中有个囚犯后来说，她只不过是个安静柔顺的妻子。因为布伦利茨的健康囚犯都被光芒四射的奥斯卡，被他把玩的那种了不起的布伦利茨的信心戏法给迷住了。就连那些还能站得起来的女囚，她们的注意力也完全被伟大、神奇、无所不能的奥斯卡俘获，再也无暇留意于其他。

比如说曼茜·勒斯纳。来到布伦利茨后不久，奥斯卡有天夜里特意找到正值夜班的她，亲自将她丈夫亨利的小提琴交到她手上。原来他刚去了趟格罗斯-罗森有事面见哈斯布洛克司令官，他特意抽空去了趟集中营的仓库，找到了这把小提琴。他花了一百德国马克将它赎了出来。他将小提琴递给曼茜的时候。脸上的微笑似乎在向她保证，她日思夜想的小提琴家终会跟着他心爱的乐器回到她身边。"同一把乐器，"他喃喃念诵。"可是——此刻——却是不同的曲调。"

面对着含笑的奥斯卡和这把奇迹般出现在眼前的小提琴，激动万分的曼茜又怎能看到隐藏在主管先生背后那位安静的妻子的身影？可是对于那些挣扎在死亡线上的病人而言，埃米莉却是她们的大救星。她喂她们一种特制的面糊，鬼知道她从哪里弄到的粗面粉。这是她在自家的厨房里精心调制，又亲自端到诊疗所里的良药。亚历山大·比贝尔施坦因医生已经断定德雷斯纳太太没救了，可埃米莉一连七天一汤匙一汤匙地把面糊喂进她嘴里，痢疾竟然渐渐止住了。德雷斯纳太太的病状正好应验了当初弥拉·普费弗伯格的断言：要是奥斯卡不把她们从比克瑙给救出去，她们当中的大部分人都活不过一个礼拜。

埃米莉也在悉心照料扬卡·费根鲍姆这个得了骨癌的十九岁女孩。扬卡的哥哥卢戴克·费根鲍姆在车间干活的时候，经常注意到埃米莉从她的公寓里出来，捧着一罐在自家厨房里专为垂死的扬卡烹制的热汤去看那个姑娘。"她对奥斯卡言听计从，"卢戴克日后表示。"我们又有谁不是这样呢？可她仍然是个有主见有作为的女人。"

费根鲍姆有一次把眼镜给摔坏了，是埃米莉千方百计把它给修好的。费根鲍姆的验光单子还在克拉科夫某个眼科医生的诊所里存着呢，这还是早在犹太聚居区建立之前验的光。埃米莉特意拜托一位前往克拉科夫的朋友把那张验光单取了出来，然后将完好如初的眼镜带回布伦利茨。年轻的费根鲍姆感激莫名，他可不认为这只是一桩寻常的善举，因为他们所处的这个制度恰恰巴不得他们鼠目寸光才好，恰恰就是要把全欧洲犹太人的眼镜统统摘掉。当时流传着很多奥斯卡为不同的囚犯提供全新眼镜的故事。我们忍不住会揣测，是不是埃米莉的很多善行和义举已经被融进了奥斯卡的传奇当中，正如很多无名英雄的作为都被移花接木，安在了亚瑟王或是罗宾汉这样的传奇人物头上。

第三十四章

　　布伦利茨诊疗所里的几位医生分别是希尔夫斯坦因、汉德勒、莱夫克维茨和比贝尔施坦因。他们都担心营区会爆发斑疹伤寒的大流行。因为斑疹伤寒不但是对健康的一大威胁，而且法令明文规定，这种传染病闹不好还会导致布伦利茨被勒令关闭，感染斑疹伤寒的犯人会被装上运畜列车，运回比克瑙，死在标有**"小心斑疹伤寒！"**警示的营房里。在女囚抵达布伦利茨大约一周后，奥斯卡有天早上到诊疗室探视，比贝尔施坦因郑重告诉他，女囚里已经出现至少两例疑似病例。头痛、发烧、身体不适以及全身疼痛——这些典型症状都已一一出现。比贝尔施坦因估计，不出几天，她们身上就会出现典型的伤寒皮疹。这两个病人需要马上采取隔离看护。

　　比贝尔施坦因不必多费口舌，奥斯卡也知道斑疹伤寒是通过虱子的叮咬传播的。而每个犯人身上都寄生着大量虱子。这种传染病的潜伏期大约是两个礼拜，所以眼下可能已经有十几甚至上百个囚犯处在疾病的潜伏期中，随时可能爆发出来。宿舍里虽说已经安装了全新的铺位，大家睡得仍然太挤。情人们在工厂的角落里幽期密会时，也同时悄悄而又迅速地互换了携带病菌的虱子。带菌的虱子四处流窜的势头煞是惊人，看来，它们的能量能使奥斯卡的努力毁于一旦。

　　所以奥斯卡严令在楼上成立一个专门的除虱机构——建一

个浴室，建一个专门的洗衣房负责用沸水蒸煮衣物，还要建一个消毒部门。要从地窖里将热蒸汽引入这个除虱机构。焊接工一天两班倒，力争尽快把管道接通。大家全心全意地投入工作，而布伦利茨的好汉们只有在干所谓的秘密产业时才肯费这个心思。官方的产业或许可以以车间新浇筑的水泥地上树起来的巨大起重机作为标志。正如摩西·贝斯基后来说到的，囚犯们和奥斯卡关心的是要将这些机器像模像样地安装起来，这样他们这个劳役营才能有个像样的门面。门面是给上面看的，真正作数的是大家私底下的营生。女囚们从霍夫曼公司撤下的箱子里打劫来毛线，一门心思地编结毛衣。只有在某位党卫军军官或军士经过厂区去主管先生的办公室公干，或是那两位愚蠢的平民工程师富克斯和舍恩布伦走出他们的办公室时（"跟我们自己的工程师根本不是一个档次，"一个囚犯后来这样表示），她们才会暂时放下手里的毛活，装出一副认真干活的样子。

布伦利茨的奥斯卡还是埃玛丽娅老员工记忆中的老样子。还是一个花花公子，照旧放荡不羁。有一天，曼德尔和普费弗伯格干完当天蒸汽管道安装的工作后，因为热出了一身臭汗，就想爬到车间房顶附近的一个储水池里洗个澡舒服舒服。他们得爬好几段梯子，还得经过一条狭窄的甬道。储水池里的水给晒得暖烘烘的，而且你人爬上去之后，楼下的人就都看不到你了。呼哧呼哧爬到池顶以后，两位焊接工这才赫然发现，这块宝地已经被人捷足先登了。奥斯卡赤裸着庞大的身躯漂浮在水面上，跟他共浴的还有一个党卫军的金发美女，就是向雷吉娜·霍洛维茨太太讨胸针贿赂的那个美女，赤裸的乳房坚挺地耸立在水面上。奥斯卡觉得有人来了，就大大方方地抬头看了看他们俩。性的耻感对他而言就像个存在主义的观念，物超所值可是很难理解。那两个焊接工注意到，那位党卫军女孩在脱下制服后实在是美味可口。

他们俩道了个歉，立马走人，可禁不住一边摇头一边轻轻地吹着口哨，像中学里的男生一样哈哈大笑。在他们俩头顶上，奥斯卡如同好色的宙斯，继续跟他的猎物嬉戏调情。

所幸时疫并未爆发，比贝尔施坦因把这个功劳记在了布伦利茨的除虱行动上。所幸痢疾也渐渐痊愈，他把功劳记在了充裕的食物上。大屠杀纪念馆的档案中存有一份比贝尔施坦因的证词，他声称在布伦利茨建营初期，每人每天的食物配给超过了两千卡路里热量。在整个悲惨严寒的欧洲大陆，只有布伦利茨的犹太人享有这种生活待遇。在几百万名犹太劳工当中，只有辛德勒的一千个人能喝到富有营养的浓汤。

还有麦片粥呢。出了营区缘路前行，走到小溪旁就会看到有家碾谷厂，就是前不久奥斯卡的那几名技工往里扔黑市酒的那条小溪。只要持有一张工作通行证，任何一位囚犯都能号称奉了德国搪瓷厂某部门的指令来到这里。蒙代克·科恩清楚地记得当初满载食物而归的情形。来到碾谷厂里面，你只需把裤脚扎紧、把皮带解开，你的朋友就能在你的裤子里面装满燕麦片。然后你再把皮带扎紧，消消停停地回营——一文不费你就成了个活动小粮仓，稍微罗圈着腿通过门口的警卫进入厂区，这上好的吃食就是你的了。来到宿舍里，大家把你的裤脚一松，燕麦片就装到罐子里去了。

绘图部里，年轻的摩西·贝斯基和约瑟夫·鲍已经开始大批伪造这种通行证，让大家都可以跑到碾谷厂里去运粮食。奥斯卡有一天溜达到绘图部，拿了几份盖有总执政府配给机关大印的文件给贝斯基瞧。奥斯卡手上几个最佳黑市食品买卖的渠道都还在克拉科夫地区，他可以通过电话遥控运货过程。可是到了摩拉维亚边境，你就得有总执政府食品和农业部核发的通行证才能放行。奥斯卡指着几份文件上的政府大印。你能依样造这么个公章出来吗？他问贝斯基。

贝斯基是能工巧匠，他可以废寝忘食地加班加点。眼下，他交出了他为奥斯卡精心伪造的大批公章中的第一枚。他的工具无非是普通的刀片和各种细巧的切割用具。他为布伦利茨伪造了一整套官僚机构的公章，有总执政府的公章，有摩拉维亚总督的印章，有各式各样的通行证件，囚犯们拿着就能开着卡车跑到布尔诺或是奥洛穆茨，把成车的面包、黑市汽油、面粉、布料或是香烟往回运。原马雷克·比贝尔施坦因领导下的犹太委员会成员、克拉科夫的药剂师莱昂·萨尔彼得现在负责管理布伦利茨的大仓库。仓库里有哈斯布洛克从格罗斯-罗森分派下来的那点可怜的供给，更多的则是奥斯卡凭借贝斯基精心伪造的橡皮图章购入的大量蔬菜、面粉和谷物。图章上象征纳粹政权的老鹰和带钩的十字仿制得实在是惟妙惟肖。

"你可别忘了，"奥斯卡营区的一位居民道，"布伦利茨的生活虽说艰苦，可跟别的任何一个地方比起来——它就是天堂！"身在集中营的囚犯们看来也认识到了，如今不论在什么地方食物都很匮乏；就算是营外的一般市民，也很少有人能吃饱了。

那奥斯卡呢？奥斯卡有没有自觉地降低标准，跟自己的囚犯吃一样的定量伙食呢？

回答你的是一阵纵容的大笑。"奥斯卡？奥斯卡为什么要降低标准？他是我们的主管先生。我们凭什么要求他缩减饮食？"然后他眉头一皱，以防你觉得他这种态度是甘当奴才，太自轻自贱。"你不懂。我们对那里满怀感激，那个地方哪里也比不上。"

虽说已经跟埃米莉破镜重圆，可奥斯卡本性上就是匹没笼头的马，不是婚姻生活能拴得住的，经常在布伦利茨玩失踪，一去就是好几天。负责向他通报营区情况的斯特恩有时候弄不好一等就是一整夜。所以在奥斯卡的公寓里，伊扎克和埃米莉就成了两位忠实的守夜人。这位颇有学者派头的会计师总是为辛德勒在摩拉维亚的游荡做出最忠心的解释。多年以后，斯特恩在一次演讲中曾说，"他不分昼夜地四处奔波，不单是为布伦利茨的犹太人购买食物——凭借我们的一位囚犯伪造的证件——而且还为我们买武器和弹药，以防党卫军在最后撤退时会对我们赶尽杀绝。"深谋远虑的主管先生日夜操劳奔波的图景确实无愧于斯特恩对他的热爱和忠诚。不过埃米莉也知道，奥斯卡的外出时间也并没有完全花在他招牌式的人道主义诈骗活动上。

在奥斯卡的某次外出期间，年方十九的雅奈克·德雷斯纳却被控犯下了蓄意破坏的大罪。事实上，德雷斯纳对金工确实是个外行。他在普拉绍夫的时候是在除虱部门工作的，给来淋浴和洗桑拿的党卫军递递毛巾，把从囚犯身上脱下来的爬满虱子的衣服煮沸消毒。（他就因此被一个携带病菌的虱子叮咬患上了斑疹伤寒，他能活下来，全靠了他的表兄申德尔医生，把他当作咽喉炎在诊疗室收治。）

所谓的蓄意破坏，是这么回事：德国主管、舍恩布伦工程师将他从自己的车床上调去操作一台更加大型的金属冲压机。工程师们花了一个礼拜来校准这台机器，可德雷斯纳头一次按下"开始"键，开始让机器运转起来，他就导致电线短路，还压坏了一层金属板。舍恩布伦把这个男孩痛骂了一顿，然后立马跑进办公室写了份措辞严厉的定罪报告。舍恩布伦的报告由打字员打出，分别呈送奥拉宁堡的D部和W部、格罗斯-罗森的哈斯布洛克，还有工厂大门口办公室里的利奥波德少尉。

到第二天早上，奥斯卡仍然没有回家。所以斯特恩当机立断，把这几份报告从办公室的邮袋里抽出，藏了起来。不过呈交利奥波德的那一份已经由工程师亲手送去了，好在利奥波德至少还能谨守规矩，明白他得等奥拉宁堡和哈斯布洛克正式下达命令后才能把这个孩子给吊死。又有两天过去了，可奥斯卡仍旧没有出现。"说不定他是故意躲出去的！"有些反复无常的小人开始在车间里交头接耳了。而且舍恩布伦不知怎的，也发现了斯特恩把他的信件扣下来的事。他怒气冲冲地闯进斯特恩的办公室，威胁也要把他的名字加到报告里去。斯特恩却处乱不惊，他静候舍恩布伦把话说完，然后告诉这位工程师，他之所以将那几份报告从邮袋里抽出，是因为他认为出于礼貌起见，也该在主管先生与闻其内容之后再寄出，方为妥当。斯特恩又说，主管先生在发现他的一个囚犯竟然对他的机器造成了价值高达一万德国马克的损失后，肯定大为震怒。窃以为，斯特恩道，只有等辛德勒先生回来，以便他有机会在这份报告中加入他自己的意见，才称得上公平合理。

最后，终于把奥斯卡给等到了。斯特恩中途就把他的车给拦下，跟他讲了舍恩布伦指控德雷斯纳的前后经过。利奥波德也一直等着要见辛德勒，巴不得将雅奈克·德雷斯纳的案子当作借口，将他的势力推进到工厂内部。我要主持这次审讯，利奥波德告诉奥斯卡，而您，主管先生，需要提供一份证明机器损坏程度的签名证词。

等一下，奥斯卡告诉他。遭到损坏的是我的机器。该由我来主持这次审讯。

利奥波德反驳说，所有的囚犯都归D部管辖。奥斯卡的回答针锋相对，可机器是在军备物资监管局的授权下搬过来的。而且，他真的不能同意在车间里召开什么审讯大会。如果布伦利茨是家制衣厂甚或化工厂，或许都不会对产品生产造成多大影响。可这却是家负责制造秘密武器零件的军工企业。"我决不容许我的劳动力受到任何干扰，"奥斯卡道。

这场争执还是奥斯卡赢了，也许是因为利奥波德让了步，之所以让步又是因为少尉忌惮他那些手眼通天的关系。于是当晚就在德国搪瓷厂的机床部开庭审讯，成员包括主席奥斯卡·辛德勒、舍恩布伦先生和富斯先生。审判台上还坐了位年轻的德国女孩，负责记录。小德雷斯纳被带进来后，一眼望去就是个组织完备的庄严法庭。按照D部一九四四年四月十一日颁布的法令，雅奈克当下面对的是一套司法程序中最初也是至关紧要的一个阶段，然后要向哈斯布洛克书面汇报并等待奥拉宁堡的批复，最后当着全体布伦利茨囚犯——包括他亲生父母和妹妹的面被活活绞死。

雅奈克注意到那天晚上奥斯卡的表现跟他平常简直判若两人。主管先生大声将舍恩布伦指控他蓄意破坏的报告朗读出来。雅奈克对奥斯卡的了解主要依据他人转述的事迹，特别是他父亲的讲述，所以搞不清奥斯卡这次板着脸照念舍恩布伦的指控用意何在。是表示奥斯卡当真很痛惜被他损坏了的机器？抑或全都不过是一场虚张声势的表演？

宣读完毕，主管先生开始问问题。德雷斯纳基本上都没什么能回答的。他为自己辩护说他对这台机器不熟。机器的调整工作就费了好大的劲，他解释说。他实在是太紧张了，这才忙中出错。他向主管先生保证，他没有任何理由要搞什么蓄意破坏。如果你不熟悉军工产品的制造工艺，你就不该待在这里，舍恩布伦道。主管先生曾信誓旦旦地告诉我，你们所有的犯人都有在军工企业工作的经验，可是囚犯德雷斯纳，你却站在这里声称你是个外行、生手。

辛德勒做了个愤怒的手势，命令这个囚犯将他犯错那晚的所作所为——交代清楚。德雷斯纳于是详细讲述了他如何进行开机前的准备工作，如何调试，如何演习了一遍控制过程，如何接通电源，机器的引擎如何突然飞转起来，机件就这样被压坏了。随着德雷斯纳的讲述，辛德勒先生变得越来越烦躁不安，一边对那个男孩怒目而视，一边在屋子里踱来踱去。德雷斯纳在描述他如何改变一个控制装置的操纵时，辛德勒突然停下脚步，攥起一双醋钵大的拳头，眼睛像是要冒出火来。

你说什么？他问那个男孩。德雷斯纳又重复了一遍方才的描述：我调整了一下压力控制器，主管先生。

奥斯卡走上前去，二话没说，冲着他的下巴抬手就是一拳。德雷斯纳的脑袋嗡地一声，不过却嗡得很高兴，因为奥斯卡打这一拳时正好背对着另外那两位审判员，他对男孩意味深长地眨了眨眼，这绝对不会看错。然后他开始挥舞着巨人般的胳膊，把那个男孩往外轰。"你们这帮该死的家伙长的都是猪脑子！"他吼个没完。"我简直没法相信！"

他转过头去向舍恩布伦和富克斯求助，仿佛这两位才是他唯一的盟友。"我还真希望他们有这点进行蓄意破坏的聪明劲头呢。这么一来我至少有理由把他们那层猪皮给剥下来！可你能拿这帮蠢货怎么办？他们只会白白浪费你的时间。"

奥斯卡再次攥紧拳头，德雷斯纳以为又要挨一个大挥拳，畏畏缩缩地直往后躲。"还不给我滚出去！"奥斯卡大叫。

德雷斯纳溜出大门的时候，听到奥斯卡跟另外那两位说，最好还是把这事儿给忘了吧。"我楼上有上好的马爹利，"他说。

这种巧妙的翻覆手段或许并不能让利奥波德和舍恩布伦满意。因为这次开庭并没有得出一个正式的结论；从审判程序上来讲等于半途而废。可他们也没办法指责奥斯卡故意逃避审讯，或是开庭时态度不够认真。

德雷斯纳日后在对这一事件描述中提出这样一个推断：布伦利茨是通过一系列近乎神奇的花招力保其囚犯性命的。不过说实话，布伦利茨本身，不管是作为一个监狱还是一家企业，不论从其本质上还是实际意义上说来，就是一个持续不变、一以贯之、让人眼花缭乱的信心戏法。

第三十五章

因为这家工厂没有生产出任何产品。"连一个弹壳都没造出来，"布伦利茨的囚犯一直都会摇着头这么说。这里制造的四十五毫米弹壳没有一个能顶用，导弹的弹壳也是一样。奥斯卡自己还会拿德国搪瓷厂当年在克拉科夫的产量跟如今布伦利茨的比。在扎布洛西，搪瓷器具的总产量价值一千六百万德国马克。与此同时，埃玛丽娅的军工部制造的弹壳也值到了五十万德国马克。然而，据奥斯卡的解释，布伦利茨"因为搪瓷产品衰微"，根本没有什么产出可言。而军火的制造，据他说，又遭遇了"创始期的各种困难"。不过，在布伦利茨的这几个月里，他倒确实交付了一卡车"军火部件"，价值三万五千德国马克。"这些部件，"奥斯卡后来说，"运到布伦利茨来的时候已经是半成品，再想消极怠工也不可能了，而且'创始时期的各种困难'不论对我还是我的犹太人来说也越来越危险，因为军备部长阿尔贝特·施佩尔每个月的要求也越来越高。"

奥斯卡这种不生产政策不但会给他在军备部带来恶名，而且也使其他厂主愤怒莫名。因为当时的生产体系是被人为拆分开来的，一家工厂生产弹壳，另一家生产导线，第三家负责填充高性能炸药并将各部件组合为一体。之所以这样安排，是为了防范盟军的空袭将整个武器生产线毁于一旦：哪怕其中一家工厂被炸，至少还能保住别的武器部件。奥斯卡的弹壳要装箱运到下游的生产线继续加工，其质量将由一批他既不认识也接触不到的工程师负责检验。而布伦利茨的产品质量总是过不了关。奥斯卡会把人家指责他的信件拿给斯特恩、芬德尔，还有彭佩尔和加尔德看。他一边还乐不可支地哈哈大笑，仿佛写这些谴责信的都是些喜歌剧里面的可笑官僚。

布伦利茨稍后的历史当中，这样的事情又发生过一次。那是一九四五年四月二十八日早上，斯特恩和米戴克·彭佩尔正在奥斯卡的办公室。当时正是犹太犯人处境最危险的关键时刻，根据情势判断，哈斯布洛克少校不久后就会下令处死所有囚犯。当天正逢奥斯卡三十七岁生日，办公桌上已经开了一瓶科涅克白兰地以示庆祝。除了那瓶酒之外，桌上还有一封布尔诺附近的一家军火装配厂发来的电报。上面说奥斯卡的反坦克弹壳质量实在糟糕，连一项质量测试都通不过。弹壳的口径很不精确，而且因为没有在合适的温度下锻造，这些弹壳一经测试就已经破裂报废了。

奥斯卡面对这份电报竟然欣喜若狂，特意推给斯特恩和彭佩尔，让他们都读读看。彭佩尔记得奥斯卡就此还大放了一番"厥词"："这可真是我能得到的最佳生日礼物。因为我知道不会有任何一个可怜的混蛋死在我的产品之下了。"

这个小插曲说明了两种相互对立的疯狂心态。其一，一个奥斯卡这样的制造商竟然因为自己什么都生产不出来而欢欣鼓舞。其二，那些德国的技术统治论者也一样疯得可以，如今维也纳都陷落了，科涅夫元帅的军队已经在易北河上跟美国人胜利会师，而这些疯子竟然还理所当然地认为，一个地处小山丘上的军工厂还有充足的时间精雕细琢，生产出符合他们那伟大的品质规范和数量要求的产品。

不过，我们从这份生日"贺电"觉察出来的主要问题还是：他生日之前的这整整七个月他是怎么应付下来的。

布伦利茨的工人记得他们经历过一连串没完没了的视察和检查。D部的官员手持一摞清单，器宇轩昂地在厂子里四处巡视。才把官老爷们送走，军备物资监管局的工程师们又来了。奥斯卡则是以不变应万变，总是好酒好菜地好好招待，拿优质火腿和科涅克白兰地来软化他们。在德意志帝国境内，如今已经很少有机会享受如此丰盛的美酒佳肴了。在车床、熔炉和金属冲压机旁边装作努力工作的囚犯们，日后都会绘声绘色讲述那些酒气熏天的视察大员们如何脚步踉跄地在车间里"视察"的盛况。而且大家都讲到过一桩同样的轶事，是这么说的，在战争结束前最后的几次视察中，有一位官员夸下海口，号称辛德勒甭想拿这套吃吃喝喝的哥们儿义气拉他下水。于是据这个传奇所言，这位清官在从楼上的宿舍往楼下的车间走的时候，奥斯卡就顺势绊了他一跤，清官大老爷就这么屁滚尿流地一路滚到底，磕破了脑袋还摔折了腿。可是大部分布伦利茨的居民又都讲不清，这位铁面无私的党卫军军官到底是谁。有人说就是拉施，摩拉维亚的党卫军兼警察头子。奥斯卡本人却从来没提到过这件事。这则轶事跟大部分的辛德勒传奇一样，反映出奥斯卡在人们心目中的理想形象：他是无所不能的庇护者，他是他们的衣食父母。而且你不得不承认，出于自然的公平起见，这些布伦利茨的居民也有权传播这样的传说和寓言。他们身处最深的险境，朝不保夕。如果这个寓言让他们失望的话，他们将为之付出最苦涩的代价。

布伦利茨能通过这么多次检查，也有赖奥斯卡手下这批技术工人不屈不挠地大耍花枪。电工在熔炉的计量器上动了手脚。从外面看，指针确实指在正确的温度上，可事实上熔炉内部的温度要低了好几百度。"我已经给制造商写过信了，"奥斯卡这么告诉军备督察员。他扮的是个利润都被侵蚀光了的郁闷、困惑的制造商。他埋怨厂里的地板不够结实，埋怨下级的德国主管昏庸无能。他又重弹"创始期的各种困难"的老调，暗示这些问题一旦解决，成吨的军工产品自会顺利地生产出来。

机床部的情况跟熔炉部一样，表面看来一切都很正常。机器像是都经过精确的校准，可事实上总有那么一毫米半毫米的误差。大部分武器视察员在厂里转了一圈后，走的时候除了带走一份香烟美酒的礼物之外，还多多少少会为这个默默忍受棘手问题折磨的正直绅士抱有一丝同情呢。

斯特恩后来一直坚持说，到最后奥斯卡只得从别的捷克制造商那里现买了几箱弹壳，混充他们自己的产品接受检查。普费弗伯格也是这么说。不管奥斯卡费了多少心思、要了多少花招，布伦利茨终究还是挺了过来。

还有几次，为了争取当地对他们怀有敌意的民众，奥斯卡特意邀请了一些重要官员到布伦利茨一游，然后飨以丰盛的宴席。不过，他邀请的这些人当然都是不懂工程技术和军工制造的外行。主管先生在波摩尔斯卡蹲了一回大狱后，利奥波德、霍夫曼和当地国社党的地区领导人都忙不迭地落井下石，急煎煎地给他们能想到的所有官员写信——当地的、省里的、柏林的——把个奥斯卡骂了个体无完肤，指责他品行不端，指责他买通官场，指责他严重违背种族隔离法以及刑法，等等等等。聚斯穆特提醒奥斯卡，这些连珠炮似的告状信已经寄到了特罗鲍。于是奥斯卡就邀请了恩斯特·哈恩到布伦利茨视察做客。

哈恩是柏林总部负责为党卫军的家庭提供服务的某局副局长。奥斯卡以他一贯真小人的一本正经描述道，"此人就是个臭名昭著的酒鬼。"哈恩还带了他少年时期的好友弗朗茨·博施同行。这位博施我们早就见识过了，奥斯卡也早就评论过此君，说他也是"一个冥顽不化的酒鬼"。杀冈特全家的就是这家伙。不过，奥斯卡还是收拾起他的鄙夷，出于公关的考虑表示了欢迎。

哈恩来到镇上的时候，一身笔挺、堂皇、未受丝毫玷污的军装，完全符合奥斯卡的预期。身上还佩戴了全套勋章和绶带，因为哈恩是在国社党早期的辉煌时期就加入其中的老派党卫军。这位堂皇的上校还随身带了位同样耀眼生辉的副官。

奥斯卡还特意从营区以外利奥波德租住的房子里把这位司令官也请进来，跟贵客一道用餐。可是从宴会一开始，这位小司令官就找不着北了。因为哈恩很显然热爱奥斯卡——酒鬼们总是招架不住他的魅力。事后，奥斯卡对这位老派党卫军的评价就跟对他那套笔挺军装的评价完全一致："华而不实。"不过这至少让利奥波德认清了形势：要是他再往大老远的主管部门写检举信，它们很可能就会落到主管先生的某位老酒友的办公桌上，这对他自己可是大大的不利啊。

第二天一早，全镇上的人都亲眼看到奥斯卡跟几位从柏林来的耀眼生辉的官员一起驾车兜风，在兹维陶转了个遍。汽车在街上经过时，当地的纳粹纷纷站在人行道上，向这难得一见的帝国的光辉行礼致敬。

霍夫曼却不像旁人那么容易对付。布伦利茨那三百个女工，用奥斯卡本人的话说："根本没有工作的可能。"大家已经在纷纷传言，布伦利茨的大部分女工每天都在打毛线。在一九四四年冬，对于除了条纹囚衣外再无衣物御寒的囚犯来说，打毛线可不能算是闲散的业余爱好。可是，霍夫曼竟然向党卫军提出正式的指控，说奥斯卡的女人偷了霍夫曼公司留在仓库里的毛线。他觉得这么一来，奥斯卡肯定大为丢脸，而且顺带揭发了奥斯卡那所谓的军工产业到底是些什么玩意儿。

奥斯卡登门拜访霍夫曼的时候，发现这个老头已经一脸胜券在握的洋洋得色。"我们已经向柏林递了请愿书，尽快把你给轰出去，"霍夫曼道。"这次我们还附了几份宣誓证词，揭发你的工厂触犯了经济和种族法。我们还提名了一位布尔诺因伤退役的国防军工程师，让他接管你的工厂，希望能把它整治成个正派地方。"

奥斯卡听着老头大放厥词，恭谨地道歉，努力装出一副不胜追悔的神情。事后他马上给柏林的埃里希·朗格上校打电话，请他一定要扣下兹维陶的霍夫曼小帮派呈递的请愿书。庭外的和解还是花了奥斯卡八千德国马克，而且整个一冬，兹维陶镇上的各种主管部门，民事的也好，党部的也罢，还是不断地骚扰他，三番五次把他叫到市政厅，知会他哪一拨市民又对他的囚犯或是他厂里的排水系统有了什么不满。

乐观主义者露西娅曾亲身体验了一次奥斯卡对付党卫军视察员的典型手法。

露西娅仍然在地窖里养病——她将在地窖里度过整整一冬。另外几个姑娘病势已经好转，搬到楼上继续康复去了。可是露西娅的病势却一直不见起色，好像比克瑙在她体内注入了数不胜数的毒素。高烧周而复始，去了又来。她的关节开始红肿发炎，而且腋下生出了痈疮。一个愈合的，马上又冒出另一个。汉德勒医生不顾比贝尔施坦因医生的反对，用一把厨刀把几个痈疮生生给切开了。她就这么继续在地窖里待下去，好吃好喝，像鬼魂一样苍白，浑身都是病菌。在整个欧洲，这里是她唯一能活下去的地方。她当时就认识到了这一点，暗自希望大战的阴云能尽快在她头顶散去。

在工厂底下这个温暖的洞穴里，日夜的更替已经完全失去意思。地窖顶上的门打开的时候，她看到的既可能是阳光，也可能是夜色。她也习惯了埃米莉·辛德勒前来探视时无比轻柔的脚步声。有时楼梯上也会传来沉重的皮靴声，她在病床上就会紧张得要死。那简直就像重历过去恐怖的搜捕行动。

那次事实上是主管先生陪同两位格罗斯-罗森集中营来的军官前来视察。重重地踩在楼梯上的皮靴就像是践踏在她身上。那两个军官在昏暗中四处打量那几个锅炉和她时，奥斯卡就在旁边站着。露西娅突然觉得今天他们就是专为她而来的。她就是你不得不交给他们的牺牲品，否则他们是不会满意、不肯离开的。她半掩在一个锅炉后面，可奥斯卡像是根本无意把她遮掩起来，而是抬脚走到她床尾。因为那两个军官看来挺兴奋的，好奇地四处观瞧，奥斯卡就趁他们不注意的当口跟她交代了两句。还是他的陈词滥调，可是她却永志不忘："别担心。一切尽在掌握。"他站得离她非常近，仿佛特为向那两个视察员强调一下，这不是个传染病人。

"这是个犹太女孩，"他很坦率地说。"我不想让她待在诊疗室里。关节炎。反正是没救了。他们说她活不过三十六小时了。"

然后他就把话题转到了热水上，它是从哪里来的，如何用蒸汽来除虱。他向他们一一指点锅炉的量表、管道和汽缸。他在她床边走来走去，根本就对她视而不见，仿佛她跟病床都不过是这个机械装备的一部分。露西娅都不知道该往哪儿看，是该把眼睛闭上还是睁着。她决定摆出一副人事不省的样子来。奥斯卡领着两位视察大员回到楼梯脚的时候，冲她微微一笑。这或许稍微有点过了，不过露西娅当时并不这么想。她还要在这里再待上六个月，等她蹒跚地爬上楼梯时，那已经是春天了，她将在一个整个变了模样的世界里重新做人。

那年冬天，奥斯卡还建了个独立的军械库。这一事件又激起不少传奇：有人说那些武器是当年冬末从捷克地下组织手里买来的。可早在一九三八和一九三九年间，奥斯卡就已经是个引人注目的国社党员了，他不大可能轻易就跟捷克人打起了交道。其实，这些武器的来路倒是正当得很，是从摩拉维亚党卫军和警察头子拉施中校手里弄到的。这个密藏的小军火库里有卡宾枪和自动武器，有手枪还有手榴弹。日后奥斯卡随口就道出了这场交易的内情。他说，他之所以能得到这批武器，"是打着保护我工厂的幌子，代价则是献给他（拉施）妻子一枚漂亮的钻戒。"

奥斯卡并没有详述他在布尔诺的斯佩尔伯克城堡内拉施办公室里的表演。不过也不难想象。主管先生很是担心当战火烧到兹维陶时，那些奴隶会发起暴动，届时他愿意战死在他的办公桌后面，手持自动武器，先仁慈地用一发子弹送他妻子上路，使她免遭更为悲惨的命运。此外，主管先生还提到了苏联军队可能打到工厂大门口的可能。我的两位平民工程师，富克斯和舍恩布伦，我手下的几位忠诚的技工，我那个讲德语的秘书，所有这些人都有权得到能够进行抵抗的武器。这些话说起来自然是很不吉利，我宁肯说一点更靠近我们内心的话题，中校先生。我知道您十分喜欢精美的珠宝。我上周弄到了这个样品，想请您鉴赏一下，不知可否赏脸？

于是那枚钻戒就出现在拉施的吸墨纸上，奥斯卡喃喃念叨，"我一看到它，就想到了拉施夫人。"

奥斯卡武器一到手，就任命尤里·贝斯基，也就是那位橡皮图章的伪造大师的兄弟，担任军械库的负责人。尤里是个个子矮小、相貌英俊、生气勃勃的小伙子。大家都注意到他经常出入于辛德勒的私人住处，就像他们家的儿子一样。他也是埃米莉的宠儿，埃米莉连家里的钥匙都给了他。辛德勒太太很高兴像个慈母般照拂这个逃过一劫的原斯佩拉手下的男孩。她经常把他带到自己的厨房里，拿面包片和人造黄油把他喂得饱饱的。

尤里挑出一小队人来进行训练，——将他们带到萨尔彼得掌管的食品仓库，教他们华特 G41 型步枪的操作技术。然后成立了三支突击队，每队由五人组成。贝斯基训练的人员有些是像卢戴克·费根鲍姆这样的毛头小伙子，其他的则像是普费弗伯格这样的波兰老兵，还有就是辛德勒的原班人马称为"布兹津人"的几个囚犯。

所谓的"布兹津人"原来都是波兰军队里的犹太军官，后来关在利奥波德少尉管辖的布兹津劳役营，布兹津关闭后随利奥波德来到布伦利茨的。他们共有五十号人，都安排在奥斯卡的厨房里工作。别的犯人记得他们都很有政治热情。他们关在布兹津的时候就学了马克思主义，一心向往着建立一个共产主义的波兰。颇有反讽意味的是，他们在布伦利茨倒是托庇于奥斯卡·辛德勒这个最不关心政治的资本家温暖的厨房里。

不过，他们跟大部分布伦利茨的犯人倒都处得挺和睦，因为除了少数犹太复国主义者，大家遵循的无非是保命政治。他们中有几位就接受了尤里·贝斯基有关自动武器的一对一教育，因为他们三十年代在波兰军队里服役的时候，还从没接触过这么先进精密的武器。

如果拉施太太在她丈夫权倾布尔诺的最后一段光辉岁月里，曾漫不经心地盯住那颗来自奥斯卡·辛德勒的钻石，往它的核心里看进去——比如说在某次派对中，或是在城堡里举行的某次独奏音乐会上——她将看到，里面反映出来的竟会是她本人以及她的元首梦里出现过的最恐怖的恶魔：一个全副武装的马克思主义犹太人。

第三十六章

　　奥斯卡的那些老酒友，包括阿蒙和博施在内，有时想起来，都会觉得他实在是个中了犹太人病毒的牺牲者。这可不是个比喻。他们真真切切就是这么认为的，而且并无意对奥斯卡这样的受害者再加苛责。他们就曾亲眼看到旁的好人也中过这种毒。这些人的大脑中有个区域被这种半是细菌半是妖法的势力给完全攻占了。若问他们这东西会不会传染，他们会说，当然会，而且具有高度传染性。聚斯穆特中尉就是个显著的传染病例。

　　因为奥斯卡和聚斯穆特再度联手，在一九四四至四五年的冬季又从奥斯威辛共救出三千个女囚，每次以三至五百人为一组，安插到摩拉维亚的几个小型集中营。奥斯卡负责发挥他的影响，四处游说，巧施贿赂，聚斯穆特则包揽了繁杂的文书工作。摩拉维亚的纺织企业中已经出现劳动力短缺问题，而且并非所有的企业主都像霍夫曼那么见不得犹太人出现。摩拉维亚已经至少有五个德国工厂——分别位于弗罗伊登塔尔和贾格恩多尔夫，位于列鲍、格鲁利克和特劳特瑙——接收了这些女人，并都在厂区建起小型集中营。这种集中营当然绝非美好的天堂，而且行使管理之责的党卫军也肯定比布伦利茨的利奥波德权力要大得多。奥斯卡后来曾把栖身于这些小集中营的女人描述为"在尚可忍受的环境里讨个活命"。这几个纺织集中营正因为其规模之小，反而使她们更容易能活下去。因为这里的党卫军驻军相比而言年龄都更大、更懒散马虎，也不会那么狂热。这里有斑疹伤寒要躲避，饥饿也像是胸口的一块大石要时刻扛着。不过这些规模超小、几乎具有乡野风味的机构，大部分躲过了第二年春天下达到各大型集中营斩尽杀绝的最后命令。

如果说聚斯穆特是感染了犹太败血症，那么奥斯卡则已经是病入膏肓了。通过聚斯穆特，奥斯卡提出再要三十个金工的申请。他虽说早就失去了生产的兴趣，可他看得很清楚，如果他的企业想向 D 部证明其存在的价值，他就需要更多的熟练工人。如果你把那个疯狂的冬天发生的其他事件也考虑在内，你就会明白，奥斯卡之所以要这三十个人，并非需要他们来操作机床，而是因为他又可以多救三十个人。如果我们说，他是以埃米莉墙上挂的那个撕开胸膛让心脏燃烧的基督的激情来拯救他们的，也不算太过夸张。既然我们的叙述要尽力避免为主管先生戴上圣人的光环，那么这个将享乐主义者奥斯卡描述为灵魂拯救者耶稣的说法就一定要用事实来证明。

在那三十个金工里面，有个叫摩西·赫尼希曼的，曾公开讲述过他们获得神奇拯救的过程。圣诞节刚过，奥斯威辛 III 区采石场的一万名犯人——分别来自克卢普·维斯切尔联合武器工厂和德国土石公司，来自法本合成汽油公司和飞机拆卸厂——排成一队朝格罗斯-罗森进发。或许这一行动的某位策划者相信，他们只要到达下西里西亚，就可以被分派至这一地区的各个工厂集中营。就算原来有这么个计划，押解这批囚犯的党卫军官兵也并不知情。而且它还忽略了年关前后的酷寒天气，也没费心问一声这么一大队人马沿途的口粮怎么解决。每天，囚犯但有跟不上队伍或是咳得厉害的，马上拉到一边就地正法。据赫尼希曼所言，出发时的这一万个人，在短短十天之内就只剩一千两百人了。在北方，科涅夫元帅的苏联军队已经突破了华沙以南的维斯瓦河，控制了这队人马西北路线上的所有道路。这队已经损失太半的人马因此暂时被安置在奥波莱附近的一个党卫军营地。当地的司令官把这批犯人挨个审查一遍，列了个技术工人的单子。可是这种让人心焦的筛选每天仍在继续，那些被剔除在外的马上就要被枪毙。喊到一个人的名字时，他根本就不知道是福是祸，不知道等待他的是一小块面包还是一颗子弹。赫尼希曼的名字被叫到的时候，他却跟另外三十个人一起被押上了一节车皮，在一个党卫军和一个牢头的押解下掉头朝南开去。"这一路还给我们吃的，"赫尼希曼回忆道。"这可是闻所未闻的新鲜事儿。"

赫尼希曼后来说起他抵达布伦利茨时那种强烈的非现实感，感觉真像是做梦。"我们简直不相信世上竟然还有一个集中营允许男女一起工作，竟然没有鞭打，没有牢头。"他这种反应略嫌夸张，言过其实了些，事实上布伦利茨也是实行种族隔离的，而且奥斯卡那位漂亮的金发女友偶尔也会扇某个犯人一巴掌。一次有个男孩从厨房偷了个土豆，给捅到了利奥波德那里，这位司令官就罚他在院子里的一个矮凳上站了整整一天，嘴巴里塞着那个偷来的土豆，哈喇子淌了一下巴，脖子上还挂了块牌子，上书："我是偷土豆的贼！"

可是对于赫尼希曼而言，这种小事又算得了什么。"谁有本事描述一下，"他问，"从地狱一步跨进天堂的感受？"

他见到奥斯卡的时候，听到的指示竟然是要他好生将养，尽快恢复健康。等你身体养好了，可以工作了，再去向厂里的各位主管报道，主管先生这么跟他说。赫尼希曼面对这样截然不同的出奇政策，觉得自己非但是来到了一片宁静的牧场，那简直就像穿过镜子，进入了一个神奇的镜中世界。

不过，既然这三十个洋铁匠不过是那一万人中的沧海一粟，我们必须再次强调，奥斯卡也不过是一尊救人于水火的小神。他虽然没有普度众生的本事，可他确实具有普度众生的伟大精神，他一视同仁地救了戈尔德贝格和海伦·希尔施，他也一视同仁地努力想救出莱昂·格罗斯医生和奥莱克·勒斯纳。本着这种众生平等的博大胸怀，他又跟摩拉维亚地区的盖世太保做了个代价高昂的交易。我们只知道他确实做了这么笔交易，却不知道他到底为此付出了多大的代价。可以肯定的是，肯定所费不赀。

一个叫本雅明·弗罗兹拉夫斯基的囚犯幸运地成了这场交易的一个目标。弗罗兹拉夫斯基原是格利维采劳役营的犯人。跟赫尼希曼待的集中营不同，格利维采并不属于庞大的奥斯威辛国度，不过距离也够近的，所以算是奥斯威辛的附属营。时至一月十二日，苏军统帅科涅夫和朱可夫发起强力攻势后，赫斯的恐怖王国以及围绕它旋转的所有卫星都陷入了随时倾覆的危险。格利维采的囚犯于是被送上东向系统的列车，打算运往费恩瓦尔德。弗罗兹拉夫斯基跟他的一位叫罗曼·维尔纳的朋友在途中跳了车。车厢顶上松脱的通风口是通常的逃生渠道，不过想从这个通道爬上去的囚犯经常被部署在车顶上的卫兵射杀。维尔纳在跳车时受了伤，不过还能走。他和朋友弗罗兹拉夫斯基成功溜过了摩拉维亚边境几个安静的山间小镇。可最终还是在这样的一个小山村里被捕，随即遭送特罗鲍的盖世太保办公室。

他们到达特罗鲍，搜过身，投入一个牢房后，随即就有一位盖世太保走进他们的牢房，跟他们说他们不会有事的。他们怎么可能相信一个盖世太保的话？这位军官随即又说，他不会把维尔纳转送医院，虽然他身上有伤，因为就算他把他送过去，结果肯定还是被集中起来再送回来。

弗罗兹拉夫斯基和维尔纳被关了有将近两个礼拜。因为先要跟奥斯卡联系上，还得谈拢交易的价钱。在此期间，那位军官不断地安慰他们，仿佛是为了保护他们的人身安全才把他们暂时羁押的。可两个人仍然觉得这事实在太过匪夷所思，怎么都不敢相信。后来牢门打开，他们两个被带出去的时候，还以为是要毙了他们。结果，他们俩竟然被一个党卫军带到了车站，护送他们登上了一列开往东南方向布尔诺的列车。

他们俩来到布伦利茨的时候，就跟赫尼希曼一样简直不敢相信自己的眼睛，既惊喜又震惊。维尔纳被送到诊疗室，由汉德勒、莱夫克维茨、希尔夫斯坦因和比贝尔施坦因四位医生悉心照顾。弗罗兹拉夫斯基则被安置在楼下厂区一角设立的一个疗养区内，设立这个疗养区的特殊原因容后再叙。主管先生特意前来看望，询问他们身体恢复得怎么样了。这种极端反常的问题把弗罗兹拉夫斯基吓得不轻；周围的环境也让他疑窦丛生，据他后来的说法，他怕的是，"进了医院就等着被拉出去枪毙，因为别的集中营都是这样操作的。"可是他吃的是布伦利茨营养丰富的浓汤，辛德勒还经常前来探望。可按照他的说法，他还是满头雾水，他觉得布伦利茨这个地方整个就让人摸不着头脑。

根据奥斯卡跟摩拉维亚行省盖世太保达成的协议，十一名逃犯全都列入了布伦利茨已经满员的囚犯名单。这些人要么是从囚犯队伍里溜了号，要么就是跳了车。虽然身上是发臭的条纹囚衣，他们都拼了命想死里逃生。要是没有辛德勒，他们早就被就地处决了。

一九六三年，特拉维夫的斯特恩贝格医生讲述了奥斯卡另一桩疯狂的、令人动容的慷慨义举。斯特恩贝格当时是苏台德山区一个小型劳役营的医生。西里西亚已经被苏军攻陷，利贝雷茨的省长也就没办法再坚持摩拉维亚行省内不得兴建犹太人劳役营的强硬立场。斯特恩贝格所在的那个营就是散落在群山之间众多新建劳役营中的一座。这是个纳粹空军的劳役营，负责制造某些非精密的飞机零件，共有四百名囚犯。斯特恩贝格说，食物少得可怜，可工作量却重得要命。

听到有关布伦利茨的一些传闻后，斯特恩贝格就想办法搞到张通行证，还从厂里借到一辆卡车，到布伦利茨求见奥斯卡。他向奥斯卡详细描述了纳粹空军劳役营悲惨的现状。他说，奥斯卡听后不假思索地就答应将布伦利茨的食品存货分一些给他的劳役营。奥斯卡担心的主要问题是，斯特恩贝格怎么才能定期跑到布伦利茨来取这些食品呢？最后他们决定打着定期过来求得布伦利茨医生提供的医疗援助的旗号偷运食品。

斯特恩贝格说，自此以后，他每周两次开车来到布伦利茨，为他自己的集中营运回大量面包、粗制面粉、土豆还有香烟。要是斯特恩贝格在装货的时候奥斯卡碰巧在仓库附近转悠，主管先生就转过身去，马上走开。

奥斯卡到底无偿援助了多少食品，斯特恩贝格并没有提供确切的数字，可他作为一名医生断定，如果没有奥斯卡援助的食品，纳粹空军劳役营里至少有五十个犯人肯定坚持不到来年开春。

不过，除了将那几百名女囚赎出奥斯威辛以外，奥斯卡最令人惊心动魄的义举莫如对格罗斯绍夫囚犯的营救了。格罗斯绍夫是奥斯威辛 III 营内的一家采石和水泥企业，是党卫军经营的德国土石公司的大本营。我们在前文奥斯卡营救那三十名金工的事迹中已经知道，一九四五年的整个一月，奥斯威辛这个恐怖国度正在分崩离析，格罗斯绍夫的一百二十名采石工人在一月中旬就给扔进了两节运畜车皮。他们的旅程就跟别的囚犯一样苦不堪言，不过结局却好过别的大部分人。值得一提的是，奥斯威辛辖区内几乎所有的囚犯都在同一个月踏上了前途未卜的苦难旅程。多莱克·霍洛维茨给送到了毛特豪森集中营。可是小理查德却跟其他小孩子一起被留了下来。这个月下旬，苏军就会在已被党卫军放弃的奥斯威辛找到小理查德，他们宣称他和另外那帮小孩是被党卫军留做医学试验的活体样品的，这种推断完全正确。亨利·勒斯纳和九岁的儿子奥莱克（这孩子显然不是他们需要的实验样品）跟一帮囚犯被押解上路，一直走了有三十英里，掉队的随时就被射杀。他们在索斯诺维茨被扔进货运车厢，一位本来负责把大人和小孩分开的党卫军卫兵法外开恩，让父子俩进了同一节车厢。车厢里挤得满坑满谷，大家只能站着，不过当有人因寒冷和焦渴倒毙后，有位亨利称之为"聪明犹太人"的绅士想了个办法，用毯子将这些倒毙的尸体卷起来，挂在靠近车顶的挂钩上，这么一来，活人的空间就相对宽绰了些。亨利灵机一动，为了让儿子舒服一点，也依样用毯子把小奥莱克挂了起来。这样孩子不但能更舒服点儿，火车在车站或是某支线停留时，孩子还能向铁轨旁边的德国人喊话，让他们团些雪球扔到车顶的通风栅栏上。雪球扔到车顶就摔碎了，漏进来的碎雪能给车厢内部带来些许滋润，大家都会争先恐后地去抢一点残余的冰晶。

列车七天之后才到达豪，勒斯纳父子俩车厢里的人已经死了一半。终于到达目的地了，车门一打开，最先滚落的就是一具尸体，奥莱克紧跟在后面滚下车来，这小孩刚刚挣扎着在雪地上站起身来，就从车厢底下敲下一根冰凌子，贪婪地舔个没完。这就是一九四五年一月，在欧洲旅行的大致情形。

格罗斯绍夫那一百二十名采石工的情形更其悲惨。大屠杀纪念馆里还保存着这两节运货车厢的"装货单"，显示的情形是，他们当时在一连十天的旅程中没得到一口吃的，而且车门都被冻住了。R，一个十六岁的男孩，记得他们当时从车厢内壁敲下碎冰来，暂时润润焦渴的喉咙。甚至到了比克瑙以后，也不让他们下车。那个杀戮程序还在最后的疯狂中运转。没时间处理他们。他们就这样被抛弃在支线上，又挂上了个火车头，把他们拖出去五十英里，再次把他们扔下不管了。哪个集中营都不肯收留他们，各营的司令官拒收他们的理由很简单：他们已经根本没有工业利用价值了，而且每个集中营的铺位和食品配给都非常短缺。

一月末的某个凌晨时分，他们再次被火车头抛弃在兹维陶的火车调配场中。据奥斯卡的说法，是他的一位朋友从车站打电话告诉他，说听到有两节车皮里传出刮擦和哭喊声。求救声中混杂着多种语言，据"装货单"记载，这些囚犯民族各异，有斯洛文尼亚人、波兰人、捷克人、德国人、法国人、匈牙利人、荷兰人和塞尔维亚人。这位打电话的朋友很有可能就是奥斯卡的妹夫。奥斯卡请他把这两节车皮拖到支线上，拉到布伦利茨。

那个早晨天寒地冻，冷彻骨髓——斯特恩说到了摄氏零下三十度（华氏零下二十度）。就连事事讲求精确的比贝尔施坦因也说至少有摄氏零下二十度（华氏零下四度）。波尔代克·普费弗伯格被人从床上叫起来，让他拿上他的焊接工具，到营外冰雪覆盖的支线上把冻得跟铁一样硬的车门打开。他也听到车厢里传出来的鬼哭狼嚎，简直不像是人的声音。

当车门终于打开时，简直无法描述他们看到的景象。每节车厢中央，都有一堆已经冻硬了的尸体，每具尸体的四肢都狂乱地扭曲着，那最恐怖的一幕永远地定格下来。那百来号还活着的人散发出可怕的恶臭，被严寒折磨得遍体发黑，一个个都形销骨立。没有一个人的体重超过七十五磅。

奥斯卡并没有来到现场。他在工厂里面忙着为这批格罗斯绍夫的可怜人布置一个温暖的角落。厂里的员工把最后一批霍夫曼公司遗弃的机械设备拆除，搬到车库里，腾出一块空地。地板上铺了厚厚一层稻草。奥斯卡早就跑去司令官的办公室跟利奥波德商量过此事了。少尉先生起先坚决不肯接收格罗斯绍夫的这批囚犯，他的态度跟过去这几个星期里这批可怜的犯人遇到的其他几位司令官如出一辙。利奥波德直截了当地指出，谁都没办法闭着眼愣说这些人是军工工人吧。奥斯卡也承认这一点，不过他保证把这些人都加到工厂的花名册里，每天照样按每人六德国马克的标准支付劳工租金。"我可以等他们康复后再利用他们的劳动力，"奥斯卡道。利奥波德从他的态度中认识到两个事实。其一，奥斯卡是铁了心，不撞南墙不回头了；其二，布伦利茨劳工规模的扩大以及劳工租金的增加应该可以讨得他上司哈斯布洛克的欢心。利奥波德于是要求奥斯卡立马把这批人马加到花名册上，租金马上就照算。这么一来，格罗斯绍夫的囚犯前脚刚进工厂的大门，奥斯卡后脚就已经开始为他们支付租金了。

来到工厂里面，马上就有人给他们裹上暖和的毯子，让他们躺在稻草堆上休息。埃米莉从家里出来，后面跟着两个犯人，抬着个装满浓汤的大桶。几位医生注意到他们身上都有冻伤，需要涂抹治疗冻伤的药膏。比贝尔施坦因医生跟奥斯卡提出，格罗斯绍夫的这批人需要补充维生素，可他也很清楚，这类药品哪怕搜遍整个摩拉维亚都找不到。

与此同时，那十六具已经冻硬了的尸体也被安置在一间棚屋里。勒瓦托夫拉比望着他们扭曲定型的四肢，他明白要想按照正统的犹太教教规来安葬他们已经是不可能的了，因为正统的方式是不允许折断尸体的骨头的。勒瓦托夫也知道，此事须得跟司令官商量。利奥波德手里有多份D部下达的指示，敦促党卫军官兵以焚化的方式处理尸体。锅炉房里就有上好的设施，工业用熔炉几乎可以把尸体焚为乌有。可是到目前为止，辛德勒已然两次拒绝焚化尸体。

第一次是扬卡·费根鲍姆病逝于布伦利茨诊疗室里的时候。利奥波德得知死讯后马上下令将尸体焚化。辛德勒从斯特恩的渠道得知，费根鲍姆一家和勒瓦托夫拉比都极力反对此举，而他灵魂深处残留的天主教信仰促使他本人也抗拒这种处理尸体的方式。当时的天主教会坚决反对火葬。奥斯卡一方面反对利奥波德使用熔炉，一方面吩咐木匠准备好棺椁，他本人提供了一辆大车和一匹马，允许勒瓦托夫和扬卡的家人在卫兵的押解下，将女孩的尸体埋葬到山间的树林中。费根鲍姆父子跟在拉棺椁的大车后面，从大门口开始数着步数，准备战争结束后再来认领扬卡的尸首。

目击者称，利奥波德对这种迎合囚犯的做法大为震怒。有些布伦利茨的犯人甚至说，奥斯卡日常对待埃米莉，都不及他对勒瓦托夫和费根鲍姆一家表现出来的体贴和关切。

利奥波德第二次想用熔炉来焚化尸体是在霍夫施泰特尔太太过世的时候。奥斯卡在斯特恩的请求下准备了另一副棺椁，并允许将记载了霍夫施泰特尔太太一生主要事迹的金属铭牌放入棺。还准许勒瓦托夫和一个由十名念诵哀悼祷文的男子组成的祈祷班，跟随棺椁出营为死者举行正式的安葬礼。

斯特恩说，正是为了安葬霍夫施泰特尔太太的缘故，奥斯卡才在附近一个叫德意志-比耶劳村子里的天主教区内建立了一个犹太墓园。据斯特恩所言，奥斯卡在霍夫施泰特尔太太去世的那个礼拜天前往那个教区的教堂，向神父提出了这样一个申请。他们马上召开了一个教区会议，最后同意在紧挨着天主教徒墓园的外围划出一小块地来卖给辛德勒。教区会议上肯定有人持反对意见，因为那是个对天主教义的理解最为狭隘的时代，对于谁有资格谁又不配安葬在神圣的教区墓园内都有极为繁琐的认定。

囚犯中另有一些权威人士却说，奥斯卡之萌生建立犹太墓园的想法，是在两节装载着格罗斯绍夫扭曲冻僵的囚犯尸体到来之后。在日后的一份报告中，奥斯卡本人也暗示，是格罗斯绍夫的那些死者促使他购买墓地的。还有一种说法声称，当本堂神父指着教堂墙外一片专为自杀者保留的埋葬地，建议格罗斯绍夫的死者可以埋葬在那里时，奥斯卡回答说，这些人不是自杀的罪人，而是一场大谋杀的牺牲者。

看来，格罗斯绍夫死者的到来和霍夫施泰特尔太太的去世肯定是前后脚的事，而且都得以享受到全副的安葬礼仪，埋在德意志-比耶劳那个独一无二的犹太墓园中。

从所有布伦利茨囚犯提到这件事的方式可以清楚地看出，死后可得以安葬在劳役营中具有巨大的精神抚慰作用。从货运车厢里抬出来的那些扭曲的尸体已经失去了一切做人的尊严，根本没办法称之为人了。看着他们，你不禁会为自己作为人类这一身份的岌岌可危而感到惊恐万分。这种非人的感觉已经不再能仅仅依靠吃得饱、穿得暖和保持清洁就可以消除了。要想使这些尸体以及你自身重拾做人的尊严，只有通过安葬礼这一唯一的途径获得了。因此，勒瓦托夫主持的葬礼和崇高的哀悼祷文对于布伦利茨的所有囚犯来说就具有了不可取代的重要意义，其意义远胜于和平年代他们在克拉科夫举行的所有类似仪式。

为了保持犹太墓园的整洁，以准备接纳后来的死者，奥斯卡还特意出钱雇用了一个中年党卫军中士专门负责看守墓园。

埃米莉·辛德勒也有她自己的生意要做。怀揣着一把贝斯基给她伪造的证件，她请两个犯人给她装了满满一卡车伏特加和香烟，又命他们开车把她送到总执政府边境附近的矿业重镇俄斯特拉发。在当地的军事医院里，她竟然有本事跟奥斯卡的几位关系户做成了交易，用烟酒换回了冻伤药膏、磺胺类药剂和维生素药丸，而比贝尔施坦因医生原以为这些药物是有钱也买不到的。这类的旅行对埃米莉而言也成了家常便饭。她像她丈夫一样，渐渐也变成了个旅行家。

除了行程中冻饿而死的头一批人之外，格罗斯绍夫的囚犯全部活了下来。这是个不折不扣的奇迹，因为抵达布伦利茨的时候他们全体都已经是半死不活的穆斯林，而按照以往的经验，穆斯林的境况只可能愈来愈糟，是决不可能逆转的。可埃米莉就是不信这个邪。她不屈不挠地给这些垂死之人灌她精心调制的粗面糊。"要是没有她的精心疗治，"比贝尔施坦因医生说，"格罗斯绍夫这些获救的囚犯没有一个人能活下来。"他们已经渐渐开始康复，为了不显得是废人一个，他们也尽量跑到车间里看能不能帮上点忙。有一天，有位犹太仓库保管员请他们当中的一位把一个箱子扛到车间的某个机器旁。"这箱子得有三十五公斤重，"那个男孩说，"我才三十二公斤，我怎么可能扛得动？"

那年冬天，阿蒙·格特先生被释放出狱。刚一出狱，他就跑到这个遍地都是稻草、压根就不事生产的厂子里来拜访辛德勒夫妇。党卫军法庭是因为他的糖尿病才把他从布雷斯劳的监狱里放出来的。他穿了一身旧套装，应该是他原来的一套制服，把军衔徽章什么的都撕掉了。有关他这次探访辛德勒有过各种传闻，而且一直到现在还是众说纷纭。有人认为格特是打秋风来了，另有人认为是奥斯卡为他保存了些财物——是奥斯卡在克拉科夫帮阿蒙居间代理做成的最后几笔交易赚得的现金或是什么值钱的物品。有些离奥斯卡的办公室很近的人相信，阿蒙甚至求奥斯卡帮他在布伦利茨安排个管理差使干干，谁都不能反驳他说他没有管理集中营的经验。事实上，有关阿蒙大老远跑到布伦利茨来的动机，这三种说法可能都没错，不过说奥斯卡充当过阿蒙的代理人却不太可能。

阿蒙走进布伦利茨大门的时候，看得出来，监禁和苦难已经让他瘦了一大圈。他满脸的肥肉也都消下去了。乍一看倒是跟一九四三年新年刚到克拉科夫来肃清犹太聚居区的阿蒙更像一些了，不过细看之下还是不一样了，因为当初的他踌躇满志，现在的他却因为黄疸和监禁满面灰黄。如果你观察力够敏锐，如果你有这个胆子抬头直视他的眼睛，你会发现他神情中竟然多了一份消极和隐忍。可那些从机床上抬头望了他一眼的犯人，瞥见的却是最恐怖的噩梦深渊里深深埋藏的那个恶魔突然间在光天化日中显了形，经过一扇扇门窗，穿过工厂的庭院朝辛德勒的办公室走去。海伦·希尔施浑身像是通了电，止不住地哆嗦，但愿这个恶魔赶紧再度消失不见。其他人在他经过时却发出一阵阵嘘声，男人们在机床前弯下腰去朝地上啐唾沫。那些比较成熟勇敢的女人也以挑战的姿态朝他举起手里的毛活。这可真是不是不报，时候未到啊——他们这是在做给他看：管他能行多少恶事，也难废江河万古流，亚当仍在耕地，夏娃也照旧在纺纱。

就算阿蒙当真开口想在布伦利茨讨个差使，又有什么职位适合他这么个还没洗脱嫌疑的上尉呢？奥斯卡要么就是成功地劝他打消了这个念头，要么就是出了笔钱，宁肯破财消灾把他给打发走了。如此说来，他们这次会面还是像原先在普拉绍夫一样和和气气的。为了表示主人应有的礼貌，奥斯卡领他在厂里转了一圈，不过从车间里走过的时候，工人们对他表现出来的反感就更加明显了。回到办公室后，有人听到阿蒙要求奥斯卡惩罚这些对他大不敬的犯人，而奥斯卡则嘟嘟囔囔地敷衍过去，保证要教训一下这些可恶的犹太人，并再次表达了他自己对格特先生始终如一的敬意。

党卫军虽说把阿蒙给放了，不过针对他罪行的调查仍在继续。几星期前，党卫军法庭的某位法官还不辞劳苦，专门跑到布伦利茨，就阿蒙日常的管理程序再度讯问米戴克·彭佩尔。讯问前，利奥波德小声提醒彭佩尔最好多加小心，这位法官从他嘴里榨出了所有证据后，免不了会把他带到达豪去处死。彭佩尔很聪明，他竭尽所有的可能让这位法官相信，他在普拉绍夫总部不过是个无足轻重的小职员，根本无缘与闻司令官的机密要事。

阿蒙竟然也听到了党卫军调查官已经来审问过彭佩尔的风声。他到布伦利茨后不久，就在辛德勒外间的办公室里堵住了他的前打字员，问他那位法官当时问了他什么问题。彭佩尔觉得，他从阿蒙的眼神中就能觉察出这位前司令官对自己的怨恨：他昔日的阶下囚竟然到现在还活得好好的，而且成了党卫军法庭的活证。他这种感觉绝对在理。阿蒙当真已经权势尽失，面黄肌瘦，潦倒地裹着身旧制服，在奥斯卡的办公室里走投无路了吗？可是你又怎么敢肯定。他还是那个阿蒙，他还是有那种颐指气使的派头。彭佩尔说，"法官大人告诉我不能跟任何人透露讯问的内容。"格特勃然大怒，威胁着要向辛德勒先生告他的状。从某方面来说，这也算得阿蒙江河日下的一个标尺。放在从前，他可从来不需要依靠奥斯卡来惩罚某个犯人。

到了阿蒙来到布伦利茨的第二天晚上，女人们的胜利感就更加圆满了。事实证明，他根本就伤害不到她们了。就连海伦·希尔施也被她们给说通了，可她夜里仍然睡不安稳。

囚犯们最后一次看到阿蒙，是他准备上车前往兹维陶车站的时候。过去还从来没有这样的事：他接连三次拜访了同一个地方而竟然没有碾碎任何一个可怜虫的世界。毋庸置疑，如今他确实是毫无权势可言了。可在他离开的时候，仍然还有很多囚犯不敢抬头正视他的脸。又有整整三十年过去了，从布宜诺斯艾利斯到悉尼，从纽约到克拉科夫，从洛杉矶到耶路撒冷，如今散居在世界各地的普拉绍夫的幸存者，在睡梦中仍能见到横行霸道的阿蒙。"你看到格特，"波尔代克·普费弗伯格说，"就等于看到了死亡。"

因此，用阿蒙自己的话说就是，他绝没有一败涂地。

第三十七章

　　奥斯卡三十七岁的生日是由奥斯卡本人和全体囚犯一起欢庆的。有位金工精心制作了一个适合放置领扣和袖扣的小盒子作为生日礼物献给奥斯卡。当主管先生出现在车间里的时候，大家把十二岁大的纽西娅·霍洛维茨推到他面前，代表大家用德语献上一段祝词。"主管先生，"他得弯下腰来才能听清她羞怯的声音。"全体囚犯敬祝您生日快乐，为您献上最美好的祝福。"

　　那天碰巧又是犹太教的安息日，所以在所有布伦利茨人的记忆中都成为一个美好的节日。一大早，也就是奥斯卡已经在办公室打开一瓶上好的马爹利科涅克白兰地庆祝自己的生日，并开心地挥舞着某位布尔诺发来的辱骂电报时，满载着白面包的两辆卡车缓缓驶入工厂的大院。有一部分白面包也送到了驻防的党卫军营房，还特意给租住在村子里、宿醉未醒的利奥波德送了一些。这是为了堵他们的嘴，省得他们抱怨主管先生惯坏了犯人。犯人们每人分得四分之三公斤白面包。大家一边细细品尝，一边忍不住地细细打量这难得的美味。有人开始猜测奥斯卡到底是从哪儿弄到的。也许部分应该归功于当地碾谷厂经理道贝克的善意，这位好心人一看到布伦利茨的犯人来到碾谷厂就马上转身避开，任由他们在裤管里装满燕麦。不过，那个星期六的白面包仍然像是一次魔法，像是一桩奇迹。

这个生日在大家的记忆中虽说是喜气洋洋，可事实上当时却没有太多欢欣鼓舞的理由。就在上周，格罗斯-罗森的哈斯布洛克司令官先生给布伦利茨的利奥波德发来一封很长的电报，指示他在苏联军队逼近时尽快清理布伦利茨的人口。哈斯布洛克在电报中指示要进行一次最后的筛选。老弱病残统统当场枪毙，健康强壮的押往毛特豪森。

虽说厂里的犯人对这封电报的内容还一无所知，大家仍隐隐有种不祥的预感。整个那一周都纷纷谣传，说是已经派了大批波兰人在毛特豪森外面的树林里挖群葬坑。这次的白面包看来是破除这一谣言的良药，是对他们未来的一种担保。可是每个人似乎都感觉到了，一个危险性比过去更加微妙复杂的时代已经来临。

如果说奥斯卡厂里的工人对这封电报还一无所知尚属正常的话，可就连收信人利奥波德司令官先生本人也蒙在鼓里。电报先到了利奥波德外间办公室的米戴克·彭佩尔手里。彭佩尔用蒸汽把信封熏开然后再封好，把内容记下来直接拿给奥斯卡看。辛德勒站着看完，然后转身对着米戴克。"好吧，既然如此，"奥斯卡低吼道。"我们就得跟利奥波德少尉道别了。"

因为奥斯卡跟彭佩尔对利奥波德的看法完全一致：他应该是整个驻军中唯一可能服从电报命令的人。利奥波德的副手是个四十来岁的党卫军军官，名叫莫策克。这位莫策克惊慌失措之下可能干得出几桩杀人的勾当，可要他指挥一次性杀害一千三百人的冷血大屠杀，他绝对没这个本事。

在他生日的前几天里，奥斯卡向哈斯布洛克私下抱怨过好几次利奥波德司令官先生的逾矩行为。他还亲自前去拜访手眼通天的布尔诺警察局长拉施，针对利奥波德提出同样的指控。

他还向哈斯布洛克和拉施出示了几封他写给奥拉宁堡格吕克斯将军办公室的信。奥斯卡是孤注一掷了，他赌的是哈斯布洛克还记得奥斯卡过去的慷慨举动和对未来的慷慨承诺，赌他注意到奥斯卡在奥拉宁堡和布尔诺两方面施加的将利奥波德免职的压力，能不经实地调查利奥波德少尉对布伦利茨的囚犯到底有何逾矩行为就下令将他调离。

这是典型的辛德勒作风，是当初他跟阿蒙赌的"二十一点"的扩大化。所有布伦利茨的男人统统成为赌注，从No. 68821的希尔施·克里舍尔，四十八岁的汽车维修工，到No. 77196的雅鲁姆·基亚夫，二十七岁、毫无技术的工人，还是格罗斯绍夫的幸存者。所有布伦利茨的女人也统统搭了进去，从No. 76201，二十九岁的金工贝丝塔·阿夫特加特，到No. 76500，三十六岁的延塔·茨维策辰斯提尔。

奥斯卡还故意邀请这位司令官到他厂区内的公寓共进晚餐，给他创造机会做些出格的事，为自己对他的控告添砖加瓦、提供实例。那天是四月二十七日，辛德勒三十七岁大寿的前夜。晚上大约十一点钟的时候，正在上班的夜班工人目瞪口呆地看到烂醉如泥的司令官，在步伐稍微稳定些的主管先生的搀扶下，跌跌撞撞地从车间里走过。司令官先生怒不可遏，指着机械设备顶上巨大的横梁。此前主管先生一直不让他踏入厂区半步，可如今他终于来了，他才是至高无上，要大施责罚的最高权威。"你们这些操蛋的犹太人，"他咆哮不已。"看见那根梁了吗？好好看看！我就把你们一个个挂在上头吊死，一个都甭想逃！"

奥斯卡一路安抚着他，按着他的肩膀领他朝前走，还一边低声哄他，"没错，没错。可不是今天晚上，呢？改天再收拾他们。"

　　第二天，奥斯卡马上就打电话给哈斯布洛克和其他职权部门，控告利奥波德胡作非为。此人身为司令官，竟然喝得酩酊大醉，在整个工厂内肆意咆哮，威胁要把工人们就地处决。他们可不是普通的劳工，他们是负责制造秘密武器的资深专业技工，诸如此类，不一而足。哈斯布洛克虽说得为几千名采石工人的死负责，虽说他深信苏军一旦进逼就该把所有犹太劳工全部枪毙，不过他也确实同意：起码到现在为止，辛德勒先生的工厂还是该另眼看待的。

　　奥斯卡还说，利奥波德不断地声称他愿意去前线打仗。他身体健康，人又年轻，再加上他自己又有此志愿，干吗不成全了他呢？好吧，哈斯布洛克跟奥斯卡说，我们这就斟酌一下该怎么办。而此时利奥波德司令官本人呢，在奥斯卡生日这天还因为昨晚的暴饮暴食而呼呼大睡呢。

　　趁着他不在，奥斯卡发表了一番让人目瞪口呆的生日演说。他已经欢庆畅饮了一整天了，可是没有一个人记得他在发表演说时有一丝一毫的醉态和疲态。我们没有他这次演讲的文本，不过还有另一次演讲，是他在十天后的五月八号晚上发表的，我们倒有一份备份。据听者所言，这两次演讲大同小异，都是对未来能继续活下去的承诺。

　　不过，把这两次讲话称之为"演讲"，的确是贬低了它们强大的影响力。奥斯卡潜意识里想做的，是凭一己之力掩盖现实的残酷性，而且不但要改变囚犯还要改变党卫军的自我定位。很久以前，他就以固执的坚定口吻，告诉包括伊迪丝·利伯古尔德在内的夜班女工，她们肯定能活过这场战争。不久以前，也就是去年十一月，当他面对九死一生终于从奥斯威辛安全抵达布伦利茨的那一批女囚时，他又以同样预言家的口吻向她们保证，"你们再也不必担惊受怕了。你们已经跟我在一起了。"如果换个时代换个环境，主管先生肯定能成为路易斯安那的休伊·朗①或是澳大利亚的约翰·莱恩②这样极富煽动力的政治家，他生来就有这样的天赋，能使听众深深地信服：只要他们和他联合在一起，就可以轻而易举地阻止世上所有的邪恶力量。

奥斯卡的生日演讲是当晚在车间里面对所有犯人用德语发表的。这么大规模的集会，须得有一小队党卫军从旁守护，那几位德国平民职员也都在现场。奥斯卡开始讲话的时候，波尔代克·普费弗伯格禁不住寒毛直竖。他悄悄打量了一圈舍恩布伦和富克斯两位工程师以及手持自动武器的党卫军小分队的表情，但见他们都是一脸的漠然。他们会杀了这个人的，他忍不住想道。这么一来一切可就都分崩离析了。

这次演讲主要就是阐释两个承诺。首先，这次空前的恐怖暴政就将走到尽头了。他说起墙边肃立的党卫军来，那语气仿佛他们也同样身遭监禁，也同样渴望得到解放。奥斯卡特向囚犯们解释说，这些党卫军中有很多人都是从其他部队强征入武装党卫军的，根本不管他们同意与否。他的第二个承诺就是，他将一直留在布伦利茨，直至战事公开宣布结束。"还要再多待上个五分钟，"他说。对囚犯们而言，这次演讲就像此前奥

---

① 朗（Huey Long，1893—1935），美国参议员，路易斯安那州州长，提出公共工程计划和福利法案，反对富人拥有过分特权，参议员任内提出分享财富计划，被暗杀。
② 莱恩（John Lang，1799—1878），澳大利亚基督教长老会创始人，作家。他曾六次访问英格兰，主要是动员信奉新教的上层劳动者迁居澳大利亚。

斯卡的无数次宣言一样，向他们许诺了一个光明的未来。表明了他不可动摇的坚定意图：他们决不会死在这里，葬身于树林里的群葬坑。他让他们想起他在他们身上投入的无数钱财、灌注的多少心血，令他们感奋不已。

不过至于那些党卫军听了演讲后是何心情，我们就只能猜测了。他在演讲中以对他们很亲切的口吻侮辱了他们的部队。他们到底是起而抗议，抑或听信了他的说辞，他都能从他们的反应中得而悉之。他也对他们提出了警告，即他将一直留在布伦利茨，至少跟他们一同进退，因此他们的所作所为他都会看在眼里，如果他们所行不义，他则将成为他们罪行的人证。

不过奥斯卡的真实感受并没有他表现得如此轻松无虑。事后他曾坦言，当时他就很担心兹维陶地区几个部队在撤退时会对布伦利茨有所不利。他甚至说，"我们当时非常恐慌，因为我们怕党卫军卫兵会在绝望中进行疯狂的破坏。"即便他心存恐慌，他也瞒得铁桶一般，因为没有一个囚犯在吃他的生日白面包时，曾意识到他有一丝一毫的慌乱。奥斯卡还很担心驻扎在布伦利茨周遭的几支弗拉索夫的部队。这几支部队隶属"俄罗斯解放军"，而所谓的"俄罗斯解放军"，是前一年在希姆莱的授意下由帝国境内数量庞大的苏联战俘组成的，总指挥是三年前在莫斯科前线被俘的前苏联将官安德烈·弗拉索夫将军。对于布伦利茨人来说，他们非常危险，因为他们知道斯大林恨不能将他们碎尸万段，所以唯恐一旦兵败，盟军会把他们交还斯大林。所以，此时驻扎在各处的弗拉索夫部队统统陷入疯狂的斯拉夫式绝望当中，而灌下去的大量伏特加又使这种绝望变本加厉。当他们奉命西撤去跟美军交战时，他们什么事都能干得出来。

奥斯卡发表生日演讲后不出两日，一份正式调令就送到了利奥波德的桌子上。调令上写明，利奥波德少尉已调任驻扎在布拉格附近的武装党卫军步兵营。虽说利奥波德接到这样的调令不太可能开心，不过他倒是态度很平静地收拾好行装就出发了。他原来跟奥斯卡共进晚餐的时候，特别是两瓶红酒下肚以后，曾数度说起他宁肯上前线去拼个你死我活。近来又有几位撤退部队的校级军官，有国防军的也有党卫军的，应奥斯卡之邀前来主管先生的公寓赴宴，他们在酒桌上的闲谈总是刺激得利奥波德恨不能马上上战场。他不像这些从战场上撤退下来的军官，从未真正打过仗，因此也还没意识到帝国的荣耀、煊赫的军功均大势已去。

他在收拾行李前不太可能给哈斯布洛克的办公室打过电话。电话联系已经很不稳定，因为苏军已然包围了布雷斯劳，距格罗斯-罗森本部也徒步可至了。不过这一调令也没有使哈斯布洛克办公室的任何职员觉得意外，因为利奥波德也经常对他们大唱爱国主义的高调。就这样，将布伦利茨的指挥权交由莫策克军官代理后，约瑟夫·利奥波德就奔赴前线了，这位强硬路线的奉行者终于如愿以偿。

以奥斯卡的个性而论，他决不会消极地静待战争结束。五月初，他不知通过什么途径发现——甚至可能是亲自打电话给线路还畅通的布尔诺打听出来的——他过去经常有生意往来的一家仓库已被德国军方遗弃。于是他就挑选了五六个犯人，开着辆大卡车前去趁火打劫。南行的路途当中还有几处关卡，不过每次他们只要把由"摩拉维亚和波希米亚最高党卫军警察当局"签发的耀眼生辉的证件晃一晃——当然是伪造的——他们也就顺利通关了，奥斯卡后来曾写到过这一幕。他们到达那家仓库的时候，发现周围已经起了火。附近的几家军用仓库火势熊熊，还不断有燃烧弹发射过来。内城的方向传来阵阵枪声，那是捷克斯洛伐克的地下游击队正跟党卫军驻军展开逐门逐户的巷战。辛德勒先生吩咐将卡车直接倒到仓库的装卸处，把大门撞破后，发现仓库里装满了一种伊吉普斯基牌子的香烟。

尽管有这类让人开心的趁火打劫，奥斯卡还是很担心从斯洛伐克传过来的一些流言，据说苏军会不加判别地滥杀无辜的德国平民。不过在接连收听了几晚 BBC 的最新战报后，他又放下心来：战争可能不必等到苏军打到兹维陶地区就已经宣告结束了。

有些囚犯也通过间接途径听到了 BBC 的新闻，了解了当前的真实战况。自打布伦利茨建营以来，泽农·森维奇和阿图尔·拉布奈尔这两位无线电技师就不断地修理奥斯卡的几台收音机。在焊接车间，泽农就戴着耳机收听"伦敦之声"下午两点的新闻节目。值夜班的焊接工则会收听凌晨两点的节目。有个党卫军某天夜里跑到厂区给办公室传递个什么消息，结果发现有三个人正围着一台收音机在专心地收听。"我们一直在为主管先生修这台收音机，"他们告诉那个党卫军，"一分钟前才刚让它发出响儿来。"

当年的早些时候，囚犯们原本期望由美国人拿下摩拉维亚的。可自打艾森豪威尔在易北河立定脚跟以后，他们就知道将来这个地方肯定是归了苏军了。跟奥斯卡最近的那个犯人的小团体当时用希伯来文拟了一封信稿，详细解释了奥斯卡历年来的所作所为。这封信若是交给美军的话应该能起到点好作用，因为美军中不但有为数众多的犹太官兵，还有随军的拉比。因此斯特恩和奥斯卡本人都认为主管先生最好还是落在美国人手里，应该力争做到这一点。奥斯卡做此决定，部分也是受了中欧传统观念的影响，大家还是认为俄罗斯人是些蛮子，信仰既怪，为人又很可疑。不过除了这些传统观念作祟，如果从东部战线传来的消息部分属实的话，他也就有充分合理的理由感到担心了。

不过他并没有因此就意气消沉。五月七号后半夜，他通宵不眠，怀着激动难耐的兴奋心情，终于通过 BBC 听到了纳粹德国正式投降的消息。欧洲的战事将于次日午夜，也就是五月八号、星期二夜里正式结束。奥斯卡把埃米莉从睡梦中摇醒，失眠成性的斯特恩也被他叫到办公室，跟主管先生一起庆祝。斯特恩看得出来，奥斯卡已经不再担心党卫军驻军了，不过，要是他猜得到天亮以后奥斯卡会表现得多么胜券在握的话，他还是会有些惊慌的。

天亮后，囚犯们在工厂里的表现一如既往。如果说真有什么不同，那就是他们比往日干得还要欢实。可是临近中午的时候，主管先生却亲自破坏了这种认真工作的假象：他将丘吉尔的胜利演说通过大喇叭响彻了整个营区。卢戴克·费根鲍姆是懂英文的，他站在机器旁惊得目瞪口呆。对其他人来说，丘吉尔那响亮而又含混的声音是他们头一次听到多年后他们将在"新世界"操持的这门语言。这个古怪的声音，听起来就像已经死去的元首一样权威，也传到了大门口和瞭望塔内，不过那些党卫军却相当冷静地接受了战败的消息。他们已经不再关心集中营内的风吹草动。他们就跟奥斯卡一样，把注意力都集中在了苏军身上，而且眼光比奥斯卡可要锐利得多了。如果遵照哈斯布洛克前些时候发来的电报，他们此时应该在繁茂的绿色森林里忙活呢。可是，当午夜的钟声敲响时，他们却仍盯着森林那黑魆魆的侧影，琢磨着里面是否暗藏了游击队员。莫策克就像是热锅上的蚂蚁般焦躁万分，不过仍督促手下坚守岗位，而且他们的责任感也不容他们随意离开。责任感，正如战后他们的众多首长在法庭上宣称的那样，责任感就是党卫军的灵魂。

　　在宣告了和平与和平真正到来之间，还夹着让人心神不安的两天时间。就在这两天里，一个叫利希特的珠宝匠人特意给奥斯卡制作了一个礼物，远比他前不久为奥斯卡的生日打造的那个金属袖扣盒子更加意味深长。这份礼物利希特是用已经极为罕见的一点黄金打造的，而黄金则是由原纸箱厂的厂主老耶雷特提供的。大家已经议定——就连那些个布兹津人，虔诚的马克思主义者也都毫无异议——奥斯卡一定得在午夜后就逃离此地。而跟奥斯卡最近的那个小圈子——斯特恩、芬德尔、加尔德、贝斯基兄弟和彭佩尔——还一心要在他逃亡前搞一个小型的告别仪式。这实在有点不同寻常，因为他们都还不能确定自己能否亲眼看到和平时代的到来，在这种时候竟然还有心思为送什么告别的礼物瞎操心。

　　可是手边能拿来做礼物的却都是些成色很低的金属。还是耶雷特主动提出了一个能弄到贵重金属的途径。他张开嘴巴，让大家看他金质的义齿齿桥。要是没有奥斯卡，他说，党卫军早就把这该死的玩意儿给弄了去了。我的牙齿如今也就会躺在党卫军的某个仓库里，跟从卢布林、罗兹和利沃夫那些陌生人嘴里撬下来的金牙堆成一堆了。

　　这当然是个不错的选择，而且耶雷特的态度非常坚决。于是就请一位原本在克拉科夫开业做牙医的囚犯帮忙，把齿桥取了下来。利希特就把这点黄金拿去熔化，并在五月八日临近中午的时分在内圈部分用希伯来文刻上了一段铭文。这段铭文出自《塔木德经》，一九三九年十月，斯特恩曾在布赫海斯特的大办公室里向奥斯卡引述过一次："救人一命，如普度众生。"

当天下午，有两个犯人在厂子里的一个车库里忙活，他们把奥斯卡那辆梅赛德斯车里车顶和内门上的装饰材料都拆下来，将主管先生的几小袋钻石塞进去，然后重新将原来的真皮表面装回去，希望能完好如初，不留一点破绽。对他们俩来说，这也是个非常奇怪的日子。他们走出车库的时候，但见太阳正落到瞭望塔的塔尖后面，可是塔上装满弹药的斯潘德斯机关枪却只成了摆设。仿佛全世界都在等着某个人说一句决定性的话。

当天傍晚，终于有人说出了这么一句话。奥斯卡就像他过生日那天一样，再次要求司令官把全体囚犯都集中在车间里。那几位德国工程师和秘书，虽然也都定好了各自的逃亡计划，也全部出席。奥斯卡的旧情人英格丽德也厕身其中。她不跟辛德勒一行一起离开布伦利茨，她打算跟她兄弟，一个因伤致跛的年轻退伍军人一道逃亡。对自己的犯人奥斯卡都不惜代价地分送许多可以用来换钱的物品，似乎不太可能让他的老情人就这么两手空空地离开布伦利茨。多年后，他们终将还会在西方的某个地方，以老朋友的身份再度相逢。

跟上次奥斯卡发表生日演讲时一样，这次的集会上也有武装的卫兵在旁守卫。这次大战还有将近六个钟头就彻底结束了，这些党卫军都曾庄严起誓要与帝国共存亡的。望着他们，囚犯们忍不住要揣测，此时的他们到底在想些什么。

一听说主管先生要再发表一次演讲，两位懂得速记法的女囚，魏德曼小姐和贝格尔太太每人都拿了支铅笔准备记下他的话。因为是即席发表的演讲，演讲者又自知不久就将踏上流亡之途，在实际讲的时候必定比我们如今阅读魏德曼-贝格尔的记录稿更加令人动容。演讲继承了他生日演说的主题，不过就像是要特为在场的囚犯和德国人都做一定论，为他们指明道路。奥斯卡明确宣称，在场的囚犯才是新时代的承继人；奥斯卡明确提出，除即将获得新生的囚犯以外的所有的人——党卫军，他本人，埃米莉，富克斯，舍恩布伦——现在都需要获得拯救。

"德国刚刚宣布无条件投降，"他说，"经过整整六年的残酷谋杀、生灵涂炭之后，逝者终于得到哀悼，欧洲也正努力重返和平与秩序。我吁请你们保持无条件的秩序和纪律——吁请所有跟我一起度过这么多年艰苦岁月的朋友——这是为了你们能安全地度过眼下这段动荡时期，能在几天后重返你们已经遭到毁灭和劫掠的家园，寻找幸存的亲人。这样你们就能避免使未来陷入恐慌，避免可以预见的大恐慌带来的灾难性后果。"

他所说的恐慌当然不是指这些囚犯。他指的是驻军，那些沿四周墙壁站成一排的党卫军的恐慌。他敦请这些党卫军主动离开此地，也敦请囚犯们允许他们这么做。他说，盟军的陆军总司令蒙哥马利将军公开呼吁每个人都该以人道的方式对待战败者，每个人在审判德国人的时候，都该区分他们的行为是有意犯下的罪行还是仅仅出于尽责的无奈之举。"在前线打仗的战士，还有随处可见的那些尽职工作的小人物，他们都不应该为那个自命为德国的小团体所犯下的罪行负责。"

他为他的德国同胞进行的辩护，是每个能活过那天夜里的囚犯在即将到来的新时代里将反复听到千万遍的内容。可是，如果说真的有一个人有权提出这种辩护，并有权要求大家至少是怀着宽容之心用心聆听的话，那这个人必然非奥斯卡·辛德勒先生莫属。

"你们所遭受的苦难，你们的父母、孩子，你们的兄弟姐妹中有几百万人被害的事实，至少有几千名德国人是坚决反对的，而且直到今天，还有几百万德国人根本就不知道这些恐怖暴行到底达到了什么样的程度。"奥斯卡说，同年早些时候，在达豪和布痕瓦尔德发现的文件、记录的详情通过 BBC 向全世界公开广播后，许多德国人这才第一次听到这种"最野蛮的杀戮手段"。因此，他再次请求他们以人道和公正的态度对待战败的德国人，让那些得到授权的人去秉公执法。"如果你一定要指控某个人，请在合适的地方提出申请。因为在全新的欧洲，将会有清廉的法官为你主持公道。"

然后他谈到在过去的一年间，他跟在场的囚犯所共同经历过的种种。在某些方面竟然流露出一缕难以割舍的怀旧之情。他也怕自己被人不分青红皂白地跟格特和哈斯布洛克之流混为一谈进行审判。

"你们当中有很多人都知道，为了保护我的工人的性命，这些年来我克服了多少迫害、诡计和重重的障碍。如果说为了保护那些波兰工人的那点小权利，保住他的工作，避免他被强行遭往德意志帝国，保住他们的家园和那点微薄的财产，已经是一项非常困难的工作，那么为了保护犹太工人所要进行的斗争又是何等的艰巨，简直就是不可能完成的任务。"

他详细描述了他们一起经历过的某些困难，并感谢他们帮他满足了军备物资管理机构的要求。鉴于布伦利茨基本上没有生产出任何产品的事实，这话听起来像是一种反讽，不过他说这番话的时候态度绝对真诚，没有丝毫反讽的意图。主管先生想要表达的意思实际上就是：感谢你们帮我愚弄了这个体制。

他继而为当地民众请命。"如果几天之后，自由的大门终于向你们打开，请想一下我们工厂附近有多少人曾为了你们能吃饱穿暖竭尽绵薄。为了能为你们谋到额外的食物，我已经殚精竭虑、尽我所能，而且我保证在将来仍然尽我所能继续保护你们的安全、捍卫你们每天的面包。我仍将竭尽全力为你们做好每一件事，直至午夜过去再过五分钟以后。

"不要到临近的住户家里进行劫掠。要证明自己值得你们当中那几百万人作出的牺牲，克制自己，不要进行任何个人的复仇和恐怖行动。"

他坦承，这个地区从未欢迎过他们这帮囚徒。"辛德勒犹太人在布伦利茨是个禁忌。"可是眼下有比展开报复更重要的事情要操心。"我委托你们的牢头和工头继续负责维持秩序，希望你们能理解这种安排的良苦用心。把这些情况都告诉你们的人，因为这事关你们的安全大计。要感谢碾谷厂的道贝克，他在帮助你们获得额外的食物上已经无所不用其极。我想代表你们大家，向勇敢的道贝克主管献上我们诚挚的谢意，他在为你们提供食物上已经尽了全力。

"不要因为你们能幸存下来而感谢我。要感谢不分昼夜拼尽全力救你们免遭迫害的你们的人。感谢你们大无畏的斯特恩和彭佩尔，还有其他几位，他们时刻关心着你们的安危，特别是在克拉科夫的时候，这份无私的关切却使他们自身随时都面临死亡的考验。这个光荣的时刻要求我们密切注意、保持秩序，只要我们还相聚在这里，就要尽到这份责任。我请求你们，哪怕是在你们自己人当中，也不要做出任何有违人道和正义的决定。我想对在各个领域我个人的协助者和合作者献上诚挚的谢意，感谢他们对我的工作做出的莫大贡献。"

　　他的演讲从这个主题谈到另一个主题，详尽谈论过一个观念后，又跳到另一个全新的观念，终于触及最胆大包天的核心：奥斯卡转向那些仍在担当守卫任务的党卫军驻军，感谢他们勇敢地抵制住了他们的"天职"对他们提出的必须要残忍的要求。在场的有些囚犯禁不住为他捏了把汗。他不是要求我们不要招惹他们吗？他自己这又是在干吗呀？因为不管怎么说，党卫军毕竟是党卫军，是格特、约翰、胡亚尔和施密特的大本营。党卫军受的训练，他们的所作所为和所思所想都是迥异于普通人的，他们的"人性"跟普通人的人性是不能相提并论的。他们觉得奥斯卡这么做实在太冒险了。

　　"我想要对在场的诸位党卫军卫兵表达我的感激之情，"他说，"将他们从陆军和海军中调到这里来服役之前也根本没有征求过他们的意见。他们也是某个家庭的一家之主，他们也早就认识到他们的任务是何等的可鄙，何等的毫无意义。可是他们在这里的所作所为又是何等的人道和正确。"

　　囚犯们不禁为主管先生的勇气惊呆了，而且也不免倍受鼓舞，他们没有意识到的是，奥斯卡已经成功地完成了他在生日的当晚就有意展开的心理攻势。他已经完全解除了这些党卫军的武装，已经剥除了他们的敌人身份。因为，如果他们已经是安静地站在这里，完全接受了奥斯卡所界定的"人道和正确"观念，那么他们除了静静地从这里撤离以外，已经再无任何其他选择可言了。

"最后,"他说,"我要求大家一起默哀三分钟,纪念在这段残酷的岁月里你们当中无数的死难者。"

大家全体服从。从莫策克长官到海伦·希尔施,从舍恩布伦到埃米莉,从戈尔德贝格到上星期才从地窖里出来的露西娅;不论是一心等待新时代降临的,还是一心要逃离新时代的,大家心气相通,在这个最喧嚣纷乱的战争即将终结的关键时刻,在巨大的重型机械当中,静静地默哀三分钟。

默哀过后,党卫军迅速离开了工厂。囚犯们留了下来。他们向四周张望,一时还无法相信他们终于成了这里的主人。奥斯卡和埃米莉准备回公寓收拾行装,可是被囚犯们拦了下来。大家把利希特精心打造的戒指呈献给他。奥斯卡赞叹良久;他把内圈的铭文指给埃米莉细看,问斯特恩是什么意思。当他问到他们从哪里弄到的黄金,结果发现竟然是耶雷特的齿桥时,大家本来期望他哈哈大笑的;耶雷特本人也在敬献礼品的委员会当中,本来已经准备好受到奥斯卡揶揄的他,张大嘴巴让大家看摘掉假牙以后的小空洞。可是奥斯卡的态度突然间变得无比庄重,慢慢地将那枚戒指戴到手上。虽说当时大家都有些不解,事实上,正是在那一刻,他们重新获得了已经失去的身份,他们跟奥斯卡之间的施受关系已经掉了个个儿,奥斯卡·辛德勒从此成为需要依靠他们的赠与生活的受惠者。

第三十八章

　　奥斯卡的告别演说结束后的几个小时内，党卫军驻军就纷纷开起了小差。工厂内部，由"布兹津人"和其他囚犯中挑选出来的突击队已经拿到了奥斯卡早就储好的武器。都希望能顺利解除党卫军的武装，而不必为此再来一场战斗。正如奥斯卡向大家解释的，如果枪炮声将那些心怀怨恨的撤退部队给招上门来，那可就得不偿失了。可是除非达成类似奇迹的和平协议，否则瞭望塔是免不了还是要用手榴弹来炸平的。

　　可事实上，突击队只不过把奥斯卡在演讲中描述的"放下武器"在现实中重演了一遍。大门口的警卫几乎是心怀感激地交出了武器。在通往党卫军营房的昏暗楼梯上，波尔代克·普费弗伯格跟一个叫尤赛克·霍恩的囚犯缴了莫策克司令官的械。普费弗伯格用手指顶在莫策克的脊背上，莫策克就跟任何一位已经四十多岁，家里还有妻儿老小等着他回去的明智男人一样，立刻开始求饶。普费弗伯格缴了他的手枪，并没有马上放人。莫策克吓得直呼主管先生救命，普费弗伯格也就放了他，获释之后的莫策克马上踏上了回乡路。

　　那几座瞭望塔，不知费了尤里和其他几位非正规军多少心思苦思攻取之计的，竟然已成空城。随即议定，将党卫军的武器发给几位囚犯，要他们在瞭望塔上站岗，以昭示路过的人等：此处依旧秩序井然。

午夜来临时，整个营区已经不见任何一位党卫军男女的身影了。奥斯卡把班吉尔叫到办公室，将一把开启一个特别仓库的钥匙郑重交到他手上。那是个海军系统的补给仓库，直到苏军挺进西里西亚之前，一直安置在卡托维兹地区的某处。这个仓库想必是专为补给河流和运河上的巡逻艇工作人员之用的。奥斯卡得知军备物资监管局有意在比较安全的地区为此仓库另觅一个安置地，于是就得到了这份仓储合同——"礼物也帮了些忙，"他后来这么说。于是十八辆卡车，满载着外套、制服和内衣布料，还有精纺毛纱和毛线、五十万卷线团和大量鞋子，就这么驶进了布伦利茨的大门，货物统统卸下，存入一个特别仓库中。斯特恩和其他知情者后来都证实，这其实是奥斯卡的未雨绸缪，等战争结束后为他手下的犯人预备好开始新生活的必要物资。奥斯卡本人也在后来的一份文件中证实了这一说法。他之所以促成这份仓储合同，他说，"就是打算在战争结束后为我的犹太犯人提供几件必备的衣装……据几位犹太纺织业专家的估计，我这个服装仓库的价值超过了十五万美元（照和平时期的币值）。"

他的布伦利茨营内不缺这方面的人才——比如朱达·德雷斯纳就曾在斯特拉多姆街上拥有自己的纺织厂；还有伊扎克·斯特恩，也曾在斯特拉多姆街对过的纺织公司里供职多年。

在将这把关系重大的钥匙交给班吉尔的小型仪式上，奥斯卡已经换上囚犯们穿的条纹囚服，他妻子埃米莉也是同样的穿扮。他早在德国搪瓷厂建厂初期就开始为之努力的角色转换，至此已圆满实现。当他走到院子里跟大家道别时，每个人都没太把他的变装当回事儿，觉得不过是暂时的伪装，一旦碰到美军后也就马上换下来了。可事实上，换上粗制囚服的这一举动决非可以一笑置之的小事一桩。因为他真真切切地感受到，终其一生，他将一直都是布伦利茨和埃玛丽娅心甘情愿的人质。

有八位因犯主动请缨，护送奥斯卡和埃米莉一路逃亡。八个人都很年轻，还包括一对小夫妻：理查德和安卡·雷辰。年龄最大的是一位叫埃戴克·罗伊宾斯基的工程师，不过也比辛德勒夫妇要年轻将近十岁了。日后，就是他为我们提供了此次离奇之旅的详情。

埃米莉、奥斯卡和一位司机本来是要乘坐那辆梅赛德斯的，其余人等乘坐紧随其后的一辆卡车上，车上还装了食物以及可用来做交易的烟、酒。奥斯卡显得急于上路。弗拉索夫手下的那支苏联部队虽说已经开走，威胁解除，可是另外一支苏联军队明晨就该抵达布伦利茨，闹不好到得还会更早些。埃米莉和奥斯卡身穿因服坐在梅赛德斯的后坐上，说实话，他们两位还是不怎么像是因犯，倒更像是去参加化装舞会的布尔乔亚。已经坐上车的奥斯卡还在唠唠叨叨地低声嘱咐斯特恩，吩咐班吉尔和萨尔彼得。不过看得出来他巴不得赶紧动身。可是司机多莱克·格吕豪特试图发动这辆梅赛德斯的时候，引擎却一点反应都没有。奥斯卡赶忙从后坐上爬出来，打开引擎盖查看。他明显慌了手脚——跟几小时前发表那番高屋建瓴演说的他简直判若两人。"到底怎么了？"他不断询问。可是昏暗之中，格吕豪特也一时摸不着头脑。他花了点时间才找到问题的所在，应该大大出乎了他的意料。有人肯定是因为被奥斯卡就要离去的想法给吓坏了，情急之下竟然把车子的接线给割断了。

普费弗伯格本来跟大家挤在一起给主管先生送行的，这时冲进焊接车间，把他的焊接工具带出来，马上开始工作。他满头大汗，两只手也好像不听使唤了，因为他也感觉到了奥斯卡的焦急心态，弄得自己也格外紧张。辛德勒不断地朝营区大门张望，好像苏联军队随时都会来。这种担心也并非没有道理——院子里其他人的内心也同样因为这种颇具嘲弄意味的可能性而大受折磨——普费弗伯格干得实在太卖力，花的时间也实在太长了。不过最后，在格吕豪特拼命转动点火钥匙之下，引擎终于发动了起来。

引擎发动起来，梅赛德斯马上开出了大门，卡车紧随其后。大家都因为太过紧张，也没顾上好好地正式道别，不过由希尔夫斯坦因、斯特恩和萨尔彼得联名作保的一封信件——证明奥斯卡和埃米莉有功于犹太人之种种事迹——还是交到了辛德勒夫妇手上。辛德勒的坐驾驶出大门后，先沿铁路支线近旁的道路前行，然后左转哈夫利奇科瓦博罗瓦方向前进，驶往对奥斯卡而言比较安全的欧洲一端。此行带上了点婚庆的气息，因为奥斯卡当初带着那么多女人一道前来布伦利茨，离去时则只有结发妻子相濡以沫。斯特恩和大家仍在工厂院落中久久伫立。奥斯卡曾向他们许下那么多次誓言，并拼死一一践行，如今就只剩下他们自己，他们的命运也只能靠他们自己做主了，由此而生的压力和疑惧不禁油然而生吧。

这种前不着村后不着店的悬置状态一共持续了有三天，这三天里也出了不少故事和险情。党卫军驻军已主动离去，昔日之杀人机器留在布伦利茨的只余一德国牢头，是当初跟辛德勒的男囚由格罗斯-罗森一道来此的。此人在格罗斯-罗森时身上就已经血债累累，来到布伦利茨后仍旧处处树敌。于是一小帮男囚就把他从床铺上拖下来，将其带到车间大厅里，群情激愤之下残忍地把他挂在大梁上活活吊死了，正是前不久利奥波德少尉威胁要把大家统统吊死的所在。有些囚犯曾试图予以阻止，可那一小帮行刑者狂怒之下根本不听劝阻。

这是和平时代已经到来后的第一次谋杀事件，成为很多布伦利茨人心头深感厌恶又一直无法磨灭的阴影。他们曾亲眼目睹阿蒙在普拉绍夫的阅兵场上将可怜的克劳特沃特工程师活活吊死，这次吊死的牢头虽确属恶贯满盈，可这一行为仍为大家所深深厌恶。因为阿蒙是个杀人恶魔，他的本性已经是无可更改的了，但这次杀人的却是他们的自家兄弟。

那个牢头停止挣扎、抽搐后，那一小帮行刑者径自离去，任由他的尸首悬挂在已经停转的机器头上。把他吊死本来是想让大家品尝到胜利的欢欣的，可他的尸体却让大家心情复杂、满腹疑虑。最后，有几位没有参加绞杀行动的人把绳子割断，将尸首给焚化了。这也充分证明了布伦利茨是个多么与众不同的集中营，因为根据规定，营内的焚化炉本是为焚化犹太人的尸体之用的，结果唯一一具扔进炉子里焚化的尸体竟然是个雅利安人。

给大家分发海军仓库里的物品花了次日整整一天的时间。一捆捆巨大的精纺布料须得裁成小块分发。摩西·贝斯基说每人分得了三码布料，还有一整套内衣和几卷棉线。有些女人当天就开始缝制返乡的服装，其他人则把布料小心收藏，以备将来吉凶未卜的日子里换取生活之需。

奥斯卡从战火熊熊的布尔诺打劫来的伊吉普斯基香烟也都均分给大家，每个囚犯还从萨尔彼得精心看护的仓库里分得一瓶伏特加。可是很少有人舍得喝一口，这瓶酒对他们来说实在太过珍贵了。

第二天天黑以后，一支坦克部队从兹维陶方向开了过来。卢戴克·费根鲍姆当时正埋伏在营区大门口的灌木后头，装配了一支来复枪，他一看见第一辆坦克从地平线上冒出来就差点忍不住开枪射击。他眼睁睁地看着那个大铁家伙轰隆隆地驶了过去。靠近队尾，有辆坦克里的炮手觉得铁丝网后面的瞭望塔里肯定潜伏有犹太罪犯，就转过炮筒朝营内发射了两发炮弹。有一发在院子里炸开，另一发则落到了女囚宿舍的阳台上。其实这不过是随意发泄一下对犹太人的敌意，而营内已经武装起来的囚犯要么是因为聪明，要么就是给吓坏了，都没有开枪还击。

最后一辆坦克在地平线上消逝以后，突击队的队员们听到了从院子和楼上女囚宿舍里传来的哭喊。有个女孩被炮弹的碎片击伤了，她自己给吓了个半死，而见到她受伤后，这么多年来一直郁积在所有女囚心头难得释放一下的悲伤，借此一下子全发泄了出来，大家哭喊成一片。不过经布伦利茨的几位医生检查后发现，那女孩不过是点皮肉伤，根本不值得大惊小怪。

奥斯卡一行踏上逃亡之旅的头几个钟头内，一直跟在一队纳粹国防军的卡车后面。在午夜时分，这种小伎俩还是颇有成效的，没人找他们的麻烦。跟在车队后面，他们可以听到德国工程师们炸毁军事设施的声响，远处偶尔还会传来捷克地下游击队发动突袭的炮火声。接近哈夫利奇科瓦博罗瓦时，他们想必是落了单，因为捷克游击队站在马路正当间把他们给拦了下来。奥斯卡继续扮他的囚犯。"我跟这帮好人都是从一个劳役营里逃出来的。党卫军都跑光了，主管先生也脚底抹油了。喏，这就是主管先生的汽车。"

捷克人问他们有没有带武器。罗伊宾斯基这时已经从卡车上下来，加入了对话。他承认他有把来复枪。那好，捷克人说，你们最好把武器都交给我们。要是苏联人把你们拦下来，发现你们还带着武器，你们可就不大容易解释清楚了。你们身上的囚服就是你们最好的保护。

哈夫利奇科瓦博瓦是布拉格东南方的一个小城，是前往奥地利的必经之地，在这里仍有可能碰上有心找茬的部队。游击队指示他们最好去找镇广场上的捷克红十字协会办公室。他们在那里能安全地度过下半夜。

可是他们找到红十字协会以后，协会的官员却告诉他们，鉴于目前和平的局势尚不明朗，或许在镇监狱里过夜才是最安全的。他们把两辆车就停在红十字办公室门前的广场上，然后奥斯卡、埃米莉和他们的八位同伴拿着很少的几件行李，在警察局没有上锁的牢房里睡了半宿。

可是第二天一早回到广场上一看，他们那两辆车都被扒了个干净。梅赛德斯里面所有的包皮和嵌板统统被撬了下来，密藏的钻石已经不翼而飞，卡车的轮胎都给卸下来拖走了，连引擎都不放过。捷克人对此倒是很看得开。兵荒马乱的，丢点东西也在所难免，不是吗？闹不好他们都对奥斯卡起了疑心，他皮色这么白皙，眼睛又蓝，很可能是个乔装的党卫军。

他们这帮人就这么没了交通工具，不过有班火车朝南开往卡普利采，他们赶上了这班车，仍然大模大样地穿着他们的条纹囚服。罗伊宾斯基说他们可以乘到"森林地带，然后步行"。林茨以北的边境地区密林环抱，在那里就有可能撞上美国兵。

他们沿着一条绿荫匝地的小路往前走时，撞上了两个嚼着口香糖的年轻美国兵，两个人坐在一挺机关枪旁。奥斯卡的犹太人里有个会讲英语，就上去跟他们打招呼。"我们接到的命令是不许任何人通过这条道路，"其中一个美国大兵说。

"那我们从森林里绕过去呢？"会讲英语的犹太人问。

"应该可以吧，"那美国大兵终于说。

于是他们就进入森林，半小时后再绕回到路上，正碰上排成两列纵队朝北行进的一个步兵连。他们再次通过会讲英语的同伴跟这个连队的侦察兵搭上话。这个连队的指挥官很快开着吉普赶了过来，下车后开始问他们话。他们对他一无隐瞒，告诉他奥斯卡是主管先生，而他们都是犹太人。他们相信他们已经到了安全的地界，因为他们从 BBC 的广播中得知，美国军队中有很多德国和犹太移民的后裔。"待在这儿别动，"这位上尉对他们说。他没再做解释就把吉普给开走了，把他们不尴不尬地留给那些年轻的步兵看管，美国大兵们倒是很友好，还给他们敬烟，是弗吉尼亚烟，就跟他们的吉普、军装跟装备一样，看起来都一派光鲜亮丽，显然是来自一个宏大、粗犷、决无代用品的新大陆的出品。

虽然埃米莉和囚犯们都担心奥斯卡会被捕，他本人倒是明显心无挂虑地坐在绿茵茵的草地上，呼吸着高地山林中清新的春日气息。他怀里揣着那封希伯来语的信呢，而且他知道纽约就是个民族的大熔炉，肯定不缺懂希伯来语的犹太人。半个小时过去了，有一群士兵出现了，可他们的步伐并不整齐，争先恐后地奔过来。他们都是犹太兵，还有一位战地拉比。他们激动极了，热情极了。他们拥抱了每个囚犯，埃米莉和奥斯卡也没放过。犹太兵们说，他们是整个连队遇到的头一批集中营的幸存者。

欢迎仪式结束后，奥斯卡取出了他的希伯来语的证明书，拉比读完以后，热泪纵横。他把信中的详情告诉了别的美国人。美国大兵们再次欢呼鼓掌，再来一轮热情的握手，再来一圈激动的拥抱。这些美国大兵表现得竟然这么开朗，这么吵闹，这么孩子气。他们离开中欧虽说才不过一代人、最多两代人的时间，可他们已经完全美国化了，辛德勒夫妇和囚犯们也以同样不可思议的表情看着他们。

结果，辛德勒一行在奥地利边境又盘桓了两日，被团长和拉比奉若上宾。他们喝的是上等的咖啡，他们这些真正的囚犯自打犹太聚居区成立之日起就再没尝过这等的美味。他们吃得非常丰盛。

两天后，拉比给了他们一辆俘获的救护车，他们就开着救护车一路驶向上奥地利州那座已经毁于战火的城市——林茨。

布伦利茨得到和平已经是第二天了，苏联人却仍旧没有出现。突击队开始担心，他们实际上留在这里的时间要比原先预料的长了。就他们的记忆所及，他们唯一一次看到党卫军表现出恐惧——除了最近几天莫策克和他的手下表现得焦虑不安——就是斑疹伤寒爆发的时候。所以他们就在铁丝网上贴满了斑疹伤寒的警示标志，以求自保。

午后时分，有三个捷克游击队员来到了大门口，透过铁丝网跟当值的囚犯喊话。现在都结束了呀，他们说。你们愿意什么时候走出来都成。

还是等苏联人来了再说吧，由犯人组成的突击队说。在此之前我们大家都要留在这里面。

那几个捷克人耸了耸肩，走了。

当晚，轮到波尔代克·普费弗伯格一班人当值，路上突然传来摩托车突突的引擎声。而且不像上次坦克部队那样只是路过，听得出来，摩托车是直冲营门而来的。很快，五辆带有党卫军骷髅头标志的摩托就从黑暗中冲了出来，在营门口停下，引擎声响得吓人。当那几个党卫军——波尔代克记得他们都很年轻——关掉引擎，跨下摩托，朝大门走来的时候，营区里面的武装人员展开了激烈的争论：要不要马上就毙了这几个不速之客。

领头的那个党卫军军士像是也意识到了危险。他在离开铁丝网一小段距离的地方就停下来，把两条手臂张开，以示自己没有敌意。他们需要汽油，他说。他想这是个工厂集中营，布伦利茨应该有储备汽油。

普费弗伯格建议，与其因为跟他们开火引来不必要的麻烦，还不如给他们点汽油把他们赶紧打发走。他们团里其他的人员也许就在附近，一旦开枪很有可能把他们给招了来。

最后，他们还是让这几个党卫军进了大门，有几个囚犯去车库给他们取汽油。武装的突击队员都已经换上了蓝色工作服，希望看起来像是非正式的卫兵，或至少像德国牢头。那位党卫军军士很配合地特意让他们觉得，他并不认为全副武装的囚犯从内部自行保卫营区有什么好大惊小怪的。

"希望你已经注意到我们这里斑疹伤寒正在流行，"普费弗伯格指着那些醒目的标示，用德语跟他们说。

那几个党卫军面面相觑。

"我们已经损失了有二十几个人了，"普费弗伯格又说。"还有五十个隔离在地窖里。"

这番声明看来让这几位骷髅头绅士印象深刻。他们已经精疲力竭，又正在亡命途中。他们已经够受的了，可不想再染上什么斑疹伤寒了。

囚犯们给他们拿来几罐五加仑装的汽油，他们表示了谢意，鞠了个躬，然后就出了大门。囚犯们看着他们把油箱加满，还体贴地将跨斗里放不下的空汽油罐留在铁丝网旁边。他们戴上手套，发动引擎，并没有急于加速，很小心地把摩托开走了，可不想把新加满的油浪费在炫耀上。引擎的轰响穿过西南方的村庄，渐渐消失。对在大门口站岗的犹太囚犯来说，这次客客气气的遭遇，将是他们这辈子最后一次碰上穿海因里希·希姆莱的邪恶军团制服的党卫军。

布伦利茨是在第三天上获得解放的，解放他们的是一个孤身前来的苏联军官。他骑着一匹马出现在由马路和铁路支线进入布伦利茨大门所必经的那条小路上。走得更近一些时，大家才发现他的坐骑显然还是匹没长足身量的小马，这位军官踩在马镫里的两只瘦脚几乎就要刮到地面了，他的两条腿在瘦骨嶙峋的马腹底下弯成一个很滑稽的角度。他像是要给布伦利茨带来一种很个人化的、得之不易的解放，因为他身上军装已经穿得破旧不堪，挂来复枪的皮带已经被汗水、严寒和无数次战役销蚀殆尽，干脆用根绳子取而代之。马的缰绳也用破绳子代替。这位军官面色白皙，既给人一种强烈的异族感，又让人倍感亲切——波兰人眼中的俄罗斯人总有这种感觉。

经过一番俄语和波兰语混杂的简短交谈后，门口站岗的突击队放他进来了。有关他到来的消息已经传遍了二楼的宿舍。他刚从马上下来，克鲁姆霍尔茨太太就抱住他亲了一口。他微笑着，用两种语言招呼大家给他搬把椅子过来。有个男孩马上把椅子给他搬了来。

　　站在椅子上他就可以居高临下地发表讲话了，其实他本来个头就高，不需要这把椅子也够鹤立鸡群了。他的讲话听起来就是一段用俄语发表的标准解放宣言。摩西·贝斯基能听个大概。他们已经由光荣伟大的苏维埃彻底解放了。他们可以自由地走到市区，自由地前往他们选定的任何方向。因为在苏维埃的领导下，他们就像是到了神话中的天堂，根本就不再有犹太人和基督徒，男人和女人，奴役与自由之分。还有就是希望他们不要在这个城市采取任何小气的复仇行为。他们的盟友会替他们找到他们的压迫者，对他们施以严肃而又适当的惩罚。如今，最重要的是他们已经重获了自由，这一点应该压过其他任何方面的考虑。

　　他从椅子上跳下来，微微一笑，仿佛是说现在他已经完成了发言人的任务，准备回答问题了。贝斯基等一帮人已经开始七嘴八舌地说了起来。他指了指他自己，用一种怪腔怪调的白俄罗斯意第绪语——这种语言你只听你祖辈说过，你的父辈都已经讲不来了——说他也是个犹太人。

　　这一下，谈话可就亲密多了。

　　"你去过波兰了吗？"贝斯基问他。

　　"去过了，"那位军官承认。"我这就是从波兰来的。"

　　"那里还有没有犹太人了？"

　　"我一个都没看到。"

　　囚犯们全都围上来，相互翻译、转述着谈话的内容。

　　"你是从哪里来的？"那位军官问贝斯基。

　　"克拉科夫。"

　　"两周前我就在克拉科夫。"

"那奥斯威辛呢？奥斯威辛现在怎么样了？"

"我听说奥斯威辛那里还有几个犹太人。"

囚犯们不禁陷入了愁思。听这个苏联军官说起来，波兰现在已经成了一片真空了，要是他们重返克拉科夫，那岂不是像罐子里的干豆子一样，只能哐当哐当地发出寂寞的回响吗。

"还有什么我能为你们效劳的吗？"那军官问道。

大家喊着要食物。他表示应该可以给他们弄到一卡车的面包，也许还有些马肉。黄昏前应该就能运到。"不过你们也该出去看看，人家城里面都有些什么呀，"军官建议道。

这个主意可够大胆的——他们应该就这么大摇大摆地走出大门，在布伦利茨开始他们的大采购。对他们当中的某些人来说，这真是想都不敢想的事。

彭佩尔和贝斯基等一帮年青人在军官离开的时候还一路跟着他不放。要是波兰一个犹太人都没有了，那他们也就没地方可去了。他们不是想要他给他们什么指示，只是觉得他应该跟他们讨论讨论他们这种进退维谷的窘境。苏联军官把小马的缰绳从栏杆上解下来的时候，暂停了一会儿。

"我不知道，"他说，注视着他们的脸。"我不知道你们该到哪儿去。不要往东——这个我可以肯定。可也别往西去。"他的手指又回去解缰绳了。"哪里的人都不喜欢我们。"

在苏联军官的鼓动下，布伦利茨的囚犯们终于鼓足勇气踏出了集中营的大门，试探着跟外面的世界开始了第一次接触。最先踏出第一步的总是年青人。丹卡·申德尔在获得解放的第二天就跑了出去，爬上了营区后面那个树木葱茏的小山头。百合和银莲花正在吐蕊，迁徙的候鸟也正从非洲回到这里。丹卡在山上坐了一会儿，尽情享受着仲春的气息，然后兴之所至，竟然一路从山上滚了下来，躺在山下软软的草地上，畅快地呼吸芳香的空气，抬头仰望着蓝天。她在外头玩得太久了，她父母都不禁担起心来，唯恐她在村子里碰上当地居民或是苏联军队，有什么不幸发生呢。

戈尔德贝格也很早就离开了营区，也许是第一个走的，回克拉科夫去取他勒索来的财富。然后就以最快的速度办好各种手续，移民巴西。

大部分上了年纪的囚犯仍留在营里。苏联军队已经开进布伦利茨，把村子小山上的一处别墅改做了军官宿舍。他们杀了一匹马，把马肉送进营内。囚犯们于是大嚼马肉，在习惯了面包、蔬菜和埃米莉的私房浓汤后，有些囚犯觉得这肉太肥腻了，有些消受不了。

卢戴克·费根鲍姆、雅奈克·德雷斯纳和小斯特恩贝格结伴去城里找吃的。村子里现在由捷克地下游击队负责维持治安，布伦利茨的德裔居民对得到解放的这些囚犯也就格外小心。一个杂货店老板指着一袋一直存在库房的糖，要那三个男孩随意取用。小斯特恩贝格实在难以抵挡白糖的诱惑，抓了满满一把，埋下头大口吞咽。结果却搞得他极不舒服。他由此发现了一个真理，跟辛德勒一行在纽伦堡和拉芬斯堡的发现可说殊途同归：自由和富足须得一步步达到，没办法一蹴而就。

他们这次跑到城里去探险的主要目的是弄到面包。费根鲍姆是布伦利茨突击队队员，装备有一支手枪和一支来复枪，当面包师傅坚称店里真的没有面包的时候，他的一个同伴对他说，"拿你的来复枪吓唬吓唬他。"面包师傅毕竟是个苏台德德国人，从理论上讲是他们经受的所有这些苦难的支持者。费根鲍姆就用枪指着面包师傅，从店里走到店后面他的家里，看有没有私藏的面粉。走进客厅后，他发现面包师傅的妻子和两个女儿吓得缩成了一团。母女三人真是吓得魂飞魄散，就跟当初搜捕行动中任何一个克拉科夫的犹太家庭一模一样。一见之下，小费根鲍姆真是羞愧难当，他朝母女几个点了点头，就像原本是来拜客一样，然后就离开了。

弥拉·普费弗伯格第一次到村子里去的时候也有类似的羞愧经历。她走进广场后，一个捷克游击队员就拦住了两位苏台德女孩，命她们把鞋子脱下来，让只有木底鞋可穿的弥拉挑一双合脚的穿。这种突如其来的优势地位羞得她满脸飞红，她于是坐在人行道上硬着头皮选了一双。游击队员把弥拉的木底鞋给了那个女孩，然后就走了。弥拉则转过头来，追上那两个女孩，把鞋子还了回去。可弥拉记得，那个苏台德女孩却连个谢字都没说。

到了晚上，那些苏联人就跑到营里来找女人。有一次，普费弗伯格不得不用手枪顶住一个苏联兵的脑袋才把他给轰走，这家伙闯进了女工宿舍，一把抱住克鲁姆霍尔茨太太就不放了。（克鲁姆霍尔茨太太多年后还拿这事儿来骂普费弗伯格，指着他的鼻子数落他。"我终于有个机会跟个年轻男人跑掉了，半路上又杀出这么个无赖坏了我的好事！"）有三个女孩被带去——多少都出于自愿——参加一个苏联军队的宴会，三天以后才回来，而且都兴高采烈地咋呼说开心极了。

再在布伦利茨待下去终非长久之计，不出一个礼拜，囚犯们也就纷纷各奔前程。有些家破人亡、只剩了自己光杆一个的就直接去了西方国家，再也不愿看到波兰这个伤心地了。贝斯基兄弟俩靠分得的布料和伏特加做买路钱去了意大利，然后登上一艘犹太复国主义者的船只去了巴勒斯坦。德雷斯纳一家步行穿越摩拉维亚和波希米亚到了德国，当埃朗根的巴伐利亚大学在下半年开始招生时，雅奈克成为第一批注册入学的十名学生之一。

　　曼茜·勒斯纳牢记他跟丈夫亨利约定的誓言，重新回到波德戈尔兹等着丈夫和儿子回来。亨利·勒斯纳和奥莱克在达豪获得解放后，一天在慕尼黑的一个男厕所里碰到一个穿横条囚服的男人，他就问这个人来自哪个集中营。"布伦利茨，"那人说。那人还告诉他，除了一个老太太以外，布伦利茨所有的囚犯都活了下来（后来证实，这个说法并不确切）。曼茜这边则是通过一个表亲得知亨利还活着的，这位表亲挥舞着登载有达豪集中营获救波兰人名单的一份波兰报纸，兴冲冲地跑到曼茜痴痴等待的房间。"曼茜，"这位表亲道，"亲我一下。亨利和奥莱克都还活着。"

　　雷吉娜·霍洛维茨也有着类似的经历。她跟她女儿纽西娅足足花了三个礼拜，才从布伦利茨回到克拉科夫。她租了个房间——她从辛德勒的海军仓库里分得的财物让她有了这个能力——等丈夫多莱克回来。夫妻团聚后，他们又开始到处打听理查德的消息，可一直杳无音讯。那年夏季，有一天雷吉娜去看一部苏联拍摄的有关奥斯威辛的影片，是免费放给波兰民众看的。她看到了那些拍摄集中营里的儿童的著名镜头，他们从铁丝网后面巴巴地向外张望，或者由修女们护送着经过奥斯威辛I区的高压电网。小理查德因为又小又迷人，所以大部分镜头里都有他的形象出现。雷吉娜不由得站起身来连声惊叫，跑出了影院。影院的经理和几个路人在大街上竭力安慰她。"那是我儿子，是我儿子！"她不断尖叫。现在她知道儿子还活着，查找起来也就有头绪了。结果发现理查德是被苏军解救的，之后就转交给一个犹太救助组织。这个组织以为这孩子父母双亡，就让霍洛维茨家的旧识利布林家收养了他。雷吉娜拿到了利布林家的地址，马上赶了去。当她到达利布林家的公寓时，隔着门就听见理查德在屋子里面敲打着一个炖锅的边缘大叫，"今天大家都可以喝到汤！"她把门敲响的时候，听见小理查德在叫利布林太太过来开门。

他就这样重新回到了她身边。可是因为他在普拉绍夫和奥斯威辛都亲眼见过在绞刑架上绞杀囚犯的血腥场面，她再也不敢把孩子带到儿童游乐场去玩了，因为他一看见秋千架，就忍不住要歇斯底里大发作。

到达林茨以后，奥斯卡一行遂向美军当局报到，于是放弃了那辆靠不住的救护车，搭卡车北向前往纽伦堡，那里有个收容居无定所的集中营囚犯的巨大的收容中心。他们在那里的所见，正印证了他们的担心：自由可不是一蹴而就的。

理查德·雷辰有个姑母住在康斯坦茨，就在瑞士边境的湖畔。美国人问他们是否有地方可去时，他们就把这位姑母搬了出来。布伦利茨这八名年轻囚犯原来的打算是：如果有可能就把辛德勒夫妇送过瑞士边境，以防突然爆发针对德国人的报复行动。就算在美占区，辛德勒夫妇也有可能遭到不公正的惩罚。此外，他们八个也都有移民的打算，觉得到了瑞士，往后的一切也就容易安排得多了。

罗伊宾斯基记得在纽伦堡的时候，美军司令官对他们还是挺热诚的，可就是不肯拨给他们往南前往康斯坦茨的交通工具。他们只能自己想办法解决穿越黑森林山区的这段旅行，步行一段，然后再搭一段火车。快到拉芬斯堡的时候，他们找到当地的监狱营，求见那里的美军司令官。他们再度被待若上宾，在营里休息了几天，尽情享受美军丰富的食物供应。作为回报，他们跟这位犹太后裔的司令官一起畅谈至深夜，跟他讲他们跟阿蒙之间的故事，他们依次在普拉绍夫、格罗斯-罗森、奥斯威辛和布伦利茨的亲身经历。他们希望他能为他们提供一种前往康斯坦茨的交通工具，最好是卡车。他匀不出多余的卡车，不过给了他们一辆公共汽车，还奉送了不少路上的吃用。奥斯卡身上带的几颗钻石还值个一千多德国马克，而且还有些现金，不过这辆公共汽车却没要他们一分钱，竟是白送给他们的。奥斯卡在跟纳粹德国的官僚机构打了这么多次交道后，还真挺难适应这种交易形式的。

来到康斯坦茨以西的瑞士边境地区后，他们把车停在一个叫克鲁兹林根的村子里，这里属于法国占领区。雷辰跑去镇上的五金店里买了一对钢丝钳。看来在买钢丝钳的时候这队人马仍旧穿着他们的横条囚衣。五金店老板之所以把钳子顺利卖给了他们，也许是出于以下两种考虑中的一种：其一，这确实是个囚犯，要是不把钳子卖给他，他可能向他的法国保护者打小报告，给自己惹麻烦；其二，此人事实上是个乔装潜逃的德国军官，如果是这样的话，倒是应该帮帮他的。

边境的铁丝网就横穿克鲁兹林根村子中央，将其一劈两半，由法国保安部队负责警戒。他们一帮子人从村子边上的铁丝网下手，用钳子将铁丝剪断，静待卫兵接近其巡逻区域边缘时，溜进瑞士境内。谁知人算不如天算，一个从村子里出来的女人在道路的转角处发现了他们，马上跑去通知法国和瑞士两边的卫兵。辛德勒刚到瑞士这边一个宁静的乡村广场——跟德国这边的简直一模一样——瑞士警察就把他们给包围了，理查德和安卡·雷辰夫妇奋勇突围，瑞士警方派人追捕，夫妻俩最后还是被一辆巡逻车给逮了回来。偷越边境的这帮人不出半个钟头又被交还给法国保安部队了。法国人把他们搜了个遍，把钻石和现金都给搜了出来，然后把他们全体送入原德国人的监狱，分别关在不同的牢房里。

罗伊宾斯基很清楚，人家肯定是把他们当作集中营里的卫兵来怀疑了。如果真是这样，那他们这阵子在美国人那里胡吃海塞导致的体重增加可真是自食其果了，因为他们看起来一点都不像刚离开布伦利茨那会子那么缺乏营养了。他们被分开审讯，审问他们这一路的过程和他们携带的财物。编个故事哄人，这谁都会，可谁都不知道旁人的故事又是怎么编的。他们真有点怕了起来，他们跟美国人混在一起的时候倒是从没这么怕过，他们怕万一法国人发现了奥斯卡的真实身份和他在布伦利茨担当的职务以后，会想当然地把他移交法办。

为了掩护奥斯卡和埃米莉，大家支吾搪塞了整整有一个礼拜。辛德勒夫妇如今对犹太文明也早有了足够的认识，轻易地通过了有关的文化测试。可是奥斯卡的举止和他的体格实在让人难以相信他前不久还是党卫军的囚犯来着。不幸的是，他那封希伯来语的证明信又留在了林茨，存入了美军的档案。

埃戴克·罗伊宾斯基因为在八个人当中是领头的，受到的审讯最多。在第七天上，他又被带到一间审讯室，发现了一个生面孔。这人平民打扮，讲波兰语，因为罗伊宾斯基声称自己是克拉科夫人，这人是专门找来探他的虚实的。出于某种原因——要么是因为这个波兰人在随后的审讯当中扮演了一个富有同情心的角色，要么纯粹是因为听到了久违的乡音——罗伊宾斯基彻底崩溃了，他大哭不已，用流利的波兰语把前前后后的实情统统都招了。其他人等又一一被叫进来，让他们看看罗伊宾斯基的样子，告诉他们他已经招供了，再命令他们各自用波兰语把自己的真实情况都招出来。临近中午的时候，大家提供的证词全部吻合起来，又把大家，包括辛德勒夫妇一起叫到审讯室，两个审讯官跟他们每个人都热情地拥抱一遍。罗伊宾斯基说，那两个法国人感动得都哭了。大家都很高兴能看到这么一幕——审讯官被感动得噼里啪啦掉眼泪。等他终于控制住情绪后，他吩咐手下为他自己、他的同事、辛德勒夫妇以及那八人组送上丰盛的午餐。

当天下午，审讯官把他们都安置到康斯坦茨一家湖畔旅馆当中，大家又在这里舒舒服服地待了几天，花的是法国军政府的钱。

当天晚上，当奥斯卡在旅馆里坐下来跟埃米莉、罗伊宾斯基、雷辰夫妇和另外几位兄弟共进晚餐时，他的财产已经尽数全归了苏维埃，他最后几样珠宝和一点现金也都填了解放他们的官僚体系的缝隙。他实际上已经是一文不名了，可是他照样还能在一家上等旅馆里跟他的"家人"共进丰盛的晚餐。而这一幕就将成为他未来生活方式的一个缩影。

尾 声

　　奥斯卡的光辉岁月已经落下帷幕。和平时期再也没有如战时那般令他意气风发。奥斯卡和埃米莉来到了慕尼黑。他们一度跟勒斯纳一家挤在一起，因为亨利跟他兄弟已经开始在慕尼黑的一家餐馆里演奏音乐，积累了一笔小小的财富。奥斯卡过去的一位囚犯专程前往勒斯纳家那个狭小拥挤的公寓探望他，不禁为他身上破旧的外套震惊不已。他在克拉科夫和摩拉维亚的财产自然早就被苏联军队充了公，他仅存的几样珠宝也都拿来换了食物和醇酒。

　　费根鲍姆一家来到慕尼黑的时候，见到了他的新情妇，是个犹太姑娘，一个远比布伦利茨糟糕的集中营的幸存者。很多到奥斯卡租的房子来看望他的老朋友心情都挺复杂的，一方面对于他这点英雄气短的毛病忍不住还是纵容，可一想到埃米莉又不觉愧疚难安。

　　他仍旧是那个慷慨到卤莽的朋友，仍旧能神通广大地弄到旁人弄不到的稀缺物品。亨利·勒斯纳记得，他居然能在鸡肉极度短缺的慕尼黑找到一个供应鸡肉的货源。他满心依恋地跟他那些已经来到德国的犹太人家庭混在一起——勒斯纳家、普费弗伯格家、费根鲍姆家还有斯特恩贝格家。有些犬儒主义者日后可能会说，当时凡是跟集中营有些瓜葛的德国人都巴不得跟他们的犹太朋友保持密切关系呢，还不过像变色龙一样给自己披上一层保护色。可是奥斯卡对他的犹太人的依恋可决非这种本能的狡黠可以同日而语的。这些辛德勒犹太人已经成为他的兄弟姐妹。

跟他们一样，他也听说了格特去年二月被巴顿将军的美国兵抓获的消息，他当时正在巴特特尔茨的一家党卫军疗养院养病；被捕后就给关押到达豪；战争结束后移交新波兰政府受审。阿蒙事实上成为最先移交波兰受审的德国人犯之一。几位前犹太囚犯受邀作为证人参加公审，而自欺欺人的阿蒙竟然考虑请海伦·希尔施和奥斯卡·辛德勒做他的辩护证人。奥斯卡本人没有前往克拉科夫参加这次审判。参加审判的证人们发现格特已经被糖尿病折磨得骨瘦如柴，态度虽然恭顺，可仍然毫无懊悔之意地为自己辩解。所有处决和转移行动的命令都是由他的上司签发的，他声称，所以应该是他们犯下的罪行，不能算在他头上。至于那些指控司令官亲手犯下谋杀罪行的证人，阿蒙道，统统都是恶意地夸大其辞。是有几位囚犯因蓄意破坏而被处决，不过战争期间总会发生很多类似的蓄意破坏事件的。

米戴克·彭佩尔坐在特意被请来提供证词的证人席上时，旁边另一位普拉绍夫的毕业生盯着被告席上的阿蒙，低声跟他讲，"我现在看到那个人，还是忍不住直打哆嗦。"不过身为控方第一证人的彭佩尔本人却很从容镇定，一一细数阿蒙犯下的桩桩罪行。继他之后作证的其他证人，其中包括比贝尔施坦因医生和海伦·希尔施，也纷纷陈述了自己确定无疑的痛苦记忆。阿蒙于一九四六年九月十三日被判处死刑，在克拉科夫执行绞刑。距离他在维也纳因进行黑市交易的指控被党卫军逮捕，整整过去了两年时间。根据克拉科夫媒体的报道，阿蒙走上绞刑架的时候丝毫没有悔恨的表现，死前还敬了个国社党的举手礼。

奥斯卡则在慕尼黑亲自指认了利奥波德。利奥波德当时是被美国人扣押了，奥斯卡在一个前布伦利茨囚犯的陪同下前去指认战犯，据他说，奥斯卡质问对他表示抗议的利奥波德，"你是想让我来指认你呢，还是宁肯等楼下街上站着的那五十个愤怒的犹太人把你揪出来？"利奥波德同样被处以绞刑——不是因为他在布伦利茨的罪行，而是因为他早先在布兹津犯下的谋杀罪。

奥斯卡当时可能就已经起意，想去阿根廷做农场主，饲养海狸鼠。这是种大型的南美水生啮齿类动物，以其珍贵的毛皮著称。奥斯卡信心满满，自己觉得一九三九年把他带到克拉科夫的那种出色的商业直觉，如今正急切地催促他横越大西洋。他已经一文不名了，不过联合配给委员会这个国际性犹太人救济组织乐意向他伸出援手。奥斯卡在战争期间曾数次为这个组织提供犹太人真实情况的报告，他们知道他对救助犹太人所做出的巨大贡献。在一九四九年，这个组织特意为他提供了一笔一万五千美元的补偿金，还交给他一份由联合配给委员会执行委员会副主席 M·W·贝克尔曼签署的介绍信（致所有可能的"敬启者"）。信上说：

美国联合配给委员会已经彻底调查过辛德勒先生在战争和德军占领期间的所作所为……我们诚挚地希望，所有跟辛德勒先生有所接触的组织和个人都能尽一切可能帮助他，以报答他所做出的杰出贡献……

辛德勒先生最初在波兰嗣后又在苏台德地区，以开设纳粹劳役工厂的名义，雇用并保护了大量犹太男女，否则他们早就惨死于奥斯威辛和其他臭名昭著的集中营了……

有很多亲历者都纷纷向联合配给委员会作证，他们说，"辛德勒设在布伦利茨的集中营，是整个纳粹占领区内绝无仅有的唯一一个从来没有一个犹太人被杀害甚至被鞭打的地方，他把所有的犹太人都当作有尊严的人类兄弟来对待。"

现在，辛德勒先生即将开始他的新生活，让我们来帮助他吧，就如同他曾慷慨地帮过我们的兄弟一样。

奥斯卡动身前往阿根廷的时候，还带了六个辛德勒犹太人的家庭同行，其中很多人的旅费都是他出的。他跟埃米莉在布宜诺斯艾利斯省的一个农场里扎下根来，并肩奋斗了有将近十年时间。在这十年间没见过他的那些辛德勒犹太人都觉得很难想象他当个农场主会是什么样，因为他从来都不是个循规蹈矩的本分人。有人说，埃玛丽娅和布伦利茨之所以能以其怪异的方式成功存活下来，全仗了斯特恩和班吉尔这些人的聪明才智，这话也不能说全无道理。可是远在阿根廷的奥斯卡，除了倚仗妻子的良好判断力和乡村出身所特有的勤勉刻苦以外，已经别无所靠了。

奥斯卡蓄养海狸鼠的那十年时机也不凑巧，因为正是在那几年内，大家认识到，人工饲养的海狸鼠的毛皮远没有诱捕的野生海狸鼠的品质高。有很多海狸鼠养殖企业都在此期间纷纷倒闭，撑到一九五七年，辛德勒夫妇苦心经营的农场也宣告破产。埃米莉和奥斯卡只能搬到布宜诺斯艾利斯南部郊区的圣文森特，连住房都是由当地的圣约之子会①为他们提供的。奥斯

---

① 圣约之子会(B'nai B'rith)，1843 年成立于纽约的历史最悠久、规模最大的犹太人服务组织，在世界许多国家都设有男、女及青年的分支组织。

卡一度曾试图找个销售代表的差事，不过不出一年，他就只身返回了德国。埃米莉却仍留在南美。

他住在法兰克福一间很小的公寓里，筹集资金想买下一家水泥厂，同时他向西德的财政部提出申请，要求赔偿他在波兰和捷克斯洛伐克损失的财产的大部。他这番努力却收效甚微。有些辛德勒犹太人认为德国政府之所以不愿给予辛德勒应有的赔偿，是因为希特勒主义在政府的中级官员中非但阴魂不散，甚至还有回潮。不过平心而论，奥斯卡的申请之所以未果可能纯粹是因为技术原因，我们在财政部跟奥斯卡的往来信件中，看不出有什么官僚主义的蓄意推诿和拖延。

辛德勒的水泥厂是仰仗联合配给委员会提供的资金，以及在战后事业发展得不错的几位辛德勒犹太人的"贷款"才开张大吉的。可是这家水泥厂也只维持了很短的时间，到一九六一年，奥斯卡再度破产。他的厂子再次生不逢时，因为接连几个严寒的冬季，使得建筑业内的工厂纷纷倒闭；不过有些辛德勒的幸存者认为这家水泥厂之所以这么快倒闭，也是跟奥斯卡耐不住寂寞、不肯踏踏实实苦干的个性有很大关系的。

那年，以色列的辛德勒犹太人听说他陷入困境后，遂邀请他访问以色列，费用他们全包。他们在以色列的波兰语媒体上登了个广告，请求所有认识"德国人奥斯卡·辛德勒"的前布伦利茨集中营居民都跟报纸取得联系。在特拉维夫，奥斯卡受到狂热的欢迎。他的幸存者于战后生育的下一代团团簇拥在他身边。他已经愈发发福了，五官的轮廓也重拙起来。可是每逢宴会和招待会，在原来就认识他的老相识眼里，他仍是那个永不服输的奥斯卡。尽管经历过两次破产的打击，可他的谈笑风生，他的机智幽默，他那种放肆、非凡的夏尔·布瓦耶①式的魅力，他那千杯不醉的豪爽酒量仍一如往昔。

那年正逢阿道夫·艾希曼受审，奥斯卡对以色列的访问也连带引起了国际媒体的一些兴趣。在艾希曼正式受审的前一天，伦敦《每日电讯报》的记者写了篇特写稿，专门比较艾希曼和辛德勒这两个人的生平事迹、所作所为，并引了一段辛德勒犹太人发表的呼吁大家都来帮他的宣言的序文："我们不会忘记当初在埃及经历的苦难②，我们不会忘记哈曼③这个奸人的诡计。我们不会忘记希特勒的大屠杀。所以，在这些不义者当中我们就更不应该忘记那些义士。我们要将奥斯卡·辛德勒铭记在心。"

在大屠杀幸存者中间，有些人怎么也不相信竟然会有奥斯卡这样专为行善建立的劳役营，显然，有很多媒体的记者对此也持怀疑的态度。在耶路撒冷举行的一次记者招待会上，一位记者就提出了这样的问题。"您怎么解释，"他问奥斯卡，"您竟然熟识克拉科夫地区所有的高级军官，而且还频繁地跟他们进行各种交易？""在那个历史阶段，"奥斯卡幽默地答道，"我很难跟耶路撒冷的首席拉比来讨论犹太人的命运问题。"

大屠杀纪念馆的证词部在奥斯卡居留阿根廷的后期曾特意跟他接触过，他遵照他们的请求提供了一份有关他在克拉科夫

---

① 布瓦耶（Charles Boyer，1897—1978），舞台剧和电影演员，以扮演典型的温文尔雅的高卢情人著称。
② 事见《圣经·旧约·出埃及记》。
③ 事见《圣经·旧约·以斯帖记》。哈曼是波斯王亚哈随鲁的宰相，施阴谋欲杀绝犹太人，后阴谋败露，被悬于75英尺高的木架上绞死。

和布伦利茨两地主要活动的综述。现在，出于纪念馆自身的意愿，并在伊扎克·斯特恩、雅各布·斯特恩贝格和摩西·贝斯基（原来曾专为奥斯卡伪造官方证件的他，如今已经出落成一位备受尊敬、博学多识的大律师）的大力影响和推动下，大屠杀纪念馆的托管理事会开始正式考虑要授予奥斯卡一项官方的荣誉。理事会的主席是兰多法官，正是审判艾希曼的首席大法官。大屠杀纪念馆于是开始征集有关奥斯卡的证词，结果得到热烈响应。在雪片般寄来的证词中，只有四份对他提出了指责。虽然这四位证人也都公开承认，若是没有奥斯卡他们根本活不到今天，不过他们仍然对奥斯卡在战争初期的经营方式提出了批评。这四份贬损奥斯卡的证词中，有两份出自一对父子之手，也就是我们在此前称为 C 氏的父子俩。他们本来在克拉科夫经营搪瓷器具的买卖，可奥斯卡却把他的情妇英格丽德安插到他们店里做受托人。第三份证词则是 C 氏父子的秘书提供的，重复的无非是奥斯卡如何殴打老人、欺凌弱小的行径，内容跟一九四〇年斯特恩跟奥斯卡汇报的传言如出一辙。第四份指责奥斯卡的证词中宣称，他战前就在奥斯卡的搪瓷厂里拥有股份，那时候搪瓷厂还叫里考德，可是奥斯卡从来没给过他分红。

兰多法官和他的理事会肯定是考虑到，相对于其他辛德勒犹太人提供的证词，这四份贬损奥斯卡的证词显然不具备普遍性，尽可忽略不计。而且，既然这四个人都坦白承认了奥斯卡毕竟是他们的救命恩人，据说就连理事会的诸位谦谦君子都忍不住要反问一句了，既然如他们所言，奥斯卡对他们犯下了如此这般的罪行，那他干吗还要不惜一切代价反过来拯救他们呢？

特拉维夫市政当局是第一个授予奥斯卡官方荣誉的机构。在他五十三岁生日那天，特拉维夫市政府邀请他亲自为树立在英雄公园内的一块纪念碑揭幕。纪念碑的铭文将他描述为布伦利茨集中营一千两百位囚犯的大救星，虽说这个描述远远低估了奥斯卡实际拯救的人数，可它明白地宣称，这个纪念碑是犹太人怀着无比的敬爱和感激树立起来的。十天之后，奥斯卡在耶路撒冷被正式授予"义士"的荣誉封号，这个头衔在犹太人的传统中具有特殊的重要意义，根据古老的以色列部族文化传说，在大量异教徒①中，以色列的上帝总会特意降下几位大义士，他们就是酵母，影响异教徒，帮助犹太人。奥斯卡还受邀在通往大屠杀纪念馆的正义大道上亲手栽下一棵角豆树②。这棵专门有一块纪念铭牌用以标识的常青树，至今仍耸立在以其他义士的名义栽种的小树林中。其中有一棵专为纪念尤利乌斯·马德里瑞施，这位企业家为了他的犹太劳工从黑市中购买面包，竭尽全力保护他们，他的行为对于克卢普和法本这类党卫军宠爱的工业巨头来说简直匪夷所思。还有一棵常青树是为了纪念马德里瑞施工厂里的主管雷蒙德·蒂奇。在那片遍地都是石头的贫瘠土地上，这些纪念树极少能长到十英尺高。

德国的媒体也报道了奥斯卡在战争期间如何救助犹太人的事迹，以及大屠杀纪念馆如何表彰他的情况。这些报道对他当然都是揄扬有加的，可反而让他的日子很难过。他在法兰克福的街道上走过时，总有人恶意地嘘他，还有人向他扔石头，有

---

① 即非犹太教的基督徒。
② 角豆树为地中海东部地区一种豆科常青乔木，有羽状复叶和黑色坚韧的大豆荚。

群工人大肆辱骂他，大声喊叫着说他早就该跟那帮犹太人一起被烧死。一九六三年，一个工厂的工人骂他是"亲吻犹太人的猪"，他激愤之下揍了那家伙一拳，那人就告他犯了侵犯人身罪。在德国司法机关的最基层单位——地方法庭上，法官把奥斯卡教训了一通，还命令他支付一笔人身伤害的赔偿金。"要是这还不能让他们满意的话，"他给纽约皇后区的亨利·勒斯纳写信道，"那我就只能把自己给宰了。"

他受到的这些羞辱，使他更加倚赖他的犹太幸存者。他们是他情感和财政两方面的唯一保障了。在他的余生当中，他每年都要跟他们一起度过几个月时间，在特拉维夫和耶路撒冷过过荣耀优裕的生活，在特拉维夫本·耶胡达大街上的一家罗马尼亚馆子里免费享用美酒佳肴，虽说有时候不得不服从孝顺儿子一样的摩西·贝斯基给他制定的限酒令：每晚的饮酒量不能超过三杯双份科涅克白兰地。不过最后，他终究还是得回到他灵魂的另一半常态当中：他那个失去了人权尊严的自我；他那个距离法兰克福火车站只几百米之遥的简陋逼仄的小公寓。那年波尔代克·普费弗伯格从洛杉矶给身在美国的其他辛德勒犹太人写信，呼吁所有的幸存者每年至少把自己一日的所得捐献给奥斯卡·辛德勒，他将奥斯卡的现状描述为"沮丧、孤独、幻灭"。

奥斯卡与辛德勒犹太人的团聚继续每年进行一次。他的生活也像季节转换般分裂为两段——半年是以色列的花蝴蝶，半年是法兰克福的菜青虫。他的钱仍是不够花。

特拉维夫的一个委员会——伊扎克·斯特恩、科布·斯特恩贝格和摩西·贝斯基也是这个委员会的成员——继续游说西德政府，要求他们为奥斯卡提供适当的养老金。他们提出此项要求的理由是奥斯卡在战争期间大无畏的英勇行为、他白白丧失的巨额财产，还有就是他如今已经非常虚弱的身体状况。不过，德国政府做出的第一次官方回应却是在一九六六年授予奥斯卡荣誉十字勋章，颁奖典礼由康拉德·阿登纳①亲自主持。一直到一九六八年七月一日，财政部才"高兴地宣布"，自即日起，政府将每月支付奥斯卡两百马克的养老金。三个月后，领养老金的辛德勒从林堡主教的手中接过了圣西尔维斯特教皇骑士封号。

奥斯卡仍旧矢志不渝，全力跟联邦司法部合作，追捕潜逃的纳粹战犯。在这方面他似乎毫不留情。一九六七年他生日那天，他提供了一份涉及普拉绍夫集中营多名成员的秘密情报。从他那天递交的情报的一份抄本中，我们可以清楚地看到，他但有所知，全部坦诚相告，决不隐瞒，同时也表现出他是个是非分明、一丝不苟的证人，如果他对某一个党卫军的情况一无所知或者知之甚少，他就直截了当地说不知道，决不妄下断语。对于阿姆瑟，对于一个叫楚格斯贝尔格的党卫军和一个脾气暴躁的女性主管奥内佐格小姐，他都是这么做的。可是，他决不惮于公开把博施称为凶手和剥削者。他说一九四六年时，他有一次在慕尼黑火车站认出了博施，就径直走上前去质问他，在经过普拉绍夫的暴行之后他还能不能睡得着觉。奥斯卡还说，博施当时持的是东德的护照。有个叫莫温克尔的主管，曾是德国军备物资监管局派驻普拉绍夫的代表，就被奥斯卡严

---

① 阿登纳（Konrad Adenauer, 1876—1967），二战后西德第一任总理，基督教民主联盟创始人兼主席。

厉地谴责为："聪明但无比残酷。"说起格特的保镖格林，他给大家讲了个故事，当时格林已经奉命要处决普拉绍夫的囚犯拉穆斯，是奥斯卡用一瓶伏特加作为贿赂才救了他的命。（大屠杀纪念馆里收藏的很多囚犯的证词中都证实了这个故事是确有其事。）说起党卫军军士里兹切克，奥斯卡说他臭名昭著，可他本人对自己的罪行却毫无自觉。他也不能确定司法部给他看的照片是否真的就是里兹切克。在司法部向他咨询的嫌疑犯名单里，只有一个人得到了奥斯卡毫无保留的嘉许，那就是胡特工程师，此人在他最后一次被捕时给过他无私的帮助。他说，就是那些犹太囚犯们对于胡特也有极高的评价，胡特受到他们极大的尊敬。

年过六秩以后，奥斯卡开始为"希伯来大学的德国朋友"这个组织工作。这份工作也是在那些辛德勒犹太人的竭力撺掇之下开始做的，他们想为奥斯卡的生活寻找个新的目标。他开始为在西德筹措基金奔忙。他过去善于诱骗和迷倒官员和商人的本领再次得以施展。他还大力促成了一个使德国和以色列的儿童得以进行互换教育的计划。

尽管他的健康状况已经很不稳定，他仍然像个年青人一样生活毫无节制，一样花天酒地。他在耶路撒冷的大卫王酒店认识了一个叫安妮玛丽的德国女人，再度坠入爱河。她将成为他晚年情感生活的重要主题。

他的结发妻子埃米莉仍旧独自居住在布宜诺斯艾利斯南郊圣文森特的小房子里，没有得到他一分钱的经济援助。在本书创作期间，她仍旧住在那里。她也仍旧像在布伦利茨的时候一样，是位沉静高贵的女性。德国电视台在一九七三拍摄过一部纪录片，采访到她的时候，她平静地说起奥斯卡和他的布伦利茨，说起她在布伦利茨的所作所为，语气中没有丝毫弃妇的酸楚和怨恨。她颇具洞察力地指出，奥斯卡不论在战前还是战后都没有成就什么惊人的业绩，他的黄金时代正在于战时。从这一点上来说，他是幸运的，在一九三九到一九四五年这段短促的极端岁月里，他遇到了激发出他内在潜能的那一群人。

一九七二年，奥斯卡访问纽约的"希伯来大学的美国朋友"的日常行政办公室期间，由三位身为新泽西一家大建筑公司合伙人的辛德勒犹太人牵头，另有七十五位辛德勒囚犯共襄盛举，共筹得十二万美元的捐款，在希伯来大学的杜鲁门研究中心买下整整一层楼面，敬献给辛德勒。这层楼面将收藏一本珍贵的"生命之书"，详细记载奥斯卡营救犹太人的义举和一份获救者的完全名单。三位牵头人中有两位，默里·潘蒂瑞尔和伊萨克·莱文斯坦因，在奥斯卡把他们带到布伦利茨的时候才只有十六岁。而如今，奥斯卡的孩子们已经成为了他的衣食父母，成为他最可靠的援助者，成为他的荣誉之源。

他差不多已经病入膏肓了。曾在布伦利茨担任医生职务的几位老相识，比如亚历山大·比贝尔施坦因，对此知道得很清楚。他们其中有一位曾这样提醒奥斯卡的几位密友，"照他身体的状况，这老头子还活着就是个奇迹了。他的心脏完全是出于固执才继续跳动下去的。"

一九七四年十月，奥斯卡在法兰克福他那个火车站旁边的狭小公寓里一病不起，于十月九日在医院中溘然长逝。他的死亡证明上说他死于晚期心脑血管动脉硬化。生前他曾跟几位辛德勒犹太人表达过一个心愿，这一心愿已经在遗嘱上明确写好——将他安葬在耶路撒冷。不出两个礼拜，耶路撒冷圣方济各会的本堂神父正式同意，将奥斯卡·辛德勒先生，这位最不安于清规戒律的教会子民，安葬在耶路撒冷的拉丁墓园之中。

又一个月后，奥斯卡的遗体躺在铅制棺椁中，穿过耶路撒冷老城中拥挤的街道，来到那个天主教的墓园，这个墓园南向俯瞰的就是希诺姆山谷——在《新约》中被称为地狱。在媒体发表的送葬照片上，我们可以在辛德勒犹太人的洪流中认出伊扎克·斯特恩、摩西·贝斯基、海伦·希尔施、雅各布·斯特恩贝格和朱达·德雷斯纳的身影。

每一块陆地上，都有人为他哀悼服丧。

译后记

一九九五年我到南京读书，正赶上当年反映南京大屠杀的一个片子在南京上映，那就是吴子牛导演，秦汉和刘若英主演的故事片《南京大屠杀》。这片子算不得好，如今已经很少有人提及，不过当时看的时候确实有种切肤之感、锥心之痛，因为它就发生在我生活的那个城市，电影里确切提到的一些地点和路名就真实地存在于我周边。它以最切身的方式提醒我，我刚刚来到的这个城市曾承受过怎样的苦难。而且每年十二月十三日——一九三七年日军攻进南京城的那天——南京全城都会拉响警报。隆冬的江南，寒冷阴湿；斑驳的城墙，浑浊的长江水，衬着凄厉的警报声，那情景一直深深镌刻在我的记忆里，难以抹去。南京有个"侵华日军南京大屠杀遇难同胞纪念馆"，我是直到将近三年后，知道自己就要离开这个城市了，才跟一位朋友一起去了一次，就当是完成任务，也是在隆冬。并不是我甘愿忘本，而是每次跟这种人类的浩劫直面相对，都需要有极大的勇气，都需要你从日常生活中暂时抽身出来，去感同身受，这对于自己的情感和良知都是种极大的煎熬。

正是出于这种原因，我曾很长一段时间都不敢去看斯皮尔伯格执导的名片《辛德勒名单》，我怕受这种煎熬。一直到几年前，我在编辑生涯中碰上了《辛德勒名单》的原著小说，买下了版权，几经踌躇后终于决定自己来译这本书。感觉竟然好像有点"义不容辞",就像是弥补自己在南京三年读书生涯的一个亏欠。

《辛德勒名单》的原著小说出版于一九八二年,原名《辛德勒方舟》(*Schindler's Ark*,美国版从一开始就叫《辛德勒名单》),荣获当年的布克奖和洛杉矶时报小说奖。作者托马斯·基尼利(Thomas Michael Keneally)一九三五年出生于澳大利亚新南威尔士州悉尼市,是整个澳洲知名度最高的作家之一,如假包换的"活宝"。(澳大利亚国家基金于一九九七年评选出一百位"民族活宝"〔living national treasures〕,基尼利位列其中。)而且据说全澳大利亚只有诺贝尔奖得主帕特里克·怀特和他能单靠写作为生。这应该跟他的写作神速也有关,自一九六四年出版第一部长篇小说《惠顿某处》(*The Place at Whitton*)迄今,四十多年的时间内基尼利共出版了三十多部长篇小说,还有十几部纪实作品和四个剧本。他的《吉米·布莱克史密斯之歌》(*The Chant of Jimmie Blacksmith*)、《来自森林的流言》(*Gossip from the Forest*)和《同盟者》(*Confederates*)分别于一九七二、一九七五和一九七九年三度入围布克奖短名单,终于在一九八二年凭《辛德勒名单》成功折桂;《招来云雀和英雄》(*Bring Larks and Heroes*)和《三呼圣灵》(*Three Cheers for the Paraclete*)分别于一九六七和一九六八年连续获得澳大利亚的迈尔斯·弗兰克林文学奖(Miles Franklin Literary Award),就在二〇〇八年他还刚刚获得本年度新南威尔士总督文学奖的特别成就奖(New South Wales Premier's Literary Awards,Special Award)。

除了著作等身、获奖无数之外,略略翻检一下基尼利历年来的创作，你会大大惊讶于他创作题材的广博——表面看来简直就像一份报纸的国际新闻版一样丰富多彩而又杂乱无章（时间上上起中世纪，中经十八、十九世纪，一直到一战、二战、八十年代的地区冲突，地点则从澳大利亚到法国、美国，从非洲到中东一直到北极），简直无所不包。当然也有一个共同点，就是他写的基本上都是历史小说，或者以历史上的真实人物或真实事件为依托——如《血红，玫瑰姐妹》（*Blood Red，Sister Rose*）重述圣女贞德的生平故事，《吉米·布莱克史密斯之歌》取材澳大利亚家喻户晓的戈文纳兄弟的事迹，描写土著遭受白人压迫的题材，《招来云雀和英雄》则写白人最初来到澳大利亚的"本事"；或者将小说置于特定的历史背景当中——如《奥罗拉的牺牲品》（*A Victim of the Aurora*）将南极探险和一个经典的谋杀阴谋交织在一起，《来自森林的流言》、《炼狱季节》（*Season in Purgatory*）和《同盟者》则分别将故事放在一战、二战和美国内战的历史背景中。基尼利的创作题材虽说上下数百年、纵横八万里，他的创作态度却是一以贯之的，简单地说就是以现代的写作风格，凭借现代的心理分析利器去剖析过往的人物、岁月和事件，力图还它一个客观公允的面貌。基尼利的努力得到了评论界的高度认可，如安东尼·思韦特（Anthony Thwaite）在《纽约时报书评》上撰文盛赞"《吉米·布莱克史密斯之歌》以高超的技巧将历史、心理洞察力和史诗般的历险故事糅合在一起，掩卷后仍绕梁三日，不绝于耳"。再如穆杰塔巴伊（A. G. Mojtabai）在《纽约时报书评》上撰文高度评价基尼利重写圣女贞德故事的《血红，玫瑰姐妹》："这个故事，那些场景我们全都已经耳熟能详：上帝的召唤、王太子的法庭、奥尔良、兰斯、鲁昂、火葬堆……

谁要是还斗胆想再捡起这个已经被讲滥了的故事再讲一遍，那简直迹近卤莽。然而澳大利亚小说家托马斯·基尼利却有这个胆量，而且应付裕如，浓墨重彩地将一个全新的圣女贞德形象展现在我们面前。"梅尔文·马多克斯（Melvin Maddocks）也在《时代周刊》上撰文，将基尼利对贞德的刻画与传说中超凡入圣的圣女形象以及萧伯纳笔下褪去光环的世俗形象做了一番比较，他认为基尼利"极富创见地重塑了一个完整的贞德，没有另外那两种形象那么蔚为奇观，不过绝对更加具有说服力，而且最重要的是，更加动人"。

一九八九年，基尼利出版的小说《献给阿斯马拉：非洲小说》（To Asmara: A Novel of Africa），将目光投向当代战争，以小说的形式反映并反思了上世纪八十年代埃塞俄比亚频仍的内战，以一位澳大利亚记者作为叙述者和目击者，描述了厄立特里亚民族解放阵线为赢得厄立特里亚的独立与埃塞俄比亚当局展开的武装斗争。罗伯特·斯通（Robert Stone）在《纽约时报书评》上撰文称赞"自从《丧钟为谁而鸣》以来还没有第二部作品像这部长篇这样写得如此老到、精妙"。一九九二年的名作《内海女人》（Woman of the Inner Sea）又重返他以事实为依据的小说传统，描写了一个丈夫跟别的女人跑掉，孩子又葬身火灾的女人在澳大利亚内陆重新寻找自我的故事。基尼利的祖上是爱尔兰人，他一九九五年的小说《河边小镇》（A River Town）就直接描写他的爱尔兰祖先在世纪之交移民澳大利亚的苦难历程。小说的主人公杂货商蒂姆·谢伊因慷慨地向邻居提供借贷而最终导致破产，就是以基尼利的祖父蒂姆·基尼利为原型塑造的。

基尼利的纪实类作品也跟他的小说创作具有相同的旨趣：

探究身处重大历史事件（往往是战争）中的重要当事人的性格和心理历程，追溯决定自己家族和国家命运的历史渊源。如一九九八年的《大耻辱》（*The Great Shame*）探究的是十九世纪被迫移民澳大利亚的爱尔兰人的命运；二〇〇二年的《美国无赖》（*American Scoundrel*）是为美国臭名昭著的政客、内战时期的将军、杀人凶手丹尼尔·西克尔斯写的传记，其创作旨趣颇类似于斯蒂芬·茨威格的为约瑟夫·富歇这个"彻头彻尾不道德的人物"所作的传记《一个政治家的肖像》。二〇〇六年的《盗贼联邦》（*A Commonwealth of Thieves*）则正面描写十八世纪晚期作为囚犯流放之地的澳大利亚的开国史事。

基尼利在上世纪八十年代就针对外界对他创作"驳杂"的批评予以回应，认为他的作品是"非常连贯的"，他说他作品的"连贯性来自主要人物的视角和价值观，所以我认为，从根本上说，我把我的作品视为一个连贯而且相对统一的整体"。

基尼利最著名的作品无疑就是《辛德勒名单》，而身为一位澳大利亚作家，生出为一个德国纳粹党员、发了战争财的工业家作传的念头，重现和探索他之不惜冒身家性命的危险，拯救出一千三百多名犹太劳工的历史史实和心理过程，真可以说是个意外——因为他甚至都不是个犹太人（斯皮尔伯格花大力气将其搬上大银幕，除了故事本身的震撼人心，跟他本人的犹太人身份也是有很大关系的），唯一顺理成章的就是他对历史人物的探索癖好，因为人物才是历史事件的核心。

一九八〇年，基尼利在美国的一家箱包店认识了店主、"辛德勒幸存者"普费弗伯格，从他的嘴里基尼利第一次听到辛德勒的大名。普费弗伯格得知基尼利是位小说家后，热心地向他展示了他保存下来的大量关于辛德勒的文件，并亲自陪他远赴波兰，实地踏访克拉科夫和跟辛德勒的事迹有关的众多地点。基尼利又在普费弗伯格的帮助下采访了大量"辛德勒犹太人"，终于写成这部著名的历史小说，他将此书题献给普费弗伯格，感谢他"以满腔热忱和不懈的坚持促成本书完成"。基尼利在二〇〇七年的一次访谈中说到，他之受到奥斯卡·辛德勒这个人物如此巨大的吸引，是因为："在他身上，你没办法说清楚投机主义究竟在何时让位给了无私救人。我喜欢这种具有颠覆意味的事实，即精神的力量和美好的意愿在最不可能出现的地方大放异彩。"辛德勒这个复杂人物的方方面面想必一直萦绕在作者心头，《辛德勒名单》出版二十五年后，意犹未尽的基尼利又写了一本回忆录《寻找辛德勒》（*Searching for Schindler: A Memoir*），旧话重提，回顾了当初为创作《辛德勒名单》他跟普费弗伯格在全球范围内追随辛德勒的足迹，搜集有关他的资料，寻访"辛德勒犹太人"的难忘经历。

基尼利要写出在最黑暗的历史时刻，在面临历史上空前的人类浩劫时，人的精神所具有的伟大力量，同时又竭尽全力要为辛德勒"去魅"，驱散笼罩在这个伟大的拯救者、上帝的替身、犹太民族的"大义人"身上的光环和"迷思"，还他这个"如此含混复杂又如此崇高伟大的人物"的"真身"。所以他决定以小说的形式去展现这个人物，但同时又"力避一切向壁虚构"，所有的事件，哪怕最琐碎的细节全部都有历史文件以及当事人的回忆作为支撑，而且就算是当事人的回忆，作家也还要进行排比择选，只选用经过判断后认定为最符合历史事实的记述。由此也导致作品在荣获布克奖后引起这到底是纪实还是小说的争论，因为众所周知，布克奖是个专为长篇小说而设的奖项。

不管怎么说，事实证明，基尼利的这种创作方法取得了巨大的成功。真实的力量胜过一切虚构，真实的面容也比一切设计都更精妙复杂，《辛德勒名单》不但将那段久已湮没不闻的伟大的拯救故事，如目见耳闻般生动清晰地展现在当代读者面前，而且更重要的是，它将奥斯卡·辛德勒这个真实人物无比复杂甚至矛盾的各个侧面，如刀砍斧斫般深入细致地突显在你我的心中。英国作家 A·N·威尔逊（Andrew Norman Wilson）在《邂逅》杂志（*Encounter*）上撰文评论说，"辛德勒是个骗子，一个酒鬼，一个登徒子，可是，如果他不是这样的人的话，他也就没办法从纳粹集中营里拯救出上千个犹太劳工了。"如果说威尔逊的评论还停留在操作性的表层（辛德勒只有是骗子、酒鬼和登徒子，才有本事拯救犹太人，但仅仅是骗子酒鬼和登徒子却也救不了人），还是基尼利的夫子自道更加深入肯綮，他在一九九五年接受《出版人周刊》的西碧尔·斯特恩伯格（Sybil Steinberg）的采访时如是说："我对这个故事中的道德力量深信不疑……堕落之人跟他们身上向善的力量之间的斗争总是让人着迷。（辛德勒的时代）正是历史上曾不止出现过一次的特殊时代：在那些时代，圣人已经完全无能为力，对你已经没有任何好处，唯有那些讲求实际的无赖汉才能担当起拯救灵魂的重任。"

在基尼利的笔下，"大义人"辛德勒和"大恶人"格特形成了饶有趣味又意味深长的对比，这善恶的两端不但家庭出身、外貌特征、兴趣爱好都基本类同，甚至他们的精神世界也不无相通之处，基尼利在作品中公然承认："你仍不免会将阿蒙视作奥斯卡的黑暗兄弟，如果奥斯卡的性情不幸颠倒一下的话，他也极有可能成为格特这样的暴君和狂热的刽子手。"

那么，这样的一个人怎么就会不惜把身家性命全部搭上，将一千三百多个犹太人救出火坑？我相信，这应该是基尼利之所以下决心写这么一部长篇历史小说的触发点，也是他在小说中最致力于展示并解释清楚的一个关节点。不过读完这部作品之后我们不得不承认，就这一点，基尼利并没有给出令人信服的答案，但他尽其所能，将真实的辛德勒的本来面目纤毫毕现地呈现在我们面前：就是这样一个人，经过了这么艰辛的努力，救了一千三百多个犹太人的命。我想，这也正是真实人性的复杂和微妙之所在吧，我们已经把这个人都咂摸透了，可是还是找不到他患上拯救犹太人这种"传染病"（作者本人的说法）的基因。基尼利自己也承认他搞不清在辛德勒身上"投机主义究竟在何时让位给了无私救人"，但他将辛德勒的"投机主义"和"无私救人"都真切地展现在我们面前。我想，这比强作解人要可取得多。《辛德勒名单》这部作品的魅力在很大程度上也正是建立在这一但求真实的创作原则之上。

其实，患上拯救犹太人这种"传染病"的又何止辛德勒一人，还有尤利乌斯·马德里瑞施、雷蒙德·蒂奇；有纳粹党卫军奥斯瓦尔德·伯斯科为了赎罪而偷偷保护犹太人，终而投奔游击队，舍身成仁；有陆军司令部的高官埃里希·朗格和国防军工程师聚斯穆特折冲樽俎、纵横捭阖，使尽浑身解数暗中帮助辛德勒拯救犹太人的义举；有将勒斯纳父子等人从布伦利茨押解到奥斯威辛的那个善良的党卫军中士，甚而至于那个大哥哥一样拉犹太红衣小姑娘一把的普通的党卫军士兵……一念之仁，我们就从畜生超拔为人类，"救人一命，如普度众生"……我想，也正因此，历史才不至于仅仅成为一部征服史和压榨史，不论在多么黑暗的时刻，不论邪恶的力量何等强大，也都有人性的光辉在闪烁，也总有人类的灵魂在成长。我想起老托尔斯泰总结《战争与和平》的那段话："那些产生巨大影响的思想往往是极其朴素的。我的全部思想无非是：如果那些不道德的人聚集在一起，可以形成一股力量的话，那么正直的人也应该这样去做，道理就是这么简单。"

冯　涛

二〇〇八年岁末

图书在版编目(CIP)数据

辛德勒名单 /（澳）基尼利（Keneally, T.）著；冯
涛译. —上海：上海译文出版社,2014.7（2020.4 重印）
（译文经典）
书名原文：Schindler's List
ISBN 978-7-5327-6555-3

Ⅰ.①辛… Ⅱ.①基… ②冯… Ⅲ.①长篇小说—澳
大利亚—现代 Ⅳ.①I611.45

中国版本图书馆 CIP 数据核字（2014）第 056035 号

图字：09-2003-529 号

辛德勒名单
〔澳〕托马斯·基尼利 著 冯涛 译
责任编辑/黄昱宁 装帧设计/张志全工作室

上海译文出版社有限公司出版、发行
网址：www. yiwen. com. cn
200001 上海福建中路 193 号
山东临沂新华印刷物流集团有限责任公司印刷

开本 787×1092 1/32 印张 16 插页 5 字数 306,000
2014 年 7 月第 1 版 2020 年 4 月第 9 次印刷
印数：26,001—31,000册

ISBN 978-7-5327-6555-3/I·3925
定价：55.00 元

ISBN 978-7-5327-6555-3

9 787532 765553 >